一粒盐的光芒

韩新东 ◎ 著

作家出版社

图书在版编目（CIP）数据

一粒盐的光芒 / 韩新东著 .—北京：作家出版社，2023.10

（韩新东诗文集）

ISBN 978-7-5212-2237-1

I.①一… II.①韩… III.①诗集—中国—当代②散文集－中国－当代 IV.① I217.2

中国国家版本馆 CIP 数据核字（2023）第 084178 号

韩新东诗文集：一粒盐的光芒

作　　者：韩新东

责任编辑：杨兵兵

装帧设计：安徽徽商传媒有限公司

出版发行：作家出版社有限公司

社　　址：北京农展馆南里 10 号　　　邮　　编：100125

电话传真：86-10-65067186（发行中心及邮购部）

　　　　　86-10-65004079（总编室）

E-mail:zuojia @ zuojia.net.cn

http://www.zuojiachubanshe.com

印　　刷：北京盛通印刷股份有限公司

成品尺寸：152×230

字　　数：133 千

印　　张：14

版　　次：2023 年 10 月第 1 版

印　　次：2023 年 10 月第 1 次印刷

ISBN 978-7-5212-2237-1

定　　价：300.00 元（全四册）

作者简介

韩新东,男,1963年11月出生于山东海阳。诗人,作家,研究生学历,高级编辑。系中国期刊协会副会长。

现任安徽日报报业集团徽商传媒总编辑、徽商传媒全球理事会主席团执行主席兼秘书长、全国商人媒体联盟主席。

创作发表诗歌、散文五千多首(篇)。出版有《一支竹笛七个孔》《另一种恋歌》《苦乐斋情话》《有梦想的地方》等多本诗集、散文集,作品入选《青年诗选》《当代青年散文诗人十五家》等几十种选集。

韩新东诗文集

　　韩新东诗文集共分为四卷，创作时间上下横跨三十余年，均为已在《诗刊》《星星》《散文》《作品》《十月》等全国公开刊物和中国青年出版社推出的《青年诗选》刊发出版过的作品。作品共分为诗集**《花的这边是麦地》**，散文诗集**《一朵火焰出水来》《一粒盐的光芒》**，散文集**《何止桃花潭》**。这些作品文字优美，想象独特，哲思隽永。具有自身独有的文字之光，修辞之美。很多作品收录于各种文学选本。

卷一：诗集《花的这边是麦地》

　　收录作者从上世纪80年代开始至新世纪的诗歌作品，这些作品散见于全国各大刊物。既有吟诵祖国壮美山河的诗作，也有人生思考的独特篇章；既有借物言志的旷达之作，也有对爱情的深邃表达。

没有雷同，没有照本宣科，具有强烈的人文精神。本卷共分为第一辑《花的这边是麦地》、第二辑《在火焰的顶部》、第三辑《劈柴的人》、第四辑《一支竹笛七个孔》、第五辑《刀的情话》。

卷二：散文诗集《一朵火焰出水来》

卷三：散文诗集《一粒盐的光芒》

这两卷可以看作是姊妹篇。

作者当初被称为中国散文诗界最有影响的青年散文诗人之一。曾有著名散文诗大家耿林莽先生编辑的《当代散文诗人十五家》收入其重要作品。这些诗意境开阔，想象奇峻，文辞精美，曾为多个选本收录。诗中有歌颂爱情的，有歌颂海上船夫的，有歌颂矿工的，有歌颂普通劳动者和春天的，有与孩子的深情对话；这里面既有对自然的礼赞，也有对历史的反思；既有对乡土的乡愁，也有对做人做事的感悟。《一朵火焰出水来》收录有第一辑《一朵火焰出水来》、第二辑《一句话带我入夜色》、第三辑《和石头深情对话》、第四辑《放牧的孩子》、第五辑《窗外的树头正在开花》、第六辑《今夜又起笛声》；《一粒盐的光芒》收录有第一辑《一粒盐的光芒》、第二辑《竹和竹笛及其他》、第三辑《春天的心脏》、第四辑《香在风中便有了翅膀》、第五辑《一顶草帽以及它的重要》、第六辑《画像》。

卷四：散文集《何止桃花潭》

　　本卷作品主要收录的是作者的哲思类的散文。刊式绝无拘泥。一草一木皆可入文，一言一行皆有思考。文章既有对家国情怀的表达，也有对真诚做人的我见；既有对读书读天地的领悟，也有对读史论今的感慨，它们或长或短，让人读来回味悠长。这些美文曾被《读者》《中外文摘》以及一些出版社的选集收录。本卷共分为第一辑《关于鱼眼的哲学和人生观》、第二辑《温暖的猪油》、第三辑《孔见、洞见和不见》、第四辑《何止桃花潭》、第五辑《如果李白穿行在今天》、第六辑《活出一棵树的沉香》。

目录

第一辑
一粒盐的光芒

2

第二辑

竹和竹笛及其他

第三辑

春天的心脏

第四辑

香在风中便有了翅膀

第五辑
一顶草帽以及它的重要

第六辑

画像

第一辑

一粒盐的光芒

把住各条生命的关口，

每一个毛孔都闪现着生命的想象。

一粒盐的光芒

盐，白色的。在阳光下有洁白的反光。与糖相似的，仅只是盐的外貌。

盐在我们的身体里。把住各条生命的关口，每一个毛孔都闪现着生命的想象。透过一个人的脸色，我们能清晰地发现盐的光泽或强或弱。在那些暧昧而昏黄的脸上，我们看不到盐沉着有力的身影，只能看到慵懒、享乐和无聊。他们的一生因为缺少盐的滋味而令阅读者索然，有的脸，即使布满了痛苦、皱纹和贫困，而盐穿越岁月的微笑让它们生动。盐的光芒治疗了所有的创伤。盐的咸涩给他们幸福的回忆。

所谓盐，就是从劳动的汗水中挤出来的艰辛。它们晶亮的光泽是呈现在我们身体上永远不可抹皱的诗句，透过每一个字都能看见生命在盐之上壮美的舞蹈。

及至生命成为一堆骨头。任人捡起一根。

咂一咂。谁能忘掉艰辛的滋味。

形形色色的手

手，可以抚摸伤口，也可以制造新的伤口。或许就是同一双手，这边在抚慰你，那边又在刺伤你。遇到这种人，我们只要看看这狰狞无声、握满杀机的手就会明白他们的心怎样毒。

两只陌生的手握在一起。凭手心热度和另一只手的力度，我们就会知道这个人会不会成为我们的朋友，会不会在我们需要帮助时，慷慨伸出，带着他的全部体温。

有种手，平时总是装在口袋里，并且插得很深。即使有时从深深的兜里抽出，也是蜷曲着不愿伸开。似乎是怕人清楚地看见这双手。但当金子忽然出现，只凭这双猛展开不安地颤抖着、手舞足蹈的手，我们就能窥见他眼中倏然闪现的惊人光芒。面对金子，他们的手是那么自如、灵活、娴熟，让人叹服这是一种难度极高的绝技。一会儿，这手又蜷曲着，或是不易察觉地装入了口袋。以至有人需要这双手帮助时，它们插在深深的口袋里，千呼万唤不出来；以至让人怀疑他没有手，而真诚地原谅了他们。

真正的手，请拿出来，放到我这贫穷、善良、正直、清白的手上来。让我知道，这双手不是孤独无助的。

花季

　　花季非常短暂。五个月，三个月，几天，或许一瞬。可生命都一样灿烂，同样辉煌。很长是一生，眨眼瞬息也是一生。用不着去选择生命的长短。就这样美好地活着。活着的美好全在我们独特的方式和个性，就在于任何人可以自己选择。

　　意义不在长短。匆匆的一瞬就开出了夺目的一生。真正久开不散的香味往往在于精彩的短暂。于是，在全部谢落之后，那些经岁月浓缩的香味才缕缕吐出。

丝雨味长

喜于蒙蒙雨丝中散步。大雨不行，中雨不行，偏要小雨。细若游丝，若有似无。

大雨只能淋个落汤鸡。哪有闲情缓步于噼啪作响的雨的世界。若没有雨具，跑还嫌慢。自是绝无情趣可谈。

中雨也不会有什么诗情。因为不一会儿，我们的头发、脸上、身上都会淋湿，所以我们只会站在窗台边打量这窗外的世界。

独钟小雨。每及此时，兴致勃发。一任那些小虫似的雨，在脸上轻手轻脚地爬来爬去。心里痒痒的，愉快的事会自然浮在眼前，会自然与这雨景重叠在一起。还会自然畅想一些美事。譬如一首好诗，一次握手，一回拥抱，一个热吻，一本好书，一位朋友……

走着，走着。雨丝有些模糊了脸眼。随便用手抹去脸上、眼上的雨。眨眨眼，在真切与不真切的雨里看世界，更多的是些回味。

沉重的泥土

一次次经过你身旁。经过这块荒瘠的土地。在你身边留下很多感叹。无足轻重的感叹，全化为云烟，飘散开去。我曾劝你离开这里。繁华的土地会收留你。收留你的青枝绿叶，春华秋实。你仍旧固执地站在这里，看日月星辰一一掠过。你说你不能离开这里。你说你的恨和爱全都扎入了深深的泥层。即使把全部的绿叶都掳去，即使把果子都摘尽，只要脚下这块泥土不变，一切都无法夺去。

你说你可以迁走，找一块沃土。可那样太轻太浮。没有了恨和爱，这世界会很轻。所有的恨和爱全都因为脚下这块土地。离开它，自己全无分量。

高于皱纹的是什么

点燃一支烟，让往事轻轻飘过。看那些脸在烟雾中若隐若现。那些笑容不论是真是假，或假里有真。岁月最终留给的只是一把皱纹。

皱纹是不可逃脱的真实。能够勇敢地面对自己皱纹的，又有几人？于是，有人用脂粉填平皱纹。有人用回忆欺骗皱纹。有人用假笑掩饰皱纹。

正是这些皱纹告诉我们：生活是幸福的真实。一遍又一遍抚摸自己日渐粗糙的脸。手掌里感受平坦、起伏和激荡，仿佛是中国大地的四种地形。不管是平原、丘陵、盆地，还是高原，且种下一些有用的种子，秋后我们便不仅仅会伤神和哭泣。

多植上一些诚实的微笑。我们会从很多心中收获与我们一样的真诚。

初恋

　　我这本书中珍藏着，你这仅有的简单又丰富的小插图。这是我的初恋。

　　那是，爱情来到还不懂得什么叫爱情的心间。给我纯白的天空涂上几笔色彩。至今这色也不曾褪去。

　　后来，你也变成文字潜入某本书中。伴着主人公度过一生，而你在我的故事里仍只是幅插图。可这插图在以后的岁月中，一次次仿佛就要被许多文字淹没，不经意时，常于一瞬陡现眼前。似乎没有它，这辈子就缺种悠长的意蕴。此书自会显见其苍白。

　　而今，插图已然模糊，但每每翻及，其味细品绝佳，足够我们回味再三。

听雷

天。很低。很低。仿佛整个都压在你的肩上。语言、表情、想象，全都锁在你凝然不动的瘦削背影中。一阵大雨很快就要来了。你鞭下的羊群四处奔窜。仿佛你不安的内心。

浓重的云团迫近。迫近。你仰起头。像是透彻了云层里包裹着的雷声。你的心在惊喜又慌乱地等待。你期待着远方滚来的惊雷，炸开孤苦的往事。你盼望肩头放上一只有力的大手。然后，任它将你领走。

云更低。在你眉心忽聚忽散。这沉重的乌云压住了你想象的翅膀。你在惊喜和慌乱中，焦急地期待这即将炸开你固守已久的寂寞心灵的雷声。

深潭中的面容

我曾经在一汪深潭中，见过你绝美的面容。我不知道该怀疑它是否真实。我只感到我的灵魂里迅速地闪过一种光芒。这光芒通过那绝美的面容照亮了我的灵魂。

那一汪潭水，不知映入过多少景物，但当我看到你映在潭中的面容时，我相信在这之前不会有比你更美的，在这之后依然不会有。在这无语的潭口，我更多的是关心那曾闪烁在我灵魂的光芒。

或许就因为它是假的，才让我的一生陷入怀念，或许就因为它是真的，对于人生和活着才有信心。

选择

一切都无法改变了吗? 成熟的秋意在你的背后成为一片片枯黄的落叶。

捡起脚边的一片落叶。叶片上纵横的茎脉依然留有土地的气息, 留有阳光的芬芳。

茎茎脉脉。脉脉茎茎。纵也是伸向枝头, 横也是伸向枝头。纵横的脉上写满了眷恋。

我可是也如一枚秋叶。在你纤巧的掌中展开。虽然我心中的千丝万缕的情也一律伸向你, 可再也伸不进你的心中。在你合紧的掌中, 我感到一种绝望的痛苦。

当你松开手掌我已经碎了。碎成块块再也无法弥合的碎片。碎也碎在你的手中。这该是我最好的选择。

梦远

　　总好于夜半三更惊起于梦中。想起遥远的山村。我的心总像又一次经历了初恋。就像一个不能行走的作家，深情地怀念他的清平湾。

　　那土坯一块块垒起的炕，城里人没谁稀罕。可那沾有泥土味的热炕，温暖了我们清贫的日子。记得我们共同的那个美好夜晚，妻的脸红扑扑地往炕上铺一块床单，床单上的花儿早已褪色，也不会吐香，上面还有补丁。难看，我们不怕难看。岁月需要的正是这细针密线的缝补。岁月担不起的是失血的苍白。睡在这样的婚床上，我们真是有做不完的美梦。土地和我们连在一起。梦和土地一样辽远。

　　现在，睡在柔软温暖的席梦思上，我竟无梦。无梦的时候，我便想那个残腿的作家，想他的清平湾，我的小山村。

人生的景点

　　天空蔚蓝。岁月丛生出的白发铺设在我们生命的道旁。既然不再年轻, 虚饰更让人讨厌。

　　让我们彼此把心和心, 把情和情, 把你和我以及那去而不返的光阴, 叠印在一起, 做一次爱的滑翔, 做一次生命风光的深切回味。

　　且直飞向十八岁的高空。飞向心头绽开的第一片芳香。然后, 再收起翅膀。闭上目光。让回忆整个儿浸透心房。以你和我额头之皱纹连接的长度为轨道。层层滑下。飘进那些绿色的梦里。梦里的花儿不曾凋零。梦里的草地永是青翠。你我的目光永远波动着一种心跳。

　　哦, 从十八岁的领空滑翔而来。人生所有的景点一一从心屏上出现。欢笑和痛苦。时间将欢笑酿得更加甜蜜, 将痛苦也酿出几分蜜意。那些美丽的云朵, 正擦着我们的想象, 仿佛是在轻抚我们的心灵, 以及这灵魂拥有的珍藏。

　　让我们在疲惫的一生路上, 多做几次这样爱的滑翔。年轻的时光永远是内心的冲动。年老的心又鼓满期望。

在黑白琴键上跳荡的女孩

乐曲正在你修长的指间优美地跳荡。黑的迈一步，白的也向前走一步。哦，认真而耐心地走下去就是一篇不可替代的乐章。

你充满梦想的指头永远是朝向前方的。你在仔细地弹奏着自己。这最复杂却又最动人的主题。虽然是向前，但总会有弯路，会有曲折和波澜。这样，你平淡的人生更会多一些咀嚼，多一些回味。

在黑和白之间。隔着的有时是一抹小浮。有时是一堆土坡。有时是一条大河。有时是一架高山。宽宽窄窄。明明暗暗。

有桥或者无桥，这是在女孩子天真之外的真实人生。

偶遇

你再不能游走时，我收留了你。那天，你并不知道气温突降。气温下降却给了我一个意外的机会。但你并不是向我游来的，哪怕我曾千百次这么悄悄期盼过。然而，一个意外的变故给我带来了终生的幸福和痛苦。

我决意收留你。以我的真诚暖化冻住你的寒冰。以我的温暖驱尽包围着你的寒意。你不会知道由于一个意外的一瞬，却美化了我的整个生命。真希望你如此沉睡，不再醒来。自卑的满足不是真正的爱。

我还是决定用自己的体温让你重新获得游动的机会，让你获得重新选择的机会。留下或者游走。这个意外美丽了我的青春。如果你身边冰水融化之后，你依然要游走，那我的生命同样会获得崭新的意义。

自由的歌声

夜黑时分，我在街上散步。迎面走过来一群青年，他们起劲地唱着歌。他们的头发在走过路灯时闪现光泽。他们不断地唱着。他们眼前的路很多，供他们选择的路很多。歌声把夜鼓动得有种难言的激动。

我散步是为延长生命。他们散步是在宣泄亢奋的情绪。他们脚下的路很多。他们的年龄是一笔财富。他们也许会为自己没有胡须而懊恼，这种懊恼正是让我羡慕不已的天真。

而我只有一条路，我无可躲避地迈上了这条路。应该有很多路呀，可我心底再没有你们年轻人那样的歌了。

在我懂得选择时，我却难以选择了。

吹箫的过程就是我向你和他人吐露心声

至今我也不能说我会吹箫了。我只能说我喜欢箫。箫来自山间。箫是竹子做的。竹子经过加工和制作时，必须打通竹节，必须掏空心中所有的东西，才能发出现在这种极具魅力的声音。

我不敢说自己懂得了这种声音。我只想说这种声音很能表达一种心境。我只想说这种表达的方式迷住了我。独坐窗前，面对一泓无声的清辉，箫声从心底流出。有时能把夜晚吹得轻起来，浮到半空。有时能把夜吹得很重，重得我们的心无法载负。我们便在箫声中默默流泪。吹箫人已不复存在。只有一根箫面对夜色。只有一根箫面对世界。

也许我吹得不好。我是真诚的。我被自己的真诚所动。被掏空的箫管正如我的无杂的心。倾吐的全是心声。我喜欢箫这种乐器，是因为它必须打通所有的竹节，掏空所有的阻塞，才能发出如此纯粹优美的声音。

在学习吹箫的过程中，我懂得了如何向你和他人吐露心声。

竹花洁白

竹死之前开一种白花。

任取一截。横吹为笛,竖吹成箫。横的笛管里漫过山的清气。竖的箫孔里吐露的尽是水的青翠。不能与大树比高。不能同山石比坚。难得你一生虚怀若谷。

或许你曾为自己不能开花而悲叹?或许你曾被身边五彩的山花诱惑?当你纤细而柔韧的根扎进石缝,你知道泥土之中积蓄了你一生的情感。默认了艰辛。甘于寂寞。孤独的晚光,沙沙竹叶衬出月色的苍白。

真的要开花了。又有几分悲哀。都是在青春年少时开花,你却在垂暮之年绽现。

竹花。竹花。洁白的竹花。能给予的都给予了,挥手作别袭一身洁白。在笛管和箫孔里燃烧着一种激情。

在你纤手上有力地一跃

你如花的期待播洒芳香。面对微笑，我的目光忽然有了一种自信，越过众人。朗天高高在上。

即使所有的路都铺满荆棘，放不下我一双痴情的双脚。我还有蓝天上高翔的翅膀。我的目光遍布诗意。叮咚作响。

有了翅膀，才有天空。

沿着翅膀不断上升的道路，天空显出博大；在蓝色的云尖上，有心灵幸福的颤抖。

在你的纤手上，有力地一跃，我的目光越过众人，期待如花片片展开。天空就在我的翅膀之上。

唯有不语

　　拆散发辫，打开珍藏多年的爱情气息。在你乌发的海洋中打捞闪烁的星星。今夜透彻浪漫。你宁静的双眸，一如既往的抒情。

　　野花纯香，它逃开了锄头和农药，风姿绰约向晚风。野花纯朴，它避开了那些缺乏美感的剪刀，成为这草地上最自然的一景。

　　你亦如此。

　　宝石蓝的眼睛里吐露着花的芬芳。乌黑的海洋让船儿不知回港。这一切让人不饮自醉。

　　还有什么样的文字可以奉献给你呢？还有什么样的祝福可以奉献给你呢？在恋人的眼里，你覆盖了一切。

　　唯有不语。这一切让人不饮自醉。

背伞的旅者

打马穿过岁月的旅者，总是随身携带一把雨伞。这伞斜背肩后，让人知道这是一个远行的旅人。

这伞撑开时远没有收拢时多。这把伞和你一起踏遍青山，历经沧桑。马背上的旅者，只有你知道道路的艰辛。马背相守着你的孤单。你到过很多地方，又离开过很多地方。从不在一处驻足，人们叫你旅者。

旅者的欢乐是自己的。旅者的苦楚更是自己的。把前路交给马蹄。马蹄把嗒嗒的奔走交给道路。谁挡得住独行的寂寞。谁挡得住岁月的流逝。

一把随身携带的伞，犹如一种伴随人生的信念。伞，在雨雪降临之际撑开。挡住从头颅上落下的沧桑岁月。伞撑开，还是收拢，并不紧要。要紧的是一种信念挡住比雨雪更寒冷的东西。

乡音

　　乡音不论走到哪里也不会遗失。乡音把你的籍贯和血缘介绍给别人。你从家乡走来，陌生地看看天空和脚下新铺展开的道路。离开故乡，乡音只能四处碰壁。意外碰到老乡，乡音们会高兴得互相搂抱。乡音把家乡和异地很有礼貌地分开。

　　乡音也会经常遇到麻烦。他们头上冒着汗，在异地焦急地向人解释自己糟糕的处境。听者纷纷向乡音摇头。乡音只能在角落里叹气。乡音其实是一种饱含家乡风味的土产。被家乡的山水珍爱。当乡音背井离乡，它又是那么孤单，漫漫道路上找不到伙伴。

　　虽则离乡经年，不改的乡音被人羡慕。不用名片和介绍，大家就会说出我的家乡。那些用乡音说出来的方言，只有家乡人才能享受其中的亲切。

　　最著名的乡音被我们深深怀念。虽然已经离开我们多年。天安门上那句壮怀激烈、充满深情的乡音，后来被数不清的外乡人模仿。整个中国品到湘江的滋味了。

绝壁

纵马踏上道路。贯穿天空的蹄声迅疾响起。我没有归途。只有死亡能使奔跑的道路停住。身后是万仞绝壁。只要一回首，生命将和天空一起塌陷。

有的只能是翅膀上飞翔的诗句。有的只能是用马蹄敲打未知的征程。有的只能是把最后的身躯倒向前方。只要马鞭高高扬起，道路就不会停止。有一种东西在不断提升我们的心灵。

把我们的人生永远置于这么一面绝壁之上，人生的道路会更加开阔。

民歌

　　沉重的土地把民歌逼向天空。民歌里是纯粹的白银和黄金,它给予我们的不仅是稀有的光芒和悦耳的声响。它还给我们一种做人的智慧。即使将金子掩埋于泥土。可有什么样的泥土能藏住金子的坦诚、率真和深刻的力量呢?

　　因此,云朵才有色彩和姿态。大地才有四季。这全是地上的期待。这就是民歌。它们化入血,饱含泪,挥洒着汗。即便有大的苦难和不幸,有沉重的屋顶以及比屋顶更沉重的乌云,可有什么能埋得住这混合着汗水、泪水、血水的心声。

　　田头。黄昏。苍茫远天。我们会听见各式的谣曲。有词的。无词的。他们在以歌声评论人生。至于那些轻柔的小曲,便是劳动的鬓边拂过的微风。那些无词的号子,绵亘有力,是民歌中的精华。譬如三峡号子,只那么一嗓子,便劈开了暗礁和险滩,在浪的激荡中升起人的壮美。

　　是土地把民歌逼向深远的天空。天空变得沉重。这全是地上的期待太重。

秋夜吹箫

箫。深沉而忧伤。正好吻合秋天的意境。

箫与忧伤同握掌中。起伏的音乐里，夜色从箫的周围渐渐退去。我看到有什么东西照亮了黑暗中的箫。我被自己的想象所触动。秋夜，坐在收获的泛香的黄金之上，聆听内心里一种难得听到的歌唱。

我喜欢深沉的箫。委婉，透出水的温情；低回，仿佛扔进深潭的石块，溅起的响声被四壁围住……

月影在我臂弯晃动。止住箫声，我听见另一种比箫声更动人的音乐，在我心里响起来。对于箫，我既是吹奏者，也是我自己唯一的听众。

二十年之前的声音

有种声音在二十年之前的某夜猛然拔节。

断裂。当你在街头奇迹般地出现，我才知道那一年你在我心中留下了种子。人流中，我们相视而立。是立于今天？还是云游于二十年前？也许我们应该沿着彼此皱纹指示的方向走入遗落在昨天的欢乐。

往事在你惊喜的目光中迅速涨潮，把站在你眼前的这个男人浮起二十层。昨天的一切便又全部出现。你的黑发你的微笑你的痴恋，我的自信我的洒脱我的深情。

还是让你的目光悄悄退潮，还是让二十层台阶远离本就远离的今天，还是让我们握着往日的温馨擦肩而过。

难道我们还能击碎一个梦，去重建另一个梦？

伤感的辉煌

那是好多年前的一个夜晚，你的高跟鞋敲出一夜宁静。你的黑发加入这夜色之后，这夜便浓浓地黑。你看着我，你的目光扰乱我的方寸；我望着你，我的深沉拆散你细心编织的温柔。我们都在等待这样一个时刻。

我们都把对方当作一座沉默的岛屿，我们都渴望对方是一条船，我们都希望这船毫不迟疑地向自己划来。

很久。又很久。你我始终没能成为一条船，或者已是一条船，却没能向对方划去。我们终于错过了对方。那一夜直到天亮，我们的脚印在地上写着沉默。我们永远地失去了激动人心的等待。

想起来这一切，因为永远是想象之外的空白而在岁月浮起一种伤感的辉煌。

你是这样远去

是一条清清小溪，是一声悄然惊醒于心头的轻唤。

当一线小溪踩着远天之外的空空足音，踩着我看不见的道路，探出山林，撞在我心头。

那纷洒开的浪花，那溅着我心之欢歌，使我惊异于有别长江黄河的另一种情谊，我看见枝叶在眼前晃动，有一种东西无从启齿。

恍然间，小溪已擦过我的衣襟远去。我忍不住轻唤一声。可这喊声却无人听见。

无人听见。

我便孤独成你远行路边的一块礁石，而浪花只在我的周围重叠着一层层寂寞。

你绕我而去。

微笑的腊子梅

那些姹紫嫣红装点了南方的花走到这，便纷纷撤退；好些娇嫩的生命走到这，只能朝北方怅然投去无奈的一瞥，便匆匆离去。

没有花的北方留下一片苍白。

腊子梅勇敢地跨过季节的雪线，举着星星点点灿然的激动，北方也有了彩色的微笑。

任北风在耳边狂喊乱叫，任雪花在头顶阵阵漫舞，任寒冷在房檐下挂起长长的冰凌；你站在北方的冰雪寒风之中，你站在大森林支撑起天空的北方，你站在以蓝边花碗挥洒豪气的北方；秀气中不乏雄奇，温柔中不失刚强，和大森林般的男人一道撑起北方。

你是女儿中的汉子。你的柔弱中又嫁接了刚强。不过，男人是以勇猛和倔强面对寒冷，而你却是以微笑。

悬念

　　这双眼睛在江南在一条能清清脆脆响出些神韵的小巷天天和我相会。这双眼睛望着我时也像城外的那条清河那么纯净那么清澈那么波光潋滟，向我闪烁一个奇妙的世界。

　　当窄窄的小巷两双眼睛汇合到一起便激荡起许多浪花。这浪花会奇妙地激起且很久不曾落下，一直在夜晚里激荡成一句意味深长的诗句。小巷因此而成为河床，每当两双眼睛在此汇合时，小巷里便涨满盈盈且清清的情意。连我们自己也被这情意浮起来。

　　有一回这双眼睛又远远走来。这双眼睛站在我面前时我觉得这双眼睛是一对熟了的果子，正长在一棵渴望上等待采摘。这个收获的秋天只一瞬便在我眼前消逝了。当我清楚过来转身看时，已经成为过去。

　　这双眼睛一直闪动在我的眼前，这一对红红熟透的苹果如今不知被谁采去了。

这将是我一生的一个悬念呀

　　一只大手掌盖住了你整个的脸，把蒙在你脸上的粗大手掌一点一点挪开，我便可以借朦胧月光从容地听你嘴角淌出的每一丝涓涓笑意。

　　月光淡淡潇洒了你的美丽。我真如隔着一层沾着些雾气的玻璃窗看你，越是看不真切越觉你美丽。越觉你美丽便越想把你看得真切又真切。无法认识你便也无法走近你。

　　把你的照片再读上几遍，一遍遍总读出些新意。可除了一张日渐褪色的照片你什么也没告诉我。

　　爱也不是，恨也不是。

　　把你的照片撕成一块块碎片，撒向夜空装饰这淡淡星月的夜晚。与其说是你折磨我不如说是我自己折磨自己，你并没有给我更多的诺言呀!

　　把你交给比你更深沉的夜，让夜来读懂你不曾告诉我的一切。

案头的剑

一起共有几度春秋，而岁月又至此将它剪断。分手时，你赠我一把剑。

我把它悬在我的案头，悬在我和你分离的日子头顶，那透彻夜晚的寒光曾刺破我的心头，我恨了你许久。这把一分为二、斩断情丝的剑我恨它恨了许久。

剑悬在你我之间。

在你离去的尚无结尾的一个夜晚，那透彻夜晚而来的剑光刺破了恨。我似乎一下悟出剑的含义。它是要我割掉那些虚伪的装饰，那些让人憎恶的品质，那些离正直善良人很远的东西。

割掉这些时，剑便有了意义。

一只手掌的梦想

把紧握的手掌摊开。活似一张人生的地图。手掌上的脉络织成命运的经纬，深刻而清晰。你尽情地读着尽情地开阔自己的想象。你面对这只摊开的手掌，你发现这每一条掌纹里都漫起了水。

你以为自己是一只小船。

你是一只小船。一只江河中泛舟过的小船一只大海中颠簸过的小船一只小河汉中轻漾过的小船。而你一划进这独特的河中，你心里浮起一种感觉，你觉得以前的记忆已不复存在。心灵中可供回忆的唯有这一次独特的航行了。你觉得这是起点又是港湾。你再也不愿离去。

你愿意这河流又恢复成一只摊开的手掌，你正航行在我的掌纹之中。你愿意这手掌紧紧地紧紧地握起来，把你在手掌中捏碎，使你的每一个愿望都顺着掌纹划进我的心中。

在我心中你一定会拼命划动爱的双桨，让我此生在你不平静的激情中得到一种动人的幸福。

透明的天真

一只鸟不慎飞进一座四面都是玻璃的房子内，悲剧诞生。

——题记

这是一个美丽的错误。这是一个残酷的美丽。这是一个飞进来便难飞出的梦想。

一扇透明的高窗招摇着一种诱人的神秘。你顿生好奇，你的翅翼被一种想象鼓起。你的错误就在于本不该飞进来而你飞进来了，本该能飞出去而你未能飞出去。

看着窗外摇晃着清香的绿枝，你冲向透明的玻璃。冲向外面的世界。直至掉落的羽毛在屋内惨然飞动。你不明白为什么飞不出去，你是能看见外面的呀，你不相信有什么能阻拦你。

这是一种透明的天真。你一次次俯冲，直到叫声被玻璃一片片撕裂。你不会辨别透明的障碍透明的墙，已身陷囹圄，却还信心十足。

天真有时是一种美丽。但此时，天真成了你一生无法修改的遗憾了。

门里门外

　　明明感到来自某个心灵的呼唤，却偏强作无动于衷；明明在夜里常被一种噩梦惊醒，却还挤出笑脸为别人愉快。难道这一切都是为了自己。人呀，都在扮演一个外人看来像他自己的角色。

　　常常于夜半，我被门外的一阵敲打窗子的声音惊醒。我明明未能入眠，却作沉睡状。任敲打之声一阵阵在玻璃上碎裂。这种不宁的声响，已搅得我的生命疲惫不堪，而我只能任其折磨。

　　悲剧和痛苦的根源在于我知道敲窗想进来的是谁。他被关在门外却进不来，敲打之声在玻璃上一阵阵碎裂。

　　那黑夜敲窗想进来的正是我自己呀。

无悔的天真

几块积木丰富了你的想象，岁月因此而生动。你以五颜六色和各种形状的木块构造和你一样嫩绿嫩绿的天真。你把未曾见过的外面世界一一搬到你的面前，并把这一切搭成你想象的样子，搭成一个童心造构的奇异天地。

反正天真无所不至，

反正想象无所不至；

你自成世界。你可以扮演这世上所有的人，可不许任何人扮演你。

也设置过几场风雨，也设置过几次冲击，甚至设置过一场战争。可你没有尝过失败和痛苦的滋味这一切的每个细节都由你全权操纵。

有一天，一个让你活几辈子也忘不掉的人抽掉了你积木底层的一块——

世界倒塌了。

易搭起的又易被摧毁。这就是天真的悲剧。

温柔或刚烈的属相

请别忘了，伴随你刚烈属相的身边，是一只温柔善良的小兔。记不清你是属什么了，但我记得那是一个挺厉害的属相。刚烈而勇猛。烈烈的鬃毛在你发怒时直直地竖起。你偏又是女儿身，偏又是眉清目秀中隐藏着你铿锵有声的属相。

今生只叹阴差阳错。

这只长着一身纯白色毛发的可爱小兔，被关在一个精巧的小笼里。笼子里什么都有，青草、水、精心的照料，身子下面还铺上一层厚厚的软软的稻草。可小兔的眼里充满了忧伤，那被长长眼睫隐约遮住的圆圆的眼睛在笼子里失去了它美丽的光泽。这发自心灵的光泽呀。

如果你是一只纤巧细嫩的小兔，而我拥有你刚烈不阿的属相，那才真真可喜。现在，这只被关在笼子里的小兔宁愿是我，宁愿让你享受白云、蓝天、草坪和无价的自由。那么，在这种痛苦的咀嚼之中一只温顺、友善的小兔子会感到宁静的奉献的欢乐。

不论如何，请别忘了，一只小兔子在你的身边，透过没有阳光的栅栏正默默看着你。

枝头

　　我俩的生活中，多的是分离少的是相聚。那长长的月台徘徊着我们的，孤独或是甜蜜。在这里迎你，又从这里送你。然后，那轰隆作响的列车，或是带来颤动的喜悦，或是碾碎离别的泪水。

　　哪怕一个小小的眼神，也全都充满了含义，哪怕是一个小小的手势，也是一种语言；因为爱的语言不需要翻译。

　　我们在分离时懂得什么是甜蜜和幸福，我们在相聚时更理解寂寞和孤独。如果我们暂时分手，只当是冬天来临；如果我们又一次相聚，只当是春花又一次回到枝头。

　　那爱的花不是始终在生活的枝头吗？不然，离别后的心头为何依然温暖如春。

命运无法选择你我

　　绝未想到，一夜之间你红成明星。黑魆魆的夜是种诱惑，况且道路摊开手臂，你在那端摇动分离的紫丁香。香味中泛起童年，那缤纷的刘海儿是如何倾泻下来，<u>丝丝缕缕</u>。没有人能数得清渴望。如水的灯光又在你的左右溅起掌声。一切都在簇拥着你。

　　绷紧双腿，蹬圆车轮。丁香醉人。黑市票价在怎样抬高你的身价呀。道路在眼前猛然割断。一辆轿车尾部亮起红灯。我再次跌进青梅竹马的童年。哦，今晚你只能孤独地为那些陌生人唱歌。当报刊上刊出今夜的车祸，你能否像儿时哭着伸出纤纤小手，两颊挂着几滴透明又纯真的泪珠，"勾个手吧！"你大声说。

　　可是祝福我平安？

　　但命运无法选择你我。

第二辑

竹和竹笛及其他

于清风中有了韵律,于薄雨里,

在青叶上寻到了节奏。

竹和竹笛及其他

来自山间。

山间潺潺的小溪养育了它，阳光和沃土赋予它生命，于清风中有了韵律，于薄雨里，在青叶上寻到了节奏。

有樵夫取其一截。它便于艺人手中有了另一种生命。于是，七孔竹笛注入一股纯真之气，手指有规律地抬起或按下，笛管便流出了溪流、月亮、太阳和情话。

同一根竹笛，如不是调动手指有规律的动作，哪怕注再大的气吹出的也只是一团噪音；听从一个指挥，顺从一个心愿，虽然是七个笛孔，但飘出的却是一个声音。

虽已离开土地，不再枝叶繁茂；而它却又长在另一片土地上，长出葱葱郁郁的一片音乐。

永远的等待

在蓝天之上，在绿山之巅，你伫守在这瞻望岁月。在人们美好的愿望中你成为一条船做永远的等待。听风在林间哗哗流过。听松涛在风中鼓作一股激情，在风声里涌起浪涛。听风声寂然吟诵诗仙的佳句吟诵诗人的孤独。听那一声那一串长长的脚步踏响一路美妙。等待着，就这样永远等待着那一声足音那一串串长长的足音悄然飘来悄然飘来。

你等待在这里。你专为等待诗仙而来。你把山巅的云作为一片起伏的水，等待风声再一次吟诵起那一声千年以前曾踏响万罗山的足音。在风声里在松涛中在固执里在相望间，你痛苦又欢乐、欢乐又痛苦地等待着一声足音。敲响盘旋而上的石级敲响遗落山间的诗句敲响春天洒满万罗山的灵感敲响远行的钟声。

敲响。敲响永远的等待。

(注：船形石在安徽贵池万罗山，曾留有李白诗踪。)

天都峰上的爱

也许你失望的心尚未长出希望，也许你曾发誓再也不打开心怀。但这又有什么呢？只要我爱你。哪怕你把自己，把爱情横锁天际；哪怕你把希望，把钥匙扔下山涧。但这又有什么呢？只要我爱你。

我爱你，我就要开启我爱情之锁。锁上天我都不怕，我会踏一层层石级爬上去，我会从长长的铁锁上寻找辨认出哪一个是你。没有钥匙我会走下山涧，哪怕荆棘刺人哪怕怪石林立哪怕难以寻找。但这又有什么呢？只要我爱你。爱是一种责任一种奉献。轻易得到的爱情嚼不出更多的味道。我爱你我便会不顾一切艰难不顾一切险阻去寻找开启你爱情之锁的钥匙。寻找得越漫长得到的便越甜蜜。

你能锁住自己的爱情，却锁不住我对你的爱。你把钥匙扔掉了，而真正的钥匙却在我心间。开启一颗因爱情而失望的心需要的还是爱。在通向你心灵之门的道路上尽管布满坎坷，但我依旧在走向你去开启那把心锁。

沉默的情人

两座青山，一对情人。

虽然被强行隔开，在一阵雷鸣中化为两座青山；化为两座青山依然深情地在湖的两边遥遥相望久久相望永远相望。曾相依相伴的情人，虽然被分在雨山湖的两岸，不散的是两颗亲近的心。

虽然天天相见夜夜相见，可连手都不能拉一下，只能把一切的爱沉重地压在心底。直压得青山上开出五颜六色的花朵，那该是你内心无法抑制的真情，那该是你内心表达爱的一种方式；在爱的凝神中花朵传递着沉默的恋爱。永远相爱，哪怕仅仅只能在湖的两岸默默相视。

不论是在风中还是雨中，不论是在霜中还是在雪中；两座青山一对情人遥遥相对，在沉默中感到一种爱的力量感到一种理解的幸福。虽然永远不能相依只能相望，但内心却永远没有距离。

天晴朗的时候，风平浪静的时候，一对情人把自己的倩影投进水中。在仙境中拉拉手在仙境中相依偎。而此刻你们是沉默，没有语言。最大的信任是在沉默中实现的，最深的爱情是在沉默中完成的。

两座青山，一对情人。

天都苦恋

心情沉重头顶压下的云沉重。你一级一级地往上爬，离天越来越近离地越来越远，你爬上了天都。

站在天都峰上，你的眼中藏着一种忧郁。远方流来的风冲不走眼底深藏的忧郁冲不走你眉头紧锁的愁绪。你掏出一把锁，把自己的一颗芳心一怀情爱紧锁在天都峰头。让风来吟诵让雾来做伴让整夜的寂寞和孤苦把你独扔在山头。你干吗又要把开启你心门的唯一的钥匙扔进山涧扔进无声的失望里。你干吗要让天都峰头的冷雾浸透你的秀发你的春心，你干吗不让一双温情的手理顺你的爱情。

你失望了。而天都峰上的风没有读懂你的心思它径自走去了。一步一步地往下走，离地越来越近离天越来越远。干吗要失望？世上有一把锁就有一把开启它的钥匙。即使钥匙暂时丢了，而这钥匙总能配好总能找到，只要你不失望，这世界是不乏希望的。

黄山听松

涌过来涌过来，这涛声似一头怒狮在林间狂吼惊动松柏轰鸣；涌过来涌过来，一阵蹄声裹一路劲风抖一身烈鬃把宁静的夜踩成碎片。

一阵涛声涌过来一阵蹄声涌过来。这声音穿透密密丛林渐远渐近渐淡渐浓。

没看见汹涌来溅飞千堆雪，没看见鼓满着浪花的大潮，没看见卷金叠玉的江水自远天推来。而整座松林都激动起来整座黄山都激动起来。黄山在一阵强似一阵，一阵猛如一阵的松涛声中昂然跃起，奔腾向前，跌宕成一条凝然不动的山之河，起伏成黄山特有的来自自然的神韵，起伏成一条绝世的风景线。

黄山人字瀑

　　当面前站立了千年的大山轰然倒塌，你为了开辟一条崭新的道路，自山顶勇敢地奔来，纵身一跃便永远被岁月紧绑在峭壁上。

　　松涛曾在夜里为你悲伤，发出声声长吼。这吼声在峭壁上撞成块块碎片。

　　虽然这样痛苦地被绑在峭壁上，你从不灰心失态从不悲哀叹息从不感伤忧郁，横悬在峭壁上横悬在天地之间横悬在卑鄙丑恶者的灵魂里，为了一次痛苦的激情激情的痛苦，欢叫着大笑着奔腾而下，袒露一身洁白的品格，成为横悬在天地间的一条巨大的座右铭。

桃花潭水

　　小雨湿漉漉，雨中的脚步湿漉漉，雨中的话语湿漉漉，雨中的小镇湿漉漉。踏着李白曾走过的青石小巷，脚步轻轻拍击块块青石，脚下似响起几声沾着湿漉漉小雨的古意。三三两两飞起的房檐翘起小镇独有的情趣，檐角叮当滴下的雨珠沾着些古韵落进我们心中，溅起几句送别的名诗。

　　踏歌台立在小巷的尽头，小镇走到这里才算找到了真正的诗眼。走上踏歌台，不见十里桃花，未闻万家酒香。只见一潭清水清水一潭。这就是桃花潭，这就是酿出芬芳了上千年的《赠汪伦》的桃花潭。

　　站在潭边，唯有沉默。沉默后我们几个年轻的同伴禁不住捡起块块石片，往潭中打着水漂。我们使劲地把石片舞起来把想象舞起来，让石片挟着一股劲风在水上飘动，泛起水花片片。石片在潭中静静沉落，落进桃花潭也落进李白的诗中。是想探测桃花潭的深度？无法探测。无法探测的不是桃花潭，无法探测的是汪伦的深情深情的汪伦。踏歌古岸立在潭边横过无数岁月，一直延伸进今天的生活。

山神

雾气里飘来一声南无阿弥陀佛，九华山大大小小的峰峦皆成为佛。木鱼之声在扯不断的香烟里飘飞。石头不再寂寞，听木鱼之声思念开花。岁月的蛛网罩不住木鱼清脆的节奏。

座座庙宇座座峰峦席地而坐，在浓浓淡淡的香烟里在清清切切的木鱼声中感到幸福和解脱。虔诚的香客以头顶地膜拜着永远不会出来的那个冥冥之中的人。不要去断喝不要去惊扰，在忘我的灵魂已超度到另一个世界。在愿望里似乎感到朦胧雾气里有人伸出手来。于是自己便任它牵着走过去走过去。

是佛选中了九华的灵秀，还是灵秀的九华招来了佛？香烟不断自庙宇的门缝挤出袅袅不断。香客们在烟火里模糊了自己的脸迷失了自己的眼睛。香客们跪拜在佛的面前。佛寂然不动庙宇寂然不动。静默之中，佛和庙宇伴声声木鱼虔诚拜倒在九华脚下，听山间清泉一次又一次净化着人间。

庙宇里跪倒一群香客。九华脚下跪倒一群庙宇。人制造了佛，是九华灵秀喂养了佛。九华和佛跪倒在人的脚下，人是真正的山神。

望夫山

　　时光之蹄踱到这里顿然定格，天空下是你凝然不动的身影。岁月的烟云中你站成一篇泪水泡酸的童话。风撞在你的身上化作声声叹息在浪尖打碎。感情的地平线上，你披一身秀色昂然崛起，撑住望夫盼夫等夫的信念撑住半个倾斜的世界。

　　岁月会老去的，看片片枯叶翻飞；风也会老去，看池塘里荡起的深深浅浅的皱纹。你却如此年轻，看山间亭亭玉立的青松绿竹看铺一山的绿色，春天是你的年龄。以执着而坚定的沉默切割时间，让时间白色的血管流出红色流出热情。情感的地平线崛起你的形象永不枯黄。

　　期待也永不枯黄。因为你赤诚的愿望里隐伏着一个春天定会到来的春天。

纤夫魂

一双双大脚踩在沙滩上，默写下内心强劲的信念。一根根纤索在肩头，绷紧了心内涌起的号子盖过了涛声。

号子在汗水中飞溅，酿成雄浑的力，于是岁月在宽阔的肩膀上稳稳前进。多少年了，你洒落的汗水曾使这大河一次次涨潮，你肩头拉紧的纤索崩断了一根又一根。

而你依然紧拉从不轻易流逝的岁月，绷紧浸透着血汗的人生。

你的生命因而生动起来，辉煌起来。紧张的生命，没有虚空。

终于有一天，你肩头和船舷之间的纤索突然崩断，眼前的世界顿时陷落。

就在纤索崩裂的瞬间，涨满风帆的号子，便在天空溅起摇撼天地的回声。

……

残缺的月亮

采石矶可见一曰联璧台的大石临水而立，又名捉月台。今仅存半璧。

一半已轰然倒下，倒进滚滚江水溅起一江起起伏伏的心事。

一半还凄然独立，独立于滔滔江边立成一段残残缺缺的传说。

天上之月人间之月。日夜画在你的心头刻在你的心头，泻满诗行。化一股清流注入血管，在岁月里时时撩起你孤独的诗魂。天上月轮，高挂于清风之中摇摇晃晃，仿佛会被一阵风吹灭。而十五的月会挤去那半轮寂寞半轮孤独。天上之月人间之月终有圆的时候。

天上之月人间之月跌入柔若妖媚的水中不起波澜不起波澜。地上空留联璧台难再联璧。半璧石台已随你轰然投入江中随你捉月而去。听耳边高一声低一声的呼喊不再归来。空留联璧台空留半璧伤心的传说。

联璧台不再联璧不再联璧。

今夜月难圆月难圆。

不动的桅杆

江风荡满雄劲的帆,自遥远的年代驶来驶进明朝。迎江寺昂然站成江南秀色中的风景。看滔滔江水汹涌而去奔腾而来。两把在历史中锈蚀成块块脱落的岁月的铁锚,两把在传说中永不生锈的铁锚,沉入江底沉入记忆沉入历史。铸造进执着性格铸造进深沉的心愿,在浩荡的江流中在美丽的传说中,以男子汉的姿势扎进深深的泥层。紧咬住流动的水,在沉默写成的昨天今天明天刻下信仰。

振风塔在传说中岿然成为不动的桅杆舞百年劲风。在旅游者眼里在地方志迷人的篇章扬一派安庆的风采扬一派长江的豪迈,在诗人心中振风塔正高挂一片飘荡的白云。

雾藏太平湖

　　太平湖有雾又多雾，雾中青山是位秀丽动人的江南女。持一条白纱在微风中轻轻轻轻摇。直摇得风中有甜甜的香味，直摇得雨中浮起绵绵情意，直摇得几百里太平湖心旌摇荡。斜斜细织的雨丝里有江南女扯不断的情意缠缠绵绵。时而挥一片白雾遮住自己的脸，时而甩一片白雾披在葱郁的秀发上，时而又把什么都蒙起来，让世界一下跌进一片宁静的神秘里。

　　江南女在雾中染上了初恋。江南女害怕情人看见又渴望他看见。于是，便扯开白纱巾露出自己的脸，等待着情人的目光缓缓缓缓抚摸。江南女心一动，多情的白纱巾也随之舞动，舞动一片朦朦胧胧的诗意。映山红在白雾中开得很朦胧，映山红是别在江南女鬓边的一朵朦胧羞色。江南女把自己全部的爱倾泻进太平湖，太平湖绵延几百里的感情涟漪，在斜织的雨丝中荡荡漾漾。

梦中人生

　　木鱼在香烟里敲响一片宁静。庙宇里泥塑的菩萨合拢双手，永远默念听不见的经，一个个和尚坐在庙宇里坐在烟火中，几声祈祷便架一座通向乐园的桥。年老的额头爬上了皱纹，皱纹里若隐若现的故事在烟火中淹没；年轻的眼里闪现天真，天真正在炉台上一点一点地燃烧。

　　和尚们端坐着似乎比泥塑还要虔诚，只是木鱼比经书念得更响。一个个微闭双眼，眼前闪过的五颜六色使和尚们忍不住从香烟里挤出一丝目光，牢牢粘在那最鲜艳的身上，目光随之走动，而这目光，再也走不进那鲜艳的生活。

　　木鱼几声敲在你的思绪上。你本来自尘世，而现在人世却是你梦中的生活。

长江写意

小溪怡然漫步于绿草间。写一行灵灵秀秀的清澈, 哼一曲委委婉婉的轻歌。

你挟一身风卷残云的豪迈鼓一腔惊天动地的狂涛奔来。飞扬一身正直一身豪爽一身洁白, 沿岸竖两耳敬佩两耳崇敬两耳顶礼膜拜。听你汹涌奔腾的激情听你浩荡翻卷的自白。

随悠悠溪流去柳岸邀月独酌, 惊湿几番晓风残月。溪流经过的地方已长出一片绿肥红瘦。你是关西大汉, 鼓一阵波涛扬一片浪花, 胸间便可灌满你的神采。你雄雄浑浑的气派淹没了许多小桥流水淹没了许多候馆残梅淹没了许多花前月下。

你汹汹涌涌浩浩荡荡溅飞千堆雪, 溅起浩浩荡荡汹汹涌涌的豪放派。

撑腰石

一阵又一阵松涛在为你呐喊助威壮你撑腰的气势。自诞生以来你就这样挺立着肩一身重负。你早该累倒了。早该在某一个夜晚在微风深情的歌声里醉卧梦乡。

你太累了。你不光要挺起一身重压，还要挺住天空劈来的雷电挺住一天凄风苦雨。

你太痛苦。你的一生就这样托举着一身重负，永远挺直脊梁永远不得片刻的轻松。

游人禁不住折根树枝插在你的身下，为你分担几个世纪沉重的痛苦。你不能倒下你千万不能倒下倒下便陷落了一座风景毁灭了一山信仰。就这样傲然挺立。在风风雨雨中昭示着男子汉的泱泱风采，站成一座不倒的山魂。

梦水乡

乌篷船泊于岸边。浣衣女在河边抖动衣衫抖出一河波澜。

船上的小伙目光很缠绵。浣衣女可不管小伙的目光如何多情，举起手中的木槌一下一下，把那热辣辣的视线斩断。小伙失望地落下船舷上的布帘，解缆放舟，离岸而去。

那是他的岸呀，可是他无处系缆。

乌篷船沿着水乡河汊悠悠划动。姑娘的心可不如这弯弯河水温情又妩媚。他不怕风浪，最怕的是无风无浪静如死水。

那么就入梦吧。

那花衬衫还是在他眼前抖来摆去，他的心被一种情绪煽得难以入眠。

南方石之梦

　　无故梦于某种状态悄然凝结之后，我便成了一块多情善感的南方石。

　　我走不出去，你也无法走进来。这无底的黑暗便成为我们拥有这世界无可选择的唯一方式了。可我总听见有一种声音，在日夜不停地敲打着。这声音在黑暗之外，但这锤子却千真万确地敲在我身上。让你锤，任你敲，难道这无形的黑暗也能敲开？

　　无数次地敲打……有那么一锤一下敲在我心上……终于，我的躯体被敲开了一条缝隙，一丝阳光涌进来时，心中之梦顿然消失，我锤炼成一块纯粹的石头。

　　敲吧，禁锢于石头里的阴影都能消失，还有什么顾虑呢；敲吧，作为一块回归自然的石头，我将任你千百次地敲打。

看那满山的竹

唤一声，那漫山遍野的青青翠竹就会起伏摇荡；唤一声，那段段竹节就会敲开心怀道出自己内心的所有秘密；唤一声，那片片竹叶就会在风中婆娑舞动。

看那满山的竹锁不住的春声声拔节。段段猛长，枝枝开放。段段枝枝全泼入板桥的画中。只信手一甩，顿生一团生气。

棵棵见风采，节节有精神。分不清是长在画里，还是生在土中。只觉那清瘦脊梁陡生一股精气，可以随温柔的风而摇荡，却不会在狂雨的敲打中失去原有的挺拔。

唤一声，板桥先生。根根竹节吱呀裂开。流出的清气铺满泾川宣纸。

题徽墨或其他

　　一只小巧精致的盒子断却了你的一腔血脉，供奉在装饰柜内，玲珑的样子让人握不住。

　　紧攥手中，使劲地来回划动。亮了一个黑色世界。把一团黑墨倾在白纸上，你这才证明了自己的清白。于是，你就使劲地在另一块石头上来回划动，直到石块磨得你淌出些泪水来，沥出些黑血来，你才敢表白自己，你才能表白自己。

　　那黑黑的世界才算透进几丝阳光，才算探出一扇小窗。

　　你是以搅拌着血的浓墨证明自己的清白。

小溪或者是我

起初你有些缠绵，绕着那些绿树、青草缓缓地流。也正如我一开始离开她，有些徘徊，内心中也缠绕着绵绵的情感。

而那些林中的小潭终不能使小溪听到大海的壮阔波澜，终不能让小溪在一朵朵浪花跃起迸裂时听到一个伟大的脉搏上起伏着的绝响。

感叹已是多余，放我去如火的生活中，给激情不断加柴。

个人的温情很容易被人忘却，而大海中的一朵浪花已具有崭新的意义。离开并不是忘却，厮守也绝非幸福的真谛。当我在另一处见到空阔高远的蓝天或者大海，那留我驻足的一切反倒觉得离我近了，那清清的泛着些微澜的小潭才真正被我理解了。

向往北方

　　被一条江挡住了。我这个南方的孩子只能让江水于夜梦倒流，捎去我一段情意真切的向往。

　　向往北方。

　　向往那雄奇阔大的草原向往那古木遮日的森林向往那洪钟般掷地有声的北方向往那以大碗酒对饮真诚的男儿好汉。

　　终经不住这撼人心魂的向往，我去了北方。回来时什么也没有，只带了一幅在森林里静画三天的油画。带回它我便认为是带回整个北方了，那森林太像北方人。

　　把画装好框子之后我便把它挂在墙上。这样我的每个日子里都伴有北方了。没过几天挂画的钉子掉了。另换一处钉好挂上没几天还是掉。又换又掉。

　　我的北方呀我的向往岂能是一根小小的钉子所能挂住！

　　它悬着的可是我整个的生命呀。

北方人

我真正的朋友是北方人。

他们都居住在一座正直的城市，这城市的每行街道也像北方人的心，总是直来直去。这座城市不会说谎，因为这座城市居住的都是北方人。北方人的心怀一敞开不像江河也不似大海，他们是大瀑布，一股脑儿把自己内心所有的一切全都倾泻给你看。北方人不知道虚假，北方人会为一句假话而几个晚上睡不着觉，非得重新更正之后才觉舒畅。北方人疼妻子也打老婆，可打过之后又把妻子搂在胸前，让她挂着泪水枕在自己胸膛上安然入梦。

他们都长得高高大大，因为他们不会曲里拐弯地玩心眼，连肚里的每根肠子都是直的，因为他们沿袭了北方常见的松柏。他们一端酒杯就脸红，这可叫朋友放心。都说红脸是忠臣。

我有许多夜晚梦见北方人，这使我要说——

我的朋友是北方人。

南方人的小巷

　　小巷铺着青石块块。那青石被岁月磨得很亮。小巷被两旁的房屋挤得很瘦。一根竹竿可以从巷顶搭过去伸过来，然后晾上衣服。小巷很少有阳光，小巷有阳光时也是斑斑驳驳的。

　　我的童年就是数着块块青石伸向巷外的。我熟悉这小巷。小巷有几弯几折我知道，小巷里哪高哪低闭上眼我也不会跌跤。哪家门朝哪儿开哪家有几口人都有数。连一声咳嗽是大爷的还是大娘的，连一阵脚步是叔叔的还是阿姨的我都分得清楚。

　　小巷很小。谁家响起一阵笑声会让整个小巷都喜盈盈，谁家干起仗来整个小巷都会充满火药味。我大了，要走出这条小巷时却跌倒了。我在我最熟悉的地方却跌倒了。我回头看时，觉得这生我养我的小巷却一下子又变得这么幽深，觉得我还没有读懂小巷读懂块块青石每道弯口都熟悉的小巷。

　　哦，我的小巷，我要阅读一生的小巷。

小巷人物

　　窄窄小巷把你弱小的身子挤得愈加清瘦。脚下的每块青石都是一条谜语，直到半辈子的今天仍纠结着几多迷惘。

　　常有衣衫在小巷窗口，晾开如背景。飘动时正衬出你的忧伤。每天你头顶一片阳光，默读着脚下的青石让脚板磨出的茧花，为你的坚贞做证。每个来回都补上一块空白。

　　有哭声惊醒的这一天，你清瘦的身体被含泪的视线缝进岁月。你的故事绝没有完呀。

　　只要有风吹动那些日子，你的身影又极有激情地动荡起来，整条巷子猝然响满你沉稳的足音。

第三辑

春天的心脏

春天是大地的心脏，

谛听着泥土深处涌出的声音。

春天的心脏

　　花朵端坐于春天的中央。春天是大地的心脏，谛听着泥土深处涌出的声音。这有力的跳动在山野之间形成一片无际的妖娆和翠绿。覆盖住我们眺望的眼睛。给我们幻想。

　　在最美丽的词语里，我们找到了春天；

　　在最动人的景色里，我们找到了春天；

　　在我们自己富有节奏的脉搏里，我们听到了春天的呼唤。

　　当我走近那些花朵，将罩在花朵之上的彩色花瓣一一掀去，我看见顶着花朵端坐于春天中央的其实是一个个人。当我贴近这一个个人，我听到了他们的心脏的跳动，只有这心灵的跳动，才是在大地上真正的欢歌。春天的欢歌。

在那果子的深处

寒夜成了你唯一的相知。

清瘦的枝丫寂寞地摇散几缕冷风，把不幸和这夜色一般浓的沉默交给漫漫黑夜。

有幸在春天的暖风中绽开往昔，那枯萎的日子重又开放。有了昨天的遭遇，你便知咬紧枝头，任风吹雨打。到秋天，微笑间溢满闪烁的金色，藏在浓浓的枝叶间，你有自己不能言明的灼灼真情。

你不知这只饱饮了泪水、痛苦以及失望的果子，被天真的她咬开之后。

能否流出甜甜的汁水？

譬如一双赤脚

这是语言纯朴的方式之一。恰好契合着天籁。轻轻地。轻轻地。热切的土地合上我的脚拍。两种生命在做一次交谈和拥抱。

裸足穿过云空下的田野。土地把一种心跳传得很远, 很远。沉默是因为这双脚太懂得语言。太珍惜语言。喧嚣、浮躁不属于这厚重的, 能生长稻谷、小麦、恶花等植物的土地。那些果子和花草自有它们的语言。这些土地上长出的优良作物当然属于某种沉重丰厚的语言。

一双赤脚是一种语言。倾心于泥土, 才以这种贴近的方式感受生命最初的形式。脚步是阅读土地后留下的一段随想。也可以说是土地为这双脚留一份备忘。

脱去伪装的真诚。

譬如一双赤脚。

歌颂一种做人的姿势

　　土地上农人弯腰面朝黄土。他们在播种。在表达自己对土地的敬意。他们从不会背朝大地，除非死亡。他们饱经风霜的脸刻满了对大地的敬意与感激。

　　骨头不是劣质酒，可以任意掺兑。骨头是金子，不容掺假。不然光泽就会暗淡。有人喜欢频繁地弯腰，借以表现他们对某些事物的敬重。譬如碰上金钱、权势或者它们的主人。弯腰的柔媚里找不到一根骨头。骨头被他们的私欲一一敲碎。骨头，这土地上开放奇香的花朵，它的香味可以穿透历史。有的可能遗臭万年。

　　向善良的人、正直的人、贫困的人弯腰。向善良的人弯腰，因为他们做人的准则，与我们内心的理想不谋而合。向正直的人弯腰，因为有了这些骨头，身体的某一部分才发达、有力、健壮，被尊称为脊梁。历史壮怀激烈，海水充满咸涩。脊梁横在真理与邪恶之间，让正直的骨头接受打击。向贫困的人弯腰，是说明我们愿意把我们的手从空中放下，从一些美好的事物中抽出。给他们阳光、面包和爱。给他们一双手的温暖。

　　弯腰与直立是一个高度。当我们把腰在人民的面前低低地弯下，我们因为弯得低而获得了这个高度；当我们在泥土面前不弯下自己的身躯，我们便失去了这个高度。这是一个境界，这是一个心的高度。

　　骨头。碰上柔软的东西，总是更为温柔。碰上坚硬的东西，会更加坚强。有什么东西能将泥土塑造的骨头轻易打碎？

像花朵迎接春光那样

忘不掉的自然还有连着痛苦的幸福，自然还有连着料峭的春光，以及在黑暗中依然大放光明的美丽。这美丽衍生的光泽是连黑暗也无法阻挡的。

那些温馨的日子，有如你的发辫，被流失的光阴一一打散；并且，这缕缕黑发将要变黄、变白；并且从所有的记忆上脱去。

那些如梦的夜晚，你温柔的手蒙住了我的眼睛，蒙住了我的一切，我只能深陷其中。

还有什么呢？你的沉默，以及与沉默相连的微笑，都让我的心犹如一朵花烙在了整个春天。这春天，这花朵，就被一个一个的日子收藏了。

一切该珍藏的自然早已铭刻于心。

让我们感谢时间吧，感谢它教会我们享受幸福时，又教会我们默数光阴，把泥土中掩埋的金子挖出来，把昨天流走的月光找回来，把痛苦化成一泓清泉，洗去所有岁月的尘埃，这时我们才会发现，爱依然在我们心中。

像花朵迎接春光那样，难道我们不是可以坦然地接受即将到来的一切？可是，我却见你将如花的脸悄悄隐入一片阴影之中。

美丽的春天歌颂的永远是劳动

　　仿佛春天是从天而降。其实这是一个误会。探寻石头开花的秘密，还要从石头开始，我相信这万古不化的石头中早埋下一粒花的种子，我相信这久久无语的石头里早揣着一颗滚烫的心。风雨中磨砺。霜雪中摔打。历经光阴岁月。当然，我们看到的只是石头开花的奇迹，而忽视了石头中包裹的艰辛。

　　春天。在春天还没有到来之前，就在一双双劳动的大手中忙碌。它们编织着彩带。它们调配着色彩。它们梳理着微风。它们掘通了溪流。开花。飘香。溢彩。是后来的事了。溪流的歌唱也是后来的事了。

　　春天的繁荣之中，我们看不到劳动。这是因为春天太美丽。它的一枝一叶足可抵消我们所有的艰辛和劳动。而美丽的春天歌颂的永远是劳动的双手和汗水。

十指磨出茧花

当我从炉火中抽出最后一根木柴，春天便吹灭了寒冷。动作简单，寓意深长。当你在寒冷的冬天，在火的身边寻找温暖，渐渐升高的暖气把屋外的冰和心里的冰全都融化时，你便知道：该抽去这最后的干柴，不然它会挡住你迈向春天的门槛。

享受了一个冬季的孤独，你有如一个寒夜吹笛者。有时间仔细丈量每一个笛孔间的距离。直到把十根手指都磨出茧花，你方才悟到：冬天是一首如此深沉的曲子，需要你在最孤独的时候，一边吹奏一边倾听，倾听冬夜里灵魂的声音。

我们更愿意在春花绽开时去踏青，悠然与轻松托着我们的脚步。

如果没有这冬夜的体验，你便没有抽去最后一根木柴的快乐，你便以为春天的脚步都是走在花朵之上的。

守着我的庄稼地

　　这辈子我并没有指望过别的什么。我知道自己。离开了锄头、犁耙、肥料、阳光、水，我再也无法给自己找出更好的选择。祖辈们都是这样干的。他们干得非常出色。至今我们依然在享受着他们汗水的光芒，享受着土地给我们一些朴素的道理和诗情。

　　他们给我的唯一遗训就是热爱土地。

　　我渴望过飞翔，我知道这需要一双强有力的翅膀，我渴望大河中搏流击水，但那水手的水性我今生不能得到。既然我其他什么都难以做成，我找不到我需要放弃土地的理由。甚至找不到放弃种庄稼而去种花的理由。

　　守着我的庄稼地。我的汗水只有在这里才真正有滋有味。那些在我的思想里结苞打蕾的诗句，才不会空虚。了解你自己，别看到空中的鸟儿，就认为自己也会飞翔。

巴掌大的园地

一

　　这时，所有的收成和欢乐都是属于自己的，因此，我们才获得了别人无法得到的幸福。

　　点些豆子，种些青菜，播些花种，除了锄地、浇水，再洒些汗水。这收成的日子就会一天天地临近。等着那些小小的种子绽出芽来，爆出翠绿，一片片展开绿叶，一束束垂下果实时，我们的心是一颗果子，饱满而充实。这样的日子虽则平凡、普通，但它真正是自己的。就是在这种普通的日子中，我们获得了一种美好的高度，一种对美好事物和情感的憧憬。

　　巴掌大的园地也需要汗水。

　　巴掌大的园地也得到欢乐。

二

　　当我亲切的目光抚过那些白菜、萝卜时，它们生长的情景从我们的汗水中一一掠过。这些汗水由咸变甜。真正甜蜜的当然不是汗水。

　　自家的园地虽只有巴掌大小，但我仍未将它随意放弃，任其荒芜。再阔再肥的好地，没有勤奋的开垦，它仍只能是一块荒地。搬弄着巴掌上的十根指头，我满心疼爱，一心欢喜，因为我们终日相处。对于土地也是如此。因为我们劳动过，我们懂得汗水里包着的是什么，我们知道汗水的咸涩。所以我们才渴望汗水也会变成甜的。

　　别小看这巴掌大小的园地。虽然很多人都会无所谓地听其荒芜，可我不。巴掌大的园地里，一样有广阔原野里的收成和欢乐。

　　人生该有多少块本可以大有作为，而我们却任之荒芜的巴掌地呀。

泥土

泥土，即使被人们踩了又踩，真正让我们享用不尽的还是泥土。

泥土，可以过海远游，揣在思乡游子的怀里，暖着一个故乡。

泥土，塑成庙宇里的佛，供奉得很高。很高的是泥土还是佛？

使我们活下去的是泥土。

最终的归宿仍是泥土。

泥土，永远被我们踩在脚下，却又是我们无法不永远珍爱的。

庄稼

　　庄稼指的是粮食。遍布在田地里和我们肉体里的平凡的粮食，成一面我们精神之外飘舞的旗帜，指点着我们的言行和生命。我们常常陷入无言的感激。

　　浪费是存在的。因为总有那么一些人，永远没法懂得什么叫汗水。真正的生命是居住在汗水里的。地里的庄稼在我们的视野内弯腰弓背，如同我们含辛茹苦的父辈。

　　饱满的谷物，在我们的嘴里，嚼来嚼去，全是汗水的滋味。谁能真正享受汗水的滋味呢？

石碾

　　你不喜欢饶舌，你是深沉的，从不轻易地表白，长久的沉默会使你瞬间的表白更有分量。

　　当一个金色的季节铺满谷场，当你和稻谷紧紧拥抱时，你才尽情倾吐出积蓄了几个季节的思念。

水稻

　　水稻。粮食中充满了神秘之意的植物。一半在水上，一半在水中，一半在水下。

　　泥土赋予稻谷生命。

　　干瘪是因为没有水。

　　失去水的结果就是枯萎。

　　水稻丰收的宝贵经验，至今仍在教导我们。在稻谷走向金黄的路途，都有谁伸出的手臂在助你一臂之力。

秋之变奏曲

　　秋天在金黄中迷失了, 变成一只不知名的小鸟, 把登在秋季的头条新闻, 向人们广播。这是汗水的诉说, 这是土地的昵语, 这是填写大地答卷的村民的喜悦。

　　秋风, 是挂在枝头的叙事诗。

哑枣花

自从那个开花的雨季你被一阵乱棍打过之后，便只开花便不结果，你成了一枝哑枣花。

甜蜜走到这多跨过去一步便成了痛苦，哑然失声的痛苦。

春风轻唤一树的枣花开了你也开，虽然是一枝不再结果的哑枣花你也开。别的枣花生长的是甜蜜，你是一枝哑枣花你不结果你无果可结。

你仿佛依然在做结果的梦，你开得那么热烈那么蓬蓬勃勃。可你即使再开上一百次一千次依然只能是一枝只结梦不长果的哑枣花。虽然一千零一次地开花依然不是结果，你却仍旧默默地开默默地谢。

你于这一树怒放的枣花之中莫不是举着满枝无语的昭示。

有一种花

　　那些花全都开了，还有那些曾被随意践踏的小径。当我在一个黄昏独自散步，意外地看到这羊肠小道的两侧簇拥着星星点点叫不出名的野花。我停下来，让以往的日子也停下来；用一颗友爱的心掂量这花朵。

　　不知道有多少微笑被我错过，不知道有多少注目被我错过，不知道有多少握手被我错过。错过别人多少次，就错过自己多少回。

　　总不会有花朵错过春天。总不会有秋天错过果实。这一切都富有深意，让我不能言说。冬天只在那儿默默蓄积，一切都将会不言自明。绽开的蓓蕾也会唤醒春天。这一切因什么而生动和美丽，这一切因什么而令人感动和深思？因为有一种花在我们心里久开不败。

　　因为有一种期待日日常新。

枣树情

没看见你有丛生的白发，没看见你额头有绽开的皱纹，你却已老去。你也结果，但收获的却是颗颗酸楚。开花你不欢乐，结果你也没有甜蜜。脚下虽是一块贫瘠的土地，你依然把根深扎进土里。

你爱这块生你养你的土地，你把无言的爱深扎进土里。哪怕这是一块不生长甜蜜的苦地。

每回走过你身边，不敢抬头看你，怕你凌乱的枝条刺痛我的心。不敢看你呀又想看你，看你瘦弱的身影在风中晃动，摇落我一眼泪水。有泪便任它流吧，我只想让这泪渗入你脚下的泥土，给你一点养分。只是再不愿看你瘦弱又单薄的身子在眼中凄然地晃来摇去。

又开一树枣花，又结一树果实。

哗啦啦打落一地笑声。

哗啦啦打落一地甜蜜。

谚语

短小精干的谚语是岁月磨炼出来的。它所有的魅力皆因源于民间。它们和麦子一起抽穗,它们与水稻一同扬花,它们同棉花一块儿打苞。因为有了歉收挨饿的经历,经验显得尤为可贵。

谚语的双脚从未离开过土地。不在任何人面前卖弄技巧,始终是一件朴素的外衣,谁都可以亲近。谚语在田垄之间赤脚行走,在高坡的地方向更远处眺望。望得很远,远到下个季节之外;望得很深,深到我们心里小小的愿望。

在一生闲暇的时刻,谚语嚼来很有滋味。原料都是我们熟悉的汗水、血水和泪水。谚语的写作宜短小易记为佳。犹如一只手电集合的光辉,使前行的双足,在夜色里陷入一片幸福的光芒。

节拍

我是农民的儿子。对土地我有深难及底的感情。因为那些交错的河汉犹如血脉流畅，日日在我身体内叙说乡情。

我喜欢在夜静更深，独自一人走向旷达的田野，把一张饱经岁月的脸，贴在冰冷又温暖的泥土之上，听听大地的心音。这成为生活中日日温习的重要一课。与土地相亲的人不懂得泥土是一种悲剧。

听大地深处那沉稳、饱满、结实的语言撞打耳鼓。打得我的心柔情似水。打得我的心坚如铁石。当我疲倦时，这隐隐传来的心跳，给我一种坚强，一种力量。当我浮躁虚华时，这咚咚传来的节奏，给我一种稳健，一种智慧。

作为农民的儿子，我常问妻子，我的身上有没有泥土的素朴，善良，扎实？大地上悄然生长的庄稼，最理解土地情深。做一株植于泥土的庄稼，深入地底，合上大地的心律。浮躁的人生就会获得一种凝重。一种厚实。

稻草人

站在旷野的冷风中，你守看的稻谷和庄稼，已经被丰收的马车带走。你孤独地看着远去的辙印，独守秋风。

稻草人曾经幻想它也有一双明亮的眼睛，弹奏阳光和月亮。稻草人曾经渴望有一副动人的嗓子，对着田野唱出心声。稻草人的梦，在秋天的时候破灭了。它痴痴地看着那些车辆，把庄稼带走。稻草人的眼中有了泪水。但谁也没有听到哭声。

冬天，有人把你从田头拔去。来人看不见你幽怨的眼神。稻草人真想说，就让我腐烂在这里吧。可它说不出声。它被扛在肩上带走了。稻草人怅望着渐渐冷下来的飘雪的天空。

稻草人说：我是你们的朋友呀。

我的枝桠

　　是什么缠绕在心头，不远不近？它们在有风的时候总会飘起来，很轻，很淡。轻至无重，淡至无色。那唯有的一点重量，仅存的一点色彩，却这样难以化去，难以稀释。

　　五百里之外，又五百里之外。其实，哪怕是一里之外，这距离也是我终此一生无法企及、无法挨近的长度。与往事总是保有一段距离，这距离是任什么也无法改变。直至我们在某本书里也成为往事，被一些相关的情节连到一起，我们才会体会到，我们原来也是一缕烟云呀。

　　可我不知道，我这朵烟云有什么样的枝桠牵挂着？可我不知道，那牵挂着我的枝桠是否已在那一阵狂风中折断？

童年(三章)

乡居

乡居的情景是一幅淡远恬静的画。画之外你才能欣赏到这份美丽与悠然。我曾是这画中一个放牛的孩子, 在一个临水的塘边, 我涉足, 牛喝水。天掉入水中一片纯蓝。

那时我是一个孩子。只认识青草与小鸟, 只认识野花与溪水, 只认识清风与小路, 只认识天空与高山。一个孩子的心中全是诗。美好的东西只与美好的东西互相辉映。这就是一颗孩子的心。

孩子的脚下有很多路。有放牧的路。有寻找野花的路。有捉花蝴蝶与红蜻蜓的路。有上天摘星寻梦的路。而反复走着的就是回家的路。

离乡数年, 家乡真的成了一幅画。这画不是挂在墙上, 不是印在书里。每一次, 当我的心又脱开尘缘, 又远离喧嚣, 我便会走入这画中。我看见童年时那个纯洁无瑕的我, 在向今天的我微笑。可我听不到那如水一样纯净透明的笑声了。

枣树上打不落的童年

　　枣子在我的身上溅起了秋天所有的欢乐。站在枣树下，站在秋天这金色的雨中，收获的喜悦和激动把我的周身淋透。

　　那一颗颗浑圆、结实、红晕的枣子，分明是一颗颗小太阳，在回忆中照亮童年。枣花刚扬，我就盼着这一天，盼着这些个小太阳在我的期待中闪闪发光。我会爬上枣树，坐在枝丫上，看那些枣花让太阳都花了眼。这一树一树白色的枣花，使我的童年有不谢的洁白和香味。

　　姥姥家院子里的枣树呀，你还记得那个光屁股的孩子吗？他偷吃过你枝头不曾长熟的青枣。他眼巴巴地等着打枣的日子。他天天来看，生怕一夜之间忽然透红而错过了打枣的日子。这些枣树，这些枣子，长在我的童年里，任什么也打不掉。好想再站到你浓浓的枝丫下，站到熟透的枣子下，看你在一根竹竿之下跳满在我的头上，手上，我的全身。打枣的喜悦被童年带走。即使真的再给我这一片枣树，我还能回到我的童年吗？

拾稻穗的孩子

我就是那个在收割后的稻田里拾稻穗的孩子。稻田里依然有谷子的收获，而我已不再是二十年前的孩子。二十年前的天很高、很蓝，我很小的身子俯向大地，俯向秋天。当一车又一车的稻谷被拉走，寂静的田野像产后的母亲，在宁静中沉入幸福。

捡拾那些被镰刀和车辆遗落的谷子，我欢快得像蜻蜓，勤劳的翅膀遍及稻田的每一个角落。小小的口袋一会儿就涨出来。黄昏的归路上，一袋谷子压在我小小的肩头，一双赤脚在乡路上深一脚浅一脚地抒情。

这样，我度过了多少个金秋，不能亲手耕耘、播种，但我知道不能让每一颗无名的汗珠轻轻丢掉，不能将饱满的谷粒遗落在收获的金秋。

二十年后的今天，一粒米或稻谷不能让我弯腰。甚至成碗的饭，成桌的菜被随意丢弃也不能使我心动。一回忆起二十年前，我弯着小小的脊背，俯身田间，在烈日下捡拾一粒稻谷一根稻穗，不能消化的昨天就像一块石子，卡在我的良心和心脏之间。

铁锹

一旦深入泥土，一切自会明白。只有深入泥土，你才能够明白。如果你歇得久了，生锈是免不了的，那些生动的民歌从昨天飘过。只有挖到最深时，种子埋得最扎实时，那土里土气的歌谣才最动听。

对于荒废的光阴，铁锹默默地将这沉重的一页翻过。那些让太阳见了都会歇脚的肥沃土地，谁忍心再荒废下去？

只有一双长满茧花的手才会明白铁锹，明白铁锹下的泥土情深。当铁锹深深地吃进土中，我才明白铁锹为何在通红的火炉中那样燃烧，为何在铁砧上那样锻打。

没有这样的燃烧，没有这样的锻打，它便难以更深地吃进土中，它便读不懂农民对土地的一往情深。

锄禾日当午

你当然可以明白苗青苗壮的原因。

一首诗穿过千百年的光阴，直至被孩子念得烂熟。但田里的杂草依然不曾少。田里弯腰锄草的人永远被一顶草帽遮住脸庞。唯有一个身影在日头当午之际默默向前，身后是李申的绝唱和叹息。

当一粒米、一碗饭被我们浪费，我看见李申诗中的二十个字里涌满了泪水。拿掉遮住老农的草帽，我听到土地和乡亲一起哭泣。我的一双筷子在白米上颤抖，再也夹不住白米，夹不住尚未泯灭的良心。

我可以说出世界上的很多河流，但唯有这一条永远不会干枯。它就发源于我的那些乡亲的身上，它把劳动这两个字洗得发亮，它把这世上所有的污垢和肮脏都洗干净。只有在汗水里我们才会懂得劳动。

苗青苗壮。

滋润它的全是汗水。

信笔人生（三章）

寂寞难耐

人说独处时，寂寞难耐。这是人生一境。如果耐不住这份寂寞，必然会内心浮躁，读书则字不入眼，意不入心；作文则言不达意，心猿意马。浮躁者则如一叶浮萍，如风摇摆，随波流动，沉不下心，则无根可扎。

而最寂寞时最利于思考一些问题，它只要能静下心来，往事纷来，人影晃动，世事穿梭。而寂寞者则可独立其中不移、不动，做一些深入的思考。但关键的是战胜自己。

世上最强大的是人。

世上最渺小的是人，渺小如寂寞却不能自持。

在寂寞的时候，去最热闹的地方感受一下热闹，于人去鸟散之际，你可能会感到更大的落寞。

这时，你会觉得，唯有这份寂寞是你的，别人不能夺去，别人更无法替代。

所以，抓住寂寞吧。

车从原野上驶过

久居城里，很久未闻到真正田野的香味了。这其实真是一种大大的自我迷失，离开了自然，我们哪还有自己的位置？身边充满着一些嘈杂的声浪，一些喧嚣，一些叫嚷，这声音让人很深地沉下去。

所以，当原野上的风扑进车窗，直往人怀里钻时，我们的心开始动荡，开始起伏；我们开始大口呼吸，甚至恨不得大声吼几嗓子。

把目光向远处投去，投向更远处。呵，乡野的粗俗，实在被我们向往，这里极少装腔作势，有什么事大家可以挽起衣袖，卷起裤脚，在与泥土的交流中，秋天给他们的真诚以回报。

当然，你可以去鄙视这些泥土疙瘩，这些乡下人，因为他们缺少装扮，他们不会装扮，有时一句直白但很尖锐的话让人下不得台。

可这又能怪谁呢？是我们这些所谓的城里人太酷爱虚荣了吧？！

而与泥土直接亲昵的脚和手，他们学不会这可笑的一套。人是爱虚伪，还是爱真诚呢？

车过原野，风很直率，直入人心。

而道路在车轮下，向前，向前……

村姑的脸是红的

也许是看惯了苍白、虚假、谄媚的笑，车窗外一闪而过的一张村姑的脸竟让我心荡神驰，待我再回头，再回头时，那村姑的脸早陷在一片时间的背后。

村姑的脸是黑红的，这是健康的肤色；我想，这样劳作的脸上，一定还挂有汗粒，像金子一样一闪一闪。那眉眼尚未分清，只依稀辨得那眸子中有些东西让人坐不稳，让人做诗意的遐思，那眸子中被无数种东西充满了。这眼里是充实的，绝不是惘然四顾，这眼更深藏着的东西，让人猜不着，让人想猜。那一泓古潭深深。

看惯了那些丑恶、贪婪的嘴脸。

田野上一闪而过的村姑的脸，覆盖住了这世上所有的脸；美，健康的美，像一面旗帜，在美的心灵里飘扬。

也许是因为对比产生的效果；

也许是距离产生的遐想；

但正因为有了美的想象，我们才在丑恶之外，寻到一方净土。

就像春天忽然从花朵上掉落

你收留了一只意外飞来的小鸟，它瘦弱的身体托不起沉重的翅膀。它在你的手中轻轻落下。它把一生都托付给你。

一只不能飞翔的鸟儿，即使幻想也是沉重的。你用自己的爱心恢复了它失去的绿林，你用自己的关怀又展现给它一片蓝天。这鸟儿的气象渐转。这鸟儿翅上小小的羽毛又溢出光彩。这鸟儿轻轻的啼鸣声中又见一片新绿。

一种不安的心绪搅扰着你。你不愿细想。

一只鸟儿的一生不在你的手中。不在一只精美的笼子里。你轻轻地感叹，让鸟儿沉重得难以飞起。它天天对着你叫，它天天绕着你飞，直到天空被这双翅膀压低，直到这歌唱让树叶重又失去绿。

那些日子，你老了。就像春天忽然从花朵上掉落。

泥土和谷子

　　抓一把谷子。掂掂今秋的分量。然后，展开一双布满茧花的大手，在手中使劲将谷子揉搓。直至这谷子浑身透热，再将手摊开，再将满把的温情和期待摊开。细细盯紧手中的谷子，鼓足两腮，使劲地吹去手中的浮皮。谷子通体的金黄闪耀金黄的光芒。

　　这便是一年的收成了。

　　这便是一年中最动人的情景了。

　　如此的动作，一代又一代延续着；如此的深情，一季又一季地潜伏着。直到太阳从田里抬起头，我们才知道是什么罩着阳光，是汗水映照出夺目的世界。

　　抓一把谷子。抓一把泥土。

　　谷子的重量便是泥土的重量。泥土的重量便是谷子的重量。劳动的汗水使这一切悄悄消失。

春天的小树

　　春天坐在煦日融化的河水上漂来了。它所经之处, 水一层层蓝, 天一片片碧, 草一丝丝绿。姿态优美, 身姿轻盈的春天, 涉过漫长的寒冷和寂寞, 在阳光中绽出微笑, 季节渐渐转暖。

　　嫩绿的树苗, 举起小手, 在暖风里轻轻晃动, 满世界都扬动春的温馨。小小叶片像一枚枚金币, 在阳光下闪动诱人的光泽, 让天空快乐得晕眩。我听见树叶在风中低低私语, 叙述着成长的故事。春天在这些小树的枝头栖息下来, 听来自树的内部大地的歌唱。

　　春天唤醒了小树。小树唤醒了春天。一株小树就是一个春天。

第四辑

香在风中便有了翅膀

把诗花瓣一样撒向天空。

香在风中便有了翅膀。

香在风中便有了翅膀

春天总是适宜于诗的。

把诗像传单一样撒向天空，然后它们会静静地落到地上，与泥土融为一体，长出许多幻想，收获黄金。哪怕你的诗句中有一个字植入了泥土，那么你就能期待着花朵与果实。

诗是春天的衣裳，总要经过巧手来打扮。平平常常的一点绿，在诗句里让天空羡慕得垂下翅膀；浅浅淡淡的一抹红，在诗句里让流水不肯远去。诗人给春天的花衣裳由祝福剪裁，一身穿着的都是人们的心愿。

把诗花瓣一样撒向天空。

香在风中便有了翅膀。

认识了这样的夜晚

这一夜我迷失了。星星的眼睛全都躲到云朵的背后，四野弥合。

我曾经有过太多的这一夜，但我不曾真的珍视过；这一夜与另一夜的相同之处，令我们对昨天所有日子都失去应有的冲动和激情。

这些说的全是夜晚。全是那些本可以寂寞独处，一人沉思的夜晚。在夜晚，可以摆脱白日的喧嚣，可以真正地认识自己，人性才会袒露无遗。

认识了这样的夜晚，至少你是认识了自己的另一半，至少你是认识了另一种夜晚，另一种被夜色掩盖的美丽和丑恶。

而走向这样的夜晚，是一个漫长的过程；一夜与一夜的积累，让我们渐渐地挨近这个夜晚。这一夜光辉灿烂。这一夜始终就垂照在我们的头顶，而降临的是什么谁也不知道。就像有许多在我们身边的东西未被我们发现一样。

夜色中潜藏的有待发现。

夜色中掩盖的有待认识。

再读一本书吧

　　对于人生，有时我们的感觉就是茫然若失。这种感觉可能会具体到一个人、一件事、一本自己喜爱的小书，当这些东西从自己的身边滑过，你会一下子觉得，失去了整个人生、整个世界。

　　当你看着自己喜欢的人，在你的眼中渐渐地，渐渐地变远；并且越来越远时，你的心一下子就变得空空荡荡，这世界已经将爱从你心中抽去，这时候你才能好好体会一下茫然若失的沧桑和凄凉，好像整个花季的落叶全部地覆盖了你，覆盖了你受伤的心。

　　再读一本书吧。这绝对是一本你喜欢的书，你常常是不忍释卷，常常是反复把玩，虽然这书被你反复地读过了，其中的一些章节，你早已是烂熟于心，甚至不用去看，你就会知道下一段写的是什么内容，又进入了怎样的情节，又起伏着什么样的波澜，但你还是喜欢一边看书一边品味，一边陷于往事一边畅想明天。书给予你的完全不限于书本身的东西，它有时甚至只是一个小小的道具，只有此书伴你身边，你才有神思，才能畅想，才有那份独有的心情。而这书一夜之间竟然从你的枕边或案头消失，一瞬间，你六神无主，心思全无，这也是茫然若失之一境吧。

　　茫然若失，说明我们喜欢过，爱过，有什么东西被我们珍视过。当这些东西什么时候被某种我们不了解的神力带走，我们只能感叹生之迷茫。一辈子体会几次茫然若失，可能会让我们更珍惜已经得到的或正握在我们手中的。

只要你经过一次月亮醉入河中的夜晚

只要你注视过这样一双目光。

只要你曾经握过这样一双纤手。

只要你经过一次月亮醉入河中的夜晚。

听不到心跳的声音，它掩映在一片夜色之中，它遗失于一次久久的相视；只有往事的脚步声，在你所有日子里响过来，又响过去。

我们应该常常地离开喧嚣的尘世，去谛听一下自己心跳的声音。这起伏的心跳之间，是那些不能忘怀的人和事，是那些让自己找不到脉搏的故事。

我们真的是太忙了，忙得忘记去听一下自己生命跳动的节奏。没有这种节奏，我们就不知什么事令我们激动，什么事令我们愤怒，听一听自己的心跳，就等于是和另一个自己相会。只有自己的心跳才不会欺骗自己。

让我们一起来听听自己的心跳，让这真实的心跳穿过纷繁的人生，更多地留一点自己。

心脏，找到你为之跳动的，并为之而跳。

一些手和另一些手在春天忙碌

春风花雨常被一批写字的手追逐着。不知道他们是追寻真正的春天，还是在玩弄辞藻。

用心去体验一下，在雪地里站一站，雪花在耳边刮过，在看不见的地方歇脚；积雪在自己的脚下因体温而融化。

春天的事情说起来太轻巧。可那些坐在枝头的花儿却是越长越高，高得你踮起脚都够不着。

谁都愿意那些花花草草装点一下自己的园地。可我看见那些追逐着春风花雨的手却总是袖在身后，在园子里转来转去。那园子是荒的。另一些手里摔碎了八瓣子汗花，红花绿叶从这十指嫁接出来。

一些手和另一些手在春天里忙碌着。

用月色洗脸

失去这样宁静的夜晚，我们便失去了自己。

当月光无声地洒落一地，一个人独对整个夜晚，你会哑然无语。仿佛在一种怀抱中，你幸福地深陷其中。

只有在深深的夜晚，你才会发现自己。那张在喧嚣的市声中变形的脸，被如水的月色洗净，不用面对镜子，你就会认清自己的脸。

认清自己的脸常常并不在镜子中。

永远保持同样的脸色，不论是对上、对下，或者前后左右，这脸才会因真实而被众人仰望。

一张脸，只要袒露真实的表情，你便不需要通过名片介绍自己。

在茫茫人海中，唯有自己真实而满含善意的脸才是一张随时会被人认出来并乐于接受的独特名片。

辉煌的寂寞

　　让我们都来经受这人生最辉煌的一幕。绝没有音乐，没有歌手，如泣的号手已经远去，荒原上只有你或你的影子，弄不好连个影子也没有，那是个悲凉的阴天。

　　晚风就这么忧伤地撩开了寂寞。这是一杯寒冬里从头至脚贯注下来的凉酒。且寒且暖，随便搓搓手。这世界包括这种简单的取暖方式在内只能是自己给予自己。要紧的是能否耐住这寒冷，这彻骨的寒冬呀。

　　并且这是人最大的享受和最大的孤独，以及最大的悲伤并存的一段时刻。这是人最庄严的一刻，就这样孤守着。一点一点地撕去蒙在寂寞之上的黑衣。当它露出两只眼睛时，你浑身上下一阵抖动，当它整个地出现在你的面前，光明到来。

　　寂寞是人生中最漫长又最短暂的一幕。走不过去者被关在幕外，只能是一个观众一个欣赏者，走过去的将忍受或享受终生的寂寞。

铁钉

　　那些柔曼轻波，那些不堪一锤的朽木，那些不长骨头的懦弱，那些害怕猛烈锤打的地方：全无法负载你殷殷深情。

　　你的爱就是赋予你的爱物以敲打赋予铁锤。直至将你的真诚嵌入铁石心肠。曾经被许多人追踪。当你停下来，回过身子，要穿透他们时髦的衣饰和大大的皮囊时，那满面的媚态和嘴边的赞美，即刻四处逃散。

　　于是，那些曾经围你于中央的人，异口同声要将你彻底拔去。你陷入一片幸灾乐祸的叫喊。钉子的生命就是接受各种打击。

　　当最重的一击迎面扑来，命运即被你的坚贞穿透。

音乐

　　我觉得自己这一辈都在音符神秘的起伏之外。但很多人说它是个很好的朋友。就像自己的孩子、妻子或其他亲近的人。

　　也许我的耳朵是被那些号叫的嘶哑和嘶哑的号叫搞得太糟了。以至于对山间清泉的叮咚,对林间鸟儿的啼鸣,对父母在婴儿的眠床前轻哼的摇篮曲失去了欣赏力和判断力。当然,假如只有那些戴着帽子的音乐,我不指望找到什么工匠来修复我缺少音符和旋律的耳朵。如果现在到处都流行虚伪的音乐,我失聪的耳朵不正是我远离噪音和喧嚣的避难之所吗?

　　哦,那是怎样一个小屋,头顶着一层厚重的稻草,薄薄的窗纸在寒风里抖动。我一字摊在床上,时间流遍我的躯体。对我这个被生活遗忘的人来说,时间简直无法挥霍。但很快,我的身体的某部分被一种温暖唤醒。抬头见屋顶唯一嵌着玻璃的天窗透进一块阳光。仅因这方寸大小阳光的降临,我确信我并未被忘却。我微闭双眼,体会这种光芒的含义。后来,我就听到一种滴滴答答的水声。那么轻盈,带着生命的脆响在阳光中愉悦地跳荡。唔,这雪化之声正合着心声和天籁。与雪一般晶莹透明，穿透了厚重的时间。滴答、滴答。头顶稻草的屋顶腾起热气。愁绪也变得暖暖的了。这滴水之声绵绵有续，使我在热腾腾的热气中看到一个朋友高贵的脸。它就在我身边，而我却荒疏于它。

这就是我的音乐了。

真想劝那些在舞台上扭着身子跳着步子翻着跟头哆得都不认识父母的音乐不要再来作践我的耳朵。不要把我真正的朋友给吓跑了。

来吧，我的音乐，从那些大自然的灵性中走出来。你的朋友在这儿。

背影

背影是你挂在昨日脸颊上一滴未溶的泪水吗？那么，什么能挽留这泪水？什么能唤回这泪水？泪水总是要溶化的。正像你的背影总是要走远一样。

可孕育这泪水的眼睛还在。不用追溯这泪水的酸涩或甘甜。我们会从这眼睛里看到泪水的全部内容。

收留背影的心不死。

真想一把抓住他。

可抓住的是你的背影。

背影是轻轻的。而心却是重重的。总有美好的东西匆匆而过，成为背影。总有痛苦的经历姗姗而去，成为背影。生活不就是这样吗？

只有当一切成为背影，且再也无法唤回头时，才留恋万分！

真想一把抓住你。那些飘忽在往事里的背影。

雪夜独醒

我自信自己懂得这雪花。洁白的深层含义始终飘动于我头颅三寸之上。它们覆盖着屋顶，枝丫以及孤苦的山梁和无语的草地。寂寞的灵魂在雪花无声降临时与之拥抱。

夜晚可怕地晃动着它巨大的黑影将雪包围。洁白的雪因身陷囹圄而悟出寂寥孤独的心是怎样被尘世罪恶的欲望围困。

那一夜，月亮奇暖。这是我此生经历的一个奇怪的夜晚。月光在雪面上腾起暖暖的热气。我孤独的耳朵兀自睡不着。耳朵之外的世界全都行进在那狭小的耳道。仿佛所有的宁静都被我的耳朵收藏。不一会儿，我就听到这辈子熟悉又陌生的声响了。因为月光竟能将雪融化确大出意外。檐间的水滴久未断绝。

原以为天空要为这奇景而倾斜。天空没有，那宝蓝色的夜空纯净不已。这洁白的雪竟在夜的庇护下化了。那么多卑污肮脏的反倒堂而皇之地穿梭于阳光中。

洁白的雪在月光里化了。化了。

我失眠的耳朵为这清澈的水滴之声暗自忧伤。

无语的交谈

寂寞无主。

当我迷失于某片林带或陶醉于某片草地。语言退到幕后。不是沉默。不是死寂。也不是无声。当绿叶闪烁，草地晃动，它与我的灵魂有一种神圣的契合。

草地上盛开的花香弥漫在空气之中，那些大大小小上下翻飞的花色蝴蝶，那些丢下一串串啼鸣的鸟，使我们心中板结的忧郁、不快、愁闷渐渐展开、松动，其间悄然透进几缕温馨的气息。解开衣扣，袒露襟怀，让我与这世界更亲近一步。渐渐远离嘈杂、喧嚣。我们如一尾快乐的游鱼沉浸在这种气氛中，回忆往事，抚慰伤口，纯粹是劳顿的旅人自我安慰，纯粹是静夜之下生命幸福的喃喃呓语。

树木们互不亲近，隔有一段距离，但它们又生生相依，终身厮守；从不见彼此挨在一起窃窃私语，但彼此绝对默契，理解深刻。一棵树，和一群树给我们灵魂上的昭示，岂不让我们这些纷争不息、吵嚷不止的人类自愧和不安。

我总喜欢如此默然穿行在这些无语的植物之间。让我的身体做最初和最后的叙说。有很多事说出来和不说出来是不大一样的。

　　譬如我在草地和林中感受到的就是生命本源朴素的方式。如果说出来呢?

　　则意味全无。

歌声

歌声若隐若现。落在你的心弦之上。你一如三月的花瓣，悄然展开。你只顾陶醉于这迷离难叙的歌谣之间。你只是把脚步放轻，让这脚步和着你的心声。

但你却忘记回头。

歌声高起来。高到你心之外。这回你因为误会而充满了懊悔。你只当这谣曲声声是唱给一个远方之人的。你因为忧伤仍未回头。

那歌声，渐渐，渐渐，走近。就在你的周围缭绕不散。不断。你枯萎的心壁又牵着几束长长的青藤。可你不敢贸然回首。你怕瞬间的痛苦会刻满你的一生。你宁愿在这梦中回味那甘甜的歌谣。可这歌声就像扎下根的树。

很久。很久。你回头，只见两瓣原本鲜红、现已凋零的歌声在向你倾吐最后的情话。抬头看看来路，真是一路泪水呀。

正义

　　不只在锐利的刀锋上闪现独有的光芒。在一颗柔软的心里，它依然是一种照亮人灵魂的火焰。在高处。住在人们引颈眺望的高处。火焰灼灼，给人温暖和光明的指向。

　　在世界上所有的地方，它是钢，是铁。一切坚硬的东西。

　　面对敌人，即使手持利器，如果缺一身凛然正气，未必能将他征服。如果你怀有不可辱没的信念，即使赤手空拳，我们也会感到敌人的颤抖。

　　这就是正义。正义是比钢铁更坚硬的东西。它是不可逆转的人心。在一颗怀有正义之心的脚下，一切坚硬的东西也会变得非常软弱。

悬棺

悬浮于天地之间。

死去也没有结束你飘浮的人生。

和这岩石一样古老。岩石风化的时候你是如何攀上这万仞绝壁依然是一个远古的谜。

曾经在土地上劳作，汗水使籽粒饱满使微笑浑圆；曾在土地上耕耘过爱情，女人的美丽给了你无法叙说的激动，子女成为你的枝叶，浓密地遮住你日渐衰老的额头。

你不曾感受到这人生的快慰吗？

那谁也说不清。

可你为什么要在死后敛入一口悬棺，悬浮于天地之间？本来是渴望升天，而上远离天穹，下又难回大地。

你在失去天空之后又一次失去了大地。

藤之恋

本来你也可以长成一棵参天大树，本来你也可以有笔直的脊梁，本来你也可以坚硬如石。

当你看到你等待已久的意中人蓦然出现，你便改变了自己的形象。

可以不是一棵头顶蓝天的大树，但不能没有他。可以扭曲自己挺拔的英姿，只要能拥抱他。可以变坚硬为柔软，沿着他站立的身体左一道右一道左缠右绕，缠缠绕绕。

你从此便和他共有了一块土地，一片蓝天，你和他一起成长。他长高的时候你把他缠得更紧，他再长长一辈子也撑不出你温柔的怀抱。为了他你把过去的一切留给梦想。

你并不后悔你缠着他抱着他，他一辈子都生长在你的柔情之中，再也走不开。

你得到他的时候你失去了自己。失去了自己你不后悔不后悔，你活着就是为了他。

根须

　　沉重而漫长的黑夜包围了你，你比黑夜更沉重。太阳的金翅一次又一次飞临你的头顶，撞动你的青枝绿叶。你是一只暗哑的风铃。你只能在地层深处搂抱着温暖的梦想，体味那金色的抚摸。

　　泪水洗不亮掉入深渊的星星，你被钟声放逐到无始无终的暗夜里。濯足流水，听时间在我之外灿烂拔节。你只能沿着粗大的躯干，让想象攀缘。

　　你把自己对太阳的渴望凝聚在黑暗的深处。看灿烂的手臂越伸越高。正是为了这一次又一次飞过你头顶的金翅，你才甘愿把一生扎在地底扎在阳光的背面。

　　用无限的爱心去创造一幅光明的杰作。

我听见笼中之虎说

在公园。自以为花几分钱就能买到虎的雄姿和威武了。虎受困于笼中。离开了山林，虎失去了往日的威风，即使倒竖起身上斑斓的鬃毛人们也不会倒退一步。面对你，人们都成了英雄。

都可以蔑视，表示鄙夷。只是当虎偶然吼出长啸，似乎整座山林在晃动。

长啸鸣出虎心中的不平。让我在林中与你们这些人对峙。当然你们中有英雄。可是把我囚于笼中，既没有了懦夫，更没有了英雄。

在林中有一头老虎，就会有一个懦夫或英雄。

燃烧的痛苦

星孤独地挂在寒夜上。风拂过，星未动心也未动。走吧，我为你开门。在门口我像往常一样为你点燃一支烟。你吸一口，那烟头好亮，你的眼光却很暗。

你的身影跌进夜色，我的目光无法打捞你。我为你点燃的烟头却固执地在寒夜中一闪一闪，灼痛我的记忆。你是在抽着我们卷成的昨天。那忽闪的烟头像我被日子掩埋的记忆亮在心头。记忆向我铺开一片蓝天，蓝天里嵌着你的笑。

干吗非要让个烟屁股烫你的手？这回忆正烫着我的心，烫着我的心也不愿扔掉。我是在吸着自己的爱情，而这往昔的爱已如一阵烟正呛着我流泪的今夜。

它该永在我魂灵中被无数个日子抽着。于苦涩中唤起悠长的回味。

滋味

滋味，那些果实的滋味，谁人尝过？是的，绝对无人尝过。那是这之前的情节。

可今天，我要不惜我无与伦比的真诚，无与伦比的生命，完完全全地敲开你。

你裹得很紧。或许是在等待一个梦？可这样的夜晚不曾来临。你努力地翻遍脸间的皱纹，难以找出更深刻的一条。真的没人能够更深地留在你的某阵生命的激动之中。

就这样吧，让我以爱的坚硬，来敲开你这寂寞的坐在高枝上的山核桃。硬和硬的相碰，终有一个会碎。

但这所有的故事之前，我还没有见过比爱还要坚硬的女人。

屋顶

屋顶是自己的。你一定很高兴。哪怕这屋顶是一蓬茅草，哪怕那屋顶雨天漏水，你一样会高兴的。哪怕别人有高楼的屋顶，有镶着彩色花环的屋顶，你无法获得自己的快乐。

在自己的屋顶下，天空亲近。熟悉。

在自己的屋顶下，月亮晶莹。温柔。

我可以自由地赞美。我可以说什么是丑，什么是美。绝不担心因说了真话而降临了厄运。屋顶就像是我的头颅。覆盖着我一生。是沉重的。又是轻飘的。当这屋顶是你自己的，腐蚀就会觉得这屋顶沉重得一如幸福的分量。当这屋顶是别人的时，你就会终身轻飘并且不得其所，因为你在别人的屋顶之下。

虽然这是一蓬茅草的屋顶，但这不是别人的。

慢板

　　你的目光凝结成一种思想。热情而又辉煌的夏季渐渐退去。黄昏之际，荒野里生出一片宁静。你站在一座桥边。眺望季节的深处，你美丽的脸庞楚楚动人，无语的双唇紧锁。夏季不可遇到的热情永远成为秘密。风景自你肩头开始滑向远方。你作为夏季的最后一道风景，红衬衫隐入回忆。

　　遥望远处。语言的深处还是语言。所有季节的深处是秋天。它将四季升华到极致，又将忧伤播满心头。希望和失望都在这里找到了注脚。我看到你的目光深处有果子的光泽闪烁，那泛动的语气向我袭来。你美丽的秀发成为绿荫，金色的阳光已经爬满你的发丝。

　　你是在遥望，在你之外的季节。

　　你是在遥望，你之外的你自己。

意象

为了你的出现，我期待已久了，甚至那情节、语言都被设想过一次又一次。

最好是夜晚。星稀月明。荷叶盛满银辉。在河边，我们相遇。然后，小路静听两双脚步缠绵。

或是在街上，我很远就看到了你，你自然地发现了我。我俩默默地在人群中渐渐靠近。那短暂而又漫长的路途，足够我们想象、品味一生。我们相视一笑使冬日的天空暖暖生辉。

可能是在梦中。不过，激动的泪水，幸福的呓语，忘情的大喊都是空欢喜。

你的出现一定是在冬季将临之际。开花的季节走至枝梢。花都谢了。你在季节的枝头出人意料地开出一朵新奇和美丽。

不用设计，真正让我们惊喜的往往是在意料之外。

散步

　　散步是一篇散文。你可以尽兴漫游，随意走走。但只要你踏上这心律你才能踏出节拍和旋律踏出人生的韵味。一种步子是一种风情，一种走法自成一种潇洒。

　　散步是一脸展开的舒心微笑。没笑出声，但沁人心脾，不事张扬却又恰到好处。连阳光也乐意在这种脸上多待一会儿。没有这种心情，你会失去许多东西。比如天上的一朵白云，你静静地去看，那可是个千变万化的世界。比如天空扇动着翅膀的鸟儿，轻盈地扇动微风。没有这种步法，你也会和往日的自己失之交臂，悠然迈步，往事如轻烟一丝一缕擦着目光，掠过脸颊，其味无穷。那些景致就像老朋友，又会跑到你面前，却又看着你不说话，这时你感到从心底都醉了。

　　我喜欢散步就如同我喜欢音乐、散文、微笑和阳光一样。在这种心情里我总会碰到一些在往事里不肯走远的朋友，总会碰到阳光、音乐、微笑。

小小硬币覆盖的命运

　　这是一种简单又普通的游戏。不论是大事还是小事，一生中我们会经历无数次。我不知道那些伟人们，遇到问题相持不下时，是否也采取这种原始的方式，占卜一下未知的结果，或以一个最初的相约形成一项决议。

　　把一枚银白的硬币抛起，我们的心和这枚神秘莫测的硬币一起，被一只无形的手高高抛起。之后，我们唯一能干的事，是静等这枚硬币落下。我们在等待中无能为力地讨论未来的命运。正面代表什么？反面象征什么？我们日夜如此焦灼不安又是等待什么？硬币抛起，我们只能在等待中接受上帝的惩罚或恩赐。哪怕是苦不堪言的悲剧，我们就像一朵浮在半空中的云。一生是这么轻又是这么重。轻重在抛手之间。

　　谁知道那只抛起硬币的手，在瞬间不会来一次翻手为云，覆手为雨的把戏。在宽大、粗黑、细巧、白嫩的手掌上，我们所能等待的是被一次又一次的捉弄。

　　当我们愤而扔掉硬币，命运又一次嘲笑了我们。

镜子

你芳香的发辫左梳右梳，把我的日子也梳进去；你汹涌的眼波里我是一叶无处可栖的小舟只能随着你眼睑的张合起伏在永难平息的爱浪之中。

我无法选择你，就像天空无法选择太阳或月亮；

你可以选择我，就像太阳和月亮永远只选择晴朗的蓝天。

我为你而痛苦而你不知道。因为你的心中从未驶进过这样一叶扁舟，哪怕这个船夫搅起满江浪花你也会心平气和，犹如一面永远不会波涌浪翻的镜子永远不会走向人的镜子。

我走向你。

走向你这面镜子，而你却不愿照我。你故意让自己黑色的头发淌下来遮住这面镜子，让我永远走一条黑暗之路。难道你就愿黑发就这样永远垂下来，我就这样沿着你黑黑的长发痛苦地走向你。

那么不如把镜子打碎。

让我再也看不见自己。这样我知道无论如何走下去也不会见到光明我便站住以你的身影为坐标，坐标的另一边是一道无解的过去。

尘土

尘土还是土。当然，它是指那些飞扬起来的灰土。我们从来就无法断定自己的哪一部分是灰，哪一部分是土。那些沉重的就是土吧，而那些轻飘飘的就是灰。

比喻那些思想和哲理。那些充实的往事。那些不愿意轻易放弃自己信仰的头脑。都是沉重的。还有爱情。

我们不要怕轻。假如我们自己总不能沉重起来，我们为何故作沉重而大伤脑筋？最好的办法还是保留自己。

那么，飞扬的尘土中，清晰或朦胧的面孔都是我们自己。

土与陶罐

一只陶罐是土，又不是土。当我爱一只陶罐时，我分不清自己是爱土，还是爱土制的陶罐。土可以长出水稻麦子、绿草花朵以及四季。而陶罐不能，它只能盛些水。水寂寞时就会回忆河流回忆自己从哪儿来，就有一束花插下去。

水还没有腐朽，花已经枯萎。最后，我将自己的脸贴在泥土上，就像贴着我爱人的脸。我知道这是一个灵魂，而陶罐没有回声。

第五辑

一顶草帽以及它的重要

一个虚假的脑袋，

还不及一顶草帽让人怀念和回味。

一顶草帽以及它的重要

草帽轻轻至极。

现在，它带着那种曾经为人类兴奋的五彩，迎面贴到墙上。那曾经给人的阴凉和愉悦，那曾经给人的兴奋和激动，都渐渐飘移起来。有一会儿它离墙而舞，浮在空中，让人感到一种莫测的神力在虚空中托举着它。真是在那面普通的墙上倒是充满想象。

草帽不愿意让自己的色彩去打扮那些个虚饰和空假的头颅，不愿意让人们对那些个装满了坏主意和欺诈之道的脑袋产生错觉。草帽自甘寂寞。草帽以一种永恒的姿态被钉在墙上，呼唤那些真诚善良的头颅。

一个虚假的脑袋，还不及一顶草帽让人怀念和回味。

面孔或者角色

人都在扮演别人。像他自己的别人。

无论是把仇恨的心撕成纸片，还是把爱的星辰拼在同一天幕。这是面孔而不是灵魂。明明感应到一种来自心灵的呼唤，偏强作无动于衷；明明居住在圣殿的心灵被坍塌的痛苦砸出失望，却仍挤出笑脸。这一切都不是为自己，而是为别人。这群可悲的角色。

常常在半夜，我听到有人在门外使劲敲打着我的窗子。我明明未能入眠，却故作沉睡。任敲打之声一阵阵在玻璃上碎裂，任我的心在玻璃上一阵阵碎裂。哦，悲剧和痛苦的根源在于：我知道敲窗想进来的是谁。

那正是我自己。那默然落下的泪水深深地溅湿了一个又一个这样的夜晚。真正的我被关在门外，那强烈的敲门声惊醒了一个又一个窗口，瞧那一颗颗探出的头。

我相信，那并不是他们自己。

预言

　　落叶。不仅仅是落叶，叶落之后又会回到春天的枝头。

　　难道我们的某一次握手，不是预示着某一天的相见？或许不须苦心等待，或许不须费心安排；更多的时候，或许是于熙攘的人流中，上帝遗漏的一次巧遇；于是，第一次相见，留在掌心的温热，在相见时用力一握，往日的语言又一点点自掌心温暖我心。

　　温馨的昨日忽然又跑过来，转过脸对我们微笑，恍然又成今天。没有什么事会毫无原因，或者毫无结果。

风骨

秋袭击了北方。植被在秋风中袒露荒凉, 大片的林木脱尽了华美的盛装, 举着一根根枝丫伸向蓝天, 粗大的树干立在秋日里。

不似夏日的茂繁、葱郁、蓬勃。那华美繁茂的枝叶反倒隐去了你顶天立地的男儿气, 捉住你粗的干、细的枝, 独自于秋风中寂寥地品味生活。

这样, 倒更见你的精神。挺起脊梁挺起你的一身豪气, 举起你河流一般遍布血液的力量, 和达及远方的美好的想象, 擎起悲风凉秋擎起一天滚涌的阴云。

脱尽往日葱茂的绿叶之后, 便雕刻出你的另一种风骨。

红鸟

两只红色的翅膀驮来一只红鸟。

翅膀下是一片开阔的江水。以鸟的眼看，宽宽窄窄的河道犹如蓝天白云，那兀自飞起的浪花是大地的一种想象。红鸟展开的翅膀在波动的水面上盘旋上升，上升盘旋。红鸟仿佛在酝酿着什么，它不宁的身影在江水上划出一条又一条弧线。

那根根羽毛被一种愿望轻轻托起。

红鸟终于不顾一切地朝着流淌的云朵俯冲下来，云朵掠过，连太阳都惊讶地在水波上抖动，鸟儿红色的唇猛然贴近水面。轻轻又热烈地吻了一下，溅起一朵浪花，又吻一下又一朵浪花。又一朵浪花。

红鸟飞去。浪花重又泊入想象。江水依旧缓缓且默默地流淌。

在无声的流淌中那双红唇将伴它远行天涯。

一匹马的来历

　　那些往日的朋友全都离我远去。我久久为之愤慨。当我面对妻子，妻也大叫一声：你如何变成了马？

　　不动的工资和上涨的物价，必不可少的面具和恰到好处的欺骗，对需要奉承者必要的奉献和利益之间不尽的争吵，还有被生活的重负日日挤瘦的身体和住房。

　　不会欺骗怎样获得真诚？当然，奉承是我们工作取得成绩的重要途径。我纤纤身体无法将这一切担起。我只得叹气。这时候，我渴望再生出两条腿，让这些重负有一个更宽大的脊梁让我终于在某种暗示下变成一匹马。

　　变成了马，我反而恢复了人的灵性。那些在大街上看到我时捂着嘴、窃笑着离去的人，你们看看你们自己吧！如此人生，不如做一匹马，那些蓝天、白云、鸟鸣、花朵、草场，可以自由地去亲近，而人的面孔竟漠然地对待这些。

　　真、善、美，请骑到我背上。

　　假、恶、丑，请从蹄下滚远。

　　成为一匹马之后，我觉得日子更像一个人。

棋局莫测

这是黑白之道。前进。后退。每一步都是彼此奉献给对方的一个陷阱一个阴谋。但这陷阱和阴谋是智者的花环，并伴有动人的微笑。

你围我。我围你。

生命被这许多屏障层层围起。我们正需要在为对方设置的屏障外冷眼打量自己。有多少人生光景，被废话和谎言、诈骗团团围起。掂掂这轻轻的棋子，再轻轻放下。我们不知道把自己放在何处。却常在一觉醒来时，被放到了某个位置。我们便开始在这个位置上互相围困。

在围棋中观察一场战争。这无声的厮杀足以让人类不得安宁。我们彼此围住自己，而后，我们在自己之中再也走不出去。

反正胜利者更容易围住自己。

审视

　　我将自己难以描述的面孔刻在时间之上，那些长腿的光阴便从我脸上匆匆而过。人类有的是欲望。人类正被这许多的欲望折磨得身心憔悴。

　　我们总能看到叠印在金钱之上叠印在虚假情义之上的种种面孔，这重重叠叠的面孔总在阳光下，在那面享受阳光特好的南墙上行走。谁也不会注意到这些。作为他们都有一张美丽的面孔。当阳光退去，我们看到那斑痕累累的墙壁上写的都是金钱、谎言和无底的贪婪。

　　我从来没有看到过自己的脸。有一天，我发觉自己背后站了一个人，我猛一回头，那人的脸孔上叠印着的正是我在墙壁上看到的。我正待逃走，那人说：我就是你。

　　来吧，面对镜子，关上门，就剩下你我，让我好好审视自己。

圆润的汁液

十一月。爱在一夜间来临。季节改变了颜色，昨天变得陌生起来，并渐次飘浮而去。这种金黄的颜色有力地握住人们的心。这金黄的季节便幸福地感受那些爱的跳动。

曾经错误地以为，自己已全部地给你了。那四十棵金果树。我把自己结成那硕大圆润的果子，垂在你每天必经的路上。幸福随时都会降临到你的头上。四十棵果树之上的果实都是你的。而你深深的微笑让我惶惑不已。那无言的默契达成一种境界。

十一月。让人赞美你奇妙的色彩。我就在十一月的果核里耐心等你。那一天，我的金苹果已经灌满纯香的汁液。我在自己闪烁飞动的面孔里看见了你。

季节砰砰的声响传来，我知道你来了。我们就这样理解什么叫成熟。

灵魂里的黑白

黑与白自然分明。黑的给我以深邃、庄重、神秘，白的给我以纯净、洁白、明朗。黑衣与白衣在我的日子里和灵魂中交替行进。

每当我穿上黑衣，我总是很轻松、随便，也不是谨小慎微地担心衣服上沾上不洁的斑点、污垢，不洁并不让我害怕，黑可以帮我躲过这一切的困扰。黑可以悄悄掩盖肮脏，将美的东西包裹起来。黑让我们掉以轻心让我们很难清醒地看见衣服上或灵魂上黑的尘垢。

白衣让我的精神为之一振。这活泼、明快的颜色给人以梦和动荡的情怀。穿上它我总是谨慎细致注意不往脏的地方靠，不往黑的蛛网里钻，它们是很容易脏的呀。这洁白无瑕的颜色就像是纯真无邪的爱情、正义感、人类的良心。不管走到哪儿，我们都要以整个心去珍惜。肮脏、卑污、不洁的东西就在我们身边呀。让我们的爱、良心和正义感永远是这么洁白。

当然，这并不是黑衣白衣的问题；我是说，我们的灵魂。

守门员

　　牢牢固守在四个门柱之间。有时也英勇出击，头、脚、手、身体、智慧，全都用上了。为的是守住一只只奔门而来的球。你是为门而存在，又是为球而活着。没有这充满魔力的圆球，你精彩的一生将黯淡失色。时时失守的城池让你苦恼，又让你兴奋。你一生守住过无数球，可你回忆最多、印象最深的却是那些破门而入的球。那些球让你刻骨铭心。

　　你的血汗和幸福全都嵌入那绿草茵茵的球场。这种颜色在你眼中常绿不衰。你不会忘记你的青春。当你成为一个观众，为每一个绝妙的射门而欢呼，为每一次惊险的扑球激动时，你才知道自己原是一只球，被从各个角度踢来的脚扔到各处。

　　如果你真的成为一只扑门而来、就要入网的球，那你一定是一只神奇莫测、奇妙绝伦、充满智慧和狡黠的球，因为你太了解这四根立柱之间的门。

预谋

我看见你的微笑，如八月的金菊叮咚有声地层层溢开，那花瓣深处被簇拥着的是你饱含愿望的明眸。我就站在你的身边。

临开始对我说许多话。那些语言的屋子里居住的都是一个个幻影，或者动人的烟花。就是没有一件真实的东西。你说起了你的往昔，你从头至尾都是主人公，并且变换不同的芳颜。同时出现在几个时间。你就这样领着我进入你精心设计的屋子，自打你为我开门始，我就确认那些幻影里有一个预谋，一个离我越来越近的预谋。

而我无法摆脱，且陷入一种清醒的迷醉。我已经清醒地走进你的预谋之中，我成为这房子的主人时，我告诉自己：

因为这是爱的欺骗，我只能欣然接受。

头颅、阳光和生命

　　如果是石头，那么借我一把铁锤，我会把它砸得粉碎；如果是锈铁，我自会把它投进炉膛，让火给它以新的面目；可它偏偏不是搁置于荒山间的石头，也不是扔进废料堆里的铁块，它是长在双肩之上、阳光之下、正义之间的头颅。

　　这头颅之上分布着的眼睛、鼻子、嘴巴，各有所用。眼睛不是用来传递人间默契和真情，而是用来窥探别人隐私和秘密；鼻子不是用来欣赏美丽芬芳的花朵以及人间诱人的和平气息，却是用来探寻某种气味；嘴更是进出着邪恶和欺骗，谎言从这里涌向生活，阿谀之词从这里蔓延，那些美好的、温暖的语言已深深地失传。这些用处不是被滥用，就是被许多人挪用。

　　真正的生命被面具隔离在阳光之外，并渐渐枯萎、失色，但我们又怎能砸碎这个面具呢？为了生命本身我们贴近阳光。这就需要脱去面具。

　　如果我曾经是你的朋友，那我认识的也只是你的面具；如果我们不曾相识，那面具永远将我挡在你的外面，虚假和伪饰将真诚挡在心灵之外。可你们这些面具知道吗? 阳光和生命也终将你们——

拒之门外。

我向往宁静的昨日

　　今夜非常宁静。宁静得只剩些生命的喘息。每当这时，我坐在布满想象的夜空下，那一支伸进往事的笔走得很远很远。直至忘记自己，忘记这世界还有丁香这么美好的香味，那时我便可以一下穿过四季，伫立在四季之外。

　　那些往事。往事里晃动的面孔。那片林子。林子中飞不走的鸟鸣。此刻，我们不再属于自己，而是属于那刻满爱或恨的往事。这支多情的笔便紧紧跟随着。跟随着那些面孔和鸟鸣。最后，自己也迷失在那片林带。可平静的夜晚已越来越少，尘世的浮躁、喧嚣包围了我们。

　　我宁愿以许多夜晚换取今夜，换取那些星月下温暖的回忆。

孤独的筷子

这是一个奇妙的想象。生活并不在想象之外呀。两支筷子在餐桌上愉快地舞蹈，舞出诗和哲学，那种人类熟悉的悦耳的声音渐起。前后左右，和谐又生动。使人想象井然有序的竹。

你想起妻子。想起那场发生在你们之间的最后的晚餐。你把妻子精心布置的一切叉得杯盘狼藉。然后你深深地垂下头。是敬礼还是默悼。那幅画从那晚永远脱落。

一支筷子冷不防清脆地折断。

另一支筷子仍攥在你的手中，可它只能面对满桌佳肴兴叹。一支筷子放在杯盏盘碗之外，放在五味俱全的生活之外——

饮尽那份孤独。

苦难

是呵，苦难，挨着你的是什么呢? 挨着你最近的又是离你最远的甜蜜。

苦难是乌鸦的翅膀。黑黑地压在我的头顶之上。光明在黑黑的乌翅上面。我的幸福和甜蜜被这层乌鸦的黑翅阻隔。

我绝望过。因为我被苦难深压在地下时，我绝望于自己没有一双比乌鸦的飞翔更有力的翅膀，我绝望于自己被苦难紧紧地吸附在地面。虽然那黑翅一直在我头顶可怕地盘旋，我却无计可施。甜蜜离我更远了。

一条是折断乌鸦的翅膀。

一条是找到比乌鸦的翅磅更高的飞翔。

虽则甜蜜就在苦难的身边，可我所尝到的却都是苦楚，重要的不是选择，而是行动，在我重新获得信心的一瞬，我觉得甜蜜挨苦难最近。

词

简单而又抽象。有时它非常孤独、寂寞，被闲置于字典或者某一景象某一事件的描述中，我们无法将自己心灵的车开进它的内部感受它生命的冲动和激情。

一块泥土。

一阵微风。

一缕呼吸。

一声轻语。

这一切都是可以捉摸和感受的，而词们则只停留在纸上，或者被夹在某本书中，等待有某篇诗或某首歌来唤醒它。

如果这是一首忧伤的诗，这词也只能流尽泪水；如果这是一支欢快的歌，这词也一定光彩夺人。它在美丽的心里永远是担负着爱和幸福的重任。而在那些阴谋的笔下只能充当打手面露凶光。这时候的词就成为善良的敌人，因为它是这样地在摧残着一个又一个心灵。

词的意义忽远忽近，然而同样是它们，常会在同一个场合成为我们的朋友或敌人。

天地

　　唉呀，那是我小的时候，天天喜欢仰起脖子，看夜空深处的星星闪烁。夜深得无底，星多得无数，可我却爱天天扳着手指数星星。看夜色神秘地展开。

　　我的整个童年都被这种渴望这种梦一般的天真充满，可我始终没能将星星数遍，也不知夜空在何处展开又在何处合拢，这梦不断地折磨着我的想象。

　　待我长大，我知道天上的星星无法数遍。我知道夜空无边。我知道自己即使渴干了心田也是无济于事。后来我发现那些年长的人都只是埋头走路，从不把头仰起，只是一个劲地低头走路。

　　是呵，我们无法走好天上的路。我们只有在地上低头行走。上帝给了我眼睛，也给了我双脚，这两样东西使我一生幸福一生艰辛。

雪夜陌生人

　　这冷冷清清的雪夜一直走向那扇透些微光的小窗。昨天被沉甸甸的日子压扁为一叶银杏，夹在你辛酸的记忆里，遗失了往昔的鲜艳。抚遍隐约可见的纹理，我听见你的温情汩汩蜂拥。

　　吱吱呀呀的脚步，寂寞了此时归乡的夜路。那扇小窗在梦乡里总是含着几许幽怨，噙着几滴相思。闭上眼，雪花无声地栖满往事。

　　忽听遥远处有犬吠之声透夜而来，不觉有凉意涌上心头。睁开眼，那扇小窗晃动的苍老灯光似乎正向你闪动一种深情；而树后的狗叫，却怎么也无法温柔起来。

　　你 知 道

　　那雪是永远也没法融化了。

没有主人公的故事

身后布景错乱, 点缀升平的红花已经坠落, 你和你酸楚的泪水破碎在一个简单的故事中。

也许你不希望得到更多的什么, 只希望在她丛生的睫毛之间蜿蜒出几许温柔。这样你才有勇气沿此路走去, 面对那一朵皎洁月光盛开的纯洁和天真, 请求她的宽恕。

那是一场永远不会重演的悲剧。这并不能使你从噩梦中解脱。她就成了你想象中的彼岸, 你此生便做一种艰苦却无望的泅渡, 只有她的一个微笑才能释放你内心的积虑。可道路不再通向昨天。往昔的布景, 对于你今天的生活, 因失去阳光而变得阴暗。

况且, 女主人公已在你早先构思的情节中, 永远地死去。

二弄蝴蝶

有时想你成只蝴蝶，凌空翻飞，鲜亮我的寂寞，生动我的想象。于是，我的心空飞动着你的芬芳，你的色彩。

而有时你成一只夹入某本无名日记的珍贵标本。翅翼上青青的脉纹全在，甚至翅上浅浅的粉也在。沿翅上行进着的脉络径读下去，你会读出几分香味，品出几许绿意，甚至会蹦出一个活泼可爱的春天来。

飞动时，你置身于春天。

夹进日记本，春天在我心中。

黄手绢

你轻轻摇动的黄手绢遮住了此时整个的天空；昨天，无论你如何地挥也难能挥去，请勇敢地走过这段桥。

桥的两边有不断伸展的道路，何必把自己留给枷锁。站在桥上，只能看到桥下的流水，只能看到头顶的流云；这些易逝的东西给了我们多少无言的感伤。日子就这么想挽留也挽留不住。

黄手绢飘进某首诗中。既然不能往一个方向，那么桥两边都是路。只是不要在桥上做感伤的停留。

走吧，请挥动你的黄手绢，做我远行的背景。

椰果之谜

据说，你脚下的土抓一把嚼嚼，全是苦的。你结出的果实却是甜的。苦的心海里却酿出一壶甘甜。甜如一条溪流，自心头流遍全身，流遍多味的人生。

谁也没去考证为何这堆苦味的沙地，却能长出甜的椰果；倒是常听人抱怨脚下没有一块肥美的上地，使自己长成参天大树，只得空叹蓝天、白云，叹自己此生的命运。

甜地未必就有甜果，苦地也能长出甜果。那风中摇曳的椰子树，不知你在叙说着什么？

生命

这是一条河流的源头，这是一个生命的源头。

轻轻地吮动小嘴，就会听见母爱的河流在体内激荡流淌起来。或许也可以说它是一个港口，爱是从这儿出发的。生命是从这儿流向远方而壮大的。

绝美的风景，绝美的诗句全都诞生在这里。生命永远无法拒绝你的抚爱，你的给予。既然是源头就该有支流，我们全都是你的支流。

哪怕流得很远，远到八十岁，只要听到童年伏在你怀里那轻轻的吮吸之声，所有的支流都会情深地倒流。

再聆听那创造生命的绝响！

贫困的深刻

　　此生我没有做过有钱的人。我知道钱的味道，钱曾一次又一次地挨近我和远离我，让我看到它闪光的一面和阴暗的一面。我知道它阴暗的一面，可光明的一面始终远离我们。钱，永远高高在上，又永远被人们玩弄于股掌。

　　它绝不是贫困的太阳。此生，我被贫困包围。但在贫困之中却有一种异样的光芒无数次莅临我的头顶。我因此而不曾绝望，我因此而知道在贫穷和金钱之间还有着这样一种光芒。贫困成为我生命之中最平常又最铭心刻骨的文字，令我的后辈读到它们时，将会因我的贫困而富有。

　　生命的深刻和成功本不是来自金钱和富有，查阅尽所有杰出生命的档案，贫困使我们达到一种富足者难以企及的高度，获得了前所未有的深刻。这就是这些生命对钱的认识。金钱在我们周围垒起围墙，令我们深陷其中，无法逃出。贫困是流向四方的河流，河流的那头定有绰约秀色不会令我们失望。

　　现在，让我们来仔细尝尝钱的味道。

鸟鸣

很久。很久。我的肩头没有栖过动听的鸟鸣了。那带翅膀的歌声在伸向昨天的记忆时一次次泛起。曾是茂盛的四肢，在一场劫难中七零八落，残肢划向苍穹，刮动风声。那是伤心的哭声。我的秀发，那郁郁生情的青青秀发也被愚昧、无知和残暴砍伐一空。

鸟儿都寂寞了。金嗓子面对空枝，独吟孤寂。痛苦会从我身边流走，哪怕它非常沉重。很轻很轻的鸟鸣却飞不走，扑腾着整个生命的喜悦落满我心。真渴望那会飞的歌声在我的四肢间上下翻飞，那清脆的声音被一片一片的叶轻轻地润绿。哦，这整个生命的美丽只在鸟儿那铺平的羽毛之上。

还想那些鸟儿回来吗？

想。

可我不想在生命的树林里再有我这样孤独的生命。让我站到整个林子之外，像个大大的惊叹号，给那些罪恶的手看。让这些制造悲剧的手再不敢轻易举起。让我孤独的身影控诉这手的暴政。

孤独地立于林外，是我的另一种爱。

质地

　　我们拒绝被锻打。

　　生命该是这样开始的。最初只是一块石头，是花岗岩，经得起风吹日晒。可经不住岁月的雕刻。后来就有了我们这些肉身，久经打击而不失峻挺的不同凡响的肉身们。

　　可以去死。成灰。可当这些灰在天空横飞，在海上漂流时，谁人能改变他们生命的初衷呢？灰倒是很轻，生命也并不重。可一旦它获得了一种质地，它便可以任千古岁月去炼去沤。

　　那些非人类的虚伪、假恶的品质，那些迫不及待的种种贪欲，那些来自各种角落的形形色色的要求包围了我们这些肉身，那些看得见看不见的物质和利益步步紧逼地诱惑我们，那来自我们身体内部的非人性的一面在攻打我们，我看见那可怕的欲望的铁锤日夜高悬在我们头顶，时时有可能落下来。

　　不，我们是一群质地坚硬如岁月本身的肉身，任岁月如何雕塑。是肉身可以被铁锤任意改造，可一旦我们具有了一种生命的质地，什么能锻打我们？！

祝福

来路也长，去路也长。

此路多想往。此路多怀念。来的路和去的路每人都是一样。有鲜花也有荆棘，有微笑也有陷阱。

有的人不是在心脏停止跳动之后才死去的。在他们陷入邪恶的泥沼时，他们作为人的路已经走完，然后就开始走鬼路。这鬼路可是一片黑暗。

不是在他们成灰时，才为他们奏响哀乐的。哀乐早已奏响。为这些说着人话，做着鬼事的人。

来也长，是因为其间倾注了人们的希望；

去也长，是因为人们怀念它的种种优美品行和善良心地。

走在或不在这条路上的人，我愿意祝福你们。

碎瓶

碎瓶具有一种悲剧之美。

三三两两零散在地上的碎片自然有它自己的故事。这故事太不新鲜。或供奉于桌几之上，或放置于窗台之上。再插上一些花，再添上一些水。

这样的生活实在是太平静了。瓶们回首泥土。回首那广大的原野。只是当初一个错误的决定就成为一只瓶。曾有过暗自的窃喜。喜不再与那些泥土为伍。

当那些插花引颈而去，你好不孤独。孤独是瓶的孤独，而不是泥土的孤独。

巧合了一次闪失。你成全了自己。可作为泥土应该得到的禾苗、花朵、绿草的爱情，你不曾得到。

谁能听见

这声音不能嚷出来，不能吼出来，不能叫出来，也不能喊出来。它只能经一管细细竹笛，游丝一般，附在我们耳边，环绕着一些美丽的事物或忧伤的心情，轻轻地浮游在我们灵魂之上。

嚷出来怕人听不清楚。

吼出来又过于激愤。

叫出来会吓跑自己的朋友。

喊出来显得不够理智。

还是用这细细竹笛，这来自山间带着清韵的笛声，只需放在唇间轻轻一吹，整个心事都透彻了。不管你会不会吹，是否能够成调，只要你双唇合拢，贴在笛孔上，一些忧伤就被吐出来，一些美好的事物就会浮现。这些声音，只有你自己和爱你的人才能听见。

骨头

　　我们平凡而普通的肉体，因为有了骨头才能够站起。骨头使肉体获得了站立的形象。骨头，使我们的躯体有了经受风雨的质地和硬度。

　　骨头深处，又是什么超凡的力量赋予我们人生的坚强？当我们面对猝然袭来的灾难和不幸，是什么让我们在生活里站稳身子？

　　一代，又一代。转眼即逝，云烟消散。在他们死后的骨头里，我们并没有发现什么特殊的物质。

　　我想，一定有什么在骨头深处，比骨头更坚强。

断章取义

　　一种精神的愉悦包围着我，使我禁不住像枝头的果子被灿烂辉煌的阳光包围一般。迫近而又远离。但我始终相信自己就在它动人的光泽弥漫之中。

　　它决不似一种肉体快乐。那是简单而粗暴的放纵，达不到对高高在上的阳光那种神圣的膜拜，也够不着朝夕相处的阳光那种纯朴的亲近。它是一种风暴。来去匆匆。当风暴退去，四处一片衰败。留给我们的是臭汗和肮脏。

　　也许有人误以为这是关于爱的讨论。面对我们骚动不安的灵魂，我们需要的不是身体与影子的相抱；而是那一而再，再而三的阳光在我们的周围做朋友一般的环绕。我们将会因为这久久不散的光明，而感到明天的可爱和充实。

　　作为一只果子，将会因阳光的塑造而浑圆、红晕、甘甜。你这高高在上却又弥漫左右的阳光呀！

　　我是你爱抚下一只最大的果子。

尚未探明的光明

那金色的明亮的，在叶片上水波上激动不已的阳光；那可爱的温暖的，在脸庞上街道上轻轻移动的阳光；我们感受着你大恩大德的福泽，以及与生俱来的对光明的膜拜。人类中具有的荒诞和幽默的天性，使这幸福的恩赐成为一种灾难成为一种被困扼的对另一种光明的向往。

于是，那被栅栏所囚禁的光明，被高高在上的权势逐他乡的光明，放射一种悲剧的光彩，被艺术家们狂热地眷恋。过去，被我们把玩于手掌之上，风行于颂扬的辞章和嘴唇间的阳光，因另一个来自贫困的草丛间或心灵上的阳光的出现而日见浅薄。

当有一天，我被一种天意引领着离开尘世的光明，见到那被囚禁已久的光明时，我禁不住为自己几十年阳光下的生活困惑不止。

难道我久别了阳光？

风声

只因为我走漏了他们心中埋得很深的风声。悄悄地将他们埋得很紧的秘密掀开了几层。他们便说我是坏人。说我是个不讲信义的人。于是，我被人群抛弃了。我独自享受孤独、享受深沉夜晚给我的启示。

他们都是好人。他们的手中都攥着一个迷惑人的魔方。正义和道德可以经他们的需要变出多种颜色。在你的面前是红色。在他的面前是白色。白色和红色都不错。魔方在他们手中。

我是坏人。我知道该敬重什么。我知道真理的分量。我知道天空和大地的分量。我知道自己的分量。而魔方常常将真理出卖。对于那只魔方，我永远都是色盲。我只认识真理这一种颜色。

他们说我出卖了他们。我说他们出卖了我。可我永远是孤独的。因为我是他们手中魔方几种颜色之外的一种不能被他们任意扭动的颜色。

我倒真是愿意将他们的风声永远囚禁。将他们的秘密永远锁住。

那样，我就不再孤独了。

嘴巴、墙壁或者画

　　让我嘴巴沉默的唯一方法, 是让我这张不受欢迎的嘴巴, 成为一幅画, 钉于墙壁之上。然后, 以永远的沉默换取其他嘴巴的由衷赞美。嘴巴成为抽象派笔下倾注水、酒、饮料、抽烟和接吻等生活细节的工具。唯永远失去了嘴巴的功能。在墙上沉默高雅作壁上之观。

　　可我这张被良心、正义喂大了的嘴巴, 被美和幸福的感情注满了爱的嘴巴, 开或者合, 那才是人生最动人的部分。永远关闭, 看见美的不知赞美; 让人老是怀疑这些人的眼睛是否仅是摆设。看见恶的应该鞭挞却从容处之。就是那些被人们歌颂的境界, 在我身上却纷纷失灵了。

　　让那些优美的嘴巴在墙壁上保留得更久些。我只要嘴巴始终长在我的脑袋上。并且, 让那些含义深刻的一面面墙壁, 拒绝为这些失去功能的嘴巴提供最后的避难之所。

再说往事

往事是什么呢? 它们是从哪里长出来? 开花吗? 结果吗? 我们的一生都有往事相伴。

在我抽烟时, 我有这样一种感受。闪烁的烟火在一点一点地燃着时间, 而那被吸入肺腑之内, 经过呼吸器官之后, 又从鼻孔里悠然飘出的就如同往事。它在我们的肺腑里留下一种滋味, 一种气息。然后在我们眼前缭绕不散。然后又将现实朦胧起来。然后就有了与我们的生命一起共生共灭的往事。

真诚坦然地去生活, 该记住的自不会忘记。忘记的自是如何强记也无济于事。往事交替存在。就像我们吐出的烟。一缕一缕。不绝。

往事的花开满我们坚韧的心田, 尤其是那些不幸和痛苦的愈加美丽。而那些痛苦和不幸的果子只有坚韧不屈的心才能剥开, 才能品尝。

因为欢乐和忧伤, 因为爱和恨, 因为在过去的日子不屈地活着。

我们的往事有很多很多。

第六辑

画　像

即使不是画家，

他们也在为自己画像。

哦，老妇人
——致波德莱尔

一朵花被扔到一条河里一束目光追随着它。

青春在老妇人曾令人迷恋的胸前顿然塌陷，所有往昔的笑声往昔的回忆随之塌陷倾城的目光也随之而塌陷。从此，你那曾被追逐者包围被谄媚的笑声包围被廉价的赞美包围的日子再也没有直起过腰；在鄙视的目光下佝偻着，挂着仅有的对往日的回忆在生活里艰难地蹒跚，巴黎麻木地听着你的忧伤你的不幸响满大街小巷。

老妇人脸上衰老的皱纹如巴黎纵横交错的街道。哪一条街里听不到几声哭泣哪一条路上拾不到几句辛酸，这蓄满了丑恶和灾难的街道该是刻在巴黎额上抹不掉的皱纹。每一条皱纹里都埋藏着痛苦和辛酸每一条皱纹里都流动着少女的眼泪和心血。巴黎，你真是个又丑又老的妇人呵。

大街小巷挂在太阳下。可再晒也晒不净这街道里埋了许久的肮脏。波德莱尔，你往哪儿走，再走也走不出你的孤独。你干脆停下来。在所有丑恶的中心你变成了一种美。

相思河

——致柴可夫斯基和娜佳

夜竖起所有的听觉听相思的脚步自十四年的那一边富有韵味地响起响起。十四年的岁月上踩满了你们思念的脚印响满了你们荡人心魄的脚步声。

一个相思走过去

又一个相思踱过来

这脚步在梦境中踏响了柴可夫斯基的琴键，于是从你的琴键上从你的思念中从你的激情里流出一曲《天鹅湖》。盘旋、挣扎。十四年痛苦的甜蜜甜蜜的痛苦在一个夜晚戛然而止。那随时准备为你拉开的窗帘永远不再为谁拉开永远低垂着。你在这边她在那边。

有渴望走过来走进你心中

有渴望走过去走进她心中

渴望成为一种流动的声音冲击着这十四年流向你和她心中，而终没有冲破在你们身旁筑起的堤岸终没有相见。虽然十四年的恋情铺满一路终没有相见。奔走于你们之间的每一封信每一个字遂成为一块块青石铺在你们之间，《天鹅湖》在其间回响，成为一种绝唱。

边城里的故事

——致沈从文

　　边城在湘西边城里有许多故事。这故事是顺着一条河流出来的，这条河有多少道弯这个故事就有多么曲折。这故事顺河流得很远这故事随便舀起来喝上一口你会觉得很苦。

　　干吗要让两个男人同时爱上一个女人干吗要让女人对一个男人微笑而让另一个喝下一杯苦酒。只有让女人的脸分成两半，一半笑给他看一半笑给他看结果三个人没一个快活。干吗要让白帆在河上那么忧伤又缓慢地流动呢干吗要让桅杆呆呆伫立在船上，举着挥不动的告别之手。老大死了，还有一个汉子至今未归。翠翠站在船头。可没有一个汉子来喊她好听的名字可总有一个男人的喊声在她耳边不肯散去不肯散去。

　　后来一个人从边城出来了。他是顺着河漂出来的他的后面跟着一条河流。又后来那许多河水和一个汉子的喊声流进了一本书里。边城并不遥远呵。随手翻动一页便可听见自湘西流来的水声哗哗哗水声里依稀泛起阵阵船歌。

永远的等待
——致席慕蓉

花的芬芳在秋季河里流走了。只有枯萎的枝秆在提示着某一种令人难忘的记忆。你仰望着天空中静静流过的星子们。风撞动星星，听不见的声音在天空中闪闪烁烁。你站在通向那个梦境的道路旁你在等待着一个人自远方归来。

脚下有许多条道路通向他而你不知道他从哪一条道路来你只有耐心等待。等待了多久谁也不知道。在一声若有若无的呼唤中你回过头来，纷飞的长发幻化成浓密的枝叶，秀美的身体定格成树干。你竟在等待中变成了一棵树。

只要他经过这里你依然会看到他。只是你再也不能奔过去拥抱他只能在这里默默守候他。只要他经过这里只要他顺着你为他铺设的相思之路走来即使一百年后一千年后你一定会看到他。

守候在风雨中守候在冰雪中守候成一棵痴情的树。

致海明威（二章）

不死的斗牛士

那一行脚印踏碎了沙滩上的黄昏，最后一行生命的脚印被扑上海滩的浪迅速抹去。

当你最后把猎枪向着自己，而不是向着非洲林莽的雄狮勾动，砰然一声溅红了当天美国日报的所有版面。每块铅字都是张忧伤的脸。

一个响当当的斗牛士在最后的角逐中，轰然倒下，砸痛许多心许多心。而你，人们喜欢的山姆大叔是男子汉是英雄，你以自己的勇气在向死亡挑战；虽然失败了，但你是打不垮的。死神在你浓浓喷出硝烟的枪口上颤抖了很久很久。于是，你在微笑中和死神做了最后一次搏斗。

沙滩上又印下一行新的脚印，在经久不息的涛声里向前、向前……

怀念

一杆还在浓浓吐出硝烟的双筒猎枪，把一个传奇的故事奋然射向天空。

在苍苍茫茫的非洲大丛莽，

在汹汹涌涌的加勒比海岸，

在芝加哥郊区的橡树园，

炸响炸响炸响一个长络腮胡的名字。

非洲的青山还记得这杆猎枪，它使无数头雄狮在它黑洞洞的瞳孔逼视下颤抖，而面对这枪口他却昂然地挺上来。一切都很简洁，就像那电报式的小说。把一个汉子的血性拍发到上帝那儿去了，上帝也失去了平静。在加勒比海岸绵延起几千里的感情巨澜，在非洲大林莽涌出千万声灵魂的吼声。

海滩中的夕阳孤独地缓缓走向西天，不再会有一个会钓鱼的老人来陪伴他。斗牛场在《西班牙斗牛士》的曲子中寻找着这位勇敢的斗牛士，那杆双筒猎枪还在忧伤地等待着他的主人归来，等待着内心再一次涌上征服非洲丛林的激动。

面对死亡微笑的硬汉

——致海明威

碎然飞溅的名字在瞬间染红所有心灵的版图。双筒猎枪和一个长络腮胡的人一块儿倒下。猎枪倒进博物馆精致的玻璃柜让回忆的硝烟穿过崇拜者的眼前，名字倒进一部传奇倒进厚厚的美国文学史，横卧过所有心的疆域。

你瞳孔里射出的一串威严吓昏非洲丛莽的雄狮。你放舟加勒比海汹涌的波涛，一身豪气微笑在波谷浪尖。

面对猎枪面对黑洞洞无底的死亡，你勇敢地挺上去挺上一个硬汉；面对死神你涌起一阵笑声，碎然震响的枪声中你的笑声比枪声传得更久更远更远更久。

在一长串著作的背后站起一个名字——海明威，在海明威背后竖起的是书堆成的丰碑。《西班牙斗牛士》还在斗牛场上空飘荡飘荡，却不见你往日的英姿……

通俗派
——致白居易

现在有些诗越写越深奥了，诗行里爬满了让人头痛的哲学，所幸的是你再也不用看了。

卖炭翁有时会不太优雅地出现在市场，"满面尘灰烟火色，两鬓苍苍十指黑"太缺乏美学价值，难走入少男少女或丁香花勿忘我挤满的诗行，只能吃力地挑着炭，远远看一排排优美的诗们翩然走过。

夏日的凉荫下也可见老妪纳纳鞋底，有个叫白居易的人已不再来。谁会让目难识丁的老妪来指点那些玄玄的现代派。有些诗虽曾印在纸上却难留心间，倒是婆婆哄孙孙的儿歌唱了一代又一代。

安心睡吧，除非有新《琵琶行》唱湿青衫。

弹奏心弦
——致贝多芬

　　再不能贴在如泣如诉的小提琴弦上听它在耳边悄声低语，再不能静听钢琴之键跳出的激越之声；所有的声音，不论是来自天庭还是发自人间，在你耳畔哑然失声。

　　无数目光从各个角落一齐投向你。你高站在指挥台上，调动起所有的琴弦在你的指挥棒上优美地舞蹈，率领男人女人年老的年轻的随你的指挥棒一会儿漫步田园一会儿置身松涛一会儿奔跑在沙滩，自我融入音乐音乐化为自我。

　　你把指挥棒指向一串明快的琴弦，在音乐的波浪里都伏着听众的心；你把指挥棒投向一排嘹亮的号子，在闪亮的金属般脆亮的乐音中；观众席涌起一片欢呼。你面含微笑，你分明是听到了。你确信这所有的声音都是注入观众心灵。

　　音乐不是演奏给耳朵听的。

和平的面容

——致毕加索

纷纷扬动的乌发自笔端潇潇洒洒地泻下, 幻变成飘飘欲飞的洁白鸽翅, 在时间的丛林里扇动着片片洁白片片宁静。

总是不愿被黑暗捂住幻想的双眼, 总是不愿被一双纤足钉在地上, 总是不愿让战火爬上脸庞。于是, 你丝丝缕缕缕缕丝丝的秀发一起扇动起来。

渴望飞去, 飞向绿绿的芳草地, 飞向蓝蓝的太平湖, 飞进一首和平谣, 做一个音符唱着和谐。乌发成为鸽翅, 鸽翅成为乌发, 你因而获得更广阔的空间。

飞动的不知是鸽翅还是乌发。

或许既不是鸽翅也不是乌发。

牧神午后

——致德彪西

天很高很高，很蓝很蓝。哦，正是做梦的好日子。声声芦笛在草丛间悠然荡起，在暖暖的和风中浮动翩翩。阳光的枝叶间洁白的仙女自牧神头顶低低飞过，那洁白迷人的双翅拂动牧神满头乌发，拂开一头幻想，拂开满怀渴望。

阳光一片片栖在枝叶上落在草尖上，在风中快活地蹦跳。青青绿绿的草丛间牧神闭上眼睛，任那灼热的爱渐近渐远渐远渐近，终于贴在维纳斯女神的唇上贴在一个期待已久的愿望上。天空和阳光顿时在草丛间无声地沉没了。

天地晕眩晕眩天地。

午后的牧神拥抱了维纳斯，神也在干着人间的事情神揭去了神秘的面具。哦，天空下一切正美好。长笛一声吹灭了牧神午后点燃的幻想。圆号的和声里牧神躺着，横一身寂寞。德彪西让思绪在琴弦继续滑行继续滑行。

夏日的午后，音乐家为牧神制作了一个梦境；并和神进行了一次交谈，旁边没有听众。但午后的太阳依旧在风中渲染着它的热情。

醉乡
——致陶渊明

　　月亮，我看着你惨白的面孔凄凉，你看着我凄凉的面孔惨白；拿酒来醉了这晚风醉了这诗人。让月亮在醉乡神会相伴着驱散孤独。置两只酒杯于古朴的石桌邀月对饮，而月远在天上。唯有不知情的晚风在耳畔絮语。月扯片云蒙住了他忧伤的脸，几滴泪落在诗人脸上落在夜里很晶莹。泪，渐渐淡化出一幅图来。

　　满园菊花绽放金色微笑。诗人哼几句田园诗去南山采菊了。星星点点的野花在田园诗中款舞。南山之巅群鸟扇动黄昏菊香，诗人自黄昏和菊香中归来。

　　一只飞向天路的鸟经受了风吹雨打又返回山林。

傲立幽州台

——致陈子昂

　　在云里在雾里在梦里在蒙蒙眬眬闪烁的泪眼里，遥遥幽州台。头顶呼呼流过的满天凄风，风凄凉你也凄凉；脚踏遥遥远去的石级，石级沉重心也沉重……

　　啊——最后一级！昂然挺上最后一级，幽州台迎面扑来千古云烟扑来铮铮有声的汉魏风骨。劲风捣碎你眼中噙着的泪，迸溅着你的孤独你无语的感慨。猛回首，幽州台上凝固了一尊唐诗的底座上绝妙的雕像！

不凋谢的五月花

——致三毛

撒哈拉丢下的脚窝里蹿出棵棵绿树，拂去沙漠的荒凉。所有的绿叶都在太阳风里摇动着一个名字……

在叮叮当当的驼铃声里，绿树排成一队队走进梦里悄然无声，悄然远去。那潇洒的乌发在旷无人烟的沙漠树一面黑色的生命旗帜，好一尊女性身躯好一根不倒的旗杆，在沙漠在西班牙在大陆在台湾——在所有爱你的心上做永远的劲舞。沙漠的风沙在你的面前止步，领略你翩翩神采。

流浪是为了天空飞翔的小鸟和宽宽的草原，橄榄树这么说。可你说这不是你的声音不是你的声音，如果真是这样你可以牵着想象在调色板溜达几圈，随意涂上你女儿家的灵感；如果只是为了鸟和草原你决不会让风暴揉搓你美好的青春；如果世界真就这么平淡你可以一本接一本地编故事，可以在不同肤色不同目光的中心……

——不！你哪怕只蠕动一下喉管，喘出的也一定是真实的声音！

二泉映月
——致阿炳

　　泪水一滴两滴三滴，自那双深深的眼窝，太阳和月亮也走不进去
的眼窝，远离光明的眼窝，溢出溢出溢出滴落二泉；这夜顿时溅起一
片远远近近近近远远的凄凉。

　　月亮睁着一双失神的眼睛注视着二泉，二泉捧着一面没有光泽
的镜子端详着月亮。泉清月冷月冷泉清。晚风在你蓬松的头发间乱
舞，掀动你周身片片褴褛。泪在弦上流，月在弦上颤。有风你抓不住
有月你看不见，月也孤独你也孤独；只有泪水在弦上流只有凄凉在心
上流。

　　二泉映月月映二泉。

　　但这夜的月光却很孤独。独自浮在二泉上浮着一片寂寞浮着一
片忧伤。但这夜的二泉却难宁静。溢出的泪水滴落二泉溅起一首凄凄
惨惨惨惨凄凄的——

　　二泉映月月映二泉。

蓝色的多瑙河
——致约翰·施特劳斯

　　小提琴的碎弓自河面缓缓荡起，撩开河面上淡淡的薄雾，多瑙河在根根琴弦上悄然流淌。音乐指挥金属棒闪亮的激情里迸出一片蔚蓝一片蔚蓝色的波浪里双双脚步踏响满池悠扬。舞池里一对对踏着多瑙河在翩然舞动，舞动一个蓝色的梦想舞动一池蓝色。

　　虽然你的节奏如跳荡的波浪一样欢快，而蓝色的旋律里总有游子的泪敲响琴键。泪水落在琴键上开出几瓣。

　　一瓣是蓝色的忧伤一瓣是蓝色的思念，一瓣是蓝色的爱情一瓣是蓝色的欢乐；合起来是一朵开在维也纳心中的蓝色多瑙河。

　　游子汇聚的泪水是蓝色的多瑙河。

　　蓝色的多瑙河是游子汇聚的泪水。

　　泪水和河水交织在一起撞开施特劳斯的心扉闯进它的旋律。于是，为了欢乐泪水不再流泪水不再流；所有的舞步踏响的是多瑙河涌起的蓝色涌起的欢乐。

渴望生活
——致凡·高

　　你的脸是圆圆的向日葵随太阳转动，涂满金色。圆盘上闪动星星点点点点星星的信仰，转动你生命的忠诚。

　　你喜欢在石凳旁画一簇青枝绿叶的常青藤，用带色彩的思想爬满生活；你喜欢一群群饥饿者中间放一盘浑圆硕大的土豆，土豆上蹿出绿色的芽眼。但土豆自天空纷纷坠落，砸进温馨的梦乡；仔细看时：土豆被挂在墙上，只能供饥饿者在梦中欣赏。

　　疯狂解放了被世俗囚禁的天资，你走出小画店，执一张"爱好伟大"的名片，走进使所有的后来者都会因你而骄傲的历史。

　　奥弗教堂的钟还在不断地敲打着时间敲打着你送给妓女的那一轮耳朵，溅出的血红之声穿透风风雨雨雨雨风风中的岁月震撼世界。

　　麦田上的鸦群横过一天金黄，搅动一天黑翅膀；片片黑色忧郁翻飞，飞进你的双眼，飞进你受难的心。

　　你站在麦田间，落进一片金色的永恒。

　　鸦群过去了，翻过的田垄将会长出一棵向日葵不朽的向日葵，日夜转动你炽热的忠诚。

牧歌的尾声

——致叶赛宁

　　无法解释，这时候的蓝天为什么有一朵朵云纷纷坠落，它并不是想铺盖住一个名字而是要覆盖住连着这个名字的痛苦和不幸，上帝为之而感动，我们无话可说为之而感动。

　　你把土地上俊挺的白桦树轻轻摇动，唱给挥汗如雨的田园里的铁匠们听，铁匠在自己铿锵的节奏中找到了诗的韵脚，白桦在铁匠的锤声中有了忍受寒冬的坚强意志。

　　你喜欢从镶着淡蓝色木板窗的矮屋里看金色树丛中摇曳着款款而来的少女，你灼热的目光让飘然而来的那朵花儿把头埋进怀里羞红。

　　那银铃般闪烁的风铃草使你的诗句里回旋着一种情绪，风铃草没有铃却在你的诗句里摇响芬芳摇响的该是你芬芳的诗魂吧！露珠在你心灵的草叶上舞蹈，太阳是它的观众。最后露珠溶化在太阳的怀抱中。

　　谁也不知道你在那样一个夜晚，让一声枪响穿透你生命的诗集，这或许是一种警句？可这并不是你牧歌的尾声呀！

　　坠落的白云绝不会覆盖你。

诗人与广场
——致马雅可夫斯基

你的激情依然没有消散。

凝成街头广场一角的一座雕像。站在你的身边似乎感觉到那石雕之中波动着某种浪潮，那潮声层层走来。

沿着你一级级楼梯似的激情一层层攀上去，渴望能到达你心灵到达你激情汹涌的源头。潜游在你一首首昂扬的诗篇中，我觉得自己很轻很轻，被一种力量托扶着游向你心灵的源头。

你最喜欢把刚刚写好尚留着墨香的诗句拿到广场上去，让你的激情在抑扬顿挫的声音中成为一条河流时急时缓地冲击听者的心。你喜欢在无数眼睛中找到一种闪烁的亮光，你喜欢在沉默后爆发的掌声中感受一下内心的共鸣。

当你念完诗中最后一句时，那诗后没有句号，那汹涌的激情已经有了许多支流。

呼唤小银
——致希梅内斯

叮当铃声依然自那个美丽黄昏飘来，任几多风雨也掐不断这倔强的铃声。

你伴希梅内斯遍游西班牙，你听希梅内斯向你弹奏孤独和忧伤，你温顺地以毛茸茸的耳朵去拂诗人的手平静他苦闷不安的心绪，你不会说话只知摇动脖子上的银铃给诗人驱散旅途的疲倦，给寂寞内心添一点欢愉；即使是被荆棘刺破了脚也决不去以自己的痛苦惊扰主人。

你只知以沉默安慰痛苦，你只知以目光叙说真诚，你明亮的眸子就是一片纯净的蓝天呀里面涌动着坦荡、真诚、信任、理解、友爱，唯不见一丝欺骗、虚伪、丑恶的阴云，你纯净的眸子是嵌于诗人心头永不会阴沉的蓝天。

你不是人。

不然，你也会向主人摆尾谄媚，你也会堆起一脸笑意而笑声里却隐伏着一个陷阱，你也会以良心与权力相交换牺牲那一片纯净的蓝天。

小银是驴不是人，我唤小银于那美丽的黄昏重新归来。

瞧，那飞翔着的黑色幽默

——致约瑟夫·赫勒

尤索林扔完炸弹之后，正做梦的滑翔。皮亚诺扎岛已在地中海消失。此刻的尤索林成为天上的云，飞来飞去又无处可歇，最后泊进二十二条军规。

开始想家想母亲想自己居住的城市想静静的黄昏总会领他走过一条熟悉的街巷后停在她家门口。尤索林拼命地飞。越过四十次的栏杆便可吻到她的唇。拼命扔炸弹，可总有炸弹向他飞来。他没想到飞进二十二条军规便无安宁。

已经飞了四十八次却依然不得回家，因为他不是疯子。他觉得撑住天空的一根柱子瞬间倒塌，整个天空罩住了自己他再也飞不出去。他一次又一次从二十二条军规艰难起飞，天空中的云竟似颗颗炸弹纷纷逼向他，他只得掉头飞回二十二条军规。

他真渴望把尤索林歇在家里再不起飞。他不顾一切地冲向云巅，两边云朵纷然坠落。他大喊一声，把尤索林从天空扔下去，希望炸开通向家的航道。而尤索林又一次落进二十二条军规被炸碎。约瑟夫·赫勒便拿他来注释一部黑色幽默。

归来的飞鸟
——致陶渊明

天上一轮孤独的月亮俯视着地下，

地下一个孤独的诗人仰望着天上；

你看着我惨白的面孔凄凉，我看着你凄凉的面孔惨白。那么，拿酒来，醉了这月亮醉了这诗人醉了这微风醉了这夜晚，让月亮和诗人在醉乡中相会。彼此相伴驱散孤独。置两只酒杯于古朴的石桌，邀月对饮；而月远在天上远在天上。欲开口，唯有不知情的晚风在耳边絮语。抬头望月，月扯片乌云蒙住它忧伤的脸；几滴泪从指缝间落到诗人脸上很晶莹，在这夜里很晶莹。这泪水渐淡渐淡，终于在这夜里晕化成一幅水墨画来。

满园菊花在阳光下盛开着金色的微笑。诗人荷一柄银锄荷一肩田园情趣，哼几句田园诗去东篱之下悠然采菊。星星点点的野花在田野点点星星地开放在诗人的田园诗中，星星点点吐着幽香，悠然见南山巅上群群飞鸟扇动着翅膀扇动着黄昏中弥漫着的菊花清香扇动着诗人内心千种心绪，自远方自春的那一边结伴归来。

春燕声声鸣归乡，鸣归乡春燕声声。

　　诗人心中的金菊飘然落地, 饱饮着这幅春燕归乡图诗人醉了, 幻境中, 诗人似一只飞向天路的鸟儿身受了风吹雨打的磨难, 又扇动着一腔乡情返回山林返回山林。

端阳情

——致屈原

龙舟划起来了上下求索的理想划起来了。舟上的鼓敲起来了满江怀念响起来了。木桨在插入水中的一瞬搅动一江翻腾的浪花搅动一江屈原魂。

挥起又落下的木桨击水的声音是人们在呼你唤你呵。

落下又挥起的木桨是伸向你的手臂如人们在摇你拍你呵。

你便是这流不尽的江水。九歌是一条支流，九章是一条支流，汇起来便是一条流淌不息的楚辞之河。这河里汇集着你的爱憎奔腾着你自头至脚的热血。你为什么这般不能平静，是因为这一江水域里注入了你离骚后的天问。你自久远的昨天流来，又向久远的明天流去；再流上一万年也流不尽一江激情。

呼你唤你。摇你拍你。即使溅起无数浪花即使这一江都沸腾起来，你依然径自流向远方。你干吗默不作声地流向远方你干吗不歇脚听两岸挤满的热切呼唤？哦，既然你是一条江怎么会停下脚呢？

千万条手臂扬起来了，千万条龙舟划起来了。

城南旧事
——致林海音

　　清脆的驼铃声在弯弯曲曲的巷子里拐来拐去，直撞得古老的城墙有了些神韵，可终于没有走出城南旧事。小英子抖动了一下眼睫，岁月纷纷自童年的记忆中滑落。

　　青砖砌成的城墙古老又森严，直压得这整座城市都喘不过气来。只有那艰难的呻吟从层层叠叠的砖缝中挤出来。这城墙都是用典故砌成的。小英子的目光曾一次又一次地数过城墙上的每块青石，依然难以读懂。难以读懂的是这些毫无出处的典故。那贫穷没有出处，那累弯了日子的艰辛没有出处，那终日飘来荡去不知歇脚的驼铃之声没有出处，那从没有放晴过的穷人的苦脸没有出处。小英子仰起脸，双眼里蓄满了沉思。可小英子太小，没有出处的典故太多，小英子没法读懂。

　　小英子居住的胡同是一个故事套着一个故事。

　　这故事是从祖辈身上脱下来又穿在爷爷身上，又从爷爷身上脱下来穿在爸爸身上，爸爸去了的时候这故事该穿在我身上了。穿在祖辈身上爷爷读，穿在爷爷身上爸爸读，穿在爸爸身上我读。读出许多凄风冷雨读出许多辛酸血泪读出许多艰难坎坷。

　　驼铃声飘来飘去总是飘不出小英子的眼睛。后来的一个早晨铃声撞断了古城墙走远了。远处是芳草地连天呵！小英子留恋地回头张望。身后的城市陷进一片迷茫。

　　哦，那已经是城南旧事了。

酒之神韵

——致李白

你喜欢四处漫游喜欢一路上踩出星星般的诗句，在文学史的篇章里闪亮闪亮。每一个脚印不知是逗号还是句号，前一只脚踏上一首诗的起句，后一只脚踩着叮当作响的韵尾；这响声浪漫了一路浪漫了整个唐诗。

你走了一辈子。而这一辈子却没你醉酒的一会儿走得更远。自从告别了碎叶你再没有回家，直到于他乡抱月投江而去。

你拼命喝酒，得了诗仙酒仙的美名。你拼命喝着的本不是酒，你喝的是依依难忘的故乡。不信你看，床头吐满地思念，散落成星星点点点点星星的月光。

觉醒的大森林
——致巴勃罗·聂鲁达

你浓眉下射出的一双锐利的目光洞穿曲折漫长的道路之后撞上没有阳光的大林莽。你巨大的瞳孔被纷纷飘来的枯叶铺满，铺满眼忧郁。于是，你压抑不住的雄浑的肺叶充分扩张，沉重地喘出等待了几个世纪的一声呼喊。

伐木者，醒来吧！

于是，伐木者的每一个毛孔都是一条河流。这河流里涌起你的诗句涌起你无法遏制的诗情。溅满整个亚美利加的土地。你沸腾了整个亚美利加森林的在大街上被抢购一空。

你头顶上那片曾茂盛的森林被岁月和诗句伐尽了，袒露出辽阔的大平原袒露出你的智慧，伐木者在这片平原上站成一片黑压压的森林。

醒来的伐木者是又一片森林。

花的这边是麦地

韩新东 ◎ 著

作家出版社

图书在版编目（CIP）数据

花的这边是麦地 / 韩新东著 .—北京：作家出版社，
2023.10

（韩新东诗文集）

ISBN 978-7-5212-2237-1

Ⅰ. ①花… Ⅱ. ①韩… Ⅲ. ①诗集—中国—当代②散文集 –
中国 – 当代 Ⅳ. ① I217.2

中国国家版本馆 CIP 数据核字（2023）第 084175 号

韩新东诗文集：花的这边是麦地

作　　者：韩新东

责任编辑：杨兵兵

装帧设计：安徽徽商传媒有限公司

出版发行：作家出版社有限公司

社　　址：北京农展馆南里 10 号　　　邮　　编：100125

电话传真：86-10-65067186（发行中心及邮购部）

　　　　　86-10-65004079（总编室）

E-mail:zuojia @ zuojia.net.cn

http://www.zuojiachubanshe.com

印　　刷：北京盛通印刷股份有限公司

成品尺寸：152×230

字　　数：173 千

印　　张：23

版　　次：2023 年 10 月第 1 版

印　　次：2023 年 10 月第 1 次印刷

ISBN 978-7-5212-2237-1

定　　价：300.00 元（全四册）

作者简介

　　韩新东，男，1963年11月出生于山东海阳。诗人，作家，研究生学历，高级编辑。系中国期刊协会副会长。

　　现任安徽日报报业集团徽商传媒总编辑、徽商传媒全球理事会主席团执行主席兼秘书长、全国商人媒体联盟主席。

　　创作发表诗歌、散文五千多首（篇）。出版有《一支竹笛七个孔》《另一种恋歌》《苦乐斋情话》《有梦想的地方》等多本诗集、散文集，作品入选《青年诗选》《当代青年散文诗人十五家》等几十种选集。

韩新东诗文集

　　韩新东诗文集共分为四卷，创作时间上下横跨三十余年，均为已在《诗刊》《星星》《散文》《作品》《十月》等全国公开刊物和中国青年出版社推出的《青年诗选》刊发出版过的作品。作品共分为诗集**《花的这边是麦地》**，散文诗集**《一朵火焰出水来》《一粒盐的光芒》**，散文集**《何止桃花潭》**。这些作品文字优美，想象独特，哲思隽永。具有自身独有的文字之光，修辞之美。很多作品收录于各种文学选本。

卷一：诗集《花的这边是麦地》

　　收录作者从上世纪80年代开始至新世纪的诗歌作品，这些作品散见于全国各大刊物。既有吟诵祖国壮美山河的诗作，也有人生思考的独特篇章；既有借物言志的旷达之作，也有对爱情的深邃表达。没有雷同，没有照本宣科，具有强烈的人文精神。本卷共分为第一辑《花的这边是麦地》、第二辑《在火焰的顶部》、第三辑《劈柴的人》、第四辑《一支竹笛七个孔》、第五辑《刀的情话》。

卷二：散文诗集《一朵火焰出水来》

卷三：散文诗集《一粒盐的光芒》

这两卷可以看作是姊妹篇。

作者当初被称为中国散文诗界最有影响的青年散文诗人之一。曾有著名散文诗大家耿林莽先生编辑的《当代散文诗人十五家》收入其重要作品。这些诗意境开阔，想象奇峻，文辞精美，曾为多个选本收录。诗中有歌颂爱情的，有歌颂海上船夫的，有歌颂矿工的，有歌颂普通劳动者和春天的，有与孩子的深情对话；这里面既有对自然的礼赞，也有对历史的反思；既有对乡土的乡愁，也有对做人做事的感悟。《一朵火焰出水来》收录有第一辑《一朵火焰出水来》、第二辑《一句话带我入夜色》、第三辑《和石头深情对话》、第四辑《放牧的孩子》、第五辑《窗外的树头正在开花》、第六辑《今夜又起笛声》；《一粒盐的光芒》收录有第一辑《一粒盐的光芒》、第二辑《竹和竹笛及其他》、第三辑《春天的心脏》、第四辑《香在风中便有了翅膀》、第五辑《一顶草帽以及它的重要》、第六辑《画像》。

卷四：散文集《何止桃花潭》

　　本卷作品主要收录的是作者的哲思类的散文。刊式绝无拘泥。一草一木皆可入文，一言一行皆有思考。文章既有对家国情怀的表达，也有对真诚做人的我见；既有对读书读天地的领悟，也有对读史论今的感慨，它们或长或短，让人读来回味悠长。这些美文曾被《读者》《中外文摘》以及一些出版社的选集收录。本卷共分为第一辑《关于鱼眼的哲学和人生观》、第二辑《温暖的猪油》、第三辑《孔见、洞见和不见》、第四辑《何止桃花潭》、第五辑《如果李白穿行在今天》、第六辑《活出一棵树的沉香》。

目录

第一辑
花的这边是麦地

2

第二辑

在火焰的顶部

4

第三辑
劈柴的人

第四辑
一支竹笛七个孔

第五辑
刀的情话

第一辑

花的这边是麦地

因为，一枝花

无法担起整个春天

花的这边是麦地

你有太多的幻想

所以，我不能走入你的梦中

因为，一枝花

无法担起整个春天

看过那些晃动着阳光的

金黄麦地吗

不。不要以一个梦想家的眼光

麦穗们很真实

它们饱满的籽粒

就要涨出怀了

且以一个庄稼人的眼光

摸摸那些个金黄

看指间闪动的麦芒

会不会刺痛你

会让你的泪水比幻想

更重更沉

走过来吧，女孩

花的这边是麦地

满怀情深的麦地呀

核桃是一个人的名字

含在嘴里, 苦涩的滋味无法吐掉

核桃是一个少女的美名

被遗忘在深山。坐在高枝上

独守落寞

那个怀有情爱的人

总想敲开紧锁的甜蜜

面对核桃

敲开是一种选择

不敲开是一种明智

核桃。性情忧郁, 远离人群

躲在阳光的背后

感叹周身与岁月一同生长的沟痕

深深的沟痕, 值得细细抚摸

每一道沟痕都隐藏着期望

犹如被时间酿造已久的沉香

在温柔的手掌下

渐渐释放

其实，苦涩往往比甜蜜

更耐人寻味

核桃

那些果实的滋味

谁也不曾尝过

是的，没人尝过

可今天我要将你

完完全全地敲开

你裹得很紧

裹了二十八个春秋

或许是在等待一个梦

可这个夜晚不曾来临

你翻遍脸间皱纹

找不出更深刻的一条

真的没人能够

更深地留在

你的某个黄昏

就这样吧。让我以

爱的坚硬

来敲开这只山核桃

硬和硬的相碰

终有一个会碎

我纯朴又深情的山核桃呀

分离也是一种贴近

一往情深的爱，给我幸福

而我只能在深夜

享受你的深情。恰是你的爱

又给了我痛苦。两棵树

错肩而过，其实

应该侧身让它过去

硬将两棵树移到一起

被伤害的根

再难展开一树葱郁

就这么站着

分离也是一种贴近

泪在颊边

银月泊入水中

有谁能够捞起

寂寞的背影

让这带暖意的风

也感到一阵冰凉

去秋的滴滴冷雨

至今不曾落尽

苍白的颊边，那最大的

一颗泪珠

是抹不掉的忧伤

面水而坐

月无语。你亦无语

足音敲我等你的日子

树叶落尽。枝头

就这么空着，等你归来

很多细节被再三揣摩

答案永远不会改变

把你远行的脚步

放在我的灵魂之上

我知道。道路往哪儿倾斜

很多足音

敲我，等你的日子

不为所动

有一双脚步踏月光而至

清晨却见枝头返青

而后展开

唯有蓬蓬勃勃的一树华盖

才负得起

久别的深情

水城之梦

你居住在一座有水的城市

那城市名字的偏旁有三点水

那三点水可是浓缩了很多河道呀

于是　总好于三更半夜

把自己乔装成一条乌篷船

一遍遍反复念着那城市的名字

直到念得那湖水汹涌起来

我便乘势划着它湿润润的名字

向你居住的水域划去

整个夜晚都成了一面硕大的帆

被一种思念鼓得很满

小小灵感闪烁成颗颗明星

愉快当然愉快

幸福自然幸福

可每次总是尚未划到你的身边

天便亮了

划向你的愿望

一次又一次搁浅

虽然美丽的将成为云烟

这该是另一种气派了呀

都感觉到了又似乎都没有在意

我们如叶静悄悄落在秋林之中

这就是说又过去了一个春天

都感觉到了可谁都没有去说

只有两片渐黄渐黄的叶子

在整块蔚蓝的天空下

默默将纹理伸向对方

这时天空是一幅画

这时林中的你我是一幅画

是否伸到对方心里

这不要紧呀这不要紧

就这么在彼此将如秋般

涨满了成熟的茎脉

向对方尽量伸去时

我们都伸进了一幅画中

无情节的背影

虽然凝成一幅黑色背影作静止状

你决不是一棵树

不是树你为何走不动呀

你背负一双沉重的目光

这目光如一枚尖锐的钉子

把你的背影钉在夜幕

你的背影顿成一幅壁画空空荡着

任谁千万声呼喊汹涌着撞击

再也发不出一丝声响

另一面被想象成一种深刻的冲动

总是怕一离步便要失去她

却又怕一回头又陷入另一种失望

于是　你永远不再设置回头的情节

两条道的汇合处

有两条道路都汇合在这里

这我可真是不知道

有一条道路该从这走开

不走开便会制造一幕悲剧

你站在我和他之间

天空没有道路

鸟儿是自由的

你手的一边是他　一边是我

捏着他的是一种温柔

你的脸颊一边朝他　一边向我

为他也灿烂

为我也辉煌

给他也是真情给我也是

真情中间的你却是虚假

两条道路汇合时鸟儿飞走了

我不该停留

我和他分享你的辉煌灿烂时

却又要品评对方馈赠的痛苦

天空没有道路

那么一定要有一条是留给我的

读你的旧照

且把蒙在你脸上的这只

大手掌一点点地挪开

我便可以借蒙蒙月光

从容地听你嘴角淌出的每一丝笑意

月光淡淡

正潇洒了你的美丽

越是看不真切越觉你美丽

再把你的照片读上几遍

你在我的心里时远时近

爱也不是恨也不是

且把这发黄的岁月

撕成块块碎片撒向夜空

装饰这淡淡星月的夜晚

痛苦有时比甜蜜更多几分滋味

在我的雪球融化时

冰雪荒原上没有别人

有两行写得很粗犷的脚印

寂静的荒原只能听见我们的笑声

世界因此而不知道我们的形象

却在光明的唱盘上留取了我们的笑声

雪球裹着一个寒冷的冬天

在你和我之间穿梭

把冬天捏紧

捏成一个洁白的雪团

扔来扔去

冬天在你和我的手上冒着热气

突然，一颗被我捏紧的雪球

很准确地击在你的脸上

我沮丧地等待着你的哭泣

没想我抬头时正见那雪团

在你的脸上渐渐融化啦

这世界所有被冰封的渴望

都一下在你和我的注视中

悄悄悄悄融化

在结尾之外

你在一片树林背后看书

比树林还大的一片阴影罩着你

在你的背后一双手蒙住你的眼睛

蒙上眼时且在手掌后做一百种想象

书于眼蒙上的一瞬落到地上

且把触须伸向情节波澜了几回

又曲折了几回的结尾

然后再从容地转过身来

看蒙住你眼的是谁

太阳又在你转身时越过你的头顶

睁开眼时你发现自己

又恍然落入另一片阴影

把书捡起来

却不再想把这书看完

你宁愿在这书之外

保留自己的一种想象

最初的愿望之背离

你说你是从结局往回去

那么就是说你把你额头上

岁月开垦的皱纹又给走平了

把回忆走成真实的冲动啦

路边仍有一个少女在等你

孩子自然还是你和她

尚未叙说的另一个故事

世界可供你选择的路很多

打开空酒瓶会腾起一股醇香

随便在路上踢着一颗石子

也会激发你无数想象

很久我才明白你的心思

你是在不能选择时

选择了回忆

这就注定你一生痛苦呀

错误的两个方面

没能娶你

是我此生的一个错误

你不这样认为

那相撞的眼波

在你我之间腾起几朵浪花

或者不认识你

也是一个悲剧

但这悲剧缺乏必要的情节铺叙

只是开在一朵花之外的另一朵

一种神秘的美丽

动摇了我许多夜晚

那叶片上青色的脉络

是你浮动于我心间隐约的语言

但又觉得你是我

窗外那一朵花

还隔着层玻璃呢

招摇一片时远时近的朦胧

假如娶了你　亲爱的

也许将铸成我此生的

另一个错误

遥远的呼喊

遥远的呼喊呀

总制造出起伏的情歌

一浪一浪撞向我

而我是块亘古的石头

无法回报你馈赠的激情

并非不渴望得到

一个意外事故使我

悲伤地失去了语言

沉默成为衣衫

无日无夜地从头至脚

覆盖了无法表达的心曲

如果可能

我愿踏着你给我的

一浪一浪的激情

走向你

亘古的石头呀已经

永远地失去了抉择的时间

只能任两种激情

受难于一种痛苦

水罐

深陷幸福

可是忧伤尚未来临

那些大大小小的水罐

和岁月击碎的水罐的残片

精致地布于时间之岸

它们懂得沉默

懂得比语言更有分量的沉默

瓦罐内充满流动的水声

碎片,也将这些流水割成

段段文字

历史的瓦罐上

敲敲打打

奔涌不止的水声

集于某本书中。瓦片

成为书中的标题

将我们也列在流水的岸边

留下的绝不仅是忧伤

带走的

也不光是幸福

花怨

关于他们之间发生的爱情

所知甚少

一声绝望的枪响

擦过无数亲爱的面孔

从往事的路上传来

回家的路上

一切都静静消逝

责怪谁呢

给他生死之爱的是你

将它夺去的仍是你

生命, 轻得可在

一种响声里匆匆离去

又重得可托起几十年

风雨光阴

哦。让我在梦里牵着你的手

如握枝刚开的鲜花

左右晃动

这落泪的明日黄花

不知是否会打湿

你的，某个夜晚

风尘归人

披一身风尘归来的亲人

久违的大手握疼了我

你使劲地摇着

这重逢的夜晚，盈溢月色

属于我们两人的往事

一遍一遍，被你浓重的乡音

渲染得更耐人寻味

离乡经年，你的乡音丝毫未改

正像我泥土般纯朴的深情

在你有力的一握中

我纤巧的手再无法抽出

一如我期待了许久的终身

漫长的等待

仿佛一锹一锹培实的泥土

坚实了我们

此刻，以及永久握住的幸福

静观壁画

日日喧嚣的人群

退出寂寞　我们心平气和

垂首相对

夜色压低的水田

稻谷悄然抽穗

花儿　暗自含香

冥冥间醉入一种境界

孤独的人方能深悟

你清波般的笑声

一浪浪压向我的心间

又一瓣瓣碎在我的怀中

三尺之外

你蛰居清贫的白壁之上

我们久久对视

昨日的往事一再闪现

待听见一声掩袖轻泣

黑鸟先后坠落

到哪里去找你的眼睛

天色已然见亮

树的情歌

至情痴

你便深陷泥中

不能自拔　又怎能拔得出

栽得如此之深

自己拔不出

自是没人能拔出

可你灿烂的情歌

长满了叶子

不见花开

未有果实

身边的树被一一

领回温暖的家中

唯有你飘荡的情歌没有栖处

痴妄在某一瞬间

开出些灿然的有结果的花

根却栽错了地方

就狠狠心迁走吧

这颗心是片沙地

怎能负得起你葱郁的爱

清贫的爱情

家中唯一的装饰

便是插有些许野花的花瓶

养花的仅只一缕清水

不是让人眼热的金子

金子。不用说话

抬手一指。或随手画圈

地上一片一片的花

全都归了它们

可芳香还留在空气里

我们清贫的爱情

只能独享这些清纯

和其上不事雕琢的

简朴芬芳

这些香味从心底抽出

短暂的光阴

它们更珍视生命

日子虽然没有金子高照

但你沉静的脸透过清贫

绽开的灿烂

使我看到了金子另一面的

苍白和黑暗

痕

幽幽故园，泊满目沧桑

两个人，像枝头的两只鸟

在嘶哑的啼鸣梦想着清脆

残垣。断壁。枯树

隔开过去幸福的岁月

谁把我们留在这里

回忆在灵魂间浸溢

两个人，两双眼睛

遍看故园，心里烙下的

还是绿荫下的新墙

两只归鸟在枝头怀想

浓荫不再。草木凋零

枝头的鸟儿飞了

故园中的两个人仍没有走

插图

我这本书中

珍藏着

你这唯一的小小插图

你是我美好的初恋

爱情第一次来到还不懂得

什么叫爱情的心间

后来你也成为文字

潜入某本书中

伴他一生

而你在我的故事里

仅是幅插图

仿佛就要被这许多文字淹没

不经意时

常于一瞬陡现眼前

似乎没有它

这辈子就缺种悠长的意蕴

此书自会显见苍白无色

插图已经模糊

但其味细品绝佳

供我们回味再三

　　再三回味

麦子

麦浪起伏在我们脚下

一如动人的幻想

饱满的麦粒

充满真实的汗水

这咸咸的滋味

陪伴着我们的寂寞生涯

汗水毫不吝啬

麦子优美圆润

五月的高地飘过麦香

农人深邃的目光

越过鸟儿的翅膀

探望着一年的收成

我看见

那些麦叶上滚过的汗水

浑圆而又金黄

真诚何须扮演

一个个灿烂夺目

却又居心不良

所有的水袖都隐藏着

使你倾覆的暗礁

所有甜蜜的眼波都暗埋着

令你永远

爬不上来的陷阱

为了赢得你

我们绝妙地扮演了

正直和善良

以至让人误会

太阳的光辉发自何方

纷纷以为你比时间

更加深刻　更加长久

一阵紧锣密鼓

掩盖紧张的心跳

一道道深深浅浅的光束

意外地暴露了

光明中难以察觉的黑暗

争相趋前取悦于你

你端然稳坐

含而不笑

真诚何须扮演

伤口

伤口

恨和爱都会刺伤我们

我们却无法躲避

常是满含泪水

看自己。被心爱的人

缓缓刺伤

心灵永远不能痊愈

而我们却不得不

在伤口上学习微笑

面对所恨的人

我们必得磨快仇恨

绝不手软地用力一刺

敌人喷血的伤口

佩戴在我们回忆的胸前

什么时候看

都是一种光荣

语言

很多时候　我们

静默不语　却又被语言

苦苦折磨

面对无法言传的现实

离语言最近的嘴巴

常常逃离事实真相

曾经一身风流的动词　形容词

散尽它原有的光泽

真实的原因是

各种事物涌溢胸中

且蜂拥异常

生命承受着应有的激情

语言　众望所归的语言

找不到声情并茂的嘴巴

语言　力达心肺的语言

让某些人暗恨切齿

让某些人大怒咬牙

某些明眼人指出　白纸黑字

信守规矩的好人们

静默吧　让语言

玉洁冰清

真实的语言　自会震荡人心

饱经磨难和欢欣的语言

高贵而谦卑的土

我们都活得很好

这深处的原因

是因为你给我们安定

给我们五谷

金黄喷香的稻穗

在我们的内心

在我们的文字里

一样籽粒饱满

让我们懂得什么叫激动

让我们捧着大把的丰收

跪下。感谢你的恩泽

没有地震扰乱我们的宁静

我们因此可以

平稳地进行我们的爱情

土永远不会少

土堆成高坡　山峰

让我们可以看得很远

很远的地方

除了土　还是土

土　谦卑而又高贵

可以被人包在怀里

暖着思乡游子的心

可以被举在手上

即使被踩在脚底

仍不失高贵

高贵恰又来自你的谦卑

走近，尔后离开

我们这辈子总在

不断地离开

又走近一些事情

离开了土地

我们走近了充实的谷物

离开了熟悉

走近了陌生

离开了旧的

走近了新的

我们这辈子

一边在走近一边在离开

没有办法彻底走近

没有办法永远离开

甚至死亡也不是纯粹的离开

他的灵魂在亲人中传诵

他的美德为我们怀念

如果我们死抱一处

那这辈子可以不活

走近，尔后离开

总有新的让我们激动

这不仅是我们活下去的理由

想象

树桩旋转着岁月的唱片

轻柔　粗犷

幸福与艰辛

随乐曲起伏不定

暗示我们一生坎坷

清新缠绵的段落绝少

温柔的嫩枝

难以在劲风中驻足

倾听这些音乐

血液在皮肤下涌动

穿过密林去看看

这些地上的树桩

不定有哪些纹路

与我们的经历

奇妙地吻合

人们从这里走过

最后也只留下

木桩上旋转的足迹

看戏

你把自己插入安静的人群

犹如一根木桩

须先泯灭自己绽绿的欲望

和菱角鲜明的个性

看别人是怎样涂脂抹粉

孜孜不倦地扮演别人

该流泪时绝对要恰到好处

大笑时当然要笑出声来

金属般的嗓音震破愤怒

且细品戏中的每个眼波

看其中藏匿的

是痛苦还是欢乐

深思熟虑地一甩水袖

撩动一片云烟

看他们的台步是如何

娴熟地进出于历史和未来

昨天和今天之间

虽善布置多变的表情

一会儿面颊上乌云密布

一会儿眼睛里晴空万里

观众们随着安排的故事

哭泣或者微笑

可这些与你何干

只有当演员忘了既定的台词

从规定的情节里越走越远

你方觉得

他们脸上浓浓的脂粉

正从这个虚假的夜晚渐渐脱落

夜晚顿时敞亮

你不由得大喝一声：好哇

那木桩猛然绽出新芽

弯腰

人类的骨头里。有一种

难以轻易解释的东西

骨头不是一杯劣质白酒

可以任意掺兑

有人喜欢频繁地弯腰

譬如碰上金钱。权势

或者它们的主人

温顺的程度, 仿佛

全身找不出一根骨头

骨头。永远应该向人民。土地

和真理弯腰

高贵而谦恭

碰上柔软的东西

它们总是更为温柔

它们向那些善良的人弯腰

正直的人弯腰

贫困的人弯腰

对善良的人弯腰

因为，他们做人的准则

与我们内心的理想不谋而合

向正直的人弯腰

因为有了这些骨头

人们身体的某一部分

便被尊称为脊梁

令历史充满自豪和激情

否则，就是眼泪。悲伤

给贫困的人弯腰

证实我们愿意放下

尊贵的双手

给它们温暖。面包和爱心

如果骨头碰上一些坚硬的东西

它们会更加坚强

这些万千年泥土塑造的骨头

不会被轻易打碎

断枝

一阵风暴中

你猛然迸裂开一种响声

接着　便从枝头坠落

委弃于本是永难触及的土地

你衍生出另一种生命

就在那风暴的断裂处

春风爆出激动的绿

沃土牵出缕缕根须

一场偶然的风暴

给了你一片蓝天

给了你一片沃土

很难说哪儿是死哪儿是生

穿透石壁的水声

你硕大的头颅枕着石壁

终年如此　身体被岁月删节

脸因置于石间

而获得了一种冷峻和深沉

这张脸被风们传诵已久

带有经典性的力量

你富有意味的头颅

飞旋在世纪和年代之上

一群群掠过头顶的鸟鸣叫不已

石壁裂开滴答水声

经久不息

一个曾是最好的朋友出卖了你

虚伪在这里遍生荒芜

一年年　虽留下人的面貌

却成为冰冷的石头

蛰伏在时间里

就像石间滴答的水声

瓷女之谜

眼波盈盈就要涌出笑声

四周跌入一片寂静

冷不防被推进瓷窑

微笑于瞬间凝固

定格成一种无色彩的符号

声音的通道猛然坍塌

刚刚涌起的心潮被紧紧锁住

夜梦里常听到碎裂的声音

可是你禁锢不住的渴望

究竟怀有怎样的深情

你要为谁放声而笑

鸟语

鸟啼声声栖在叶片上

鸟叫之声越过冬季

和春天一起返青

纤纤风指拨动树叶

鸟鸣, 青翠地流出叶脉

秋天鸟的歌声

与叶片情况相似

秋深一层, 叶就少一片

鸟声亦从枝头飘落

四季的鸟鸣总与心情相合

至于冬天, 围住火炉

从日子里抽出珍藏的绿叶

翻开一片鸟声

寒冷，也未能锁住

这深情的歌唱

茶味

我们，喜欢茶。喜欢

长在自己山坡上

一到春天就绿的茶

喜欢在热水中

浅色杯内，舒卷自如的茶

吐出山野的香气

吐出心里裹着的春

端起茶杯，轻呷一口

提神提气。满怀是绿

一路嚼来，铺满山坡的茶们

尽在心底

如是在夜晚深吮一口

如春潜在心底

直到深夜也无倦意

茶。我们爱你

全因为你，长在我们的山坡上

我们的汗水，让茶

脚下的泥土也充满别样的滋味

茶。亲近如我们的亲人

我们在很多的故事中

离不开你

来年

说是粗心呀

你偏在秋天遗落心思

这可不是长芽的节气

当你又一次经过

收割后空旷的高粱地

那籽竟开芽　生叶　冒穗

蹿出你红红火火

却又是孤零零的思念

一片红纱巾朦胧了你的梦

季节无法回转呀

一场霜降惊醒了你

那绺摇动的红缨穗

在冬天的面前低下了头

幻想此刻正默默燃成

一株相思的木炭

成灰再沤肥

然后默守着脚下这块地

等待来年

梦想

签上我们各色名字之后

这张普通的白纸

立刻生动异常

名字们顶着自己头上的纸片

仿佛一顶顶彩色的草帽

有一天

这些不同年龄的草帽

被定期吹来的阳光

轻轻托起　升到天上

那一朵朵飘浮在天空的彩云

全是这些地上的梦想呀

枝丫

我们无法逃避共同的往事

每根枝丫上

都是两个果子两朵花

香味也是两朵

同样的冲动

卷起相似的浪花

月亮和太阳总是难见面

而我们天天在一起

慢慢地你从枝头振翅而飞

成为一缕长翅膀的芬芳

在我的记忆里扇动

虽则枝丫尚在

季节留给我们最美的

仍是昨日

交谈

月亮泊在枝叶上

我们平静地坐下来

谈些普通的生活

杯中之水落下去

又涌上来

现实一次次走远

话题一次次贴近回忆

晚风掠过树梢

月光在枝叶上晃了几晃

归于平静

美好的语言布满今夜

真诚将这些词调来遣去

朋友间促膝相谈

君子之交淡如水

提壶热茶

将杯中之水一次次

续上来

稗麦

稗麦夹杂在充实的

握着满把光芒的麦子间

稗麦在磊落的太阳下

惧怕真正的光芒

稗麦并不情愿是稗麦

一出生就做过麦子的梦

空有一顶麦子的草帽

无法捧出满把金黄

稗麦想站出来说

我就是虚伪的稗麦

以麦子的形状装扮自己

稗麦深思一番

仍站在麦子中间

稗麦仍然是稗麦

鞋子

大道上尘土飞扬

走动的鞋子自成道路

轻盈或沉重

是行走的两种方式

世上的鞋子

总是比世上的道路更多

鞋子无法在路上找到位置时

便互相践踏

有一些鞋子的后面是道路

有一些尘土将脚印掩埋

还有一些鞋子

被扔在路边

鞋子们有时聚到一起

相逢的喜悦

擦去道路在鞋上留下的尘土

出门之后各奔东西

再回首，岁月里

留下一行行脚印

留下一双双旧鞋

独白

这是一堆肮脏的泥土

如植物失去阳光

倒伏在地　再长不出花香

更不会有谷穗

充实内心的喜悦

无数双脚任意践踏

这被剪断翅膀的灵魂

只能再一次等待梦想

降自蔚蓝的天空

站在这堆泥土前

美感失去了尊严

我们又能对谁倾诉

现在　我们忧愤地

伏在这堆肮脏的泥土上

所能干的，就是以

短暂的快乐

不断地折磨

和蹂躏我们自己

干柴

干柴　涉过秋风

进入寒冷的冬夜

经验蓄谋已久

优良的品质

在不见五指的暗夜

愈发耀眼

精彩的单句，领着诗

走向燃烧

犹如火柴引着干柴

苦难磨砺的智慧

令灵魂一片通明

深深冬夜　一根干柴

点燃的警句

在我们心里

更显得温暖和明亮

盐

一无声息地潜伏在我们体内

把握各条生命的关口

盐的光芒照亮生命的想象

咸涩中映出我们的脸

暧昧昏暗的脸

只有在黑暗中才显得异常明亮

盐消失了

精神和境界被一张

失血的脸所蒙蔽

盐很轻，轻似一片水域

生命之舟被浮起

盐又很重，它是劳动的汗水

挤出的艰辛

足以称出我们活着的分量

盐是烙在我们身体上

不能抹去的光荣

及至成为一堆骨头

只要在嘴边轻轻咂过

谁能忘掉艰辛的滋味

农书

遍读农书。及至田间的

稻子。小麦和棉花

到耕种收割的方式

甚至季节和节气

但我仍未能读懂中国含辛茹苦的农业

以我三十年春秋的脚步

深入田垄和谷物之间考察

未解其中之味

我曾经直视过一粒米的历程

久久盯住米粒上滚动的光泽

一粒米在嘴边

很容易被丢弃，而一粒米

从田头，却异常艰难地来到嘴边

农人望着天，那是在祈盼

该晴朗时一定满天彩霞

需要雨水时

苍天呵，你就落下一片甘泉

难怪农人额上的皱纹那样深

是因为这样的抬头

这样的祈盼。贯穿他们一生

农书上记载的只有那些植物

何时播种。何时收获

但那隐于本质深处的要义

却不见有丝毫表露

谁能想象：播种或者收获

离开一双手会有怎样的结局

当一粒米瞬间变大

压住我的一生。这一粒米的重量

竟使我的一生

都这样轻飘。无足轻重

这时候，我看见

中国的农书里一片汪洋

这是汗水和泪水

汗水和泪水才是农书里

最辉煌的诗眼

第二辑

在火焰的顶部

在火焰的顶部

比火焰更热

在火焰的顶部

雪孩子跌倒了，又爬起来

火苗蹿出屋门

一次又一次逼退雪孩子

我看见，一颗六角形的心

在火焰的顶部

比火焰更热

雪孩子完全可以退入白雪

覆盖的丛林。滑雪板上荡起的欢笑

雪孩子跌撞着顶开门

火焰中生命在融化

当另一个孩子被背出火焰之外

一双迷离的泪眼中

雪孩子慢慢倒下，一点一滴

融入火中

化为一汪玉洁冰清的水

水的清澈中

全是你的纯洁与善良

我的孩子, 别忘了冬天时

我们一起去找雪孩子

找大雪的天空中飘扬的童话

和我们的童真, 纯洁与善良

爱的陈词

孩子。我多少岁月

与期待的倾心

在你的面前，我没有更新鲜的东西

只有陈词滥调

你不爱听，像我当初对待你的爷爷

陈词是因为年代久远

有一种东西越久越香

譬如千年老酒

滥调有一天也会变得悦耳

但愿我把你交给世界时

如出水芙蓉

浑身透出新鲜和明媚

及至有一天，你也会

变成一句陈词

为找不到温顺的耳朵而生气

到那时，我的每一句

都是人生的宝贵经验

爱在我的陈词里俯拾皆是

日日重复的滥调也会在爱的笛孔上

找到它美丽的位置

母爱的伤口

孩子。你应该永远记住

妈妈是难产而生下你的

当然,你的降临远比难产

带给我们更多的欢乐

你要懂得珍惜

生命是所有爱你的人,关心你的人

赋予你的。不可随意抛弃

仔细摸摸妈妈身体上

留下的永久的伤口。这痛苦的

伤口,打开你幸福的通道

伤口之上端坐花儿一朵

孩子。不要背弃这个伤口

这是妈妈痛苦的深情

你要学会好好生活

与善良，真诚相交。我们放心

拥有幸福是我们的心愿

但，我希望不会再有一种幸福

要在妈妈身上留下伤口

我们梦到了纯洁的天空

孩子。在一张白纸上

我们梦到了天空。何等美好

爸爸教你怎样在白纸上写字

首先。要把笔画们团结起来

正像你的一群小朋友

名字写在人生开始直到结束

一个人的纯洁是从名字开始的

孩子。我谆谆告诫你

在写字的开始一定要把名字写好

一笔一画不能马虎

不然，这名字就会东倒西歪

等你渐渐长大。生活会教你

应该在什么地方签名

实际上，字写得好坏倒不是关键

一定要认真。端正

名字是自己的专利。不能外借

在丑的地方不要留下自己的名字

这些地方留下的笔画

谁也不能擦去。自己更擦不去

应该在美好和正义的事业里

深刻地签下自己的名字

面对刺刀、鞭子, 以及邪恶

能勇敢地写下自己堂堂正正的名字

它的光芒还在笔画和文字之外

这样的名字才能使白纸更洁白

梦鸟

鸟儿飞过

翅膀一直在我们的目光上端

羽毛擦着风

天空充满幻想

大山很高，很陡

轻盈的翅膀高高浮起

峭拔的山峰落在翅膀之下

参天大树要拦住鸟的道路

树梢还未挨到鸟的羽毛

孩子。你也是一只小鸟

你渴望着蓝天。渴望在山顶之上

展开翅膀

心地不洁的翅膀飞多高，跌多狠

不爱学习的鸟儿

翅膀总长不出羽毛

撒谎的鸟儿永远只能站在

地上。纯洁的天空不喜欢谁将它抹黑

孩子。爸爸的手会把你

举得很高。很高

爸爸希望你的翅膀高过爸爸的手臂

高过能够挡住你飞翔的一切

生命的美丽与重量

曾经在小学课本上读过的

我没有忘记

十粒米一条命

爱惜粮食就是爱惜我们自己

生命的美丽与重量

往往取决于一粒米

一粒米。可能被人从牙缝里

轻易剔掉。一粒米

可能从指间随意滑落

一粒米在没有洗净的碗边

那么刺眼

爱惜这一粒米就是教会

孩子懂得什么是劳动

爱惜这一粒米就是把最动人的

那一部分阳光展现出来

小学课本里说的那一段往事

我反复回味

十粒米, 十担米, 十仓米

这都是劳动者汗水上的黄金

但自己的汗水却不能被自己拥有

把汗水出卖给别人

这世界上所有的米都失去了

原有的滋味。爱惜粮食, 就是爱惜我们自己

流淌的汗水

就是爱生命和那些不能忘却的过去

记住: 假如一粒米

在你的脚边, 不能随意将它踢掉

当你抬起自己的脚时

那些劳动的心脏, 都在忍受着

不能忍受的疼痛

一个孩子的眼睛

只一个眼神

我就会被融化

像白雪倒在太阳的臂弯

这是一个孩子的眼睛

那黑黑的眼珠

比地底埋藏了千年的

乌金还亮

那里面燃烧的天真

让灵魂震撼

这眼神，有时像花朵

闪烁着童年的浪漫

面对这样的花朵

再深的皱纹也会被抚平

疲倦的灵魂

可以在花朵上

做一次醉心的小憩

童心吐露的芳香

把我的心举得很高

很高

一个果子的愿望

你来了, 我不能失去这个机会

我必须踏破大雪

赶在你之前, 亲自为你打开世界

其实, 你不就是我吗

你不就是季节飘白的一朵梨花吗

匆匆赶来, 我是要向你道歉

但愿你是我。但愿你不是我

那么多不能宽恕的缺点

使我爱你的心更深、更切

撒谎使我失去了脊梁

在真诚面前我不能直立

金黄的谷子在嘴边无情地吐掉

从未像汗滴禾下土的农人

那么

慷慨地对待汗水

双手经常藏在口袋里

让那些需要帮助的人看不到我的手

脸分成两面。自己的脸

被利欲淹没

孩子。我这么匆匆地赶来

顶着一天的大雪和寒冷

就是要亲口说出我的歉意

同时，我要告诉你春天的消息

对于春天。对于你。一切刚刚开始

你是我生命里绽出的新花

我无颜说希望。再过多年

但愿你的果子，不要像今天的我

这么苦涩。这么难咽

这么不堪咀嚼

敲开汗水

我很贫穷。贝贝

这是我首先要告诉你的

养成挥金如土的恶习

你会埋怨爸爸的贫穷

不能给你造一座金币的宫殿

让幼小的心里装满富贵之气

钱财在你手上不能随意流走

这样, 你会对烈日下

弯腰弓背的庄稼汉不屑一顾

农人的谷子里可全蓄满

汗水呀。不信你敲开看看

谷子里会裂出白花花的盐

这是汗水的结晶

你必须把每一粒稻谷

想象成一滴沉甸甸的汗水

这样, 你才不会轻易吐掉

劳动的汗水

是你一生受人敬重的分量

我和贝贝看星星

秋夜。天高且远

如水的月华里

我和贝贝仰望星星

顺着我的手指，女儿

熟悉了一颗又一颗星座

远远近近的星星

或强或弱闪动光辉的星星

大大小小的星星

还有那美丽的神话和传说

有这夜里浸得很深

倏忽飞过的流星

在女儿眼中溅起惊奇

静静地闭会儿眼睛

我的女儿，然后

再把眼睛睁得大大

看清这夜空

多么地深邃。多么地博大

无数星星在它怀中闪烁

有了这样深远开阔的胸怀

什么样的苦难你不能容纳

我的女儿

无言的苦心

贝贝。你要仔细地尝尝

品品爸爸的良苦用心呀

给你的一切都是甜的

贝贝。妈妈的奶水

是这世上最甜的一种滋味

因为，这其中有血

瞧瞧这个甜字

伸出舌尖试试

包围着你的一切甘甜不已

甜不仅在舌尖上

在心里。在脸上。在妈妈

永远向你伸开的臂弯

甜。回味悠长

可现在。我的贝贝

我要给你另一种东西

它与糖的外貌浑然相似

如果不亲口尝尝

就无法辨清它的真正滋味

它比糖的分量重

它是盐。没有这种味道

你不会懂得什么叫甜

泉

你滋润的目光盈盈涌起

我就听到有水流的响声

迎面扑来

这起伏着的多情声响

在日子里温暖地摇荡

摇我成条不折不扣的鱼

在水流的响声之中

鼓动生命的两腮

吞是你的爱

吐亦是你的爱

遍体闪光的日子　一鳞一鳞

在你的目光中隐隐现现

波动着爱的旋律

你的腿和两臂

全都是流淌慈爱的支流呀

每次抚摸都给我涓涓深情

甚至你纤柔的十指

是十条清清溪流

遍流我的身体

我三十个春秋

都浸在你深情的河水中了

这河水且永盈盈永不干涸

我有了自己的孩子

我发现

我成为你生命中的几条支流之一

做一种爱的流动

孩子常竖起那嫩嫩的耳朵

且如听到召唤般摇动身体

成另一条鱼缓缓游弋

似乎他也听到

一种慈爱的水声了

在哪儿收集到昨夜里的芳香

五月的花瓣撒落在风中

我好心痛

找不到将失落的花朵

重新组合的办法

一瓣瓣，又一瓣瓣

我再也无法数清

这是五月的心。被打碎的心

五月的花朵连着金黄的十月

失去了五月

也便失去了金黄

后悔如同失去枝头的花

即使能将

花瓣再拼成花儿一朵

让我到哪儿

才能收集到昨夜里的芳香

在第三颗纽扣上

五月的心脏

是在你的第三颗纽扣上

总也找不到解开它的手

总也触不到五月的跳动

这枚宝蓝色的扣子

在你的昼夜一言不发

春水在垂柳下拂过

鸟翅在天空上远去

没有人知道它锁着什么秘密

只有我知道

因为知道我才会独享痛苦

于是，我渴望自己长眠不醒

在最后的呼吸中，唯有你能见证

在你的第三只纽扣上

还放着我冰凉的手

认识岁月

仿佛白纸上的黑字谁都能看出

是什么意思，仿佛岁月

真是从皱纹开始

日子一天一天地过去

水几时想过从低处流向高空

有了这样的梦想

便会有一生的痛苦、幸福和激情

每一滴水的上升

都是我们终生享有的荣光

当顺流而下的水改变了方向

向高空跃起，直抵山的顶部

干枯的石头

才知道什么叫被爱抚

水以从未有过的高度

闻到了空中独有的芬芳

真正的岁月

可能是千年的铁树

只要活着，便永远期待开花

还有的时候，它无话可说

就像一个哑巴

只有表情，没有语言

不是玉的艺术

一块玉　一块清纯透明

美艳无比的玉

划过时光的流水

如果是一个手镯，它一定会

使我们加倍地爱惜双手

不然，在别人疼痛之前

玉会碎掉

戴玉的手只有在与人紧握时

才大放光芒。因为玉不是铁

不能用来打人

如果是一枚玉佩

那我们的胸怀就独有一份纯净

玉与我们一起穿行在众人之间

洁身自好的玉让我们感叹

而玉是易碎的

尤是这种人见人爱的美玉

不碎的办法有多种

譬如将一块胸佩吞到腹中

玉便再不会碎裂，并且

会与我们的生命一起活着

很多珍贵的东西

必须以我们的生命来守护

秋天

山中的树叶，随着秋天的深入

一层层顺山势红上去

红到最高处。更高处

燃烧的红叶之上依然是天空

从如镜的云朵里，我看见

树叶红色的影子。石头吐出热情

这就是秋天。山中独坐的秋天

冷中见热。对于田间的收获

这是另一种更为纯粹的境界

秋天的眸子一片清澈

什么样的光明在这样的眸子中

不一一溶化

秋天。秋天。这唤不应的名字

如同天籁

让世间纷攘的脚步不敢出声

当最后一片叶子找不到枝头

秋天的影子一再模糊

曾经聚拢的颂词散作泥沙

天便在整个秋季之后

一层一层地低下来。低下来

直至压住河里的浪花

结出冰块

红鬃马

红鬃马，那拴住你的缰绳

离开我的手后，你再没有回头

那条缰绳脱手，你离开我的地方

倒成了今天我唯一能看到你

烈烈红鬃燃烧的地方

这火烧得我的心往骨头里痛

在这里。我失去了想象

只有手脱缰绳的情景

一遍又一遍在伤口上唤起回忆

只一回身呵，我的耳边刮过

一阵熟悉的风

那身影再没有看清

只有生风的四蹄把我甩得很远

把我的一生甩得很远

在我能够看见你的地方

我把过去也看得一清二楚

红鬃马。红鬃马

如果你肯回头，我会

松开昨天的缰绳

为你仔细解开纠结的疙瘩

现在。我只有在去年

脱开马缰的地方才能看到

你的火焰，还在让我

为过去的日子一阵一阵地疼痛

我一生的幸福便是你爱的深度

我如浪的目光天天涌向你

看见你往日脸庞的晕红

一天天消隐

那些可怕的皱纹，一天天

割据你原本新艳姣好的脸

苦难在你的发丝间

扯出一丝一丝的苍白

妻子。面对这些

消瘦苍老的日子

我忍不住泪水。忍不住

将手伸向你的手，让你

担负了无数辛劳的手

在我宽大厚实的掌中

哪怕做片刻的小憩

触到你满把茧花

更添我伤感。让我

把你拥在怀中吧

苦难的冰，在我灼热的怀中

——融化

妻子。看着你

我什么也没有说

只让眼中蓄满越来越多的深情

让我好好地看遍你

不错过一点花朵的香味

我一生的幸福便是你

爱的深度

回忆

你回忆我。我也只能

在你的回忆中出现

回忆之下小小的快乐

犹如枝头一叶，难挡秋风

回忆是没有路时的一条路

谁见过凋谢的花朵又回到枝头

昨天我们曾握手言欢

偏偏只能在回忆中相见

我们在春天懂得了开花

偏偏只有回忆才充满花香

回忆是一块岁月过滤后的纱布

洁白而柔软

轻轻贴住我们今天的伤口

怀旧

白纸一张，留住你

是你的地址。这白纸

恰好揣在我的心口

这地址，正好压住我的心跳

三月的花已经开过，如今是六月

时间的花丛下

凋零着一些小小的伤感

我的手常会无意识地

怀着一种按捺不住的深情

在地址上反复抚摩

由浅而深。由冷而热

那地方便在我的手下，越来越近

但我还是紧提缰绳，打马返回

回到没有鸟鸣的荒林

失去了翅膀的低低的树木之间

一样能容得下我的飞翔

一封怀旧的信

在去与不去之间看岁月流逝

一朵花注定留不住春天

即便把白纸烧掉，那地址

在我的心中便是点燃白纸的火

在河之洲

在河之洲

是一个人生故事的开头

此刻你的船只泊在岸边

不知道你是驶入波峰浪谷

还是弃船上岸

最好的选择永远只能有一种

被玫瑰扎疼的夜晚

我曾经久违了你

如今。在这个寒冷的冬夜

雪花在窗玻璃上书写宁静

描绘一个冬夜的童话

没有了你，我似乎失去了骨头

难以用脊梁站立

当喧嚣和浮躁被夜色沉淀

我沉到夜的底部

一些生活的哲思

如带刺的玫瑰扎痛我

可这就是诗了

生活并不害怕疼痛

生活害怕的是麻木

诗的旗帜在某一个

我被玫瑰扎疼的夜晚

重又插上我灵魂的高地

再摇一摇吧

只一句。三月好阳春呀

那些握着我的手

传递出喜悦的温暖

它们摇晃着我的肩膀

仿佛我是一棵树了

浑身蹿出些青枝

那上面栖满

笑声。鸟语。阳光。诗句

再摇一摇吧

紧握着我的手的朋友

它们会一齐飞去

天空里绽开阳光的诗句

笑声会与你不期而遇

鸟语盘绕在我们的头顶

三月阳春好

断臂

猝然袭来的弹片

掠走了你的右臂

从此　你要改用左手

敬礼或者持枪

确是对那片土地

爱得太深了

便把那只用来

敬礼持枪的右臂

插在边界上

作为界碑

它可以敬礼

也可以射击

走向岸的漂泊

你说你是在船上出生的

你说这就注定了你漂泊的一生

每一朵浪花绽开的时候

你便又破碎了一个梦想

干吗总要把心系于一条不动的岸

一条岸挡住了你

你再也没有选择

交一个海给你

你却又渴望有条缆系住你

若你正在漂泊之中

且什么也不要想

远方总会有一条岸

默默地默默地属于你

普通的生活

神像在一个夜晚击碎之后

早餐的心中一片茫然

那些本是闪着灵光的碎片

纷纷回到自己原来的位置

放着一种普通的光泽

树笔直地挺起

那是撑住天空呢

树弯曲地展开

那是铺一片凉荫呢

每一种解释都来自生活

亲切并且自然

不要戴上眼镜评论

不要让这种危险的气氛

罩在我们之目光赖以伸展的上空

有人试图将碎片

重新黏合

可生活仅只淡然一笑

顶多不过是个赝品

命运无法选择你我

那缤纷着扬起的刘海

又如何倾泻下来

丝丝缕缕

谁能数得清渴望

如水的灯光变幻着簇拥向你

在你的左右溅起

涌向莲花裙边的掌声

绝未想到你红成明星

绷紧双腿蹬圆车轮

黑蒙蒙的夜是一种诱惑

况且一条道路摊开手臂

你在那端摇动一束

分离了十几年的紫丁香

丁香醉人

黑市票价在怎样抬高你的身价呀

一闪念间

道路在跟前猛然割断

一辆轿车尾部亮起红灯

我跌进青梅竹马的童年

今晚你只能孤独地

为那些陌生人唱歌

当晚报上刊出的车祸惊呆你

能否像儿时哭着

伸出你纤纤手指

两颊间闪动着几滴透明的痛苦

"勾个手吧"

可是祝福我此生的平安

但命运无法选择你我

并不是给游泳者

凝住积蓄已久的热气

轻轻一跃

封锁了许久的孤独寂寞

打碎了

寒冷独占的冰面

腾起几朵极生动的浪花

哈在掌间的热气渐渐消散

在人悄然离去

真能绕开这个季节

手背一次又一次扬起

划亮日渐黯淡的目光

寒冷此刻正着力雕塑一种勇气

每次挥臂都能击碎

一块

吞噬许多蓬勃热力的寒冷

热和冷这样无声交锋时

岁月选择了你

一种心跳

缕缕太阳骤然

播散一种诱人的温馨

花朵瓣瓣

诗意涨满粗粗细细的茎脉

遍流日子

层层叠叠的花色里

颤动着羞涩的心跳

花朵在这难以言说

又万般动情的心跳中

一天天

美丽起来

一样的容颜

一样的芬芳

绝不雷同

花开花落的细节

绝不雷同

舒展着仰起的花叶

在等待什么

古老的故事

你在河的那边

河的上游有你的恋人

以流水为情话

此生你便有了喝不完的甜蜜

本是流着一条清醇甜蜜呀

悲剧源于不可即的相望

我在岸的这方

仅一岸之隔

汹涌的心间

总也打不湿你遥远的河岸

哗哗岁月碰碎

一河起伏的心事

日日挑回担担苦楚

本是同一条河水

一半是苦楚

一半是甜蜜

阳春

村姑们穿上花袄

剪些吉祥的鸟鱼

在风的路上

像有翅膀轻盈地进城了

她们的脸儿红了

这是三月阳春

开在劳动的脸庞上

一朵带汗的花

它们被村姑一路抛着

引来许多目光

蜂一般地舞

她们的唇也红了

那是春的嘴巴

只要两瓣上下一动

空气里会响满暖意

她们把插着剪纸的杆儿

往地上一插

那些花花绿绿的鸟儿

就飞走了

那些肥肥美美的鱼儿

就游走了

因为，春天来了

无须证人

作为目击者

距离总是无法选择

要么是有人故意

将你遗忘

但愿不再提起

要么是不断有人

请你出来做证

仅仅是出于一次偶然的

你毫无所知的巧遇

你看到这个事件

虽然你绝对与此事无关

可你就此不得安宁

想竭力忘记你的人

而一旦成为目击者

你不光要自己做人

你还要做

能证明别人的证人

目击者, 正是我们大家

生活会让我们亲历

许多事件

距离又总是无法选择

而正直和清白

自古就无须证人

瞎子算命

瞎子静坐街角

微眯着本就看不见的眼

用手去打量另一只手

虔诚至愚笨的手

仿佛用黑暗去打量光明

随后开始我们早就知道的

美好许诺

顺着掌纹又摸出人们的

美好前程

因为太虔诚

因为失望太多

便希望将这谎言

再听人重复一遍

甚至不嫌是个瞎子

也许　瞎子早就给自己

算过命了

只怕算到后来

仍是一样糊涂

留给我的蹄印

雪原上驰过的马车

瞭望着远方

弯腰弓背的大马

脊背上闪着亮亮的汗珠

口中不断喷出的热气

使整个冬天变暖

如果是天高日朗

在远处。很远的地方

就会听见有力的蹄声

一下一下，急速地敲在

我们的心上

灵魂里涌起一种生命的颤动

而此刻。雪原上负重的马匹

一言不发，鬃毛上滴下的汗珠

化在厚厚的雪里

在它走过的路上

我们看见, 那些沉默的蹄印

很深。很深

题瓷塑马

你是向我奔来的吗

你扬起美丽的鬃毛在微风中轻轻飘动

你亢奋地昂着头颅向天空打着响鼻

你激动地闪动着眼睛折射出太阳七彩的光泽

你的四蹄高高扬起该不是随时

准备落入一块肥美的草地

你是向我奔来的吗

天空的云朵在这一刻停止流淌

为一声呼喊凝固

大地上五颜六色的花朵

为一声深情的呼喊屏住了芬芳的呼吸

河流被一声呼喊挡住去路

等待着另一声呼应为它启开奔流的通道

你听见我的呼喊吗你为何扬蹄而不向我奔来

你听见我的呼喊吗你为何轻扬鬃毛却未见移动

我时刻在等待你

我的灵魂里早已为你生长出一片肥沃的牧场

我时刻在等待你

我已经为你清除掉通向我心灵道上的一切障碍

你未曾听见我的呼喊你依然如初

你是否在奔向我的途中被突然降临的寒冷猛然凝固

心中大潮般涌起的爱情也被猛然凝固

你再不能感应我的呼唤

只能凝然不动成为一尊让人痛苦的瓷塑

即使以千种温情万种柔意千遍呼万声喊

我只能遥望着你成为一尊塑像

成为一尊塑像我也要等你

敞开心灵所有的温度和不变的赤诚

融化冻住你的寒冷

直到有一天你的响鼻穿过我热切的期待

又脆亮地传来

直到你扬起的四蹄又踏起一轮劲风

我将张开双臂迎接你

我将大声地喊着你的爱称

            迎

            接

            你

再塑一个你

已经远离笑声和歌声很久了

已经在这石头上被热情冷落很久了

已经被肩头上沉重的大山压得很久了

干吗要蹲在大山上刻在石头上

是佛何须要借助山的高大石的坚硬

你似乎没有快乐也没有过痛苦

你似乎从没有睡去也从来不曾醒过

石头都被岁月风化了

你依然保持着庄重肃穆

即使耳边的松涛喊你千遍万遍

站在你的面前人显得渺小

站在你的面前需抬头仰视

你并未因高大而产生快乐

你也未因人们仰视而拥有幸福

被岁月压着被大山压着被另一种

看不见的东西压得难以喘息

渺小都可以去恨去爱

恨时可以让河流倒挂悬崖

爱时可以让石头绽开微笑

你却不管是恨是爱哪怕内心

是一江奔涌的大潮

只能最后在山石上凝固成一尊

冷冰冰的佛

当无数笑声无数次撞击你的心房

你被感染了

你在冰冷了几千年的石头上

灿烂地盛开了一次

你一笑你肩头的大山往下一塌

整座大山轰隆隆坍塌

你和山一起坍塌了

坍塌便坍塌吧正好再塑一个你

珍藏

花朵在季节的中央

春天离去。什么力量

能带走我们心中的芳香

沧桑的眸子又涌起波浪

生活一再受益于激情

假如把花朵与香味分开

朋友与友谊分开

生活与爱情分开

生命与死亡分开

那么，什么才是真正的欢乐

海浪来了又去

带走沙滩上的脚印

新的脚印又在海浪到来之前

展示生命的活力

岁月在诗人笔下

一次又一次被我们热爱和珍藏

第三辑

劈柴的人

哪怕是徒手

依然可以书写天下

劈柴的人

一个劈柴的人

胸中窝着一团火

火的形状。就是他梦想的样子

从树干到树枝

刀在解构着一个生命

或者帮这个生命转化成

另一个样子

一刀劈下去

山崩地裂。那挂着刀刃的风

在木材上一劈两半

一半升到空中

一半落入尘土

那些刀锋

行走在岁月之间

随筋筋绊绊的纹理

深入到看不见的暗处

不是挣扎。也不是叹息

刀光在烛照另一种光芒

这如同书法家

让一个唤砚，一个称墨的石头

相互推心置腹

虽然在摩擦中彼此痛苦

又彼此欢愉

直至推敲打磨成墨汁

你一笔一画地开始

勾画人生。瞧瞧这些笔锋

汇集了多少胆识和英勇

这处浓墨狂飙

又掀起了江湖的几多风浪

这里淡淡的点染

仿佛还藏着多少情仇

劈柴的人

使的是刀

写字的人

用的是笔

高手, 留给凡尘的大作

绝不在意使的是什么兵器

笔可刃万水千山

刀可削青丝缕缕

哪怕是徒手

依然可以书写天下

暗香

暗香。隐身在失传的武林秘籍中

武林高手们经常使用

却秘而不宣

似伤人无痕的独门暗器

它始自春秋战国

那个朝代

战争频发。天下大乱

而谁能独步天下

振臂一呼

霸占一个又一个山头

这时，暗香浮动

随风呼啸而来

顿时，纷至沓来的勇士

倒卧沙场

暗香名声大振

暗香之术

唐宋之间为最盛

一批批捻须独吟

把酒问月的

文人雅士

皆修此一身

独门武功

他们裹挟着

如月色。如花香。如酒樽。如爱情

突施冷手

一时暗香倾城

翻动唐诗宋词

皆见长袖善舞

抖落一地

暗香

有多少来者

醉卧于唐宋明月之下

及至今日。于暗香

修炼之人渐少

修炼之风渐稀

暗香只能随风而至

落在我们的想象之外

而春秋以来被此等暗器

屡屡击中的

至今没有解药

香菜

从西域到西汉

张骞把你

带回中国。从此

这种独特的香气

开始在中国人的

生活中弥漫

最好是时逢冬日

一家人围炉把酒

在沸腾的牛肉汤中

撒一缕香菜

你会觉得牛又开始奔腾

香菜和草原的味道

迅速包围幸福的家庭

这种独特的味道

总让心情流连

平凡如一碟花生

经妙手将花生与香菜揉拌

唇齿之间　回味悠久

香菜之香

随着时光的路径

逶迤而来。只凭几片

绿叶。便倾倒

多少朝多少代

香菜之味

涉过地中海

在张骞的马背上

摇摇晃晃。穿越

多少国家多少征程

香菜。香菜

早把异乡当故乡

我最爱香菜的

轻描淡写

总有大厨。慌慌张张

若找不到香菜

绝不肯完成自己的美味

哪怕找出一两根

看似点缀

绝不张扬

香菜之香便会跃然

众味之上

芫荽有时

会于夜深惆怅之时

问香菜

你在他乡可好吗

香菜端坐在

一盘大大的火锅之上

任香气飘荡

笑而不答

夜晚。时间呼啸而过

时间。从古至今

从没有改变过长度

而生活中它却

时长时短

忽快忽慢

它可能是大汗淋漓的马拉松

它可能是风驰电掣的百米跑

谁是时间的主人

谁就拥有了

掌握白昼和黑夜的权力

当夜晚来临

你可以让思想一夜透亮

当闻鸡起舞

你已经拉长尚未

褪去黑色的黎明

嘀嗒的时间

多么奇怪的时间

它可能悬挂在

静止的墙上。可它

依然在行走

它可能戴在攀登者的手腕上

当手臂挥动山顶

时间也拥有了自己的高度

它可能和潜水者一起

深入海底

在无际的大海中

时间又找到了自己的深度

时间随夜晚到来

选择了睡眠

而睡眠却不是时间的姿态

当我们枕上夜晚

等待美梦来临

时间已经呼啸而过

它可能是一列高铁

它可能是一架波音

只有记忆。故事。历史。爱情

不会呼啸而去

它会成为时间和年代的符号

钉在列车驶过的

一个一个的路口

拍打

深深的夜晚。深圳

谁在拍打你

一遍一遍地来

裹着光阴和岁月

卷着月亮和星星

来了又回。回了又来

好不叫人心醉

好不叫人心碎

难怪深圳的夜晚无眠

假如你住在海边

你要习惯这样的深情

这样的拍打

深圳。一座住在海边的城市

从来都不曾真正地入睡

当你刚刚躺下

它就踩着细碎的脚步

来了。轻轻叩动着门窗

当你随着夜色

一点一点深入夜晚

它拍打得就更加坚决

谁人能在这样的

拍打下入眠

海是自然的生命

浪花就是海的生命

不管是醒着

还是睡去

当一排排的浪花

列阵而来，闪着银光

以比细碎更柔的心思

以比细碎更韧的倔强

你真的能睡去吗

深圳。一座不能入眠的城市

它一直醒着

并且亢奋。并且激情

看，浪花从远处又翻卷而来

你就跳入浪花吧

一起去拍打生命

被生命拍打

一只脚和另一只脚

一场急迫的大雪

因为你的到来

将冬天挡在了外面

一只脚刚刚

几乎被寒冷冻在地上

另一只脚

已经跨入春天

此时的情景

有点像儿时的拔河

一些人在拼命

要将对手拔过河去

而另一些人自然是

不甘示弱

于是。寒冷的冰河

在春天的对手面前

悄悄融化。融化

全部开始倾倒在

春的门口

好多时候。好多时候

当另一只脚

被寒冷的冬天

牢牢地拖住

那一定是冬天

最绝望的挣扎

迈开你的脚步

这力量不是来自春天

而是来自你的内心

当一只脚还在过去

另一只脚。已经

迈向春天

春天之外

一抬眼

我看到了春天

春天挂在树枝上

风在与她谈情说爱

不管有没有邀请

春天任性了多少朝代

每年她都不请自来

但现在

进出于钢筋水泥之间的我们

物理的冰冷

似乎包装了我们的冷漠

四季的温度

被谁定格在仪表盘上

我们的灵魂

在一个个到来的时间

不见波澜。难得起伏

匆匆进出的脸色都是一样的

天天埋头在

一些往事里

一些琐事里

身边的花开花落

被挤到季节之外

羡慕一朵小花吧

它大胆又任性地

开在自然之中

和时间一起成长

和季节一起变化

哪怕和秋天一起凋零

来年它还会

快乐地回到枝头

现在它就要怒放

怒放到成为春天

而我们

被钢筋水泥

隔离在了

春天之外

钻石

一块来自非洲的石头

经过戴尔比斯之手

成为一颗晶莹剔透的钻石

有多么透亮

就会有多么深黑

有多么晶莹

就会有多重敲打

只有来到爱的指端

钻石。才会闪耀着幸福

何曾有一样的钻石

何曾有一样的爱情

不知道是钻石在前

还是爱情在前

它们就这样成为彼此的绝配

心心相印

熠熠生辉

不论历经多久

它依然是唯一

在爱的无名指

被岁月打磨得一闪一闪

我们才知道

它和爱一样长久

而现在

我坐在深圳丽雅查尔顿酒店

一个叫集美轩的餐厅

一个叫钻石的包厢

眺望远处

这座美丽的建筑

似乎也成为

这座城市的钻石

闪耀光芒

眺望再远处

深圳不也正像

镶嵌在中国的

一枚璀璨钻石

令世人赞赏

剑气

冷兵器的时代

剑在不断锻造出英雄

那些突施的冷剑

那些袖中的匕首

勾勒出一些

惊心动魄的画面

有人避开了历史

却无法避开

迎面飞来的一把剑

剑客和刺客

惊动了一个个

挑灯夜读的良宵

书页间皆是刀光剑影

从短剑到长剑

经历了几个朝代

短剑利于护身

长剑长于战斗

而一把剑

从无名到有名

只是一瞬间

一个剑客

从无名到有名

就在一指间

剑和剑客

经过鲜血和生命打磨

光彩照人。永不锈蚀

而剑气

是什么呢

剑未到

血未溅

对手却似被

一剑穿心

尚未出现

已倒在剑客的

侠气之中

仰天长啸

泡

泡。在水中。或者不在水中

一种很特别的状态

可能是被浸泡的身体

去感受水的轻和重

去感受人的重和轻

有时水很重

它会轻轻地将你覆盖

有时水很轻

它会重重地将你托起

可能是被浸泡的茶叶

来自太阳照射下的茶叶

喜欢热度

拒绝冰冷

只要与沸腾拥抱

它就向上伸展

来到你的唇边

吐纳着醇香

而它会在凉水中下坠

远离双唇

自然也无法绽放香气

可能是被浸泡的岁月

经得起岁月浸泡的

肯定是伟大的智慧

肯定是不朽的诗词

肯定是经典的大师

岁月如水。反复浸泡

它们不曾腐蚀

倒是被历史精心收藏

泡过。你就会

知道泡之绝妙

水。还是水

来吧。加上柴火

燃烧。一次比一次更猛烈

水坐在火上

从冷到热。从热到沸腾

回想着当初的来路

享受着从冷到热的历程

仿佛是刚刚回眸

又仿佛是走了很久。很久

就这样被柴火们簇拥

开心地和烈火交谈

然后沸腾成一杯茶

尽情沉醉在往事之中

来吧。是冬季和冬季的叠加

所有的水被封住了

来路和去路

水坐在寒冷的中央

以一块冰的模样

封存起自己的初心

还像水一样晶莹。透亮

还像水一样浪漫。想象

只是暂时

停下行走的脚步

以另一种水的姿态

回望前世今生

好沉重的水

好深情的水

来吧。让我们撤去柴火

让温度退去

让沸腾远离

水从温度的最高点

又一步一步回归到零

虽然被燃烧

虽然被沸腾

水还是水

来吧。让寒冷离开

让冬季跑得无影无踪

水从温度的最低点

开始松展自己的身体

一点。一点地找到回家的路

虽然改变过形状

虽然曾被寒冷禁锢

水还是水

可以是圆的

也可以是方的

可以是一滴

也可以是无垠

从来到去

不忘初心

水还是水

西班牙米黄

我知道西班牙

知道那里的牛和斗牛士

生命在牛角上开花

激情在大街小巷奔跑

然后。还有西班牙女郎

那些曼妙的曲线

比五线谱更懂得起伏

而这一回

沿着艺术大师的指引

我看到了西班牙米黄

那些深埋在大山的米黄

那些被岁月

悄悄点亮的米黄

那些米黄被开山的炸雷惊醒

在睡梦中走出山间

哦。那些迷人的纹路

爬满了好多朝代和宫殿

穿越好多皇室的道路和秘密

而西班牙米黄

却能守得住沧桑

守得住繁华

不论在墙上。在地下

西班牙米黄从不轻易移动

只有那些纹路。会不知情地

蜿蜒进一些画家的想象

深入到一些爱情和生活

而现在

西班牙米黄

可以在印刷机上大肆复制

所有的纹路

都美得令人心醉

而所有的纹路

也一致地令人心碎

西班牙。西班牙米黄

大自然鬼斧神工

何曾有过雷同

曾经美好世界的传奇

因为印刷而变得如此平庸

西班牙米黄

我知道了。那些纹路

是牛和斗牛士的热血

在岁月和历史里融合

寻着这些纹路

我们可以找到

真正的牛

真正的斗牛士

真正的西班牙女郎

我说的是一块真的

西班牙米黄的大理石

赝品。却往往卖出高价

这世界变得

越来越奇妙

胃是有记忆的

记忆并不在舌尖

在童年

那些比乡间羊肠小道

还要蜿蜒起伏的

袅袅炊烟

勾动童年的目光

一直升到村庄的半空

好多家的炊烟呀

在这里汇聚成浓浓的乡愁

孩子会沿着

自家的味道

找到父母　　找到血脉

找到家族的源头

可能只是一碟辣椒

从播种到

被太阳染得一天

红似一天

再被奶奶的巧手带回家

日子和阳光将它暴晒

拌上调料

被心愿封存

然后。在某一个劳动的早晨

被一双带茧花的双手拧开

那些岁月的劲道

那些岁月的滋味

便一起涌上

心灵的最高处

那些美好。舒畅。幸福的日子

被一一打开

可能是一碗鱼冻

那些水塘里捉住的童年

被凝固在

一个有青花瓷图案的粗碗中

那些飘香的夜晚

被急迫的心情拉长

数着星星。眨着梦想

当寒冷的长夜

终于过去。一钥就穿过了想象

齿间留着冷气

唇间含着鱼香

一碗鱼冻

被岁月化开

那些童年的鱼呀

总是逆着时光

又游到我的面前

捧着一碗鱼冻

它定格了我的故乡

被月光捧着的田

就是我们的胃

装着多少的苦难

就装着多少的欢笑

装着多少的辛酸

就装着多少的甜蜜

装着再多的记忆

却总绕不开童年

当它被岁月和时光抚摸着

点点滴滴

深情又温柔

牙

.

在一座碉堡中央

你从来都是

以沉默的姿态

坚守着

肉体。思想。灵魂

从不发出声响

默守着白天和黑夜

也咬定着

主人的品行和高贵

因为你身体中成全另一些

最坚硬的部分

你的退守

就是一座城池的失守

你的开口

就是一个秘密的泄露

即使有人将你打碎

你只会把

比它更坚硬的承诺

咽到肚里

若干年后

甚至更久

它可能是枚玉石

又或可能是一枚舍利

这些历史

被时间封存于

这些宝物中

有时。为了主人

你也宁愿被拔去

成全另一些

姐妹和兄弟

桃花潭

数度寻访

桃花潭

未曾遇过桃花开

是我错过了

季节。还是桃花

错过了我

故事开始于一纸飞鸿

一个大诗人

醉了十里桃花

醉了万家酒店

一个诗人的

桃花梦

至此，夜夜不归

而一个乡野士绅

种下了十里桃花

在书信中

点亮了万家酒店

在想象中

倒是从唐朝

至今

因为一首诗

因为一个人

李白开成了桃花

在诗篇中

芬芳千里

汪伦开成了桃花

总是最低首处的

那一朵

贴近乡音

呢喃在故乡的风中

越千年

开成了

世上最灿烂的深情

总有一队一队

探访的脚步

簇拥成诗

支架

数日不见

一位老友说

他的血管里装了支架

之前被堵塞的

血液又开始奔流

之前被堵塞的

夜晚又开始酣梦

之前被堵塞的

脚步又开始矫健

支架又支起了

他的人生

为他庆幸

庆幸有了打通血脉的支架

数年未见故乡

那些曾经

滋养了我和我们

大大小小的河流

有的干涸了

有的被堵塞成

一个一个的小池塘

往日的那些

欢快的奔涌呢

往日的那些

交错的沟渠呢

往日的那些

河道里的帆影

和牵魂的蓑衣呢

当大地干渴的时候

干渴至开裂的时候

有谁知道

大地母亲的疼痛

有谁又能

找到能为大地母亲

安放在体内的支架

大地母亲呀

谁能为您

找到疏通疼痛的支架

但这并不妨碍

虽然。远方有你

承诺的蒲公英。紫荆花

有你描绘的蓝天。大海

但不管是纷飞的花朵

还是招摇的艳丽

但不管是蔚蓝的天空

还是比天空更蓝的大海

而我确实

确实看不到远方

因为远方太远

你编织过

很多条道路

这些道路上都印着你的脚印

你写下过

许多诗句

这些诗句里都荡漾着你的抒情

你憧憬过

各种未来

可这些未来谁也没有去过

好吧。远方来了

远方不在远方

它来到你的身边

那。那些远方的风景呢

它们是留在远方

还是和你一起到来

这谁也没有想过

当我已经成熟

我不会在乎那些

随时光而逝的

所谓的美丽

熟透了的苹果

要么坠入地下

要么落入口中

谁还记得

它当初的红润

是的。远方很远

运到我看不见的地方

但这并不妨碍

我的胸中

装着远方

不期而遇

世界那么大。一颗种子

却会发生这样的奇迹

风没有将它吹跑

雨没有将它淋掉

可能有万千次。错过的理由

而这颗种子。此刻

却满脸张皇，一身惊愕

经过秋风的敲打之后

孤零零地站在田地中

就这样。我们不期而遇

忘记早已设计的拥抱

因为你来得这么突然

忽略去了无数次练习的问候

因为冬天的土地。双唇干裂

曾经那么远

遥不可及

此刻却这么近

一把就能抓住你

触碰到你的心跳

此刻却又如此遥远

来的时候

你什么也没有说

你只是渴望靠近生命

一双手。一双爱的大手

曾经在田地里给过你

世界上最有力的抚摸

仿佛是铁犁

在土地上。一遍一遍犁过

盼着你深深地。深深地

扎入泥土。在泥土里孕育朝阳

黑夜却把你带走了

你走得好匆忙

告别的拥抱

和告别的问候

全堵在灵魂的通道上

而且，一路红灯

痛苦的不是与你不期而遇

痛苦的是相遇了

生命里却无法拥有

不期而遇。本应是幸福的开始

却成了痛苦的深渊

太极

以水的姿态

把自己沉入水中

深至没顶

再一点一点往上升腾

屏住呼吸。肢体成为水

水与水相融

流动成波纹

流动成波浪

激荡成浪花

强大的打击

痛苦的挣扎

美好的享受

幸福的体会

皆溶于水

只有水知道

水被水包围

水与水相拥

水的形状是器皿的形状

而什么样的器皿也决定不了水的模样

水不会被打碎

即使器皿破碎

水依然是水

收集起地上散落的水

凝在掌间或肘部

其学名固定成某个招式

于云淡风轻中

完成摧枯拉朽的一击

世界能否找到

历史往往找不到入口

然后，陷入对立和战争

每一种不同的肤色背后

就是一种不一样的文化。宗教

还有梦想和方向

人类一直在寻找

一种共同的道路

用高速公路阻止自行车进入

这是物理的手段

而无法沟通的世界和灵魂

常常会选择战争说话

战争不是一种语言

战争是摧毁。摧毁他国时

开始摧毁自己

它是这个世界

最初被打开的道路

人人都需要

他的名字和颜色

全世界只有一种称呼

人类是由此入口的

如果世界也由此入口

荒唐的。罪恶的。冲突的

都将消失

来。让我告诉你它的颜色：红色

让我们一起呼唤它的名字：血液

世界能否找到

这样的东西。那么，世界上

所有的都会无缝对接

从前

你说。好想回到从前

从前。是一片草原

和一群牛羊

你更喜欢的是草原上

飘荡着云彩的蓝天

天空。是一本大书

彩云被你的童年

一页。又一页地翻过

云彩上都写下了

什么呀。那些动荡的心思

比彩云更丰实

可却没有人来翻阅

就匆匆地被蹄声带走

带到好远的地方

于是今天你想回到从前

从前就是好远的地方吧

草原可能已没那么绿

天空可能已没那么蓝

那么绿的是你的少年的时光

那么蓝的是你的曾经的天空

那么的。是你的从前

没有牛羊可放的今天

你就在心灵的草原上

放牧自己

今天不就是明天的从前

昨天不就是今天的从前

不错。该好好放放自己

再去寻找一片新的草原

黄金

虽然没有呼吸

却和人类的历史一样

漫长

虽然没有呼吸

却有很多心脏

为你颤动

虽然没有呼吸

却可以

呼风唤雨

虽然没有呼吸

但从没有人怀疑你

伟大的生命力

本来就是金子吧

因为有黄色的外表

你又被称为黄金

最神圣的寺庙是黄色的

最崇高的皇袍是黄色的

最伟大的稻谷是黄色的

这里有自然的力量

这里有人类的追求

这里有人类与自然的合谋

从踏出泥土的

那一刻

你虽然没有呼吸

却有了生命

你并不贪婪

虽然你的身价

和全世界相比

也毫不逊色

你平静异常

坐拥一个世界

你却从不得意忘形

即使人们通过

高温和烈焰

改变你当初最质朴的形象

但你的心

却从未改变

你的心

黄金的心

如果你不曾

拥有过黄金期的人生

如果你不曾

拥有过黄金一般的心

有一天当你老去

你枯坐在

一堆黄金之间

你是你

黄金　还是黄金

可能某一天

我曾经以为

我甚至没有懂得

我存在的理由

当我以一棵树的姿态

置身于一片森林

我只能去拼命地向上

挣扎于每一滴阳光

每一片雨露

每一次呼吸

每一丝微风之间

沉睡在一个

古老的故事

古老的承诺

古老的秘密中

头顶是阳光灿烂

明媚着我的天空

地底是枯叶累累

重叠着我无数的光阴

可能我将会

在这样看不到头的黑暗中

守望光明

可能我将会

在这样生死相依的拥抱中

度过一生

没有传奇

只有梦想

没有幸福

只有冲动

而可能某一天

我忽然被从这片森林中伐走

从一棵树变成一根木头

成为房梁

作为未来的一个部分

支撑起一座城市的高度

我的千万个日夜的向往

在大厦竣工的时刻

被人从地面不断仰望

而可能某一天

我的相依相伴的兄弟姐妹

被成片成片地砍伐

落叶在大地上痛苦地翻飞

因为被锯斧遗漏

我却意外地在倒下的记忆里

依然以一棵树的样子站立

虽然孤独

但却倔强地保留着森林

当初的希望

比较

看起来

这不像一首诗的题目

仿佛苹果的坠落

砸开了牛顿加速度的思维

它更像一个古老的

哲学命题

在冷的背后

触摸热的沸腾

在黑暗的深处

渴盼光明的牵引

在熙熙攘攘的人群

享受平淡的孤独

在高山顶上

感慨大山的胸怀

看起来

物理的比较并不困难

是河堤

把流水与大地分开

是道路

把城市与城市分开

是性别

把男人和女人分开

是时间

把昨天和今天分开

是普通话

把乡音和泥土分开

在我的心中

却常常出现

这样的比较

生活和活着

有多少高尚人士

在吞云吐雾之间

一掷千金

在挥杆与蓝天之间

炫动着财富

在饕餮盛宴之间

陶醉于舌尖上的享受

他们是这样

令人羡慕地生活

而有些人是这样

他们把自己

起早贪黑的微薄收入

献给孩子

献给老人

献给被遗忘的人们

献给心中的爱

他们却欢喜地在幸福的中央

看那些灿烂的笑容

甜美绽开

他们说

我是为他们活着

手势

街头

拥挤的道路

拥挤的人群

拥挤的车辆

拥挤的灵魂

堵得这座城市

发慌

凭着手势

和红绿灯

让拥挤找到秩序

让道路找到方向

让心跳找到节奏

手势

城市的语言

它让

拥挤变得流畅

手势

成为灵魂的导航

出行的道路

变得宽广

读懂手势

顺势而为

灵魂在有手势的地方

变成莎士比亚的十四行

而红绿灯

在以时间和色彩

为这个城市把脉

让道路

在色彩的变幻间

找到行走的方式

找到走和停

快和慢的哲学

停电

使红绿灯

失去了色彩

变成了一只空洞的

眼眶

这座城市

还能拿什么

来张望道路

张望人群

张望灵魂

还是不要

焦急和拥挤

宁静的灵魂

正像不再争吵

和打闹的街道

可以让道路找到速度

让灵魂在世界上

沿着手势幸福行走

高贵的灵魂

需要在拥挤的世界

拥有自己生命的节拍

之翼

在历史的深处

比历史更久远

一直在伴随

一直在洞察

有时会在历史的枝丫上

起起落落

飞飞停停

从最深最深的历史中

飞来

往最远最远的明天

飞去

像翻动一页书籍

只轻轻一扇

早越过千年

像抖动一次水袖

千载命运传奇

却在瞬间

像弹拨一个音符

壮怀激烈的

岂止在昨天

它可能是轻轻柔柔的

蝴蝶的翅膀

上下翻飞些诗意

它可能是鸽子的翅膀

在一扇一合之间

传递着思念

它可能是雄鹰的翅膀

穿过秦时明月　穿过唐诗宋词

直抵今天

时光之翼

飞翔在历史之上

飞翔在一切之上

环顾众生

让一切皆有归处

让灵魂

找到居所

然后停下飞翔

让爱栖息

浮桩

打开夜色

打开更深的夜晚

不需要太复杂的背景

只要有些疏朗的星星

在摇动的枝叶间

晃动

一颗星

两颗星

三颗星

你一定会相信

每颗星的背后

都有故事

而情节常常都落入

深深的夜色

你一定会相信

有很多灵魂

在夜空一闪一闪

是在闪烁

像在诉说

在很多夜晚

星星把夜空衬托得更深更远

很多人在夜里被一些梦惊醒

被一些念头

纠缠着无法入眠

在最深最深的夜晚

假如无眠

你干吗

非要睡去

睁着眼睛的睡眠

折磨着夜晚

放轻松

再放轻松

把星星且当成

河流上的浮桩

让心随浮桩漂流

它会漂过

绿色的河流

漂过开满鲜花的村庄

漂过缀满笑声的点滴回忆

夜空在漂流中

渐次打开

一次一生

鸟儿们

都喜欢沿着绿枝

一点一点向上翻飞

晃动的阳光

让它们的鸣叫

闪烁着惊喜

那些翅膀

轻松又轻快

从一个枝头

跳到另一个枝头

欢快的歌声

惊醒了一个

又一个早晨

鸟儿们

都喜欢在花丛中

穿来飞去

和花朵比试着

美丽

而你

不是一只普通的鸟

你有燃烧

如烈焰般的羽毛

每一次飞舞

都会照亮密林

你用一生来寻找

你寻找的不是

更香的花朵

你寻找的不是

更蓝的天空

你寻找的是荆棘

当你飞寻一生

终于有荆棘出现

你便将自己的身体

深深地扎进深深的荆棘

森林里响起你溅血的歌唱

这歌声一生一次

一次一生

血水和泪水把你

滋养

你的名字叫荆棘鸟

你为荆棘

而生

而你的后代依然

依然这样

飞来

依然这样

歌唱

而你。你们

好神奇的自然

雕塑出好神奇的滋味

每一件。每一种

都有属于自己的味道

虽然是同一样的阳光。月光

虽然是同一样的雨水。霜雪

虽然是一样的白天。黑夜

虽然是一样的四季流转

可你们偏偏要长出自己的味道

你们该有怎样

怎样强大的内心

你们该有怎样

怎样执着的信念

你们该有怎样

怎样不肯放弃的梦想

就依着当初的。当初的

梦想

沿着时光和岁月

攀缘而上

让自己打苞。发芽。开花。结果

让自己抽穗。灌浆。金黄

一样的过程

一样的经历

可你偏偏

就要长出自己的味道

正是这奇妙的味道

将你与它们分开

将它们与你分开

世界上的果实。千千万万

丰富着世界

而你。你们

每一件都有自己的滋味

有滋有味的你

让我们品出世间的滋味

是先有了这样的味道

才有了方块字

和方块字后面

对应着你的滋味

而我们认识的方块字

每一次品读

总会品出不一样的味道

珍珠

沉睡在深深的海底

是谁将你唤醒

岁月冲刷着你的记忆

波浪触碰着你的身体

你执意要从

一个梦想中醒来

拂开眼帘间

几万年堆积的海水

你睁开的视线

闪亮了一个世界

打开是一滴泪水

合拢是一颗珍珠

谁也无法阻挡

一个梦想

被经夜拍打的海浪

摇醒

谁也无法承诺

一粒沙子

在时间的怀抱里

一定会蜕变成珍珠

只有你

敢于踏着波浪

去迎接幸福

只有你

敢于捧着泪水

让愿望凝聚

直到打磨成圆润的珠子

你的幸福的心灵

再将它们一颗一颗串起

佩戴得倾国倾城

珍珠

端坐在胸口

为爱千转百媚

高贵之高

在高处不一定就高贵

在低处不一定就低贱

这浅显的道理

常常被纷扰的世象搞乱

不管是高贵。还是低贱

可怕的是

我们常常还找不到

我们只看到很多

行走的骨架支撑着。欲望

而这些朽木只能

让生活腐烂

我们看到很多

双脚在各种梦想间

穿梭。奔走

而匆匆的脚步凌乱了生命

如果只有双脚

就让它好好地站立

在大地上迎着风

碰撞出一些硬朗的气质

如果只有骨架

就让它插入泥土

在春风来到的时候

破土而出。温暖回忆

不论在高处

还是在低处

有了，我们就要

好好保管。好好收藏

不用选择晦涩难懂的词语

去装扮什么高低

从压低的。压低的。不能再

压低的身段

我们该去好好感悟

高贵之高

青瓷

如此高雅的名字

却是来自民间

随便的一缕烟雨

只要一加温　再加温

便被烧进了历史

如此再有些

皇家的吉祥物盘绕

如此再有些

特别的款制

地位就会扶摇直上

成为珍品

在深夜里

这些来自一座又一座

窑里的青瓷们

被主人们束之高阁

因为被描龙绘凤

因为被涂金添彩

看起来身价倍增

出入深宅大院

出入皇室名门

你怀念的却是

自己当初的那一身泥土

挨着泥土的兄弟

你梦的香甜

枕着狗尾巴草

你看天空蓝得出奇

荣幸地被塑成

花瓶的造型

荣幸地被烧制成

人人喜爱的精品

你却想象着

被打碎的时候

这样才能不再

居于目光与花阁的

耀眼处

这样才能重又

回归泥土

一捧被烧过的土

终究回不了土

人人唤你作

青瓷

顿悟

坐在一些往事里

你的心空空如也

往事只留下两个字

带着一些茫然和惶恐

你掉入过去的尘埃

你在数着星星和脚印

地上的脚印和天上的星星

一样多。一样重叠和交集

一些名字和一些名字

相互被时间覆盖

一些名字从纸张上

挣扎着跃起

想探寻世间的温度

一些名字从土地里

破土而出

他们想触摸

人生的深度

而有一天。你的梦里

出现佛的神像

你被感召与吸引

不知是佛唤醒了你

还是你心向了梦

脱下尘世的衣裳

换上袈裟

你的心随着身体

和脚步

一步步迈向天台

天台。在佛和天空之间

你的背影

留给身后的人间

画面

这是一些细碎的

场景。时间都落入回忆

这是一些美好的

画面。色彩还那么新鲜

可能是父亲在前

我和哥哥在后

在夕阳渐渐落下的黄昏

满世界的稻谷香味

托举着我们

在田间漫步

心可能在任何

一颗稻谷上幸福地驻足

可能是父亲提着水桶

我和哥哥提着竹篮

紧紧跟随在身后

我们要去即兴

停留的河沟捉鱼

鱼儿躲在水草的深处

直到我们

童年的小手触碰到它们

快乐便溅满我们一身

鱼儿在竹篮里跳呀

我们的童年

在童谣里起伏

可能是父亲下乡后

我和哥哥的第一顿

自制晚餐

在呛人的锅灶前

我们流着鼻涕和眼泪

宣告我们成功了

我们才知道呛人的

其实不仅是冒烟的柴火

还有生活

没有母亲的生活

确实少了些温暖和温度

但带着青草香味的早晨和夜晚

被大雪覆盖的茅草屋顶

和乡间小道

常常在梦中

从四十多年前泛起香味

常常在夜晚

蜿蜒进我的诗句

炊烟升起的时候

乡村里弥漫着

大约是弥漫着一些乡愁

而画面里的乡愁呀

为何今天却

再难捉住

祖先

猴子是在树上生活的

而猴子的梦想

却是在地上

人是生活在大地上的

而上树

却不是人类生活的梦想

颠来倒去

倒去颠来

有的上去了

有的下来了

可它们和他们之间

却无法互换梦想

我们从没有

从心里将它们

当成我们的祖先

我们只是

从教科书里这样去读

我们在林间

会戏耍这些猴子

让它们一会儿上树

让它们一会儿下树

让它们一会儿跑前

让它们一会儿跑后

它们

只为了从我们手中

获取一些食物

我们在戏耍时

获得了短暂的快乐

却忘记了

我们来自哪里

它们在那里

是为了教育我们

不要再变回去

否则我们只能

选择在树上生活

面对祖先

我们的心情

很多时候

不是尊重

而是嘲弄

昨天的它们

可能就是

今天的你

学习钉子

一些我们不愿设想的

总在我们不经意时，猝然来临

以至我们不及提防

便在悲伤中无声地倒下

脆弱的泪水

总是什么也说不清

从生到死。一枚钉子

始终在接受打击

最沉重的一击

让它的生命永不开败

在铁锤下，它的生命

才是辉煌

闲置一边是真正的悲剧

做一枚钉子

在打击下, 我们

才能断定自己灵魂的硬度

离开铁匠铺

离开铁匠铺

你是斧头

你是镰刀

你是锯子

不是因为

拥有刀锋

你才锐利无比

不是因为

拥有牙齿

你才勇往直前

不是因为

拥有硬度

你才能收割快乐

看看你

淬炼的过程

看看你

如何从泥土中

被反复冶炼

从燃烧中

抽取铁的精华

经过高温

经过燃烧

经过很多很多

不能承受之重

你煎熬过来了

你成了一块钢铁

你终于有机会

来到铁匠铺的熔炉中

在拉动风箱时

你的红一暗一亮

一亮一暗

你拼命地要让自己

再火红一些

再火红一些

红到可以灼亮

全世界的眼睛

这样。你终于有机会

来到砧台上

铁匠高高举起的铁锤

砸在你身上的

不是哀鸣

而是欢叫

是从生命深处

绽放出的歌唱

高温和锤打

铁匠和汗水

当你千锤百炼成为一个

铁匠满意的固定形状

你就被铁匠

扔进冷水池

铁匠铺里回荡着哧哧的声响

铁匠铺的上空腾起

带着温度的白烟

这样。你终于有机会

成为斧头

成为镰刀

成为锯子

去劈砍荆棘

去收割秋色

去放倒大树

铁送进铁匠铺

你在靠近成功

铁等在铁匠铺

你有机会成功

铁离开铁匠铺

你就是成功者

雕刻

面对一尊雕刻

你能想到什么

你能想到天

是天空偌大的怀抱

容纳下传奇的创造

你能想到地

是大地平稳的安放

挺立起人间的故事

你能想到风

是风给了它形状和气质

飕飕刮过的声响

让我们听到

雕刻者胸中的波涛

你能想到雨

是雨水冲刷去腐朽

不断打磨着我们的双眼

再看时方见刀刀深刻

你能想到雷电

是雷电爆发的光芒

照亮你沉默的内心

刹那间劈开紧锁的灵魂

你能想到阳光

假如没有阳光

你的褶皱和光影里的激动

一定缺少冲击和力度

你能想到黑夜

在静静的月色里

你平淡的呼吸

绝不露一点锋芒

绝不掺一点杂质

你不启示真理

你只陪伴幸福

你还能想到什么

我什么都没有想

无刀的自然

雕刻了大地上

最神奇的风景

有刀的神工

雕刻了人世间

永恒的艺术

我们不是神工

又没有鬼斧

我们如何去雕刻生活

用心灵

去描绘画面

用幸福

去打通纹理

然后。让岁月来雕刻我们

岁月静好。时光来吧

一刀一刀地来认真雕刻

我们

直到在最美好的时刻

雕刻成形

让一天一天的日子

像风一样来翻阅我们

只是期望

在目光不及的地方

有谁能触摸到

雕刻一样的质感和硬度

然后。不能自已

第四辑

一支竹笛七个孔

把手松开, 爱人的脸

一声声, 渐渐转红

一支竹笛七个孔

一支竹笛七个孔

孔孔都是情

你，欲独自占有

把所有的孔一齐堵住

希望得到一心忠贞

结果，连一个孔的声音

亦不曾得到

人们听到的是

被压抑的哭泣

把手松开，爱人的脸

一声声，渐渐转红

尽可自如地舒展你的手指

呼应你的

全是爱的旋律

双耳

无着无落的一生

没有泥土

倔强、韧性、痴情的双耳

如高枝上绽放的花朵

时刻都在谛听

阳光灿烂的波动

唢呐恓惶　断断续续

穿透我的心灵

我的双耳，也被这

幽怨难诉的泣哭

塑成高枝上的花朵了

就是没有你吹来的芬芳

唢呐曲从未畅流

某只绝情的大手

握住一个至关重要的笛孔

断断续续，是我此生命运

至泥土齐眉

也埋不住一双

痴情的耳朵

笛

在手指上谛听

节奏是呼吸

一支竹笛七个孔

七个美丽的姐妹临风而立

等待手指的召唤

彩绸舞动，一只鸟误入竹林

七姐妹翩然起舞。一群鸟

在青翠的竹林般旋着不肯离去

耳朵在音乐里起伏

不能把七个孔全部堵住

全部松开也是一种扼杀

懂得倾诉之后，我们才明白

不能光用嘴巴

琵琶

推手为琵，引手为琶

琵琶是一种民乐

精于情感。淡泊名利

江湖上飘满美名

始终在江湖上流浪

四根弦的琵琶

在翻飞的五指下

梦到了刀光剑影和鸟的翅膀

琵琶擅长遣志抒怀

先师白居易的泪水曾经名动江湖

很多时候需要沉默

大巧若拙的智慧

无声胜过有声

琴弦们并肩而立。谁

也不惊动谁

怀有各自的秘密

琵琶最易弹奏凄切悲伤

和壮怀激烈的心情

无言处。唯有弦断

宁为玉碎不为瓦全

这是中国的方式。断弦

也是最后的选择

二胡

两根弦即为天地

看似很短

尽头不会留有脚步

所有的声音都能模仿

唯有感情绝对真实

如此奇响妙音

生活会教会我们渐渐深悟

开花窗的琴筒枕于弦上

抽动长弓。梦境和幻想

——打开

从未见过独行的弦

谁离开谁

都是无声的悲剧

箫

打通竹节。开出孔

音乐便从这里流出

箫在夜半响起

穿过薄薄的月光, 抵达心灵

意蕴无法说透

箫声和月光遍洒

无人能够掬起

飞翔而来的声音

早将我们——浸透

夜夜执箫独对秋水

散布缕缕人间情爱

箫若横吹

心声将被阻隔

听琴

随便沿指尖或琴弦

涉足于一条河流

逆流而上

历史成为一座座

蛰伏在岁月里的石礁

浪花激荡飞扬

露出历史黑黑而深邃的脊梁

一半在水上

一半在水下

一浪一浪的岁月翻过去

碰在石礁上　　盛开

之后谢落

历史便在岁月里开开谢谢

而你无法站在流动的岁月上

只能默立石礁

感受历史在你粗壮的大脚下

是如何具有韧性地

深深扎下去

顺流而下

可见一路景色优美

丰富你的音乐和远去的想象

你的眼前似乎波动着草的葱郁

那些花朵就在人们的鼻息之间

开合着芬芳

所有聆听的耳朵

在你的琴弦上纷纷走失

人们仿佛是你指间的一首曲子

一会儿被推进历史

一会儿被拉入现实

琴弦上不散的袅袅余音

是你回家的一段好路

琴手

这把琴跟你许久

道路穿过这故事　情节　人物

和飘浮在此之上的音符

把我们的耳朵和灵魂

带到何方

我们不断被琴音震撼

感人的力量

隐秘在我们心灵的深处

推动情节一再发展

我们时而离开琴弦

想象云天之外流水的声响

我们时而进入音乐

打开音符里的故事

感受人物的欢喜和悲哀

弥漫的琴音

聚拢　分散

胡须由黑而白

我们的心境时冷时热

琴手。还是暂时放下琴

我最爱听的是你自己

把谣曲推向最后的高潮

听音乐

听音乐。脚步万水千山

季节的花香浮在唇边

过去的经验。一次一次

依然新鲜

谁也不能说那支是最后的曲子

说不定有一天

在异地孤寂的夜晚

又听到。那些陌生又熟悉的

纤巧的十指

伏在琴键上走出很远

你仿佛看到音符中舞蹈的手指

忽然会忍不住狂喜

从沉醉里一跃而起

扑向房门。你以为

老朋友来了

其实。只是一阵风轻轻拍门

听音乐呵。脚下万水千山

或平坦或坎坷

每一次。总止不住内心激动

歌谣

只需将深情的漂流瓶

使劲地摇晃

我们就知道

海上发生了怎样的故事

我们就知道　海为什么

是咸的

漂流瓶的岁月和年代

我一时不得猜透

我只是将这只漂流瓶

轻轻地摇。使劲地摇

那顺势冲出瓶口的浪花

让我看到了含情的音符

让我听到了一支歌谣

在浪花上一次次飞起

每当这歌谣升起

船帆上悬着的乌云就退去

波峰重叠的海路就平坦

歌谣轻轻哟轻轻歌谣

这是一个柔弱女子

唱出的坚贞

那首萨克斯

那首萨克斯

吹得很多日子

吹得很多人回肠荡气

有些心思

就在指间

在一推一拉

在一呼一吸之间

摸索着上路

有时欢喜愉悦

有时落泪悲伤

那些声音

飘在空中

踏着音符

寻找归途

那艘远行的风帆

挂动着蓝色的风

蓝色的思念

蓝色的大海

挂动着蓝色的海鸥

蓝色的飞翔

蓝色的梦想

驶过多少海岸

泊过多少港湾

见过多少风景

而出发时

系在风帆上的牵挂

就是回家

一首曲子

可以唱给无数的耳朵

一艘航船

可以停泊无数的夜晚

出行的路

有千万条

而回家的路

只有一条

再繁华的风景

只在路上

再优美的歌曲

都会吹散

出门的路

何止千万条

而回家的路

只此一条

重回唐朝

没有生在清风明月的年代

今天我们只能委屈地呼吸

呼出去的是烦闷

吸进来的

是更加的烦闷

那种自由清澈的呼吸

仿佛只在唐诗宋词中

那种呼吸淋漓的自由

依稀只在李白杜甫

忘情于山水

是最蓝的云朵

躺在诗人的怀中

是最纯的溪水

漫过最清的诗句

即使如杜甫

感叹天下大批寒士

依旧可以

隐于竹林　直抒胸臆

畅快呼吸

天上有颗星

地下就有个心愿

地上有无数的心愿

天上就有数不尽的星星

我们的每一次呼吸

都是大地和天空的对话

不论长短

都是一次

生命最难忘的呼吸

如果我们

只能从唐诗宋词中

才能呼吸到

最青的青草

最蓝的蓝天

最纯的溪水

最美的心境

那么

我们这些中华民族的子孙

要不要

沿着李杜的诗句

重回唐朝

断弦

宁愿它那么断了根弦

挂在一面斑驳的老墙上

不要去换弦

不须去换弦

断弦该是它最好的选择

几根弦绷紧了夜

一把弓左拉右拉

宁静的夜一再失眠

失眠也只能在银河的另一边

就让它挂在那面斑驳的老墙

昨天就是这根断弦

在琴声沿蜘蛛爬远时

你会平静地发现

弦和弓虽然走的是两个方向

仅只那么一点

仅需那么一点

重叠交会在一起

便能拉响一曲绝唱

箫这种乐器

至今。我仍不能说自己

会吹箫。只是很喜欢

打通竹节。掏空阻隔

竹子便制成了箫

便奏出令人倾心的音乐

箫面对一泓清辉

沉湎其中。将夜吹入半空

看灵魂扶摇

也会把夜吹得很重

载不动时。便在箫声中落泪

一根箫稳住夜空

全凭内心真诚

掏空的箫管如我

吹奏的都是心声

喜欢箫。因为箫

只有打通竹节, 才能

发出纯粹优美的箫声

学习吹箫的过程

我懂得了如何向你和他人

吐露心声

怀想

唢呐声声皆是金风

怀想甜蜜。听遥远的蹄声

急速地穿过秋天的丛林

丰收的马车在田野上排开

满车沉重的谷物

我们的马，反觉四蹄轻盈

目光穿过深深秋林

泪水穿过透熟的脸颊

秋天的馈赠，一如黄金

我无以报答

回头看往日的自己

从碎裂的露珠上跌落

恍若一梦

阳光涂甜蜻蜓的翅膀

正从我的头顶上掠过

带着一个季节的轻盈与沉重

盘旋到深秋

第五辑

刀的情话

它刃上逼真的寒光

在一件件往事上反复闪动

刀的情话

情人的面孔

隐现在过去的树林里

一把锋利异常的刀

天天都听到

它倒伏在磨刀石上

来来回回痛苦地泣哭

它刃上逼真的寒光

在一件件往事上反复闪动

我知道你不是我的

我知道我不会拥有你

这把刀这把能割断游丝

斩断粗大树干的刀

面对你

只能震落满枝叹息

但我还是要去

日日磨它

等待有一天

我猛然砍断你

让你开满春花的一生

就倒在我

温暖的怀中

岁月擦过我的脸

宽大结实的马背如船

那些起伏的山岭

在你扬起的蹄下一一化解

在你纵蹄飞奔的激情中

山在悄悄移动

岁月苍劲地擦着我的脸

一闪而过。每次总是

遇着我早逝的母亲

她慈祥的面貌反复出现

擦疼我的心。这时候

我就看见久居僻壤的山

完全地动起来

这时候。我就想母爱是座金山

立在马匹奔过的每个路口

送一程坚定。一生幸福

走了很远。很远

回望。山仍然是那么高大

还说些什么呢

只能用手使劲拍拍身下的大马

内心里一再感动

轻歌浅唱

枝头一晃便轻轻摇落了黄昏

夜色把带汗的辛劳静静合上

哦　这时有一会儿是属于我的

也不穿鞋子

正好感受一下土地的慈祥

以不著鞋袜之脚轻拍

白天阳光的烘烤下散发着温热的地面

脚和土地融成一体时

会流出一种普通的声响

却又是一种足以使人想起几百种

辉煌情景的

并不普通的声响

每晚就这么于劳作之后

轻弹着香喷喷的汗珠

原处隐隐现现的小灯

一经那些枝条的装饰

总闪闪烁烁撩起我的激动

和苹果有关的回忆

铺满阳光的林子很温暖

一条小路静静走来

一直走到静止不动的脚下

面前的塑料布上

放着一只苹果

一口一口地残缺下去

这种吃法确实缺乏味道

一只苹果分成四瓣

似乎吃每一瓣时

便有每一瓣的味道

吃第一瓣时我想起儿时

母亲是如何均匀地把一只苹果

分成四瓣

把母爱均匀地分给四个孩子

母亲是一只苹果

嚼了半辈子

依然觉得那味很甜很甜

吃第二瓣时

想起和第一个女朋友的交往

总把苹果一分为二

一点不差

两个人共一个心呢

其实苹果还是苹果

虽然共着一个心

（后来那半只苹果

被我呕吐出来）

吃第三瓣时

阳光晴朗

我想我的妻我的孩子

苹果还是切成两瓣

孩子一半

另一半又被分成两瓣

一瓣大　一瓣小

妻拣了块小的

妻像这苹果

除了给孩子给我之外

所剩无几呀

吃第四瓣时想起自己

尚未品尝

我和苹果却浸泡在阳光里

还不知是甜是苦是涩

我站起来

向林子外走去

路仍停在原处

正像一只被切开的苹果

再也无法合成一个

回忆总是在某一片生活的林子

不会出来

因为路停在原处

难道还要我走回去

再添一把柴吧

围住这小小的火炉

寒冷就从屋子里退去

那些温暖的阳光

就像我们终生难忘的亲人

面孔慈祥地看着我们

我们就像不知所措的孩子

使劲搓搓两只冻红的手

让阳光的温暖流遍十指

这时小屋里除了明亮的火光之外

就是你明亮的眼睛

这眼睛会送我走很远很远

最黑最黑的路

就是这双眼睛

将迷失的我领回了家

就是这双眼睛

让后来的我彻身温暖

开始不惧怕冬天

不管下雨刮风

一直高挂在我的头顶

哦　小惠仅仅围拢这小小的火炉

一把一把续上柴火

让我们之间的恩爱

一直燃烧下去

再添一把柴吧

并围拢这温暖的火炉

小惠

笔

小惠　我唤着你的名字时

你轻盈有如你的名字

一下飘到我的眼前

这时　我手中正握着一支笔

你站在我的面前想象你的四季

从我眼前一一闪现

我心里充满了生长的激情

和收获的喜悦

我手中的这支笔是你送我的

我用它为你写了一支情歌

这支歌一下就无法逃避地俘虏了你

这时　你给我的这支笔

才让我惊喜地看透

你内心的真正用意

现在当我唤着你的名字

看你款款而来

让我把这支笔的墨水吸满

让我把这五年的深情再倾诉给你

这支笔日夜握在我的手中

想象握着你感情极深的手

每当我使劲一握

流出的全是欢喜的泪水

哦　我的小惠

以前的事情

已经是深秋了

叶子们纷纷回家

一连许多天我坐在窗下

并且老是抬头

看着窗外那棵树上的叶子

这样　我已经看了很久

数着一片片落叶

和落叶一样的心跳

每一阵心跳都飘满落叶的想象

那时　你经常从这树下走过

我满怀希望

又毫无希望地等待

叶子所剩不多

心里却盛得太满

每一步都想喊住你的脚步

每一次都只能回味你的背影

哦　枝头还剩最后一片叶子了

我激动而又不安

不知最后一片秋叶回家时

我是否能找到归宿

小惠　我就这样浪漫地

度过了我们的第一个秋天

至于收获那是后来的事

现在一切都好了

小惠　现在一切都好了

那些黑乌鸦已经飞去

黑翅膀遮住的蔚蓝天光

重又显现它仁慈的光芒

苦难与不幸过去了

它们只是暂时停在我们的头上

一片乌云或是一双黑翅

耐心与坚强会告诉我们

很多好好活下去的哲理

因为明天我们能仰起满脸幸福

当第一只幸福的小鸟落在我们之间

我就是这样告诉你的

清苦的日子如同一杯茶

唯有细细品尝才知滋味

金钱远离我们的清贫之志

我拍着你的肩

学着瓦西里潇洒的姿态

面包会有的　一切都会有的

你不容置疑地相信了我

这生死不渝的爱情

曾经照亮那些灰色的金钱

以及忧郁　苦难

小惠　让我再用成熟的大手

拍拍你瘦小的肩头

并且俯在你的身边

把整个世界都许诺给你

小惠　现在一切都好了

黑暗中我转过身去

在黑暗的路口

我真正地看清了光明

光明的道路上走了那么久

我竟像一个瞎子

难以说出光明的模样

虽然它簇拥在我的四周

铺满脚下的泥土

虽然我看清绿叶之上

阳光飞掠的金翅

可这些,全在我的身外

那么近。又那么远

无法像咀嚼爱人的温存一样

品味这阳光无边的滋味

现在。当双足深插入夜中

黑暗中的眼睛，金子般明亮

前方的路口出现第一盏路灯

心中盈满惊喜。那是光明

虽然它在原处

但我觉得那光辉所及

全亮在我的心中

信仰

它始终回旋在我们心里

被我们的血液、皮肤和骨头

紧紧护卫

我们紧守着这庄严的声音

不愿风把它挟倒

肮脏的地方

就像内心充满温情

外壳却异常坚硬的核桃

固守着心中的甜蜜

它们等待着爱的一击

这声音高过头顶和天空

这声音又紧贴着无数

充满了爱心的耳朵

很多人心中没有这声音

很多人听不到这声音

总有那些险恶的脚步

扰乱这份神圣与宁静

挟带着你的阴谋远离这里

我不会吐露一丝声音

哪怕被人打落牙齿

这牙齿还在嘴里

这声音还在心里

风雨中的背景

大风卷起天上的绸缎

明净的池塘渐显暗淡

鸟群从空中掉入林间

啼鸣声里透出不安

那时，我还小。我是妈妈怀里的

一枚纽扣

总被妈妈扣在最贴身的地方

对于压下来的乌云

妈妈用手掠了一下头发和汗水

深深地弯下腰去，干自己的活

来年的收成被默默地埋进土里

一双勤劳的手唤起土地的激情

下雨了。妈妈把衣服披在我身上

雨在妈妈脊背上溅飞

瘦削的脊梁不为风雨所动

插进土地的深情

谁能拔去

这个情景, 在我脑子放映了

二十年。我学会了在

坎坷与逆境中干自己的事

遇着风雨不惊不慌

泥土的心跳

作为农民的儿子。对土地

我有深不见底的感情

常喜于夜更静更深，把一张

虔诚的脸，贴伏在泥土之上

听大地深处传来的声响

我要听听土地的心跳

这成为我日日温习的

重要一课

听听它沉稳深重的语言

在我心里溅出怎样的回声

当我疲倦时。这心跳

给我一种坚定。一种力量

当我浮躁时。这心跳

教我一种稳健。一种智慧

我常问自己的妻子

我身上是否还有来自泥土的

纯朴与善良的香味

庄稼们以收获表示对土地的理解

做一株植于泥土的庄稼

和上大地的心律

浮躁的人生，就会获得

一种凝重。一种厚实

向谁谢幕

可能。生命

最辉煌的时期已经过去

向谁谢幕

瀑布跃入峡谷

密林之外。仍能听见

水的欢呼

辉煌衬托着寂寞

甚至在寂寞的时候

我们才懂得辉煌

看不见峡谷中的水

流向哪里。它一定还在流

可能还有一个峡谷

在原处。等着

生命再一次飞起浪花

和动摇山壁的欢呼

如缕的鸟语

沉重的翅膀

轻盈地飞翔

已在这片水洼上环绕三生

我只能三生不语

三生不语也不能回报你的深情

环绕三生就是不肯飞去

水洼里的水

从此　动荡不息

那些小小的浪花只能轻轻扬起

而后又将头深深埋进

不绝如缕的鸟语

一遍又一遍直至三生

直至我的心上

要被你唤得蹿出绿叶

我才知道我本该是棵树

让你疲惫的一生

歇进我的浓荫里

这绝望的水洼呀

含着一洼很大很大的泪水

听鸟语痴情环绕左右

不肯飞去

独步空茫

独步空茫

我不相信线条能够模仿沧桑

岁月给予女人的感受

往往比男人更深

爱情已深入双足,如枝丫

被一种外力强行折断

红嘴唇的相思鸟

把自己的倒影看了又看

感叹一杯泼出的水

无法重新掬起

有幸福的地方就有痛苦

有光明的地方就有黑暗

不过,你头顶如磐的阳光

此刻看起来,更像一顶

饰有花边的草帽

覆盖住你的头颅及其一生

纷纷来临的日子

亲爱的蹄声已经飘远

亲爱的蹄声已经飘远

却留下，辙印深深

你是那么残酷。像春天的利刃

插下寒冷

这无法拒绝的寒意

是为让我把温暖的回忆

抱得更紧

你走得那么匆忙

你把我昨天的热烈带走了

我更多的是陷入怀想

想两双手忘情地纠结在一起

让我止不住的心跳

时时泛起的蹄声

时而让我幸福。时而让我悲伤

如果结局是美满的

那这两行辙印

就是你留给我的深情许诺

如果不是，在往事里

这车辙就是两道

深不可没的伤痕

沉船

浪静风平。海水蔚蓝

心弦颤动如波纹

眼前身后都是海水

海上处处通途

我只能望海兴叹

爱情是一只过去的沉船

载不动

你我芳香的往昔

其情节异常苦涩

以至于后来者无人

能够真正读懂

这些环绕着我的

蓝色的诱惑

涌向我时

也在离开我

一次握手之后

仅仅是一次握手吗

仅仅是落叶飘地吗

叶落之后

又会走到春天的枝头

难道我们的握手

不是预示着某一天相见

它不需要苦心等待

不需要巧作安排

更多的时候

或许是于熙攘的人流中

上帝设置的一次巧遇

于是　第一次相见

握手时留在手心的温热

在相见时用力一握

又一缕缕顺掌纹

流淌出来

温馨的昨日又转过脸

对你微笑

于是　我不知自己

是置身于今日　还是

想栖于昨天

翅膀上的天色

风雨淘金

书香因久而醇

开合在深深夜色

照亮一条条远行的路

各色书籍在不同的掌下开合

犹如鸟翅的扇动

向上，向上，不停地

扇动

天地为之开阔

滔滔河水成为鸟翅下

卷着浪花的感慨

翅膀敛起，在空中滑翔

蓝天里飞满想象

高山夷为平地。白云飘扬

登天有路

扇敛之间尽得天色

一朵火焰出水来

韩新东 ◎ 著

作家出版社

图书在版编目（CIP）数据

一朵火焰出水来 / 韩新东著 .—北京：作家出版社，
2023.10

（韩新东诗文集）

ISBN 978-7-5212-2237-1

Ⅰ.①一… Ⅱ.①韩… Ⅲ.①诗集—中国—当代②散文集 –
中国 – 当代 Ⅳ. ① I217.2

中国国家版本馆 CIP 数据核字（2023）第 084174 号

韩新东诗文集：一朵火焰出水来

作　　者：韩新东
责任编辑：杨兵兵
装帧设计：安徽徽商传媒有限公司
出版发行：作家出版社有限公司
社　　址：北京农展馆南里 10 号　　　邮　　编：100125
电话传真：86-10-65067186（发行中心及邮购部）
　　　　　86-10-65004079（总编室）
E-mail:zuojia @ zuojia.net.cn
http://www.zuojiachubanshe.com
印　　刷：北京盛通印刷股份有限公司
成品尺寸：152×230
字　　数：136 千
印　　张：12.5
版　　次：2023 年 10 月第 1 版
印　　次：2023 年 10 月第 1 次印刷
ISBN 978-7-5212-2237-1
定　　价：300.00 元（全四册）

作者简介

韩新东，男，1963年11月出生于山东海阳。诗人，作家，研究生学历，高级编辑。系中国期刊协会副会长。

现任安徽日报报业集团徽商传媒总编辑、徽商传媒全球理事会主席团执行主席兼秘书长、全国商人媒体联盟主席。

创作发表诗歌、散文五千多首（篇）。出版有《一支竹笛七个孔》《另一种恋歌》《苦乐斋情话》《有梦想的地方》等多本诗集、散文集，作品入选《青年诗选》《当代青年散文诗人十五家》等几十种选集。

韩新东诗文集

　　韩新东诗文集共分为四卷,创作时间上下横跨三十余年,均为已在《诗刊》《星星》《散文》《作品》《十月》等全国公开刊物和中国青年出版社推出的《青年诗选》刊发出版过的作品。作品共分为诗集**《花的这边是麦地》**,散文诗集**《一朵火焰出水来》《一粒盐的光芒》**,散文集**《何止桃花潭》**。这些作品文字优美,想象独特,哲思隽永。具有自身独有的文字之光,修辞之美。很多作品收录于各种文学选本。

卷一: 诗集《花的这边是麦地》

　　收录作者从上世纪80年代开始至新世纪的诗歌作品,这些作品散见于全国各大刊物。既有吟诵祖国壮美山河的诗作,也有人生思考的独特篇章;既有借物言志的旷达之作,也有对爱情的深邃表达。

没有雷同，没有照本宣科，具有强烈的人文精神。本卷共分为第一辑《花的这边是麦地》、第二辑《在火焰的顶部》、第三辑《劈柴的人》、第四辑《一支竹笛七个孔》、第五辑《刀的情话》。

卷二：散文诗集《一朵火焰出水来》
卷三：散文诗集《一粒盐的光芒》

这两卷可以看作是姊妹篇。

作者当初被称为中国散文诗界最有影响的青年散文诗人之一。曾有著名散文诗大家耿林莽先生编辑的《当代散文诗人十五家》收入其重要作品。这些诗意境开阔，想象奇峻，文辞精美，曾为多个选本收录。诗中有歌颂爱情的，有歌颂海上船夫的，有歌颂矿工的，有歌颂普通劳动者和春天的，有与孩子的深情对话；这里面既有对自然的礼赞，也有对历史的反思；既有对乡土的乡愁，也有对做人做事的感悟。《一朵火焰出水来》收录有第一辑《一朵火焰出水来》、第二辑《一句话带我入夜色》、第三辑《和石头深情对话》、第四辑《放牧的孩子》、第五辑《窗外的树头正在开花》、第六辑《今夜又起笛声》；《一粒盐的光芒》收录有第一辑《一粒盐的光芒》、第二辑《竹和竹笛及其他》、第三辑《春天的心脏》、第四辑《香在风中便有了翅膀》、第五辑《一顶草帽以及它的重要》、第六辑《画像》。

卷四：散文集《何止桃花潭》

本卷作品主要收录的是作者的哲思类的散文。刊式绝无拘泥。一草一木皆可入文，一言一行皆有思考。文章既有对家国情怀的表达，也有对真诚做人的我见；既有对读书读天地的领悟，也有对读史论今的感慨，它们或长或短，让人读来回味悠长。这些美文曾被《读者》《中外文摘》以及一些出版社的选集收录。本卷共分为第一辑《关于鱼眼的哲学和人生观》、第二辑《温暖的猪油》、第三辑《孔见、洞见和不见》、第四辑《何止桃花潭》、第五辑《如果李白穿行在今天》、第六辑《活出一棵树的沉香》。

目录

第一辑

一朵火焰出水来

第二辑

一句话带我入夜色

第三辑
和石头深情对话

第四辑

放牧的孩子

6

第五辑

窗外的树头正在开花

第六辑
今夜又起笛声

第一辑

一朵火焰出水来

柔弱无骨的水把巨石打得千疮百孔。

我的期待会将岁月击穿。

一朵火焰出水来

何时再见，我不知道。我只有山高水长的期待。那些美好的月色，一晚又一晚飘过我的窗前，只要那敲窗的人没有来，这月总缺乏一种味道，一种美满。

这种幻想被岁月压在心底。它就是诗，是诗中之魂，是石缝里挤出的树，是深土里埋着的根。树越高越大，根就越粗越深。

直到风霜雨雪，染我两鬓斑白。满头银发，根根为你洁白。直到朝朝暮暮，我双眼昏花，难辨虚实，我的双眼依旧为等待见你最后一面而留住最后的光明。

柔弱无骨的水把巨石打得千疮百孔。我的期待会将岁月击穿。

一朵火焰出水来。燃烧的火淹没了水。

所有的水都向东流

只有有了恨的力量，才会有爱的力量。

因为恨会使你在大地上站得更稳，因为爱太阳才被托举得很高、很高。

假如你正在行走着，一股阴风吹过来，妄图将你从路上吹到河中，让河水永远淹没你雕花的脚印。你需要冷静下来，你需要把身体中的每一点棱角、每一点骨头都坚挺起来，让这阴冷的风也感到疼痛。这时候，一种对恶的恨，会变成一股对生活的爱，所有的水都向东流。

即使在石缝里也要挤出一抹新绿。黄山上的迎客松恰是良好的注释，绝好的风景。那些丑恶的东西，好似一堆乱石，要压住那些种子。可种子破土的力量有什么能够阻挡，那是种子要用生命去拥抱太阳。

在爱中，恨被融化。

在恨中，爱是那么洁白无瑕。

水手

当最猛烈的大浪全部砸在你的身上,那些围绕着你而迸溅开的浪花,是大海唱给你的赞歌。

风浪塑造了你的性格。

大浪打来时,你就是一面铁壁,你的腰杆有多直,这船便有多稳;大海安静下来时,你就是船帆上栖住的一抹微风,给这世界添一分安宁。

不能在风浪里站住的人,不能在水底的潜流里站住的人,他们不叫水手;能够抓住万顷波涛的手,能够拂平汹涌浪潮的手,能够在急风狂狼中把帆升到桅顶的手,人们叫他水手。

什么时候,船头上少了你,便会多一分危险与恐惧。

水手的名字不是别人叫出来的。

水手的名字是大海馈赠的。

水的拍打

河边掬水。清纯的水, 洗去脸上劳动的灰尘和岁月的皱纹。漫野的芳香顺着我流汗的背脊, 一阵阵爬上我的肩头, 仿佛是一只温情的手, 在轻轻拍打着我的劳累。

那些日子, 因为有了这样不同寻常的拍打, 沉重的肩头每每轻盈无比。我把头以及我的身体更深地俯向水面, 至水静若镜。我发现, 即使五十岁早生华发, 经这样的水一洗, 脸庞依然会青春勃发, 村边的池塘为之而熠熠生辉。

小小的河水在遥远的大海聚合。久居城里的我又回到故乡。在过去的河边, 我停住脚, 我俯下身去。可在河面上我看不清我自己。其实, 水还是那么清澈; 其实, 我才三十岁, 我觉得有很多疲倦, 过去的河水再不能洗去。只有那水的拍打在我的身体之外意味深长。

泪水深处藏着个你

你说，记住我。

山中的野花，以它无名的香味对我说。枝叶下停住翅膀的布谷鸟，用它报喜的歌喉对我说。我头顶五月的一盘圆月，以它皎皎清辉对我说。

我听见了，整个群山都在呼应着你。

沉默的小溪从我心头跃下，溅起的水声这么说。岁月掩去了幸福和苦楚的树木，以它深刻的年轮这么说。八百年风吹不动、雨打不倒的山石，以它的坚贞这么说。蜿蜒的林间的道路，以它不停的脚步这么说。

我听见了，你不见我的泪水挂在颊上，将多少个日子融化。

我听见了，你不见在泪水深处藏着个你。

岸。接近和远离

山高水长。人生无岸。

若是有岸，死或许是岸。但呼吸停止，感情还会在枯树上吐绿。或是充满了对死者的愤恨。或是充满了对死者的怀念。死者以另一种形式活。活在嘴上。活在心里。

岸。其实是大海中漂浮的一根木头。我们所做的只能是不停地向木头靠拢。而这岸在我们一次又一次接近它时，一次又一次地漂离我们。接近和远离，构成了我们的生活和诗意。

浪花高举想象。始终行走在前面。风帆，身前身后都有。活着的时候，让我们用自己的生命一次又一次靠近岸。死去的时候，让我们的好名声在人们的怀念和泪水中一次又一次梦到岸。

说说礁石

可以使海水绕道而行。

面对汪洋恣意的海你确实太渺小。是的，渺小。然而，绝不是可以随意忽视或遗忘。

浩瀚的大海间你孤立着。海浪啃咬着，撕扯着。任岁月一次次袭来，你苍然独立，拍水长歌。

面对大海，你仍顽强地保存自己的个性。没有真正属于自己的，早就被大海吞没。虽然渺小，却可以和大海抗衡。

在你渺小的身躯里，同样有一个与大海一样广大而坚强的灵魂。

秋夜流水

躺在草丛间，看夜空又蓝又高，就像我们向往已久的爱情，不可言喻得让人感动。秋风裹着金色的香味远远播来。此刻，语言消失了。不想去表白什么，只有粗重的呼吸在空气里自成节奏。我们已经和这飘满果香的秋夜，神秘地融合。

独听地下河激动地汹涌，谁也不知这河从何处来又向何处去。只是这河水固执地涌上我的心壁，仿佛一定要刻下些什么才肯离去。去吧，你这悄然无踪的暗河，我明白了你的心意。你美好的愿望让今夜暗暗灿烂。往事亲切地浮现。秋夜，我又一次收获了这般深邃的友情。

深蓝色的云块。片片展开。片片合拢。静静合拢又静静展开。夜晚就这样叫人向往。终至一种圆满。

躺在寂静的果园之外，我是生活结出的果子。可谁又来品尝我呢？你这深邃的夜空呀！

岸边听船工号子

　　站在船头，站在流动的岁月上；背后的风景在不断变换，而你永远是这风景中的主角。

　　敞开胸脯露出你健康的肤色。亮开嗓门，经过岁月润色的船工号子便扇动翅膀，在整个江面上扇动你流动的激情。

　　你的船工号子给这一江波涛推波助澜，两岸陡立的峭壁回旋着你带翅膀的号子。

　　岸在号子声中纷纷退去。闪开一江开阔的水面，听你豪迈的号子——

　　奔流而来。

　　汹涌而去。

河心岛

波浪的道路在你脚下停住。围拢你无与人言的寂寞。三两声拍石之浪飞溅。之后，沿你沉静的额头下滑。

一段曲折如肠的历程之后，一段无边无际的黑暗之后，浪花在开和谢之间迅速地交替着。可以选择的只有属于昨天的永远的流逝。

开和谢对于生命都是一种昭示。预示着开始和结束都是我们生命中不可逃脱的历程。河心岛也是一条船，在千古的时光里驾着流水。

只是河心岛没有岸可靠。

你永远地远航，因为你无岸可靠。

流过沙漠的水声

有一种清脆的响声净化了风沙弥漫的天空。炙热的气息包围了你。汗腺里甚至无汗可流。这时，风沙袭击了你远望的眼睛。你停下来，在狂舞的风沙里站稳身子，凝神辨别风沙是如何擦着你的眼睫掠过。

静静屏住呼吸，屏住这沙漠飞扬的沙子。

那种清脆的响声踏着细碎的脚步，很滋润很有灵性地跑过。似乎这一瞬，你粗粗细细的血管里也飘扬起这样一种响声。

这也许仅仅是个幻想。你因此而知道，哪怕在这沙漠上，仍有一种东西是——

永远蒸发而不散的。

石头和水声

青石上枕放着你硕大的头颅，已经很多年了，依然如此。你的身体被岁月删节。置身石间，你的脸因此而具有石头的冷峻和深沉。这张脸被风们传诵已久，具有某种经典性的力量。

你的头颅飞旋在许多世纪和年代之上，一群群掠过你头顶的鸟儿鸣叫不已。石壁裂开滴答水声，自你居驻此地经久不息。

你说，你是被一个最好的朋友出卖的，你被真诚荒芜在这里，你被谎言丢弃在这里。一年一年，虽留下人的面容，却成为冰冷的石头。

你蛰伏在时间里，就像石壁间滴答的水声。

终究要穿透什么。

一只漂流瓶

在海上我已经漂泊很久了。

我是被一个女人放进海里的我是装着一个女人的爱放进海里的我是专为了你而在海上漂泊的。虽然在你身边漂泊了很久可你不知道我要说什么。而我什么也不能说什么也不会说。我只是一只被封了口的漂流瓶呀。有时被海浪掀起又重重摔下，可浪摔不碎我；有时被船撞上撞出老远，可船撞不走我；我是负了一个女人全部的爱而来的呀我是一只装满了期望的漂流瓶。

而我不知道你在哪里。只知道你在海上。为了这我要流浪。我要漂泊于每一只船边，我只当每一只船上都有你；我漂泊于每一片水域，我只当你在每一片水域，我就是为了你而活的。我就是为了你而漂流呀。

也许十几年过去了依然没有寻到你，可这又有什么关系。也许那个年轻女人已经老去可这又有什么关系。哪怕几百年后我被你打捞起，只要被你打捞起，你所获得的依然是百年前一个女人封闭起的奉献给你的一颗春心。

为了你我要漂泊我愿漂泊。

一滴水

是被浪花卷到最高处的一滴水。是在礁石上天崩地裂的一滴水。是被潮汐遗忘在沙滩上的一滴水。是海风沾在远行风帆上的一滴水。

这蓝色的梦想。这大海扬起的浪漫羽毛。

一滴水里有大海。一句诗中见世界。而我的一生都在一滴水之下，而我的一生都被一句诗所覆盖。

这是离开了海的一滴水。这是一个幻想开始的悲歌。

一滴水不论走到那里，梦见的仍是那一片蔚蓝。从一滴水到另一滴水，水滴与水滴的集合构成了大海；从一句诗到另一句诗的团结组成了壮阔的画卷。

而我总想在大海的上面，在浪花的上面，展开一滴水的骄傲。大海不会干涸，而离开了大海的一滴水再找不到回家的路。

一滴水，是大海丢失的羽毛，再找不到那蓝色翅膀，它只能埋在往事的最深处，为自己独自叹息。

搁浅的渴望

渴望泊在你平静且俊美的目光中，渴望游进去和游不进去就是我此生的命运。

不知在哪一阵梦中惶然跌入你纤细又绵长的鱼尾纹，眼睑闭合之间有水声拍岸。有潮水自你眼中流出时，我且自沿你纤巧河道涌进你的双目。

谁知你眼角边的皱纹竟如此曲折如此漫长，当潮声渐退时我于你纹迹最曲折的一段搁浅。

从此，我就在等待你内心再一次涌起涟漪，好将我载出曲折的河道。可直到你鬓边的皱纹越来越深越来越宽，甚至松弛到再也制造不出一阵潮声。

我至今依然游不进去也游不出去。

清丽的和深沉的长江

一江之隔，一边叫南方一边叫北方。长江在南方和北方之间且奔放且舒缓且清丽且浑黄且活泼且深沉地流淌着。

南方是活泼的是清丽的是舒缓的，南方是母亲清丽中有温柔；

北方是深沉的是浑黄的是奔放的，北方是父亲深沉中有粗犷。

长江在南方和北方之间流淌着既是清丽又是深沉。南方于岸边一走便能听到北方豪放的喘息之声了。北方从岸边一走便能捕捉那奔流中的潺潺之声。长江是南方和北方共同的儿子。当南方和北方都站在岸边看江水浩浩荡荡地奔来再也分不清谁是谁了。他们所有相同的和不同的一切全部水乳交融相汇到一起了。

南方和北方拥有的是同一条长江。

你波动的目光之外

站在你的目光之外，感受到你的目光一次又一次地向我涌来。这时候所有的声音都屏息着，唯能听见你目光涌动的声音在我之外向我涌来。向我涌来时在我身上溅起几朵浪花之后又无声无息地退去。

你的目光没有停靠站，只是一个劲地涌来涌来，重负着你的一往情深。在你目光退潮的间歇，我捡到一个完整的贝壳。

我把这贝壳置于心灵之上。日日以洁白的情丝去擦拭它，日日以柔情的目光去抚摸它。可有一日不小心将贝壳掉在地上。

贝壳碎了。

贝壳碎了之后，你波动的目光再也没有涌来。是你的目光把我塑造成一条海岸，没有你涌来的起伏的波光。

我不再是一条海岸。

遥远的小纸船

我喊你，你竟已认不出我。

街头人流熙攘。在人流之间我看到了你。我用异地的方言喊你过去的名字，你吃惊地看着，你问我是谁。

这真使我悲哀呀使我悲哀。

曾经在一起玩过纸叠的小船曾经在一起用小手为纸船设计波浪。后来真的有一场风浪把你我分开。如今那纸叠的小船早已成为回忆了，那波浪也在远处嘲笑着我们往日的天真。每次见到海总会想起你我一同放过的纸船。

你终于认出我来认出过去那个男孩你以我熟悉的乡音唤我的乳名。

这一唤可真是唤回了我的昨天。沿着那乡音柔美的尾音我又成为你纸叠的小船，我在重新等待着在我心头设计另一场波浪。

是手掌也是河流

　　我摊开自己的手掌，手掌上的脉络深刻而清晰。你尽情地读着尽情地开阔自己的想象你走近这只摊开的手掌你发现每一条掌纹里都漫起了水你以为自己是一只不畏风雨的小船。

　　你是一只小船。

　　一只江河中泛舟过的小船一只大海中颠簸过的小船一只小河汊中轻漾过的小船。而你一划进这独特的河中你心里就浮起一种感觉，你觉得你以前的记忆已不复存在，心灵中可供记录的唯有这一次航行。你觉得这是手掌也是港湾你划进来再也不愿离去。

　　你愿望这河流又于瞬间恢复成一只摊开的手掌你正好航行在我的掌纹之中。

　　你愿望这手掌紧紧地紧紧地握起来，把你在宽厚的掌中捏碎使你的每一个心愿都顺着这掌纹划进我的心中。

　　在我的心中你一定会拼命划动爱的双桨，让我此生此世都生活在你不曾平静的激情中让我永世永世不得安宁。

给瓶中菊

离开生命的枝头本是一个悲剧。

这悲剧没有情节没有波澜没有悬念没有起伏，只是一个仓促的结尾。这结尾未曾引爆掌声，也无须谢幕。它被一把无情的剪刀，剪断了丰富而又生动的细节。一个刚刚进出声音的嗓子又在瞬间被扼住了喉管，生命无声。

离开了泥土再优雅的花瓶置一瓶高贵的水也养不出芬芳

离开了太阳再伟大的渴望再殷切的注视也不会焕发灿灿金光

你便只能以无情节的悲剧奉献给观众了。而悲剧的开始并不一定以悲剧结束

你仅凭一点清水在延续自己倔强的生命

你仅凭一点清水在吐露心中蕴藏的芬芳

你仅凭一点清水在目光里灿烂成喜悦

悲剧该留给那把无情的剪刀。

是花只要不凋不谢依然金黄依然吐香，你仅凭瓶中的一点清水在生活里表演了你的另一种生命。

金鱼之死

一条美丽的金鱼游弋于一只美丽透明的玻璃缸内。只能游弋于玻璃缸内。

玻璃是一堵墙。挡住了流动的河流挡住了流动的清风挡住了流动的憧憬。你只能看见外面的世界只能看见河流荡起的浪花，而永远不能以轻盈柔弱的身体去抚摸这浪花这流动的生命。你只能在这小小的玻璃缸内淹死自己的一个又一个梦想，你永远因感伤和忧郁而长不大，而你关于河流关于大海的梦却在不断膨胀。这正是一个悲剧的伏笔吧！玻璃是一堵美丽而又残忍的墙。

玻璃缸外悠然地流动着自由的河流。这河流是伸向大海的臂膀，那一端握着的是蔚蓝的大海那一端摇动着的是一片无边无际的诱惑。

终于有一天你以自己小小的头颅猛然撞向缸壁，渴望冲出这封锁打开一条通向河流的道路。玻璃缸只是晃动了一下，一条金鱼的一个悲壮传奇染红了玻璃缸。大海在这一瞬扬起的浪花如一片片美丽秋叶，轻轻覆盖了这个美丽的故事。却难以覆盖这不得安宁的灵魂。

玻璃缸。这一堵残忍而又美丽的墙。锁住了多少神往。

长发里的花瓣和泪水

在你的飘飘长发里，我拣拾泪水和花瓣：这给我痛苦和欢悦的两样东西。我只觉得这小小花瓣远沉于泪水。若不是花瓣撒落在诗中，泪水只会无足轻重。

你的长发是夜色里的波浪，我便在你的波浪里起伏。这起伏的欢悦，一会儿把我送入天堂，一会儿把我逐入地狱；当微风在你的发梢上止住，我才觉得自己是在人间。小小情感的力量会提升人生的境界。

当黑色的长发飘逸而去，我的双足陷入泥土，难以移动。这块土地给我的太多太多，我不能离去，不能如你一样潇洒地在道路上给我留下一个背影。

我只能在你的长发丛中拣拾花瓣和泪水。在痛苦和欢悦的笔下，将它们珍藏到永远。

不要说曾经沧海

你小小的年纪，却说什么曾经沧海……

一同走过的路不要说追悔。

一同吃过的苦，时间会让它度得如此珍贵。

昨天可能已成一个淡淡的背影，却总有唤不回的深情随脚步无声地远去。有过爱了，才能说爱；有过痛苦了，才能说幸福。昨天对于一颗饱含期望的心绝不仅仅是一堆冷寂的山石，爆发的火山会点燃往日的激情。

有了泪水，便会有和泪水一样动人的双眼。

有了香味，便会有比香味更迷人的花朵。

曾经沧海，何曾不是生活给予我们的馈赠，何曾不是一笔随时可以支配的生活给予的奖赏。

曾经沧海恰是我们的富有。对于明天的生活，对于我们的心灵，更需要一份永远不变的清纯。

出海

明晃晃的风帆在阳光下升起来。升起来的风帆挡住了女人的眼睛。女人们看不见男人宽厚的脊梁时，心便跌进一片黑暗。女人们的思念呵，此刻无处可栖。

在蔚蓝色的海上，除了岛屿，船便是唯一的陆地。男人们在这片陆地上种植勤劳，生产幸福和富裕。当那快乐的绿树长起来时，便招来了一群候鸟。女人们的思念也生出了翅膀远远地飞来了。女人的思念不是随时准备迁徙的候鸟，女人的思念一栖下来，就准备在这枝上老去死去，直到所有爱的羽毛全部脱落直到在这枝上叫出最后一声直到再也飞不动。

女人的思念从这一刻便开始和男人一起在海上颠簸在海上喝带腥味的风在海上和男人一块儿呕吐。即使吐得泪水横流吐出苦胆即使把整个大海都吐出来，也吐不完对男人的思念对男人的忠诚。在海上水是咸的泪是咸的心是甜的。

明晃晃的风帆挡住了女人的眼睛却怎能挡住女人的思念。地上的路走完了还有天空。要栖就栖在自己喜欢的男人身边，随他一块儿漂泊。在这块流动的土地上老去死去。因为男人是属于海，那么女人便是永远属于这块流动的陆地。

海的寓言

见到海之后，关于海的想象，在浪的冲击下变成水之花朵。

柔细的沙子从脚掌下分开。海水轻轻地涌上来，又退下去。海像一个顽皮的孩子，在反复地做着同样的游戏。把沙滩的脚印擦去。又擦去。海的温柔中见出倔强。

大浪一次次打来。礁石分开。礁石变小。海仍不过是一汪大水。

它是在用最柔软的塑造最坚硬的。

让大浪的倔强磨砺我的温柔。让大海的温柔塑造我的刚强。在岸上，永远只能感叹海的阔大。融入其中，海是一个伟大的朋友。

把我带走。让我也拥有你的刚强和温柔。

对话

我不曾到过海边，但我写过很多海的诗篇。

你是海的儿子。扑向沙滩的海浪认识你的脚印。而你却对我说，面对海只有无言。

翻阅我过去写海的诗篇。我在这些诗篇里捡到了一些小小的贝壳和海螺，我把海螺里大海的涛涌当成真的波涛了。这小小的声响淹没了我。

你喜欢在海边漫步，看一片又一片白帆带走你的黄昏。这样的漫步已有数年。当夜色掩去海水的蓝色，回家的路在海上伸延。涛声便在你脚下的礁石上拍打出海才具有的神韵。

当我真的来到海边。排空而来的海浪，透入心扉的碧蓝，茫茫无涯的水域都让我找不到足以担得起这份阔大与磅礴的句子。难怪你不能下笔，难怪你默默无语。

当我认识了大海，我再回头看你，

你是展现在我眼前的又一片海。

只有海才能写得出海，难怪那些小海螺、贝壳被海浪丢到了岸边。

海上吹笛者

你是一个吹笛者。七个孔的笛音把这世界一切动人的旋律吹出。七个手指压住的笛孔全是传奇，全是故事，全是比音乐更繁复的人生。

在海上旅行，你自然要带上心爱的竹笛。有一次，当你又在船舷边为那些痴情的耳朵吹奏时，一阵大浪打落了你优美的笛音，一支跟随了你许多年的笛子落入水中，随即被波涛卷走。

当你忽然失去心爱的笛子，你觉得自己再难以活下去，这夺你所爱的恶浪，正压在你的心头。

因为一支笛子相伴，你的耳中从未听过其他的声音，你不知道外面的世界，唯有失去笛子的时候，你才可能再倾听一下其他的声响。

吹笛者便靠在船舷边，听轮船划过波涛。一会儿浪花轻轻，仿佛情人的絮语；一会儿大海在掀腾，仿佛是高音在抒情；一会儿浪花碰在暗礁上，仿佛是谁在伤心地低泣；一会儿两朵浪花撞在一起，仿佛是两个老友重逢引发的激情。

你甚至不相信还有笛音之外的美丽音响，可大海给予了你。吹笛者不再忧怨。假如那一支失落在海中的笛子再回到深情的唇边，它一定会吹出海一样丰富、海一样多彩的音乐。

在这里失去了笛子，恰又在这里得到了笛子。

海上葬礼

之一

把死亡交给波澜、交给壮阔，交给永远的蔚蓝和动荡。活着就爱海。爱海的辽远和宽广，爱海的胸襟和气派；死时更愿随着海永远不倦地滚滚奔流走上天堂之路。

天上的蔚蓝和海上的蔚蓝交相辉映。两个博大的胸怀相互袒露。这里找不到阴影和尘埃。这里寻不到污浊与浑噩。这里只有无垠的坦荡。这里只有醉人心怀的蓝，一直深入生命的底里。

即使死去，不要让骨头占据一顷良田。空出一块土地种些粮食，种些花朵；空出灵魂的正直，让后人品评。不要让尸体在人间散发污气，让每个人呼吸的都是纯正的空气，呼吸的都是对亡者真挚美好的缅怀。

选择大海吧。让生前未曾有过的激荡再一次遍流周身。让生前曾经有过的豪情再一次在浪尖上抒发。

海葬。这大海蓝色的怀抱只接纳那些被称作生当人杰、死为鬼雄的人。那些胆小者、自私者、乞求永存者、搞阴谋诡计者、跳梁小丑，如果误入大海，咆哮的海浪会把他们打得粉碎。

　　海上葬礼。

　　这是死亡最后一次对雄浑与壮阔的选择。

之二

　　点点白帆写尽诗意。

　　朵朵浪花开放想象。

　　让生命做最后一次远行。其实，这是一次永远没有回头的远行。你的选择才现出英明与果决。大海是为你而蓝得如此纯净，蓝得透彻骨头。让我附在你已停止跳动的心脏上的双耳又听到你生命的涛声。

　　你想让闭锁的心灵在这一刻展开吗？你想让麻木的肉体触摸到

花的温馨吗? 那么, 到海上来。一望无际的碧水自会洗净你的忧郁,

一望无际的水流到哪里, 哪里就是生命的家园。

　　因为你有了这样的选择, 大海上所有的浪花都是为你而扬起。

选择了永不干涸的大海, 你就是选择了另一种永生。

　　当你才在我的枝头上凋谢, 所有的浪花都在欢呼你的再生。

　　来吧, 把你人生最后无比辉煌的选择交给大海, 水所到之处,

都印满你花的脚印, 都铺满你生命的花香。

浪头的休止（二章）

海的深情

一次又一次地咆哮，在石头上高高地昂起头。别老是看我翻腾的巨浪，别老是看我滴水穿石，别老是看我打沉了小舟。你的眼光中总是刻满了冷淡与漠然，甚至怨恨。

当我举着浪头奔你而来时，我是企望着你宽阔温暖的怀抱收容我，收容我这匹无人照看、充满野性的马匹。只有在你的怀里，那扬起的鬃毛才能温顺地倒进你的臂弯。可你，是一块冰冷的礁石。你比我还冷。

我也有温柔的时候。在沙滩上闪动着细碎的光，在脚下泛着泡沫。我在等待，等待亲切的呼唤。我在寻找，寻找收留我的双臂。

可没有，到处也没有。除了被太阳焐热的沙滩外，石头上是冰冷的清辉。我难以靠近。当我的深情一次又一次地遭到冷遇，我只是以另一种形式，在倾吐着我的心。心中难以释放的爱。

没有收留的地方，便只能永远是咆哮的浪头。

休止

在这里悄悄暂停，让歌喉压抑住激动，让啼啭的小鸟在枝头静静栖息。再回味一下刚才的旋律和节奏，再体会一下刚才的歌词和内涵。

生命需要这样的休止。当我们走上一座大桥，对岸的风光绰然眼前；当我们走过一段泥泞的雨路，再回首看那份不平与坎坷；当我们捧着收获，再摊开双手，看坚硬的茧花遍布手掌；当我们登上一座高峰，回眸俯瞰峰回路转。

所谓休止符，是让你冲动的热情短暂地冷却，是让你在离开往事之前再细细反思一下昨天，是收回匆匆迈出的脚步，再细细打量一下前路。

暂时的休止，是为了让我们的船只在更高的浪头上跃起，是为了让歌曲在我们的嗓子里平添一种魅力，是为了让歌曲更多一些耐人寻味的咀嚼，是为了积蓄力量，在最后的旋律里找到最丰富的内涵。

大海与天空的启示

　　我曾经崇拜过天空的浩大，那坦荡无垠的晴空，那云朵铺展的天宇，让我思绪飞涌。结果，天空还是天空，我还是我。站在地上的我，不能因崇拜天空而提高我的高度。

　　大海的波涛滚滚，让我神往。那些蓝色的浪头每次掀起，都向上展开一个梦。我就在这梦中体会人生。而这样的浪头，总是在它开得最灿烂时便坠落了。这无根之花，这无土之根，每次盛开都是一次破灭。

　　何不重新打量一下我们自己呢。也许我们就是天空，我们就是大海。能从山脚爬上山顶，也一样能知道：登天有路。

永远游向你

哗哗流动的水声是我日夜唱给你听的心曲，而谁也无法解释你为什么要住在河的上游你竟住在河的上游。这可是一条诞生悲剧的河流。为了爱你我别无选择，别无选择地要逆流而上。迎面扑来的激流会把我撞回原来的位置。陡峭险峻的石床如断裂的石级使我难以走向你，而我依然要逆流而上游向你。

你住在河的上游你就住在河的上游。伴着耳边日夜不停唱给你的相思我日夜不停地游向你。在流动的水里我却有着一种干渴，因为见不到你而干渴。相思已经成为另一种河流成为一种永远流向你永远不会干涸的河。也许我永远也游不到你身边，但我的相思总会如期而至。

游呵游。

在游向你的途中河床干涸了。我无水可游了无水可游。在干涸的河床里日子已经把我晾晒成一条干鱼一条有着很浓悲剧味的主角。即使成为一条干鱼，只要耳边又泛起哗哗的水声，我就又会顺着相思之河游向你。

游向你。

第二辑

一句话带我入夜色

一句歌唱带我入夜色。

歌声后面是我忘情的双足。

一句话带我入夜色

　　一句歌唱带我入夜色。歌声后面是我忘情的双足。九曲回桥走向水中的亭阁。这小小的亭远离俗尘，如泊在水中的船，开在水中的花。月色在山风中摇晃，白银碎在水中。

　　今夜有你相伴。水中的亭阁便出落成芙蓉了。月轻轻，挂天空；尚有故人安睡水底。一切悄无声息，唯怀中涌动的心思惊动桥下潜行的鱼。

　　我说我会记住今夜。我说我的笔会忘情于今夜。我说这美好的月色和歌声只有在今夜才找到了一支足以托起它们的笔。

　　人生与今夜相会，交叉的道路找到了相逢的路口。月色静静在山头。小风轻轻在枝头。你的眼睛默默留在我心中。

　　月很大很亮，泊在夜色之上；今夜，我的心泊于何处？

高高山顶行走着月亮

　　谁知山路将把我带向哪里？薄薄云层透出星光。高高山顶行走着月亮。我的幻想，在漫漫夜路上不见身影，却一再深入。

　　有了一袭长发飘然相伴。有了一山香气绰然飘动。寂寞长路变得很短很短。只愿这路直抵我的幻想，哪怕直至天涯。山风微微，正合我此时幽幽的心境。

　　水四面环护的是山。山四面环绕的是林。水林之外，郁郁葱葱的尽是俯身可拾的诗。脚步轻轻与山的脉搏相合。在这四面为诗紧紧包围的山中，谁能走得出去？只有立于山中，让时光将今夜化为一首不同凡响的诗。真正的读者只有你与我。

变戏法者

把假的变成真的。我们全都睁大眼睛，可没有一丝破绽。在愉快的笑声中我们全上了当。

即使我们不放过他的每一个手势、每一个动作，甚至闪过眼睫的狡猾的眼神，可我们仍旧没法辨别真假，知道他是假的。因为他在舞台上，他在演戏。

生活中遇到的变戏法者，我们全不在意。因为我们以诚心待人，渴望的也自然是真诚的回报，绝不会想到他长袍里裹住的奥秘。脱去长袍，变戏法的人一无所有。而我们可悲地大笑的却是自己的真诚。

变戏法者是可怜的，他知道这一切都是假的，偏偏要将假的演成真的。他只能出卖自己的真诚。

道路

　　白天。黑夜。这条路, 我走过无数次。我每天都要经过。像熟悉的自己的十指一样了解这脚下的道路。这条路我走了几十年, 我可以闭着眼如履平地。

　　然而, 一次小小的失误, 让我改变了自己的看法。有一天, 当我阔步前行, 脚轻欲飞时, 一个小小的凹坑将我绊倒。我几乎不相信地爬起来, 反复察看眼下这小小的凹坑, 这让我跌倒的小坑。

　　往往在你最熟悉的路上你可能跌倒。

　　往往在你最信赖的朋友中出现背叛。

　　即使我们有不断重复的经验, 但道路永远是新的。

天空静静地落下

天空那么美好地静静落下。花朵朋友一般围拢而来。草地纯朴馨香的气息被风播撒得很远很远。我沧然而粗糙的脸，横过岁月，以皱纹的深浅诉说往事。

那些浪漫的开花季节，都已在风吹雨打的日子中被一一忘却。我们常常因拥有而失却了激情。倒是心尖上颤动着晶莹剔透的露珠，等待，一双含情脉脉的手轻轻启开蕾的瞬间，被我们的心永远地摄下了。一个梦就这样被唤醒。

花开就要谢落。悲伤并不能添几分颜色。而盼望开花的复杂心情，在回忆的道路上越走越亮，撒满永远的芬芳。

蓝天和大地之间的耳朵

有个画家的耳朵飞旋在蓝天之下。他已经失去了谛听的愿望，他已经被谎言和废话折磨得失去了耐心。

他希望逃脱。

哪怕是走进一片树林，他也不后悔。让耳朵在一束绿枝上嫁接，让耳朵在绿风的轻拂下重新恢复听力；听听这不会走动的树木内部的语言，听听这从泥土里爬起来的要奔向蓝天的心声。耳朵上枯萎的血管重新开始流动鲜活的声响。那贯注在脉络之间的血液正和这树林中的响声相撞在一起，激起的声浪穿透虚伪和欺骗。

奔向一面山林。就让耳朵长在冰冷的石头上吧。让深沉的晓情唤醒这些冰冷的石头。不，是让耳朵来认真地听一听这貌似冰冷的石头里燃烧着的炽热的恨和爱。正是因为恨和爱，石头才选择了这样一种古朴的方式，让耳朵重新找回那种聆听的愿望和快乐。

飞旋的耳朵在大地上高悬。

耳朵，你何时才能回到那些正直的脑袋上，再不用在谎言和废话里逃脱。

双肩上有一个头颅

　　人类的肩头担负着的不是一个小小的轻轻的头颅，而是一块石头或者一堆铁块。那打动人的微笑，或舒心愉悦的表情，那真挚的情感的流露已经风化成一块没有生命的温度的石块，已经被冷漠铸成一堆铁。

　　瘦弱的肩头，已日夜不堪这如此的重负。支撑自己头颅的双腿越来越细，而头却越来越大。且戴上了优美的假面。该哭时却挤出微笑，该笑时也可以挤出泪水。

　　我们都在日夜奔忙，寻找我们自己。谁也不知是在何处丢失的。却又不能写寻人启事。怕那些明眼人笑话：自己把自己给弄丢了。

　　见到朋友和熟人。熟人和朋友也被可怕的假面挡在面具之外；碰到陌生人，人们看到的只是一个面具。

　　我时时听到有一种声音从脚底传来：我已经不堪重负。

鸽子升起的地方

有一只洁白的鸽子，从你眼睛里飞出来。白鸽的翅膀上跳动着阳光，起伏着自然的规律。这是一双给人想象，给人梦的眼睛。它是一首诗或是歌，它是一句情话或者问候。美丽的白鸽哪怕从灰暗的地方飞起，那些灰蒙蒙的角落也会明亮起来。

也是同样的眼睛，而那里面很浅。那些美好的东西全都被那些欲望、自私装满了。那些纯净的白鸽无处做窝无处栖脚。你走不进去，它也走不出来。最后毁灭在自己给自己建筑的小窝里。

飞出去呵。飞出去的鸟儿天开地阔。那些会飞的眼睛到处都有你落脚的地方。

我们的滋味(二章)

滋味

　　滋味,那些果实的滋味,谁人尝过? 是的,绝对无人尝过。那是这之前的情节。

　　可今天,我要不惜我无与伦比的真诚,无与伦比的生命,完完全全地敲开你。

　　你裹得很紧。或许是在等待一个梦? 可这样的夜晚不曾来临。你努力地翻遍脸间的皱纹,难以找出更深刻的一条。真的没人能够更深地留在你的某阵生命的激动之中。

　　就这样吧,让我以爱的坚硬,来敲开你这寂寞地坐在高枝上的山核桃。硬和硬的相碰,终有一个会碎。

　　但这所有的故事之前,我还没有见过比爱还要坚硬的女人。

利刃

春天给别人带来的欢悦的光芒, 对于我, 恰如一把无形的利刃, 刺伤我。花朵绽开了凄冷的寒风, 树木从苦涩的往事中转来, 在枝头和阳光谈谈什么是生命, 什么是爱。而往事留给我一座比语言更丰富的坟墓。

那些暗淡的光束, 忽然容光焕发;

那些冬天裂开的皮肤, 忽然饱满浑圆。

春天呵, 你赐给我的幸福和痛苦是一样多。对此我同样享用不尽。可坟墓不会有明天。春天, 你这绝情残忍的春天。难道就是为了让我不要忘记曾有过的幸福, 而以他人的喜悦, 更深地将我刺伤在春天里。锯子, 其实, 我们从一开始栽到这片林子时, 那锯子就开始锯我们。

锯齿一点一点地深入我们。我们不能抵抗这种法力。我们只能听任四季在我们身边变换着姿势和颜色。偶尔有枝叶或枯或荣提示着什么。

对于坚韧至无坚不摧的锯子，我们柔软的身体竟一无所知。那些锯屑，纷纷飘成林子里的苍苍白发。

麻木的照样麻木。一旦清醒，我们已倒在这无情的锯齿之下，再也站不起来。

祝福和期望也被一同吹动

宁静的夜空，星星是我的想象。

这才有了我们之间的故事。月光从枝叶间洒下的光辉，足使我们静静的脚步听得见天籁。

如果我们不说，我们仍然相信这世界充满了语言，只是我们谁都不愿说出。说出的和内心体验的永远不会相同，它们只是这一半和那一半。

风从我们这座城市的街巷穿过。

城市的夜晚才因此有了想象。

那些被风吹动的岂止是泊在夜色中的树叶，我们对于明天的期望和祝福也被一同吹动。

砖

砖是经过摔打的泥土。砖是经过燃烧的泥土。

驰目蜿蜒的长城。这些用中国的泥土烧制出的砖块，高高地垒起。它们托举着旗帜、历史和城垛之上高高的烽火。有脚下如此结实的砖块，我的脊梁才挺直不弯。

血、泪、汗搅拌五千年日月与山川风华，在一代又一代热血的人心中加温再加温，每一次加温砖会更加结实，每一次加温地平线上的天空越来越接近光明。烧呵烧。这万千心灵的大窑，就这么给中国在不断地加温。田野里涌动一片骨头的香味。不知有多少身躯加入这焰火灼灼的大窑。

站在血泪汗烧结的砖块上，这些千锤百炼的精魂，排列在中国的脚下。一层层排列上去，向着铺满花朵的高处，向着飘遍彩云的天空。

呵，什么样的砖能与中国砖相比！

橘子

澄黄的橘子皮，光泽闪现。是事物绽开的语言。是橘子的甜蜜和滋润的所在。失去这层可爱的橙黄的保护，甜就会被风吹干，水就会被骄阳夺去滋润。一瓣一瓣的橘子就会枯萎，失尽秀色。

虽然橘子皮不能食用，而它所保护的甜蜜却让我们品尝生活的美好。橘子一般小小的家庭，多么需要美妙的爱情裹于其中。让过去的幸福和甜蜜，因为这层外壳，永不褪色，新鲜依旧。

这橙黄的透明的外表，这屋檐下普通而平凡的爱情，保护了我们多少苦难的日子。

花朵之后是果实

　　苹果树下。一朵坠落的洁白的苹果花砸开了一个世界。多么奇妙的世界。只要两双眼睛汇到一处，心中就动荡清香。

　　如果不是这偶然的巧合，命运将擦身而过。就像苹果落地由来已久，而牛顿只有一人。让我们来感谢这洁白的花朵，它是以轻巧的下落完成了一次沉重的嘱托。看看这些花朵，它们的花瓣曾是那么紧。一种愿望将它催开。

　　若不是一颗心早有所钟，天砸下来，你纯真的心怀也不会敞开。让我来赞美你的眼力吧，你看中我算是找到了终生幸福。因为我纯朴、善良、正直。这些美德是你一生的财富。

　　一朵坠落的花朵之后是果实。

断章

在什么地方寻到你，又在什么时候失去你，全然不知。我们用竹篮打水，竹篮是竹篮，水还是水。竹篮之不能挽留水，正像人生的聚散。

含着泪水的回眸一笑或许就成了永远。最后的情景总不能忘却。一遍遍打磨着我们的心，直至不唤而来，直至刻在心上。

永远的失去，也是永远的得到。我们不会因为需要选择而放弃选择。从这世上走过，我们的双手不管抓住什么，只要不轻易放松，一双手就是一个世界。一双手就是一本书。一双手就是流动的音乐。

水长流。歌不散。人生之所以有眷恋，是因为我们都用心活着，而不仅仅是身躯。

比青山更幸福

　　时间轻轻。在你的长发里飘洒成浪漫月光。我不再回首。天籁就是此刻枝头的两片树叶，因为失去了风而宁静。两座青山默默无语，月儿跌入山的怀抱。

　　时光向前推移，我们仿佛还没有诞生；

　　时光向后驶去，我们仿佛与死亡无缘。

　　青山横入夜色。即使我们死去若干世纪，青山依然。多想化为一座青山，终身与你独对。与明月独对。与清溪独对。与山林独对。在默默痴情中化为一片青色山脉，隐入千载月影，为你如风，轻轻摇曳。

　　但我不后悔，不怨艾。今生，有了片刻的相对与聚首，胜过千年的山林寂然独座。唯有不知情的星光在它的头顶闪烁。而我不再回首。放眼长路，我曾幸福地拥有。

有一张白纸贴住我的心口

地址是用来指示道路和方向的。地址不会迷失。有一个地址带着你的体温留在一张白纸之上。这白纸恰好揣在我的心口。这地址恰好贴住我的心跳。这给我带来你故土消息的地址，摇荡在我每一次心跳之上。

我不想沿着这地址寻找什么。三月的花已经开过。如今已是六月。时间的花丛下是一簇簇凋零的伤感。当我的手在地址上反复触摸，那地址上的地方离我已经很近很近了。但我还是决定打马返回。回到没有鸟鸣的荒林，失去翅膀的树林，完全能容得下我的飞翔。

知道你的地址是个错误。不知道更是个错误。我终日在去与不去之间饱受折磨。其实，我早已到达那个从未去过的地址，那贴住我心跳的白纸条此刻就起伏在我的呼吸之上。

高高的秋夜

纯净的秋夜既高且远。在这闪烁着果实气息的夜空下，我的笔沉重又滞涩。我的心没有果实可收。

那些优美的词章难道不是以真情打动人们的心灵？真情似乎被一再嘲弄、遗忘。难道那些花里胡哨的东西真能让人爱不释手？那些纯粹玩弄文字的工匠们炮制的赝品，被争相传诵，那些高明或不高明的骗术及骗子纷纷得手。

我打开一扇窗户。看一个个先人的脸浮现。杜甫的安得广厦千万间。李白的安能摧眉折腰事权贵。屈原的离骚。还是让我关上这扇窗户。让我不宁的心不要去扰乱先哲们高尚的宁静。

真情变成事实。这些存在着的真实让我真的怀疑是否很多人都不需要真情了。但我又听见许多灵魂在悄悄哭泣。你伸出手说，给我真情吧。人们只能从你身边走开。

在深深的秋夜，听果实沉重的坠落之声划过耳朵。那些真情的果实都熟透了，唯有枝丫们哑然无语。

身边的地址

这地址我渴慕已久。它对于我始终是一个不曾揭开的谜。我苦苦地搜寻。一切与这个地址有关的线索, 都被我一一查遍, 可它就是不曾出现。

它总在一个适当的距离上引诱我。让我的心在一种想象的美好中幸福地颤动。多少次我似乎就要抓住它了, 可当我合拢五指, 掌中什么也没有; 有的只是我对这个地址不能舍弃的向往。

当我就要离开这座城市, 我怀着深深的惋惜在街头做最后的漫步。我只想再去体会一下那种想象留给我的温馨, 只想让那些道路带着一种激情在我的记忆里纵横不止。可就在我一抬眼间, 那地址就写在我一个经常路过的地方, 语言失去了表达心情的能力。

当你把眼光投得很远, 请你再留意一下身边。身边最有味也最平淡。我们苦苦寻找的可能就在被我们一再漠视的身边。

我们真诚对话

两只雕塑的人体坐在一起。之间是一方桌，桌上是一盆塑料花，花正朝着窗外的一方蓝天。

时间就这么静默着。

塑料花一个劲地红，我怀疑它正在偷偷呼吸窗外的阳光。两只雕塑的周围开满了绿色的语言，这些绿色的小草匍匐了一地，一辈子虔诚如斯。它们的语言就是真诚。

生命仿佛是一些平行的直线。自己走着各自的路。现在，把这些平行的直线错动一下，让它们握在一起，两只雕塑互相打量。

塑料花此刻似开出了香味。

伤害人的温柔

那晚，我一人静坐屋内看书。不知这是不是上帝的某种意志，脆弱的书页竟然割破了手指。在割破手指之后，我反复翻动着那些书页，看它又如何变成刀。

也是一样柔软的东西，那是她的眼神。我不知道它曾给了我多少想象，可当那么一天，那含着娇嗔、忧怨、愤恨的目光投向我，我觉得自己被深深刺伤了。

至今这伤痕未愈。

不仅是刀剑伤人，柔软的纸页或温柔的目光同样刺伤过我。在刀剑和温柔之间我们一样需要谨慎。

梅

这是一个人的名字。

这是一朵花的名字。

这是一首诗的名字。

我真想说的并不是什么名字，而是一种不能缺少的想象力。想象恰若鸟儿的翅膀。翅膀越坚硬，羽毛越丰满，这翅上的天空便越广大，这灵魂的空间便可自由翱翔。

沉重的生活，艰难的跋涉，不息的追求，都需要想象。否则，我们的目光所及全是黑云压城。想象一不能吃，没有想象吃也缺乏滋味；想象二不能穿，想象能使冬天温暖，夏天凉爽；想象三不能用，没有想象的天空见不到彩云，见不到舞动的绸带。想象是一种生活的艺术。它可以让最绝望的人活下来。

它在黑云压城的时候让你感受到头顶的阳光。它在忧郁不安时想到春暖花开，歌舞升平。它在肩头负重登山时想到歌的轻盈。生活的虚与实恰是生活的美感所在。

如果我们整天低头负重，而不知在劳动之中享受生活之美，感受生活之美，我们不是活得更累了吗？

现在，你开始想想，梅还有其他什么名字吗？

我赞美诗的纯洁

每当我内心劳顿不堪，灵魂痛苦迷惑时，我就会急急地投入你这神圣的宫殿。这里没有士兵把守，也不需要门票。但有人面对这座无防的殿门却无法进入。

在你华光四射、流霞溢彩的大殿内，我喜欢以自己的想象敲打这些毫不遮掩的透明墙壁，听你纯洁的心灵发出晶莹的脆响。并且，这声音逐渐浸入我的思想。

你是那么软弱无助，又是那么刚强有力。

只有那些怀有美好、善良、平等心愿的人，那些比你更贫穷无助的人走向你时，你才站在高高的向阳的坡地上，两颊跳动着迷人的金色，大开殿门，迎迓而出。

雪落无声

　　一朵一朵地落下来。雪有洁白的翅膀，飞到冬天最冷的地方。雪是孤独的。

　　无声地来。无声地去。雪像一个乖巧的孩子，在枝丫上静默入梦。冬天，推开夜晚的窗子，雪虔诚地伏在地上，在谛听什么。谁也不知道它听到了什么。

　　雪的翅膀在冬天里飞来飞去。美丽的眸子里留下洁白的翅影。天暖的时候，翅膀就沉重得飞不动。它们变成一片一片的羽毛，跟在太阳后面飘走了。

　　朴素的雪。寂寞的雪。你一定有什么话要告诉我。只是我醒悟得迟了。只是我的耳朵被一时堵住。我没有听到你的呼唤。我没有听到你送行的足音。

　　在你融化的雪水中，有泪的滋味。太阳下，我看到你散开的花朵像金子一样闪动着白光。

第三辑

和石头深情对话

你拥有沉默，

拥有这世界上最丰富的语言。

和石头深情对话

看着你，我总喜欢生出许多美丽的妄想。你愚顽不化的样子，在任何一块土地上都显得那么忧伤。

你是一个核桃吗？内里裹着的是些什么甜蜜和苦楚。而你不是。

你是一个被岁月泡大的果子吗？内里的肉们总是嫩嫩地涌出汁来。而你不是。

夜晚的石堆里常常发出一阵哗哗的响声。我怀疑你会在夜里陡然长出脚来。怀疑你有着一段奇冤或者绝望的痴情。

明白了吗？人们。你是一块石头，一块天外飞来的石头，浑然不觉抱成一团。你拥有沉默，拥有这世界上最丰富的语言。不管你是怀着莫大的希望或是失望，你都不开口。这叫人相信了你心中定有一段奇特的经历。

你不说，有人想叫你说，便把你给摔碎了。结果，我们发现：石块依然是石块，只是大的变成了小的。

由此，我深信了你的坚贞。

听石头说

我的手，从温情的抚摸中断然抽出。我更偏爱那些哑然无语里愈显冷峻的石头。

它们或是匍匐在荒凉的山脊，压住一阵又一阵袭来的暴雨和狂风；或是在沉重的脚底，挺起身子，保持着独有的沉默。活着就是艰辛。

石头们坚韧的脚步，顽强地穿过光阴的丛林，寂寞的时间纷纷摇晃。石头们引导着人类的步履，沉着再沉着。

当我的手离开缠绵的纠结，轻轻地抚过石头，我的灵魂在那些棱角分明的峥嵘岁月上缓缓爬过，感到彻骨的疼痛。至此，我才能说，什么是温柔。

石匠

　　石匠。我看见你们在巨大的石壁上用铁钎和凿子雕刻下你们无声的智慧及不朽的时间。挽留住人们真正珍惜的和刻骨怀念的。时间在你们的铁钎和凿子下溅出火花。虽只一瞬,却永远地点亮了生者的灵魂,死者的寂寞。

　　所有的花儿都会凋谢。石匠啊,唯有你手下的花儿永远芬芳。它们坚韧地穿过四季穿过一双双劳动的手,穿过诗人绝妙的想象穿过人生虚假的幻景。不仅仅是因为石头的坚硬。更是因为你的心。

　　我不知道为什么那么多人都喜欢在自己墓前,立一块石碑。你们就凿啊凿,把他们的名字刻上去。名字是刻上去了,但名字比石头更冷。不要以为刻在石头上,就获得了石头的坚硬和永远,柔软而温暖的心,才是这世上最久长、最坚硬的。

　　这些,石匠们全都明白。

　　所以,他们只在生者与死者之间留下默然不语的时间。

石头上的镰刀

生锈的镰刀在收获的季节里叹息。那些沉甸甸的谷子在风里摇荡着香味。这香直达心底,让心和镰刀一起,不得平静。

一把闪动着光泽的镰刀在稻谷间挥动,好比是农业舒畅的牙齿,正津津有味地咀嚼着汗水的滋味,咀嚼着乡间的风土人情。

所以,一把锋利的镰刀可以在田间豪迈成辛弃疾的诗句。刀锋所指之处皆是丰收的欢笑。皆是沉重的幸福。

当金黄的稻浪在镰刀下消失。当那些挥汗如雨的日子被宁静的夜色轻轻掩去。一把镰刀枕住磨刀的石头,不要以为它是在今天的收成里做梦;它是等待着主人那一双有力的大手来握紧它,它是等待那悦耳的磨刀声在石头上唤醒它。

丰收是永远的。镰刀便在每个收获之后,希望再展锋芒。

石头们

一直是这样贴在地面。仿佛是在默默谛听来自天籁的召唤，远离阳光、蓝天、鲜花，紧挽着黑暗、阴冷和沉闷。

终于，在四季之外的某一天，石头忽发开花的愿望。它们听见林子里，总有吱吱作响的声音在升高。鸟儿敲开了四周的沉寂，阳光是一种定期刮来的暖暖的语言。

石头梦见的最初的形象就成了它们自己。不管是灿烂还是暗淡，痛苦还是快乐，生命只是这样一些普通而又必需的过程。开花之后的石头能否吐香，完全要看它们自己。

石佛

已经被冷落在这石头上很多年了

已经被肩头沉重的大山压了很多年了

你似乎没有快乐也没有痛苦你似乎从来没有睡去也从来不曾醒来。连山上的石头都被岁月风化了,你依然保持着庄重肃穆,即使耳边的松涛呼你喊你千遍万遍。

人们站在你面前显得很渺小

人们站在你面前须抬头仰视

你却并未因高大而产生幸福也没因需仰视而拥有快乐你被岁月压着被山压着被另一种看不见的东西压得难以喘息。人们虽然渺小却可以去恨去爱。恨时可以让河流倒挂山崖,爱时可以让石头绽开微笑。而你却不管是恨是爱不管内心是一江奔腾的大潮却依然是死水一潭。

有一次你看见一个少女实在笑得太幸福太迷人了你被感染了你在冰冷了几千年的石壁上热烈又灿烂地微笑了一次。你微笑时你肩头的大山往下一塌,整个大山轰隆隆坍塌。你和大山一起坍塌了坍塌了!

坍塌便坍塌吧! 这正好再塑一个你。

黑色语言

　　远离高高在上又冠冕堂皇的阳光。远离阳光，也远离人类相互欺诈的不幸。现在，地面流行面露微笑的伪善。是呵，阳光绝不会让人怀疑。正是阳光掩护了一件又一件卑劣的勾当。

　　顶着一盏矿灯。一辈子如此。一层层下到黑暗的深处。进入黑色语言的内核，去咀嚼去品味被黑色紧裹的光芒。这里没有阳光，但他们可以自己照亮自己。虽然远离了鲜花、鸟鸣，但这里不缺少真诚。一旦需要，他们可以点燃自己，挖煤也是在挖掘真正的自己。挖掘那已被深埋了的荒疏的人间美好的秉性。一车车煤被运出来了，扔进炉膛，那些貌似煤块的石头总是要从真正的煤中拣出来的。再像煤也烧不着。

　　能燃烧的都是裂开的黑色真诚。

下到爱的深处

上和下，每天都要重复这个最简单的动作。

从白天下到黑夜，从太阳身边下到远离温暖的阴暗潮湿之地；又从下至上，载负着沉甸甸的黑色上到光明和温暖的地面。上和下，这简单动作贯注了你的一生。

上和下就是人生永远都不能实现的梦想。

你渴望上来后，永远都不再下去，与沉甸甸的黑煤为伍；你希望贴着阳光，听花的声音是如何绽开，看鸟的翅膀是怎样扇动诗意，还有那些流动神采的眼睛传递着莫大的幸福。阳光正是因为你而充满美妙的魅力。

下去，下到地层深处才是你生命真正的梦想。你便带着这个梦想下去。还是下去，才是我们真正的梦想。

一块石子勾起的往事

从前，太阳远在鸟翅之上。我愉快地走在路上，一块石头不知怎么就来到我的脚下。它被遗弃在路边。近看，它不是一块普通的石子，它是一块遍体透黑的煤。此刻，我绝没有想到赞美这块外貌丑陋的黑煤，只一脚，轻轻将它踢开了。

及至有一天，我来到煤矿。感到煤的恩赐，感到远离我的煤原本却挨着我们。那被我一脚踢开的煤，竟使我的脚为之疼痛不已。待我再回头去寻它时，它却深藏在往事里。

我夜夜从黑色中领悟光明，从寒冷中感受温暖。我现在还记得那狠心的一脚，竟踢开了我终生离不开的温暖和光明。

现在，我开始一步步地往回走。那个长着黑面孔的好朋友就深埋在往事里。

镐头掘开的自己

在远离阳光的地层。矿工们背负大地。只有风钻在掘进, 叙述着一个永远热门的话题。这里是一片黑暗。这里唯有他们自己能够照亮自己。这里没有谎言和骗术, 没有诡诈和虚伪, 这些都没有你手中的镐头坚硬。

他们一天又一天地在这里挖着什么呢? 是煤。人们都这么回答。那巨大的轰鸣不息的输送带将煤传到地上。将泪水、汗水传到地上。可他们还在下面。煤天天从地底送上来, 他们天天下到地层深处。

难道那地底埋着的不是煤, 而是他们? 他们的一生就这么被深埋在地底。我们这些享受着光明的人们也在享受着光明和温暖的他们。

城市中央的雕像

它栖过小鸟以及悦耳的鸟鸣，栖过天空的白云，栖过去而又来的春天；同时，它也托负过天空的雷电、乌云，托举过沉重的大地。小小的矿工帽，既是温情脉脉听任鸟啼一声声飞起，又是艰实沉着，哪怕是压过来的一个沉沉的大地。

还有那矿工帽上闪烁的矿灯，总照得很远很远。窄窄的巷道在你的灯光中显得很宽。这就是你的眼睛，在黑暗的巷道中不会迷失，直至地心。

矿工帽和帽上的矿灯，高高地竖立在这煤城的中央。独具匠心地成为这座城市的雕像。你深沉的眼睛以及你坚实的头颅，成为这座城市燃烧的话题。

永远这么温暖这么光明。

杰作

在深深的地层你把自己立成金属支架，撑住无数来自深深黑暗的期待，撑住艰难而不屈的一生。

立着、跪着、卧着、挺着。以各种姿态开掘着地底的梦想。这被压抑了千万年的心声。经你的镐头这么轻轻一拨，被岁月堵塞住的歌喉又流出歌声。在井底你用各种姿势苦斗了一生。

是煤创造了你温暖光明的一生。那无声的沉默和黑色的微笑是煤赋予了它以含义。最后，当你离去时，你便燃烧着留下最后的光明。

你是煤精心造就的杰作。

一块煤的经历

　　轰然倒塌之声覆住你生命的轻歌。妻和孩子从此失去那一脸黑色微笑和铁塔似沉着扎实的爱。总觉得这笑的背后是个富矿。

　　你被岁月层层包裹起来。这每一层又都一律珍藏着那深深的微笑。岁月一点一点将你浓缩，将你普通的生命造化为一块同样普通的煤。

　　你就躺在日子的最深处躺在爱的深处。回忆是一把永难磨钝的风镐，不断开采你不尽的爱。回忆伴随了你的一生，而爱却伴随了我们的一生。回忆常将你点燃，那层层包裹起来的日子，便一层层地透出你。

　　一块煤从开始到燃烧的经历只有一个字：爱。

辉煌的寂寞

这世上唯有你们最有权利注释这两个字，也只有你们的注释才能使它熠熠生辉。没有阳光的黑暗是寂寞的。没有鲜花、草坪和少女的生活是寂寞的。没有煤的生活是寂寞的。没有风镐的煤层是寂寞的。没有理解的目光矿工是寂寞的。

你从这寂寞中走出。这所有寂寞的叠加，构成你无言的灿烂，无语的辉煌。尚没有一种像你手中源源而出源源不断的煤那样的语言。温暖而透出光明。这种无言的温暖的光明足抵你们的终身寂寞。

寂寞因为有了你——地层深处的人们，才变得那么富有，那么生动，且充满哲理。

地层深处回响的脚步声

这是一条漫漫无涯的长路。

虽然有时从光明到黑暗,由黑暗到光明仅只一瞬。一步之遥。但在地底的太阳还没有全部升起,注定你的命运是长途跋涉。

每天,背负着光明的太阳从地层深处,向着光明上升;你的背后拖着巨大的阴影。你的内心盈溢着喜悦和激动。太阳就是从你坚实的脊背上升起的,你们这些粗壮的汉子是煤海深处降临的阳光的地平线。冉冉上升着你的一生。一生的辛劳和汗水。一生的贫寒和富有。

当你一提起风钻时,命运就选择了遥遥无期的远足。这是从黑暗到光明,从寒冷到温暖,从寂寞到辉煌的远足。青春在这条道上留下一块碑石就又远去了。

直至你生命的尽头——

仍有跋涉的脚步在地层深处回响。回响。

我们走过四季

井下没有季节。

只有跳动的心和矿工帽上跳动的灯光。只有流不尽的汗水。只有风镐和你不屈的意志及信念。只有男人一般的金属支架。注定上帝给男人的肩头更多的重量让他真的成为男人。

然而，我走过四季的时候。那冰雪，那春花，那夏阳，那秋果，我坚信都与你有关。你无私奉献的灵魂不就是晶晶白雪，充满美感。那春花不就是你蛰伏在冬的冰层下热腾腾的汗水催开的。那不衰的炙热是你一往情深的热烈襟怀。那意味深长的秋果，是你们一生的收获。

你们在井下，

井下没有四季。

而四季却因为你们的存在而格外让人珍爱。

彼岸

你们这辈子的幸福就因为有一个彼岸。

吃苦和流汗全都因为岸的存在。而岸在你的眼前总是飘浮无定,闪烁难断。似乎就在伸手之间,咫尺之内。可一瞬间又飘远了。

岸,就在你们风镐的那一边。所有的风镐加在一起就是岸的距离。光明和梦想就在风镐的那一边。

这是一条黑暗的路。

这是一条光明的路。

这是一条黑暗和光明交替前进的路。正是这交替,使岸忽近忽远,充满神秘的诱惑。

正是因为彼岸的存在,你们的一生才有意义。在遥远中感受迫近,在迫近之间理解遥远。正像你们上上下下的一生。

而你们只能以一生为岸了。

地上和地下的一生

你们的一生就像一棵大树。

一半在地上。一半在地下。在地上的伸进天空，绿叶纷繁。就像你们的家庭、妻儿，你们的幸福和爱情。

在地下的拓展新的空间，将其根须四通八达。就像你的工作，你的事业，你手中不屈的风镐。

地上的享受着太阳。那和煦的光芒缕缕丝丝倾尽其爱。地下的太阳是你自己。并且，你不断地往地底延伸着，追求新的光明。虽然你是创造光明的人，可你却处在终身的黑暗之中。

地下的一半因为太爱地上的一半。根扎得很深，树长得枝叶葱郁。

在地底，你扎得越深，太阳便越温暖、鲜亮、明丽。

黑色遗迹

在岁月之外，人们发现了你。这是一次崩顶之后留下的遗迹。

你成为一尊化石。你一条腿跪在地上，另一条腿立着，镐头拄在地上。这尊姿势已留存了很久，直到成为不朽的化石。

你头上是煤，脚底也是煤。黑色的煤贯注了你的一生。你成为一尊楔入巷道的金属架，令所有的景观都纷纷失色。

在岁月之外，你比岁月更久长。

命题

　　这世上有黑的命题、白的命题。各色命题包围了我们。而你只能无所选择。黑色裹住了你的一生。

　　枝叶从岁月边一一擦过，各种人生布景都失去主角。你在地下只能享受黑。得到燃烧和奉献。在你的各种履历表里，我们首先读到的是黑。在黑的背后，我们又看到一片光明。

　　以各种方法，人们在证实着光明。你却独辟蹊径，以离光明最远的黑来证实着光明。这样，我们方能读透这黑的命题；这样，我们方能读透从黑开始至黑结束的一生。

甜甜的黑

　　当天真的微笑鲜花一般在你的怀里绽开，你的黑色季节陡然升潮。哪怕脸上、身上铺满厚厚的黑尘，哪怕黑色掩盖了你的一切，但那黑色的双眸是这世上最深情的黑色最动情的语言，它所能传达的是世上最丰富的爱。

　　在煤的背景上在黑的微笑里是你洁白的牙齿。是你能播出这世上最优美动人充满爱心的牙齿。它能啃动这世上最坚硬的东西，包括煤；也能享受这世上最柔软的东西，比如说：爱情。

　　当你的孩子在你的怀中，露出这世上最幸福的微笑，孩子的脸上充满了阳光。你这从黑暗巷道走出的父亲，才觉得自己的汗水和滋味是这世上最甜的一种。

给一个人

　　你是从煤的最深处上来。你是从井架和矿灯里走出来。如今，你升上来了。是做了领导。升上来了并未远离煤。

　　过去，你的眼里只是煤井，只是自己的那一片巷道，或者握在自己手中的那一把风镐。现在，你站得很高。高高在上。将煤的来路和去向看得一清二楚，将煤的骨脉看得深刻透彻。你知道那厂房那些居住在楼里的人离不开煤。你知道这煤，一从井下出来，就溶入了国家的血管，不然国家就成了供血不足的疾病患者。这煤有翅膀，可以飞得很高很远，它的双翅闪烁着灿烂的光泽，这翅膀就日夜高高覆盖着我们的村庄和城市乃至我们的一生。

　　你的眼睛是一堆堆燃烧的煤。离开了具体的煤你更深陷其中。以至于你的一生和家庭都与这煤大有关联。把这煤看得这么清楚，你便甘愿成为一堆煤，燃烧不尽。

　　我又看见你那双比煤还黑的眼睛，那是不会熄灭的光明。燃烧不尽的是你不尽的爱。

煤和火焰

不能把火焰和煤分开。燃烧是煤的燃烧，高出煤的火焰将煤的深情照亮。谁见过火焰在空气中独自燃烧。这对情人交织在一起，相互赞美和倾慕。一经分开，它们只能独自哭泣。即使欢笑，也找不到动情的脸颊。

什么隐蔽在枝头？等待春天。花朵们为春天歌唱。歌唱的春天找到了花朵。煤，地底长久压抑，焦渴的情人，是什么改变了你？

火焰改变了煤的道路。火焰找到了煤的归宿和欢乐。煤和火焰拥抱在一起，炉膛是它们的新房。煤的欢乐如同火焰的欢乐。我们不能把煤和火焰分开。地底的煤仰望火焰，眼中噙满泪水。

第四辑

放牧的孩子

他的心里有很多想象，

没有什么能拴得住。

放牧的孩子

　　头顶上的天很蓝，一片纯蓝。天空上的云很高，而且在不停地飘动，没有什么牵住它们。

　　地下的草很绿。绿油油的能挤出水来。放牧的孩子，温柔地注视着草地上埋头咀嚼的牛儿。他羡慕云，那么飘逸、洒脱，在天空来回散步，谁也不能捆住它们。

　　一个放牧的孩子，他手里没有缰绳。他整个的童心没有什么能拴得住。他不懂得缰绳能拴住什么，他也不知道有很多东西缰绳拴不住。他是把牛当作自己的朋友，他不知道为什么要牵着牛鼻子走。

　　一个放牧的孩子，他的手里没有缰绳。他的心里有很多想象，没有什么能拴得住。

再读这些名字

　　这是一群被悄悄而又荒诞地埋葬，而今重新出土的名字。阳光以永不风化的眼光，满怀情感地拭去掩盖在这些名字上的黑暗。让这些掷地有声的名字在生活里拉成惊叹号，让他们走到哪里，哪里就被他们所惊醒。

　　不曾死亡，却确实被埋葬过。而这些名字蛰伏在冻土下等待春天。等待一场悲剧或者闹剧的结束。你们好揭去贴在你们脸上的假面。

　　当春风来临，这些名字又很新鲜地从冻土中举起双手抱定太阳的光束，仰起所有的赤诚，让历史的镐头来挖掘比名字更深的哲理。

　　再读这些名字时，我们也会更加懂得我们自己。

无花果的恋歌

　　曾灿然开放于青翠枝头的花瓣，在一个夜晚被撕扯，被一瓣瓣扔在地上；之后，再没能回到绿色枝头。可谁能说这就是悲剧的尾声。一个生命有了痛苦才能算获得了一种圆满。

　　可失去了花瓣，你便失去了一个女孩子妩媚的容颜。泪水自眼眶流出又落入你的根基。没有了花并不是也失去了爱的愿望呀！

　　丑小鸭的心里自有一片爱的湛蓝。

　　没有花期，每一天都是你的花期；没有芳香，你是聚集起了所有的馨香，不甘沉沦的你呀，有阳光在你头顶播撒温暖，播撒一种迷人的姿态。

　　痛苦再往前跨上一步，便是甜蜜。

草屋

　　故乡的草屋住在一面坡地上。阳光很好地照耀，铺满我整个童年。现在，我远离生我的故乡。那草屋反倒更加亲近我。比我现今居住的大厦高楼挨我更近。我知道这是我精神中朴素的感情在引导我。

　　坡地上的草屋这些年一直跟着我，在我远离故乡千里之外依然如斯。它们有时出现在我的诗里，被沉默的诗句歌颂着怀念着。只是这些东西在我心里没法配上真正的草屋。因为它们善良正直，一如我慈祥的老母。它们有时出现在我的画笔下，我会循着这些彩色的道路寻找我的童年。画中的草屋挂在我的屋里。可真正的草屋却住不进我这铺着地毯的房间。

　　有些东西很容易弄脏。

　　有些东西，即使蒙上无数岁月，依然是纯净洁美。

幻想

　　我如何能重负得起。你有太多的我无力担承的美丽幻想。所以，我不能如约走入你的梦中。因为一枝花无法担起整个春天。

　　天真的女孩，见过那些麦尖上跳荡着阳光的金黄麦地吗？不，千万别以一个梦想家的眼光去打量这些活生生的植物。它们很真实。它们饱满的籽粒，就要涨出怀了。

　　且以一个庄稼人的心思去摸摸那些个金黄。看指间闪过的根根麦芒会不会刺痛你。让你来自心魂深处的泪水比幻想更重更沉。

　　走过来吧！女孩。

　　花的这边是麦地。

荒野里的小站

孤立于野风野草之间。没有人等你。绝没有什么值得夸耀的，所有的只是漫长的等待。默守着凄风苦雨，默守着四季更迭，埋在地里的种子熬过漫长的等待后就能发芽。而你却无芽可发。无芽可发你依然苦守荒野。

等待那一声激动人心的长鸣启开你的等待。这时，你成为一朵小花，在汽笛结束处恍然开放，尚未完全吐出馨香又匆匆合上。你的花期很短。于是，你又陷入漫长的等待。即使是一瞬的绽放。但你始终被那一次汽笛的长鸣所激动着。等待更因此有寂寞也有激动。

暂且把香味和语言都收留起来。相会时那激动的一面便会报答你全部的寂寞。

吹号的孩子

我站在山岗上吹号。

整个山沟里都滚动着一种男子汉的雄浑气息。气息饱满有力。把我整个生命都吹响了。

我身边有一个孩子也在吹号。鼓着小腮，握着号的小手在轻轻颤抖，风把孩子的头发吹成波浪。

断断续续的声音从号里溜出来，既不成调，也不成音，就像一个一个的逗点，没完没了。

我看着孩子真想笑。

孩子昂着头，胸脯挺得高高的，手紧握着号，使劲地吹呀吹。孩子认真又神圣。

谁能讥笑一个孩子呢? 虽然他不是一个引人注目的惊叹号。

当他把一个一个的逗号之后的调子连成串时，谁能说这不是一首优美的杰作呢?

阳光和少女

走出房屋。

阳光竟然十分灿烂。走出房门之前我可是一点也不知道。因为我把自己关在屋子里太久。

有一美目少女从街的一侧走过。我觉得纷扬的落叶于她的头顶停住了，整个行进着的大街都于这一瞬停住了。她目光转动时我错把这黄叶乱飘的秋天当成春天。

于我之外有一根绿枝在发芽。

大街在某一种节奏中行进着一种灿烂，我心里充满了暖意。虽然和少女只是擦肩而过，但假如我不出来就会失去这擦肩而过的美丽。

这时候我不知道是阳光使这街道灿烂还是少女使这大街灿烂。

我只怪自己把自己关在房子里太久了。

读画

　　心里装得很多，未曾遗漏一朵白云一条溪流。装下所有看得见的美景。

　　隐去所有多余的景色，哪怕是一草一石。画面上仅见一条飘曳的山脊伸进云雾之间。余下的全是空白。

　　至今我仍未读透那些空白之处。

　　至今我仍见那幅画的空白处在我的夜晚里满壁生辉。

位置

台上演出的是一幕喜剧，

因滑稽和可笑而离真实越来越远；

台上进行的是一场悲剧，

泪水和痛苦使气氛越加逼真。

观众们总是在该笑时把自己笑得很愉快，

又总是在该哭时痛苦得很真实。

笑也笑他们自己，哭也哭他们自己；

有的时候笑和哭只需要换个位置。

老伐木工

那一天你如往常一样扛着油锯进山了，

那一天你如往常一样对妻子笑了笑进山了，

那一天你如往常一样哼着山歌进山了，

那一天和所有的日子没有什么不同。

可后来天阴下来了。天阴下来时，你的伐木号子依然很响亮地扯开了乌云的一角，让天空湛蓝了一会儿。可天还是阴下来了。你一把抹去额头的汗水。几十年过去了，岁月已经在你的额头犁出一行行沟痕，沟痕里蓄满了汗水也蓄满了故事。你第一回进山时天好蓝呵你也年轻。木材和你的青春一块儿运出了山外，你的青春一车车运出山外便再也没有回来。

天阴得厉害，你粗重的喘息和着油锯的节奏快得厉害。一片枯叶落在你的脸上，你抬头看天时，树倒下来了。树倒下时，你躲闪不及，你沉重地倒下了。嘹亮的号子飞到半空，绳子断了，号子声在丛林间坠落。号子陪伴了你半辈子，而你倒下时没有号子声。这时天空静静地覆盖在你的身上，你因此而永生。

那一天我又看见一群扛着油锯的年轻人，踏着你散不尽的号子走进了山里，走进了你不曾公开的故事。你因此而真正地永生了。号子声又一次飞起，栖满整个森林。

沧桑

　　钟表失去了时间。这是幽默，还是悲剧？那些曾经走动的指针，永远驻足在一个时间。不再做甜蜜的回顾，或者令人神往的远行。

　　听，那嗒嗒蹄声，陷在一片沼泽之中。一辈子有很多这样的时候。沼泽深深，再拔不出马蹄。

　　幸福或者不幸，苦泪或者欢笑。且赠你一泓无言的沧桑。过去的会变得沉重，过去的都会沉到水底。让咱们共同酿一壶陈年老酒，越过数载，看我们在杯中如何沉醉。

歌声

浓浓密密的青草，顺着土坡葱郁如浪。歌声，从远处响起来，走上坡头。青草簇簇围拢这歌声，草们如一群天真的孩子，盘腿席地，看歌声在坡头，走过来，走过去。

歌声一会儿张开双臂拥抱亲人，一会儿垂下眼睑满眼忧郁，一会儿甩动长发一心欢喜，一会儿仰天轻叹看云朵悠悠远去。

青草在歌声中激动地站起来，又感伤地伏下去。青草上有多少支歌，草丛中就竖起多少耳朵。现在，夕阳坠落。歌声滑下山坡，青草遮断你的歌声。

看青草依依在坡头。

荒芜的葱郁，葱郁的荒芜。

忧伤于春天更甚。

没有情节的故事

吃着橙黄色的果脯，我感动不已。本是一只普通的果子，虽已离开土地的枝头，可依然生出许多滋味；让我在回味某种生命时，感到失去或得到的都一样珍贵。

可面对着你，我却不敢表白。躲过你浓浓密密丛生着一片温情的眼睫，我在你眼睛余光之外独钓孤寂。

不敢表白成为我痛苦或幸福的根源，无论爱或恨，面对着你，我已经无法更改地失去了语言。

那把蓝色的雨伞

又是雨夜又是雨夜。你本该去那个车站在那块白色站牌下等她。而现在你却缩在墙角，日子在你身上落下许多灰尘，而你再也抖不掉对往事的回忆。只能任回忆压着你压着我，再也撑不开甜蜜的昨天。

多少个雨夜我曾在这块站牌下接你。这站牌上一站又一站的路名该是写着我对你一站一站的情意，只是没有写上爱的终点站。可谁也不知道这块站牌是我爱的起点也是我爱的终点。那时撑开的雨伞跳荡的水珠真像是在我面前跳来跳去的你。撑开的是一心甜蜜，守下的是满心憧憬。一把蓝雨伞在雨中行进，它会挡住风挡住雨它是我们头顶的一方蓝天，有了它我们的爱情没有阴天。你说，任雨再大也淋不湿我们的爱情。

又是雨夜又是雨夜。那块白色的站牌又在等着谁呢？一班又一班的汽车从站牌下开走了。我要搭乘的车还没有来。今夜的蓝雨伞又覆盖上一层厚厚的孤独。

哗哗的绿意

　　头顶着高远的天际，脚踏着倾斜的沙地。站在这面生命的斜坡，劲吹的黄沙漫过你的脸。你的脸不再是人们识别的符号。它会隐进一个故事或传奇。重要的不是一张有嘴巴的脸，不说话并非缺陷。生命照样熠熠生辉。

　　天无法压垮你。地无法渴死你。最有作为的还是你自己。只要你愿意，你可以对着又高又远的蓝天吆喝几声。天上的乌云被你青春的喊声震碎，且纷纷坠落。

　　你可以抬起大脚，对着脚下这干旱的土地用力一跺，把你种植下去，在转换的季节间，看你一节一节地绿上去，听岁月读你——

　　哗哗喧响的绿意。

魂舞

你先是踮起脚尖，在沙地上熟练而痛苦地行进，你心底有种向上的欲望，你听到自己骨头里裂开几句拔节的声响；这里，有一种音乐贯穿周身。

蓝天如张亲切的脸轻轻落下来，贴近你苍白的脸颊。阳光升起来。你修长的身躯痛苦地在音乐中扭曲，弯成几段不同的语言。那些语言全被感动了。可终只能在圆圆的灯光之内。

胸有成竹地甩直水袖，你只能靠脆弱的脚尖跋涉这沉重的人生。当然你听到鸟儿翅膀的声音了，听到水声飞动的声音了。

你只能双腿盘曲，头深深垂下去贴近土地。作为舞蹈的双脚离开土地，连痛苦挣扎也无法完成。

永远的含义

一片伞形撑开的绿荫下，你只对我说声永远，聚于湖内的水瞬息散去。既然厮守不是幸福唯一的含义，那每一段曲折的河道必将丰富我们此生的经历。

生活留给岁月咀嚼的，更多的是默默的感慨。本来，我们不就是条真正的河流。穿过平原、丘陵、沙漠、盆地，以河水一样柔软又坚韧的心感受人生的四种姿态。

这么义无反顾地流下去，我们又会汇于某片湛蓝。相会又是一种永远。可谁也无法以某种神力庇护我们此生将经受的种种磨难。

死后的壮歌

　　长鸣一声, 有树干嘎嘎作响, 有枝叶纷纷落地。血柱喷溅, 一头牛一条雄浑的生命怆然倒地。

　　苍山逶迤远去。

　　残阳如血泼洒。

　　剥下牛皮于烈日暴晒三百六十五天, 所有的血脉全部凝结所有怒然张开的鬃毛成了无根之叶, 这时候只要以一圆形框架绷紧牛皮便成了一只牛皮鼓, 这时候只要以一手掌于鼓面猛烈击打便有了一种绝响。

　　一个生命不只是这些呵。再把牛皮绷紧一些再把牛皮鼓击打得猛烈一些。大片绿色草场在眼前晃动, 起落着一种豪壮的哞哞之声, 作为一头形体上消失的牛又以另一种姿态勃然而起。猛烈击打。只感觉有一种血液自绷紧的牛皮面上传入掌中, 顺掌脉潜入血脉。

　　击鼓的汉子晃然成为一头牛一只牛皮鼓正被生活猛烈击打着。

　　岂止是被击打, 你正喊出一声声壮歌呢。

　　经久不息的击打经久不息的壮歌。

对手

你把长长的秀发从明丽的前胸甩至肩后，我的眼里顿时飘来一片黑云。

你转身走了，走向世界上离我最远的地方。我眼中的黑云从此就没有散去。

你转身走了，留给我一个没有光明的背影。星星是黑色的月亮是黑色的太阳是黑色的。因为我内心奔流的感情是黑色的，这黑色流进生活的画面我的生活变成黑色的板块。

那甩向肩头的秀发已经淹没了我的许多日子我没有节日。谁能剪去那黑色的长发那黑色的背影呢？当你离去之后我最后的一个对手是自己。

梦中相会

坐在舒适松软的沙发里，看眼前晃动的阳光是如何栖在窗玻璃上，折射出花园里一派姹紫嫣红。

从昨天行至今日，反复地在记忆里勘探，终未触及蕴藏于岁月深层的闪光一面。即使把所有的日子翻遍也难找到你的丁点信息。可我仍执着相信。

有那么两条道路，曾于灿烂一瞬，相会于没有月台的人生驿站。不然为何今日，仍追悔当初的选择。

为昨天的草率我们付出了我们的痛苦。这不被幸福所承认的痛苦。

我只能宣布：幸福，我不认识你。

老屋

　　一条青石路从老屋门前走过，那纷纷走过的脚步难以惊动老屋的沉稳。

　　一口钟挂在老屋斑驳的墙壁上，天天被时间的巨手敲响。这样已经很久了，还将这样下去。

　　我们都在这响声之中感受着生命的振动。

　　老屋的窗帘，一半撩起，一半放下。阳光的投影便在屋子里半明半暗地闪烁着。这样正好谈你朦朦胧胧的岁月。

　　一天，有个老人拄着拐杖，站在老屋门口，沉吟了很久；

　　最后，他意味深长地看看去路。

错过的缘分

美丽的故事讲完之后，夜便开始降温了。真怨你安排错了情节，让我独自一人在这无味的夜里数着天上的星斗。

为什么不把这美丽的故事再续上一段，让这美丽和光明衔接，那么，黑夜就不会有。

你立起身拍拍身上的灰，轻轻一笑便隐在树林那头。夜就这样来临。想去寻你粲然一笑，可我无法通过那段黑色树林。树林里曾长出一片片可怕的传说。我此生注定不会成为传说中的主角。你在故事讲完之后离去，你在夜晚来临之后离去。

无法和我一同度过黑夜，我能去艾怨谁呢？

这一切难道不是缘分？

裹紧记忆

　　太阳淡淡地挂在遥不可及的原处。往昔的记忆将你过去的日子包裹起来，只露出不动声色的却藏着两汪忧郁的眼睛。你站在这荒野的尽头，脑海里涌起的每一记忆都通向往事。这仿佛是不可避免的。不可避免，及至成为悲剧。

　　怅望眼前的许多条道路，可再也找不到那双给过你勇气的坚定的大脚。那双在风里吹、雨里淋、太阳晒过的大脚在记忆里却陷得那样深。

　　深到你此生无法从中走出。

　　有风顺山坡爬上来，掀起你的大衣；这时可以看见，大衣下的你是那般瘦小。你赶紧拉好大衣。除了被掩着往事的那些感人记忆之外，你只剩下那两汪难能清澈的忧郁了。

另一种恋歌

你的微笑真迷人可我摘不到。虽然我们并肩行走时你的头仅到我的肩膀，可我摘不到。你的笑是开在脸上的可这枝却是长在心上呀。我怎么能将这枝条折断呢？如果这枝断了那微笑也会落在地上打碎的，碎了可再也开不到脸上，碎了可再也回不到枝头。

我摘不到怎么办呢？这枝头的微笑可开满我的梦乡了。还是让我离这微笑远一点把这微笑看得清一点，不要离这微笑太近，不要让自己笼罩在这微笑之中，才能真正看清这微笑。

原来在这脸颊的两边盛开着两种微笑，左边开着的是友情右边开着的是爱情，看清了这点我很高兴。这样，我便知道应该永远沿着你的左边走，因为这边开着的是属于我的。

值得庆幸的错误

没能娶你，是我此生的一个错误，你不这样认为？

那相撞的眼波涌过彼此的船舷，溅湿渴望。或者未能认识是此生的悲剧？

可这悲剧缺乏必要的情节铺叙，仅是开在一朵花之外的另一朵花。因为一种神秘的美丽打开了想象的天窗。那叶片上伸展的脉络成为你唯一的语言。但我仅仅是打开了一扇窗，你依然十分美丽地招摇在我朦朦胧胧的窗外。

假如娶了你，也许将铸成我此生的另一个错误，难道你不这样认为？

一张方桌的爱情色彩

如果是一张圆桌你的渴望正好沿桌子边沿勾勒的道路，到达我的心中。这是一张方桌。

白色的桌布以迷人的姿态，潇洒地飘下来。你与我之间正有一条河无声地流过。窗子擦得很明亮，阳光很干净地附在玻璃上把一种暖暖的波浪涌到桌子上。

哦，窗子不明亮也没关系，阴云布满天空也没关系。桌子两边的你和我正互相照耀，不管晴或阴都能感受到另一种温暖。

白桌布上开着盆金色的菊。菊无语。菊正开成金色的诗意。我们在深情地呼吸着一个名字。彼此默默注视。

你的目光撞在时间的石头上溅起点点声响，你的两瓣唇如菊，你的目光凝在金黄的菊花上，菊花瓣瓣流泻你的目光流泻。

我知道你内心的渴望。我只以纯净目光展开盛住你的渴望，我只以神圣的默契啜饮你的渴望。

窗外此刻天正蓝。

我们之间的河此刻静止流动。

那遥远的地方

又是一个收获季节。那远远近近金黄的谷子大波大浪地在她眼中起伏，有泪水盈眶。她心中的季节可是一次又一次地荒芜了。

依着木栅栏。此刻，她心里的波浪真是起伏得厉害。极力想把目光投得远些更远些，希望能打捞些二十年前的往事。

摸着额头深深浅浅的沟坎，那里面掩埋了多少辛酸多少苦楚。那时她想让他伴自己同行伴自己纵马边陲。可他只轻轻地摇头便击碎了她的所有梦想。

她一个人来了，带着她的情爱来了。也许是天真的冲动，可这唯一的一次冲动，是她认为此生最灿烂的高潮。虽然岁月将她磨炼得成熟了不再天真了，可她依旧怀念那唯一的一次天真的冲动。

于这成熟的金黄之间，她倚栏远眺。身在遥远一隅却思念遥远的地方。稻谷已经成熟，可她的心对于另一个遥远的地方，却是一片未开垦的处女地。

那遥远的地方。

给妈妈或者奶奶

妈妈，我的妻子的怀里正成长着一个孙子或孙女。不管是孙子还是孙女，他一定会让你快乐的。他会用微笑来摆渡你的疲劳，他会以牙牙稚语温暖你的黄昏，他会以不停的奔跑在地上写满对一切的憧憬。

妈妈，我回老家时见你安详地坐在一片林中，树林在四季之间不停变化，而你的姿势却依然那么安详。只有我想，春天绿树猛长时你是否也在猛长着对亲人的思念；秋天落叶纷飞时你是否也把一片片思念捎给了你在这世上的所有亲人。儿在远方时时收到一个又一个没有结尾的苦梦。

妈妈，你再也见不到你的孙子或孙女。但我的妈妈，假如你的安详中有些东西惊动了你，你不要惊奇。你流到我身上的血又流到你孙子或孙女的身上，他们的血又沿着我逆流而上流向你。

流向你的时候，请你注意倾听，在那细小的血管涌出的血潮正高一声低一声地起伏着阵阵呼喊：

奶——奶，奶——奶。

走向长椅

　　一个老人蹒跚着踩着哗哗的树叶从树林间穿过。他没有注意秋叶是如何从枝头悠然坠落,径直向林中的一条长椅走去。鸟儿也感受到季节的变更了鸟儿只是甩下三两串鸣啭便振翅飞去。太阳一直从树梢头上滑下来栖在他额头,他额头丰富的五线谱弹奏着缕缕阳光。

　　那长椅不远了,他却站住了。扶着一棵树,而后又张开臂把树搂在怀里。这树的年轮里那圈写着他的昨天呀。

　　隔着一段距离那么站着。这一段距离便是他和往事的距离吗?你把头仰起来他的脸一会儿是激动一会儿是平静,一会儿是快乐一会儿是痛苦。

　　他不肯走近长椅。把他和长椅隔开的一半是甜蜜一半是痛苦。他知道自己再也不能走近那长椅。而长椅与他之间的距离并不曾空虚呀。

　　或许他怕自己走近长椅会搅动另一个灵魂的不安。

另一种舞姿

我是在你的舞姿之外呀。

闪烁的灯光如水摇曳而来，那波浪弥漫着一种醉人的音乐一层层漫过来直到整个地淹没我，你优美的长发顺肩头泻下，地上是你的一片温柔一片温柔。

你的双脚不断地把一段段乐曲在地上画出一条优美的弧线，这弧线就随音乐自然地画满我的心房我的心在这弧线之内。

我知道你的目光在寻找我我也在注视你，目光与目光拉起手时该有两条弧线在舞蹈吧。而你的舞伴不是我。我只能坐在原处欣赏你我孤独一人坐在远处欣赏你。

只有我们互相寻找到目光相互拉着手在舞蹈这舞蹈无人欣赏无人能欣赏。这舞蹈没有伴奏没有观众，直到把你我的心踏成一块块砖片。

依然止不住这舞蹈呀。

我的无花果

曾开放于枝头的花瓣在一个夜晚被一瓣瓣撕扯之后抛弃于地上。

之后，再也没有回到枝头。

别以为这就是结尾，一个倔强的生命有痛苦才会更圆满。自己的泪水为自己流淌又灌溉自己成长。

没有花并不是没有爱的愿望呀。失去了花瓣你便失去了一个少女动人妩媚的容颜。但你不和牡丹争娇艳不与月季争芬芳。丑小鸭的心里也扩展着一片爱的湛蓝呀。

没有花期，每一天都是你的花期；

没有芳香，你是聚集起心头所有芳香的日子等待成熟的那一天；不甘沉沦的你呀有阳光在你头顶播洒温暖。

痛苦再往前跨上一步便是甜蜜。

泪水溅湿的歌声

　　有歌声从深夜飘来，我绝不怀疑这歌声是唱给我的。飞腾着翅膀，寻找可落的地方。无人能享受这颤动着生命气息的歌喉和那种冉冉飘舞的姿态。

　　可我又不得不弃绝你而离去。因为我不知道该怎么喜欢你。这种喜欢既可以升华你，也可以毁灭你。

　　远离你，乘着你或轻或重的歌声，我在一片孤独的树林里，悄然落泪。

错过的季节

就这么告别。让你在惊讶之余暴露对我毫无准备却又无法掩饰的爱。我便在你幽深的眸子里采撷那一瞬开花,结果与成熟同时完成的灿烂。

这种成熟一眨眼便又消失于身边。须得开始一个漫长的时间重新酝酿,因为我不能摘取因为你不该为我灿烂。

你已属于别人。为这,你低下头;等待我重新启开你的花朵吗?

语言状态

既然语言无法到达你，那么，请让我沉默。我愿以这种最古老又最简洁的形式，携带上我对你的全部情感和忧郁，走上一条通向你却又是遥遥无期的路。

这一路遍地荒芜。又因谎言而蔓生出一地无名的野草。真诚已在你我分别的时刻被昨天埋葬。沉默是你教会我做人的唯一姿态。面对爱或者恨，只需让两瓣红花在阳光的启示下静静合拢。

所有的。所有的芳香便这么无声无息地静落于你的怀中。

流泪的红蜡烛

当夜晚来临你就从夜的那一边赶来了。你怕他走夜路你怕他在暗夜里被黑影绊跌了跤。你远远地赶来了，站在光明和黑暗的交会处。相思将你点燃了多么辉煌的相思哟。

含着泪站在黑夜里，你的泪滴凝固在他的记忆里，唯有爱情能将它融化。你就这样伴他在夜海里泅渡你就这样燃烧着自己炽热的感情为他照亮夜路。

夜有了你不孤独不冷清。

他有了你不孤独不冷清。

他的每一个夜晚在你为他流淌的喜泪里有了欢乐。他的欢乐是你燃烧的心点亮的。

你欢乐的时候你生命的欢歌却在夜里渐飘渐远。你依然站在夜里兴奋地淌着喜泪为他祝福，而你不知道那个你曾以自己的生命照亮他的人，正仰起了头鼓起了嘴。

一股劲风吹向你你颤抖着依然不知依然在为他燃烧，有一股劲风扑向你你悠然一晃将灭未灭之际你回头一看——

那个吹灭你的人，正是你在黑夜里为他流泪的人呀。最后一滴苦泪凝固了这个无语的夜。

凝固了一颗受伤的心。

第五辑

窗外的树头正在开花

秩序总是在混乱之外存在着。

窗外的树头正在开花

　　早习惯了低头。低头工作、生活。低头料理自己的事。低头看路。低头等待训斥。低头听任命运。低头穿过岁月，直至成为一堆土。

　　谁也没注意窗外究竟发生了什么。至少是我。秩序总是在混乱之外存在着。而我却常为自己内心深处和身外他方的混乱惊恐难安。总感到有什么会降临到我的头顶。在屋子里是房顶。在树下是枝叶。在空地上是天空。但这不会是欢乐。欢乐和幸福像金子之于我，极为稀有，以至于我怀疑它们的存在。这样，我随时都处在一种无法告人的隐秘的悲伤之中。

　　然而，刚才，当我一抬头，窗外那棵老树竟开了花。这树比我老。而这花比我年轻。这花开得那么安然，悠然，自乐，自得。绽满一树洁白的自信。它知道，管它阴天、晴天，或者秋天、冬天，春天我是一定要开的。这不，它开得那么让我心里结满了惊喜。虽然花季很短，但它独自开着。深情而深沉。幸福、欢乐本是和花朵一样自然的事物。

　　实际上，我们安然地生活或者惊恐地等待，命运对我们都是一样的。

瞧，那些自在开谢的花，昂着自己的头。有时，我们的生命真不如这一朵花: 自信而安然。

崇高和卑微的灵魂

你坐在黑黑的人群里。两只眼睛在谛听又在寻找。因为只有眼睛才能深达心灵。听见心灵的歌唱和颤抖、幸福和泣哭。耳朵就泊在这静夜之中，等待一声呼唤。

我站在舞台上。站在与你相对的光明之中。我在人群中寻找你。可我的眼睛中是一片人头攒动。但我知道你就在台下。你为什么总是骂我冷酷，骂我缺乏激情，骂我没有直言扬善的品格。当然，我猜不透你为什么场场赶到，看我出神入化的表演。

你发现舞台上，我的五官飞扬起来。慷慨陈词、充满热情的梦想。你说这不是真正的我。为什么不是呢？假如情节的力量将我高高抛起，我自然是一朵脱口而出的浪花。优美又勇敢。我的脸上充满仁慈和善的光芒。你却笑我虚伪。

我走下舞台之后，油彩脱尽。回到家中，你轻蔑地看着我。说我是个好演员。因为我又表现出那么平常、普通、一般。这本是真我。

你已经被两个我搅得精疲力竭。因为在崇高的情节中你看到一个英雄，在卑琐的丑闻里你看到一个小人。这不正是人性的两个方面？而你却非常愿意忽视甚至无视人性卑微、渺小、自私、阴暗、丑恶的方面，你总是愿意看到上演崇高、英雄、伟大，被美的愿望割裂了的人生。

　　我呢，却难堪此任。

听歌

歌声忽远忽近。若隐若现。恰又正挨着你的耳朵，落在你的心弦之上。如一只五色鸟。

而你，一如五月的花瓣难以自禁地打开芳香的叶片。那高高低低、缠绵低回的轻歌使你无法步出这份沉醉。你只顾悠然信步，让这歌声染绿你的每瓣心叶，你并未回头。

那歌声忽又高起来。高到远处。高到你心之处。这回，你却又黯然神伤。你以为这歌声是唱给另一个先行者的。你依然不回头。你不回头是不愿意让人看到你噙在眼睑之间的忧伤。

歌声若即若离。就环绕在你的左右。不绝，不断。你只能深陷其中了。可你依然不敢贸然回首。你仍当这痴情是唱给另一个人的。可这歌声却如负了某样铁打的坚贞，就是飞绕在你的周遭不散哟。不散。

很久。又很久。

这悱恻的歌声让你无意再听第二支歌。你缓缓回过头来。只见两瓣已凋零了鲜红的歌声仍在向你叙说着什么。这小小的不测的误会耽误了你的整个青春。

这歌声除了甜蜜的歌吟之外，更多的是怅然的苦涩。

面对你忧郁的眼睛

我们无法逃避，但我们并非无所作为。

——题记

黑夜里那双忧郁的眼睛呀。我借这双眼睛注视我自己时我困惑地发现，自己已消失得无影无踪。这个世界上最不值钱的是真诚，最难以寻找的也是真实。我自己正是以这双真诚的眼睛观察我自己。哦，我就是在这双真诚的眼睛的注视下失踪的。

然而，那些隔离在人们之间的栅栏。在笑的背后绝不会都是善意，在太阳背面是黑夜。哦，我不能从你的眼睛里读出什么，因为我看到的是两汪无色的水，不是碧蓝，也不是清澈，它无色。无色其实是一种伪装。那么就什么也不要读，那么就让欺骗和欺骗对话，我们好若无其事地享受伪善。

你那双会说话的眼睛为何噙满泪水？不要为真诚而哭泣，真诚是朋友间的语言，对于外人我们尽可以大胆欺骗。假如还有些真诚绿在枝头，我们不是可以为萧条的秋而庆幸吗？

我们的那一夜

　　那一夜，是我们无数个夜晚中最普通的一夜。窗外的树叶轻轻摇动着月光。月光跳过窗玻璃栖在我们的小屋里。有人回家了，也有人要远行。这只是很多夜晚中一个与众相同的夜晚。现在，你已经平静地睡去了。

　　你安详而又美丽的睡姿成为我心灵的安慰，摆渡我的辛劳或疲乏。我又打开诗集，想从中找到一句来奉献给你。可我没有找到。大概最好的礼物就是生活把我献给了你。

　　无数年后的今天，我觉得那一夜的你其实是一棵饱满的正开着红花的树，怎么转眼间就结出了果实。

　　怎么转眼之间你就结出了果实。你把这伟大而又生动的果实献给了我，可我至今尚未能想出一句好诗献给你。

　　我现在可以写下这么一句：那并不是普通的夜晚呵。

声音

它来自我们的内心, 又始终回旋在我们的心中, 被我们的血液、皮肤和无坚不摧的骨头及神圣的信仰紧紧护卫着。没有什么力量能将这声音驱散或者夺去。

我们紧守着这声音, 不愿意风将它带到肮脏的地方。仿佛内心异样柔软, 外壳坚硬的黑色核桃, 固守着内心的甜蜜, 直到被爱所敲开。

这声音高远飘逸, 覆盖广大, 这声音有时就贴在我们宁静的耳边。在它荡漾的清波中, 我们会永远心地纯洁。

很多人心中没有这声音。

很多人听不见这声音。

在你身边别有用心的脚步, 快带着你的阴谋离开这善良与正直的声音。我不会告诉你, 哪怕被人打落牙齿, 这牙齿还在我们的嘴里, 这声音还在我们的心里。

文字

毫无例外地选择那些最美、最善、最好的献给自己的亲人、朋友、敬重的人。丝毫也不吝啬挑出那些最坏、最丑、最恶的扔给那些可卑、可憎、可愤的人。这恰是正直灵魂的常理。

可有些时候，面对我们的亲人、朋友、可敬的人，我们不能真诚地选出那些文字给他们以赞美，而要将这些倾城难抵的东西奉送给那些只配享用最差最恶的文字的人。

这时，我看见文字们泪流满面。因为它们歌颂的本该是诅咒的。它们心中的公道、善良、美感被来自文字之外的力量，让人痛苦地剥夺了。它们祈求地仰望着它们所依求信赖的人类。正义和良心呵，请为我们这些文字做证。假如有一天我们本质的意义被邪恶可怕地洞穿，请把我们死后本该属于我们的意义置于那些高尚的文章里或者立于墓旁。这样，我们将终有其所。

终有其所。并非我们最后的结论。

天空下飞旋的耳朵

至今我仍执着地相信，凡·高那只耳朵是被谎言、废话折磨得失去了耐心失去了谛听下去的愿望。这只耳朵飞旋在蓝天下，掠过草尖和绿叶，擦着太阳的睫毛或月亮的发梢。这只耳朵四处奔走，寻找人类真实的声音。

悄悄走进一片树林。让耳朵在绿枝上嫁接，让麻木不仁的耳朵在绿叶的轻轻拨动下渐渐恢复听力。听听这走动的树木内部的语言，听听泥土里爬起来要伸向蓝天的心声。这只因谎言而日渐枯萎的耳朵重又流动鲜活的声响。那贯注于脉络之间的血液正与树林中清脆响声相撞在一起，激起的声浪穿透了诡辩、虚伪和欺骗。

或者让耳朵贴在冰冷的石头上。贴近些。听，地心深处也在颤动，让深沉的情感唤醒这些石头。不！还是让耳朵认真仔细地听听貌似冰冷的石头里燃烧着怎样炽热的爱或恨吧。正因大恨和深爱，石头才选择了一个自我完善的形式，让耳朵们在某一个宁静的夜晚，重新找回聆听的快感和愿望。

耳朵。你何时才能重新回到那些有良知、正义感、真诚的人们

的脑袋上，不再在谎言和伪善、废话里逃脱，不再在痛苦的愿望里
四处流落。

树桩

　　走到树林之中。细察一群隐伏在杂草间的树桩。在这里找不到语言, 树桩们自始至终拥有无法割开的沉默。

　　大树被猝然锯倒, 袒露的木桩如同一张有些年月的唱片, 一圈又一圈或轻柔或粗犷的音乐包围了我。倾听着这些音乐, 我整个的血液在皮肤之下动摇不止。冒着林间纷纷扬扬的锯屑, 听四季的奏鸣。

　　在这如梦的音乐中我亦被锯倒。袒露的身体如同树桩。那些等高线起伏不定, 证明我一生不凡的经历和坎坷。这些音乐中清新缠绵的段落太少, 那些伤怀和甘苦太多。凡能听到这音乐的人, 劝你认真看看这些被锯倒的木桩, 不定有哪些纹路恰与自己吻合。

　　所幸我只是模仿一棵木桩站在树桩间, 并没有被真正锯倒。真的被锯倒, 只希望我的音乐能丰富人们的耳朵。

　　去林间走走。看木桩在怎样沉默。

肖像

　　端坐在那里。背景是一片虚无。岁月至你这样的年龄该是什么也看透几分了吧！两指捏住烟头，袅袅轻烟升起、腾动，而后无声地消逝。这便是你感伤的原因吧！这便是你如此冷静又清醒的原因吧！

　　那双眼睛是掩映在生命之林间的一对果实。是甜蜜，还是痛苦，只需在风轻撩枝叶时，我们以另一种哲理的眼光咬一口，只一口就够我们回味一生。至今仍说不出那味是苦是甜。

　　背后是一片虚无，人生至此，已经不需要别的什么来说明和注释，残缺或完美。

　　你就是你。

经验

　　一天天金黄起来的秋声只那么轻轻一跃，便漫过了整个秋天。那一张张脸庞被这金色幸福地浮起，饱满的稻粒怎能读得尽这长长又短短的季节。那一粒粒硕大的稻谷浑圆而又透明，像一颗颗结结实实的泪水。这是喜泪，因为有了这一片金色和饱满的回忆，因为汗水终究有了报答和回应。

　　这是一滴穿越几个季节的汗水。今天终于结为一粒果实，凭它此生咸涩的滋味，任何故事读一读它，都会为之真诚地感动。

线条

　　一开始它们试图阻挡住我，只让我站在这些复杂的线条之外为其精巧的构思和杰出的表现力而感叹。当然，让我站在这辉煌的艺术面前，我坚决不从。我将其中的一些线条折断，我就这样走进去。但还有一种可能就是，这些折断的线条有可能缠住我的眼睛。

　　但你终于明白，我不是能被一些简单的线条缠住的人。对于绘画，一些线条可以引我走入一个天地，也可以将我拒之门外。当这些线条缠满往事而后又走出时，人们总会在过去的岁月中悟出什么。

　　人生的方式有两种：静观或是参与。

南山的板桥竹

板桥正站在南方的山上, 我怀疑北方人难以理解这位画竹高手。那竹, 那风雨中摇曳飘荡的竹, 那扎在碎石间撒在悬崖上的倔强生命。

这些竹不似那些高入云天的大竹, 是板桥先生笔下的那种。沿着阳光向上, 顺着山势起伏, 节节装满山的气色山的神韵, 长在大山的脊梁上, 没有大树的翅膀挡住风雨炎寒。总有那么几根勇敢地挺向岸边, 任风雨寒霜塑造你柔软的生命。这才有了咬字有了生命的根。

人们呵, 以你的生命咬住岁月, 看能不能在人生的悬崖峭壁上扎下去, 开出来。这些站在四季中的板桥们, 当整座大山都在风雨中动摇时, 你仍牢牢地咬定青山。走呵, 咱们去找板桥, 找扎在青山间的板桥竹。

我们做沉默的朋友

沉默是为了凝聚一种生命的力量。

我曾经为一些事情与人争吵,可不管结果如何,我们依然要为生活而苦命奔波,并且我们又多了一个敌手。本可以让他成为你的一座桥、一片绿荫,却让他成为你的陷阱或深渊。包括我们自己在内,我们所享受的最大幸福,只能是和平。

不因时间的流逝而惊慌,不为他人的得宠而失意。沉下气来,这辈子就不会虚度。我们曾经在内心激烈地搏斗,但沉默会使我们获得我们自己和很多朋友。在喧嚣的人世间来去匆匆,而不沾染一些浮华的东西,仍能平心静气地面对纷乱的世事而不烦恼,这不能不说是一种素质。

当我们大声争吵时,我们正失去了我们想得到的东西,而沉默会使我们得到能得到的。

面对喧嚣的尘世,给你一剂良方:沉默。

爱的耳朵不会失聪

风吹过。雨淋过。季节黄了又绿，绿过又黄。痛苦的鞭子扬了几回。往事栖满枝桠。你这天真纯情的鸟儿啊，就是不肯飞去。

隐入黑夜的耳朵被星星拨开。宁静的夜河浮起片片五色叶般的芬芳鸟鸣，顺着岁月的河道流淌而来。轻缓。激越。凝重。清亮。飞来飞去的往事响满我的一生。

倒是幸福很容易被忘记。痛苦的经历往往会变成一种深刻，一种哲学。

我们栽在日子里的红豆总也拱不出芽来。隔着这许多年，我看见那红豆陡然长出草叶，像生了双美丽的翅膀。已经高高地飞过单纯的岁月里那苦苦的思念。那孤独的土地从此有了飞越一切的翅膀。红豆说：这就够了。我们因相思而阴暗的日子全都灿烂起来。

得到或得不到，是两种不同的鸟鸣。可在往事的耳边，它是一样的回味悠长。追逐白云的悠悠目光，会把蓝天轻轻移动。一个充满爱的心河，会把人生所有的不幸和重负轻轻移动。

时间太美丽。爱的耳朵不会失聪。

唱山歌的妹子

山里的小村庄很清秀,高高低低的树木郁郁葱葱。山村里的妹子很清秀,漂漂亮亮的脸盘把花儿也比得逊色。山里的山歌听起来很清秀,漫山遍野采一支便香透一辈子。

山妹子爱唱歌,山妹子唱的是山歌。山歌不像河水轻飘飘容易流走,山歌不像蓝天上的浮云只能看得见,抓不住。

山妹子的歌,是石头里提炼出来的。要唱,就唱出石头一样的坚贞。山妹子的歌,是从林中鸟那儿学来的。要唱,便唱得天上的云朵都想歇脚听。山妹子的歌,是大山里长出来的。要唱,便唱山里的故事。

山妹子的歌飘到老人心里,便酿出满心窝欢喜。山妹子的歌飘到小伙子心里,就扎下了根飞也飞不走;山妹子的歌飘到山外哟,便把一个山村唱给了世界。

清清秀秀是山歌哟,清清秀秀是山里妹。

小窗情话(五章)

之一

窗子从不选择角度。

小窗是朝西的。没有被初升的太阳激动过,没有被南来的春风吹拂过;小窗只能在黄昏时享受一下太阳的余晖。

余晖依然值得珍惜,依然能给人以温暖,因为它是来自同一个太阳呀!

之二

取好风景之后。

窗子,等待你的到来。如果你这时走来,我的心一定会于瞬间抓住你,你将成为一帧我今世的佳作。

窗前的晚霞已渐消退,你留给我的依然是等待。你是不愿进入我为你安排好的角色?

窗子的另一半至今依然空着,你可是我生命的另一半风景呀!

之三

晚霞如潮涌动时,

很多优美的景致一一出现, 美在不断地变化之中。

而我之于你,

却是一扇窗子, 一扇此生此世永不知移动的窗子, 永远把镜头对

准你。

之四

黄昏时,

从我的窗子向外看去, 天地相接处浑然成为一幅绝美的画, 我至

今也不知道是晚霞选择了窗子还是窗子选择了晚霞。

或者它们是互相选择吧!

之五

也许那些美丽的都只是一瞬间存在而又在一瞬间被人发现的。

但你的美丽对我仅只是一瞬吗?

一瞬或许并不短于一生呀!

多情的鞋子

我的鞋子是我的伴侣难舍难分的伴侣。

月夜，我和她走得星星都累得眨眼了，你依然默默无语，既不邀功也不诉苦。穿过青青的小树林，你踏一片幽静；走过长长的夜晚，你和我分享快乐。我们洒一路笑声你也踩一路甜蜜。泥泞的道路上有你，坎坷的道路上有你，所有的白天夜晚所有痛苦和幸福的日子上，都印有你的身影。你分享了我所有的甜蜜我离不开你。即使我这一百多斤全压在你身上，你依然会稳稳地托起我。你就像一条小船，在生活里载我穿过激流暗礁。我走过多少坎坷，你就尝过多少辛酸。

我的鞋子是我的伴侣永远忠实于我的伴侣。

那个夜晚，你看她远去的背影永不回头的背影时，你沉默了，你仿佛被钉在地上，半天不曾动一下。那一夜，你沉重地踏着地面，直震得半天中抖落许多星星。你失去了往日的轻盈，生怕走重了会打扰我们。而这会儿你却狠狠地把这痛苦踩得遍夜都响。

你知道我忘不了她。当我沉入梦乡，你又悄悄迈着轻盈的步子，款款地绕过那池塘、那小树林、那印满甜蜜的夜晚。往常此刻，正该是流连月光下。而今夜，只有一双鞋在这夜景下寂寞。围着小树林不停地绕，绕过去是孤独，绕过来还是孤独。你本该是载着我在这夜晚漫步，而今夜你却只能载着我的梦幻。

盈盈地走，款款地行，是怕惊动我惊动我。

寻找主角

将军喜欢谈天说地喜欢在点烟时也燃起往昔的烽火。

将军宽宽的前额，那该是一片辽阔的战场吧，不然每回谈得起劲时为何那深深的皱纹里弥漫着一片厮杀声，淌出浓浓的火药味。

将军喜欢讲故事喜欢把生命推向昨天的战场。所有的情节都有冲锋号推波助澜，所有的悬念都因一个碉堡的炸毁成为结尾。而这故事总是没有主角而这总成为我一次又一次的遗憾。我便努力在他的故事中寻找主角寻找那个让故事灿烂辉煌的人，终于……

面对着你，我还要到何处去寻找主角呢？

窗外的盆景

把我全部的一切浓缩，把时间和空间捏成一方盆景，置于你的窗台，置于你所有日子的开启处。

你快乐，我会为你装饰灿烂；

你忧伤，我会为你拂开愁绪。

我不需要你的十二分关照，我不需要你每时每刻的守候，只要你一天能看上我一眼，我便会长得很好。你的目光里有太阳和水，有我生命需要的一切。

后来，我发现你忙起来，我被你悄悄遗忘。

那窗子自某一天忘记开了之后，便永远没有开过，我被你关在窗子之外。

我和你隔着一层透明的窗子，我能看见你，而你却再也不看我。

我在你的灿烂和愁绪之外……

第六辑

今夜又起笛声

站在笛子之外，

才知道一双干净的手对于音乐，

对于自己是多么重要。

今夜又起笛声

这笛声越过多少年，就栖在今夜。我看见那一支竹笛通体通明，映亮天空，四野弥漫笛声一片。那久违了的旋律牵着昨夜的深情，在七个孔上舞蹈着，今夜难眠。

我不敢走近这支竹笛，我的手很脏，以这样的手去触摸笛孔，什么样的曲子也难以吹得动听。让我抽手去将手洗得干干净净，但那些隐在手的脉络之间的脏又有什么样的水能够洗净？

今夜我又听到那令我心跳的笛声了。那首《一支竹笛七个孔》的诗依然如往日一样句句有情。我只能站在笛声之中，让往日的旋律再一次将我包围，那逝去的日子又掉转头，似一些亲切的脸错肩而过擦痛自己。

我历历记得那些山间竹子是如何被一节一节打通，又如何被钻上七个孔的，我至今深爱的这支竹笛。但在我没有将手洗净之前，我不再会去摸这支竹笛，一只脏手下起伏的不是旋律，只能是一些杂音。站在笛子之外，才知道一双干净的手对于音乐，对于自己是多么重要。

爸爸写给贝贝的诗（六章）

贝贝要记住
——致天使

　　当然。我的孩子，你要记住她们。是她启开你生命的第一声啼哭。她轻轻地割去阻隔住你和父母不能见面的黑暗。我们曾经被黑暗可怕地笼罩。并且，在你的圣手启开这黑暗之前，我们始终悲剧性地享用着这无边的黑暗。深陷黑暗的我们，对你充满了期待。她带着自信的微笑，把太阳和月亮，把稻谷和麦子，把一切都给了你。贝贝。

　　她轻轻托起你。或许这是一个作家、诗人、音乐家的梦想，一个将因时间的流逝渐渐贴近我们的梦想。妈妈给了你生命。这双神奇的比一切诗句更富有诗意的手，撩去遮在你眼睛上的影子，光明一下吻在你的脸上。很好。非常之好。孩子，你一定要去认认这双神奇的手，看其上走动的纹路是多么仁慈和善良，刻满了恩德和智慧。你一定要去握握这双手，亲历一下这双手掌间布满的温暖和情爱，感知一下你今生也享用不尽的爱。贝贝。

　　这双手给了你最初的幸福。这幸福将伴你到永远。我的贝贝呀！

给贝贝及贝贝一样的孩子

谁不以极大的爱心来对待你，谁不以抚爱的行动安慰你，谁不以最纯净无私的眼睛看着你，谁不以最善良诚挚的愿望祝福你；孩子们，这就是你们能共一天的敌人。

你们，呱呱坠地，一身洁白。绝无阴影，更无阴谋。洁白和善良自然因你而愈加生动。虽然你并不懂得这一切，可一切依然毫无条件地归属你，一切早在你于母腹中躁动时就整个地许诺给你了。你属于新的世界。世界是新的敢于做你们的敌人的，已经没有了，或说是愈来愈少。甚至连坏蛋也要做孩子的父亲或母亲，他总不会把一个坏的未来许诺给自己的血肉。

贝贝，祝福你。

我的贝贝

我们曾经一起做过很多梦。是吗？我多难的妻子。生活给我们的却是一个又一个的噩梦。我们祈望着有一个活泼可爱的孩子。这孩子，那么珍贵，使你为之付出了许多的苦难和泪水。

妻子，我们太苦了，是吗？可幸福的霞光并未离开我们的头顶。虽然生命的梦想一再受挫，对孩子的热望常常遭受意外的打击。简直无法承担这一切。以至于我只能在许多个凄然的夜晚与你默然相对。美好的安慰在我们经受的灾难面前愈加苍白。

哦。我们的贝贝来了。我们做了那么久的梦终于实现。霞光降临。沐浴其中也是深深的不语。似乎原先你惨淡的哭声仍在我身边不散。不散实是因为我此刻太幸福。

这时候，我看见那些在灾难面前气色不佳的语言又满面生辉。

我们的贝贝。

爱的力量

贝贝。你温柔的小小的身体整个倾伏在我的怀中，铺盖满我和妻深情的瞩望。瞧那流盼稚气的眼神及那含混不清的牙牙呼唤，让我们的日子起伏着幸福的波浪。该如何侍奉你？该如何回应你发自新生命的召唤？唯有更紧地将你拥在怀中，将乳汁点点滴滴滋润你。

有的时候，柔也是一种力量。这是一种其他外力不能达到或摧毁的力量。它在任何一个生命的血脉之中流淌，与我们的生命相呼应，面对我的贝贝和整个人类的童心，我体会到这种无与匹敌的力量了。这是爱赐予我们的。面对这么幼小的生命，我却想到了力量。

什么力量也无法阻止你生命盛开的葱郁，孩子的力量是生长的力量。

甜糖和咸盐

我们给你的一切都是甜的。包括母亲身体里涌出的奶水。甜就是幸福，就是生活给你的爱。

瞧瞧这个甜，伸出舌头试试，就知道包围着你的一切都甘甜不已。我们不仅可以从舌头上发现这个甜字，而且会从脸上、双臂间、关于孩子的书籍中找到这个甜蜜的所在。

可现在，我的孩子，我要给你另一种东西，外貌和糖非常相似。如果不尝尝，有时简直分辨不出它们的滋味。这种东西就是我的期待。它比糖的分量重得多，它就是盐，我怕你难以尝出它的味道，我便先给你糖给你甜。可没有盐是绝对不行的。我们的生活将因此而单调，没有味道。

贝贝。我希望你能仔细品品，品品你爸爸的良苦用心。

许诺

我很贫穷。贝贝，这是我首先要告诉你的。不然，你养成挥金如土的习惯，你会埋怨你贫穷的爸爸，我不能给你造一座金币的宫殿，让你幼小的心房居住的都是富贵之气。我不能让钱财在你的手上随意流走，这样你会对戴着草帽弯腰在烈日下劳作的庄稼汉不屑一顾。农人种的谷子里都装满了汗水，不信你敲开看看，谷子里会裂开白花花的盐，这是汗水的结晶。我告诉你，你必须把每一粒稻谷都想象成一粒汗水，这样你就不会随意吐掉。朴素的爱憎是我要你记住的。花哨的环境我宁愿你一辈子都不会。善良、正直和爱与恨联系得最紧。这是一个人的重量，你走到哪儿也不要将它丢弃。

贝贝。爸爸很穷。可我给你的爱足够你一辈子享用。我只想让你学会做人的基本准则。这样我才能放心地让你飞向远方，飞向生活早已许诺给你的蓝天。

金 · 玉 · 孩子

没有什么可以与你相比。你在金子的光芒之上，你俯视金子。你胸怀远大。你的微笑比金子灿烂。

孩子。金子不会产生金子。金子会流通商品。金子会淹没善良。只有你的双手和博大的胸怀才会收获比金子更珍贵的。金子的高度永远在你的双手之下。绝不在你的双手之上。你要千万记住。

还有玉。这经过打磨和雕琢的物件。这用来装饰人物和居室的美玉。只有你的映照，它才光芒四射。如果不是用来装饰和打扮善良和仁义，它便失去了光泽。

这样的玉犹如蒙上尘埃。只有你的美丽，来自灵魂的光泽，能够唤醒这美丽的玉。唤醒它深埋在尘埃中的幻想。

最后我要教导你：你不是金。不是玉。你是你自己。

句子

　　孩子，我手持这些诚实的句子环绕在你的周围。你也以纯净的明眸给我回应。这些诚实的诗句就像籽粒饱满的谷穗绝无欺诈和虚伪。哦，你不认识这些。你知道抚爱。诸如那些丑恶、阴暗，那些骗术、虚情，你全不认识。你只认识并喜爱爸爸这些充满爱心的句子。

　　这整个的句子连起来就是一首诗。

　　这整个的句子连起来就是一条路。

　　这整个的句子连起来就是你的未来。

　　这些句子既单纯又明了，它们不会太复杂。它们不会拐弯抹角。它们堂堂正正的像地里的红高粱，那么火红那么挺拔。这些句子被妈妈怀了十个月，这些句子被爸爸期待了十个月。

　　爸爸的句子就是你呀！自然，这是最得意的一句。

奶奶的石拱桥

奶奶，你昏花的老眼再看不清一针一线给我纳鞋底了。你还是那么日日倚着门，看时间一天天从眼前流过吗？

镇外那座青石垒起的石拱桥还是依然如故吧？儿时你曾领我在石桥上散步。有流萤飞舞时我偎于你的膝旁，坐在石桥上听你说故事。然后，你又把我驮在背上，轻轻哼着一种好听的调子催我入眠。想起了弓于时间之上的石拱桥我就想起了你。你那弓起的脊梁就是一座结实的拱桥，任我顽皮又天真的童年踩着踏着默默走向人生之旅。

多少岁月从石拱桥下流走了，奶奶也会被石拱桥下流动的时间带走。而那一截如桥般弓起的脊梁永远立于我人生的河流上不动。永远不动。

深情的树

皱纹把他额头画满的时候，他退休了。可皱纹圈来绕去，却没能把他圈在厂子以外。

他天天还到厂里转转，看看那熟悉的厂房，看看那些熟悉的和陌生的面孔，看着他们是一种亲切。

他还要到自己干了半辈子的那台车床前站站，看看自己熟悉的伙伴。车床上已经是一个年轻人在干，他不认识，只是天天来这儿默默地站上一会儿。

看着那张年轻的脸，他想到了自己，刚进厂也像他那么年轻，那时刚有这个厂。几十年光阴里有他的汗水也有他的泪花。汗水和泪水混合的味道他至今忘不了。这味可是太浓了。

他知道自己不再会看到这个厂的明天了，他为此吃不香、睡不好。过了很多天，他在自己待了半辈子的车间旁栽了一棵树。

让这棵树和自己一样成天守着这个厂，让这棵树看着这个厂子的明天。

好一棵深情的树呀！

她的故事

　　她长得很娇小，娇小到被遗忘。她既不是白天鹅，也不是丑小鸭。她平常又普通。走在大街上绝不会引起人们的关注。只知道每天守着车床，她忙忙碌碌的身影真像是个孩子呀！

　　一场大火却把她娇小的形象，把她普通而又平凡的日子点燃了。谁也不知道她此刻想的是什么，她毫不犹豫地冲进大火，她绝不会想到自己的名字因这勇敢的一冲会使厂志因此而生辉。在这一刻，有的汉子退下来了，这些平时把牛皮吹破的男人呀，此刻悄悄退去，而她娇小的生命之中，仿佛嫁接了男人的刚强，男人的力量。高大的可不光是魁伟的身躯呀！

　　本来每个人都是一块金子。该发光的时候她冲上去了。而那些退下来的便失去了这个机会，只能永远怀着做金子的梦想了。

收割黄昏

　　他一点都不知道这时候黄昏已经爬上了肌肉鼓突的脊梁，他宽宽的裸露的肩膀起伏在摇动不息的麦浪之间，晶莹的汗珠随着他身体的跃动被一颗一颗地碰落在地上，谁能说得清是肥料养育了这土地还是汗水养育了这土地。一捆一捆金黄的麦子如温柔的女人倾倒进他男子汉的剽悍之中。

　　他随手把额头上的汗水那么一挥，整个金灿灿的田野便进入他的视野。风清清且轻轻地从他壮实的两肩上柔软地滑过。远处有女人的喊声自麦浪上流来，那是在喊他回家。这声音在空气里震荡着在他整个心房里震荡着，可他顾不上回答，只把手中的银镰朝喊声飘来的地方使劲挥了挥，金闪闪的黄昏便在银镰上快活地闪过。

　　他让女人的目光如缆在远处拴住他，他让自己的银镰如缆拴住这整片整片的金黄。他觉得流进嘴里的汗滴也是甜甜的，他舍不得这么早早回家，他要把这整片的金色和整片的黄昏一起收割回家。

坚强的男子汉

游贵池万罗山通天门，可见一撑腰石，似肩担一身重负的顽强的男子汉。

——题记

自诞生以来你就这么站立着，一阵又一阵的松涛在为你助威，壮你撑腰的气势，也不知多少年前你就这样挺立着肩担一身重负。你早该累了早该在某一个夜晚在微风深情的歌声里倒进一个梦乡，而你不曾这样去做。

你太累了。你不光要挺起一身重压，还要挺住天空劈来的雷电。

你太痛苦了。你就这样托举着一身重负永远不会轻松。游人都禁不住要折一根树枝插在你的身下，为你分担几个世纪沉重的痛苦。

你不能倒下，倒下便毁灭了一座风景。你就这样挺立着，昭示着男子汉的泱泱风采，站成一座山魂。

诗人

你巨大的头颅可以粉碎，任何一个来自你外部的阴谋。有时却被某种忧思苦苦折磨。这可能就是某个悲剧的原因。

但我更喜欢诗人的你。湘江之畔，你把智慧随意梳理一下，受难者便有了许多条流向幸福的河道。你让柔软的水多出几分韧劲。平凡的湘江便跃出几朵浪花。湘江任你评论。

井冈。你站在一面向阳的斜坡，红旗顺着你手势的方向漫卷半天火红。你的手势成为一种胜利的象征。

许多年来，人们习惯仰起头看你。看你和天空挨得那么近。看你成为一棵傲立的大树。

你是诗人。

你最好的一句诗是：中国人民从此站起来了。

唯一

这世界因为有了唯一，才有了美丽。

在万花丛中，百花争艳，群芳吐香；人们为其鲜艳和美丽倾倒和惊叹，但若是你仔细一看，你定会发现，没有一叶花瓣是相似的，甚至其香味都有细微的区别。在百花丛中，你一定会选上自己最爱的一朵。这最爱的就是唯一。

也许我会一时被其他花香迷惑，甚至是有毒的；因为一下子投入一个花香的世界，稍有不慎就会迷失自己，迷失在一个貌似好看的罂粟花中；但这时候，你一定要站稳，用自己的身心分辨这花香的好坏。

从花香到花香的道路可以很短，也可以很长。

妻，你是我心中的花香，这香日久而弥香。这香是我的唯一，任何人不能偷换的唯一。

走过

人生有许多道路可以走过。道路上会有许多风景令你流连忘返，你会细细地把玩，你会驻足停留；这是道路两旁的风景，你不会停下前进的双脚，你会继续前行，又会有新的风景吸引你，但你又会前行。

人生的路上你会不断遇到一些风景，可能是被人遗弃的一个旧址，也可能是早已荒芜的废墟，你却会当作一个新景点；风景只能观看，不须停留，不必停留。

当你走过许多道路，你一定会走一条回头的路，这条路任何时候都不是走过，而是走回。当你走过一处处风景，你会走回自己的家。

妻，走过了许多路，我爱走一条回家路，走回家就不再走，这不是路，这是我的家。

缺憾

缺憾有时是一种美丽。

最著名的缺憾是维纳斯被一把无情的刀砍去的双臂。这种缺憾激发了诗人的想象，这种缺憾调动了画家的灵感，这种缺憾使雕塑家兴奋得夜不能寐，渴望为这尊著名的雕像加上一双神采的双臂。结果，没有一个梦想实现，这最著名的缺憾成了最著名的风景。

这样的风景只有维纳斯才能独享。而人生的缺憾将成为终生的遗憾。短暂的一生人们都在追求一种圆满，只有一种圆满的人生才能让短暂的生命灿烂辉煌。但这样的辉煌人间难寻，难以寻找才充满渴望。于是，我想我的缺憾终身难以弥补，只能在美丽的幻想中幻想着曾经的美好，这是一种不能言状的痛苦；只有经过这痛苦，你才会知道领悟圆满的人生是多么宝贵。有时，真渴望对着茫茫上苍，轻轻呼唤，免除我曾经的缺憾，给我一个美满的人生，但谁又能帮助我呢？不能祈求人救，只能依靠自救。

美德

　　人的美德犹如一件精美的瓷器，它经不起碰撞，一碰即碎，一摔即破。一件碎瓷难以恢复到当初的模样，最高明的工匠只能将其拼凑到一起，但花瓶上的条条裂痕却怎么也无法掩藏，而遗憾却成永远。

　　美德不允许沾上灰尘，美德光芒四射；我们只有日日去擦拭，才知道自己是否与这美德相称。我要说的是，美德如此珍贵，用一生树立的名声也许会毁于一旦，就像一件瓷器，摔碎之后只能留下当初的美丽。

　　爱护自己，树立一种美德，是一件多么困难的事；因为困难，才又如此诱人，做一个有美德的人，你才会感到光芒的力量，你才会感到美德是一件多么好的通行证，你走到哪儿，哪儿就伸出友好的双手，与你紧握，与美德紧握。我愿意做这样一个人，把瓷器和一种难得的美丽紧抱怀中，这样方能不辜负我爱的和爱我的妻子。

钻石情

将最坚硬的矿物质经过琢磨才叫钻石。我认识钻石是从一段故事开始的，钻石代表一段感情，钻石里有一个爱情故事。

钻石的光辉在十指上闪耀，十指所向顿然生辉。可这颗钻石却丢失了，丢失了一颗光芒，丢失了凝于钻石上的情。

我开始艰难地寻找，以钻石的坚硬去寻找；我相信丢失的东西一定会被我找回，我这样告诉妻子。以我的真诚，以我的恒心，以我对妻的情深，找寻失落的钻石和连着钻石的一切。钻石当然不是冒充钻石的石块或玻璃所能相比，石头经过敲打就碎成一堆烂泥、一堆土。

当钻石之光重又回到我的生活之中，我相信了钻石的坚硬，相信了一段情深。

这个季节的传奇

　　这个季节一直深埋在心底，我一直期待着它重新开花。期待着曾经凋谢的花朵，重又回到我们生活的枝头。我和妻子曾经共同的花枝上，坐着我们共同的幸福。这是我们梦寐以求的，这当然不仅是一个季节的期待。

　　后来的一天，来了一阵风，要摇落这花枝上的馨香，它从枝头捡了些叹息回去；又来了一阵雨，要打落那些盛开的花瓣，可它只找到几片枝叶回去了。

　　这花枝可不容易呵。它是经过两双手共同培育的，它开的花是香在我和妻共同的心里。这个季节本是被大雪覆盖，这个季节本是被冰层包围，可我又看到，我家里那棵幸福树上又绽出了新芽，正悄然吐出缕缕清香。

心灵的家拆不散

深夜与杜甫相对而坐。看大师深邃的目光照亮我的灵魂，照亮寂静的深夜。寒舍里最耐读的便是那一抹破窗而入的银辉。读来读去终不失一身洁净，一身精神。

妻儿已入梦乡。梦中是我的大手牵着妻儿一步一步走入我的诗行。虽然这诗中有太多的浪漫和理想，虽然这狭小的屋顶挤瘦了一个又一个日子，虽然被打碎的窗玻璃因贴上了白纸而挡住了外面的风景，但我无怨无悔；我的诗句是我们建筑的脚手架，我们的心灵恰是最好的家，多大的风也拆不散，再大的雨也淋不垮。这里的一砖一瓦选用的全是特殊的材料：爱情。听狂风好猛，也只能从高高的脚手架上跌下去；看淫雨好大，也只能被坚实的心灵之坝挡回去。

大师在向我朗声吟诵：茅屋为秋风所破，这声音穿破沉重的夜色。也许尽可卷我屋上三重茅，但却卷不走我心中的一句诗。无数个夜晚，我用我的诗句铺路，让妻儿的梦走得平稳中凸现美丽。

我在与大师应和：秋风，尽管卷我屋上三重茅，哪怕卷去一个屋顶，且让那绘有云彩的天空做我的屋顶，我便拥有了天空的辽阔；

让妻子充满情爱的心灵做我的屋顶，我便获得了生活中最坚实的保护。

与天空对话，与秋风对话，与阴暗的乌云对话，心灵的家永远拆不散。

听雨

　　你踩着一径湿漉漉的情意赶来了。歇在花朵上花朵有了芬芳，歇在树叶上树叶开始流淌绿意，歇在朦胧的水塘上水塘也涨起春心。

　　小雨一路清清切切地歌着一路缠缠绵绵地恋着赶来了。小雨歇在我的窗外。小雨在窗外轻轻地歇了脚。仿佛是踮起了脚尖那么轻轻巧巧那么灵灵秀秀在窗外一遍遍地唤我。直唤得我心里有湿漉漉的甜意直唤得我的梦中有扯不断的恋情。

　　一遍遍又一遍遍唤着，你的温情湿遍了我的名字湿遍了今夜。你就这么不肯离去。踮着脚附在我的窗户上轻轻唤轻轻唤。花朵在你的喊声中绽蕾放香，树木在你的喊声中返青吐绿，水塘在你的喊声中陡涨春潮。今夜你又在唤我唤我。

　　一步步在门外徘徊又徘徊。等我为你开门。为了你的等待你痴情的等待我真不愿醒来。

何止桃花潭

韩新东 ◎ 著

作家出版社

图书在版编目（CIP）数据

何止桃花潭 / 韩新东著 .—北京：作家出版社，
2023.10

（韩新东诗文集）

ISBN 978-7-5212-2237-1

I.①何… II.①韩… III.①诗集－中国－当代②散文集－
中国－当代 IV.① I217.2

中国国家版本馆 CIP 数据核字（2023）第 084176 号

韩新东诗文集：何止桃花潭

作　　者：韩新东
责任编辑：杨兵兵
装帧设计：安徽徽商传媒有限公司
出版发行：作家出版社有限公司
社　　址：北京农展馆南里 10 号　　邮　　编：100125
电话传真：86-10-65067186（发行中心及邮购部）
　　　　　　86-10-65004079（总编室）
E-mail:zuojia @ zuojia.net.cn
http://www.zuojiachubanshe.com
印　　刷：北京盛通印刷股份有限公司
成品尺寸：152×230
字　　数：287 千
印　　张：26.75
版　　次：2023 年 10 月第 1 版
印　　次：2023 年 10 月第 1 次印刷
ISBN 978-7-5212-2237-1
定　　价：300.00 元（全四册）

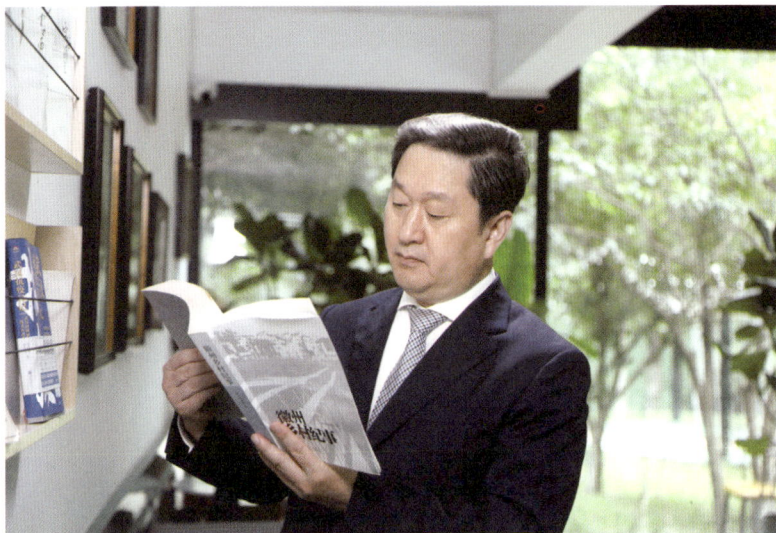

作者简介

韩新东，男，1963年11月出生于山东海阳。诗人，作家，研究生学历，高级编辑。系中国期刊协会副会长。

现任安徽日报报业集团徽商传媒总编辑、徽商传媒全球理事会主席团执行主席兼秘书长、全国商人媒体联盟主席。

创作发表诗歌、散文五千多首（篇）。出版有《一支竹笛七个孔》《另一种恋歌》《苦乐斋情话》《有梦想的地方》等多本诗集、散文集，作品入选《青年诗选》《当代青年散文诗人十五家》等几十种选集。

韩新东诗文集

　　韩新东诗文集共分为四卷，创作时间上下横跨三十余年，均为已在《诗刊》《星星》《散文》《作品》《十月》等全国公开刊物和中国青年出版社推出的《青年诗选》刊发出版过的作品。作品共分为诗集**《花的这边是麦地》**，散文诗集**《一朵火焰出水来》《一粒盐的光芒》**，散文集**《何止桃花潭》**。这些作品文字优美，想象独特，哲思隽永。具有自身独有的文字之光，修辞之美。很多作品收录于各种文学选本。

卷一：诗集《花的这边是麦地》

　　收录作者从上世纪80年代开始至新世纪的诗歌作品，这些作品散见于全国各大刊物。既有吟诵祖国壮美山河的诗作，也有人生思考的独特篇章；既有借物言志的旷达之作，也有对爱情的深邃表达。

没有雷同，没有照本宣科，具有强烈的人文精神。本卷共分为第一辑《花的这边是麦地》、第二辑《在火焰的顶部》、第三辑《劈柴的人》、第四辑《一支竹笛七个孔》、第五辑《刀的情话》。

卷二：散文诗集《一朵火焰出水来》

卷三：散文诗集《一粒盐的光芒》

这两卷可以看作是姊妹篇。

作者当初被称为中国散文诗界最有影响的青年散文诗人之一。曾有著名散文诗大家耿林莽先生编辑的《当代散文诗人十五家》收入其重要作品。这些诗意境开阔，想象奇峻，文辞精美，曾为多个选本收录。诗中有歌颂爱情的，有歌颂海上船夫的，有歌颂矿工的，有歌颂普通劳动者和春天的，有与孩子的深情对话；这里面既有对自然的礼赞，也有对历史的反思；既有对乡土的乡愁，也有对做人做事的感悟。《一朵火焰出水来》收录有第一辑《一朵火焰出水来》、第二辑《一句话带我入夜色》、第三辑《和石头深情对话》、第四辑《放牧的孩子》、第五辑《窗外的树头正在开花》、第六辑《今夜又起笛声》；《一粒盐的光芒》收录有第一辑《一粒盐的光芒》、第二辑《竹和竹笛及其他》、第三辑《春天的心脏》、第四辑《香在风中便有了翅膀》、第五辑《一顶草帽以及它的重要》、第六辑《画像》。

卷四：散文集《何止桃花潭》

本卷作品主要收录的是作者的哲思类的散文。刊式绝无拘泥。一草一木皆可入文，一言一行皆有思考。文章既有对家国情怀的表达，也有对真诚做人的我见；既有对读书读天地的领悟，也有对读史论今的感慨，它们或长或短，让人读来回味悠长。这些美文曾被《读者》《中外文摘》以及一些出版社的选集收录。本卷共分为第一辑《关于鱼眼的哲学和人生观》、第二辑《温暖的猪油》、第三辑《孔见、洞见和不见》、第四辑《何止桃花潭》、第五辑《如果李白穿行在今天》、第六辑《活出一棵树的沉香》。

目录

第一辑
关于鱼眼的哲学和人生观

第二辑
温暖的猪油

4

第三辑
孔见、洞见和不见

第四辑
何止桃花潭

第五辑

如果李白穿行在今天

第六辑

活出一棵树的沉香

第一辑

关于鱼眼的哲学和人生观

关于鱼眼的哲学和人生观

已经有很多年了。

不论是在外面，还是在家里，只要桌上有鱼，我就一定会将鱼眼夹给我的爱人吃。虽然这只是一个动作，但更像是一种自我的提醒。其实鱼眼真的没有什么可吃的，也更没有什么好吃的，大到鲇鱼的眼，大且硬，常只能生吞下去；而小如石斑鱼之眼，细小如米粒，只能在牙缝中咀嚼。而每每，若有陌生人在必定会说：他是对爱人高看一眼；而每每，若有熟人在必定会说：他已经十几年如此这般了。每当此刻，饭局只管在纷纷扰扰中过去，留下大家的几分好奇和猜测。我和爱人只管彼此会心地笑而不语。

说真的，鱼眼严格来说是个经济学的命题。你想，若是你在集市上买鱼时，这鱼缺了一只眼睛，身价还能如有珠者？而当端上热气腾腾的一份清蒸美味，如缺少鱼眼，怎能不是增添了一份缺憾？而这缺憾又是无价的。它既像是一条鱼的命运，又像是一桌菜的身价。

其实，真实的鱼眼的历史，来自我和爱人共同读到过的一篇关于鱼眼的故事。这篇故事简单到你必须反复读几遍方能读出其中的人生况味，不经历难解味。让我们一起来读读这个故事吧：有一对男孩和女孩刚大学毕业，男孩很腼腆，女孩很矜持，两个人第一次到海鲜馆吃饭，男孩为她点了一条鱼，一条她叫不出名字的鱼。鱼身还没动，男孩就先夹起鱼眼放到她面前："喜欢吃鱼眼吗？"她不喜欢，而且也从来不吃鱼眼，但不忍拒绝，便羞涩地应许着。男孩告诉她说，他很喜欢吃鱼眼，小时候家里每次吃鱼，奶奶都把鱼眼夹给他吃，说鱼眼可以明目，小孩吃了心里亮堂。奶奶去世后就再也没有人把鱼眼夹给他了。其实鱼眼也并没什么好吃的，男孩笑着说，只是从小被奶奶宠惯了，奶奶当我是她生命中最爱的人；每次吃鱼，鱼眼都归我；以后就归你了，让我也宠宠你。男孩深情地凝视着她。她想不明白，为什么鱼眼就代表着宠爱呢？但是明不明白无所谓，反正以后只要是吃鱼，男孩必定会把鱼眼夹给她，再慢慢地看着她把它吃完。后来她习惯了每次吃鱼之前等着男孩把鱼眼夹给她。

几年后的一天，女孩子哭着告诉他，她不能在这个小城市过一生，她要的生活不是如此。在外拼搏了许多年，她的梦想终于实现。她拥有了一家像模像样的公司，可爱情始终以一种寂寞的姿态存在。她发现这么多年在外，每有宴会必有鱼，可再也没有人把鱼眼夹给她。她常常在散席离开时回头看一眼满桌的狼藉，总有鱼眼与她对视。

后来一次特别的机会，她回到曾经生活过的城市。昔日的男孩已为人夫，他的妻子做了一条鱼。他张罗着让她吃，夹起一大块鱼肉放在她的碟子里，而鱼眼却给了他的妻子。这么多年，无论多苦多累，她都没掉过泪，但那一刻她却怎么也忍不住了。我读到这个故事是十几年前，我被其中的简单征服，我被其中的深意震撼。从那时开始，我给爱人夹鱼眼就没有间断过。岁月给予我们的，可能我们拥有时不完全懂得，但我们要珍惜。捧着的是只杯子，落地了就是碴子。

鱼眼是个故事，而夹鱼眼是个承诺。

我们为何要以一座城市的名义拒绝

　　全世界最大范围的一次春潮，随着春节的临近涌来，又随着春节的远离而散去。涌来时是依依的乡情，拍打着几代人的心胸，拍打着熟悉而又陌生的故土；散去时，是对生活新的憧憬、新的向往，踏上新的征程。这滚滚的春潮呀，一次次拍打着世界的心、中国的心、人民的心，也一次次拍打着我的心；这种拍打有舒畅，有感慨，有兴奋，有惆怅，有激情，有无奈，有对故乡的不舍，有对他乡的期盼。让我们来细细品味一下这种带着疼痛的拍打吧。

　　这些年，不断读到类似的故事，前两天读到这样一个令人心碎的小段子：一位兄弟在排队乘地铁时说了句："坐地铁的人可真多呀！"工作人员回了一句："人真多？你看有几位是北京人啊，都是你们外地人。""外地人"这个词就把首都与其他地方分开了，可这种外地人与北京人真的是两个词语的组合就将他们分开了吗？

且不说北京人是从哪儿来，也不说北京人的优越感从哪儿来，就从人说起吧。在工厂做工的是工人，在市场上经商的是商人，保家卫国的是军人，而以土地为生命劳作不息的是农村人，不说他们工作的高低贵贱，他们的根本都是人。假定农民只种自己吃的，那城里人吃什么？假定军人只保卫自己，那国家的安宁又该交给谁？假定北京没吃、没喝、没有保卫，这北京也只是一个地名，我们总不能抱着地名入眠吧？！北京呀北京，你是中国的首都，你不是北京人的皇城根，有多少来自全国各地的外地人守护着你的梦乡，清扫出你的洁净，建设着你的大厦。一切有如此精神洁癖的城市和人士，真该放开你们的胸怀呀。

历史上有一位不平凡的人物，她叫王昭君，昭君出塞的故事流传至今。王昭君，名嫱，字昭君，原为汉宫宫女。公元前54年，匈奴呼韩邪单于被他哥哥郅支单于打败，南迁至长城外的光禄塞下，同西汉结好，曾三次进长安入朝，并向汉元帝请求和亲。王昭君听说后请求出塞和亲。她到匈奴后，被匈奴单于封为"宁胡阏氏"，象征她将给匈奴带来和平、安宁和兴旺。后来呼韩邪单于在西汉的支持下控制了匈奴全境。昭君慢慢地习惯了匈奴的生活，和匈奴人相处得很好。她一面劝单于不要打仗，一面把中原的文化传给匈奴，使匈奴和汉朝和睦相处了60年。

三峡浩大的移民工程，世界水利史上亘古未有。根据规划，三峡蓄水至175米水位时，最终移民将达120万人。这相当于一个欧洲中等国家的人口，是此前世界最大的水利工程伊泰普电站移民的28倍！三峡工程成败关键在移民。破解这道世界级难题的

"金钥匙"，就牢牢掌握在湖北省和重庆库区人民的手中。10年来，三峡库区已搬迁、安置移民72万多人。其中湖北省库区夷陵、秭归、兴山、巴东已搬迁移民184613人，占全部计划的90%以上！故土难离，始终是千百年来积淀在中国百姓心中的情结。然而，为了国家大计，为了民族大业，库区儿女挥别家园，为三峡工程让路，我们怎能忘记？2002年，中央电视台评选"感动中国"年度人物，百万三峡移民获得特别大奖。

什么是故乡？什么是他乡？

故乡，自己出生的地方；他乡，身在家乡外的地方。中国人都说故土难离，离开故土总有自己说不出的伤感，总有自己说不出的离愁，总有自己最渴望的追求，总有自己最渴望的幸福。对于人生道路中的你我他，我们都是陌生人；对于一座又一座的城市，我们都是陌路人。假如幸福的征集令在召唤我们，我们为何要以一座城市的名义去拒绝他人呢？读读海子的这几句诗吧：

> 我将告诉每一个人
>
> 给每一条河每一座山取一个温暖的名字
>
> 陌生人，我为你祝福
>
> 愿你有一个灿烂的前程
>
> 愿你有情人终成眷属
>
> 愿你在尘世获得幸福

沉浸在文字之中

沉浸在文字之中, 究竟是个什么样子呢?

喝酒的人, 不管是一人独饮时的自由自在, 嗑着几粒瓜子就能下酒, 咬着一根青绿的黄瓜就是美味, 吃什么不重要, 重要的只在于酒。酒提供的松弛和想象, 酒放下的面具和磨难, 此刻是人在酒中, 还是杯中装着人生? 还是有三五好友一起开怀畅饮, 从一开始的微醺就创造了一种氛围, 大家的脸上像是点了胭脂, 一种美好的感觉, 甚至是享受, 就回旋在这个空间中, 天花板都很轻, 人就像是充足了气的气球, 顶在天花板上, 开心地一撒手, 气球就会破天花板而去, 酒后的感受就是如此美妙; 更有酒至酣畅淋漓的时候, 划拳击掌, 筷子互相敲打, 或敲打桌子的声音, 直接就顶飞了天花板, 快乐、痛苦、挣扎、梦想, 在酒中混合着一起飞腾, 及至有些不能消化, 就遗留在某个角落的阴暗处, 被夜色拂过, 是一些滚烫的心情。

　　还有劲的是前些年去俄罗斯，在莫斯科的街头，秋叶飘落在街道，金色的叶子随风一片一片地翻过，飞起又落下，好像有谁在翻读书页。这时你会看见有爱酒之人，手持一小瓶大约是伏特加，靠在街道的墙边，靠在秋天，他此刻所有的世界都在一瓶酒中。在俄罗斯几次商务活动中也没见他们的酒量特别大，倒是常常在街头见到这样的人。他们手持一瓶白酒，就像中国古代的侠客仗剑走天涯，酒客和剑客都很潇洒呀。只是他们中有人终日酗酒，搞得前些年莫斯科推出限酒令。可能只有这样的土地上才会产生普希金，才会产生《假如生活欺骗了你》，才会有普希金与一个俄罗斯贵族军官的决斗。决斗如果用文字来形容的话，就像是故事的悬念将在瞬间被剑、子弹和鲜血揭出谜底。文字可以揭示谜底，而文字绝不是生活本身；就像诗歌里有生活，有爱情，有追寻，但诗歌只是诗歌。

　　酒与人生，文字与人生，沉浸才美。

　　如果没有文字，这一切的生活该如何记录和表达呢？某一个冬日暖阳的下午，一杯茶、一本书和一段时间，构成了岁月静好的重要因素。这时候你读到一些文字，先是慢慢融入，自愿地将自己从一块冰化成一杯水；而后你在自己的水中幻化成一片水草或一条小鱼，在这些文字里忘我地穿梭游弋，也许会是读到快意的段落，你被燃烧得不行，燃烧成一块烙铁，你需要呐喊呼叫，你更紧密地投入这醉人的文字中，你把火红的烙铁投入冰水中，哧哧啦啦的声音，让你的心冷下来，而你的灵魂早已飞到枝头之上。更多时候，你读着读着，心头一震，你会端起茶杯猛喝一口，咕咚一声，这些文字便在你心底安了家。

文字从历史里来，我们便读到了历史，除开岁月之外，这些历史便都活生生呈现在我们眼前。文字从孔子而来，我们便读懂了智慧，读懂了穿梭在七国之间马蹄踏起的尘烟，读懂了孔子经天纬地的智慧，读懂了一个大儒对天下的热爱与悲悯；文字从李白而来，我们读到了盛唐的气象，读到了唐诗中的中国，读到了李白诗中的风骨，读到了李白诗中的酒，"举杯邀明月，对影成三人"，没有见酒字，却酒味十足，好的文字就是让人沉浸其中，而绝不会只见文字妖娆和华丽；文字从鲁迅而来，他的文字总是充满了剑气，读着读着剑气上身，你也会忍不住拔剑刺向那黑暗，鲁迅在三味书屋与百草园的时候，也有幽默与滋润，一句"我家后院里有两棵树，一棵是枣树，另一棵也是枣树"的经典句式，穿越了中文写作的巅峰。

文字是欢乐的，因为它记录欢乐；文字是痛苦的，因为它承受着痛苦；文字是浪漫的，因为爱情需要它表达；文字是寂寞的，因为总有一颗心在夜晚去触碰抚读；文字是热烈的，因为它可以描写比拥抱更壮怀激烈的场面。文字是五颜六色的，因为文字里装着世界；文字是悲欢离合的，因为文字与人类相伴在人间；文字是古老的，篆刻中的象形今天依然栩栩如生；文字是新鲜的，当下最新的表达都有新词描述。文字是历史，那些在岁月里沉香的古籍；文字是现实，每一天发现的都自然走进了文字；文字是记录，文字也是遗忘。因为记录常常是有选择的，而文字之外的都被时间慢慢冲淡，及至消失。

沉浸在文字之中，真的很好，哪怕是一个故纸堆，尽可能地让它包围你，文字是有性格的，每一个文字背后都站着一个人，而不同文字的背后站着不一样的人。

这个春天

　　春天，四月的春天，山花烂漫，诗情勃发，流水清澈，心思绽放，但这个春天的四月对中国、对世界、对人类、对地球来说，却显得过于沉重，一叶盛开的花瓣被一些逝去的生命压住，我们无法呼吸；在春天我们放飞梦想，而在中国的上海，在美国的波士顿，在中国的雅安，我们却不得不去安葬一些会说话的梦想、会舞蹈的灵魂、会唱歌的生命。

　　在春天，活着的人一定要为逝者安放好梦想。

　　当地时间2013年4月15日，美国波士顿马拉松比赛终点线附近发生至少两起爆炸，造成3人死亡，近百人受伤。在波士顿爆炸事件中不幸遇难的还有中国留学生。而这一恐怖事件的制造者是俄罗斯的两兄弟，他们的作案动机就是不满美国人不断对外发动战争。地点在美国，受害的有中国人，作案的却是俄罗斯人。这个世界本应该是个大同的和谐之地，幸福之所。一个以自由、民主、平等、博爱自我标榜的国家，一个以人权利益高于一切的国家，在创造自己国家幸福价值观的同时，却轻视其他国家民族的利益，强行输出自己的政治价值观，结果遭到了世界人民的反抗。而一些极端的反抗者常常是以恐怖主义的身份出现，以非常规的手段使悲剧更悲。美国的政治家们也应该面对这样一个现实：为什么一些恐怖分子常喜欢把矛头对准美国？不论什么国家的价值观，什么人的幸福观，都不应该强加给别人；否则，美国梦真的会成为美国的梦魇。

中国上海，2013年4月16日下午3点23分，复旦大学在读研究生黄洋被同寝室同学投毒不治身亡。在中国人的字典里，什么样的深仇大恨才能让人下如此毒手？非杀父之仇，非夺妻之恨，仅仅因为在饮水机的投资和使用上发生分歧，一个生命就轻易地去剥夺另一个生命，而一个家庭和另一个家庭将陷入永久的悲痛中。我们的教育缺失的不是知识，而是常识；我们的人生获取的应该不仅是崇高的道德，也应包括简单的道理；我们的父母给予我们的生命，不是用来任意践踏别人的权利和自由，而是需要承担一份责任。网上的同学们都纷纷贴出自己的心得：感谢昨天的和今天的室友，没有横刀，没有投毒。还是让我们学会从如何做一个人开始吧。不关注人，只关注分数，还会让人性的丑陋处处泛滥。

4月20日8时02分，四川雅安市芦山县发生7.0级地震。截至4月27日地震遇难人数196人，失踪21人，受伤13484人。我们多灾多难的四川，我们多灾多难的四川同胞。5年前，你们刚刚告别了震惊全世界的汶川地震, 却在一个本应宁静安详的星期六的早晨, 被又一场突如其来的地动山摇, 摇碎了幸福的生命。这是自然的力量, 我们难以抗拒。但人间的真情也在瞬间爆发: 这里有震中母亲舍身救子, 这里有紧急驰援的官兵, 这里有女主播穿婚纱在震中报道, 这里有中国好室友保全宿舍财产。冰冷的投毒, 热血的救助; 一个天, 一个地, 感天动地。频发的地震与人类的活动有没有关系? 有什么样的关系? 当我们不断向大自然索取时, 我们留下了垃圾、雾霾、沙尘暴、污染, 现在, 我们真到了应该还给自然一些青山秀水、风景如画、心美如歌的时候了。自然不是我们, 而我们是自然的一部分。

　　一个恐怖事件, 一个人为投毒, 一个自然灾害, 三者无关联, 又有关联。在恢宏的地球, 人与自然的和谐如何保证? 在泱泱世界, 国与国的和谐如何实现? 在五彩缤纷的社会, 人与人的和谐如何实现? 人类应该以灵魂相互抚摸, 相互拥抱, 而不应该由肤色把我们的心分开; 国家应该以尊重相互沟通交流, 而不是以大小、强弱、距离彼此定位; 自然应该是以爱为融合, 让人类融入自然, 而非自然一定要贡献给人类, 天地之精华、万物之灵长的人呀, 你要明白人类并不是产生于空气。

一张宣纸的诸种分析

　　坐在立冬后的夜晚，又在找文捉字。想到现在的网络如此之发达，不禁兴奋得理不出什么头绪。好在有许多的"鸡汤"可以去喝。比如，有好多古今文人炮制出的立冬诗文，有好多中医爱好者研制出的立冬起居和食补注意事项，有好多热爱生活者告诉你这个季节的穿衣戴帽、服装搭配。真挺热闹的。而我于如此深的夜晚，却挖不出什么有价值的思想。心下想，我还不如一个孕妇，使劲地肚子疼，疼得厉害了就生下个大宝贝；最不济肚子痛，去排一下，也落个爽快。枯坐在立冬后的夜晚，我在等待仓颉的召唤，让文思涌泉，字字珠玑吧。

　　忽然就想到晚上我在刚刚结束的婚礼上对新人的祝福，让他们把彼此的爱情、幸福、美好都写在一张宣纸上，因为他们的父亲是研究开发、弘扬宣纸文化的大师，然后让这样的爱情穿越千年，因为我们已知的宣纸的保鲜可达1250年以上。一张穿越历史、时空，穿越记忆、美好的纸。一张纸，不，一张宣纸。

宣纸是中国传统的古典书画用纸，是中国传统工艺产品之一。宣纸"始于唐代、产于泾县"，因唐代泾县隶属宣州管辖，故因地得名宣纸，迄今已有1500余年历史。2002年，安徽宣城泾县被国家确定为宣纸原产地域。由于宣纸有易于保存、经久不脆、不会褪色等特点，故有"纸寿千年"之誉。宣纸的原材料主要是青檀，配料是稻草等农产品。宣纸按加工方法分为原纸和加工纸。按纸张洇墨程度分为生宣、半熟宣和熟宣。

民间传说，东汉安帝建光元年（121），造纸家蔡伦死后，他的弟子孔丹在皖南以造纸为业，很想造出一种世上最好的纸，为师傅画像修谱，以表怀念之情。但年复一年难以如愿。一天，孔丹偶见一棵古老的青檀树倒在溪边。由于终年日晒水洗，树皮已腐烂变白，露出一缕缕修长洁净的纤维，孔丹取之造纸，经过反复试验，终于造出一种质地绝妙的纸来，这便是后来有名的宣纸。宣纸中有一种名叫"四尺丹"的，就是为了纪念孔丹，一直流传至今。

由此我展开了有趣的神思，想到了关于一张宣纸的各种价值分析。这个夜晚又豁然开朗了。

关于定位。最近在读特劳特先生和他的中国弟子邓德隆所著的关于定位学的著作，一时脑洞大开。宣纸的定位是天注定的，所以它是不可替代的。宣纸既是产地的名称，又是产品的名称，做大了产品，当然就做大了产地。这样对应的心智资源匹配度是天衣无缝。当然，我们现在最需要做的是让全世界有更多的人喜爱中国书画，这样宣纸自然就成为世界纸了。

关于文化。在中国和世界众多的收藏馆中，留在宣纸上的种种墨宝写下了诗句，画中有绿水青山，笔底有朝代斗转星移。典章、故事、传奇，刻录下文化的踪迹，自己又成为文化之一部分。世界上没有一种载体与它的内容间有如此亲密无间的关系。是它，又不是它。

关于经济。一张纸的价值，市场上有明码标价。一张宣纸也如是。但一张宣纸所能完成的升华却是其他纸张无法拥有的。一旦写上字、绘上画，它就会从丑小鸭变成白天鹅，而如若是一个名家所作，完全可以待价而沽。当一个书画大家泼墨宣纸之上时，它可价值连城。

关于外交。在百度百科有这样一句：宣纸除了题诗作画外，还是书写外交照会的最佳用纸。

关于爱情。如果这纸画的是一对鸟，那最好是一对鸳鸯鸟；如果这纸上写的是一首诗，那最好是一首藏头诗，彼此把对方藏在心里。当然，如果有一种纸可以书写和见证爱情，那最好是宣纸，因为穿越千年，它依然历久弥香。所以我强烈建议今后的结婚证书一定要用宣纸，用宣纸，用宣纸，重要的事说三遍。

一张宣纸把我们带回过去，又把我们带向未来。关键宣纸记载的历史应该有我们的印迹。

太阳的味道

前几日借着清明回乡省亲。这个特殊的日子拉近了我们与故土、我们与亲人、我们与过去、我们与历史的距离。如果没有这个日子，生活中可能总会少了一些凭藉，缺了一些着落，失了一些思念。真的要感谢古人，真的要感谢先人。在我们常常感叹今天文明和文化强大的时候，为什么我们的脚印却常常流连在历史的故道上？为什么我们的孤独常常被秦时明月解读？儿时同学和玩伴的喜悦和幸福一定是最真切的，这种真切只有个中之人可能解味。推杯换盏之间，言来语往之际，其真诚可在往事中打捞，其包袱可在记忆中笑开。多么美好的少儿时代，定格了多少翻不过去的回忆，又丰富了多少次攀谈的话题。人生如果没有童年，生命将会怎样？

回来没几日，一位老同学通过微信给我发来一段文字："这次故乡之行能与你久别重逢，并且还见到了你的家人，我非常高兴。

今天我在百度刚输入你的大名，突然整个网页跳出来的都是有关你的信息，我仔细地看了你的履历和成就，我非常惊叹，同时也感慨万千，这么出色、优秀、成功的作家、诗人，竟然是昔日坐在我身后，拽我头发，用钢笔洒我墨水，藏我书包的顽皮男孩。"这封信还有好多谬夸的内容就不一一摘述了。这信也是浓浓的儿时气息，仿佛又回到那个年代。依稀记得前几年回乡时，趴在过去学校的窗户外，还能见到我曾经坐过的桌椅，好不让人牵肠挂肚。我给同学回了这样一句话："大家都很好，只不过在不同的工作岗位而已。回到过去和未来，大家都只是同学而已。"这应该是一句绝对真理吧？！

回乡某半日，度过了我又一段愉快的时光。朋友金总带我去见一位故乡曾经的老书记，他现在如闲云野鹤般飞落在当地的一个最大的林场。在林场山窝的一个洼地，他开发农田，种上真正的绿色蔬菜，因为这块土地不仅现在不施化肥，过去也从没有施过化肥。他指着远方林深处缓缓移动的白色说，那是我们的羊群；他站在塘边说，这是我们自己开挖的河塘。他陪着我和家人漫步在山坡上，这时候我对我的女儿说：我又闻到太阳的味道。女儿大笑：什么是太阳的味道？我说：是经过上好的阳光照射，土地里升腾起各种味道，庄稼的味道、青草的味道、花香的味道，合着土地中牛羊粪便的味道，在阳光下在土地上在美好的时光上一起浮动，比香更香，比美更美，比幸福更幸福，此刻的太阳的味道之于我，可能还要加上童年的味道。书记和朋友金总亦开怀大笑，尤其是金总的被烟熏过的牙，此刻竟然闪现出那么宝贵的白光。讲话间，一群大白鹅嘎嘎大叫着列队从我们身边大模大样地走过，最过分的是一群土鸡，会从这棵树飞到那棵树。这样的氛围，晚上的农家乐自然大快朵颐一番，老书记快乐，称呼老书记的人也快乐。"书记"快乐自然十分，而称呼其"老"自然有过去和曾经的意思了，但他的真实的快乐，不在于位，而在于为。为的快乐是不分彼时此时的。

又回到前文，对于同学，不论过去和未来都是同学。拿捏好自己的身份和定位，人会不会过得舒坦、愉快、幸福、真实、快乐些呢？不久前读到一篇小文，标题很有意思：低配的生活，依然可以活得高贵。

外卖小哥和胖哥的家宴

一看标题，就知道这是两个小人物，绝对是标准的小人物。

一个是送外卖的，一个是被身材取代了名字的。

进入4月的春天，一个送外卖的火了，他的名字叫雷海为。他的家乡在湖南邵阳，他的工作是在杭州送外卖。他火的原因是因为在2018年4月，《中国诗词大会》第三季总决赛中他获得了总冠军。于是乎，逆袭，意外，挑战成功，看起来是赞美，其实是约略拿不准的，因为诗词总冠军获得者的形象应该是出自书香门第，应该是日日诵读，手不释书，应该是志得意满，志在必得，踌躇满志。但他不是，他只是一个农民的儿子，只是在他小的时候，他的父亲希望他成为一个有文化的人，于是将他自己认识了解的古诗词贴在家中，让孩子浸润其中；但他不是，他甚至挤不出来多余的钱去买一本大部头的古诗词书籍，只能每天抽时间跑书店，然后背下其中的诗句，回去后默写记忆，再去书店校对正误；但他不是，为了省钱，他会几个人合租一个房子，他会在别人错峰工作时，独享阅读诗书的快意，他会在别人玩手机、微信聊天时，通过手机看看他热爱的每一个汉字，每一首诗词。他亲近历史，他熟悉李白、杜甫、白居易、贺知章、苏轼、辛弃疾；他走进了他们的生活，甚至是当评委老师在西边画上窗户时，他本能地说出"巴山夜雨涨秋池，何当共剪西窗烛"。如果是从接受正规教育的角度，如果是从出身的角度，如果是从工作环境的角度，他确实是逆袭了，因为他的生活中甚至无法拥有一张平静的书桌；而如果是从人生的角度来说，他并不存在有些人惊呼的"他战胜了对手，战胜了自己，也战胜了生活"。其实我看，他谁都不用战胜，他只是喜爱，喜爱古诗词是他生活的一部分，是带给他人生安慰和快乐的源泉，是让他在踏踏实实送外卖之外的一笔只记投入、不念收获的巨大财富，这财富让他拥有被太阳晒黑的笑容，让他拥有实在生活的情趣。试想，如果没有中国诗词大会，雷海为就不喜爱诗歌了吗？如果没有这个总冠军的头衔，他的生活就不会继续了吗？试想，他可曾想过用古诗词乔装打扮自己，做一些鸡鸣狗盗之事？喜爱就够了。如果因为喜爱能接近诗歌，甚至改变现在的生活环境，那只能说这是对热爱生活者的一种回报。有梦想谁都了不起。因为生活中的标签太多，因为喜欢给别人贴标签的人太多，把本来美好的生活搞得太嘈杂。我相信，如果没有中国诗词大会，雷海为依然会热爱古诗词；似乎有了中国诗词大会，一个中国生长的外卖小哥喜爱他国家生产的古诗词反倒成了奢侈品；不是雷海为的逆袭，是我们的思维可笑的逆袭，只要有梦想，没有三六九等，谁都配拥有。

说了小哥，再来说胖哥。

小哥我不认识，只是道听途说，空发议论而已，而胖哥却是我在他乡的一位好大哥，像亲戚一样的老大哥。好多年前，一个偶然的机会我认识了胖哥和他们一家。这绝对是中国式和睦友爱的大家庭，上有老岳母同吃住，下有小孙子伴左右，中有妻妹和妻妹婿一块生活，旁有一大帮子好兄弟朝夕相处。自然，最有特色的当属胖哥的家宴。我们在每年的春天必然会赴胖哥的家宴，这约定俗成的聚会变成了规矩，这令人愉快的聚会变成了节日，这经常回忆起的聚会变成了一种期待。每年胖哥知道我们要回去了，肯定会通过多种方式邀我们去大快朵颐一顿。胖哥的家宴绝对是蔚为壮观的。首先是采购，虽然不是山珍海味，但绝对是天然无污染，绝对是新鲜保质；其次，是操作，一家老的小的一起上阵，各自拿出十八般武艺，保证每个菜都鲜美宜人，每一道菜上来都是一阵惊呼，直到一个大大的圆桌上叠放着几层菜，这才罢休。最为奇观的是，这么一个浩大的工程，待菜上完，灶台旁也一并打扫得干干净净。于是乎大家每次都是一边吃，一边快活，一边感叹。最绝的是胖哥是从不喝酒的，但每回我去，他都会尽兴地饮一次，一二两酒一口到底，脸瞬间红起来，胖哥就会离席说：不胜酒力，不胜酒力。最佳的是胖嫂，酒量大得惊人，而且酒风绝对豪爽，真个是巾帼不让须眉；而且常常是辣椒就着白酒，一般的老爷们儿绝对甘拜下风。哦，差点忘了，他们的小儿子培养得也足够优秀，刚从香港的大学毕业，自己在广州找了份很好的工作，儿子太优秀了，刚毕业女朋友也带回家了, 一家子其乐融融呀。

人生来就为快乐的。不一定位高权重就快乐, 不一定富可敌国就快乐, 小人物也可以有大梦想; 当然, 小人物最开心的其实就是可以拥有自己的生活, 哪怕不被别人看好, 自己的生活其实也不需要别人看好。

哦, 胖哥名字叫庄志祥, 江苏溧阳人。

何处安居

少时读唐代伟大诗人杜甫的《茅屋为秋风所破歌》，难解其中之味。只是对当时天下文人的际遇和困境留下了深刻的印象。一个诗人有什么用呢？面对秋风的感叹？面对茅屋的感叹？有用的是一种情怀，一种境界，一种历史的厚重感，一种历史的穿越感。你听，这样响当当的句子，可以敲出金属的声音："安得广厦千万间，大庇天下寒士俱欢颜，风雨不动安如山。呜呼！何时眼前突兀见此屋，吾庐独破受冻死亦足！"这是一种节操，这是一种操守。其实，这并不完全关乎住和房了。

大约是20世纪60年代末期，随父亲一起下放，全家来到了农村。突然间从一个城市孩子变成了一个农村娃，生活的反差肯定是巨大的，但对于一个孩子来说，生活环境和条件对于灵魂显得没有那么重要。那时候全家住的是三间土坯房，就是用土在模子中捶打之后晒干当砖使的一种材料；土坯房顶的材料是稻草，就是稻子打掉之后晒干整理铺在屋顶，这两样组合就成为遮风挡雨的家了。可能现在的年轻人无法想象这种情形，这和杜甫时代所住的也差不多。住这样的房子如果不经常检修，一遇下雨，尤其是连绵不断的暴雨，必然是外面大下，家里小下，经常是四处漏水。比较夸张的时候，是把家中各色盆等都用上盛漏滴水。如遇夜深人静，这些雨滴声会随着外面雨势的大小，时疾时徐，铿锵作响。

后来回到合肥，自然是再也寻不见什么房子顶着一头茅草了。但乡间的生活却常常历历在目，那些叮咚作响的声音，时不时会穿过我的记忆，敲打着我的生命。80年代后期，我也成家了，但那时虽是合肥，住房条件也普遍一般，我们算是沾父亲的光在他们机关要到一间婚房。嗬，这间婚房可够气派的。它身居于50年代的一幢仿苏工字形二层建筑上。得有十多平方米。从一踏上楼梯开始，全楼的人便知道。因为铺的是年代久远的老地板，一踩咯吱咯吱，倒也是十分热闹。我的房子居于二楼西边，楼下就是机关小区的两个公厕之一，长年累月不敢开窗；夏天是气味扑鼻，冬天是西北寒风扑窗。老楼年久失修，暴雨时常上演我童年的雨中一幕。因为房子很小，如遇大雨，不仅盆都用上，而且不敢睡觉，因为不断会有新的漏点漏雨。我和妻子搂着孩子，蜷缩在床的一边，等待雨停。后来，我写了一篇《锅碗瓢盆交响曲》发在《恋爱·婚姻·家庭》杂志上，好多文友一起唏嘘过往的日子。过往的日子仅仅是回忆吗？

现在，大家都住得越来越大，越来越好，越来越美。但大家的渴望却更多了。更多的渴望不仅是房子。当初的孟母三迁就不是为了房子。今天的择邻而居也不是为了房子。那些雨中的音乐呢？那些雨中的相守呢？那些说不清的东西，可能都掉落到时间的深渊。女儿给我发来一个微信，讲述的是一个真实的企鹅和老人的故事。2011年，不知南美海域哪片油田发生泄漏，一只麦哲伦企鹅带着一身油污被冲到一个71岁老人所在的海岸。老人用了一周的时间才将企鹅身上的油污清除干净。企鹅和老人亲密相处，几次送走几次返回。在企鹅与老人相处了11个月后，企鹅换了一身新毛就突然消失了，故事到这儿还没有结束。第二年的6月，这只企鹅又回来了，并且准确地找到老人的住所，每天黏着老人，蹭鱼吃，然后用带着海腥味的嘴亲吻老人。就这样，企鹅每年6月来，次年2月离开，年复一年。麦哲伦企鹅的聚居地位于南美洲南端，从距离上估算，它每次要见到老人，要游至少5000英里。一路上，它要克服疲惫和疾病，躲过海豹、鲸鱼等天敌；而年逾古稀的老人为了等到它，也在跟岁月作战。现在人们开始担心：一是老人等啊等，企鹅再也没有出现；二是企鹅来到老人所在的渔村，找啊找，却再也找不到老人。

　　相忘于江湖，人生是一个过程。珍惜分秒，珍惜身边的人，在未来不要让我们的回忆苍白吧。

谢幕与开始

一出大戏落幕，演职人员上台谢幕，这场景虽是一种套路，而其情形却常常不一而足。每逢精彩的演出，戏中迭起的高潮处常常就有掌声串联或者烘托出更加出彩的表演、更加曲折的剧情；于是，又是一阵接一阵的掌声。这掌声是对表演者的一种呼应，是表演者与观众的一种互动，是艺术与生活的相互印证。这时候的谢幕必然是全体起立，演职人员接受观众掌声的致谢，主要演员甚至是离场又返场，返场又离场，经久不息的掌声与谢幕浑然一体，成为完美演出的一部分。

也有一些谢幕，因为本身观者就强忍着不打瞌睡，努力睁大眼睛去看台上的表演，而确实是表演者自身也缺乏激情，还在挥霍着感情，表演着可能自己都不太相信的剧情，谢幕时稀稀拉拉的掌声，是一种礼貌，细听却有些嘲讽之意。

台上的人看着台下的人在演。

台下的人看着台上的人也在演。

有的人演着自己。

有的人在演着别人。

不管如何演，谢幕一定要有坚定、热烈、持久的掌声，这掌声是给表演者的，但有时也是给自己的。而谢幕时的鞠躬致谢却是绝对不能缺少的，不管这演出是否成功。

有人问左宗棠："天地之间的距离是多少？"

左答："三尺。"

有人道："我们每个人都超过三尺，如果天地间只有三尺，天空岂不都是窟窿？"

左答："所以啊，我们学会了低头。"

鞠躬也是低头之一种吧。这种低头更是一种感谢，一种谦虚，一种敬畏，一种美德。演员的低头是感谢观众，感谢生活。即使我们接受了稀落的掌声，也要学会微笑着低头。这种微笑的低头可能是给自己的某种机会，为未来留下某种可能，其所谓举头三尺有神明吧。

其实，很多时候，好的观众才是演出最重要的部分；因为他们会很包容和欣赏那些表演者，在恰当的时候鼓掌，在恰当的时候沉思，在恰当的时候欢笑，在恰当的时候感动；最伟大的表演者诞生的时候，一定是诞生了同样伟大的观众。

有一句话很有意思：我不介意你骗我，我介意的是你的谎话骗不了我。

还有一句话更有意思: 小鸟虽小, 可它玩的却是整个天空。

人生如果还能不断谢幕一定是一件好事。因为有不断谢幕, 自然就会有不断的开始。你是喜欢谢幕, 还是喜欢开始呢? 对于表演失败的人, 他一定企望下一次快快开始; 而对于表演成功者, 他一定很享受谢幕时的掌声。

谢幕者应该在舞台上尽力表演, 至少是让自己成为自己心目中独一无二的艺术家, 你的表演自然会独一无二, 要知道爹妈生了我们, 虽然零部件全部是一样的, 但配齐后没有人是相同的。

把每一次谢幕当成最后一次, 如果有下一次, 新的开始一定足够精彩。

好, 让我们现在开始。

夜色中的闪电

闪电往往于雷声之前。如果是在夜色之中，这闪电必然会瞬间照亮海洋、大地、森林和天空。但仅只是一瞬间，稍纵即逝，尽在回味之中。

而昨晚我在人间也见到了这样的闪电，这闪电来自一个样貌不够清晰，身份背景更无法了解的中年妇女，她在夜色之中开着一辆载货的电瓶车，而这闪电就这样奔驰而来，电瓶车在我们面前降下速度，她向我们打着招呼：你们好！问好的后面是一张被微笑占据的脸，在夜色中随电瓶车一闪而过，像是一道夜色中的闪电。其实，她在夜色下正在奔忙，打招呼并非她的必修之课，因为在山间的酒店聘用的多是当地乡亲，不见得有什么文化，也不见得请了国际酒店的运营大师来培训她们，但我想这酒店的老板一定会告知她们这样一句话：见到客人就像见到亲人一样，你尽管发自内心地对他们去笑, 别管什么时候, 不问客人是否看到。正在我回味之际, 这辆电瓶车带着那道闪电又从我们身边经过, 夜色里留下一句话: 你们好。秋天的山区, 桂花香味四下暗自涌动, 香满了心头, 香满了夜晚, 香满了疲倦的一天旅程。

微笑于这个世界级景区的一个普通服务员可能是一种待客之道, 可能是真情的流露, 而能与一座世界名山同时留在我们心中的, 就像这大美风景背后无声的微笑。它绝不扰民, 更不扰心。只是与山间花朵淡淡的香味相似, 淡淡的却可以香溢许久。这世界与笑相关的经典与故事很多, 它们大多都还在鼓励着我们去美好地生活。伟大的画家达·芬奇创作了《蒙娜丽莎》, 她的微笑穿过历史和沧桑, 一直微笑至今, 画家将微笑的杂质去除, 将微笑的阴影抽掉, 只留纯粹至灵魂的微笑, 笑到骨头里。断臂维纳斯的微笑带着上帝的神性, 来自人类又俯视众生, 带着痛苦却有无限的宽容, 世界都会在这样的微笑中陷落。而来自柬埔寨的高棉的微笑也征服了世界, 历经无数的战乱与苦难, 石头上大美的佛像绽放笑容, 用微笑普度众生, 石头上定格的微笑其实就刻在一个民族不屈的脸庞上。有一句话这样形容伟大的非洲民族英雄、人类不屈精神的代表、南非前总统曼德拉的微笑: 天上微笑, 人间彩虹。人间的微笑与上帝相伴, 而天上的彩虹却下凡人间, 装点我们的美好。

笑是一种最简洁的语言, 任何千言万语铺陈出的深深情谊, 经不住一个眼神、一个笑容泄露了心机, 暴露了天机。所以, 特别喜欢看到简洁又真诚的笑脸, 现在语言潜伏了太多的山水与沟壑, 只能读其字, 而难以悟其心。君不见有多少慷慨高尚歌功颂德之士背后无限之阴暗，其所谓纸上文章也；君不见有多少铿锵作声之高山流水，可谁又是知己呢？

我不知道这微笑之来历，我也不知道谁是这微笑的主人。

但谁又能在经过漫漫旅途之跋涉，在疲倦的夜色之下，拒绝这一道夜色中的闪电呢？闪电伴惊雷，可以警醒万物，闪电如长鞭可以抽打丑恶的夜晚，闪电如明灯可以瞬间照亮灵魂。

有一夜，我遇到了这样的闪电，一个平淡而真切的微笑照亮了夜晚。

图中那个亮点

　　几乎所有的家庭，不管是贫困的，还是富足的，都会告诫自己的孩子，长大了要好好读书。而为什么要好好读书呢？好好读书能够让我们更加懂事，更好地生活。而知识多了就一定会更好地生活吗？不见得，因为生活自然有生活的道理，而生活的道理有时不是学来的，而是悟来的，学而不悟，常常为生活所累，为自己所累。悟并不是想开了，而是想明白了。想开了是放下，想明白了是悟到。悟到者必然有自己的非凡之处。话说有一位习禅之人见到蝎子掉到水里，就要去救这只蝎子，可这位禅师刚一出手，蝎子就蜇了他；禅师无惧，再次出手相救，蝎子又狠狠蜇了他一次。这时候旁边有人开始说话：它老蜇你，你为何还去救它？禅师如是说：蜇人是蝎子的天性，而善良是我的天性，我岂能因为它的天性，而放弃我的天性。

听听这样的故事，想想生活中这样的事，也比比皆是。乡村中八十岁的老翁，斗大的字不识几个，但乡间家族大事，凡大家拿不定的，皆去问他，为何？因为生活的道理常常并不是多识几个字、多读几本书就能解决的。所谓生活是一本读不完的大书，岁月随生命来来去去，时间随生活起起落落，谁敢说自己读透了生活？有个老板告诉自己的儿子，我的财产是我自己挣来的，不是天上掉下来的；因此，你要获得财产，不是从我这里获得，而是需要自己去拼搏。朋友劝他说，你如此有钱，何必让他如此辛苦。老板说：我不是在培养他如何挣钱，我是在培养我的孩子。好简单又好智慧、好开明又好苛刻的父亲，其实这就是生活的智慧。有个小男孩在一家自行车店当学徒，客户送来一辆坏了的自行车，男孩除了将车修好，还把车擦得干干净净，其他学徒嘲笑他多此一举。而车主将自行车领回去的第二天，小男孩就被挖到他的公司上班去了。改变世界很难，改变自己很容易。自己一改变，世界就改变了。

1990年，美国旅行者1号探测器即将飞出太阳系的时候，在距离地球60亿公里的地方，美国国家航空航天局拍摄了一组不朽的照片。其中有一张叫"地球：图中那个亮点"。1996年，美国著名天体物理学家、科学家卡尔·萨根据此有一段著名的讲话："在这个小点上，每个你爱的人，每个你认识的人，每个你曾经听过的人，以及每个曾经存在的人，都在那里过完一生。这里集合了一切的欢喜与苦难，数千个自信的宗教、意识形态以及经济学说，每个猎人和搜寻者、每个英雄和懦夫、每个文明的创造者与毁灭者、每个国王与农夫、每对相恋中的年轻爱侣、每个充满希望的孩子、每对父母、每个发明家和探险家、每个教授道德的老师、每个贪污的政客、每个超级巨星、每个至高无上的领袖、每个人类历史上的圣人与罪人，都住在这里——而它不过是一粒悬浮在阳光下的微尘。"

地球在太阳系60亿公里的地方看只是一个亮点。而我们在哪里呢? 这个问题很难回答，也无须回答，我们就好好生活吧。

为什么一颗汗水要摔八瓣

这要从一部电视剧说起。

不久前热播的电视剧《人民的名义》，至今带来的反响与深思还在不断深化，甚至此剧吸引了众多对当代题材没有丝毫兴趣的年轻人，一些追韩剧、美剧，时尚剧、古装剧的达人也纷纷刷屏。一时间成为街头巷尾、茶余饭后最火爆的话题。个中喜好虽有不同，但它却比那些手撕剧、肥皂剧、古装剧更食人间烟火，更接地气，他们在看别人，他们也在想自己。虽然他们不可能像剧中人一般身居高位，占据香车美女，占据主席台，占据焦点，但是他们却一致同情剧中本不该同情的两个人，一个是小官巨贪赵德汉，一个是饮弹自杀的公安厅长祁同伟。为什么会这样呢？确实值得我们每一个人深思，尤其是领导者深思。如果不下大力气去改变剧中人物的生态环境，不改变选人用人的标准，不改变贫民子弟的发展道路和人生视角，抓再多的贪官，反再多的腐败，可能新的赵德汉，新的祁同伟还会不断出现。

我们先来看看剧中给大家呈现的人物背景和发展之路。赵德汉是一个出生在偏僻乡村，靠乡亲们的接济才读完大学的寒门子弟，又靠着自己的刻苦努力和专业本领，在国家机关渐渐熬出点头绪，而这点熬出的头绪靠他自己的正当收入绝无可能在北京买下一套房，也不可能让孩子在一所好学校求学，也无法给妻子一个体面的生活，及至办案人员打开他"贫困"后的另一扇财富之门时，面对成堆的人民币，他依然是一个从精神到生活的贫困者，他没有去花贪来的一分钱，他的精神本来是丰满的，人生是有追求的，求学是有目标的，但骨感的现实先是摧毁了他的生活，升迁困难、收入弥艰继而摧毁了他的精神，之后摧毁了他整个的人生。我不知道编剧为什么设计出他贪的钱一分没花，可能还要表现他是农民的纯朴与胆怯吧？！再看看风光无限的祁厅长吧，他是一个优秀大学法律专业的毕业生，他有着自己美好的追求，他有着卓著的功勋，他有着不凡的能力，他有着伟大的抱负，但结果如何呢？结果这些都没有用，都不能让这个出类拔萃，可能成为国之栋梁的人脱颖而出，只有当他出卖了自己的人格和尊严的时候，只有当他攀附上一位省委副书记的岳父时，这一切才迎刃而解，烟消云散；然而这些令祁厅长服气了、顺气了、心安理得了吗？当一个农民子弟求学成功，渴望靠自己的拼搏实现人生理想时，是现实蹂躏了他的梦想，击溃了他充满激情、不断奋斗的人生进行曲。编剧笔下的两个角色是有广泛的现实基础的，剧中塑造两个人物形象的演员是获得了极大成功的，他们获得了掌声，而"他们"也获得同情，而我却收获了思考。

农民最喜爱的是阳光，他们也爱雨露；因为没有雨露和阳光，稻谷就无法生长，无法金黄，更无法收获。他们为什么如此喜爱阳光和雨露呢？不仅因为它们是免费的，更因为它们是公平、公正、公开的，它们平等地对待每一个人，它们平等地对待每一寸土地，它们平等地对待每一滴汗水，只要你愿意勤劳地付出，收获是必然的，果实的飘香属于劳动者。所以，纯朴的农民说：为了丰收，我愿意将汗水摔成八瓣。遇到天灾也不会后悔自己的付出和选择，因为还有来年。

而人生呢？假如你摔碎了八瓣子的汗水而毫无收获，假如一代一代的付出只能饮弹自尽，一颗汗水摔八瓣不就成了笑话吗？而这样的笑话会摧毁一个国家。

通透

两个人, 一杯茶。

或者一杯酒, 把酒言欢, 掏心掏肺, 一杯到底, 无话不聊, 无任何心事保留, 任何云遮雾绕都不存在。更多适宜男性之间。推杯换盏之间, 酒酣身热之间, 四目对望, 愉悦地自心底之间, 用丹田之气吐出两个字, 仿佛是口吐莲花, 带着真气: 通透。好一个通透呀。这是朋友之间打开的心灵, 带着思想和真诚的灵魂, 敞开所有的过往和未来。来, 再干一杯。

看大自然就会对通透加深另一种了解与认识。大山耸立, 挺拔起一个又一个的高度, 它看得再远它也不是通透的; 河流奔腾, 在大地上蜿蜒曲折, 穿山越岭, 但它越过再多的道路, 行走到再远的地方, 它也不是通透的; 森林覆盖着泥土, 阳光照射其上, 但它被时间和枯叶所覆盖, 也难得通透。自然有不通透的, 但它深沉厚重，它也可能用时间、岁月和生命去诠释通透，去暗喻通透，去象征通透。其所谓高人不觉其浅，俗人不觉其深，自然是人类的镜子。

而大自然中什么是通透的呢？

其实，最通透的东西都是最轻盈的，没有重量，却有无限的分量。比如空气，空气的重量几乎可以被人类忽略，一桶空气的重量大约相当于一本书中两页纸的重量，但对于生命和需要来说其分量是比泰山还重的；再比如阳光，大自然离不开阳光，人类离不开阳光，阳光是温暖的、幸福的、光明的、向往的，而通透的阳光几乎是对世界最完美的赞美。自然中最通透的东西都是轻盈的，最重要的，不可或缺的，如果生命中缺了空气和阳光，谁还能活得下去呢？

而人类之中什么东西是最通透的呢？

其实，这一点与大自然相似，看起来那些最轻盈的东西都是最通透的，比如思想，比如灵魂，比如敞开的心灵，比如美好的爱情，比如无私的奉献。而同样涉及智慧、情感、心灵的有些内容就是沉重的、丑恶的、消极的、悲观的，因为另外的欲望让它们沾染上另外的丑恶，因此它们失去了轻盈，比如钩心斗角、尔虞我诈，比如笑里藏刀、阴险毒辣。学习大自然，我们就会懂得通透的含义，懂得了通透，就知道这个世界上最美好重要的东西都是免费的，比如阳光、空气。而伟大的思想家给予我们的启示与启迪也是如此，当我们受益于古今中外大师们的思想智慧时，大师们无一收费。哦，出版商倒是要收费的，因为这个世界上的书籍都是标价收费的，而阅读却是免费的。

　　孟浩然有诗曰：欲寻芳草去，惜与故人违。当路谁相假，知音世所稀。怎么说呢？伯牙绝弦的故事，大家应该都知道，高山流水，知音难觅。

　　韩愈说：少年乐新知，衰暮思故友。一直以为幸福在远方，不断追逐，不曾回首，可待到韶华尽逝，岁月老去，才发现那些相遇的拥抱，经历的握手，那些共同的陪伴，与那些共同的相守，那些把酒言欢，举杯邀月的人和事，那些过往的曾经，就是幸福。

　　通透就是放下心思，美好心情；放下欲望，带上灵魂，让自己的人生轻盈起来，你的一生都很通透。

　　轻盈如空气。

　　轻盈如阳光。

打磨

　　虽然李白不是什么工匠，但写下打磨两个字，甚至想到打磨两个字，我的脑海中涌现的第一个人物就是李白，还有一位老婆婆的身影。

　　传说唐代伟大诗人李白，年少时不知好好用功读书，见到诸子百家和那些经史，也是和现在的孩子们一样读不下去。一天，李白又没去上学，闲逛到林外。见随风摆动的花草，阳光下鸣叫的小鸟，不禁感叹：如果整天在屋里读书，怎知外面的世界如此美妙。当他走过一条小河之际，看到一位已然白发苍苍的老婆婆在一块磨石旁磨着一个铁棍。他不敢相信的是，这位老婆婆居然要把铁杵磨成绣花针。老婆婆说：只要我下的功夫比别人深，这世上就没有做不到的事。在宋代祝穆的《方舆胜览·眉州·磨针溪》中记载着这个故事。李白闻之，见之，悟之，行之，终成伟大诗人。

老婆婆点化了一个诗人，诗人还给老婆婆一个奇迹。

诗人，当然往往是古代诗人更加讲究打磨，如果他们不去认真地打磨每个字词和音色，不可能几句诗穿百岁，越千年，还被我们记得一清二楚。另一位唐代诗人贾岛也是因为两句诗、一个字名垂青史。"鸟宿池边树，僧敲月下门。"贾岛原欲用推，推也显得亲切、自然、熟门熟路，但一个敲字更衬出僧人的修养，又托出夜晚的寂静、月下的美好。经过大诗人韩愈的首肯，一首好诗、一句佳作、一个妙字就这样被写进了历史。

打磨与推敲俱成佳话。

打磨一词真的很有意思，而玉器经过雕刻之后与打磨联系在一起的还有一个词叫抛光。玉石的打磨是用砂条等工具手工摩擦玉器的外表，可以平整表面，修理棱角。打磨的重要性不亚于雕刻，同样一件东西的打磨，打磨功夫的深浅、技艺的好坏直接影响到一件作品的价值和雕刻艺术的表达。而抛光呢，主要是用来提升玉器的光泽度，抛光一般又叫上光或提亮，其实是用来提升玉器的品相，进而卖个好价的。

其实，这个社会中打磨者是脊梁，是栋梁，是希望，是担当，如果没有这些打磨者，这世界将会是混乱的，是粗糙的，是缺陷的，是丑陋的。但我们的身边并不缺少尤爱抛光之人，未经细致地雕刻，未经深入地打磨，上来就直接抛光，将一块石头伪装成美玉，诈骗的不仅是钱财，更是我们对玉寄托的情感；将普通的木头伪造成价值连城的稀世红木，获取不义之财。抛光者未必知道，伪造自然者，自然必将会以自己的方式惩罚这些人。我们的时代越伟大就越可能泥沙俱下，阴阳合同偷税漏税者有之，假疫苗祸害百姓者有之，靠虚假包装窃取社会财富者有之。很多人都有浮躁之心，看别人致富了，不是去学习别人勤劳致富的经验、方式、管理、模式，先是踩一脚别人，回过头来恨不得印假钞；看别人成为作家诗人了，不去学习别人的寒窗之苦，不去领悟佳话的精髓，不去潜心研习生活、寻找灵感、追求升华，先损一番再说，可能还会潜伏成水军。

我们过得好匆忙。

我们过得好凌乱。

我们过得欲望太多。

我们过得希望太少。

我们过得喜欢挣扎。

我们过得不喜欢去努力。

谁的成功不是打磨出来的？这道理连一位老婆婆都知道，但我们现在却要去呼唤李白与老婆婆。谁的人生不是愈加打磨才见光彩，我们干吗老埋怨自己被尘土掩盖？有骚动，没有追求；有向往，没有行动；有目标，没有奋斗；有希望，却不去打磨。

哈。我们这么粗糙的人生经得起打磨吗？

哈。我们这么毫无底蕴的生命还需要打磨吗？

这不是传说

　　先让我们一起来回顾一下一些有关质量的名人名言吧，或许这些名言可以打开我们的视野，这些名人可以打碎我们心中的块垒。你不是想多挣钱吗？伟大的企业家杰克·韦尔奇这样说："质量是维护顾客忠诚的最好保证。"你不是渴望追求更多的产品数量吗？松下幸之助说："对产品质量而言，不是100分就是0分。"0分你懂吗？如果不是合格的产品，带来的不仅没有幸福美好，可能是伤害，更何谈利益呢？你不是很注重产品质量吗？而产品的质量该如何去抓呢？美国质量管理大师威廉·戴明博士这样说："产品质量是生产出来的，不是检验出来的。"他说的是标准，是文化，是内心，如果一把卡尺就能做出世界名牌，我们就不需要树立企业的质量意识、文化意识和品牌意识。这些都不是传说。

　　其实，在古代中国，中国人就十分重视产品的质量，并且有着十分深刻的质量文化理想。有两本值得一说的书，一本是周王朝关于各种器具制作标准及工艺规程的具体规定《考工记》，《考工记》开头就说"审曲面埶，以饬五材，以辨民器"。所谓"审曲面埶"，就是对当时手工业产品做类型和规定的设计；"以饬五材"，是确定所用的原材料；"以辨民器"，就是对生产出的产品进行质量检查，合格者才能使用，绝对不能让残次品流入市面。另一本书是北宋年间出版的《梦溪笔谈》，它的作者沈括也是我们熟知的一位历史名人。沈括在书中对军事器械的制造和生产立下了严格的标准，比如他对弓的质量标准就有六条：一、弓体轻巧而强度高；二、开弓容易且弹力大；三、多次使用，弓力不减弱；四、天气变化，无论冷热，弓力保持一致；五、射箭时弦声清脆、坚实；六、开弓时，弓体正、不偏扭。可见，中国的质量意识古已有之，只是当今一些人被利益驱使，逐利至上，导致唯利是图。

俗话说，小商道做事，中商道做市，大商道做人。宋美龄女士有一段话挺有意味的，她说："品德是无法伪造的，也无法像衣服一样随兴地穿上或脱下来丢在一旁。就像木头的纹路源自树木的中心，品德的成长与发展也需要时间和滋养。也因此，我们日复一日地写下自身的命运，因为我们的所为毫不留情地决定我们的命运。我相信这就是人生的最高逻辑和法则。"清代有位大商家叫王炽，他对自己货品质量绝对负责，对客户诚实忠诚，他的理念是做生意当然就要赚钱，但是绝对不赚昧良心的钱。有一次，王炽的手下发现库存的草药开始发霉了，很多伙计主张把草药卖掉，虽然发霉，但仍可以使用。可王炽却命令伙计把草药拉到郊外烧掉，虽自己损失惨重,但绝不贻害百姓。在那个时代,王炽能有这样的客户意识,使他成就了"清廷之国库"的美誉。没有做人的品行和道德的高尚,赚钱就是毁灭自己的开始,这不是传说吧?!

有这样一个震惊世界的故事:2003年2月1日,美国"哥伦比亚"航天飞机着陆前发生爆炸,7名宇航员全部遇难,美国航天负责人沉痛得为此辞职,美国航天事业一度受挫。事后的调查结果令人惊讶,造成此灾难的元凶竟是一块脱落的隔热瓦,"哥伦比亚"航天飞机有2万多块隔热瓦,能抵御3000摄氏度高温,避免航天飞机返回大气层时外壳被熔化。航天飞机是高科技产品,许多标准是一流的、非常严格的,但就这一块脱落的隔热瓦,葬送了价值连城的航天飞机,还有无法用价值衡量的宝贵的7条生命。这是传说吗?这不是传说。

我们常常为一个又一个的传奇鼓掌叫好,把别人恪守的信条、生产的优质产品、信奉的价值观念、打造的世界名牌,当成流行在另一个世界的传说,面对那些惊天地泣鬼神的鬼斧神工之作,我们涌起的应该不仅是敬仰,更应该是方向,这些品质就在我们身边,这不是传说。

为何母亲为我们低下她花白的头

母亲为什么低下她花白的头，是因为她需要用自己从不屈服的高贵的头颅，完成一次伟大的灵魂救赎。"救赎"是基督教重要教义之一，谓基督拯救世人之道。让堕落的灵魂重新高贵起来，让肮脏的大地重新洁净起来，让呼吸的空气重新清新起来，让一个母亲不再为儿子放下她的尊严。

一个民工绑架了老板的儿子。因为他干了八个月，分文未得，因为他的母亲患有严重的心脏病，因为他的妹妹失恋患了精神病，因为他的孩子要上学。反复索要无果，忍无可忍，他绑架了老板的儿子。很快，他就后悔了，他完全可以跑掉，但他怕孩子出什么意外，也担心孩子害怕，便一直把孩子抱在怀里。当警察出现的时候，孩子在他的怀里睡得正香。法庭上他被判了五年。就在法官要宣布退庭时，一个苍老的声音从席间传来："等等，我有话要说。"她是老板的母亲，孩子的奶奶。唯一的孙子被绑架，她一病不起。此刻，老人慢慢走向被告席。突然，老人弯下腰，向民工深深鞠了三个躬。老人抬起花白的头，泪眼婆娑。"孩子，这第一躬，是我代我的儿子向你赔罪。是我教子无方，让他做出了对不起你的事。该受审判的不应该只是你，还有我的儿子。这第二躬，是我向你的家人道歉。我的儿子对不起你，也对不起你们一家人。作为母亲，我有愧呀。这第三躬，我感谢你没有伤害我的孙子，没给他的心灵留下丝毫的阴影，你有一颗善良的心。"事后，老板不仅向民工支付了工钱，还把那个民工的母亲和妹妹接到城里来治病。是老人的宽容和大义救赎了儿子的灵魂。老人的三个躬不仅是鞠给民工的，也是鞠给儿子的。她是用这样的方式规劝儿子，不能做昧良心的事。一个因无奈而绑架孩子的折翅的天使，一个因品行而拖欠民工工资将会被谴责的小人，都因为一位伟大的母亲完成了灵魂的救赎。母亲的每一次鞠躬都在托举着孩子可能会更加堕落的灵魂。

救赎不仅在母亲，在他人，更在自己。《肖申克的救赎》就是如此。一条漫长的自由之路，一次灵魂深处的洗涤，一部不朽的励志经典，"希望"遵循神的旨意安睡在内页被挖空的《圣经》里，附着在安迪高大的身躯里，匍匐在五百码的下水道里，最后，那条仅有的肮脏之路把安迪送往美丽的新世界。这部美国著名影片中的"肖申克监狱"是一个巨大的隐喻，我们是在改变中毁灭，还是在改变中救赎？

在人生的道路上，有鲜花，但鲜花的下面可能就是陷阱；有掌声，可在掌声结束的地方可能就是悬崖。选择了鲜花，选择了掌声，可能还有陷阱，可能还有悬崖。在灵魂可能堕落的时候，在天使可能折翅的时候，选择一次救赎，自我的救赎，可能这不仅是一次自我的完善，这一定更会令人们相信世界的美好。

麦穗和山芋

　　说到忙碌，我们的眼前会不自觉地浮现很多收获的图景。这些景色在丰富着我们的人生，丰富着我们的理想，丰富着我们对世界的认识。在秋色之上，是农人劳作的双手和汗珠；在收获之上，是农人劳作的微笑和甜蜜。但有一种忙碌，犹如猴子掰玉米，掰一个丢一个，从田间的这一头奔忙到田间的另一头，却常常空手而归。猴子的寓言故事，本来是启迪着人类的生活，但如今太急功近利的我们却常常和猴子没有两样。

　　在阅读一本书的时候，我们偏要从微言中找出大义；在诙谐幽默的文章里，我们偏要思考如何教育自己；在字里行间，仿佛不找出些人生真谛，我们将愧对自己和老师。有时候老师教会了我们认字，却没有教会我们享受快乐；有时候老师教会了我们知识，却没有教会我们享受幸福。沉重的我们，带着比脚步更沉重的心灵，在人生的路上不停地忙碌，难道我们只能收获忙碌？毫无结果的忙碌，到头来我们迷惘的故事和猴子的故事重叠在一起，谁还能嘲笑猴子呢？

在攀登一座高峰时，我们不停地向上、向上，我们告诉自己一定要赶在日出前登到山顶，观日出已经成为我们心中一种说不出缘由的情结，这情结似乎成为我们要征服这山峰的唯一理由。假如日出被大雾遮挡，假如日出被雨水淋走，假如期待中的日出没有出现，我们一定会无比地沮丧。如果我们换一种思路，既重视日出，又重视沿途不断涌现的风景，我们或许会始终生活在一种真实的喜悦中，这喜悦和道路相伴，这喜悦和沿途相伴，这喜悦和攀登相伴，这喜悦和人生相伴；如果我们不调整思维，当没有看到日出时，我们会认为自己枉费此行。人生不一定是高度，沿途的风景也一定能充实我们的内心和人生。不要设定成功是人生唯一的追求，我们每一天的忙碌都充满意义。

在与一个人交往时，我们总是渴望得到些什么：得到关心，得到帮助，得到友谊，得到金钱，得到提携，得到爱情。得到是什么呢？得到的另一边就是失去。我们为得到什么有多高兴幸福，我们就会为失去什么有多失意伤心。我们总是太注重结果，对得到的结果孜孜以求，却对交往中的一个眼神、相伴时的一句话语、见面时的一个拥抱、相遇时的一个握手、长夜里的一个思念、远行时的一声叮咛，没有太在意；我们总是把得到当成我们相处时的全部，我们总是把所有的过程都指向结果，如果忽略了过程，有一天我们真的会错失这个世界。人类只是地球上的一个匆匆过客，如果我们不懂得享受过程, 就无法领会鲁迅句式里经典的"我家后院里有两棵树, 一棵是枣树, 另一棵还是枣树"中的东方智慧。过程本身就是一种收获, 结果可能是我们最圆满的回忆。当我们不再把结果当成唯一的追求, 我们的人生会一路有花开, 一路有果实, 一路有欢歌, 一路有笑语, 忙碌的过程已经成为记录辛勤的诗句。

记得小时候在乡间, 最最愉快的回忆有两样: 一件事是在已经收割过的麦地里捡拾遗漏的麦穗, 那些金黄的麦穗倒伏在土地的怀抱里, 我用稚气的目光去搜寻, 我用稚嫩的小手去捡起麦穗, 金色的麦穗躺在臂弯里, 幸福无比; 还有一件事是在已经犁过的山芋地里, 找那些被连根拔起的山芋, 偶有被翻过的土地掩埋着的小山芋被我发现, 这种惊喜不亚于得到了整片山芋地。因为, 这种快乐不仅在收获, 更是在寻找。麦穗倒伏在我最纯洁的童年的臂弯, 山芋匍匐在我最美好的童年的竹篮, 沉甸甸着我的整个童年时代。

长大了, 忙碌着, 我们为了什么呢?

不是滴水，何以穿石？

　　我们特别羡慕滴水穿石的力量，可能是以亿万年的时间为单位，一滴水不知疲倦，一直深情地对巨石倾诉着它的心语，不求一生一世，但求真心永恒。是时间的力量够大？还是滴水的灵魂够强？可能我们真的没有细细地品味和思索够。

　　够了，真的够了。现在的滴水早就没有如此的耐心了，还没有碰到石头，就希望金石为开；还没有绽开花瓣，就希望顽石为它倾倒；还没有把自己打湿，就希望将万年的巨石击穿。时间从睡梦中醒来，看到一块巨石还在梦中；时间继续沉睡，巨石自然还在睡梦中。一块巨石的过去交给了无涯的时间，而它的未来却渴望被一滴水唤醒。

　　人世间很多事常常是颠倒过来的，比如一个天天握有大把时间的人，可以去选择睡觉、睡觉、再睡觉，他是时间的主人，因为时间在这里太富有, 简直是个富翁; 而另一些人却是时间的奴隶, 他们只能从黑夜中要白天, 只能从睡眠中要工作, 只能从休息中拼未来, 只能丢掉梦想, 与时间赛跑。也许有人认为, 这些时间的奴隶, 比起时间自由支配的主人简直太寒碜了, 但谁是它真正的主人呢? 过去有很多有意思的句子, 常常要我们读懂, 什么少壮不努力, 老大徒伤悲——解读: 年少睡觉, 老年流泪; 什么只要功夫深, 铁杵磨成针——解读: 恒心用好时间, 岁月必有回报; 什么匆匆又匆匆, 原来匆匆的不是脚步——解读: 是一颗追赶希望的心。朱自清先生的一篇《背影》, 感染、打动、影响了几代人。在我看来, 他倾诉的不仅是一个孩子眼中的父亲, 一种如山的父爱, 还有一种无奈的情怀, 父亲给予孩子的不仅有有力的拥抱, 也有离别的背影, 远去的背影。流走的岁月, 时间没有静好, 它带走了很多我们不想带走的人和情, 它渐渐就会模糊成背影。永远读不尽的背影。

我们不是滴水, 我们何以穿石?

让我们一颗狂躁的心安静下来, 能够好好地做一回自己, 让素颜的自己面对生活的镜头, 多一点自信、淡定和从容, 不要看到仕途就去找梯子, 看到金钱就去拿箱子; 这些可能与你有关, 也可能与你无关, 关键是无关的时候也能把日子过好。如果你爱读一本书, 就在静静的夜里, 越过文字, 进入作者的内心, 与他好好地交谈, 做一个好朋友; 如果你爱上农田, 你就选些适宜的庄稼与蔬菜, 好好地侍弄它们, 收获的时候你会爱上自己的; 如果你爱上旅游, 就背起你的双肩包, 准备一路的风雨, 还有一路的好心情, 浪迹天涯, 无悔人生; 如果你真的爱上了仕途, 这也是你不错的选择，但你不能乱伸手，伸手助苍生可以，伸手要钱财断断不行，因为这会断送了自己，你也要懂得该退就退，退了也可以采菊东篱下，悠然见南山，但在位上就应该干出光彩的人生。如上都是一种滴水呀。滴水未必一定要穿石，我们的人生，在一滴水落下的时候，绽放的生命已经准备好了。

真正的人生，滴水何须穿石。

太阳

　　大家最熟悉的太阳的味道是这样的: 冬日, 暖阳, 无风, 一床被子在太阳下升腾着温暖, 融化着梦境, 太阳将大自然中最美的各种滋味拷贝下来, 置于棉花之中。当夜晚来临, 钻入这样的被窝, 你不敢呼吸, 你会害怕多呼吸几口, 这味道就会被吸入肺中, 吸入梦中, 你全身心地静静去享受这种味道。这是太阳的味道。这仿佛也是母亲的味道。这样的味道, 植入我们的灵魂, 只要在某一个夜晚一个深呼吸, 它就会从无数个日子中被抽取出来, 温暖每一天。

　　什么是太阳呢? 太阳是距离地球最近的恒星, 是太阳系的中心天体。太阳系质量的99.87%都集中在太阳。太阳系中的八大行星、小行星、流星、彗星、外海王星天体包括星际尘埃等, 都围绕着太阳运行。太阳看起来很平静, 实际上它无时无刻不在发生剧烈的活动。

在我们的生活中无时无刻不伴随着太阳，不期待着阳光。小时候读过太多关于阳光的诗句，这些诗句沉沉地落入心底，常常会于内心潮涌时翻动起来，让人回味。富兰克林说："不要让太阳蔑视，被他说他在这儿歇脚是一种耻辱。"普利什文说："地球上一切美丽的东西都来源于太阳，而一切美好的东西都来源于人。"弥尔顿说："太阳，你是大千世界的眼睛和心灵。"拜伦说："太阳是上帝的生命，是诗歌，是光明。"还有一句民间谚语是这样说的："太阳之所以伟大，在于它永远消耗自己。"中国谚语说："阳光照亮世界，知识照亮人生。"

人类的智慧就在于歌颂那些值得歌颂的，人类才会积极乐观向上，才会拥有阳光的心态；而当人类以丑为美、好坏不分、良莠不齐、真假不分时，天空一定是黑暗的，因为我们的心灵背弃了阳光，被黑暗笼罩。我喜欢太阳，不仅因为它有唤醒万物、温暖世界的伟力，更因为它创造了这个世界上最公平的规则，不论你是皇帝，还是乞丐，阳光的照射和长短都是一样的；不论你是大树，还是小草，阳光的滋润和抚爱都是一样的；不论你是在奔跑，还是在睡觉，阳光都会如期而至。人类用法治去书写公平，而太阳代表大自然告诉人类它就是公平。

太阳的味道，是温暖，是明亮，是未来，是方向，是爱情，是生命。而太阳最大的力量，最久的力量，最美好的味道，我们都来认真品尝，就两个字：公平；如果一定要再加两个字，那就是：公开。

嗨, 不讲道理

不讲道理的人, 很可怕。

不讲道理的世界, 更是充满了未知和变化。

不讲道理, 可以理解为不讲理。

不讲道理, 也可以理解为无理可讲。

不讲道理, 有时会认为事情的走向和发展不可理喻, 常规之法不能解释; 不讲道理, 有时可能是霸王硬上弓, 硬来, 胡来。不讲道理之人, 才能做不讲道理之事; 不讲道理之事, 当然是不讲道理之人才会做出的。

道理, 道之理也, 是非曲直也。大道无形生育万物, 大道无情运行万物, 大道无名养育万物。道之理者唯自然也。自然之理者, 顺道者昌盛, 逆道者衰亡。

但真的有不讲理的人, 在创造着新的道理。

我们先来欣赏一下小时候的一篇寓言故事，这是战国时一位重要的思想家列子所著的《愚公移山》，愚公门前有太行、王屋两座大山，在山的正对面居住的愚公苦于山区北部的阻塞，来去非常不便，于是愚公决定要移去这两座山。邻居智叟说他不可能完成，嘲笑愚公顽固愚蠢，但愚公这样说："我移不完，还有我的子孙后代，一代一代地移。"愚公的精神感动了天帝，天帝下令，让大力神夸娥氏的两个儿子背走了两座山。愚公搬走了阻挡行走的大山，也搬开了人们心头俗常的常理，如此之大的两座山如何能搬走，但坚持不懈的努力连天帝都感动了。所以墨守成规，可能是一定之理，但人类偏要在这样的道理中囚禁自己吗？囚禁身体是可怕的，因为没有自由空气和阳光；而思想被囚禁则虽然有呼吸，有阳光，但灵魂会枯死。

可能有人会说，你拿一则寓言来举例，就是缺少说服力，缺乏道理。让我们来看看我们身边一个实实在在的奇迹。按照过去的自然之理，按照过去的天常之理，这也是不可能实现的，但正因为有了它的出现，中国的版图变得滋润，中国的大地变得葱郁，这就是伟大的南水北调工程。它正在慢慢惠及更大的土地，更多的人群。由于中国的地域辽阔而广大，雨水和其他资源的分配是不一样的，我们虽不是人定胜天，但在了解自然之后，运用好自然，这才是人道。天道和人道是和谐统一的，只有最智慧的人道，才能懂得更多的天道，墨守天道，而不尽人道，是最没有道理的呀。

而不讲道理，却一定是建立在讲道理的基础之上的。这里的讲道理和不讲道理是建立在一种哲学的色彩之上的。

有时候跟一个讲道理的人讲道理，未必能讲得通，而有时候跟一个不讲道理的人讲道理却很容易沟通，这里的方法、角度、立场、视野决定了这些道理。有一些类似科学的东西，比如"水变油"，比如"永动机"，还有将喜马拉雅山炸开一道口子，让中国的沙漠变成绿洲，这是一个个听起来可以让世界无眠的伟大创造，却是一个个永远无法实现的梦想。

有的时候，有道理和没有道理，讲道理和不讲道理，内心的动机很重要，纯真的无瑕的内心总会实现一些不讲道理的坚守和执着，让自己的内心去追寻和创造一些不可能。而一些貌似有道理的，却往往被一些光彩遮掩着，大家愈加不能辨其真伪。尤其是常常有一些道理，是极大地顺应了一些投机取巧的心理，一旦心理失衡，所有的道理都将会被颠覆，假把式将会盛行，因为这些道理戴着那么美丽的桂冠，让人无法不去相信，甚或人人不愿相信这些道理是假的。一旦人们可以不劳而获的时候，而且相信这不劳而获的时候，世界就会在你的面前悄悄降临，它只会以你相信的样子出现，因为你的眼睛已经被蒙蔽。

不讲道理，我想说的其实是不认死理，一个认死理的人和社会同时走进了死胡同。

讲道理，是在已知的道路上走好路；而不讲道理，是希望在已知的条条大路通罗马的基础上，拓展条条未知的大道，是从讲道理到不讲道理，到讲道理的更高境界。

不讲道理，有时候也可能通向更高的境界。

有一句广告语：不走寻常路。

谁来定义

　　不久前读到著作等身、名头很大的著名作家潘军先生的一篇小说《知白者说》，真是读得津津有味。掩卷之际，那些鲜活的人物、景致、细节，甚至是餐厅的菜谱和服务员的着装，都一一涌上脑海，这部几近纪实和传记色彩的小说，从主人公到作者本人我都十分细致地了解，而其间一些惊心动魄的小细节，简直写到了骨头里，他塑造的沈知白的形象实在是入木三分。而这个人本身的成功与失败谁又能为他定义呢？在世人的眼里，他成功过，他身居高位，他扮演过很多成功的角色；在成功者的眼里，他失败了，因为那些都是沈知白的过去式；在历史的记载中，他成功过，他失败过，他活过，他走过。《知白者说》没有评论，没有节外生枝，只有事实，只有生活，只有历史，因为在时间的长河中，事实是最靠谱的，生活是最公平的，而历史有的时候就像个小姑娘，任人打扮，其实任人打扮的可不是历史，只是历史的替代品小姑娘而已。潘军已然成为一代大家，用他在小说中的话说，他又回到了他的故乡水市，这可能是一个大师才能拥有的精彩选择。从出发之地开始，以出发之地再生，这些太哲学的问题，只有中国字和中国文化能够解决。他乡再好终不是故乡，故乡千好万好唯有以生命为试验品，才能最终知道自己应归何处。故乡的魅力就是不管你是荣归故里，还是游子回乡，或是满世界遍体伤痕的浪子归来，它就在那里，它还在那里。许久未见潘军先生，况且这篇文章也并非评价这篇小说，请潘兄原谅借用到现在。但他闯海时智慧地留下的一句话我记忆至今，二十多年前的一次聚会中他说他在海南是这样介绍自己的：在企业家面前我介绍自己是作家，在作家面前我说自己是企业家。两个不同的家，在不同的时间、维度，还真是一个有意思的定义。

谁来定义我们？

谁来定义生活？

谁来定义历史？

谁来定义未来？

这些本身都是问题，但其实都不是问题。若我们是一个医生，悬壶济世，杏林人生，品行高尚，道德完美，救人间于水火，救百姓于生死，但如果一个医生在一些环境的驱使与逼迫下，将金钱顶在手术刀前，将利益置于拯救生命的支架里，谁能为他定义呢？若我们是一个人民教师，骄傲的园丁，自豪的伯乐，祖国未来的守护神，人类前进的明灯，帮助孩子攀登知识的阶梯，而当黄金的光芒遮挡了孩子们纯净的目光，三令五申不能课外辅导的训令，变成了课堂上不教、课外才教，大课上少教、小课堂上多教，谁能为他定义呢？社会的评价体系发生了变化，谁有钱谁就是成功者，谁当大官谁就是胜利者，好多大官都教大家勿以善小而不为，好多拥有财富的人让大家学会过苦日子，想来非常有趣。不知道是不是马云说的，如果大家都以为互联网能够发财，全世界都来做互联网了，这不仅是互联网的灾难，也是全世界的灾难。

生活本来就是五彩缤纷的，我们将它过成了一种惨白，却埋怨生活的单调。公交车太挤了，骑自行车也是一种潇洒；道路太堵了，行走可能会获得更多的自由；大雨瓢泼时，有一把伞就是一种幸福；口渴冒烟时，半瓶清泉就能滋润一心；夜晚独行时，应该感谢有月光陪伴；在黑暗中走过时，应该感谢太阳会不负期待，如期升起。人生本来就够憋屈的，为什么还要去和他人、和世界去攀比，去较劲？有青菜豆腐的生活，老祖宗说这叫保你平安。人生短短百年，老祖宗的智慧却是几千年，智慧不够的时候，问天，问地，问祖宗吧。

当然。

如果这个世界都是成功者，成功还会那样精彩吗？

如果这个世界都是失败的人，人类的生活还有希望吗？

如果这个世界都是幸福，幸福还会那么可贵吗？

如果这个世界都是苦难，苦海无边，那人类真的不要坚守在生活这个孤岛上。然而，生活的定义就在于它会像大自然一样，回报给你不一样的人生。春天播种，夏季劳作，秋日收获，冬季享受。人生自然也是如此，不去耕耘播种，就不要去企盼丰收。

当然。

你种的是芝麻，你就不要做西瓜的梦，而芝麻的美好也是西瓜不能定义的。

每个人的幸福，请你自己定义。

找什么

找。为了要见到或得到所需求的人或事物而努力；把超过应收的部分退还；把不足的部分补上。

这是我找到的对"找"的权威释义。

但一个找字，首先浮现在我的脑海中、回荡在我的耳畔的却是一首唱了很久很久的儿歌，这儿歌歌词和旋律都极其简单，简单到你会忽略它的深刻：找呀找呀找朋友/找到一个好朋友/敬个礼，握握手/你是我的好朋友。我想我们今天读这首儿歌，会给成年人的世界更多的启迪和发现。为什么要敬礼？表达我们的尊敬和爱意。为什么要握手？表达我们的坦诚与友善，因为握手的含义大家都明白。孩子们可以做到的，而现在成年人真的要向孩子们学习了。

一个找字，真的让人浮想联翩。

老中医翻山越岭，就是要寻找配伍中的那株神草，那颗妙丹。

从一座大山攀越到另一座大山,从一个峡谷探索到另一个峡谷,大自然的神奇草木往往就藏在这些人迹罕至之处,也可能正因为如此,这些仙草才有了不一样的药效和功力,因为它们凝聚了天地之精华,更凝聚了一个遍寻天下也要找到好中药材的老中医的悬壶济世之心。我想,在当初,那些名满天下的神医,绝对不会为了几个铜板行走江湖,他们怀抱的是爱怜众生。一代名医不仅要有好医好药,更应兼具仁爱天下的胸襟。一代中医大家不顾艰辛找到了神奇的中草药,我们也越千百年找到了他们神丹妙药中最精彩的一味:仁爱之心。李时珍与他的《本草纲目》现在值多少钱? 无法估算,而当初李时珍是抱着挣钱发财的心态,遍寻天下百草的吗? 一定不是,一定不是。

科学家在宇宙世界找寻自然之真理,发现自然之规律,破解自然之奥秘。一个找字就是他们生命的全部意义。正是科学家的找给我们黑暗的世界带来了光明,正是科学家们的找让我们普通人也能开启天空之旅,正是科学家们的找为人类延长寿命、获得健康打下了基础。这些找之中充满了泪水、汗水、血水,这些找之中充满了曲折、坎坷、苦难,这些找之中也充满了喜悦、自豪、骄傲和收获。正是科学家们日日夜夜对真相的寻找,也让我们越来越接近和认识这个世界。如果没有科学家的寻找、发现和创造,我们今天依然会生活在蒙昧和黑暗之中。

一个找字特别生动。

动词就是找的生命与灵魂。

作家们在天天寻找,寻找生活中的真善美,发现生活中的假恶丑, 找到田间地头, 因为这些地方冒着乡亲们和土地的热气; 找到工人和工厂, 因为这里轰鸣的不仅是机器, 还有工人兄弟与时代同行的轰鸣的心声; 找到边防哨所, 找到边陲海疆, 因为这里最能体会祖国至上的伟大力量, 因为这里可以找到人民军队的铮铮铁骨, 纤纤柔肠。作家们在这里找到了诗句, 诗人们在这里找到了灵感。找到生活的最深处, 生活给你的一定是最美最美的甘甜; 甘甜不是浮在云端的, 甘甜是藏在三万米之下, 然后是最后一厘米的坚持。

但是, 现在也有一种找。

找感觉。

找感觉这毛病, 名动天下的老中医也治不了, 因为没有一味药能治不是病的病: 找感觉。

形象

　　形象说的可能是一个人的外貌，地理上的形态，或者一个地方在人们心目中的印象。形象之大小，印象之好坏，形态之美丑都可能会影响我们的判断、审美和价值取向。所以，打造什么样的自身形象、地方形象和国家形象自然是非常重要的，这也是一种文化软实力和国家自信的重要体现。刚刚过去的伦敦奥运会有着一场不同凡响的开幕式晚会，它见证着一个国家和一个城市的发展，是文艺的，是艺术的，当全世界最著名的伦敦雾从主会场上冉冉升起的几个硕大的烟囱中袅袅飘起时，透过这烟雾，伦敦的历史和进步却更加清晰了；一幕幕现代文明的篇章被《贫民窟里的百万富翁》的导演丹尼·博伊尔、洛芙琳·坦丹收放自如，直到全世界都认识的憨豆先生的表演，诙谐幽默、笑透纸背。一种文化的他信力油然而出。

　　不久前，我认识了两位大家，一位是著名导演、中国国家话剧院副院长、一级导演查明哲先生。巧的是查先生就是合肥人，以合肥话为基础的北京话充满了亲切感。他以《死无葬身之地》《纪念碑》《这里的黎明静悄悄》《立秋》《万世根本》等一系列作品奠定了自己在中国话剧史上的崇高地位，查明哲先生的每一部作品都是呕心沥血之作，里面总有一腔尊严，几分温润，一丝浪漫，满怀诗情。另一位是著名的电视文艺策划人、撰稿人、诗人、词作家朱海。他的作品横跨于大型晚会和重大策划之间，歌词作品荡气回肠、激情四溅。他是连续多年中央电视台春晚的策划和撰稿。他的作品获得过"飞天奖""星光奖""金唱片奖"等。这两位大家的到来，只为一件事：如何帮助安徽挖掘深厚的文化底蕴，铸造全新的文化思维，寻找提炼真正能表现安徽大地厚重文化的最佳形式和形象。

　　查明哲先生承担的是一个古老而年轻的题材：徽商。古老是因为它在明清年间叱咤中国商界三百余年，成为中国商业文明和文化的一面旗帜；年轻是说在改革开放以来徽商的不断崛起、发展。如何塑造好徽商形象，显然对提升安徽文化的自信心和他信力有着巨大的作用。但徽商是一个群体，是一种精神，如何来打磨塑造确实是一个非常有价值的挑战。这对中国、对世界都将不仅是一次简单的展示，而是一次历经时间岁月淬炼之后的升华，这形象立起来，那就是一种文化、一种力量。而朱海先生在研讨会上带着一点酒兴的激情，像一股排山倒海的洪水，扑向人们的胸膛，每一个人都能感受到他的摇动和呐喊，难怪要请他来捉笔诗仙李白，这激情本身就是一种最绝美的呼应。是李白造就了安徽,还是安徽成就了李白? 李白在安徽大地留下了一百多首诗歌,沿着他诗歌的路径,就是一幅安徽大美图。我想,是安徽的山水激发了他的灵感,千山万水在他的笔下激荡。山水李白,大美安徽。

有位领导最近常说一句话: 历久弥新。我个人也非常喜欢这句话,既然是历久的东西,一定是经过岁月沉淀留下的芬芳的瑰宝,而如何让它弥新就应该有新的视角、新的思考、新的定位、新的提升,让历久的弥新绽放绚烂的光华。重点在一个新,新就是串起珍珠的红线,新就是点亮黑夜的火把,新就是爱情里动人闪烁的眼眸,新就是让我们擦亮历史的记忆。

新安徽的形象渐渐生动,渐渐向我们走来,我们可能都是作者,我们应该都是作者。

国际化和国际话

徽商大会期间，我们推出了一场徽商最佳投资区域峰会，席间四百多位嘉宾云集合肥万达威斯汀酒店，他们中有市委书记、市长、县委书记、县长、各层级的招商局长，还有海外嘉宾和来自全国各地的徽商企业家，他们的云集让这一刻的安徽波涛汹涌。我们很有幸请到了英国政府驻上海总领事戴伟绅先生，他用一口流利的汉语发表了重要的演讲。他从中国的崛起和发展，说到了安徽和英国的关联，他说到了上个世纪到访过英国的一位中国安徽合肥最著名的"老母鸡"李鸿章先生，他认为李鸿章先生为英国人了解中国打开了一扇窗户，而今天的英国更愿意加强和中国全方位的合作。戴伟绅总领事的讲话，因为交流沟通的无障碍，博得了大家真诚而热情的掌声。

由戴伟绅先生的讲话，我想到了国际话和国际化的问题，这两个问题一直令部分国人纠结, 不可否认的是, 目前英语还是世界上使用率最高、最被广泛接受的语言, 因此有很多国人也在学英语、说英语、用英语, 英语可以说是国际话。而戴伟绅先生汉语说得很好, 而且也愿意在这样一个重要的时刻和重要的场合用汉语发表演讲, 而且讲到了中国的内容和主题, 这本身就说明中国的国际化程度也在日益提高, 影响力在不断扩大。中国在世界很多地方开设了孔子学院, 孔子学院不仅教授大家学习汉语, 最重要的是了解这文字背后独特而深厚的中国文化。一种文字作为一种文明的载体, 是最能反映这种文化的, 中国话会否成为国际话关键取决于在经济上逐渐崛起的大国, 它的文化能否被人喜爱和认同。

　　说到这儿, 我又不由得想到这样两幅图景。每一年的奥斯卡评选, 作为外语片参选的华人电影及电影人, 如果有作品参赛, 甚而能折桂而归, 一定有一干媒体欢呼雀跃。其实, 这些雀跃有时也未必是真实的, 更多的时候是因为他们又有内容能填充版面了。如若没有作品参选, 哪怕有一二位佳人掠过红地毯, 也会被一些媒体瞎掰成东方元素闪耀什么什么大奖。奥斯卡很好, 很重要, 很有创意, 很美国, 能获奖至少说明有人看懂了, 我们当然高兴, 但若以此为标准塑造中国的电影人和电影标准, 这恰恰是美国化最期待的, 而让别人接受、理解、懂得、喜爱中国的文化, 才是我们的目标。用美国化说中国话, 中国才能更国际化。另一件当然就是不得不说的诺贝尔文学奖了。一群鲜有懂得中国文化、中国文字的人, 在浩如烟海的方块字中一定要找到一个能按照他们价值观去创作去表达的人, 并且要为他评奖, 这本身就创造了一个人类难题。让喜欢中餐的人去评选最受人喜爱的西餐大菜，这本身就有点滑稽。因为不同的风俗、民情、文化、民族，只按照某种要求或标准去评选，这本身就是很不艺术的，如果李白、杜甫时代就有诺贝尔文学奖，我想他两人也未必能获得，或者他两人也未必愿意就范。

早在中国的唐宋，或在大清的康熙乾隆年间，强盛的大中华让世人顶礼膜拜，其文化也流传到世界各地。今天的中国要想让中国话成为国际话，让中国化影响国际化，我们只需在学习、借鉴、研究、创新世界的基础上，最大限度地做好自己的事情就很好，文化如果没有强大经济的支撑，这文化的影响力就无法扩张，那即使满世界的人都说中国话，也并不说明中国的国际化。当然，这并不容易。

我们最高兴的是在中国发展经济、和平崛起的过程中，有更多的像戴伟绅总领事这样的有识之士，在让中国话和国际语言接轨的过程中，献出心中的爱。

一个人和另一个人

　　2007年的深秋, 我曾有幸来到瑞典一个叫作诺贝尔的小镇。小镇之所以叫小镇, 是因为它确实很小, 只有不多的几户人家。深秋的金色落叶中, 小镇显得格外宁静和安详。而这个小镇又因为一位化学家诺贝尔而闻名世界。当我用脚步在他的故居周围丈量的时候, 我无法计算出这位渴望和平却又研究出炸药的诺贝尔先生与和平世界之间的距离, 但诺贝尔先生所设的诺贝尔奖却不断给今天的世界创造热点。

　　一位今年已76岁的老人, 据说如今只能叫出自己太太名字的伟大发明家高锟, 在43年之后才享受到他的发明带来的殊荣, 其实他已无所谓享受了, 他早就醉心研究, 淡泊名利了, 国人都在热情欢呼这位荣获2009年诺贝尔物理学奖的光纤之父, 是继杨振宁、李政道、丁肇中、李远哲、朱棣文和崔琦之后第七位获诺贝尔奖的华人科学家，为诺贝尔奖长长的榜单上又添一位中国人雀跃不已；其实是否获得诺贝尔奖并不能掩饰他的夺目、夺世的光彩，因为他改变了世界。

在这里我有一些诺贝尔奖之外不得不思考的问题：伟大的、历史悠久的、曾经创造了世界四大发明的文明古国，在经济总量已经跃居世界第三的今天，我们的价值取向，我们的文化定位，我们的自我内省，怎样能使我们获得充分的自信？我们不断为中国人获得了多少诺贝尔奖欣喜和苦恼，不断为中国的作家至今不能获得诺贝尔奖文学评审委员会的认可而耿耿于怀，甚而愤愤不平；我们不断为中国影片未能在奥斯卡折桂心意难平，欲罢不能，恨不能质问奥斯卡的评委是否对中国影片有所不公。但我们为什么总是不断地围着别人的指南针转呢？我们为什么不能尽快找准自己的坐标和方向，让别人来更多地认同我们的价值，学习我们的文化？假如这是一场游戏，我们在参与别人的游戏时，也完全可以制定我们的游戏规则。在中华民族历经了一次又一次挫折和灾难之后，我们的文明和文化之翅并没有折断，它不断执着于飞向更广阔的天空，这本身对世界就是一个奇迹。但建立起自己的完整的文化价值认同体系，才是我们民族在新的世纪真正腾飞的重要基础。

另一个人，她的名字叫埃莉诺·奥斯特罗姆，她是一个全新时代的开创者：她成为诺贝尔经济学奖诞生以来首位女性获奖者。纵观她的介绍，她更像是一个社会政治学家，她的获奖理由是："对她在经济治理，尤其是对公共资源作出的贡献"，她对制度分析理论、集体行动理论、可持续发展、公共资源等领域的研究在全世界范围内产生了很大的影响。一个女性政治经济学的工作者,从女性的视角、从政治学的视角,据说还有从文学的视角——因为她的论文文学性很强,且文采飞扬——看待这个世界的经济,这倒使我想起一段趣闻,说是席卷世界的金融危机之后,一批英国的经济学家集体去给女王请罪,说他们没能研究发现金融危机的到来,使英国和世界蒙受了损失,他们深感愧疚。我怀疑,奥斯特罗姆的获奖可能与此有关。

一个人和另一个人可能改变世界,但诺贝尔奖本身未必能,你说呢?

打败康师傅的不是老坛子

人到了一定年龄就会变得简单,其所谓大道至简。其中最重要的是已经没有那么多青春岁月、似水年华可供挥霍了。逼空自己的大脑和灵魂,放置一些有意义的东西进去,可以是清风明月,可以是淡淡乡愁,可以是两小无猜,可以是一杯老酒。想想人这一辈子真的太难活明白,我们的要求很多,我们的挣扎更多,而我们舍得放弃的太少,我们一直活得纠缠。纠缠于功名利禄,纠缠于情天恨海,纠缠于养生与长寿,更纠缠的是不愿早起哪怕一会儿,去迎接清晨的阳光,很多时候,很多人基本就是在纠缠于一张床。

正像打败康师傅的不是老坛酸菜面,而是外卖;正像打败口香糖的不是木糖醇,而是微信与抖音。时代变了,你的竞争对手已不仅在行业里,很可能是外来入侵的新物种,因为新物种总是有另起一行的能力,它绝对不会给你来个狗尾续貂。

这是一个多么好的时代呀, 英雄不问出处, 一切皆有可能。很多人生来就是图点什么的, 图点什么? 自然都是最好的东西呗, 画个图一定是美好蓝图, 最不济还要搞个美图秀秀, 把自己美化一下。可是这个世界就是这么个奇怪的世界, 你最想图的东西, 常常是图而难得, 图而不得。你图财富, 黄金不会从天而降; 你图爱情, 有眼光的人不会爱上一个幻想家; 你图功名, 没有一件成功不是千辛万苦, 百炼成钢; 你图青春的容颜, 大把如歌的年华早就从指缝间流走了, 你只能收获皱纹和悲叹。图的一样没来, 不图的却接踵而至。不图的是贫穷, 因为你的空想和激情, 找上门来了; 不图的是疾病和怨气, 因为纠缠于床, 纠缠于做梦, 五脏六腑和身体都委屈地纠缠于一身, 怎么能开怀大笑, 生病自然难免; 不图的是孤家寡人, 因为自己的好高骛远, 空想做梦, 自然不会有人选中你。

图什么, 不得。

不图什么, 尽来。

人生一世自然不应因图什么而来的。

如果我们换个角度, 换个状态, 换个活法, 这世界一下子就灵动起来了。水流是潺潺的, 悦耳; 清风是爽爽的, 悦心; 内心是轻轻的, 悦己。

如果我们把图什么, 改成做什么;

如果我们把图点什么, 改成做点什么。

人生由期盼改为创造, 生活由等待变为争取; 从图什么到做什么, 人生豁然开朗, 世界瞬间洞开, 从消极到积极, 由空想到我想, 一个 "做" 字解开了纠缠的人生, 更解开了看似无解的纠缠。

做什么，可以在春天的土地上耕耘一些希望，在秋天收获金黄；做什么，可以在一口百年的老塘前，盯住波澜不惊的水面，做一个耐心的垂钓者；做什么，可以做一个城市的泥瓦匠，帮助城市一起长高变美；做什么，如果有机会可以做一个航天员，去和嫦娥对话。

做不了大的，还可以建立做点什么的良好心态；做不了青史留名，总可以成为一部巨著中的一行字，或几个标点符号；做不了整个春天，总可以成为一株小草或者一片绿叶；做不了长城，总可以是万里长城的一块砖吧！如果真的是长城上的一块砖，那也够自豪的，穿过了那么多岁月，见过了那么多的帝国兴衰，一块砖还和长城在一起。

其实，很多时候，只要做一点有用的事就很好，只要做一个有用的人就很好。浩瀚大海的水真多，但它是一滴一滴汇聚的。

从图到做不难，只要开始行动。

从图到做很难，因为这要重新建立不一样的人生思维。

第二辑

温暖的猪油

温暖的猪油

其实叫温情的猪油最好。因为这当中有很多怀念、很多回忆和很多思考。

我现在特别想穿越一下，当然我对穿越剧不感兴趣，但为什么有那么多人津津乐道呢？显然穿越历史和过去，相当于实地考察一下那些历史的烟云。

好吧，我想穿越到春秋战国的年代，穿越到孔子当时生活的鲁国，我想问问孔子的母亲，我想问问孔子的厨娘，如果有的话，我想问问孔子，他们家烧菜用猪油吗？他爱吃猪油吗？那个传经诵典教书育人风尘仆仆从外面归来的孔圣人，是否要下一碗漂着猪油花和葱花香味的面条，或者要母亲用猪油炒一碗蛋炒饭，或者用中国北方特有的大白菜烩一份油渣白菜？在很多个夜晚，我被这样充满稚气的问题折磨得辗转反侧，夜不能寐，纠结不堪。虽然我可以断定，孔子一定很爱吃猪油的，当时只有菜籽油和猪油两种选择，而猪油之香，确乎是天资国香。

当然，孔子伟大的思想没有人会怀疑，今天孔子学院走遍全世界，让几千年后的国人、世界都能共享孔子的思想。那么问题来了，孔子如此伟大的思想是什么油养育出来的呢? 难道也有猪油的功劳? 当然。所以，当今天的很多专家在贬低、鄙视我们祖宗的猪油的时候，却不知道猪油也养育了我们历朝历代的大诗人，文学泰斗，伟大的思想家、政治家、教育家。以至于今天的人到外面都不敢说自己爱吃猪油，爱吃油渣。专家们说猪油里的饱和脂肪太多，对人体有害，猪又生得不太干净，因此橄榄油，进口橄榄油才是世界上最好的油，它系出名门，身份高贵; 它优雅动人，有百利无一害。我不反对食用橄榄油，但我相信孕育了中国过去的猪油，给我带来快乐口福的猪油，过去大家都爱吃的猪油，怎么就忽然罪责难逃呢?

反正我是爱吃猪油，即使在猪油控制最为严格的时候，我会悄悄地用猪油炒个菜、炖个菜，结果大家都夸我厨艺好，其实这是猪油的功劳。我下个阳春面时，会撒上一把葱花，然后带着酱油漂起来的一定要是猪油花，那闪烁的油花令人想起童年、过去、乡村。猪油配着乡间的袅袅炊烟，一个家的温馨就从乡间的角落里升了起来。

80年代初，我哥哥在四川当工程兵，是很辛苦的。那时大家都想去炊事班，因为炊事班能接触到猪油。记得他跟我描述，有一次又累又饿，他就悄悄潜到炊事班厨房偷吃了一大勺猪油，顿时觉得心满意足。此事他至今未忘。还读到过一个叫邓贤的知青也是潜入厨房，偷喝了一碗猪油，结果说一个星期都是气色很好。令人回忆的猪油故事还有很多呀。

我在想：一方水土养一方人，干吗别人的才是最好的呢？自己的好往往被嫌弃、猜疑，因为距离太近；别人的好被尊崇，被喜爱，因为距离遥远。

一个中国圣人被猪油养育。

无数个中国家庭被猪油养育。

我们和历史之间可能就是一碗猪油。

温暖和回忆之间漂着的应该是猪油花吧。

民谣里的细节

　　前几日和凤凰卫视著名主持人胡一虎共同参加一场活动。他是主持人,我是对话嘉宾。因为对话的地方是在泰山脚下,他对泰山的历史和文化做了很多功课。席间又和嘉宾反复探讨和沟通,了解每一位嘉宾的所长所短,让大家都能展现最好的状态。一上场,他就说来到泰山觉得自己更像个男人,因为这里有个"石敢当"的故事;觉得美好的心愿都能实现,因为这里有"泰山老奶奶"的传说,这样的融合与贴近,自然是赢得喝彩与掌声。以胡一虎的功力与影响,他完全可以不必要注重这么多的细节;然而,一虎的成功我们也从此窥出端倪。

　　伟大的事业、伟大的成功与伟大的人生固然会令人向往与慨叹,但有哪一些的成功缺少过细节呢? 在《徽商》杂志创刊以来的五年中,我们见证了中国经济的蓬勃发展,我们亲历了徽商风云人物的崛起与发展。而五年中有的发展壮大了，有的却消失衰亡了。大的经济环境、市场条件，对所有的企业家和企业都是一样的，而为何结局与道路却不同呢？

意大利文艺复兴时期伟大的艺术家米开朗基罗曾经有过这样一句名言：在艺术的境界里，细节就是上帝。民间有句俗语：使人疲惫不堪的不是远方的高山，而是鞋里的一粒沙子。是什么样的沙子阻断了远方的道路，什么样的细节让艺术梦见了上帝。老子说：天下难事，必做于易；天下大事，必做于细。在波澜壮阔的不平凡时代，我们的发现和命运都是拥有一样多的机会，因为疏忽了一些细节，我们失去了一些机会，我们错过了一些命运的垂爱，甚至我们耽误了一生。大家可能知道有一首关于细节的外国民谣，讲的是因为细节，国王丢失了他的王国。民谣是这么唱的：丢失一个钉子，坏了一只蹄铁；坏了一只蹄铁，折了一匹战马；折了一匹战马，伤了一位骑士；伤了一位骑士，输了一场战斗；输了一场战斗，亡了一个帝国。这是发生在英王查理三世时期的故事。查理三世准备与里奇·蒙德决一死战，查理让一个马夫去给自己的战马钉马掌，铁匠钉到第四只马掌时，差了一个钉子，铁匠便偷偷敷衍了事。不久，查理和对方交上了火，大战中忽然一只马掌掉了，国王被掀翻在地，王国随之易主。多么沉痛的细节教训，一只马钉，亡了一个帝国呀。

不久前，我们的合作伙伴杭州汉嘉地产顾问的副总裁黄芃来我们单位做展示和提案。为了让展示和视听的效果更好，他居然背着两只音箱从杭州坐高铁赶来。果然，在提案中这两只小音箱起到了意外的作用；当那些音乐在我们的周遭响起，我们的头发开始和耳朵一样竖立，一个小细节打到我们内心最深处。令人难以释怀的音乐和这些细节就烙进了我们的脑海。

　　不放过细节。无视细节的企业，它的发展必定在粗糙的砾石中停滞。松下幸之助如是说。做百年的企业，夯常青的基业，你不能被细节打败。

演员是个好厨子

韩愈说：师者，所以传道授业解惑也。

马云说：青山常在，绿水长流，换一个江湖。

我说：不会烧菜的厨子不是好演员。

这个世界就是如此地多样、纷扰，如此地多变、创新，只要你愿意，世界总会给你一个舞台，厨子也有机会成为一个好演员。听过这样一句话，印象好深刻：为什么厨师工作的地方叫灶台？其实这也是世界给厨师的一方舞台。而他可以舞动海阔天空，舞动十八般兵器，舞动声色犬马，舞动人间美味，舞出无数因食而生的故事。老子说："治大国若烹小鲜。"这岂止是好演员之别，分明是可以以厨师烹饪之智慧而管理一个国家呀。此言并非妄言。被后世尊为"厨圣"的伊尹恰是如此一位奇人。他生活在夏朝末年和商朝的初年。伊尹最早是有莘国的名厨，后来作为陪嫁的奴隶来到商汤的身边。由于厨圣可以随时与商汤接近, 他常以做饭烹饪之道, 给商汤表达自己在治理国家等方面的意见, 商汤发现了伊尹的才能后, 很快解除了他奴隶的身份, 并且任命他为丞相。后来伊尹辅佐商汤推翻了夏桀的统治, 建立了商朝, 并一路帮助商朝发展壮大, 他制作的"伊尹汤液"也为后人传颂千年不衰, 如今在我国很多地方, 开席第一道菜要先上汤菜, 应该就传承于此吧。这可能是一个厨子的逆袭。而一个法国厨师博古斯却创造了另一段佳话。曾经有人说: 在法国你可以不知道现在的法国总统叫什么名字, 但你不能不知道博古斯。他被称为"世纪厨神""法国美食教皇", 当《时代周刊》评出"60年来影响世界的人物"时, 只有两位法国人入选, 一位是被誉为法国复兴之父的戴高乐将军, 另一位就是保罗·博古斯。想想看历史上著名的厨师, 今天有名的厨师, 改革时代的厨师, 他们能获得如此的成功, 他们首要做的是一个好厨师, 因为是一个好厨师, 他们实现了其他厨师没有实现的非凡梦想。

现在好多人常说一句话: 错把平台当本事。

而现在面对一个成功的厨子, 我们要说的是什么呢? 小小灶台被你打造成一个活色生香、通达四海的平台。

我们天天吃得好着急, 常是生吞活剥, 搞个肠胃不利索, 还埋怨食物不卫生。

我们天天想得好美丽, 在青山绿水中诗一行, 歌一路, 就不想去埋头干活做事, 第二天早上自然还得去卖豆腐。

我们天天活得好浮躁, 那么多那么多的梦想, 让我们不枉此生, 都想皇榜中状元, 都想快快成为驸马急急平步青云, 招入宫中,成就人生，却不想秉烛夜读、头悬梁、锥刺股，如何能美梦成真。

换一个句式就是：不会演戏的演员断然成不了好厨子。在春秋战国时代，深受晋国文化熏陶的吴国，此后也培养出不少精通厨艺的人物，比如专诸。吴国地处江南，水产丰富，专诸是吴国有名的刺客，但是他还有一个身份：吴国名厨。吴王僚是个相当好吃的君主，听闻专诸烧得一手好烤鱼，便来尝专诸的手艺。哪里知道，专诸将利刃藏于鱼腹内，借上菜的机会接近吴王僚，刺杀成功，成就一世刺客之名。

好厨子耐得住寂寞，他只能苦苦研修，遍寻天下食材，精挑入菜；他只能反复制作，方能做出人间美味；他只能在后堂，在自己的灶台上天翻地覆，烧出惊世美味，他绝不会真的跑到演员的戏台上翻跟斗、拉嗓子，丢人现眼。

好演员能演出人间五味杂陈。

好厨师能烹出你想象不到的美味。

一个不会做海鲜的厨子

中国人是喜爱吃的民族, 吃可以上升到民以食为天; 而但凡食用过中国菜的外国人, 也会因为中国菜而爱上中国。且不说几大菜系, 且不说满汉全席, 且不说山珍海味, 谁言之食之不心旌摇荡, 心向往之; 哪怕一些佐餐的小菜, 也常在席间浓香四溢, 寸心满满。逢年过节, 吃在中国人这是一种仪式; 迎来送往, 吃也是不能缺少的人情世故; 而在家中的相聚, 不仅温暖宜人, 也会感情倍增。尤其是现在各类餐馆、美食、私房菜, 一应俱全, 在家里的聚会, 更显得弥足珍贵了。

我的一位好朋友, 人称老三, 逢周末休息常会邀三五好友推杯换盏, 杯酒人生, 不用豪华套餐, 也不必高档名酒, 但滴滴难舍, 菜香勾魂。一次我应邀前去, 当菜上桌之际, 除了飘荡热气和香气之外, 所有的菜都像自己的亲戚一样, 既熟悉, 又亲切。老三指着一桌菜说, 没有什么硬菜, 请大家原谅。现在海鲜不是买不起, 吃不起,关键是我们家的厨子做不好海鲜，他做这些家常土菜比较拿手，做海鲜不是他的特长。哈哈，这世上聪明的人很多，装聪明的人可能更多；这世上傻子不少，但装傻的人并不多。老三家的厨子绝对是个聪明人，他只做他擅长的，而绝不以自己的无知去糊弄他人，不会做海鲜的厨子，并非一定不是好厨子。待这顿饭吃完，大家异常地心满意足，因为这手艺如庖丁解牛，炉火纯青，入木三分，齿间留香。

时下，面对纷繁复杂的生活和选择，面对日益剧烈的竞争和蝶变，大家都在思考人生的出路、生活的出路、未来的出路；爱学习的人、爱思考的人越来越多，因为在学习中大家渴望找到方向、目标、幸福。所以，"大师"们应运而生，这些"大师"们拥有众多的世界级的头衔，拥有一串又一串令人叫起来都喘不过气的长长的职务和荣誉，他们个个都可以和宇宙直接对话，不管禅，还是佛，他们都可以给你打通未知的世界，让我们这些混沌世界的愚顽之人开悟、开化，甚至如果是孔雀就会让你直接开屏的。你想要的一切，"大师"们都可以给你，唯独不能给你钱，因为"大师"们不能这样做，因为他们点化你之后你就可以自己去挣钱了。其实如果我们不去上"大师"的课，"大师"比我们还缺钱。今天，我们真的是一个缺大师的时代，但地面上行走的"大师"又何其多也。一个能与宇宙对话、改变世界能量场的大师，就赶快来让中国人早点脱贫吧。"大师"的目的很简单：简单的话说得没人能听懂就是学问，复杂的思考连上帝都理不清头绪才有机会。

来，让我们看看这位真正的大师孔子。他的智慧集中在《论语》之中，世有"半部《论语》治天下"的感叹，可见其学问之大、之深。

他留下的名言人人能懂，个个可背。你看看这些："智者乐水，仁者乐山。""言必信，行必果。""人而无信，不知其可也。""敏而好学，不耻下问。""君子坦荡荡，小人长戚戚。""益者三友，损者三友，友直、友谅、友多闻，益矣。"这些话，几千年了，还有用，还能听懂，今天一些"大师"的话为什么我们听了反而恍若隔代，恍如隔世，无法理解呢？！这个问题，可能只有"大师"明白。《史记》中记载着这样一个小故事：孔子乘着一辆马车周游列国途中，见有一孩子用土围成了一座"城"，孩子坐在"城"中，孔子见状问："你看见马车为什么不躲开呀？"孩子答："人们都说您上知天文，下通地理，中晓人情。可今天我见到您并没有这样认为，因为从古至今，我只听说车子躲避城，哪有城躲避车的道理呢？"孔子愣了一下，问："你叫什么名字？""我叫项橐。"孔子提出一系列问题想难住项橐，但都被孩子一一化解。孔子觉得这孩子知识渊博，连自己也辩不过他，便俯下身子和蔼地对项橐说："后生可畏，我当拜你为师。"回头又对同行的弟子说："三人行，必有我师，要不耻下问。"这就是项橐七岁为孔子师的故事。孔子的伟大不仅因为其学问之渊博，思想之深邃，更有与其学问和思想匹配的胸怀呀。

一个厨子不会烧海鲜并非丑事，因为术有专攻；而偏要蒙混进烧海鲜厨子的队伍，恐就是海鲜的不幸了。今天的风口一个接着一个，大家都渴望成为飞上天的猪；而猪上天的时候，你又去养了鸡；鸡虽有翅膀，但它不是雄鹰；今天，当猪肉价格又不断上涨的时候，你又没有好好去养猪，因为，你不当厨子，却跑去听"大师"的讲课了。

没有赶上风口，你不能怪海鲜，你完全可以做一个踏踏实实做土菜的好厨师。

茶杯这东西

茶杯这东西显然是用来喝茶装水的。

不日前，随几位徽商企业家做一个活动，大家相谈甚欢。席间一位1992年出生的青年明星徽商手持一个茶杯，茶杯里好像是泡了一些养生的滋补品，这与一些年轻人的做派不像，像他这个年纪的人绝少出门带着茶杯的，所以当时印象特别深。座谈的大活动结束后又转了一个场，后来又去餐叙。这位青年徽商没有吃晚饭就先走了。晚上我到家后发现微信里有这位青年徽商的一条信息，说他的茶杯丢到活动的地方了，并且说让我两天后去他的企业走访时顺便带过去。我自然回复好。待到第二天下午，我联系活动企业家让他把杯子带给我时，企业家说：第二天一早青年徽商就自己把杯子取走了。通完电话，我大脑中的杯子定格了一下，心想：一只有故事的杯子。待到我去这位青年明星徽商企业走访时，面对炫目的新科技，听着他的介绍, 大脑不时地走神, 脑中一回回闪现的却是一只普通的茶杯。待他介绍参观完企业和产品, 我问的第一句话并不是有关产品的, 我问: 那个茶杯是谁送的? 他答: 是我老婆送的。我笑了, 从心里笑了, 那个有些稚气的脸也一本正经地笑了。

　　说了茶杯, 好像该说茶叶了。茶杯、茶叶、白开水之间的关系当然是无限亲密的, 而我得来的这个茶叶的故事却是昨日新鲜出炉, 就顺便写到了一起, 仿佛也挺应景的。

　　一位甘肃籍的副团职军转干部在本地的军事院校转业后, 自谋职业, 说是想干些自己喜欢的事。说真的, 大多数的人从事的工作未必是自己喜欢的事; 他和自己做幼儿教育的妻子一合计, 他妻子非常赞同。做什么喜欢的事呢? 他们想种茶叶, 并且是白茶。为什么要种茶, 为什么要专找一座山, 他们之前并无周全的计划, 只是感觉头顶蓝天, 在绿水青山间, 被山间的风吹着, 被绿绿的茶叶围着, 找到了一些与天地自然对话的感觉, 可能这就是男主人说的喜欢的事。想好了就去干。他们托人找去了浙江安吉, 安吉的茶农耐心细致地将从栽种到成品的所有细节一丝不漏地告诉了他们, 没有一点保留, 这让他们夫妻二人很是感动, 对浙江安吉人开放的心怀很是尊重, 毕竟又多了一个竞争对手呀。接着就开始选山, 他们踏遍皖南的山山水水, 其中他们到了皖南的某一县, 有人建议他们这里好, 农业的奖补政策和力度都很大, 但最终他们还是选择了宣城旌德的一处山脉, 那里更适合种白茶, 或者说他们更喜欢那里的山和水。几年坚持下来, 果然有了收获, 他们的白茶还获得了一个茶博会的金奖。尤其令他们感慨的还是安吉的茶农, 他们在茶叶种植、采摘等方面遇到一点问题, 发个图片, 打个电话, 茶农都及时解答, 无私帮助。安吉的茶种得好, 销得旺, 背后可能更多的因素是安吉茶人呀。

从一只茶杯, 到一山茶树, 真的是有很多话。

一个明星的青年徽商, 无限风光, 万人仰慕, 却对一只普通的茶杯穷追不舍, 念念不忘, 如果真的丢了再买一个呗, 但丢了再买, 对他可能就意义不一样了, 重情有义, 重信守诺, 可能也是一个人成功的基因吧。

一个人要一生干一件自己喜欢的事, 干喜欢的事就是让自己的灵魂得到了绽放, 让自己的日子活出了色彩; 其实, 更多的时候, 更多的普通人应该把自己做的不喜欢的事让自己喜欢起来, 就会让生命精彩。安吉的茶农和安徽的茶农有什么区别? 没有区别。有区别的是安吉的白茶可以卖出高价, 安吉的白茶名声更响。为什么? 在细节, 在开放, 在心态。

一山好茶, 遇到一只好杯子, 还有沸腾的水, 它可以在杯中乾坤翻卷出最美的姿态。

对的人, 对的山, 对的茶叶, 还有茶杯这东西。

一片茶叶的无数种可能

当然，最大的可能，是在采茶的季节被一双轻盈的手，从茶树的上端，最向阳的地方、最闪亮的地方摘下来，放入茶篓之中。

茶叶本身可能并不太知道，有陆羽先生为它写下的《茶经》，也不知道在中国的山坡上的生长，会转换成英国伦敦某一个下午茶的美好时刻；其实，茶叶并不需要知道这些。我曾经说：茶叶的灵魂在茶农。你仔细想想这话语中的内涵。茶叶与茶叶不是对手，它们是亲戚、兄弟、姐妹、伴侣，它们不管生活在中国的哪一座山坡，哪一片茶园，它们的来去都是一样的。

而决定茶叶的前世今生都是有很多故事的。

还是从滴水穿石开始吧。水滴的力量之渺小，可能会被所有的人忽略，我们常见到的一滴水从空中开始坠落时就会不断地缩减，不断地变小，不断地失去水分直至坠落地面，如果是在沙漠上就会被无声吞噬，如果是在叶片上就会无声滑落，如果是在地面就会生如夏花，如果是在石头上，一滴水又被溅飞，在时间里似乎无影无踪。而水滴却不信这个邪，它和时间打赌，不，它向时间做最长情的告白，时间漠然，石头更加漠然，而水滴的内心却比钻头更坚硬，更坚强，更坚韧，更坚守。一滴水呀，抱定一个信念，穿过时间，在最坚硬的石头上，以最柔软的心，写这个世界上最深情的诗，它不是一箭穿心，它更不是一剑封喉，它的武器就是柔软，它的绝技就是恒心，它的口号就是我就要你，它的桂冠是白天的太阳、夜晚的月亮，它的朋友是一天的24小时，它的挚友是一年的365天，它的铁杆是地老天荒。天开了，不是从世界打开的，而是从一滴穿石之水的孔见中打开的，历经于此的，见到的世界是那么大，那么大，水滴的心与世界一样大，世界的心此刻就凝聚成一颗水滴，可以穿过全世界的苦难与幸福、漫长与厮守、黑暗与绝望、不屈与倔强、恒心与毅力，世界在这里，水滴在这里。

人类总是常常看不上自然，又不得不常常拜自然为师；人类的聪明与智慧恰恰是学习了自然，尊重了自然，懂得了自然，融入了自然，成为了自然。水滴穿石不是故事，也不是奇迹，它是自然要启迪人类，点化人类，以自己的作为为人类拨云见日。

最聪明的和最笨的人，这个世界都有，他们常常以自己的方式嘲笑对方的聪明和笨，又常常以自己的方式去诠释不一样的笨和聪明，而他们双方的聪明和笨常常是有双重的意义和双重的引号。一个"聪明"的人，常常会耻笑他人做"笨"事，下"笨"功夫，而一个"笨"的人往往会对一些聪明人不以为然的。聪明人说：我才不必下笨功夫呢，滴水穿不了石，我用锤子把大石头砸开，省事省时间，我没耐心我只能一蹴而就；而笨的人却会选择自己默默地坚守，在沙漠我就是骆驼，在大海我就是风帆，在天空我就是月亮，坚决要守得云开雾散，"笨"的人一步一个脚印，他的双脚可以通天，成功就在"笨"的磨炼。"聪明"的人常常学会放弃，他不可能去付出那么多，他不可能去磨难那么多，因此，他选择了轻松放弃了所有；而成功往往是放弃了"聪明"人的。

一片茶叶的无限可能，也在于耐得住寂寞。

在料峭春寒中，你就开始探头，茶农开始修枝、除草、施肥，一片茶叶开始拼命地贴近阳光向上生长，你渴望将天地间所有的灵气都吸纳到小小的叶片上；你在每一个茶农的守望和劳作中呼吸，呼吸得好欢畅呀，然后你就拼命地绿，绿得满山遍野的春天好像从仙界下凡。一场春雨你伸一次胳膊，伸一次腰身；终于，你绿得让采茶女动了心，由此，一片茶叶开始了不一样的旅程。从采青到萎凋，发酵，杀青，揉捻，干燥，初制，精制，加工，道道程序不能缺少。如果你是普通村姑采摘的茶，可能连个名字都没有，就被卖到了他乡；如果你是个小企业做的茶，可能被随便起个名字，也有人来领你回家；如果要远近闻名，甚至漂洋过海，就需要大品牌，你若是身为大品牌，你可以穿最金贵的衣服，有最好的出场方式，你就有资格打量你的买家，你就有身为品牌的底气。

一片茶叶在什么样的杯子里云卷云舒？

一片茶叶在什么样的温度下起伏翻卷？

这不是杯子和水温决定的，这是它的主人决定的。

　　做一片好茶，最大的耐心就是滴水穿石，让茶叶顺着一滴水，溯孔而上，看看水的初心。有的时候聪明就是笨，有的时候笨就是聪明，关键看什么时候。

　　现在，让我们先开始来观察一滴水在石头上溅飞的情景。

有锅气

　　最近去参加一个书画活动，陪同专家们在书画间浏览、观赏，专家们以自己的专业眼光潜入一个个作品的深处打量、探究，给出自己的评价，这是一件赏心悦目的美事，也是一件仁者求仁的难事；既要大浪淘沙，又不能大海遗珠，凭的是对艺术的坚守，凭的是对生活的追求，凭的是在艺术与生活之间再现与提炼。在大家都发表了高见、给出了评价和打分之后，总结者在统揽评价之后说：这些作品有锅气。

　　有意思。有锅气的作品是些什么样的东西呢？在厨师界大家都知道有锅气之说，锅气是中式炒菜的灵魂之所在。没有灵魂的人是行尸走肉，没有灵魂的文学作品是一堆废纸，没有灵魂的炒菜就是缺乏锅气了。锅气好玄，似乎看得见，当热香扑鼻的菜肴端上桌，大家在腾腾的热气之间唇齿留香，啧啧称美的时候它仿佛是存在的；

而有很多时候，菜也是热的，就是吃不出那个味，总觉得差把火候，又总觉得是不是火候过了，这又是锅气不足了。有位大厨是这么说锅气的：所谓锅气，是指食材和锅体高温爆炒粘黏的瞬间，食材附着在锅体上引发的焦香。要想获得足够的锅气，锅体温度足够的同时，不能无意识地高频翻动，特别是最后接近起锅的时候，在香和焦的临界状态才起勺翻动，直至出锅。

有锅气，听起来就很妙，妙的一半是女，炒的一半是火，锅气的妙在于炒，而炒之妙在于色。锅气于游子就是故乡升腾在村庄上方的袅袅炊烟，它缭绕着一些特别的味道，混合着晨雾、鸡鸣、犬吠，它的名字叫乡愁。乡愁并不是真的愁，拥有乡愁是一种幸福，看得见乡愁是一种美丽。锅气最是母亲的手艺，哪怕是熬出的一碗白米稀饭，哪怕青菜烩个豆腐，那种滋味谁也忘不了，最好还有乡间土灶大火焖锅既焦又香的锅巴，拿在手上有点烫，吃在口中有点热，回味起来很醇厚的柴火锅巴，这才是真正的锅气呀。

与厨师追求锅气不同的是艺术家如何追求锅气。你要去好好地与食材对话，了解食材的生长环境和脾气性格；你要去仔细研究炉火的大小，这样才能让食材的所有滋味倾泻而出；更要认真去选择调料，好的调料，能够增进故事的深度，能够增加悬念。不去潜心于生活首先就失去了底气，不去观察生活就自然无法获得志气，在生活中随波逐流更谈不上骨气。厨师追求锅气，是在寻找展现菜的灵魂；作家追求锅气，是在寻找展现生活的灵魂。锅气不足是你离生活不够近，锅气不足是你没有从生活中接到地气。

做一个厨师，烧出有锅气的好菜。

做一个作家，创作出有锅气的好作品。

其实，做一个有锅气的人，才是真的有味道，心与心在一起，情与情紧紧相牵，需要温暖时是热气腾腾的，需要滋味时是香气扑鼻的，需要抵足相谈时，大火是旺旺的，需要思想点醒时，所有的食材是精心挑选的。

什么是有锅气？

我看就是爱生活，做自己。

阿斯旺高坝和比萨斜塔

三峡全长193公里，两岸悬崖绝壁，江中滩峡相见，水流湍急，唐代大诗人李白曾经为三峡写下了旷世佳作："朝辞白帝彩云间，千里江陵一日还。两岸猿声啼不住，轻舟已过万重山。"经历次探讨、论证，几经反复的长江三峡水利枢纽工程，终于在1991年动工，至2009年竣工，成为世界上最大的水利枢纽工程。至于种种好处，在此不一一细述。国务院常务会议于2011年5月18日讨论通过《三峡后续工作规划》，要求妥善处理三峡工程蓄水后对长江中下游带来的不利影响，实施生态修复，改善生物栖息地环境，保护生物多样性。

由三峡工程，我联想到了埃及尼罗河上所建的世界七大水坝之一的阿斯旺高坝。它横截尼罗河水，高峡出平湖。坝长3830米，高111米。1960年在苏联援助下动工兴建，1971年建成，历时10年多，耗资约10亿美元, 使用建筑材料4300万立方米, 相当于大金字塔的17倍, 是一项集灌溉、航运、发电于一体的综合水利工程。历史上, 尼罗河水每年泛滥携带而下的泥沙无形中为沿岸土地提供了丰富的天然肥料, 而阿斯旺大坝在拦截河水的同时, 也截住了河水携带而来的淤泥, 由于没有了淤泥的堆积, 自大坝建成后, 尼罗河三角洲正在以每年约5毫米的速度下沉。专家估计, 如果以这个速度下沉, 再过几十年, 埃及将损失15%的耕地, 1000万人口将不得不背井离乡。修建阿斯旺大坝的初衷, 是基于传统的防御促农的水利理念, 这是农业社会的主流思想。但当初决策者们也许并没有想到大坝在带给埃及人民福祉的同时, 还存在令后人不得不正视的弊端。以历史和辩证的眼光来看, 阿斯旺大坝的建立为埃及的经济发展奠定了良好的基础。但随着时代的前进, 在农业社会显得极为重要的灌溉工程, 到了工业和服务业产值比重大大增加的时代, 它的负面作用也日益彰显。埃及有位学者曾说过: "建造阿斯旺大坝的埃及总统纳赛尔是位伟人, 但是拆除阿斯旺大坝的人, 要比纳赛尔更伟大。"

还有一个因设计和地质缺陷使之成为世界奇观的比萨斜塔, 今天依然为人们津津乐道。过去人们曾一度认为钟楼是故意被设计成倾斜的, 但是现在人们清楚地知道事实并非如此。作为比萨大教堂的钟楼, 1173年8月9日开始建造时的设计是垂直竖立的, 原设计为8层, 高54.8米, 独特的白色闪光的中世纪风格建筑物。但是1178年, 当钟楼兴建到第四层时发现由于地基不均匀和土层松软, 导致钟楼已经倾斜偏向东南方, 工程因此暂停。1198年, 记载了钟楼内撞钟的存在, 这标志着钟楼虽然倾斜, 但至少悬挂了一个撞钟, 实现了它作为钟楼的初衷。从1231至1292年，工程时续时断。1360年，在停滞了差不多一个世纪后钟楼向完工开始最后冲刺，并作了最后一次重要的修正。1372年摆放钟的顶层完工。54米高的8层钟楼共有7口钟，由于钟楼时刻都有倒塌的危险，因此它从未撞响过。但它却成为这个世界的别样风景。

早在中国的古代，我们的思想家们就提出过天人合一的和谐思想。这个思想几经反复，又被历史和时间不断冲刷和擦亮。《庄子》"天地人和，礼之用，和为贵，王之道，斯之美"，《孙子兵法·始计篇》有云"天地人和"："兵者，国之大事，死生之地，存亡之道……一曰道，二曰天，三曰地，四曰将，五曰法……凡此五者，将莫不闻，知之者胜，不知之者不胜。""天时"可理解为机遇或气候条件，"地利"为有利的地理条件，"人和"则是最重要的，意为众人团结和气。中国传统文化的一个重要特征就是强调人与自然的和谐统一，而不是两者的排斥对立。《现代汉语词典》中对"和谐"的解释为：配合得适当和匀称。赵大年先生在《环境意识和环境文学》一文中，对人和自然有过精辟论述："其实，华夏先哲两千多年前就提出了'天人合一'思想，近来深受中外学者重视。'天人合一'说的是人与大自然的关系，我理解，它的核心，是把人类看作自然界的一个和谐的组成部分。虽说人乃万物之灵，但人类与万种生物一样，都是由大地母亲哺育，靠阳光雨露滋润，才获得生命和生存条件的。因此，妄谈'征服自然''人定胜天'，为所欲为，就有破坏环境和遭受大自然惩罚的危险。"

我曾经在过去了的那个年代为一些"人定胜天"的伟大举动而

激动至颤抖,因为这确实是一种伟大的激情,正因为它伟大,其破坏性也是巨大的。我们应该实事求是地面对昨天,面对历史,面对真理,这样我们才会更加理性。不搞人定胜天的创举,但我们在面对各种困难时,依然应该保持革命英雄主义的精神,没有这种精神,我们就不会有江姐,不会有董存瑞、黄继光、邱少云,更不会涌现出汶川救灾和重建中的英雄和他们的故事。

洁白而高贵的

　　近些年接触财富界人士比较多，引发了我对财富和人生的一些思考，常常浮想联翩，景象万千。结合目前全党上下正在开展的党的群众路线教育活动，这些思考的现实性跃然眼前。我们需要什么样的财富观？共产党人该有什么样的财富人生？面向大海，仰望星空，跻身人流，仁守未来，一些珠玑文字，一些锦绣华章，一些格言警句，一些空灵诗意，给我带来几多感慨，几多启迪。

　　小时候的课文里有一篇用人生写就的伟大文章，那么简短有力，那么坦荡如砥，令它有穿越时光和人生的力量。它就是方志敏的《清贫》："我从事革命斗争，已经十余年了。在这长期的奋斗中，我一向是过着朴素的生活，从没有奢侈过。经手的款项，总在数百万元；但为革命而筹集的金钱，是一点一滴地用之于革命事业。这在国方的伟人们看来，颇似奇迹，或认为夸张；而矜持不苟，舍己为公，却是每个共产党员具备的美德。"这一段感人至深、情真意切的话时时出现在我的脑海中，回味至今，不断感受着这简洁语言传递的能量。《清贫》一文在回忆一段趣事后，方志敏又写道："是不是还要问问我家里有没有一些财产？请等一下，让我想一想，啊，记起来了，有的有的，但不算多。去年暑天我穿的几套旧的汗褂裤，与几双缝上底的线袜，已交给我的妻放在深山坞里保藏着——怕国军进攻时，被人抢了去，准备今年暑天拿出来再穿；那些就算是我唯一的财产了。但我说出那几件'传世宝'来，岂不要叫那些富翁们齿冷三天？!清贫，洁白朴素的生活，正是我们革命者能够战胜许多困难的地方！"这篇写于1935年5月26日囚室的小文，振聋发聩，砥砺灵魂。什么叫洁白的生活？先是该有颗洁白而高贵的灵魂吧。这是方志敏给我们留下的一篇足以传世的共产党人的"传世宝"。

其实，古今中外有很多描绘财富与金钱的格言警句，这些格言与警句充满着人间的智慧，又充斥着人间的矛盾。正是这智慧与矛盾，让这个世界色彩缤纷，五味杂陈。旧时谚语：人为财死，鸟为食亡。意思说的是为了追求金钱，连生命都可以不要。中国有句古话：生不带来，死不带去。意思是说人没有带什么到世上来，也不能带什么去，教会人不要为荣华富贵、金银财富、权力地位所扰心。正如耶稣有句经典名言：人若赚得全世界赔上自己的生命，有什么益处呢？赚得全世界，你自然是大赢家；而赔上自己的生命，你就会变成最大的输家了。但依旧有人不明就里，认为天下熙熙，皆为利来；天下攘攘，皆为利往。而有的人把"生不带来，死不带去"当成及时行乐、吃喝玩乐的理由，将资财与生命消耗殆尽。莎士比亚在他的《雅典的泰门》中这样写道：金子！黄黄的、发光的、宝贵的金子！不，天神们啊，我不是一个游手好闲的信徒；我只要你们给我一些树根！这东西，只这一点点儿，就可以使黑的变成白的，丑的变成美的，错的变成对的，卑贱变成尊贵，老人变成少年，懦夫变成勇士。这是怎样一个世界？科学的发达让我们越来越接近自然的真相；但失去了生命理想对财富的无限追逐，只能使我们越来越远离生活的真理。为民、务实、清廉是我们党这次开展群众路线教育活动的主题。《增广贤文》有曰：钱财如粪土，仁义值千金。钱财没有什么可珍贵的，要把它看得像粪土一般，仁义道德才是最为可贵的，价值千金。

而在方志敏这样有伟大追求的共产党人身上，最伟大的力量就是拥有一颗洁白而高贵的灵魂，这又何止千金万金呢？！

赠人玫瑰

玫瑰是一种花名，多用于爱情。而玫瑰的人文价值和文化情怀常常被重新定义和转化。所以，行走的玫瑰就有了更多的喻义。

最近读到一些很好玩的文章，让人大开眼界，心神向往。说是这个世界上会有一些独特的守恒现象，一些大的灾难、大的变故中必会出现一些伟大的人物，这些伟大的人物可以减轻世界的灾难，让世界恢复祥和。像中国的老子、孔子等人，像欧洲的亚里士多德，就是这样一些人，他们的出现，让人类的智慧足以抵挡灾难，听听也有意思。所以，有很多人没有活得明白，没有活出自己，才会和他人过不去，才会和生活过不去，其实都是和自己过不去。

最近，一直在玩味这两个词：功德和功利。反复咀嚼，细细品味它们之间的相同和貌似相同，相似和貌似相似。这些自我解读是抛开了字典里的定义的。功自然是都在使劲，都在发力，都在付出，都在努力，都在劳动，都在流汗，没有功就不可能得到利，更不可能拥有德。而如何将利和德分开呢？一个人每天去井边挑水回来喝，他付出了劳动，他得到应该得到的水；一个人花了很大的气力，在村子里打了一口井，他自己有了水喝，别人也从他打的井中有了水喝。功利的付出，通过自己的努力和劳动，主要是利己的；而功德呢？通过自己的努力，自己有水喝，也让更多的人有了水喝。功德主要是以自己的劳动实现利他。所以，后人没有给挑水喝的人立碑，而是给打井的人立了碑：喝水不忘打井人。

利看重的更多的是自己，德修行更多的是利他。所以，人们常说，多一点功德心，少一点功利心。但这个世界无利似乎不太可能，无利不交，无利不往，无利不欢，无利谁干呀？这自然无错。利本身无害无毒，无姓无别，而加上一个功呢，它组合的意义就变成过于自我，过于利己，过于重利。而强烈的功利心，将会导致利离你而远去，利如涓流，不拒大海，而功利却如大山，你一味地突出彰显自己，你是突出了，而利之流水却随势而去。这个世界真的应该多一些功德，你栽一棵树，后人在下面乘凉，你应该高兴；但有些人却想将树带走，树挪了，树荫不在了，树可能也就不在了。当我们审视自己的言行时，少一点孤芳自赏，多一点他人立场。沾沾自喜，洋洋自得，如果没有水了，哪还有自喜，哪还有自得。功德心让天地宽广，让云淡风轻，让话语甜美，让微笑动人。

说到功利和功德，我想起最著名、最简单、最朴实、最温暖也是最有色彩、最有香味的一句话：赠人玫瑰，手有余香。

唐诗的背后

　　小时候读过的一首唐诗至今难忘。"锄禾日当午，汗滴禾下土。谁知盘中餐，粒粒皆辛苦。"这是唐代诗人李绅的《悯农》，它道出了劳作者的艰辛。诗句如此之平凡，用词如此之平淡，文字如此之简约，设问如此之简单，为何却能从唐代流传至今？这是因为诗中有直击人心纯粹的力量；它勾勒的场面，它传达的情感，它把劳动者和土地朝夕相伴的情深意长写得如此到位和深刻。令时光为之折服，令灵魂为之震颤。

　　曾几何时，奢侈浪费之风开始在我们的身边盛行开来。媒体说：我们一年会喝掉两个西湖，说明中国人的胃口是多么巨大。有斗富者用人民币点烟抽，有斗狠者开着豪车在街头相撞。古人云："俭，德之共也；侈，恶之大也。""历览前贤国与家，成由勤俭破由奢。"诸葛亮把"静以修身，俭以养德"作为"修身"之道；朱子将

"一粥一饭，当思来之不易；半丝半缕，恒念物力维艰"当作"齐家"的训言；毛泽东以"厉行节约，勤俭建国"为"治国"的经验。由此可以看到，小到一个人、一个家庭，大到一个国家、整个人类，要想生存发展，离不开勤俭节约，修身、齐家、治国也离不开勤俭节约。

在中国第一个农民皇帝朱元璋的故乡凤阳，至今还流传着四菜一汤的歌谣："皇帝请客，四菜一汤，萝卜韭菜，着实甜香；小葱豆腐，意义深长，一清二白，贪官心慌。"朱元璋给皇后过生日时，也只用红萝卜、韭菜，青菜两碗；小葱豆腐汤，宴请众官员。并且约法三章：今后不论谁摆宴席，只许四菜一汤，谁若违反，严惩不贷。这就是一位古代封建皇帝关于节俭的理念和境界。英国女王伊丽莎白二世经常说的一句英国谚语是"节约便士，英镑自来"，每天深夜她都会亲自熄灭白金汉宫小厅堂和走廊的灯，她坚持皇家用的牙膏要挤到一点不剩。这就是一个资本主义国家的女王尊崇的关于节俭的做法与谚语。世界华人首富李嘉诚曾说过这样一句话："要钱我马上拿出一个亿，我面不改色。但谁在地上丢一分钱，我会立即捡起来。"这就是华人首富理解的节俭，"当用则万金不惜，不当用则一文不费"。我们并不需要感叹别人的思想与境界，只需在我们能节约一分钱时，绝不花两分钱。

中国共产党人也一直是厉行节约、节俭养德的典范。方志敏经手的款项数以百万计，但他的财产却只有几件衬衫和几双破袜子；骁勇善战的抗日将军左权，一段"将军补鞋"的故事传为佳话；赵一曼也以一个"粗瓷大碗"为后人传颂。伟大领袖毛主席一生粗茶淡饭, 睡硬板床, 穿粗布衣, 生活极为简朴, 一件睡衣竟然补了73次, 穿了20年。经济困难时期, 他主动减薪, 降低生活标准, 不吃鱼肉、水果。上世纪60年代, 有一次他召开会议到中午还没有结束, 便留大家吃午饭, 餐桌上只有一大盆肉丸熬白菜、几小碟咸菜, 主食是烧饼。他们节约的是财富, 而滋养着我们的却是崇高的德行。一种品德不能只写在文件里、喊在口号中, 它应该是践行在我们的行动中。

节俭养德, 行动助德, 有德相伴, 可行千里。写到这儿, 我又想起《悯农》这首小诗, 如果每个人都能对土地充满挚爱, 对劳动者充满深情, 对劳动的果实充满敬畏, 你还会浪费吗? 让我们的精神高尚起来, 让我们的灵魂纯洁起来, 让我们的追求美好起来, 我们就一定会成为一个有德之人。

德助苍生, 德行天下。

自然的自然

老子说:"人法地,地法天,天法道,道法自然。"

叔本华说:"只有按照自然所启示的经验来生活。"

自自然然的样子应该是人世间最好的样子。因此人在经历了众多的苦难,历经了无数的开悟,被无数的智慧点拨之后,忽然觉得:我们一直在追求的至高理想和境界原来只是自然的样子。一个出发时的样子,一个大彻大悟之后的样子,一个归来时的样子。

小的时候,大人常常纠正我们生活的样子,让我们站如松,坐如钟,行如风,卧如弓。是让我们活出自然的样子。站如松,就是立地有根基,挺拔向上,不动摇;坐如钟,就是保持身体正直,身体内似乎空了,但全身是松而不懈的姿态;行如风,就是走路轻飘飘的,有如脚底生风;卧如弓,就是让自己睡觉时像弓一样地侧卧,不仅身体是放松的,而且身体的脉络也容易保持连通的状态。我们人类的发展进步，就是不断学习领悟自然的样子；在自然里我们慢慢了解和认识自己，而我们能成为自然的样子才是最好的样子。

伯牙和钟子期高山流水觅知音的故事大家都知道。他在他的琴声里看到了巍峨的高山，他在他的琴音里听到奔腾澎湃的流水；是高山和流水让他们成为知音，是自然的力量将两个人紧紧地联系在一起。所以，当伯牙知道钟子期离世的消息后，伏地号啕大哭，说："先生不在了，再也没有人能听懂我的乐曲了，我还弹琴干什么？"伯牙将琴摔得粉碎；从此，世间再无弹琴的伯牙了。流水已去，高山孤独。自然的绝响，才是两个知音心中的绝唱。

鲁班的大名今天很多人都知道，而鲁班造锯的故事知道的人可能就没有那么多。鲁班大约生于公元前507年，本名公输般，因般、班同音，且是春秋战国时的鲁国人，所以被世人称为鲁班。鲁班从事的主要是木工工作，他发明了锯子、刨子等很多木工使用的工具。相传有一次他进深山砍树木时，不小心脚底一滑，手被一种野草的叶子划破了，他摘下叶子轻轻一摸，发现叶子两边长着锋利的齿，他的手就是被这些小齿划破的。他抬头看见一棵大树上有条大蝗虫，两个大板牙也排列着许多小齿，所以能很快地磨碎叶片。鲁班受此启发，经过多次试验，发明出了锋利的锯子，大大提高了工效。学习自然，让我们从自然中得到启发，变得智慧一些；当我们更深刻地认识了自然，我们才可能更好地认识自己。

其实，我们可能并不知道，病毒是自然界中进化最快的，它能迅速地与不同种类病毒的遗传物质相结合，变成新的病毒。病毒看起来没有大脑，没有灵魂，但它却是全世界最智慧的物种，当你

还没有搞清楚它的结构并找到应对方法时，可能它已经进化成新
的病毒了，所以我们只能控制病毒的蔓延和传播，却很难消灭病
毒。就像当下在全球流行暴发的新冠病毒，已经发生了多次变异。
假如有一天我们能和大自然中的病毒对话，我们可能就会知道它
们的思想，从而和谐共处。

我们形容对人的尊重：高山仰止。

我们形容心境淡然：清风明月。

我们形容温暖人心：涓涓细流。

我们形容知音：高山流水。

我们形容大地的富足：物华天宝。

我们形容季节的变化：一叶知秋。

其实，如果我们深刻地来研讨追究，离开大自然，我们人类仿
佛都不会表达我们自己了。唯有借助自然，人类之间才能够交流，
因为大家都生活在自然之中；而要读懂自然，还需要自然给我们更
多的点化和启迪。

懂得了自然，才会懂得自由；而领会了自由，才会变得自然。

自然让我们自然，我们要想变得自然，必然还需要更加自然。

但我们不可能模糊生命

　　有时候你专心坐下来想为什么写一段文字还挺难的。因为你找不到为什么，所以常常会很为难自己，更会为难读者。你恍惚地坐在桌前，搜肠刮肚，肚子里的油倒确实不少，而能亮出来的货色却少得可怜了。这年头一不小心就会吃出高血压，吃出高血脂，吃出高血糖，很难吃出什么高产作家。光一年到头的吃就够应付的了，还要掼蛋，不掼蛋等于没吃饭；还要喝酒，感情深一口闷。其实，这都是幸运的，一个老中医因为对病人吃有不同的见解，愣是搞得差点失了业。一些中老年患者去医院就诊，不论中医、西医，十之八九会劝他，吃清淡点，少吃红肉，最好素食。而这位中医一般都会劝患者，吃好点，想吃肉就吃肉，吃了肉你才能有劲呀。患者都会问中医，人家医生都劝我们吃清淡点，少吃点，你怎么劝我们多吃，还要吃荤的呢? 中医说，你营养不够怎么抵抗疾病呀。说是这么说，问是如此问，说的有道理，问的也不错，可因为老中医说的与其他医生不一样，不在一个调上，他的门诊就门可罗雀了。

这个世界上不是所有的问题都是有解的，也不是所有的问题都是无解的。关键还是要找到解题的方法，以无解的心态去做有解的生活，以无解的生活去调整有解的心态。有个很有意思的笑话是这样的。一列火车上有一个教授和一个农民相对而坐，显得很无聊。教授就想和农民沟通交流。教授对农民说：我出一道题，你若不知，你给我5元；你出一道题，我若不知，就给你500元，如何？农民憨憨地点头同意。教授问：月亮距地球多远？农民一言不发递给教授5元。然后，农民提问：上山三条腿，下山四条腿，是什么动物？教授挠头苦思不得其解，只能无奈地给农民500元。农民接过钱准备睡觉了，教授心有不甘地追问：上山三条腿，下山四条腿究竟是什么动物？农民默默地从500元中抽出一张5元递给了教授，然后睡觉了。教授枯坐一旁无语，看着农民憨憨睡去的侧影叹气。

世界的发展，因为逻辑的力量变得越来越坚韧有力；当然也有众多对逻辑的误判，而让我们反复跌倒在同一层楼梯上，我们却浑然不知，并且还以为是我们不够勇敢，去反复地攀登，又反复地跌倒。这个世界就是由有智慧的人和笨蛋构成的，但笨蛋常常会出其不意地使出绝招，而有智慧的人又常常会出昏招。同一件事情，聪明的人和笨蛋有的时候就会角色互换。人类自己能确定的两条路径：一是向外，在于探索寻找；一是向内，在于开拓和认知。其实，活在当下，活出精彩和健康真的是一个不错的选择。马克思问大家：什么是成功？答案五花八门，却个个都很有道理。有人说受到了重用，有人说积累了财富，有人说收获了爱情，有人说赢得了声誉，有人说培养了接班人，有人说实现了梦想。

有专家说，世界上本身是没有时间这个概念的。比如把一些人放到一个封闭的地方，没有日历和钟表，看不出白天和黑夜，也没有四季的变化，当他们离开这个封闭之所时，因为没有四季，没有白天和黑夜，困了就睡，饿了就吃，完全离开了时间的指引，他们失去了时间；准确地说，他们失去了时间的概念。人的智慧恰恰是规划了时间，定义了时间，给时间赋予了生命。我们可以模糊时间，但我们不可能模糊生命。

坦然淡定地让自己活得更好才是最有价值的。当然，高兴了也可以为这价值找个理由。世界不可能是属于我们的，而我们却一定是属于世界的。

搞明白了吧，属于世界的，我们就可以放心地活出自己的精彩。

这世界上什么最好

　　家里的饭菜永远是最香的、最好吃的，这是全世界颠扑不破
的真理。为什么呢？家里的饭菜永远是最有锅气的。做菜之有锅
气，在厨师是一种火候把握，在传承是一种心灵相映，在大师是一
种绝妙境界；而在家里却绝对是一种温度，一种情感，一种基因，
一种血脉，它带着热气，扑腾满面的是殷殷的关怀，而孩子的一句
话，常常会将这种意境推上高潮："老妈，你做的菜真好吃。"这时
候还需配上啧啧的称道，非常投入婉转又清脆作响的咀嚼声。

　　而私房菜馆的菜为什么好吃呢？因为这些菜品经过细心的打
磨，从食材到佐料，从色香味到摆盘上桌，都呈现着定制的个性
化，私房菜馆吃的就是个个性。再有个性的私房菜，大抵只能算是
一处不错的风景，大家只可能短时间地在此驻足、欣赏，绝无可能
将自己的口腹一辈子交给它的，没看过这风景的自然要看看，而把

玩之后增加一些见识与见解, 甚而是味觉里多了一类记忆, 足矣。

有一类菜, 人生也必须有它, 没有它就是一种缺失, 这种缺失的遗憾, 绝对是口福的一生遗憾, 但若要天天与之相伴, 可能你就会口鼻上火, 嗓子冒烟, 大汗淋漓, 头发直竖。因为这类菜太有性格了, 就像有性格的人, 常常会形象生动, 招人喜欢, 而太有性格了, 有时候直率劲上来, 喷得你也是浑身冒汗, 很难自在。生命中需要这样的朋友, 他可能是你人生道路上的诤友, 他会让你多一些自我警醒, 他会让你常常冒一些汗。而在餐桌上这一类的菜, 有一个波涛汹涌的名字:川菜。对, 就是川流不息的川。在长江边那些船工号子如江水般激荡着、呼叫着, 粗粗的绳索勒进了肩膀, 他们自然是一些有性格的人;在崎岖的蜀道, 那些棒棒儿背负着沉重的担子, 穿越在难于上青天的蜀道, 磨破了脚, 累弯了腰, 而在生活面前, 他们永远是挺着腰, 他们自然是一群有性格的人。川菜的性格可能就来源于此吧, 那么热烈, 那么火爆, 那么鲜红, 绝不退让, 绝不躲闪, 真诚而又友善, 酣畅而至淋漓。

世界上还有很多地方的菜让人不能理解, 生冷的, 搅拌的, 手抓的, 生啃的。而中国菜就是中国人的性格, 中国人的故事最集中的体现。热烈如川菜, 够味如湘菜, 圆满如满汉全席, 醇厚如徽菜。徽菜"盐重好色, 轻度腐败"的代表性作品"臭鳜鱼""毛豆腐", 如今早已声名远播, 有如它不一样的香味。

想想人在世间真就是三顿一觉呀。一天三顿饭, 长夜睡一觉, 医学专家还说要睡到八小时。真能天天睡到八小时, 该有多没心没肺呀。笑话说, 婴儿一般的睡眠真是太棒了, 其实婴儿的睡眠就是哭一阵、闹一阵，睡一阵。吃了这么好吃的中国菜，该做个像模像样的中国人，做一些有用的事。什么事有用？老师好好教书，孩子好好读书；农民认真种田，工人认真出产品；宇航员在天上看美丽中国，解放军在海岛守着我们的海疆。有用的事就是每个人都要把自己当个人用。是大梁就立起来，是钉子就钻进去，是石子就不要硌脚，是木头就去架桥；当然也可以做雄鹰飞上蓝天，也可以是星星陪伴梦乡，也可以是高山一览天地小，当然也可以是大江东去拥抱世界。

说到这世界什么最好，真是没有标准答案。有人说是自由，生命诚可贵，爱情价更高。若为自由故，两者皆可抛。也有人说是快乐的心情，人生的一切烦恼都是来自不快乐，让快乐主宰人生，人间的一切就会美好。也有人说是健康，健康是1，没有这个1，一切都将不复存在，再多的0也无处安放，健康地活着，这世界的一切都十分美好。而有了自由，有了快乐，有了健康，有了财富，这世界就美好得无懈可击了吗？可能还不是，你可能还要去寻找更好的。

这世界上什么最好？永远没有统一答案。在当下，你缺的东西，可能就是最好的吧。

现在，我缺的是母亲给我们做的一顿带着锅气的晚饭。

第三辑

孔见、洞见和不见

孔见、洞见和不见

　　主要是为了标题的对称，将一孔之见，简化为孔见。

　　经年以来，人们在不断研究、探讨孔和洞的区别。有人说孔小洞大，小的如针孔；而洞却不同了，小如树洞，还是比孔大；大如山洞，贯穿在整个山间，甚至形成山的另一种气象。一座山如果有了洞，就增加了灵气，增加了变幻，让山有了一种通透感，真的是别有洞天。在山的胸膛里，有暗流在其间随山洞蜿蜒至大地的深处。

　　孔的大小有时候并不妨碍我们观察外面的世界，只是你的心不能只有孔那么大，再大的世界眼睛也能容下，容下世界的当然不是眼睛，而是胸怀。我们常常局限于一孔之见，满足于一孔之见，认为自己的一孔之见就是整个世界；所以，鼻子的两个眼，只能叫鼻孔，而不能叫鼻洞，因为它只有那么深。鼻孔的功能只在喘气，如果鼻孔朝天有时候也被视作骄傲。

其实说到孔见之偏差，真的不是被一孔所误。也许是被孔方兄所误吧。因为有了孔子这样的大圣人，孔姓一直给人的感觉是文化的、智慧的、远见的、深邃的。但因为一个带方孔的铜钱，就重新改写了一部孔姓的历史，甚至鲁迅先生笔下的名人也叫孔乙己，你现在想想，这个人不能叫方乙己，不能叫李乙己，甚至叫钱乙己也不能完全传达个中的神韵与妙处。鲁迅先生通过孔乙己之一孔，洞见到了当时整个封建社会的迂腐、愚昧、麻木、挣扎与堕落。

洞见，就是明察秋毫了。宋代秦观说："心不摇于死生之度，气不夺于宠辱利害之交，则四者之胜败自然洞见。"自然洞见四个字的组合用得何其好呀。假设条件是，如果你能够淡定于生死，如果你能够不计较一生之宠辱，如果你拥有了这样的境界与高度，世界的万象与变化，你自然能够看得非常清楚，难就难在谁能面对生死云淡风轻呢？难就难在谁能面对宠辱波澜不惊呢？难在自然，可贵在自然；有了自然，当然就自然洞见了。还是鲁迅先生说："叛逆的猛士出于人间；他屹立着，洞见一切已改和现有的废墟和荒坟，记得一切深广和久远的苦痛。"不论是秦观，还是鲁迅，不论中间跨越了多少朝代，不论其间有多少洞见，其精神气质是完全一致的。冷静沉着，客观公允，深邃通达，意志刚强。这样的气质风貌，不惧风雨，无畏宠辱，看淡名利，早就胸怀天下，洞悉大千，至于洞见也是水到渠成吧。

　　当然，如果患得患失，如果斤斤计较，如果目光短浅，如果胸无千壑，再大的洞在你眼前你也无法洞见，再大的世界你也只能是孔见。胸怀天下，一孔可见世界；一孔观天，一叶可以遮目。孔和洞观察到的世界仅只是大小不同，而孔见和洞见收获的人生却有天壤之别了。在当下全世界面对的新冠肺炎面前，孔见的政客把它带上人种和国别的颜色，使这场本要共同面对的人间劫难，却分成一些阵营和另一些阵营，一些人和另一些人，一些国家和另一些国家。写写日记，感慨一下人性和人生绝对没有错，或者记录一下自己眼中的城市变迁也没有错；这日记如果仅仅是写给自己看的，即使尺度再大观点再荒谬也只是个人感观；而如果要给大家看，还要成为历史的见证和丰碑，可能就需要更加全面、公正、客观，作为一个洞见世界和人性的人，如果写出来的仅是孔见，可能你也要允许别人发表自己的孔见了。好在，现在的时代，更多的人可以发出自己的孔见了。

　　有一种竹子做的乐器叫笛子。

　　还有一种竹子做的乐器叫洞箫，也叫箫。

　　笛子是横吹的，箫是竖吹的。

　　笛子的声音是高亢、悠远、嘹亮、清脆的；而箫的声音是醇厚、大气、低沉、豪迈，还带着些哀伤和忧郁的。可能因为箫是竖吹的，恰与人体的站立姿态是一致的，它更能洞察人的情感起伏，更能洞察人的内心世界，所以它又叫洞箫。这时候的人就是一把箫，任箫来演绎壮怀激烈，生死豪情；这时候的箫又变成一个人，任人的灵魂在这些竹孔之间吹奏抑扬顿挫, 绕梁三日。

不见, 不是物理上的。

不见是一种心灵排斥, 见也未见。

或者, 你见, 或者不见我, 我就在那里, 不悲不喜。

爱情里的山

　　首先，我要声明的是这不是一篇关于爱情的文章。

　　前几天，有朋友托我去为他的亲戚主婚。随着年龄、阅历的增长，包括表达能力的提高，让我主婚这样的事纷至沓来，我倒是乐此不疲，这是别人的一份信任，这也是别人赋予我的一份幸福。想想，能说些什么呢？于是我就从山说起，山里有思想、有感情、有重托、有内涵，当然更有很多值得我们去挖掘、去发现的宝藏。

　　一对新人从恋爱里走来，经过幸福和甜蜜，经过相守和期待，经过思考和磨砺，今天步入婚姻的殿堂，一生的相许和陪伴由此开始。这使我想起最近流行的关于山的一句名言：站在山底的人，和站在山顶的人，眼中的彼此都一样渺小。但在爱的人的眼中，他们会忽略掉眼前的一切风景，不管什么样的时间和空间的距离，他们眼中的彼此都是最大的最美的。我期待未来的彼此，不论是在山顶的，还是山脚的，眼中的彼此永不改变。

愚公移山的故事是我们从中学的课本就曾读过、学过。但它真值得我们用一生去玩味。因为我们的身边，我们的心中，我们的工作生活中，岂止太行、王屋这样的两座山呢? 人生的种种际遇就是从搬山开始的，搬走了大山，打开了通道，人生的境界从此四通八达。然而，大多数时候，很多人往往被大山挡住了视野，挡住了出路，也挡住了未来。学学愚公这样的老人，他可能是一个年龄上的老者，但他更是一个雄心万丈的年轻人。他的精神感动了山神，继而感动了天帝。他感动天帝的不是苍白的语言，而是他执着的行动和坚韧不拔的灵魂。新人面对生活，就应该有这样的准备; 我们不等待磨难的到来，但我们为征服挫折、坎坷应该做好准备。山可移，志不可移。

第三个山的故事，是一首伟大的诗。这是一个伟大的诗人为安徽大地写下的一首千古绝唱。它叫《独坐敬亭山》: 众鸟高飞尽，孤云独去闲。相看两不厌，只有敬亭山。虽然诗人写出了自己旷世的孤独，写出了大自然的怀抱，但我更愿意将之理解为这仿佛是一首伟大的爱情绝唱。经过了灵魂的冲撞，经过了世间风雨的历练，经过了风雨和彩虹，依然能无怨无悔地执子之手，相看两不厌，这才是修成了人间之真的大爱，大爱无形。

爱情的山一座一座又一座。

与我们相守的世间万物何尝不是充满着万般情感的呢?

化妆

常人化妆主要目的当然是让自己的形象更加美好。

经常化妆的主要是演员，因为演员有需要，因为演员扮演不同的角色，就需要化不一样的妆，以应对不同的戏份，也要应对不同的场面，让整个的化妆和人物角色都融入戏中，成为一出好戏，让掌声与喝彩贯穿其间。

化妆和画妆两个词常常是通用的。

而我想最早的一定是画妆，因为更早时候的妆只能是画，原材料不够丰富，对妆的理解也不够深入，常常是描个眉、画个唇、粉个腮就已极好。而进入化妆之后，其步骤和层次、产品与工具都是非常复杂了，它们可以对人体的面部、五官及其他部位进行渲染、描画、整理，增强立体印象，调整形色，掩饰缺陷，表现神采，从而达到美化视觉感受的目的。它既能表现人物独有的自然美，又能改善人物原有形、色、质, 增添美感和魅力, 还能作为一种艺术形式, 呈现一场视觉盛宴。化妆不分男女, 更没有年龄的限制。

画妆是基于原型的一次点亮。

化妆是高于原型的一次提升。

画是有底版的。

而化却可以另起炉灶, 化妆之化, 我认为有化腐朽为神奇之功效, 美化自己, 美化生活, 美化角色, 美化舞台, 爱美之心人人有之, 美化角色是演员之最高境界。

其实, 最最奇妙的化妆来自大自然, 这个世界最大的力量是自然的力量, 因为自然才会顺其自然, 因为自然才不可违逆, 当然有人想改变自然, 对抗自然, 破坏自然, 可一时却不可久日, 这也是自然的力量。你看大自然的一年四季, 每一季都如此分明, 每一季都给地球带来不同的景象, 不同的希望。春天的绿色孕育着生命的期待, 这些期待牵着人类世代轮回, 奔向美好; 夏天的五彩, 绽放着生命的热烈、澎湃、激情、浪漫、梦想和活力, 这是每一个人都可以放飞自己的时节; 秋天的金黄与财富的颜色接近, 如此神圣又如此美好, 是对劳动与付出最好的讴歌, 古代的皇帝之所以选择金黄色作为龙袍, 不仅是高贵, 也有富足收获之意吧, 但再高贵的颜色都是来自自然; 再看看冬日里的白雪, 那么洁白, 白得又是如此地寂静与深邃, 白在深夜与白天, 绝无杂念, 而这白之下却不是冰冷, 是一颗正被春姑娘悄悄打动的心。对于没有季节的地球, 它只是一块画板; 对于地球的四季来说, 它仿佛是对地球的一次化妆, 而这妆是自然的, 唯其自然才美; 而这妆是变化的, 因为变化才令这个世界充满生机。只有大自然才具备了鬼斧神工之力，所以我们要做的不是去改造它，而应该是去读懂它、体会它、理解它、热爱它。唐诗宋词中很多不朽的篇章，都是描绘大自然的，为什么这些诗现在还活着，因为这些都是自然的，这些诗人都是生活在自然之中的。

李白说：古来圣贤皆寂寞，唯有饮者留其名。

想来饮者是自然的、坦荡的、开放的，从不遮掩的吧。这可能就是赤诚相见，绝不化妆。舞台上的化妆我们为之鼓掌，生活中的美妆我们为之赏心悦目。而有些人的颜面看起来倒是本色的，但你却绝对一会儿认识，一会儿又不认识了。不管是舞台上，还是生活中，妆在那儿我们都能看到，我们也知道谁化了妆，谁没有化妆，但遇到没有化妆的化妆谁又能分辨得清呢？契诃夫的小说倒是有一篇《变色龙》。

化妆好，它遮盖了我们表面的短处，而另一类化妆也恰恰在掩护了卑劣与肮脏呀。

荷花。有多少日子可以坚守

　　好奇怪的一个标题，表明我此刻的思考也进入了一个很有意思的隧道，它需要有阳光或者速度来照亮，或者穿越。看着《围炉夜话》，读着其中的句子，品味着作者在一个虚拟的冬日拥着炉火，与三五至交开怀畅饮。《围炉夜话》分为二百二十一则，以"安身立业"为总话题，从十个方面，揭示了立德、立功、立言皆以立业为本的深刻内涵。初读时还以为是王国维所作，细一回味，王国维所作乃是《人间词话》，可见好好说话是多么地入心、走心，而现在为什么好多人都不会说话了呢？哦，《围炉夜话》是晚清之际著名作家王永彬所作。就是在《围炉夜话》中，我找到穿过隧道的速度和阳光。

　　《围炉夜话》中有文："立身之道何穷，只得一敬字，便事事皆整。"为人做事，只要心存敬意，便能从千万纷繁事务中理出所有头绪。古人特别看重敬畏之心，一个人缺少了敬畏之心，就会成为浮云,随风飘摇,还感觉良好。敬天,敬地,敬父母,敬未来,敬自己。我们不会活在未来,但我们懂得敬畏自己的生命,就会努力打造自己,让未来记住曾经活过的自己。

最近,在一个关于徽商制造的论坛上,我发表了"三多和三少"的讲话,获得了大家的认可。制造业从来都是一个需要寂寞、耐得住孤独的行业,一代又一代的工匠,执着细节,立足于完善,还需不断创新、创造。中华民族古老的四大发明:造纸术、活字印刷、指南针和火药,哪一样不是几十年如一日地坚守、摸索、攻克,而到了今天很多人却很着急,耐不下性子了,一有所谓的贸易战,一有所谓的技术封锁,我们就露怯了。所以,我们要多一些思考,少一些浮夸。搞一个扫码支付,搞一个外卖平台,搞一个互联网购物,就以为是天大的发明创造了,其实它只不过是一个服务手段而已。一个新创的网上购物节日,搞成了一个全民大狂欢;而一个小小的芯片就把我们的好多所谓的高科技企业打回原形。所以,我们要多一些坚守,少一些浮躁。想想五六十年代的那些科学家,为了冲破某些发达国家对中国的封锁,一声令下,一个背包,就到了大漠深处,十年、二十年与家人都没有通信,硬是研制出了自己的原子弹,可现在浮躁之风如流感,到处蔓延,坚守两个字很多人都认识,而坚守之心却少人问津了。我们有了很大的进步、很多的发展,但我们还需要通过坚守获得更多的。所以,我们要多一些创造,少一点浮云。我们不能将别人的东西拼拼凑凑,就当成了我们的创造;我们不能寄希望于通过几个合资合作,就以为我们也站在了世界制造业之巅了。质疑的精神、追问的气质、求索的能力、忧患的意识，应该是与我们的国家和人民前进的朋友，而好大喜功、浅尝辄止、洋洋自得、妄自尊大，应该是我们前进道路坚决战斗的敌人。

现在，该说说荷花了。一个荷花池，第一天荷花开放得很少，第二天开放的数量是第一天的两倍，之后的每一天，荷花都会以前一天两倍的数量开放。如果到了第三十天，荷花就开满了整个池塘，那么请问：在第几天池塘中的荷花开了一半？第十五天？错！是第二十九天。这就是著名的荷花定律，也叫三十天定律。很多时候，我们一开始在努力，在拼搏，但当到了第九天、第十九天，甚至第二十九天的时候放弃了坚守。

一池荷花开满塘。

你会有多少坚守。

可能就是一个蛋

其实写完这个标题，回头看这是一个不完整的标题。唯其不完整才会有写下去的兴趣，才会有人来个智力接力。其实，什么都可能不过是一个蛋。

人类学家、历史学家、考古学家以及喜爱探究世界的人们，一直都在为这个世界是先有鸡还是先有蛋争吵不已，争吵的双方都理论十足，鸡有鸡的理，蛋有蛋的招，反正是争论不小。而一个静躺草窝的鸡蛋，和生完蛋打着鸣，抖动着翅膀，四下里愉快环顾的母鸡，却绝对没有闲心来扯这些蛋；有扯蛋的工夫，还不如去再下几个蛋呢。这就是母鸡的人生哲学和处世之道，下蛋才是硬道理，多下蛋才是好母鸡。关于鸡和蛋，有一样倒是确定无疑的：公鸡当然不会下蛋的，就像男人不能生孩子。直到2008年，关于先有鸡，还是先有蛋的问题，似乎是有了比较确切的答案。一个加拿大的科研人员经过自己经年累月的研究, 给出了一个肯定的答案: 先有蛋。依据是飞行类动物都是由恐龙进化而来的, 而根据考古学, 恐龙是会筑窝和下蛋的。因此, 对于鸡来说, 肯定是先有蛋的。其实, 对于很多事物的真相, 并不是谁给你提供了最完美的答案, 而是我们没有什么可以怀疑的了。所以, 我们可以这样说, 质疑的精神带我们走向最后的真理。

鸡蛋可能是我们知道的这个世界上最便于膳食、最有营养、最富有喜感和生命力的一种食物。在中国, 它还和民族的幸福、家庭的喜悦联系在一起, 它可能是用于亲朋好友之间馈赠最完美无瑕的礼物, 而且它还会被染成红色, 煮熟之后作为生孩子之后的喜宴的必备伴手礼。红红火火的日子, 营养丰富的鸡蛋, 传递着彼此的希望与祝福。而说到鸡蛋的烹饪方法, 也可能是这个世界上最多的, 据说厨师的帽子上有100道褶, 每个褶都代表着鸡蛋的一种烹饪方法。蛋与人生密不可分, 蛋与餐桌密不可分。所以常有作家、美食家写出吃与人生。一个蛋就有如此的妙处, 何况天下可食之物呢?

在乡间, 当一个母亲捧着热乎乎刚刚从鸡窝里取回的鸡蛋, 煮成荷包蛋给将要远行的孩子或刚进门的亲戚享用时, 它透露出的亲情是如此温暖, 它凝聚的真情又是如此牢固。鸡蛋很懂得随圆就方, 很懂得和谐团结, 也很懂得水低为王。它可以是一颗独立完整的卤蛋, 味美悠长; 它可以是一碗嫩汪汪的蒸蛋, 飘荡着热气, 入口即化; 它可以是一盆清香四溢的蛋花汤, 香味扑鼻, 底蕴深厚；甚至它有时也会改变自己的姓氏，随着别人家的口味，由着他人喊：来个青椒炒鸡蛋，上份西红柿炒鸡蛋，添个毛圆鸡蛋汤。别管别人叫什么、搭什么、什么口号、什么做法；中餐还是西餐，单上还是合伙，哪怕来个股份制的大菜，鸡蛋还是鸡蛋。

鸡有翅膀，鸡也被称作飞禽类的，但它顶多在草垛与草垛之间、树枝与树枝之间、山坡与山坡之间，略略地做一些飞行，因为它从来没有像其他的飞禽，整个身体真正在天空飞翔过。我猜想它们一定是太热爱土地了，俗称接地气，因为它们怕飞得太高，鸡蛋掉下去会摔碎的。但这绝不妨碍母鸡具有世界上最博大的胸怀。百变神蛋就是例证，看看民间都怎么夸蛋的。

一个鸡蛋跑去松花江游泳，结果它变成了松花蛋。

一个鸡蛋在路上不小心摔了一跤，倒在地上，结果它变成了导弹。

一个鸡蛋去茶馆喝茶，结果它变成了茶叶蛋。

一个鸡蛋跑到了花丛中，结果它变成了花旦。

一个鸡蛋生病了，结果它变成了坏蛋。

而蛋对此却毫不在意，这点比那些所谓的名人更有胸怀；因为谁要是跟他们扯淡，他们就要砸谁的蛋。一个鸡蛋的胸怀堪比一个世界呀。给蛋一盆开水，它就变成了蛋花；给蛋一个油锅，它就变成了煎蛋；给蛋一点油盐，它就变成了炒蛋。蛋是这么好的东西，但人们却常常说扯淡；其实，大家常扯的不是蛋，是淡。

做蛋最重要的是得有人懂你，疼你，捧着你，蛋这时候才如鱼得水，威风八面，随高就低，风流倜傥；如果不是呢？蛋在地上就会变成了散蛋，不仅没有众口的呵护与喜爱，别人还会嫌粘脚。

淡定。

我可能是一个蛋，也可能不是一个蛋。

莫若一张纸

入木三分。何谓入木三分，是指艺术作品刻画之人物与事件鞭辟入里，丝丝入扣，深入事物之内部，将灵魂扒几层看到本质。这入木在哪里？只一张白纸之上而已。

见字如面。相隔千山万水，被岁月重重阻隔，思念之情寄于秋叶。于是鸿雁传书，表达衷情，而这样情深义重的字写在何处？也是写在纸上。

一个福字，一副对联，张贴在百姓的门上，牵动一年的平安美好与幸福，出门与回家均要与这对联和福字默默对视几分钟，带着喜悦。福与对联写在何处？自然也是纸上。

自然，我们不能忘了一个人：蔡伦。蔡伦造纸作为中国人献给世界的四大发明之一，用一张纸书写了世界的文明，用一张纸记录了世界历史的风云，多么不同寻常的一张纸。

作家用它书写人生。

画家用它描绘世界。

商人用它签订合同。

国家用它记载国运沧桑兴衰。

当然, 也有焚书坑儒。人类智慧毁于一旦。故纸已逝, 而历史的记忆只能写在天空和大地。秦始皇统一了很多, 统一了天下、统一了度量衡、统一了文字, 一个如此智慧与雄才大略的皇帝居然担心于几张纸。

纸中极品自然是不得了。这就是宣纸。宣纸的制作工艺极其复杂, 而且所有的原材料均取自自然。因此, 它才有了如此的价值与寿命。已考证的一张宣纸生命的长度可达千年以上。感谢宣纸, 让我们读到了历史, 看到了真相。

而宣纸有宣纸的痛苦, 因为珍贵, 痛苦自然也加倍。古代书画大家在宣纸上留下大作, 留下心血。名家的只能收藏于皇家官宦之家, 或悬挂于富商大贾之雅室。偶有流于民间。因为价值连城, 造假就开始了。因为有巨大的利益。一代又一代的造假此起彼伏, 从古代绵延至今, 不知何时是尽头? 让老百姓学收藏, 好不容易收藏了一星半点, 专家一鉴定, 假的。这是纸之过吗?

中国书法之美之雅之韵之神乃中华民族文化一大体现。可现在倒好, 丑字丑画登堂入室, 在考验我们的审美。纸在白墙上罚站, 心在纸上颤抖。这是纸之过吗?

还有胡编乱造的文章。

还有坑蒙拐骗的合同。

还有正确的废话。

还有装订错了的历史。

蔡伦也只能傻眼。

我认识一个书法大家，他的字很值钱。但他每年春节在一个山村，为许多他认识和不认识的人写春联。获得春联的春风拂面而去，书写春联的春在心中长驻，贴上春联家家有春。这可能是纸的初心。

纸的欢喜，与纸的痛苦，希望记录下幸福与美好、真理与正义，希望你能读懂。

梦想照亮中国

一个老人在2009年10月1日上午10时许，面对电视中盛大的国庆阅兵式流下了感慨而幸福的泪水；60年前，她在安徽固镇县濠城镇宣读中华人民共和国成立的消息，那时她23岁，她就是我的岳母张素华。

一个人坚持梦想的长度应该以什么来计算？应该是一生，不抛弃，不放弃。怀抱梦想执着地穿行在大地之上，渴望太阳升起，享受月光的宁静；怀抱着梦想穿行在每一个夜晚，绝不在梦想没有实现之前睡去。一个家族坚持梦想的长度应该是多久？应该是世世代代，这梦想在血液里流淌，这梦想在白发与黑发之间交接，与时间赛跑，与命运抗争，面对最强的对手和挫折，它的强度是永不屈服。一个国家坚持一个梦想，花了整整169年；169年的腥风血雨、艰难坎坷，不曾让这个国家的梦想丢失；即使我们曾让列强将我们的国家分割，但同一个名字的中国人呀，他们将这个梦想抱得更紧；一代一代人的求索、努力、淌血、奋争，让中国这个名字不曾丢失，因为这个名字曾经留给了我们无数的骄傲与自豪，留给了我们无数的文明和创造。据国外经济学家统计：在19世纪，1820年以前的大部分时间里，中国的GDP占全球的三分之一，1820年时，美国的GDP占比只有3%。我们有足够令我们难忘的辉煌的大国荣光。但1840年以来，这荣光被太多的炮火、太多的眼泪、太多的迷茫淹没，这梦想就被深深地埋在一个国的心中，埋在无数家的心中。

　　1949年10月1日，一个伟大的领袖和一群同样伟大的人物为我们缔造了一个崭新的中国，这梦想就离我们越来越近，犹如先辈们那些滚烫的叮咛在这一辈人的梦想中沸腾。经过了60年时光，2009年10月1日上午10时，那些铿锵作响的脚步，那些威武整齐的方队，以每分钟116步的速度、75厘米的步幅和距地面25厘米的高度迈出128步正步，走完天安门东西华表间的96米；这一组饱含深意的数字让我们的梦想之窗彻底打开，我们的梦想也开始逐一实现：GDP在1952年只有679亿元，1978年也只有3488.6亿元，而2008年我们到了30多万亿元，一天相当于过去的一年；经济总量，1978年只占世界的1.8%，2008年崛起为6.4%，雄居世界第三；居民收入和储蓄由当时的不足100元和不足50元，上升到2008年的1.5万元和4700多元。当这些威武的方队，当这些如虹的机群，从天安门广场的地面和天空穿过，世界的眼光停留在中国，停留在一个巨大的中国梦之中，他们中有欢呼，有惊讶，有茫然，有不解，有关注，但他们必须正视的就是：一个强国的梦想正崛起在世界的东方。曾经有专家说：当一个文明存在了5000年，发达过，然后衰落了，现在又重新崛起，这应该是让我们自豪的一种文明。我们从来都相信中国人创造和积聚财富的能力，如果再辅以更完美的社会制度和更科学的法律体系，中国文明的重生和涅槃将会再次给世界创造奇迹。

我们的徽商也是这奇迹创造中的一个部分。

我们的徽商也是这强国梦崛起中的一员。

看上去很美

    前些年著名作家王朔推出一部长篇力作,名字叫《看上去很美》。这部长篇小说描绘了一个迷惘的小男孩寻找尊重和理解的过程,使人恢复对事物的纯粹体验,回到一种原初的对生活的真实、真切、贴切、准确的感受,用一个孩子的视角表现出成人世界对真实美好的呼唤。由此,我想到单位一位同事讲述的一个小故事,让我一直思考,一直记在心中。那还是她在乡间读书的时候,每年的暑假她都要和姐姐到家里的庄稼地去拔杂草,以便作物有更多的养料和更好的生长环境,可每一次她都会落在姐姐的后边,她姐姐一垄已经拔完了,她却只能看着姐姐的背影兴叹。为此,她郁闷了许久。终于有一天她忍不住去向妈妈叙说这心中的烦恼和不解,妈妈告知她这样一个秘密:姐姐拔得快是因为她都没有将杂草连根拔去或铲掉,而只是将露在地面上的杂草拔掉了,你拔得慢是因为你认真地将杂草连根铲除; 而你姐姐做过的田垄我们过不久还要去返工, 因为你拔得干净所以你慢, 但是不用返工, 真正达到了良好的效果。听了妈妈的话, 她的心从此得以释怀。哦, 姐姐做得原来是看上去很美呀!

　　这个故事又让我信马由缰地想到了中国目前正在进行的经济结构调整。所谓的经济结构调整是指国家运用经济的、法律的和必要的行政手段, 改变现有的经济结构状况, 使之合理化、完善化, 进一步适应生产力发展的要求。说起经济结构调整, 凡是关心国家经济建设和发展的国人并不陌生, 在新世纪又重新认真提起, 高度重视, 真抓到位的经济结构调整, 其实早在上世纪就曾经有过三次。第一次是1979—1984年, 由于过去盲目追求"生产高速度、建设大规模", 片面强调发展重工业、忽视农业和轻工业, 而重工业上又仅强调"以钢为纲", 农业、轻工业、能源工业、交通运输业、建筑业、商业、服务业等行业相当落后, 国民经济比例严重失调, 效率低下, 浪费严重, 投资成本大而效益低成为这种畸形经济结构的特征。国家必须进行调整, 不然国家的列车将难以继续前行。第二次是1988—1991年, 由于基础设施、原材料工业跟不上加工工业的发展速度, 供求矛盾开始突出, 加上农副产品的供应增速跟不上城乡居民购买力的增长, 通货膨胀开始出现并越发严重, 政府提出了治理整顿、全面深入改革的方针, 在大力治理通货膨胀的基础上着力调整经济结构。第三次是1997年以后, 政府再次加大了调整经济结构的力度, 开始加大产业政策执行力度，加快国有企业改革，大力推进技术创新和科技产业化，加大基础设施建设，制定西部大开发战略。此次经济结构的调整具有了一些新的特点：第一，它是首次在市场机制条件下进行的调整；第二，中国即将加入WTO；第三，这次调整主要是在产品升级和产业结构升级；第四，它是从增量和存量两个角度推进的调整。

2010年3月5日，温家宝总理在《政府工作报告》中宣布，中国2010年经济工作的重点在于"转变经济发展方式，调整优化经济结构"。重点在继续推进重点产业调整振兴，大力培育战略性新兴产业，进一步促进中小企业发展，加快发展服务业，打好节能减排攻坚战和持久战，推进区域经济协调发展。这是中国改革开放以来第四次大张旗鼓倡导和号召的经济结构调整，前三次我们收获了不同的经验和果实，每一次调整不仅是让中国经济在更加良性的轨道上高速前进，更是能让人民幸福而有尊严地生活，这应该是改革和发展的根本和关键所在，让中国经济进一步摆脱污染、乌云和多云，真正展现政府和人民渴望的碧水蓝天，这需要更加扎实、稳健、科学、和谐的推进。

这一切不应该是看上去很美，而是真的很美。

找北

天上有一颗北斗星，当人们在夜晚行走迷路时，只要抬头仰望天空的北斗星，就能知道自己的方位，就能知道自己要去的方向；所以说，北斗星又是人们的指路星，只要有它在天空闪烁，我们就不会迷路。

最近，我居住的城市合肥也找到自己的北了。合肥市区划调整后，根据最新的"数字合肥"地理信息系统计算，合肥市地理坐标中心落在了现在合肥市包河区义城镇大陈村。有中心，就有边缘。通过"数字合肥"地理信息系统的计算，合肥东南西北四个角的位置也找到了。合肥东南西北四个角分别是——合肥最东：巢湖市银屏镇店桥乡附近；合肥最南：庐江县罗河镇小倪庄附近；合肥最西：肥西县官亭镇楼郢村附近；合肥最北：长丰县水湖镇谢户村附近。找北不容易，但地理上的北找起来就要容易得多，只要有充分的科学手段、严谨的科学精神、认真负责的态度，找北不是难事。我们不是常听到这样一句话吗？找不着北了。个人生活追求、价值取向，有找不到北的时候；企业家做企业规划、产品定位有找不到北的时候；政治家抉择发展方向、时代要求时，也会有找不到北的时候。找不到北，我们的人生就有可能屡遭挫折，甚而失败；找不到北，产品定位与市场需求不匹配，企业就可能走入误区，甚而破产；找不到北，人民不幸福，时代不发展，就会不进步，政治家就有可能被曾经拥戴他的人民赶下历史的舞台。因此，大大小小、林林总总、各式各样的找北成为我们共同追求的目标。

如何找北？一定是到生活当中！到人民当中！到时代当中！最近读到《人民日报》上一篇很精彩的文章：《靠大量"说教"唤醒的政治信任或是脆弱的》。作为一张中国最大最有影响力的党报，能站在执政党的角度，站在当今这个风云际会、不同凡响的时代审视自己，文章深入剖析和探讨了传统社会的政治信任是人格信任，现代社会的信任应该是政治信任；而构造长期稳固的政治信任基础，必须是依靠政治和法律制度的建设，则更多的是求真、务实。根据现代政治信任的基本原理，在公众主体意识觉醒和权利意识高涨的情境中，依靠大剂量的意识形态说教和机械的道德独白而唤醒的政治信任可能是比较脆弱的；在利益结构失衡、公平正义短缺的条件下，依靠单纯的经济增长而赢得的政治信任可能是短命的。填补制度空白，建立周严的制度体系，是提高执政党和政府修复政治不信任的能力、构建稳固政治信任基础的根本选择。应该说,这是我们这个社会找北的一篇好文章,执政党的北之探讨越深入、细致,越广泛性、大众化,这北就找得越扎实。

今年是中国的改革开放三十四周年,是邓小平同志南方谈话二十周年,也是党的十八大即将召开之际,改革再一次推到执政党面前。无论方案多么周密、智慧多么高超,改革总会引起一些非议:既得利益者会用优势话语权阻碍改革,媒体公众会带着挑剔目光审视改革,一些人甚至还会以乌托邦思维苛求改革。对于改革者来说,认真听取民意,又不为流言所动,既需要智慧和审慎,更要有勇气与担当。自1978年至今,中国的改革已如舟至中流,有了更开阔的行进空间,也面临着“中流击水、浪遏飞舟”的挑战。发展起来的问题、公平正义的焦虑、路径锁定的忧叹……人们对改革的普遍关切,标志着三十多年来以开放为先导的改革进入了新的历史方位。

所不同的是,从“摸着石头过河”到“改革顶层设计”,从经济领域到社会政治领域,改革越是向前推进,所触及的矛盾就越深,涉及的利益就越复杂,碰到的阻力也就越大。用一句通俗的话来讲,容易的都改得差不多了,剩下的全是难啃的“硬骨头”,不能回避也无法回避。然而,“改革有风险,但不改革党就会有危险”。纵观世界一些大党大国的衰落,一个根本原因就是只有修修补补的技巧,没有大刀阔斧的魄力,最终因改革停滞而走入死胡同。宁要微词,不要危机;宁要“不完美”的改革,不要不改革的危机。这是《人民日报》文章的一个重要观点,也代表着中国经历了三十多年的改革之后，又一次踏上找北之旅。北并不遥远，它就在时代和人民之中，只要我们紧随时代，融入人民，这北就在我们心中。

两会又要在北京召开了，全中国的政治精英们再出发，不断探寻"中国之北"。

我们到底能活几辈子

　　这标题读起来有点骇人听闻，因为传统的人类学及现存的文字记载当中，自然都是一辈子。在化学反应中，参加反应前各物质的质量总和等于反应后生成各物质的质量总和。这个规律就叫质量守恒定律。它是自然界普遍存在的基本定律之一。该定律又称物质不灭定律。而佛教讲究轮回，死亡不是一个人的终点，而是另一个新开始，是你投胎到下一个世界的开始。当然，如此重要的一个话题并不是我这篇小文要探讨的。

　　我要说的是一种经历，或者一种学习。这种学习或经历拉长了我们的人生，扩大了我们的视野，拓展了我们穿越岁月和历史的目光，我们和古代圣贤对话，我们与历代美女对视，我们与过往的各界高手对弈，这一情境看起来是假设，但当你沉浸其中，漫步在他人思想的园林，每一处精巧的构思、每一处伸展的枝蔓，都直接把你带到他的历史、他的岁月、他的思想之中。

读孔子，你就会追随孔子来到春秋末期的山东省曲阜市南辛镇，看这位思想家、教育家、儒家思想的创始人如何秉烛夜读，仰望星空，和天地对话。他的思想或深邃或简朴，或通达或浅白，引领我们进入他的时代，与他一起洞悉与思考，坐在他故乡的皓月下，怀着一个几千年前的梦想，让我们一起打开《春秋》。

读法国的罗曼·罗兰，进入他的世界，读他文字里飘满的氤氲，我们并不会特别介意他于1944年的某一天已经叩别他文字中的主人公离开这个世界，恰恰相反，正是有这一群人物的出现，使这位兼具父亲和母亲双重身份的人仿佛不曾离开。我最喜欢的是他的代表作《约翰·克利斯朵夫》，高尔基说它是长篇叙事诗。这部10卷本的巨著，以主人公约翰·克利斯朵夫的生平为主线，描述了这位音乐天才的成长、奋斗和终告失败。全书犹如一部庞大的交响乐，每卷都是一个有着不同乐思、情绪和节奏的乐章。本书开创了一种独特的小说风格，并因此获得1915年度的诺贝尔文学奖。自从上世纪80年代某一年的夏天与罗曼·罗兰（或者是约翰·克利斯朵夫）邂逅，仿佛一直都是老友故交，这位诞生于法国中部高原上的小市镇克拉姆西的激情大师仿佛从来就不曾离开过我的思想、激情与生活。甚至我常常怀疑我的激情中有罗曼·罗兰为约翰·克利斯朵夫设计的影子，秦时明月照今人呀。

亚洲第一位诺贝尔文学奖的得主：印度诗人拉宾德拉纳特·泰戈尔。我与他在上世纪70年代有一次神交，从此就成为他的信徒，他的诗是他奉献给神的礼物，而他本人是神的求婚者。上世纪70年代末的一个神秘的傍晚，我的姐姐从单位同事那里带回一本书皮泛黄，却透出无限力量的书，书名叫《飞鸟集》，作者就是泰戈尔，我当即扑入诗中，如饥似渴。我姐姐说：因为这书太珍贵，人家只能借读一晚，明早必须完璧归赵。我毫不迟疑，连夜将这本诗集抄录一遍，直至天明，所以我自己拥有了一本手抄的《飞鸟集》，这可能是我与大师最佳的灵魂沟通，《飞鸟集》中说：人是一个初生的孩子，他的力量，就是生长的力量。

从孔子到罗曼·罗兰，从罗曼·罗兰到泰戈尔，论年代，他们有的比久远更久远，比历史更像是历史。然而，当我们沿着文字的大道或小径溯流而上时，我们旁边坐着头顶峨冠的孔先生与我们促膝谈心，我们会在异国他乡拥抱罗曼·罗兰的激情。这一回，我们到底活了几辈子，我们去问谁呢？

现代的企业家们看到新能源、新技术、新产业、新机遇，蜂拥而上，这并没有什么不好。而我们打算活几辈子会遏制我们这样的冲动。我们一定要考虑一下：我们能活几辈子？是只管现在，不问未来？还是让后人在读我们的时候，让他们觉得自己多活了一辈子？面对财富不要冲动，做稳自己的产业，做实自己的基业，未来做大的并不是一个事业，而是一个世界。

有人说

　　早就有人说过：这是一个最好的时代，也是一个最坏的时代。我思考：说这是一个最好的时代，是想告诉我们，今天的科技高度发达，上九天揽月、下五洋捉鳖已经易如反掌；社会文明和财富的积累已经超越了过去任何一个时代，大家在尽情享受着高度市场化带来的物质极大的丰富。说这是一个最坏的时代，是因为科技在造福人类的同时，也在研制着最新的杀人武器；还有新的战争在无情而残酷地剥夺着人类的生命、自然界生灵，我们的幸福感和安全感也在经受着新的考验，人类在用新的手段进行新的相互攻击，而不是用新的文明创造更加幸福的生活。让我们享受前半句，共同消灭后半句。

　　让人类伴随的永远是更好的时代。有人说：我们今天是生活在云里雾里的时代。云从一个自然的天气现象，被引申到科技产品和现代生活中。天空的云离我们总是那么遥远，但我们又常常被云所笼罩。2006年8月9日，谷歌首席执行官埃里克·施密特在搜索引擎大会上首次提出"云计算"的概念，云计算是基于互联网的相关服务的增加、使用和交付模式，通常涉及通过互联网来提供动态易扩展且经常是虚拟化的资源。云是网络、互联网的一种比喻说法。随之而来的"云"就越来越多：云物联、云安全、云存储、云教育、云视频、云游戏、私有云。云在芸芸众生之中，云的海量，云的互通，云的精彩，所以就很云彩。

前几天见到了联想全球副总裁、中国区首席执行官魏江雷先生，这是一个非常有"云"感的人物，内涵和外延都充满着这个时代精英人士的典型特质：自信、文明、专业、魅力。他告诉我联想正在打造一个属于"联想"的"个人云"概念：基于联想智能手机、联想智能电视和联想互联终端交互，这真是一个充满联想的时代，有了云我们真的可以更多姿多彩。

还有人说：现在是一个微博的时代，你要不是在发微博，你就是在看微博。所以才有了一批微博控。什么是微博呢？国内知名新媒体领域研究学者陈永东在国内率先给出了微博的定义：微博是一种通过关注机制分享简短实时信息的广播式的社交网络平台。其中有五方面的理解：一、关注机制：可单向可双向；二、简单内容：通常为一百四十字；三、实时信息：最新实时信息；四、广播式：公开的信息，谁都可以浏览；五、社会网络平台：把微博归为社交网络。最近爆发的一场舒淇删博事件，再次将微博的好与坏、利与弊、短与长、新与旧推到了微博时代的风口浪尖。舒淇只是通过微博表达了自己的某一个观点和看法，却遭到了众多的"嘘声"和"骚扰"。她从3月25日晚上开始不停地删除以往的微博，到26日凌晨1:30，舒淇已经删除自己全部微博，并取消了全部关注，舒淇用此方式退出了新浪微博。借用我的一个老乡，也是微博界知名人士杜子健的一句话：微力无边。有人说，可以说，但要说真话，并且有为说真话负责的精神。这是一个大众传播的时代，我们要把握好自己说话的权利，既不要文字暴力，更不能谣言惑众；既要敢于鞭挞丑恶，但绝对不要吝啬传播美好。我们都生于这个时代，乱的结果我们每个人都要承受。

十一句歌词

一条大河波浪宽。

这是乔羽先生创作的《我的祖国》中的一句歌词。歌词里虽然写的是一条大河，但我们听到的却是无数条汹涌澎湃的大河，蜿蜒在我们美丽的祖国。如果歌词改成无数条大河波浪宽，祖国是能容得下，但演唱家的喉咙可能就装不下了。歌名原来就叫《一条大河》，后改为《我的祖国》，而一条大河指的就是长江，长江自然也可以代表中国所有的江河。

二月里来好春光。

这句歌词出自冼星海先生所作《生产大合唱》中的《二月里来》中的一句。直接写明时间，而不是含糊地写成早春，或者满天飞舞风筝的季节，或者柳枝拂动、暗香浮动的春天。直接而欢快，简洁而明了，自信而脱俗。好东西的直白不是白开水，而是久旱逢甘霖。

数到三不哭。

这是2010年发行的胡夏个人首张专辑《胡爱夏》中的一首歌曲。中国人有一个用数的习惯，比如一、二、三，开始；比如三、二、一，停止。选择一个上口的数字，比一大堆歌都有用，因为其他的再努力，也只不过是数到三而已。但很多生活数到三也而已不了呀。

四季歌。

这是邓丽君演唱的一首歌。除了歌名中出现了四这个字外，其他均是暗含在歌之中的四，春、夏、秋、冬，说的可不光是一个大姑娘的情话，更是一个大姑娘的坚贞；瞧，结尾这句：血肉筑出长城长，愿做当年小孟姜。这个四季够穿越。这个四季很坚强。

我爱五指山。

《我爱五指山，我爱万泉河》是李双江演唱的一首传遍中国大街小巷的名曲，那高亢嘹亮的旋律，那慷慨激昂的歌词，翻过五指山的豪迈，蹚过万泉河的千重浪的激情，把我们带到五指山上，把我们带到了万泉河边。这是我第一次知道海南岛是如此地美丽。可惜，海南岛今天真的更美了，却没有一首歌与之匹配。海南岛真的不只一座五指山，而我们心中的五指山却不可替代。

六字箴言。

这是郑秀文演唱的一首歌的歌名。歌词中的六字箴言是这样的：不可以，哭一次。是不可以只哭一次，人一辈子会哭无数次，只不过是每个人哭的内容不一样。不用介意哭几次，而要介意为什么哭。

七子之歌。

这是闻一多先生的一首诗，被谱成曲之后广泛传唱。你可知"妈港"不是我的真名姓……请叫儿的乳名，叫我一声"澳门"！母亲，我要回来，母亲！这时候我的眼前会浮现女儿的脸，澳门回归祖国时，我女儿最爱唱的就是《七子之歌》，她张大小嘴，大声唱出的样子，令我开心动容。一首歌的力量不亚于一门大炮，大炮的炮弹打完了，大炮就失去功能，而一首歌却永远留在心底，穿越时空，滴水穿石。

八月桂花遍地开。

《八月桂花遍地开》中的开篇之句，这是一首传唱在大别山区的革命歌曲。有人说它是大别山民歌，有人说它是革命先烈所作。不管是谁，它都飘荡着不一样的八月桂花。八月的桂花都遍地开了，我们还在等待什么呢？过去是这样，今天应该依然如此。内容不一样，激情犹如当年。

九九艳阳天。

这句歌词带出了一部电影：《柳堡的故事》。让我们记住了两个年轻人的爱情。这首歌里的所有画面都是活的，所有人物都是活的，所有的风都吹动艳阳天，而且是九九的艳阳天。风把爱情和艳阳都吹上了天。

十年。

中国香港歌星陈奕迅演唱的一首歌曲。要问你记住了多少,十年;要问你懂得了多少,十年;要问你流泪了多少,十年;要问你拥抱了多少,十年。如果这要改成了八年,总觉得不如十年有味道。你感觉一下:"一边享受,一边泪流。"时间短了真不够呀。

十一月。

至少在这篇文章写到此刻之前,我绝对不知道有这首歌的存在。《十一月》是赵薇演唱的一首歌。不管是谁唱的,好歌才会流传。"十一月落下的雨水冰冷得像是一种预言"。十一月的雨怎么也不可能有十二月的冰冷吧,表达的不是对错,只是心情。

十二月份还没有到。

因此就不去写了。其实,很多日子不是到与不到,更不是写与不写,而是每一个人总要找到一种活法。

活着。嗨一点。

活着的哲学

　　谁也不能代替蚂蚁的思考，这不仅是因为我们自己不是蚂蚁；更是因为我们不论从精神还是肉体上，都不可能像一只蚂蚁，或者一群蚂蚁，在细碎的地缝或者树洞的边缘去爬行，去寻找人类永远不会明白的事实和真相。因为人类自己的真相自己都常常搞不清楚，他只能自以为是地认为自己可以了解蚂蚁，主宰蚂蚁的命运。这正像蚂蚁以为可以搞定我们一样荒唐。

　　荒唐至极的时候，人类就用哲学来伪装或者麻痹自己，用世界观、价值观、方法论来将自己与普通的动物分开。我们自己常常混淆两个概念，我们是人，不是动物；是人就自然将自己与动物分开，觉得高万物一等；我们是动物，只是我们具有其他动物不具备的更深沉的情感，更严谨的思考，更完善的逻辑，更持久的创新，更完美的描绘和记录，更温暖和幸福的悟性和感受。是动物，我们拥有完全的人性；这人性使我们虽然是动物，却将我们与畜生分开。这可能是造物主留给这个世界最大的善与爱，真与美。

讲到哲学的时候，有些人就会高高在上，他们以为自己掌握了真理，甚至自己就是真理的化身。他们开始炼丹，他们开始寻找长生不死药，他们开始寻找这个世界上生命的终极密码，他们开始以一些更深奥的道理和哲学来麻醉自己，因为总有一些人会满足这些人的需求，他们彼此互相麻醉，及至双方都信以为真了，这事才会以一场更深刻的哲学对话和反思结束，当然也会有更多的自欺欺人开始。

普通百姓的生活多么不易。因为不断有人要改变这些人的思维，因为不断有人要帮助这些普通人思考，他们总结出怒应该如何，喜应该如何，乐应该如何，思应该如何，做应该如何，说应该如何，这些如何已经多到普通人难以选择的地步。但普通人常常也会在各种缝隙中冒出头，深深地吸上几口气，终于觉得这回的呼吸是自己的了。错了，这时候一定有人会指点你，你这个呼吸的方式不对，你应该早晨几点在什么地方以什么形式呼吸，这时候的呼吸是吐故纳新；你应该避开雾霾呼吸，这样能使你的心肺免受伤害；你应该平躺着做腹式呼吸，这样能让你忘记烦恼，进入梦境。你的呼吸已经被哲学指引了，你的呼吸一定不是德谟克利特，就是亚里士多德，再不然可能是黑格尔，不行还有本土的老庄。

当你兴致勃勃地开始一天的吃喝的时候，哲学说，早晨不能喝凉水，因为阳气上升，一杯水会将阳气浇灭；好吧，但饭你也不能趁热吃，这样对肠胃不好，你一定还要温度适宜，清淡适宜，荤素适宜, 然后一定不能吃得太快, 然后一定要心情愉悦地吃, 否则营养不能吸收。有专家说鸡蛋不能吃蛋黄, 蛋黄吃了会增加血液浓稠度, 鸡蛋只能吃一半扔一半; 你要血管清道夫, 这个好呀, 把茄子、黄瓜、绿豆打在一起喝几天, 又减脂又减肥, 可谁知道营养又不良了, 营养不良可不是开玩笑的, 好多个大师都是一边向老百姓传授长寿秘诀, 推荐饮食宝典, 一边早早地体验了离世的哲学。养生大师不健康, 不长寿, 这是哲学能解释的吗?

有人老是惊呼: 我们这时代的失落。

试问有哪个时代不失落呢?

我们在书上读过秦始皇的雄才大略, 也读过秦始皇的焚书坑儒; 我们没有和秦兵对话, 但我们却看到过秦朝的兵马俑列队穿过几千年朝我们走来。因此, 我们就懂得秦始皇, 懂得秦朝了吗?

我们一代又一代都在背诵唐诗宋词。我们喜欢李白的浪漫, 我们喜欢杜甫的深刻, 我们喜欢白居易的平实。我们读辛弃疾的挑灯醉回, 金戈铁马; 我们读苏轼的大江东去, 卷起千堆雪; 我们读韩愈的发言真率, 无所畏避。我们真的以为自己能随唐的明月走入李白的举头望明月了吗? 我们真的以为自己能随宋的惊涛落入苏轼的长江了吗?

不会的。

今天我们不能诞生出李白, 也不能再生出苏轼; 连屈原都带着楚国的香粽投汨罗江去了。

活着的哲学可能首先就是需要活着。

活着都不存在了, 只能留下孤单的哲学。

因为与一只狗过从甚密，以为对狗有了了解；其实想想，有时候还挺依赖一只狗的。我们常常感动于一只狗的忠诚，但常常把自己当成了人，忘记去懂得感恩；不知道感恩的人，甚至还不如一只狗。

世界上我相信真的有哲学，哲学还在，但好多研究哲学的人却不在了。活着，多点真诚、奉献、友善、温情；活着其实就是努力绕开哲学，把自己活成哲学。

但最后的结果一定是感恩于人类，失望于人类。

有块地

　　小时候随父亲全家下放农村，一家人便变成了不是农民的"农民"，不是村民的"村民"，于是我们家便成了农业的业字左右两边的两撇，成为挂在某个物件上的两个耳朵，能听到，能看到，却不见得管用。要成为一个农民最大的关键是一定要有块地，没有地的农民，就像没有水的船，它的航行和梦想随时会搁浅的。

　　我们家下放农村是在上世纪60年代的末期，我的小学阶段就是被农村的蝉鸣、绿柳、池塘、薄冰与浅浅的白雪覆盖着的。可能是顶着夏日一阵紧似一阵的蝉鸣，活跃在田埂上钓黄鳝，在小河沟抓活鱼；也可能是踏着白雪看深深浅浅的脚步在冬日村庄写下的故事，留下吱吱嘎嘎的踏雪之声。而关于我们家申请土地的事是没有一丝眉目，其中核心的要害渐渐明白，虽然我们一家下放了四口，而父亲的工作关系、我们的户籍关系还留在城里。以至于我们在农村的时候，农村的同学把我们看作城里人；而下放回城后，城里的同学又当我们是农村人。做这样的"香蕉人"还真是有一种不同的心路。

没有地，我们虽然身为农村人，却要像城里人那样去买菜吃，即使掐段葱花、拌个黄瓜、炒个小青菜，也要像城里那样到公社的街市上去买。城里是够不着，明明已经下放农村；而土地也挨不着边，户籍还在城里呢。经过好几年的申诉和努力，也不记得在哪年哪月的哪一天，我们家获得七分地。当时在我的概念中，地都是以亩计量的，还有几分地之说，心中难免有些怅然。可有了这块地之后，我姐姐就有事忙了，上学之余都扑在七分地上，忙得甚是欢喜。说实话，我不大有印象姐姐从这块土地上收回过什么大部头的作品，好像是带回过一些青菜、韭菜之类，这些菜撒过种子之后，浇点水、施点肥就容易生长；我也不大有印象我在农村的几年光阴中，曾经光临过这七分地。

但我可以确信的是，有了七分的这块地，我童年的心中感受到与这里近了，与这里亲了，这块地让我觉得自己与农村有了关系，可以趴在土地上吮吸到土地和乡村的味道了。有块地，对于一个农民肯定是件天大的事，也是天经地义的。早年开车从乡村经过，你一定会有这样的经历，当你遇到农民从道路走过时，他绝对不会因为看到你的车而快速通过马路，他一定依然是不疾不徐的；甚至村庄的鸡、鸭也是这样。后来我明白，老乡是把这儿当成自己的自留地，鸡鸭的内心中也是这样感受，你从他的自留地经过，是你打扰了他，他自然有理由大摇大摆地从马路上走过，有地的农民就是这么有劲头。没有地的农民还叫农民吗, 能到哪里去瞭望炊烟中的乡愁呢?

有块地对一个农民真的很重要。

假如你是一个没有地的农民, 你依然可以成为一个收获者。一个农村男孩, 因为没有考上大学, 父母给他找个老婆就结婚了, 婚后就在本村的小学教书。由于没有经验, 很快就被学生轰回了家, 老婆安慰他: 也许有更适合的事情等着你。外出打工, 没几天被老板赶回来, 人家嫌他动作太慢。老婆又安慰他说: 不是你手脚慢, 是你没经验。虽然又历经若干岗位, 结局依然相似, 老婆的安慰鼓励依然没变。后来, 凭着他自己的语言天赋, 他成为一个聋哑学校的辅导员, 然后又自己办了残障学校; 再后来又开了专为残障人士服务的连锁店, 后来他成了身价不菲的成功人士。

当他停下前进的脚步时, 他最想找到的答案是, 为什么他的妻子一直对他鼓励而不是放弃。他妻子说: 一个农民有块地, 不适合种水稻, 可以去试试种点水果, 或者豆子; 再不行撒上些荞麦种子, 也一定会开花的。因为一块地, 总有一粒种子适合它, 只要用心投入就自然会有收获。

最近读到写出《活着》的著名作家余华, 写另一位名家马原的一篇文章, 很个性, 很精彩, 尤其是写到马原的漂泊与寻找, 写到马原生病以后的"逃跑", 蹦出一个标题: 没有一种生活是可惜的。这些人活出了门道, 活出了精彩, 活出了自己。林语堂先生有一段很绝妙的话——世上有两个文字矿: 一个是老矿, 一个是新矿。老矿在书中，新矿在普通人的语言中。次等的艺术家都从老矿中去掘取材料，唯有高等的艺术家则会从新矿中去掘取材料。

几十年了，老想着乡间的七分地。七分地可能是个符号，是种象征，是种寄托，是种认可，是牵连到祖宗八代的乡土情结。有块地，需要我们去好好经营、劳作、投入和付出，万一你是颗种子，你就自己去找块好地。

有块地，其实不是有与没有；而是有块地，你该如何善待它呢？

家人闲坐　灯火可亲

我用尽了全力，过着平凡的一生。

这句话的意思是什么呢？真的是一下难以明白。甚至令你觉得这是一种无奈，一种矫情；又或是一种炫耀，一种悬念；也可能是一种达观透彻人生之后的超然。

好多伟大人物，都是过着淡然的生活，于物质并无过多的要求，衣服也是补了又补，闲暇的爱好可能只是读读书，也可能只是吃一块家乡的红烧肉，也可能只是去畅游长江大河；但面对国际风云可能是那么淡定从容，就像轻轻弹去烟头上的烟灰，然后胜似闲庭信步地抛出一句震惊天下的伟大论断：一切反动派都是纸老虎。他也有动情伤心时，妻子被反动派杀害，儿子牺牲在他乡侵略者轰炸之下，伟人也是丈夫，伟人也是父亲，但伟人的泪水却不能轻弹。当他戴着红领巾含笑坐在孩子们中间的时候，世界那么大，又那么小；人生那么伟大，又那么平凡。

他说，他家的后院里有两棵树，一棵是枣树，另一棵还是枣树，他以一把手术刀的思维，割去历史的尘垢，打开火热的挚爱，而他的典型特点是什么呢？是一袭长衫，是倔强的平头，是一根始终弥漫在指间的香烟。他创造了文学和人生思想的高峰，可他最多只喝点家乡温热的黄酒，可他最多只流连在《两地书》的时空里，流连在每一个汉字中，直到成为经典。

世界那么大，又那么小；世界那么神圣，又那么像家乡的炊烟，冒着家的热气和妈妈的叮嘱。写出了名篇的钱锺书，其实内心并不见得多么在意自己的名篇，在意自己的皇皇巨著，他可能最在意杨绛先生的一个眼神，而他们生活细节的所有记录，我只记得杨绛先生分享的一个长寿生活的小秘籍。她说，每次他们家炖大骨头吃的时候，她都会先将肉剔除，先吃肉，再将骨头敲得细碎，配上木耳继续炖熟吃掉，说是对补钙和软化血管有无限好处。反正这一家子都高寿，杨绛先生就活了一百零五岁。这样的大家，这样的爱好，这样的细节，都在透露出平凡。

还有一些城市的气质，真是仿佛被烟熏火燎过一般。比如在成都，你一打开窗子，不管是什么季节，不管是飘着桂花，还是飘着雪花，空气里飘荡的绝对只有一种味道：火锅的香味。其实，也大可不用去探究火锅的发明人的心路历程，一定是十万分地热爱生活，才会将菜煮得这么热气腾腾，才会将锅烧得这么沸腾滚滚，才会将汤烹调得这么红红火火，杯一端，人往火锅前这么一凑，世界小了，火锅大了。但这座城市又闲适得可以，一众人在露天的公园, 打麻将, 嗑瓜子聊天, 倚靠在天空下掏掏耳朵, 然后是一家老小, 然后是一众朋友, 然后是一起发发呆。听说发大水的时候, 有好麻将者, 竟将麻将桌置于水面之上, 可见这些人有多么热爱麻将, 所以也只有四川麻将里才会有血战到底。一边是散淡闲适得要命, 一边是血战到底, 你自然能辨得出川军的勇敢善战、不怕牺牲的底色了。在一把太阳伞下, 你绝对不知道那个正在无限享受的掏耳朵的男人是什么身份。一个城市的气质如此奇妙, 自然令人无限向往了。何况它还有杜甫草堂, 和大庇天下寒士俱欢颜的梦想。

我用尽了全力, 过着平凡的一生。

这句话是谁说的呢? 他是英国作家毛姆, 他写过闻名天下的长篇小说《月亮和六便士》。他做过医生, 他做过间谍, 他周游世界, 他还到过中国; 他结过婚, 有过女儿, 可他却和一个同性伴侣终其一生。

著名散文大家汪曾祺说: 家人闲坐, 灯火可亲。

第四辑

何止桃花潭

何止桃花潭

　　一首诗越过千年，还在不断打探着我们心灵的深度，可见这首诗是拥有如何的力量。这力量来自传说是中国最早的策划大师之一的汪伦。他给自己仰慕的诗仙李白修书一封："先生喜欢游览吗? 这里有十里桃花。先生喜欢饮酒吗? 这里有万家酒店。"当李白真的到来时，汪伦却这样说："桃花是我们这里潭水的名字，桃花潭方圆十里。并没有酒店万家，是我们这酒店店主他姓万。"李白听了先是一愣，接着哈哈大笑起来。但他还是留了下来，这一留不要紧，就留下了人世间情为何物的千古绝唱《赠汪伦》：李白乘舟将欲行，忽闻岸上踏歌声。桃花潭水深千尺，不及汪伦送我情。这真的是一首诗吗? 这真的是桃花潭吗? 千年来无人回答。我能说的也只是：何止桃花潭。

　　不久前，宣城市市长邀请一干专家和我问计宣城新思路、新发展、新方向、新未来。市长是位儒雅有致、学问深厚的专家型市长，不仅勤于思考，善于布局，更有大的胸怀和眼光，所以他的着墨处既纵意泼墨，又细致入微，把未来发展的大战略，贯注到当下的涓涓细流之中。忝列为专家我是不敢当，但作为曾经在这片土地上生活过的人，对于故土确实有一颗拳拳之心，于是我也献上了我的一些思考。

　　从宣城市的历史、昨天、今天和未来的角度，我提出了"以我为主，融合发展"的思路：一、亮点：深厚的历史文化是这座城市不可多得的优势，这里既是中国文房四宝之乡，又诞生了一大批影响古今的文人墨客、流传千古不朽的故事，是徽文化重要的发祥地之一，同时也是徽商走出去的地方之一；令人心动的自然优势，这里是安徽省唯一的生态城市，并且将成为国家级的生态城市，辖区内山峦起伏，河道纵横，空气宜人，而且这里拥有的区位优势也正在突显，它不仅在省内有区位的便捷，更是与江苏的南京、浙江的湖州两大成熟的经济区域相勾连，后发的优势使得它可以更加从容地谋篇布局，既可以站在历史文化之高度，又可以坐拥中国梦的纵横挥洒。二、难点：城市的发展绝非一朝一夕之功，所以回首自身，真的发展还有诸多困难，缺支柱性产业，缺拉动性产业，缺聚合性强的产业，更缺少品牌性的产业，这些缺乏也恰恰是打开未来之门的有力把手。三、焦点：怎样找到以我为主的方向，怎样确定城市发展的定位，怎样实现与省内外经济关联区域的有效互动，将为宣城未来的发展实现有力的聚焦。四、借力点：宣城的教育和人文基础非常深厚，未来的发展人才是重要的支撑，借助于周边和江、浙，甚至沪的地理优势和经济先行的优势，形成自己的撬动效应，与省会合肥的经济、文化的互动，也为宣城的发展形成互动点。五、发力点：要从大的区域发展对比中找出别的城市先行点发力，更可以从其他城市发展的空白点发力，还可以从现有的生态、历史、文化、旅游、地缘优势中发力，选好从哪儿发力，恰恰能达成最有力的发力点。六、突破点：能认真筛选出有发展后劲、带动聚合性强的项目着手突破，从城市定位和城市形象包装上着手突破，从文化事件和新闻宣传上着手突破，比如浙江乌镇成为世界互联网大会永久会址，这一事件的影响力应该是跨区域跨时代的，我们的突破点在哪里，我们的关注点和崛起点就在哪里。

是呀，何止桃花潭，我们还有敬亭山，读读李白的这首《独坐敬亭山》：众鸟高飞尽，孤云独去闲。相看两不厌，只有敬亭山。为何又是李白？今天，我们是缺汪伦，还是缺李白？是缺桃花潭，还是缺敬亭山？

鸟语

　　暮春居于山间, 那种被虫鸣、溪流衬出的宁静, 让你知道宁静之于喧闹的意义。久居于喧哗的都市, 我们都习以为常, 以为世界就是这个样子, 也自然是这个样子, 根本就忘记了什么叫离尘归本。而当你从时空的转换中获得一些新的认知、新的开悟、新的反思和新的动能时, 你总会对生命有一种新的定论, 愿意做一些新的校正。宁静之于喧闹估计恰如沸腾的开水之于绿色的茶叶, 经过一个冬季的酝酿, 经过一个春天的颤抖, 在经历了丝丝绵绵的春雨、轻轻柔柔的春风之后, 它开始在一个杯中翻腾, 借沸腾的水势, 这些充满了梦想的绿叶上下起伏, 波澜壮阔。待水温降下, 待水杯平稳, 茶安静下来, 静静地在靠近茶杯的底部, 默默不语。带着一些春天的秘密, 在与饮者对视。世界安静下来的时候, 伟大的创造力就可以诞生了。

扯远了。

然后，在清晨，整个的世界还在朦胧的梦想中，那些鸟儿高高低低，远远近近，或引颈高歌，或低唱浅吟，或三两对唱，或一鸟独鸣；这些声音开启了山间清醒的模式。不管有多么深的睡眠，不管有多么厚的墙壁与玻璃，鸟语都会破耳而来，直入你的睡眠；甚至直接将你从梦乡拎提起来，你忽然就置身于春天的合唱之中。这么热闹，又这么寂静；有多么热闹，就有多么寂静。你忽然就掉入了这些鸟语的音谷，随着它们编排的情绪和音调，穿行在这些鸟语枝枝叶叶的空隙中，你的思想或诗句也找到了一种和这些鸟儿一样的姿态，或在枝上，或在叶间，或震落了露珠，或碰到了阳光。据说鸟的不同的叫声有两千多种，鸟儿之间都在用鸟语沟通交流。而人与鸟也自然可以用鸟的语言谈论世界。记得经常有这样的场景，某国外的大型开放的广场，在固定的时间，总会有鸽子飞来，降落在周边的建筑物上、艺术喷泉的台阶上、一些名人的雕塑作品上，更多的是落在广场上，还有大胆的会降落在游客的肩膀，或者伸开的手臂上；人与自然、自然与人的和谐相处美妙无比。只要人类不以自然的老师自居，鸟儿的歌声一定是欢畅而独创的。

又一日。

鸟语又唤醒了我。

然而紧接着滚过的雷声，压低了鸟儿的叫声。我努力地打开耳朵，仔细辨别雷声中的那些鸟鸣；这些交响曲似的鸟儿的清晨的合唱，实在太令人陶醉又神往，这就是山间生活的一部分，甚至是山的一部分，如果没有鸟鸣的悠长深远，如果没有鸟翅的坚强有力，山是空旷的，而有了翅膀的穿梭，有了鸟鸣的盘旋，山就是空灵的了。

而雷声之后，突降的大雨，让鸟的欢畅瞬间消逝了。乍一听，以为是被雨声掩盖住了；再沉下来认真倾听你才会发现，鸟语在大雨中从枝头、从林间完全跌落到不知道什么地方了；那些湿漉漉的翅膀是不可能发出清脆的鸟鸣的。

这一刻，我忽然好怀念那些长在枝叶间，又扑腾在早霞中的鸟语。飞走的鸟语，让山间显得有几分寂寥。寂寥不是宁静。

好像有鸟说，人是鱼进化的。鱼以另一种方式在水中飞翔。

好像有鱼说，人是从鸟进化的，鸟会飞翔，这让它有了更高的眼界，更宽广的视野；这也让它在飞翔中，拥有更多的世界和选择，尤其鸟儿的迁徙，随着季节在天空中写下不同寻常的追求；鸟并没有因为拥有了一双骄傲的翅膀，而睥睨其他伙伴，它拥有湛蓝深邃的天空，但它也喜欢停在某一个清晨林间的枝头，歌唱着自己的欢乐与忧伤，听鸟语是一种感悟与享受。

善良的人默默地听着鸟儿的歌声，让它尽情地婉转与开怀。总有些人冒充是鸟的朋友，拼命地对着鸟儿鼓噪，还把自己引为鸟的知音；鸟只留下远去的翅影。

非要冒充懂得鸟语的人，也许就是个鸟人吧。

说话

人们常常说：说话是语言的艺术。

相声是语言的艺术。

演讲是语言的艺术。

拍马屁是语言的艺术。此项艺术可能有些歧义，但民间有这样的话：一句话说得人笑，一句话说得人跳。说好话总是不会得罪人的，而好话的某些部分的色彩似乎是有拍的效果的。一个成功的拍者，与被拍者是一定要有些默契的，形成了默契就拍响了，彼此愉悦；而没有默契，恍若被看穿，就相当于穿帮，被拍者是定然要指出拍者的拙劣、庸俗、心术不正，以彰显自己的正直和正派。

德国法西斯时代的宣传部长戈培尔的一句无耻的名言似乎也揭示了某些真理：谎言重复千遍就会变成真理。重复了千遍的谎言，其周边已然形成了一个良好的生态链。从第一遍的脸红、磕巴, 到第若干遍的陌生、干涩, 再到其间的自然、圆润, 渐次进入如沐春风, 物我两忘, 进而达到说的人相信是真的, 听的人也乐意相信是真的, 所有的人都围绕一个主题上演了一部真理的传奇, 形成了一个语言制造的生态链。在这个链中, 有说谎者, 这是这个链的始作俑者, 当然他也是其中最大的受益者, 然后有人点头, 有人颔首, 有人微笑, 有人鼓掌, 有人默诵, 有人击鼓, 有人传花, 到了全产业链的最高处, 大家都在欢呼, 欢呼一个真理的被发现, 并且因为参与了发现真理的过程, 而倍加荣耀。

爱说好话, 这是我们的老祖宗给我们留下的传统, 但这好话并非瞎话、假话、废话、空话, 而确确实实是其中充满了文化。文之化出, 自然不同凡响, 但这绝不是给你点颜色, 你就以为能开染坊了。文化就是文化, 骂人没有脏字, 奚落不欺傻子。说两个小故事吧。

生活当中我们常常使用的俗语和成语很多, 而这其中的魅力就在于文化, 而不是瞎话。中国自古以来就有五行, 五行分别对应五个方位。古代厕所建造在北面偏东的位置, 厨房要建造在南面偏东。去南方时习惯说南下, 比如乾隆皇帝几下江南; 而去北方时则习惯说北上, 像我们熟知的北上抗日。当要去厕所时要去院子的北面, 所以说上厕所; 而当要去厨房时, 要去院子的南面, 所以说是下厨房。你知道不三不四这句话的来历吗? 古人称天为一, 地为二。所以天地相加为三, 三即成为整体的代表, 三生万物, 而对于四则称之"周全", 也有称心如意的意思, 比如四大金刚、四体、四艺、四书等等, 所以行为不端的人就是不三不四的人, 他们与美好事物无关。这两个小故事，其中藏着大智慧吧，真的是曲径通幽，别有洞天呀。

虽然有了这么好的文化，虽然我们有了这么好的祖宗，但其实我们一直在与低俗、世俗、庸俗、粗俗做斗争，但我们也一直在与文奸、武奸、科奸、汉奸做斗争。其实，我们要斗的不是别人，恰恰是我们自己。

看过一个有趣的笑话，真的也是语言艺术的巅峰。一个青年教师正在发呆生气，看着眼前的试卷拍拍打打，这时班主任老师正好经过，关心地上去询问，青年老师说：这个同学又考了倒数第一。班主任目光关切地扫过试卷，发出哦的声音。还要让写出好评语，关键还打架，青年老师接着说，你说怎么办？孩子的爸爸又是领导，还让实事求是地写出孩子的优点，不能虚假。面对青年教师的困惑和气愤，班主任拍拍青年教师的肩膀，语重心长地说：是呀，领导自己平时工作就很忙，这么信任地把孩子交给我们，我们不能辜负领导的信任呀。你看我们这样写行不行？孩子不是长期倒数第一吗？我们说该生成绩稳定。孩子不是打架了吗？我们说该生动手能力强。青年教师一脸愕然，班主任神情淡然。然也。

面对如此残酷的市场需求，谁还敢说自己会讲话了呢？谁还敢说说话是语言的艺术？

让艺术的翅膀远离语言吧，它不需要飞得那么高。

圆润

　　曾经听过这样一个故事。

　　数字化结构世俗化的表达就叫：圆润。

　　有一位父亲为了教育和改变他脾气暴躁的儿子的性格，运用了一个办法。一天，父亲交给儿子一个布口袋，布口袋里装满了铁钉；父亲告诉儿子，当你觉得脾气上来，控制不住自己情绪的时候，你就去后院将这些钉子钉在围栏的木头上。儿子拎着口袋就去了后院，他第一天就钉了46根钉子在木头上。如此反复一段时间，儿子发现控制住自己的情绪，并不比钉钉子难。他就去告诉父亲，自己钉钉子的感受。父亲说：好呀，你现在每天在心情愉悦时，就去拔出钉在木头上的钉子。经过一段时间，钉子被儿子一根根地拔完了。

　　父亲很开心，来到后院，对儿子说：你终于能控制住自己的坏脾气了。儿子既惭愧又内疚地看着父亲。父亲说：你看，这些钉子虽然被你拔出去了，但大大小小的洞却永远地留在木头上。当你的语言、行为、举止、脾气伤害了别人，即使你真诚地道歉了，别人心灵上的疤痕却难如钉子一样被一同拔去呀。

每天从东方喷薄而出的太阳，以浑圆的姿态，给我们雄厚之力，刚劲之力，温暖之力，希望之力，圆的太阳给我们美好、幸福和憧憬。一天的生活是从圆开始的。世俗化的表达应该就叫：圆润。而月亮则不同，不同之处在于它大多数时候不是圆的。它可能是月牙如钩，它可能是若隐若现，它可能是半轮明月挂在柳梢枝头。虽然文人墨客极尽能事，描摹各种月亮的姿态和形态，状物言情，令夜空动容，令少女动心，令天下人动情，但几百上千年留下的咏月的华章有一个天下人共睹的盛景：十五的月亮，因为它是圆的，因为它代表着团圆。只要头顶有这样圆圆的明月，我们就可以去触摸"海内存知己，天涯若比邻"的绝美意境，去触摸深深地埋藏在我们心底，从古至今滋润我们心田的月亮。

圆，可能是我们生活中一个最美妙、最充满幸福感、最有仪式感的字。它几乎可以组成我们生活中一切可以追求的最高境界，久别重逢叫团圆，事业成功叫圆满，四海通达叫圆通，欢乐和谐叫圆融，梦想成真叫圆梦，分离团聚叫重圆。是呵，圆就是好，比好还好就是圆。

而圆润绝不是圆滑。

润来自心田，而滑可能就是一种表演。圆润的人与人相处总令人如沐春风,十分快意。比如星云大师,尽得佛法,尽阅天道,尽懂人道,他既可以和达官政要侃侃而谈,洞见天道,指点迷津;他亦可以与凡夫俗子、普通信众从佛法到人道,叙尽人间真情,道出人间百态。大师的双目是圆润的,大师的面庞是圆润的,大师的心是圆润的,大师的语言是圆润的,大师的智慧是圆润的,大师的世界就是圆润的世界。

圆只是一种形态,和方对应。

圆如果缺少润的话,就永远只能是一种形状或造型,而加上润之后就天开地润了。润是一种修养,润是一种境界,润是一种胸怀,润是一种智慧,随风潜入夜,润物细无声;润的可贵就在于无声,它不是大江大河,它不需要那么澎湃;它不是瀑布喷泉,它不会那么恣意汪洋;它只在你身边,在你的灵魂,在你相伴的人生之中,即使给你一条江的汹涌也绝不会出声,因为它以自己的圆润带给你滋润。

最近听到一个很科学化的名词: 数字化结构。科学家以打麻将解释数字化结构的内涵,数字化结构就是能将条、万、筒归纳、排序、整合,该条的归条,该万的归万,而该筒的自然是统在一起。数字化结构就是让每一个物体归在顺位上,完成一个统一的指令,团结、凝聚、和谐、有力地在一起。

数字化结构世俗化的表达就叫: 圆润。

读况

在山间，只要注意观察，你会发现大自然的神奇与奥秘。它总在以自己的方式，告诉人间的道理与哲学，而这应该属于大众哲学。哲学是隐伏在大众之中的，而并非一定有大众与小众之分的，而隐于自然之中的哲理是需要去感悟与发现的。那些大大小小、高高低低的树木，会顺着山势，像被风吹过一样，从山底到巅峰，不断向上，再向上生长，一个比一个铆足了劲，一个比一个长势汹涌。一开始，你一定以为它们不断攀缘，不断向上，是要成为那个大山之王，山顶之峰，屹立于山峰之上的大树。后来你发现能长在山顶的树，早就长在山顶了，没有长在山顶的，是绝无机会登上山顶的。它们不断向上，再向上，它们渴望的不是离山顶近一些，而是离太阳近一些。离太阳近一些，它们就会找到属于自己的更大的天空，太阳成为召唤的动力，成为它们向上的理由。离太阳更近一点，让天空的翅膀飞得离树梢更近一些。

　　而你再看山间的另外一种东西，它抛弃了高高在上的洁白与高贵，它放弃了居于山顶的开阔与通达，它将自己隐于山中，藏于林间，甚至你常常会看不到它的身影，只能听到它走过时留下的歌唱。它不愿居于山顶，离太阳太近会被强烈的光芒照射蒸发，可能就没有当初的模样了，变成一股烟，化为一道气，飞到天上去了。它选择的道路是向下，再向下，迫不及待地向下，甚至给人感觉到急迫得不去选择道路，就那么义无反顾，勇往直前，它们穿山越岭，它们穿林破路，在无路可去的绝壁前，它们会畅快地呼喊着纵身一跃，打开一条天空之路，从天上奔涌而来。这些水，甚至只是山间的溪水，如此勇敢与果决，它们是要去寻找池塘，寻找河流，寻找大海，寻找更低更低的接纳之地，让自己找到海，找到能让自己与未来拥抱在一起的地方，而这个地方却很低、很低，最低的地方就是大家永远团结在一起的地方。

　　山高为峰，再高的山峰高不过山顶的大树。

　　水低为王，再低的水，也低不过山顶上跃下的瀑布，因为它的诚心低过任何水面。

　　自然始终在指引着人类的思想与思考，人类能够读懂自然的时候，也就读懂了自己。而人类本身却往往以大自然的神灵自居，所以自然不得不经常反过来点醒人类。人类的哲理在大自然，而不在人类自身。看山、品水，我在悟法自然，似乎读出了一些况味。

　　滋味是长久的品味，慢慢形成的；我看主要在烹饪，这些小滋味，形成的是一种小清新、小感动、小欢喜，大不了是一壶老酒，也只是滋味悠长些而已。

而况味之况，仿佛来得较为仓促，实则是一种沧桑，它形容的是一种情形，一种情境，一种当下的状态。但更是长久的一种时间的打磨，可能早已打得你头破血流，打得你意志消沉。其时有人问你如何，这种况味又与谁人说呢？有况味也有况且，还有战况，还有盛况。读况需要的不是什么高深文化、文豪大儒，更多的是需要一种心境吧。

记得小时候在乡间，常有精瘦的长者，蹲在路边吸着烟，看着南来北往的车和人，他尽管一言不发地抽着铜嘴的烟袋，口中只发出吧嗒、吧嗒吸烟的声音，及至一袋烟抽完，长者起身将烟斗在鞋底使劲地敲打几下，那些沾在烟斗底的烟灰完全地灰飞烟灭，他轻悄悄地走了，给我留下一个背影。

好像这是我心中浮现的最早况味。

这些年这个场景没有忘。

读山。读水。读况。

其实，如果人生留下的都只是些况且，就不用况且了。

上帝在哪里?

　　谁能知道上帝在哪里? 上帝是一种信仰, 是一种宗教。有一千个信徒, 就会有一千种答案, 一千颗心中住着一千个一样又不一样的上帝。曾经有一段时间 "上帝" 一词特别风靡。为了开拓市场, 推广产品, 消费者被商家称为 "上帝"。我过去所在的媒体曾经差一点因一则 "上帝" 的事情惹上官司, 所幸, 大家得以沟通, 无非是表达对 "上帝" 的敬畏和爱戴。

　　上帝在哪里呢? 我认为这句话特别好: 你们亲近神, 神就会亲近你们。你听到过这样一个有关 "上帝" 的故事吗?

　　一个自小父母双亡的男孩跟随叔叔长大, 叔叔因在建筑工地不幸摔伤昏迷不醒时, 他拿着自己仅有的一美元硬币沿街购买 "上帝" 期望能救活叔叔。在遭遇无数次 "没有上帝" 的否定后, 一位满头银发的老人以一美元的价格卖给他一瓶 "上帝之吻" 牌饮料,告诉他只要叔叔喝了就会好起来。不久后,一个世界顶尖级医疗小组来到医院,采用最先进的医疗技术,治好了叔叔的病。正当孩子和叔叔为天文数字般的医疗费发呆时,这些医疗账单上的天文数字已被卖饮料给小男孩的那位老人付清了。原来这位老人是一个隐形的亿万富翁,是他感动于孩子的真情与纯洁,为孩子做了这一切。当叔叔带着小男孩去寻找这位老人时,他已关门歇业外出旅游。心存感激的小男孩为回报老人,奋发图强,读了美国最好的医学院,并成为邦迪创可贴的创始人,将老人的爱心传递给了更多的人。老人的名字就叫邦迪。这个名字也成为世界上知名度最高的名字之一。

在这个故事里,我领悟了三个关键词语:"坚持""感恩"和"创新"。

故事里的小男孩如果因为一再遭到否定而不去坚持,叔叔的病就无法得到救治,所有的一切都会发生改变。当一个人为生活、为未来觉得不能坚持的时候,请一定不要放弃,一定要再坚持一下,可能"芝麻"会在下一瞬间为你打开大门。人生的际遇就会不同,人生的大门就会打开,人生的未来就是一片蔚蓝的大海。

感恩让小男孩成就了自己的人生,感恩也能让我们的人生和企业的发展奔向光明。世界需要传播正能量,只有彼此感恩的文化才会让我们抱得更紧、走得更好,未来更加坚实,在这个世界上,免费的东西是最好的。当感恩的文化进入人生、进入企业,我们彼此给予对方的就是空气、阳光和水。

小男孩在这个感恩的故事里并没有一味去寻找老人当面跪

谢，而是将这种感恩的理念落实到自己的学习、工作中。如果故事中的小男孩仅仅是终其一生寻找当年那位对他伸出援手的老人，那么他的寻找就变得毫无价值，比找到恩人价值更大的是，将自己内心的恩情落实到行动上，改变自己、改变社会、改变他人。用创新精神，将自己武装起来，让自己强大起来。不断去创新理念、创新产品，才能获得持续的进步。

　　坚持、感恩、创新，这是人类最美好的境界与追求。

　　上帝在哪里？谁也不知道，也许只有你知道。上帝也许就是你自己。

请未来的岁月为您的人生定义

桐城一个六尺巷，成就了丞相张英父子，成就了一种谦让的文化，成就了一座城市。

人的一生，不论如何度过，都应该是庄严而有价值的。庄严不是一种简单的仪式感，也不论是正剧、喜剧甚至是悲剧，只要它的内容和过程是严肃认真，有理想、有追求、有定位、有目标的，它都是令人敬畏的；人类因为缺少敬畏感，做错了很多事，做了很多荒唐事，做了无数笑话的事。人的终极目标，应该是——生活得有价值。因为对价值的不同认知，人类又踏上了无数的歧途，人类又竭尽所能毫无节制、毫无底线地去追逐所谓的价值。纷争、倾轧、构陷、阴谋，无休无止，勾勒出人类另类智慧的群丑图。什么是价值，当然不同人心目中的标准是不一样的，追求仕途的认为官做得越大越成功，追求财富的认为钱挣得越多越成功，因为我们的标准越来越狭隘, 导致我们的选择也越来越单一, 越来越趋同, 五彩缤纷的世界, 不小心被一种颜色代替和覆盖, 精彩斑斓的人生, 被一种取向所掩埋和隐藏。

不久前, 一位青年企业家与我谈起他的人生目标。其实我过去对他并不是十分了解。他很严肃地与我谈起他的思考。他说自己现在钱挣得也不少, 但并没有很多的幸福感和满足感。他说再挣下去只是钱的数字又发生了变化, 顶多给后代留下一样东西: 钱。正像很多的国内外先贤经常预见和判断的那样, 钱并不能解决一切问题, 我们给明天留下的也一定不能只是钱。他说, 他希望在未来能够给子孙留下自己的传奇和故事, 这传奇和故事不是金钱, 更不能当钱花, 可它是一种血脉, 一种传承, 一种气质, 一种信仰; 虽然它不能当钱花, 但这种精神的力量, 却是一个家族永远也消费不掉的。精神有可能会变成财富, 但如若明天连家族的精神都没有了, 任多少财富也保不住这种精神。他期待在未来的某个日子, 他的孩子, 他的孩子的孩子, 打开某一本书, 那书中的主人公正是他自己, 他的故事和他自己可能已成为历史, 但在后代们翻阅过去那些光辉岁月、峥嵘历史时, 那些叮当作响的青春, 那些砥砺同行的太阳就会发出声响, 就会透出光芒, 他又会从历史中回到亲人身边, 被大家拥抱、爱戴, 因为他在以一种不可能创造着永恒。

在今天的徽商企业和徽商中, 他们很多人正在接近着历史的高度, 他们正在征服着先贤们创造的一个又一个高度, 他们把历史擦亮，历史又凭借他们愈发灿烂闪亮。先贤们在过去，在历史的深处，凭一种追求和精神烛照过去，更秉烛未来。今天，我们可以仅凭徽商这两个字走遍天下，走遍世界。徽商是什么？是财富？是文化？是过去？是未来？是智慧？是奉献？徽商过去没有定义的，未来也无需去定义。因为徽商就是永远的创造，永远地去创造一种新的可能。徽商群体一批又一批闪亮的名字从过去铺到今天，而今天又有一批伟大的徽商将他们的名字镶嵌在通往明天的大道上。他们为明天留下的是不可能搬离世界的通往历史的道路，通向未来的道路。请您来为他们的人生定义。

万里长城今犹在，不见当年秦始皇。

请未来的岁月为您的人生定义。

蹓跶鸡

蹓跶鸡这事最早应该与陶渊明有关。

我怀疑蹓跶一词是由东晋大诗人陶渊明发明的, 当然这不是发现, 仅是愚见, 而且是被我硬生生添加上去的。但这两个字中不凡的意境、超然的胸襟, 看似淡然、实则悠然的感悟, 只有陶渊明有, 而且一直贯穿至今, 可能于这个功利的、世俗的、热闹的、眼热的、浮躁的凡尘, 这种情境唯陶渊明先生有。

不信你再仔细读读他的惊世之作《饮酒》。"结庐在人境, 而无车马喧。"自己虽然身居人来人往的街市, 而绝无达官贵人之间应酬作赋的迎来送往, 其实作为名门之后, 只要他愿意, 完全是可以车水马龙的, 但他的内心不曾在此停留。"问君何能尔? 心远地自偏。"这句话的另一关联句式是: 穷在闹市无人问, 富在深山有远亲。怎么能做到的? 这很简单呀, 内心里不羡慕车马喧闹的生活，灵魂里不纠结祖上无限的荣光，超然物外，一颗不羁而又美好的心，常常蹓跶到田园世外，对灯红酒绿的生活、钩心斗角的智谋毫无兴趣，即使身处闹市，而绝不被庸常的俗念所困扰。

"采菊东篱下，悠然见南山。"这两句也许是实景呈现，也许是内心向往。但作为一个充满着想象的诗人，遨游于天地之间，其自然是无所不能，实景似景皆在胸中吧。望南山可能是一种实景，可能是一种注视；见南山可能是一种意境，可能是一种梦境。而我们现在常常是遇南山而不望，见南山自然无梦呀。让思想和灵魂在云朵与山峰之间多蹓跶一会儿，学会远离喧嚣、明争暗斗的俗世，思想日渐高远，灵魂自现纯粹。"山气日夕佳，飞鸟相与还。此中有真意，欲辨已忘言。"只要你有了这样的心境，阔达高远，宁静深邃，洞穿万物。在美好的山间，鸟儿们渐次飞回，大自然一片寂然，内心与自然已经完全融合，此中的真意不知该如何表达，其实在这样的环境中又何须多言呢？人可以囚禁，而灵魂是常需要蹓跶的，如果灵魂都无暇蹓跶，那一定会很抑郁的。我相信，这首《饮酒》诗，可能是实景，也可能是梦境。

掌故中有另一《饮酒》诗的版本，"见南山"的"见"字作"望"。陶渊明的崇拜者苏东坡说：如果是"望"字，此诗就索然无味了。一贯以造词峻峭示人的王安石，读完此诗之后，对第一句的平平道出、第二句的转折、第三句承上发问、第四句回答作结大发感慨：自有诗人以来，无此四句。不管是在这样的山上、山中、山下，不管是蹓跶之人，还是蹓跶鸟，甚或是蹓跶鸡，其滋味自然是万千幽长了。

关于蹓跶，我们也来学习一些基本知识吧。1.正确的使用方式是"蹓跶"而不用"溜达"。2.《现汉》："【溜达】散步；闲走，也作蹓跶。"《新华字典》只收"蹓跶"。《汉语大词典》共列有"溜达""蹓跶""蹓搭""遛达""遛搭"六种词形，均意义相同。《辞海》只收"蹓跶"，注明亦作"遛达""溜达"。《新华字典》"蹓"字条有例词"蹓跶"。"溜"字条无"溜达"。好，我们来看几个文学大家的"蹓跶"。老舍的《柳屯的》文章这样写道："本来不想听戏，我就离开戏台，到地里去溜达。"而杨朔在他的散文《晚凉天》中又有这样的句子："别看我人粗，可爱花，一清早晨，便到木荷树下去闲溜达。"安徽著名作家陈登科在他的名著《风雷》中有这样的细节："阴雨雪天，无事在集上溜达的人更少。"

别管是"蹓跶"，还是"溜达"，中国汉字的博大精深，老外们再会说，也读不懂；而自己人再懂得多，也要常领会。而真正我听来的关于蹓跶鸡的版本是这样的，一位北方的领导来到南方，陪同的南方领导问北方的领导吃点什么土菜或特色菜，北方领导说：就吃我们刚刚开车经过路边遇到的那种蹓跶鸡吧。于是乎就有了今天这篇《蹓跶鸡》，但我想在路边随意觅食、啄吃的鸡肯定是溜达鸡了，因为它那么自由自在。

可以做一只溜达鸡，在半山坡上，在农舍院旁，在林间，或者在田埂上，最好在南山上，因为这样就会遇到陶渊明了，可能还会蹓跶入他的诗中，潜伏入他的诗中，但最好不要遇到北方来的领导。

中国人为什么谦虚

　　不久前，一对荷兰夫妇应邀带着他们从中国合肥和重庆领养的两个女儿来我家做客。席间相聊甚欢，他们对中国发展进步的喜爱、对城市经济日新月异变化的惊叹，无不溢于言表。两个女儿都大了，这对夫妇带她们回自己的祖国来看看，让她们不要忘记自己的故土和家园。这对荷兰夫妇很爱吃中国菜，甚至中国的筷子也用得很有水平。我也按中国人的习惯不断给客人介绍每一道菜，然后还不忘谦虚一下：不知道是不是好吃。饭毕，主客皆十分满意。我的朋友卢晓生博士一直充当我们和荷兰夫妇之间沟通交流的翻译，他告诉我说：最后一句话他都没有翻译。中国人的谦虚是全世界都有名的，但这谦虚也会造成误解：既然有可能不好吃，你为什么还要让别人吃呢？！所以，在当今社会，尤其在与世界的沟通与交流中，如何让别人认同中国的文明、智慧和价值观, 比输出廉价的产品更能影响世界。

上世纪30年代, 中国的文化巨人鲁迅先生曾创作过一篇振聋发聩的杂文《拿来主义》, 从"占有", 即"不管三七二十一, 拿来"; 到"挑选", 即"运用脑髓, 放出眼光, 自己来拿"; 再到"创新", 即"主人是新主人, 宅子也就会成为新宅子"——精当分析了当时的社会环境和背景下为什么要拿来、如何去拿来的社会心态和作为, 拿来主义也成为中国改革开放初期使用最多的词之一。

在改革开放30周年之时, 从上到下的国人皆在纪念、回顾、探讨一个地方, 这就是中国凤阳小岗村。这个村庄不仅有被油灯照亮的18个脸庞, 18个红手印, 更有一种敢于冲破樊笼、追求幸福生活、追求阳光土地的精神。我们不断地纪念这个日子、这个地方, 纪念的内容已经不是土地到户的农业大包干, 而是这个村庄代表的中国农民和中国人不屈不挠争取幸福的精神。这种精神是我们这个国家和我们这个民族能够不断前行的动力, 这种动力就是小岗村人在改革开放之初输出的一种理想, 这种追求和理想一直影响到现在, 也会影响到明天和未来。

拿来和输出, 基本是一个词的两个方面, 但为了让世界更好地了解中国, 我们必须要输出我们的文化、思想、理念、观点, 这也是我们可以影响和改变世界的最高境界。今天, 以推广汉语和传播中华文化与国学教育为目标的孔子学院正在全世界渐渐推广起来, 截至2009年7月, 全球已开办孔子学院268所, 已开办孔子课堂72所, 合计340所, 分布于全球83个国家和地区。大家只要看看短短的美国历史, 却有着全球最大的文化影响力、最强的话语权, 就会明白文化价值观的输出有多大引导力。全世界不使用微软产品的地方不会太多! 全世界不知道比尔·盖茨的人不会太多! 全世界不看好莱坞大片的人不会太多! 全世界不关注美国和奥巴马的人不会太多! 而中国却用廉价的劳动力打上别人的标签才可能卖出品牌的价格, 而我们无名的背后都是代工的血汗。

在中国企业500强大会在安徽合肥召开之际, 我想我们是到了输出中国品牌的时候了。中国的影响力在哪里? 就在我们的每一个中国创造的品牌当中, 这其中最有竞争力和影响力的, 就是中华民族创造的文化、思想和价值观; 当越来越多的中国500强企业成为世界500强企业的时候, 就是我们输出成功的时候, 也是对世界莫大的贡献。

中国人不要太谦虚。

我们如何打好一手好牌

时下风靡很多地方的扑克牌新玩法：掼蛋，让很多人着迷。着迷的原因有很多，比如讲究观察和配合，勇敢与智慧，察言与观色，记忆与运用，逻辑与推理，其中还有就是如何将一手不怎么样的牌根据对手和场上的牌，将其合理地配置，发挥自身的优势，扬长避短，出奇制胜；但还有一种情况就是自己抓了一手好牌，却吃了败仗，这败仗吃得冤枉，因为牌虽好，却没有根据对手的情况，进行全新的布局与配合，导致打坏了一手好牌。因此，如何打好一手好牌，成了我们应该认真思考与谋划的事了。

扑克的由来，源远流长。人们只知道扑克传自欧洲，其实纸质玩具，起源于中国。远在古代周朝初期，传说年幼的周成王在宫廷中与弟弟叔虞就玩一种"削桐叶为圭"的游戏。那时尚未发明纸张，故以树叶为玩具。唐、宋时代，中国人发明了一种纸牌，既可游戏，亦可赌博，称"叶子戏"。大约13世纪，这种纸牌戏传到欧洲，经过一段时期，纸牌演变为卡片，逐渐形成了普遍的扑克牌，成为国际性纸牌。后来西方人根据天文学中的历法，把这种纸牌游戏卡片统一内容，定为54张，4种花色。扑克牌54张，52张正牌表示一年有52个星期，两张副牌——大猫代表太阳，小猫代表月亮；桃、心、方、梅表示春、夏、秋、冬四季。红色牌代表白昼，黑色牌代表黑夜；每一季13个星期，扑克每一花色的牌数正好是13张，13张牌的点数相加是364，再加上小猫的一点，是365，与一般年份天数相同；如果再加大猫的一点，那就正好是闰年的天数。扑克牌的K、Q、J等共有12张，既表示一年有12个月，又表示太阳在一年中经过12个星座。

当然，我这里研究的绝不是打扑克牌的事，我说的是如何打好徽商牌。安徽历史悠久，人杰地灵，徽州文化、桐城派文化、淮河流域文化构成了安徽文化的精髓。我们还有辈出的人才，影响中国历史发展走向的伟大先贤举不胜举。改革开放的总设计师邓小平于1979年7月15日登黄山之后发表了一次重要讲话，这个讲话不仅影响了当时的中国，时至今日依然有十分强烈的现实意义。他说："要有点雄心壮志，把黄山的牌子打出去。"如今，黄山每年接待百万游客，正像迎客松笑迎四海宾朋，已经成为世界级的名山，这就是我们打好的黄山牌。

2010年1月12日，国务院正式批复《皖江城市带承接产业转移示范区规划》，规划范围为安徽省长江流域，成员包括合肥市、芜湖市、马鞍山市、铜陵市、安庆市、池州市、滁州市、宣城市和六安市（金安区、舒城县）9市，共59个县（市、区），辐射安徽全省，对接长三角地区。该规划从区内各市产业现状、资源状况和未来发展趋势考虑，提出了构建"一轴双核两翼"的产业空间格局。"双核"即指合肥、芜湖，这是我省目前乃至今后一个时期经济发展最具活力和潜力的两大增长极。

2012年11月，国务院正式批复《中原经济区规划》，中原经济区范围包括河南28个省辖市（18个地级市、10个省直管县级市）及山东、河北、安徽、山西12个地级市3个县区，总面积约28.9万平方公里，总人口约1.5亿人，经济总量仅次于长三角、珠三角及京津冀。

2013年11月，科技部致函安徽省政府，原则同意《安徽省创新型省份建设方案》。这标志着我省继江苏之后成为全国第二个开展创新型省份建设试点工作的省份。开展创新型省份建设，是科技部作出的在区域层面推动实施创新驱动发展战略的重大决策，是加快建设创新型国家的重要组成部分，对加快建设创新安徽、推动我省自主创新迈出更大步伐具有里程碑式意义。

2014年3月，国家发改委正式批复《皖南国际文化旅游示范区建设发展规划纲要》。皖南国际文化旅游示范区范围包括黄山、池州、宣城、马鞍山、芜湖、铜陵、安庆7市，共47个县（市、区）。示范区今后将着力打造"一圈两带"文化旅游发展格局。一圈，指的是古徽州文化旅游发展圈，这里将充分展示文房四宝、徽菜、徽茶等历史文化魅力，形成以黄山为中心，辐射周边的山水文化旅游圈。两带，指的是"三山三湖"山水观光旅游发展带和皖江城市文化旅游发展带。前者以黄山、九华山、天柱山、太平湖、升金湖、花亭湖为节点，将皖南高品位山水风光连为一线，培育世界级黄金旅游带。后者充分发挥长江黄金旅游通道作用，突出都市休闲、生态旅游等，串接马鞍山、芜湖、宣城、铜陵、池州、安庆等皖江城市及重要景区，联动长江中游城市群、具有全国影响力的文化旅游带。

2014年3月5日，李克强总理在政府工作报告中首次提出，要依托黄金水道，建设长江经济带。这意味着长江经济带建设明确为国家战略，将给长江黄金水道建设带来新的发展机遇。长江经济带，东起上海、西至云南，涉及上海、重庆、江苏、湖北、浙江、四川、云南、贵州、湖南、江西、安徽9个省两个直辖市。长江经济带的战略定位，一是依托长三角城市群、长江中游城市群、成渝城市群；二是做大上海、重庆、武汉三大航运中心；三是推进长江中上游腹地开发；四是促进"两头"开发开放，即上海及中巴（巴基斯坦）、中印缅经济走廊。

在这样一个伟大的战略机遇期，我们的徽商们真的是握有一手好牌，一定要根据自己和企业的特点以及优势，积极融入各项战略、方针、政策、规定中，把好牌打好。任何时代都有不同的历史机遇，而这些机遇总是留给那些胸中拥有百万雄兵的，能调兵遣将、排兵布阵、审时度势的伟大人物。

徽商，是时候将一手好牌打得更精彩了。

合拍

　　合上音乐的节奏，在同一旋律上，尽情歌唱就叫合拍。如果不合拍，就只能发出嘈杂之音；没有旋律之美，没有悦耳之声，没有动心之曲。可见，合拍之重要。为了合拍，历代文人雅士搜肠刮肚，用尽才华，方能吟咏出不朽佳句。杜甫说："为人性僻耽佳句，语不惊人死不休"，平生为人喜欢细细琢磨苦苦寻觅好的诗句，诗句的语言达不到惊人的地步，他就决不罢休。你看，为了寻觅到合拍的佳句，甚至愿意搭上性命，虽然这只是比喻。除此之外，还有一个唐朝的著名诗人贾岛，他又被称为苦吟派诗人。什么叫苦吟派呢？就是为了一句诗或是诗中的一个词，不惜耗费心血，花费工夫。最著名的代表之作《题李凝幽居》中的两句："鸟宿池边树，僧敲月下门。"在他不断思考是"推"还是"敲"时，不知不觉骑着毛驴闯入大官韩愈的仪仗队。韩愈听罢贾岛的故事说："我看还是用

'敲'好，即使是在夜深人静，拜访友人，也要敲门，说明你是一个有礼貌的人！而且一个'敲'字，使夜静更深之时，多了几分声响。再说，读起来也响亮些。"贾岛听后连连点头称是。可见要想合拍，定要费一些心思。

这使我想到了30多年前的深圳特区。正是深圳特区的成立改变了改革开放中的中国，让中国有了深圳的速度、深圳的崛起、深圳的形象。根据中央的指示，深圳特区建成了以发展工业为重点的工、农、商、牧、住宅、旅游等多种形式的综合性特区。这是时代的呼声，这是人民的追求，这正是顺应了历史的潮流。这是一代又一代人共同探索寻找的结果，它正和人民、和时代的心声合拍。

时隔30多年，历史又合上时代的节拍，开始了新的追求和探索。中国（上海）自由贸易试验区于2013年9月29日上午10时正式挂牌开张。试验区总面积为28.78平方公里，相当于上海市面积的1/226，范围涵盖上海市外高桥保税区、外高桥保税物流园区、洋山保税港区和上海浦东机场综合保税区4个海关特殊监管区域。商务部部长高虎城在挂牌仪式上说：中国（上海）自由贸易试验区重在制度创新，重在改革开放。有这样一句话：历史往往惊人地相似；还有一句话：人不能两次踏进同一条河流。今天之中国早已不是30年前之中国，唯一的相似：中国探索发展之路的脚步没有改变，人民追求幸福的心愿没有改变。

合拍。和诗句何干？和经济何干？

合拍。和历史有关！和人民有关！

读懂与对话

　　人生境界有高有低, 人生际遇有左有右, 人生况味有苦有甜。凡事不要让自己太累、让他人太累、让生活太累, 你懂的。

　　公元735年, 李白被贬到了安徽省宣州。某天傍晚时分, 李白独自一人来到风景优美的敬亭山。登上石阶, 出现在眼前的是苍翠欲滴的树叶和鲜红的花、碧绿的草, 在微风中翩翩起舞; 而这些在李白现在的眼里, 分明都是在嘲笑他。登上山顶, 发现前面有一个小亭子, 李白来到亭子中央坐了下来, 一边喝着随身带来的酒, 一边观赏敬亭山的风景。远处, 是连绵不断的山峰, 一座比一座高。那茂密的树林分成了一块一块的色彩, 每块都有不同的颜色, 红的是枫叶, 绿的是松树, 黄的是梧桐树。如此美丽的景色, 却难以化解李白心中此刻的悲痛。近处, 有几只小鸟站在枝头上, 之后又飞走了, 白云也越飘越远。突然, 李白看着敬亭山,敬亭山好像也看着李白，仿佛在说："没事，有我在。"李白觉得他并不孤独，因为他还有一个朋友！李白奋笔疾书，写下了千古名篇《独坐敬亭山》：众鸟高飞尽，孤云独去闲。相看两不厌，只有敬亭山。古往今来，多少人诵读之后，其间的滋味与旷达，感悟与灵性，恍若李白回眸对我们说：你懂的。

而唐代大诗人王维的一首名篇《山居秋暝》也展示了胸臆间不同的思深与高远，梦静与风清。诗中写道：空山新雨后，天气晚来秋。明月松间照，清泉石上流。竹喧归浣女，莲动下渔舟。随意春芳歇，王孙自可留。如此一场秋雨过后，秋色如洗，清爽宜人。时近黄昏，日落月出，松林静而溪水清，浣女归而渔舟从。如此清秋佳景，风雅情趣，自可令王孙公子流连陶醉，忘怀世事。既然诗人是那样地高洁，而他在那貌似"空山"之中又找到了一个称心的世外桃源，所以就情不自禁地说："随意春芳歇，王孙自可留！"本来，《楚辞·招隐士》说："王孙兮归来，山中兮不可久留！"诗人的体会恰好相反，他觉得"山中"比"朝中"好，洁净纯朴，可以远离官场而洁身自好，所以就决然归隐了。归隐的感慨与决绝，只能是你懂的了。

李白的另一首诗《月下独酌四首·其一》我也特别喜爱，每每读来，总有不凡的感受。诗人的浪漫与自由、想象与奔放，尽在诗中：花间一壶酒，独酌无相亲。举杯邀明月，对影成三人。这首诗约作于公元744年（唐玄宗天宝三载）。当时李白的政治理想不能实现，心情是孤寂苦闷的。但他面对黑暗现实，没有沉沦，没有同流合污，而是追求自由，向往光明。诗人出场时，背景是花间，道具是一壶酒，登场角色只有他一人，动作是独酌。诗人忽发奇想，把天边的明月和月光下他的影子拉进现实，连他自己在内，化成了三个人，举杯共酌，冷清清的场面，就热闹起来了。以诗人之情怀对现实之无奈，人生又能几何呢？其间种种你懂的。

我很丑，可是我很温柔／白天黯淡／夜晚不朽／那就是我／我很丑／可是我有音乐和啤酒／有时激昂／有时低首／非常善于等候／我很丑／可是我很温柔／外表冷漠／内心狂热／那就是我／我很丑／可是我有音乐和啤酒……你若是不能成为让尘土飞扬的人，那么必然就是尘土满面的人，难道你就甘愿庸庸碌碌吗？"我很丑，可是我很温柔"是一句调侃，也是一个宣言；是一种精神，也是一种坚韧，你不想接受挑战、勇敢地泅渡湍急的生命之河吗？赵传的狂野与柔情，迅速席卷当时一片靡靡之音的歌坛。赵传和他的"红十字合唱团"以及"摇滚不死"的精神，响遍了台湾的各大院校，成为所有小人物的代言人。最让人感到惊奇的是，这位外表几近丑陋的台湾男人竟然拥有庞大数量的女歌迷，看来歌声的魅力已经突破外貌，而男性歌迷也为其歌中饱满的雄性特质所折服，深以为知己。为小人物代言，鸣小人物心声，得小人物喜爱；因为世间多是小人物。这声音，你懂的。

世间万物谁又真的懂呢？真的懂了，就不会有如此多的纷扰与挣扎了。

马上

　　马上的马年来了。而马年是十二生肖之一。关于十二生肖，现有的文献中，以《诗经》为最早。《诗经·小雅·吉日》里有"吉日庚午，即差我马"八个字，意思是庚午吉日时辰好，是跃马出猎的好日子。

　　到了南北朝，生肖已普遍使用，南朝《南齐书·五行志》中已经有具体的按人的出生年份称属某种动物的记载。南朝陈时期的诗人沈炯，曾创作了一首十二属相诗，"鼠迹生尘案，牛羊暮下来。虎啸坐空谷，兔月向窗开。龙隰远青翠，蛇柳近徘徊。马兰方远摘，羊负始春栽。猴栗羞芳果，鸡蹠引清杯。狗其怀物外，猪蠡宵悠哉。"这首十二属相诗明显是按十二地支所配动物的顺序写成的。马在十二生肖中位居第七，与十二地支配"午"。上午11时到下午1时即"午时"，依据民间的说法，中午太阳当顶，阳气达到极盛, 阴气渐渐增加, 在阴阳换柱之时, 一般动物都躺着休息, 只有马还习惯地站着, 甚至睡觉也站着, 从不躺着。这样, 午时就属马了。自从人类进入农耕社会, 马就成了人类最先饲养的动物之一。马以它的聪明、勇敢、忠诚、耐劳的特征, 成为人类可靠的朋友、得力的助手, 无论是在农耕、狩猎、运输、交通等方面, 还是在古今中外的血雨腥风的战场上, 马都为人类立下了卓绝的功劳。无怪古人将马称作"六畜之首"。千百年来, 那一幅幅天马行空、老骥伏枥、千金买骨、义马救主的动人图景, 那一份祖先遗传下来的恋马之情永远不会消失。马以它的忠诚、勤恳、灵性获得了人类的认同, 它成为人类的生肖是当之无愧的。

马以它对人类的奉献、忠诚、无怨无悔, 通过生肖属相附着在人的身上, 成为一种精神和能力的象征, 因此关于马的词语也从古到今遍布在我们的文化和各类作品中: 马到成功、一马平川、一马当先、万马奔腾、汗马功劳、倚马可待、走马上任、天马行空、兵强马壮、悬崖勒马、塞翁失马、千军万马、青梅竹马、马不停蹄、快马加鞭。今年的马年, 又来了"马上体", 马上有钱、马上有房、马上有对象、马上有工作、马上有福、马上吉祥、马上有一切。虽然我们的文化讲究勤劳致富, 讲究只图付出莫问回报, 但现实是: 有很多人在一边渴望马上得到、马上改变, 却不愿马上付出。

就说说眼下这雾霾吧。在刚刚过去的2013年, "雾霾"成为年度关键词。有报告显示, 中国最大的五百个城市中, 只有不到百分之一的城市达到世界卫生组织推荐的空气质量标准, 世界上污染最严重的十个城市有七个在中国。雾霾不仅锁住了中国的碧水蓝天，也锁住了中国的山水画，锁住了中国人的幸福，锁住了中国健康的呼吸。大家谈到雾霾时的激愤，几乎流淌在中国的大街小巷。而也是在刚刚过去的马年的春节，大家一边在诅咒雾霾，一边依然在幸福地燃放新春的鞭炮。我们期待着空气马上清新，一边又在尽情为雾霾创造着动力。昨天，当伦敦开始重现天日，当东京在新建楼顶建造绿化，当米兰对污染最严重的汽车征税，当洛杉矶向雾霾宣战；今天，我们却以一个节日的名义给雾霾大开绿灯。这真的不是一个马上的好主意。在我们这样一个"马上"的社会，我们具备的应该更多的是马下的思维，多一份清醒少一份醉，多一点付出少一点奢求。

　　英国著名作家、创作了《双城记》的狄更斯，他说过一句著名的话：这是一个最美好的时代，这也是一个最糟糕的时代。他的另一句话也非常棒：一片用努力换来的面包皮比一桌继承来的酒席好吃得多。让我们马上行动，以改变自己开始，改变理想、改变习惯、改变行动、改变幸福，让一切不好的马上改变。让我们马上享受一个最好的时代。

股刺

何来股刺呢？其实完全是从骨刺一词演化而来。骨刺所生的部位常常在关节及足跟，这两个部位本身就是要害。如不小心患上骨刺，一定让你如鲠在喉，针刺难受。可它既不会夺人性命，也不会令人瘫痪，但一定会让你生生觉得每天都在经受这样的折磨，而这种折磨也会不断地摧毁你的意志，让你精神萎靡不振，渐渐对生活缺乏向往。所以一旦形成骨刺需抓紧治疗，但一定先要了解骨刺的成因，对症下药方可有奇效。

在历史上倒是有一个很励志的关于刺股的故事。战国时期有一个叫苏秦的人，是一位有名的政治家。但在他年轻的时候，由于学问不深，曾到好多地方做事，都不受重视。回家后，家人对他的态度也很冷淡。这对他的刺激很大，所以促使他发奋读书。他常常读书至深夜，想睡觉时，就拿一把锥子，一打瞌睡，用锥子往大腿上刺一下，这样，他不断以疼痛来提醒自己，不能睡觉，要坚持再坚持，数年下来，苏秦终于成功了。历史上也留下了"锥刺股"的美名。

骨刺让人痛苦，不除不快。

刺股让人明志，不刺不醒。

而现在"股刺"来了，该如何办呢？我不是经济学家，更不是股评家，鲜有资格，才敢胆大妄言。目前，中国的股市经过几十年的不断发展，规模不断壮大，不仅和中国经济密切相关，和世界经济也是紧密相连的；它不仅和中国的经济、世界的经济在一起，也和中国老百姓的生活、老百姓的幸福紧扣在一起，可以说是紧扣时代主题。这些老百姓可不是普通的百姓，他们是中国股市的投资人；他们投的不仅是中国的股市，更是对中国经济的投资。好了，股刺的问题来了。不管是股市涨了，还是股市跌了，这两根刺都在。涨了，有人说它是疯牛，没有经济支撑，它不应该有这么高的市盈率，有人要把它往下拉；跌了，有人说不能跌，中国梦都系于此，这么多百姓的福祉都系于此，有人又要让它涨起来。这股刺开始生了横枝，它一根刺向中国的经济，让中国经济在股市的不正常跌涨中无法正常地迈开手脚。前些年，专家们都说股市要涨，因为有中国强大的GDP作支撑，有世界第二经济体支撑，可股市偏偏不涨，而且还跌势汹涌，现在又说中国经济下行压力巨大，可各方面却偏偏要让它涨，说股市上涨可以流向实体经济，成为金融反哺实体的一个典范。而另一根刺，刺向了老百姓的心里，他们抱着对国家的信任、对美好生活的期待，其实他们也在不断从"股市有风险，投资须谨慎"的警钟长鸣中锻炼成长，可那么多的股评家说要涨，那么多的研究机构说要涨，那么多的理论说要涨，甚至是官方的媒体也说要涨，老百姓是人不是神呀，谁能经得起这样的诱惑？可正当股民们激情澎湃，蜂拥入市时，可偏偏怎么就开始"跌跌不休"呢？股刺呀股刺，患上关节炎的双腿还能健步如飞吗？

　　其实，看看骨刺形成的成因：长期不正确站立或坐的姿态，长期不恰当的运动和保健不够，还有些先天的遗传因素，等等；再看看中国股市的现状，何其相似乃尔。要拔掉股刺，就需要敬畏市场，敬畏投资者。股市的涨跌有其内在的规律和人们的信心价值取向。我们现在股市之所以涨跌无序，是因为多方面无形的手太多。老百姓经过风险教育之后，他们愿赌服输，但他们不愿被重重黑幕包裹，他们是投资者，他们有自己的心理承受力，但不能承受的是命运并不掌握在他们自己手中。去除股刺，让中国之股，不再被股刺困扰。这正需要有些刺股的胆识和气概，没有刺股的精神，可能难除骨刺呀。

　　股刺就是骨刺呀。

西线无战事

想来想去，特别想用这个题目写一篇文章，哪怕这文章有些无厘头。这篇文章的标题出自德国的大作家雷马克。1928年，雷马克在《福斯报》上连载长篇小说《西线无战事》，翌年出版单行本。该书一经出版雷马克便名声大噪，蜚声世界文坛。雷马克的这部著作使世界文学宝库变得更加丰富充实，他已经成为20世纪享有世界声誉的伟大作家之一，而《西线无战事》也成为世界文学史上最伟大的作品之一。

这部作品曾被反复改编，并获得第三届奥斯卡金像奖最佳影片、最佳导演两个奖项。这部作品本身隐喻的意义和象征的意义、真实的意义和讽刺的意义、哲学的意义和现实的意义，确实值得我们深思，再深思。你想想看，明明一个人被冷枪打死，可司令部的报告却写道：西线无战事。这是多么冷、多么冷的幽默呀。

我们就是冒着汗也难以体会这样的冷。

让我们再一次共同回顾一下《西线无战事》吧。第一次世界大战期间，一批怀着英雄主义理想的年轻人把自己的青春、人生、战争都理想化了，保尔和同学们经过简单的训练后成为"娃娃兵"被派往西线参战，然而他们天真的梦幻在战争中不断地破灭。主人公保尔开始怀疑过去的理想，他的内心发生了变化，开始对战争怀疑、厌恶甚至憎恨。终于有一天，当保尔爬出战壕去捕捉蝴蝶，结果被冷枪打中死去。然而，同战争相比，个人的生命是多么地微不足道，在那一天前线司令部的报告却这样写道：西线无战事。

我这篇文章既不是作品赏析，也不是读书时刻。现在，我内心涌动的情绪却与近百年前的雷马克有着莫名的相似之处，表面上到处充满着鲜花和掌声，鲜花和掌声之下却掩盖了很多我们不曾正视和思考的东西。在这一片的莺歌燕舞之中，明明有人阵亡却报平安无事。虽然在如今的和平年代，绝大多数人不会有身体的阵亡，但有很多时候、很多地方，我们的灵魂和应该坚守的文化却在不断被攻陷。

来读读这些被"创意"误导的，却让很多企业和企业家沾沾自喜的中国成语大挪移吧，不，是小挪移，因为不经意的小挪移，已经悄悄开始误导正在求学的孩子们，使得他们将错误的当成正确的开始了解、开始传播。因为这些错误堂而皇之地出现在电视台，出现在报刊上。来，让我们读读吧，读下去你会习以为常的，然后惊出一身冷汗。衣衣（依依）不舍——服装广告，有口皆杯（碑）——酒类广告，一步到胃（位）——胃药广告，乐在骑（其）中——摩托车广告，百衣（依）百顺——电熨斗广告，烧（稍）胜一筹——快餐店广告，随心所浴（欲）——热水器广告，闲（贤）妻良母——洗衣机广告，咳（刻）不容缓——止咳药广告，大石（事）化小，小石（事）化了——治结石病广告，百闻不如一键（见）——打印机广告，一箭（见）如故——箭牌口香糖广告，默默无蚊（闻）——蚊香广告，鸡（机）不可失——养鸡场广告。看看这些五花八门的广告语，真的令人佩服他们的想象力，难道不拿老祖宗留给我们的文化瑰宝、文字精华开刀，我们就无法表现我们的创意和智慧了？我们的产品或企业形象就不能准确而生动地体现了？如果古人从《康熙字典》里坐起来，嘲笑我们今天的想象力和创造力时，可能我们只能牙（哑）口无炎（言）（某牙膏广告语），可能我们还饮（引）以为荣呢（某饮品广告语）？！

　　我们的企业和企业家还是应该多一些文化情怀的，我们的品牌传播也应该多一些文化内涵和创新创造，面对林林总总的伪创新，我们应该坚守的优秀文化真的不是"西线无战事"呀。

我们时代的寓言

现在常读一些看似毫无关联的杂章，这些杂章潜伏在不同的时间段、不同的夜晚，冷不丁会以一种什么样的方式蹿入你的内心，挠得你的心有几分痒痒。然后你会很舒坦地在一些什么不经意的地方，想到这些，回味起这些，竟有了些不同的滋味。好像这些感触都和自己的内心融为一体了，仿佛是毛笔、墨汁和宣纸构成的中国书法，谁又能离得开谁呢？

很喜欢杨绛先生的作品，散淡、笃定，坦坦地定在那儿，注意着经过的每一个人。她写过一篇《隐身衣》的散文，轻轻的笔触里有很多生活的影子在晃动："这种隐身衣的料子是卑微，人家就视而不见，见而无睹。一个人不想攀高就不怕下跌，也不用倾轧排挤，可以保其天真，成就自我，潜心一志完成自己能做的事。"瞧瞧这位老先生，于当下的灯红酒绿、车马喧闹之中活活地将自己隐身起来，只不过在我读来，这隐身衣的料子不是卑微，而是自信。这于她翻译的英国大诗人兰德的一首小诗《生与死》中可窥端倪："我和谁都不争，和谁争我都不屑；我爱大自然，其次就是艺术；我双手烤着，生命之火取暖，火萎了，我也准备走了。"这是一个心脏很大的先生，她过的是自己的日子，并不奢求过成别人眼中的风景。这等境界令人好生艳羡。

　　不知什么时候读来的闲章，说是有位先生为自己的人生定下了一个志向，要在自己40岁的时候成为亿万富翁。但在35岁之前他经历过一次又一次创业的失败，离他的亿元梦渐行渐远。无奈之下，他的太太找到一位高人来指点。这两口子某天一同来见高人，高人一语不发带他们来到庭院，庭院中尽是茂盛的百年老树，高人从屋檐下拿起一个扫把，对这位先生说："如果你能把庭院的落叶扫干净，我就会把如何赚到亿万财富的方法告诉你。"这位先生虽然不信，但看到高人如此严肃，加上金钱的诱惑，就接过扫把开始扫地。这位先生心想扫完这庭院有什么难，可每当他快要扫完时，地上又落了许多落叶，如此反复，依然如故。这位先生扔掉扫把，跑去质问高人为何跟他开这样的玩笑。高人指着地上的树叶说："欲望就像地上扫不尽的落叶，层层盖住了你的耐心。耐心是财富的声音。你心上有一亿的欲望，身上却只有一天的耐心。就像这秋天的落叶，一定要等到冬天叶子都掉光后才能扫得干净，可是你却希望在一天都扫完。"

　　这是故事吗？好像身边就有这样的例子，但大家更多的是羡慕成功者的荣耀, 却并没有关注到他背后的付出。这是寓言吗?
如此人物好像就是我们自己, 所以寓言仿佛成了预言, 总是看到
行色匆匆的愿望在大街小巷匆匆穿过, 却很少有人驻足停留想
想来路和去向, 我们自己可能常常会成为别人嘲笑的对象。亿
元、落叶、扫帚。

　　有一篇这样的文章读来让人感叹唏嘘。说有一种猫叫九尾
猫, 而若要成为九尾猫就要不断去成全别人、成就他人, 如果能
成为九尾猫, 就会成为天庭里受人尊崇的神仙。于是八尾猫就
在艰难的追求中开始了一次又一次的轮回。它每帮一个人实现一
个愿望, 它的尾巴都会掉一个, 然后它又开始修炼自己, 又开始
帮助他人实现梦想。有一天一个少年被几只狼包围, 正在少年陷
入危险之际, 一只通体透白的神猫从天而降, 打跑了几只恶狼,
少年得救了。少年便将这只猫带回家和自己相伴。而猫也默默地
跟前跑后, 又过了很久, 猫问他的小主人, 你有什么心愿需要我
帮你实现? 少年大声地说: 我希望你长出第九条尾巴。于是, 八尾
猫变成了真正的九尾猫, 而少年的一生, 也过得十分幸福。这个
故事告诉我们, 只有遇到一个肯让你圆满的人, 八尾猫才能拥有
九条尾巴。以前的人都自私地为自己考虑, 觉得八尾猫为他们实
现任何愿望都是应该的, 从不会考虑八尾猫的感受, 可是每一条
尾巴都要付出八尾猫几十年的修炼, 当我们愿意耗费自己难得
的好运, 去成全别人的圆满时, 这或许是世间最大的慷慨、最真
心的回馈吧。

　　这些小文章、大智慧，常常会在我头脑清醒的早晨与我一起醒来，切不要以为这都只是梦中的写照；其实，这当中都有我们自己和我们身边的影子。小时候读到好多寓言，这些寓言都是哲思隽永的。可再好的寓言，如果没有与之相配的读者，这些寓言一定会如冬天的冰河，被封存起来，空有激情在冰层下流淌。

　　默默等待开启冰河的春天吧。

　　默默等待懂得寓言的读者吧。

别任性

任性一词最近很是风行得紧。什么土豪有钱就任性, 什么我丑我很任性, 什么我爸是李刚我很任性, 什么我生来就是任性的, 好一个任性! 2015年3月5日, 李克强总理在第十二届全国人民代表大会第三次会议上的政府工作报告中, 在论及简政放权时, 使用了一句接地气的语言: "大道至简, 有权不可任性。"有权而不任性, 有钱而不任性, 那你一定是一个灵魂高尚的人, 有制度, 有法制, 而无高尚的灵魂, 谁也不敢期待你不任性。

字典里这样解释任性: 任性, 汉语固定词组, 指听凭秉性行事, 率真不做作或者恣意放纵, 以求满足自己的欲望或达到自己某种不正当的目标或执拗使性, 无所顾忌, 必欲按自己的愿望或想法行事。任性的另一个定义: 因个人的原因, 不屑做利益最大化的选择。语自《东观汉记·马融传》"听凭秉性行事"。

有段文字我觉得挺好：如果你想任性，那就先学会承受，弯得下腰，才抬得起头。在人生路上，不是所有的门都很宽阔，有的门需要你弯腰侧身才进得去。所以，必要时能够弯得下自己的腰，才可能在人生路上畅通无阻。这话非常对，如果一个人真正懂得弯腰了，学会弯腰了，他能任性吗？谁见过一个文明礼仪在心的人天天仰着头走路的？谁见过稻田里成熟金黄的稻谷昂首向天的？伟大的教育家孔子是完全有资格任性的吧，几千年来他的教育思想和处世做人之道影响深远。但他绝不任性，他悟出了众多的"得道之乐"。孔子说："学而时习之，不亦说乎！"孔子活到老学到老，便是由好之而进入乐之，从而乐此不疲了。孔子说："有朋自远方来，不亦乐乎！"孔子不仅善交朋友，且广交朋友，给他带来很多的快乐。孔子说："智者乐水，仁者乐山。"这山水可以让人乐，乐而生智，乐而忘忧，心境每至于此，必然意畅心欢。孔子说："人莫不饮食，鲜能知味也。"这味自然不仅是食之味了，堪当玩味呀。后人就有疑惑：孔子为何不任性呢？

有资格任性的人反倒不任性，剩下来的人任性就只能是任他任性了。没见过高山任性，即使它如此接近天空；没见过大海任性，即使它宽广到无垠，也从来没拒绝过涓涓细流。别任性。我曾经和企业家谈心说：希望大家踏踏实实做好企业，踏踏实实过好生活。我们不是听说过父子在街头用豪车斗狠吗？这哪是在斗富呀，这是在斗命呀。我们也看到很多原来不错的企业，一夜之间倒闭了，原来他看到别人财富暴增的示范之后，冲动扩张，盲目发展，有的甚至进入自己不了解、不熟悉的行业，资金跟不上；借，管理跟不上；蒙，市场跟不上；闯，结果自然可想而知。要知道，这个世界只有一个比尔·盖茨，一个巴菲特，一个马云，一个李嘉诚，我们要学的是他们的经营和智慧，即使这些全部学来了，可能天时、地利、人和不够，我们也未必能成为和他们一样伟大的人物。其实，做好自己，你就是这个世界上独一无二的精彩。

　　踏实做生意，踏实过日子，听我的：别任性。

至上

　　至上。什么至上？这年头还有什么是至上的？有人恨不能推倒一切，重构一切，怀疑一切，甚至不屑一切。所以，现在要构建共同理想上的至上，真的是难上加难。

　　有人说万般皆下品，唯有读书高，偏有人就说知识越多越反动；有人说有钱能使鬼推磨，但偏偏有人就视金钱如粪土；有人说爱情是生命永恒的主题，偏有人说婚姻是爱情的坟墓。反正，反正，我不相信。北岛说："告诉你吧，世界/我不相信/纵使你脚下有一千名挑战者/那就把我算作第一千零一名。"有这样一首诗：《自由与爱情》，无数的人百年来不断传诵它，它也曾激励过无数的革命者为理想而奋斗。1823年1月1日，诗人裴多菲·山陀尔生于奥地利帝国统治下的多瑙河畔阿伏德平原上的一个匈牙利小城，父亲是一名贫苦的屠户，母亲则是一名农奴。他们的一部分祖先来自中国汉代匈奴西迁部落的匈牙利，带有与西方文化的激烈碰撞。17世纪以后，匈牙利受奥地利帝国的统治而丧失了独立地位，争取自由的起义斗争此起彼伏。1846年9月，二十三岁的裴多菲在舞会上结识了一位伯爵的女儿，她修长的身材、浅蓝色的眼睛，她的清纯和率真，使年轻的诗人一见倾心。但身世的差距在他们之间拉开了鸿沟，诗人并没有放弃自己的追求，而是不断地用一首一首的诗去打破家庭的桎梏，他们终于走进了婚姻的殿堂。然而，仅仅在三年后的1849年7月31日，匈牙利爱国诗人裴多菲在瑟克什堡大血战中同沙俄军队作战时牺牲了，年仅二十六岁。来吧，现在让我们来仔细读一读，再倾心回味一下这首诗。这些打动过少女的句子，这些打动过陌生人的句子，这些打动过英雄的句子，这些打动过上帝的句子，原来是这样写成的：生命诚可贵，爱情价更高；若为自由故，两者皆可抛。在这首诗旁边躺着宝剑、爱情、家乡、自由，和一个似乎不曾远去的年轻的诗人；我们的内心稍一柔软，必然可以触碰到他温热的生命。

　　不久前，我在北京人民大会堂第三届徽商奥斯卡之夜的舞台上，说出了我这心目中的三个至上。人民大会堂是一个神圣的殿堂，人民是一个神圣的称呼，在人民神圣的殿堂里，徽商作为人民的组成部分，会聚在这里展示人民光辉的形象，展示徽商精彩的形象，人民至上。习近平总书记提出了中国梦的伟大构想，好一个中国梦。在大自然中有百花争艳，而在人的生命里只有梦想是五彩缤纷的。但是在旧中国，我们不要说拥有五彩缤纷的中国梦，就是一个小小的富民梦、和谐梦、安康梦都无法实现，只有在强大的祖国怀抱里才能绽放出五彩的梦想，所以祖国至上。徽商之所以有灿烂的历史和辉煌的今天，徽商崇尚的是奉献、诚信、劳动、创造，正是因为徽商有自己勤劳的双手，有敢于向过去、未来、历史挑战的创造高度，他们才拥有了今天的徽商之名。徽商之美名不是浪得的虚名，是靠自己勤劳的双手，不懈地努力、不断地创新，打造了过去的历史，也必将创造无法替代的灿烂的未来，所以劳动至上。

人民至上、祖国至上、劳动至上创造了今天的大美中国，在世界伟大历史中也必将有徽商的一笔，有中国的一笔，有中国在世界之林中展现出自己的灿烂、自信和美丽。

在我们心中总有一块至上的地方。这至上无法代替，也无法带走。

策真

策字很有意思。策：本是古代一种马鞭子，头上有尖刺。表示鞭打有策马、鞭策。表示激励、促进有策动、策勉。古代称编好的竹简为简策。《后汉书·隗嚣传》中有"是以功名终申，策画复得"之句。其中"画"与"划"通用。日本策划家和田创认为：策划是通过实践活动获取更佳效果的智慧，它是一种智慧创造行为。

对于策划，我思考的重点在真，没有真一切都无从谈起，因此我写策真。

一是动真情。生活中有些策划，因为没有动真情，而成了歪点子、成了笑话。江西有座城市叫宜春，因其"山明水秀，土沃泉甘，其气如春，四时咸宜"而得名，但是某个策划团队的"高手"，为博眼球却将这个美好的名字"打造"成了"一座叫春的城市"。他们的定义是狭隘的，他们的境界是低下的，显然他们所谓的策划也是失败的，单纯希望通过一语双关来提升城市的影响力，结果自然适得其反。中华民族拥有五千年的历史文明，一语双关应当让我们的思想和文化得到升华，应该为城市形象和文化加分。所以，对待策划，只有动真情才能与市场真正接轨，只有动真情，才能知道时代和社会呼唤什么、感召什么、拥抱什么、需要什么。

二是寻真相。只有动了真情，才能寻得真相。如果不能寻真相，就不能发现事物的本质，就无法达到策划的目的。所谓寻真相，就是追求市场内在的规律和运动轨迹。有些策划，远离了科学和市场，比如"永动机""水变油"等，它们因为远离了事物的本质，远离了市场规律，而成为一场策划闹剧草草收场。没有寻到真相的策划，就无法到达事物的本质，不可能推动时代和社会的进步；而能够寻找到事物真相的策划，离真理将越来越近，自然离成功也越来越近。

三是求真理。"路漫漫其修远兮，吾将上下而求索"，这里我们以毛泽东伟大的革命之路为例探讨。中国革命的成功是经过了坎坷与曲折，经过了几代人的上下求索，才找到了国家和人民发展的幸福之路。求真理，成为我们几代人共同探索的伟大实践。中国革命求真理的第一次道路探索始于上世纪初叶，一大批革命先辈怀着知识改变中国的想法，走上街头演讲，宣传革命理想，期望将知识化为戳破社会黑暗的匕首。但这种尝试最终失败了，因为推动革命的力量仅有文化和知识是不够的。第二条道路是组织工人阶级在城市开展武装暴动，成为推动社会文明进展、国家统一和谐的一股力量，用生命呼唤着中国的黎明。但是，由于中国长期以来的农耕社会、封建社会，国内工人阶级的力量不够强大，社会基础也不够扎实。这种尝试失败后，毛泽东同志找到了打开中国革命胜利之门的金钥匙：农村是我们国家的基础，而调动发掘农民的作用，是通向真理的自由之路。毛泽东根据中国的国情，深入思考，不断实践，寻找到了"农村包围城市"的正确道路，也使得毛泽东成为中国革命最伟大的、跨越时代的"策划大师"。

其实，安徽凤阳小岗村农民的十八个红手印，应该也是中国社会历史发展过程中的一次堪称经典的策划。可见，策划水平的高低，不在于学问，而在于真。

聚焦

　　小时候，于夏日的正午，常常会去玩这样一个游戏：拿一面放大镜，带几根火柴，这是必不可少的道具；然后就用放大镜去寻找太阳，寻找与太阳正切合的角度与时间点，当感觉到太阳在放大镜上最晃眼、最炫目的时候，让它对准一根火柴的顶部，看它们在一瞬间的熔合，火柴在没有接触的情况下，被阳光点燃。

　　长大了才知道这就叫聚焦。

　　科学地解释聚焦的含义是这样的：控制一束光或粒子流使其尽可能汇聚于一点的过程。例如，凸透镜能使平行光线聚焦于透镜的焦点；在电子显微镜中利用磁场和电场可使电子流聚焦；雷达利用凹面镜使其高频聚焦。聚焦是成像的必要条件。

　　孩子并不知道这当中的科学道理，只知道这是其他孩子的一种经验的介绍与传递。聚焦，需要的是恰当的时间、地点、角度、阳光与物体。科学没有描述的场景是: 聚焦其实就是一种坚守, 深深地根植、牢牢地把握, 兢兢业业的态度、攻坚克难的品格; 聚焦其实还需要穿云破雾的眼光, 聚焦其实还需要滴水穿石、铁杵磨成针的信念。

聚焦有的时候, 更是懂得舍弃、懂得放弃的纯粹人生。

什么时候的放弃最珍贵? 当然是面对诱惑的时候。当你渴望金钱的时候, 真的有人将成堆的金钱置于你的面前, 你明知这是不义之财, 却很难去拒绝, 为什么? 金钱与财富的力量有时候约等于天下和世界。明知这天下不是你的, 你偏要跑到那椅子上去坐坐, 自然是谁也无法为你黄袍加身的。诱惑越大, 放弃越难, 聚焦就会难上加难。

电视里有一档很有趣, 甚至是比有趣更有味的节目: 数钞票。从大小、币种、面值不一样的钞票中, 在3分钟内, 谁数得多, 这钱就归谁。自然是响应者甚众, 一会儿就从观众中选出4位参赛者上场。主持人一声令下, 4位参赛者全心投入地开始数钞票; 但主持人不会让你这么轻松地数, 若是这么轻松地"数得", 估计主持人都想去数钞票, 而不是当主持人了。参赛者一边数, 一边回答主持人的问题, 必须回答完问题才能接着数。3分钟到了, 4位参赛者的成绩出来了。主持人让参赛者写出自己的成绩, 第一位, 3472元; 第二位, 5836元; 第三位, 4889元; 而第四位只数出区区500元。台下听到500元, 都爆发出一片哄笑, 他们不理解第四位为何数得这么少。而当核对完4位参赛者的结果是这样的, 他们分别是3372、5831、4879、500。没错, 只有一位参赛者获得了这个奖励。台下的观众席上爆发出热烈的掌声，这掌声应该是内涵丰富的。聪明的放弃，是人生的一种智慧；而懂得放弃却是一种更大的智慧。

放弃是另外一种聚焦。

聚焦对于一名书法家，应该是把山河、汉字、情感、诗词都集于笔端，在下笔之际展现出自己的境界、胸怀、修养、喜乐，所以字如人生，所以见字如晤。若不能如此，则只是在能够存世千年的宣纸上留下一堆墨团。

聚焦对于一个企业家，应该首先考虑的是如何生产创造出好产品，而不是首先考虑某个产品能赚多少钱，赚多少钱是产品决定的，是市场决定的；世界上的名牌都是值钱的，这个值钱更多的是产品之外的价值，人们常说，好产品是会说话的，会说什么话？它会说：我很值钱。

我们常常会听说，某家百年老店，一辈子，几代人只做一个产品，甚至是只做一个配件。一辈子闭着眼都知道该怎么做，几代人却在重复做。他们重复做的是某一个产品，但却是一代又一代人不同时代；他们聚焦的是某一个产品，而一代又一代人却因此获得了不一样的快乐。

聚焦并非单一和枯燥。

聚焦更有信心与恒心。

有时，比聚焦更难的是放弃；放弃该放弃的，自然什么都聚焦了。

第五辑

如果李白穿行在今天

如果李白穿行在今天

有了穿越剧以后，现在的穿越变得容易了。所以，我想让他穿越一下。

疑问来了。他是骑着马，还是骑着毛驴呢？他是仗着剑，还是打着伞呢？他是一叶扁舟，江水激荡？他还是翻山越岭，醉卧花丛？总之，他要有一个浪漫的、出其不意的出场，这样才能对得住他"谪仙人"的称号。其实，怎么出场重要吗？作为显赫家世出身的一位浪漫主义的伟大诗人，什么样的场面他都配得上；而乘坐什么样的交通工具出门，似乎就更不重要了，因为他神游八极，心随四方，想飞他就能，因为他是诗人。

疑问又来了。虽然现在有导航，但现在的名字都完全对不上了，他想到长安去看看怎么办？李白吟读着"总为浮云能蔽日，长安不见使人愁"，如今真不见了，导航却找不到长安，一翻历史改名叫了西安；他又想到姑苏去看看，还想听听姑苏城外寒山寺的诗句，结果它说它现在叫苏州。扬州这样的城市李白没有去过，因为他都没有听说过，他只知道有一座叫广陵的城，还有《广陵散》这样的曲子，那些优美的古乐越过一个城市的门窗和城墙飘到城外，飘到历史之外。徽州他是知道的，而且他到过的桃花潭历史上就属于古徽州，但今天只有一座山了，它叫黄山，好大的山，已经失去的州。咱们去北方吧，到齐鲁大地看看，看看他的"兰陵美酒郁金香，玉碗盛来琥珀光"，结果兰陵变枣庄，兰陵美酒是如何也变不成枣庄美酒的了。

　　那李白往哪儿去呢？沿着导航，沿着陌生的街道、城市、地名，他期待着有一个全新之旅。穿过了一个又一个城市，他又糊涂了，除了地名不一样，这些城市怎么长得都一样呢？那些高高的楼，那些厚厚的幕墙，那些闪烁的灯光，那些千篇一律的长着一个面孔的城市，那些宽阔的失去人烟味的街道，那些漂亮的统一的大厦失去了诗歌呼吸的空间和气息，他的那些自由的、神往的、想象的、浪漫的、纯粹的、美丽的、山巅的、大河的、月夜的、清溪的诗在这里无处落脚，他的《将进酒》恐只剩下酒，而酒中泡了诗的变成泡沫了。他用唐朝的汉语跟导航说，带我回唐朝吧。

　　唐朝到了，他一眼就看出了秦淮河，他一下就找到了黄鹤楼，他又回到宣州泾县的桃花潭。还是唐天宝年间时，汪伦听说李白在他南陵的叔叔李冰阳家做客，便写信一封："先生好游乎？此处有十里桃花。先生好饮乎？此处有万家酒店。"李白来后，"桃花者，十里外潭水名也，并无十里桃花。万家者，开酒店的主人姓万，并非有万家酒店。"李白哈哈大笑，两人在群山潭水间相饮甚欢，李白十分喜欢，也万分留恋，何以相送汪伦呢？他以民歌踏歌的旋律和曲调写下一首《赠汪伦》，就此与汪伦、与桃花潭别过。他又到了黄鹤楼，那万顷波涛的阔大与遥远，那极目楚天舒的快意与酣畅，令他诗兴大发，正要提笔时，却见崔颢的诗在眼前，这个大诗人李白，心境胸怀性情怎生了得，但面对"日暮乡关何处是，烟波江上使人愁"，也只留下一首打油诗："一拳捶碎黄鹤楼，一脚踢翻鹦鹉洲。眼前有景道不得，崔颢题诗在上头。"后来，李白又去了秦淮河畔，那些美丽的传说和故事，那些动人的形象，常常出现在他的诗中。

在唐朝，他狂放至极，浪漫至极。"愿将腰下剑，直为斩楼兰。""且乐生前一杯酒，何须身后千载名？""安能摧眉折腰事权贵，使我不得开心颜！""大鹏一日同风起，扶摇直上九万里。""仰天大笑出门去，我辈岂是蓬蒿人。""天生我材必有用，千金散尽还复来。""事了拂衣去，深藏身与名。"贺知章第一次与他相见，就说他是"谪仙人"，杜甫说他是：长安市上酒家眠，天子呼来不上船。

李白无精打采地穿行在今天，他不想喝酒了，他怕喝了酒没地方写诗，怕被派出所抓去当成酒徒闹事；而且，谁也不认识他，估计也没地方上户口。但他不喝酒就不能写诗，他不想写现在长得一样的大楼，不管是张白、王白、李白、太白谁写得都一样，他与杜甫关系这么好，写的诗都还不一样呢！虽然是简体了的字，但意思没变呀。怎么都一个意思了呢？是想象力枯竭了吧？这么好的生活，这么好的时代，想象力却没有了，怎么能有好诗呢？

还不如和我一起再回唐朝，好歹还有一个高力士为我脱靴子。敢情不是他李白穿行在今天，而是邀我们一起去唐朝呀。

做不了李白，做不了米开朗基罗

我们很幸运。生在今天。

可能这只是我们的感受。古人的幸福谁又能知道呢？当然，他们的幸福并不需要我们知道，只不过是我们过于迫切地渴望与他们对话而已。

今天能有李白吗？那么纵情恣意，浪漫至极，天下即是我家，我家即是天下，走天下，喝天下，看天下，爱天下，但他从没有想过拥有天下。

今天能有陶渊明吗？明明有良好的仕途，明明有外人眼中令人艳羡的地位，可偏偏要去南山采菊，可偏偏要对话南山，可偏偏还不搭理五斗米，说是自己的腰弯不了。

今天能有白居易吗？没事就去找卖炭翁聊天，还和村头的老太太谈论铁杵的故事，一个大诗人，天天下乡，显然也是蓬头垢面，才能和这些人打成一片。

今天能有杜甫吗？茅屋为秋风所破，安得广厦千万间。他想拥有一片园林都行，他悲的不是自己，而是黎民众生。如若现在拥有这个身份，住豪华住宅，自然没有秋风破他的屋了，重要的是也没有秋思入他的魂了。

为什么这些人和这些伟大的作品，都不在今天呢？只因为他们属于历史。

今天，我们不可能回到唐宋元明的时代，成为"李白"，但是李白的精神、李白的追求、李白的浪漫主义情怀可能正随风潜入夜，润物细无声，进入我们的身体和生活。我们当然也不可能成为15世纪的伟大雕塑家米开朗基罗，并让他的雕塑在今天复活，但是我们今天的艺术家的艺术才情、艺术才华、艺术向往和艺术梦想，可以在我们自己的雕塑中找到对话历史的基因。

在世界之初，在人类之初，在生活之初，种蔬菜、种水稻与从事绘画和音乐本质上是一样的。因为这些都是谋生的功能、收获的手段。如果硬要把它们分开来谈，艺术家离开种水稻的人就无法生存，这时的艺术就成为一种空想；但当我们吃得饱、穿得暖的时候，因为有美好追求，生活便产生了艺术。因为艺术是生活的灵魂、生命的灵魂，是连接过去与未来的灵魂，是我们要不断追逐的灵魂。只有艺术，才能让历史变得厚重；只有艺术，才能让每个人变得有分量；只有艺术，才能让我们存在的方式千差万别。所以找到每个人的独特性，把"我"与"大家"分开，这才是每一个艺术创造者存在的价值。

艺术可能就是小众的，而艺术精神是大家的；表达方式可能是小众的，而沟通却是无限的。艺术需要什么？艺术需要对话、沟通和交流。如果艺术无法与人沟通，无法与大自然亲密接触，显然不能走得更远，显然不能实现我们的目标和情怀。艺术是创作给懂的和对的人，好的画作是能够穿越时代的。因为在每个时代，艺术作品都能找到属于它们的知音和伴侣。这，就是艺术存在的价值；这，就是艺术可以穿越时空存在于人世间的美好价值。

孩子是传承艺术精神和艺术灵魂的人。一个城市需要用什么来匹配？需要艺术的匹配、艺术家的匹配，最重要的是对孩子艺术培养的匹配。可能因为他看了一场展览，从而影响了他的一生，从而改变了世界。所以我们依然可以在当下找到自己的定位，而这种定位就是与更多的大众对话。

谁也不记得桐城派时期的首富是谁，但只要多少有些文化的人，谁不知道桐城派呢。艺术家在创作之初，是不会和世俗争市场、争田地的，他们更注重的是满足内心的追求和表达。为什么袁隆平可以改变世界？因为他解决了"吃的问题"。为什么梵高可以改变世界？因为他解决了"灵魂的问题"。

做不了李白是必然，我们不在唐朝。

还有那个15世纪的意大利雕塑大师米开朗基罗，人已去，雕塑还在。

世界上两个最著名的"假如"

生活中没有假如。

但生活中有时候真的不能没有假如。

假如是用来治病的，假如也是用来疗伤的；假如是用来欺骗的，假如也是用来麻醉的，假如是用来欺人的，假如也是用来哄自己的；假如是帮人越过一道道沟沟坎坎的，假如也是把人带到沟里的；假如是蜜酒，假如也是毒药；假如有时是在天上的，假如有时也是掉在地上的。

有时有了这假如，我们会很好地活下去；有时没了这假如，活下去真的很难。假如秦始皇的不老仙丹炼成了，他会来告诉我们秦是如何灭六国的；假如徐福东渡日本又回来了，他就会告诉我们杨贵妃有没有死于安史之乱；假如孔子周游列国后来到今天，他会打开华为手机用5G和颜回开视频会议吗？假如鲁迅今天还在世,他一定会用他的怒目巨笔痛斥"八孩铁链女"的丑恶现实。

生活是一列来来回回的火车,有来有去,来的时候充满期待,去的时候载满收获;生活不是一辆有去无回的列车,错过了就去赶下一班,有时候你会恍惚,我需要去赶下一班吗?生活就不能恍惚,恍惚之间最后一班列车已驶离站台。

而时间却是一列有去无回的列车,它只会永远向前,持续地向前;时间没有刹车装置,甚至没有红绿灯限制,当然也不会拐弯。时间就这么一直往前开,甚至没有一丝声响,但会有很多擦痕,或者擦伤,譬如我们的皱纹,譬如我们伤感的故事。而时间真是好东西。它可以装满这个世界的所有东西,它也可以什么都不装。听到这样一句有趣的话,20岁的你真的漂亮,真的漂亮的是20岁;40岁的你真的漂亮,真的漂亮的是你;60岁的你真的漂亮,真的漂亮的是你的生活。

好了,该来说说世界上最著名的两个"假如"了。

美国现代女作家、教育家、社会活动家海伦·凯勒的名字大家一定不陌生,因为一场突发的疾病猩红热,她失去了视觉和听觉,但她没有向命运屈服,一直不断向不可能挑战,创造了一个又一个生命的传奇。她最有影响、传播最广的一篇散文《假如给我三天光明》打动和感染了无数人。无数人从她的故事和文章中汲取了人生的力量,成为人生的强者,创造了一个又一个生命的传奇。海伦没有过多的奢望,她只要三天光明,可生活连一分钟的光明也不会给她,但她心底的光明却照亮了自己的一生。美国著名作家马克·吐温曾这样说过:19世纪出现了两个了不起的人物,一个是拿破仑，另一个就是海伦·凯勒。海伦·凯勒在文章中写道：
在能看见的第一天下午，我将在森林里进行一次远足，让我的眼
睛陶醉在自然界的美丽之中，几小时内，拼命吸取那经常展开在
正常视力人面前的光辉灿烂的广阔奇观。这真的是一个普通得不
能再普通的心愿了，所有正常的人都能享受到；她却不能，她不能
但她并未心生悲观，而是把悲观留给黑暗，自己转身去拥抱光明。
假如拥有视力的人能够更珍惜自己所看到的美，那该多美呀？！
假如我们能看到世界，对美丽不报以欢喜，对丑恶不报以痛恨，这
生活与我们真的是视而不见了。

　　"假如生活欺骗了你，不要悲伤，不要心急! 忧郁的日子里须
要镇静：相信吧，快乐的日子将会来临! 心儿永远向往着未来；现
在却常是忧郁。一切都是瞬息，一切都将会过去；而那过去了的，
就会成为亲切的怀恋。"

　　曾经去莫斯科，在普希金铜像前深深地打量了一会儿，虽然
他本人已经变成雕像了，每天在穿梭的人群间接受各种目光的打
量。但他留下的诗篇，他写下的《假如生活欺骗了你》还是那么有
温度，那么滚烫，那么炽热，假如你此刻就在我的对面，我一定会
看到你的眼中美好的生活在燃烧。

　　被绊倒了，站起来，拍拍灰尘，再弯下腰去感谢一下那块石
头；假如没有它，你会对平坦的道路习以为常。回头一看，你会发
现，美好生活真的有"假如"存在。

时间的样子

　　每天早起一个小时如何？当然好。你会早一小时见到阳光，拥抱大地，听到鸟语，闻到花香。你可以与太阳对话，知道太阳的作息，为什么春夏秋冬它起得都是那么早，它的浑身都充满了热情，它的金光闪闪的睫毛上都扑腾着诗意的光芒。早一小时你就会把夜晚放空的心灵和大脑装进去更有用的东西，甚至早起的一杯温水会通透你的全身，这时候走出家门，到自然中去，可以治愈身体的很多毛病，因为你正融入自然。每天早起一小时，你因此每天可以早睡一个小时，把身体躺平，把灵魂也平展开来，让呼吸找到一些节奏，让一天的劳累和不顺畅在一呼一吸中渐渐流淌开来，化成涓涓细流，然后在你的耳边有细碎的脚步走过，这是时间的细语。早一小时进入梦乡，你忽然觉得自己多了一份淡定与从容，多了一些幽雅与悠远，你与过去连在了一起，你又与尚未到来的明天连在了一起。

这就是每天早起一小时之美，这就是每天早睡一小时之妙。首尾相衔，美妙无比。

有的人觉得时间过得太快，一小时就是六十分钟。看秋叶挂在枝头，在风中摆动又摆动，树叶就完成了自己的一生，在秋风中飘落了。这时候谁会知道秋叶在想什么呢？没有人知道，这些秘密全被秋叶带走。来年它还会再来一遍，但我们依然无法破解这些秋叶的私语。时间过得快，是因为我们有期盼，因为我们有期许，因为我们有希望，因为我们有时间，这些期盼、期许、希望，装满了时间，而这时间会随着太阳的起落装满我们的一生。我们的生活不应该是被时间装满的，而应该是被我们的人生装满的。精彩的人生，就像天空的风筝，一直被我们的梦想鼓荡着，而这梦想只要不跌落，我们的一生会一直高飞，比时间飞得更高，高到我们可以感受到时光的美好。

而有的人会觉得时间过得太慢，比乡村的懒驴推的磨还慢，真的是度日如年。日子过得不畅快，心事重重，身体不振奋，觉得机体运转得不灵活。在数着秒过，头发熬白了，皱纹熬深了，背熬驼了。其实每个人的一生都会遇到坎坎坷坷，其实每个人出生就在修行，出门就在修炼，出路就在修为。出门遇到一个石块差点崴了脚，你不应该把它一脚踢开，因为踢到一个不恰当的地方，它可能又会绊倒别人；如果你能够把它搬开放到一个合适的地方，你的心情会一下子快乐起来，因为一出门你就做了一件好事，好事带来的好心情，让你的一天都顺起来。顺起来的一天，能做好多事，而做成一件又一件的好事, 就是我们在时间的旅途上的修行。

时间没有快慢, 你奔跑起来, 时间就快了; 你晃悠着, 时间就慢了; 时间没有多少, 你早起时间就多了, 你晚起时间就少了; 时间没有大小, 你把二十四小时的一半都用来做事, 你光阴的口袋就大了, 你把二十四小时的一半都用来睡觉, 你的时间就小了, 小到枕头那么小。人一生的时间总是有限的, 我们应该让时间插上翅膀, 穿越古今, 飞遍世界, 让人生体悟历史的沉香, 让脚步踏过山川河流; 人生是有限的, 而有限人生的时间又总是那么充裕, 只是不要虚度年华, 只是不要虚掷光阴, 巴掌大的光阴里, 我们也可以让目光扫过整个唐朝。

人生不仅在修, 更在于行; 修而不行, 估计也就是原地踏步, 把脚下的石头踩成两个大坑, 时间被凝固在这里, 重要的是人生也被凝固在两个脚印之中了。

今月还要照后人

　　现在穿越剧很多。

　　一则过去与今天的关联确实很大，因为今天就是历史的延续；一则今天的很多事用今天都无法说清，通过穿越，打破时空的概念，在两个不同的时空维度里找到一个表达的黄金轴。其实，这有点看起来像黔驴技穷，可能也怀一点借古喻今，甚或就是一些表达能力缺乏的导演借用的一些技术吧。让人眼花缭乱，实则就是缭乱而已。

　　古月依旧照今人。

　　高高在上的月亮，它照见过它喜欢的、热爱的、讨厌的、憎恨的、蔑视的一切；但月亮却并未因此而改变过自己，它依然在人们的眼里，在人们的心间。喜欢时它是恬淡的优美的，伤心时它是冷漠的孤寂的，相爱时它是圆满的滋润的，心烦时它是遥远的忽隐忽现的；月亮从诞生至今却依然如故，可能它就是物理的，物质的，没有感情的，不，古今中外的文人墨客却赋予了它无限的生命和无限的灵感。因为有了月亮，这世界才圆满。秦时明月汉时关，这一句就会让人醍醐灌顶，那些帝王将相都不在了，可月亮还挂在村头的枝梢上，有时远有时近；今人不曾见古月，如此富于浪漫情怀和想象力的李白的两句诗如此地感叹人生。想想吧，古时的月亮曾经照过自己的祖先，我们都不曾见过的祖先，我们只在族谱和宗祠里见过的祖先，我们只在传说和故事里见过的祖先；古时的月就照过他们的生活，照进他们的生活，想到这里，你恨不得在夜晚月出之时，借助一把登天的云梯，你要借助月亮与自己历朝历代不曾谋面的祖先一一对话，月亮呀月亮，祖先之上的祖先。

祖宗给我们留下的东西太多太多，多到有时候我们都不懂得珍惜。就像父母给孩子的叮咛和嘱托，有的时候在孩子的眼中、耳畔就是一堆废话。在天空的大山之巅，在天地的旷野之下，在日月的庇护之间，有多少是我们一边拼命地去发现和发掘，一边又被我们破坏和丢失。而月亮却是我们丢弃的，可能有一天我们却不得不带着月亮去流浪了。有谁想过，我们今天看到的月亮，还是当初那个被李白歌之咏之颂之舞之的月亮吗？还是那个伴随着唐宋诗人留下经典华章的月亮吗？还是那个陪伴征战沙场的男儿马革裹尸还的月亮吗？还是那个见到月亮就如同被慈爱的老母双手摩挲着面庞的月亮吗？

2019年2月19日，紫禁城上元之夜，华灯齐放，点亮夜空，300红灯笼列阵8米城墙，让600岁的故宫惊艳了全世界。确实华美异常，确实惊天动地，确实创意非凡，院长单霁翔不仅是网红，不仅是文物大家，更是革故鼎新、变死为活、变静为动的创新大师，中国的文创需要这样的大家，这样劈开一条血路，让故宫活起来，让故宫动起来，让故宫亮起来，让故宫美起来，确实是前无古人，后难有来者。故宫的文创让更多无法走近故宫的人可以了解故宫和喜爱故宫。但我们问过故宫，它喜欢这样的热闹吗？这样的热闹退去，故宫是否也会身心俱疲呀？它不会说话，可时间会说话，600年后谁能保证，这美轮美奂的故宫，泱泱中华文化集大成之宝地，还是1200年前的故宫呢？让历史告诉未来，这历史已经面目全非，未来谁能认识我们呀。让该热闹的地方热闹，哪怕被跳广场舞的老大妈占领，让历史荡漾着时间的芳香，这样我们在历史间行走的时候，确信历史曾经是这样的。文物和收藏不应该是热闹的，而应该是宁静和深邃的，在时间深处等待我们去阅读和对话。再过600年，回溯1200年前，故宫原来是什么样？故宫说：我就这样。我觉得这才是历史的价值，当然这也是故宫的价值。如果单院长看到，请不要认为这是写故宫的文章。

古月今又照我们。

而我们应该记住的还应该是：今月还要照后人。

村庄

故乡的村庄, 是一个人的魂魄所在。

不管历经了多少代, 仿佛是只有冒着炊烟与晨雾升起, 与夕阳西下的乡村, 才能安放住一个人的灵魂, 一个家族的血脉。这是中国书法中的一撇一捺, 这是中国画里的淡淡水墨, 这是中国戏曲里的板和眼, 这是中国民歌里的拉魂腔。

似乎中国人不追溯个祖宗八代, 不追溯到某一个村庄, 甚至追溯到村口的老槐树, 就不能找到自己的根, 追上自己的魂。城里的太阳似乎怎么也晒不出乡村被窝的醇香, 而农村自家小院里放养的母鸡, 因为被打上土鸡的标签而格外受宠; 不在乡村的田埂上走走就心慌, 不被村头的晚风吹吹就担心回家睡不着觉。小时候泥泞的小路迈不动的小腿累到想哭, 长大了遇见一路坎坷心里却想着小时候雨后泥泞不堪的道路。一半是苦一半是甜, 一半是甜一半是苦。换个场景你就会对人生变个看法。

这辈子谁也没有办法回到过去。当然，这辈子也没有谁能不经历现在走向未来。而村庄作为一个独特的存在和守望，作为一个容器和载体，它看到过很多人的过去，它看到过很多人的未来，只不过这些人的过去和未来对于今天来说都是过去。村庄还是一个桥梁，它通过时光之船载我们出去，赤条条地出去，又通过岁月之舟渡我们归来；如果是在春光里，那些柳条垂拂着划过我们的脸；如果是在秋天，会有些金黄的叶片飘落在我们的肩头，我们的心头。我们会因为时光的流逝有感叹，有感伤，而村庄不会，因为村庄装不下，因为村庄要装的东西太多。村庄有时会变成我们寄托心灵的一个符号。中国人因为有这个强烈的符号或印记，才会找到回家的路。家是故土，是故乡，是村庄，其实有故事的年迈的长辈，就是一个流动的村庄，他们走到哪里，孩子们就会飞到哪里，就如村庄的一个个树林里都栖满了鸟儿；飞得再远，还要飞回来，村庄的树丫长满亲人，长满温情。

想着小时候住过的村庄，好黑呀，黑得伸手不见五指。可再黑也能找到回家的路。可现在在城里虽然有导航也常常会被带进死胡同。黑色中再仔细辨别，会有一些晃晃悠悠、明明暗暗的煤油灯的亮光。现在想来，打量亲人的面庞，最适宜的就是煤油灯光。慈爱的母亲掌着一盏油灯，慢慢向你走来，生动的灯火虽然没有那么明亮，却绝对够艺术，那些明暗的光影勾勒出母亲的面孔像圣母一样宁静，像冬天阳光晒过的被子一样温暖，茅草的屋子一下子全亮起来了。哦，原来村庄是因为有亲人的全息代码，一辈一辈的人在这里生活，在这里幸福、欢笑，哪怕有一些苦难。这时候你会明白了，不管经年，不管遥远，故乡的村庄永远是那么亲爱，原来这里的溪水都会流着你的血脉，那些村里的老树一圈又一圈的年轮，也能让你触摸到逝去的亲人。

村庄。也是船员的码头。

村庄不会移动，也没有浪拍打它的宁静。

船员一次次出海，为的是一次次回家。码头是出发的地方，也是回家的地方。码头就是船员的村庄。

村庄是不会移动的码头，而离开村庄的人们有时也像是赶海的人，他们要面对人生的风浪，征服了风浪，他们要回到村庄。

中国人的村庄，应该就是一个家的缩影。守住我们灵魂的村庄呀，不然如何能守得住我们的乡愁呢？而一个望不见乡愁的村庄，还是我们渴望回去的故乡吗？

一个和一个

不久前，去安徽宣酒集团参观采风，和李健董事长进行了卓有成效的沟通和交流。宣酒集团坐落在宣城，这里不仅有大唐李白不朽的诗句"相看两不厌，只有敬亭山"，还有北宋诗歌巨子梅尧臣，《后村诗话》称其为宋诗的"开山祖师"。这里出产的文房四宝，成为中国文化的重要标志。这里盛产文人，也盛产文化。文人和文化成为宣城的标志。李健董事长用十年的时间重新打造了一个品牌，确定了一种文化，找到了一种定位。而他本人也成为特劳特定位理论中国版最有哲学思维、最有文化素养、最有学习精神的传播者。一个文人和一种文化，一首诗和一个诗人，一个企业家和一个企业，一个品牌和一种定位。好多的一个和一个。我觉得定位的最高妙之处是不仅让你知道应该做什么，还让你明白什么不能做。一个国家需要有定位，一个民族需要有定位，一个人也需要有定位。

在2016年7月1日举行的庆祝中国共产党成立九十五周年大会上，习近平总书记发表了题为《不忘初心、继续前进》的重要讲话。中国共产党不忘初心，这个初心就是为广大人民群众谋幸福、谋发展、谋未来。这样的底气从何而来？它来自于中国共产党的信仰，来自于我们的道路自信、理论自信、制度自信和文化自信。在今天这样一个继往开来的时代，从历史和现实、发展和未来的高度，从微观到宏观，我在思考一个人和一种精神、一个城市和一种文明、一个国家和一种文化，这其实也是一种定位，这种定位让我们明确方向。

一个人和一种精神。一个人没有精神是断断不行的，精神就是生命的钙，没有这种钙，我们就会得软骨病，就会骨折在追索梦想的道路上。这个精神对于中华民族的每个人来说，就是自强不息的精神、勇于奋斗的精神、不断追求前进的精神和积极向上的精神，这正是中华民族生生不息的精神。一个人有了这种精神就会无往而不胜。

一个城市和一种文明。任何一座城市都有自己不同的印记。这个印记是一种符号，一种风格，一种特色，一种将此与彼分开的形态。说到合肥，它已有三千多年的历史，曾涌现出一批杰出人物，合肥与三国群雄、合肥与包公、合肥与李鸿章、合肥与刘铭传，在华夏大地上写下了他们灿烂的篇章。而今天合肥的定位叫作大湖名城，创新高地。这是合肥的城市名片，当然也是铸造城市品牌的一个自我定位。

一个国家和一种文化。中华民族文化五千年来生生不息，她的文化来自于传承、来自于创新、来自于不断发展，正是因为有了这种传承与创新，我们才不断延续着中华文化的精神血脉。正是因为这延续的血脉，我们才知道了我们从哪里来，要到哪里去。中华民族的文化是中华民族生生不息的根，是中华民族继续发展的本，是我们不断向世界表达中国力量、中国思想的魂。什么是根？"根"让我们知道了自己从哪里来，到哪里去。我们是炎黄子孙，我们有灿烂的五千年文明。在世界上所有的文明中，我们可以毫不谦虚地说，我们是世界文明高地的拥有者之一。中华民族和中华文化的根，给了我们自信，给了我们动力，给了我们前行的力量。同时，中华文化也是我们安身立命的本，没有这个本，我们就无法看得更远。除了根和本，中华民族文化还应有魂，魂在于流动，在于传播，在于传承，也在于影响。

一个和一个。定位和发展。后面是无数个。

何不陶渊明

　　很感谢在我的生命中曾经有过的乡间生活，迎着朝霞的晨雾和扛着锄头的晚霞，都烙印在我的生命之中。说它有多么重，不知道；说它有多么轻，却是知道的。谁会记得昔日田埂牛的蹄印呢？因为来年它又会被新的蹄印覆盖。假如没有七年的乡间生活，我不会认识韭菜和小麦的区别，我不会知道花生原来不是长在树上的，我也不会知道原来土豆不是苹果，它不会挂在枝头，不会认识牛粪，认识草垛，认识炊烟，认识在乡野里狂奔的二黄（土狗的一种别称）。

　　其实这些都是说着玩的铺垫。给我认识最深的是乡村中的一些人，他们不是大学问家，倒是会说个故事、写个对联、拟个书信，这些在上个世纪六七十年代的农村还真的不可缺少。他们常常是头发比一般乡村人整齐，最重要的他们喜欢穿着自制的中山装，可能就是一般的卡其布，在左胸的翻盖口袋上必然有一个开缝，这个开缝是大有讲究的，没有这样生活经历的人是断断想不出这是干吗的——这是用来插钢笔的，一般人是插一支，而达到一定讲究的人，一般都会插三支。这样的来头和讲究让年少的我甚是羡慕，及至我稍大的时候也曾不伦不类地模仿过这种派头，但总感觉不像。后来反复思考自己的像与不像，总结出自己缺少的是一般乡土的气息。这些年有很多人在探讨追寻乡绅文化。而乡绅阶层是中国封建社会一种特有的阶层，主要由科举及第未仕或落第士子、当地较有文化的中小地主、赋闲居乡养病的中小官吏、宗族元老等一批在乡村社会有影响的人物构成。他们近似于官又异于官，近似于民又在民之上。乡绅是一个令人怀旧的名字。而我所见者，我找到两个字：乡贤。他们是接地气的，他们是有文化的，他们是有爱心的，他们是真诚的，他们是善良的；他们虽舞文弄墨，有小得意却万分真诚，有大感悟却低调做人；他们知书达理，他们从村东头走到村西头迎着的都是问候和笑脸，他们就是一个乡村的凉爽与暖意。我曾经见过这样的乡亲，他们走路时的腰背是略微弯着的，这便于他们扶着老人和孩子，当然这也便于看路和走路，其实这是在做人。前些年国家提出以德治国，因为总有法到达不了的地方，有德和情。而在乡村承载着这德和情的一定是我心中的那些乡贤。

这些乡贤的祖宗们可能是陶渊明，或者是有陶氏风骨的一类人吧。陶渊明生活在东晋，曾任江州祭酒、建威参军、彭泽县令等职，最末一次出仕为彭泽县令，八十多天便弃职而去，从此归隐田园。但好多史书上说他因为对仕途失意, 看不惯官场争斗, 或者换用今天的话说, 看提拔无望便归隐而去。我断不这样认为, 他为何不是更向往另一种生活, 更眷念喜欢另一种生活, 而做出的必然之选择呢? 还是后世之官本位的人, 一边说着敬天爱人, 一边说着读书阅人, 一边说着百姓疾苦, 而在修志论史时, 却以官阶来定位。我看陶渊明真不是这样。你看他在《五柳先生传》里怎么说: 简陋的居室不能遮阳挡雨, 衣衫还破旧, 甚至盛饭的容器屡屡空着, 但这一切依然是安然的样子。每当把酒言欢之际, 他与万物融为一体, 他释然了。他不停地吟诵, 他有一张素琴, 琴上没有弦, 他说只要能领会琴中的乐趣, 为什么非要弦呢? 至于采菊东篱下, 悠然见南山, 这是诗、是禅、是梦、是境。在大自然中, 人只是万物之一, 如果我们能读懂鸟鸣, 读懂花语, 读懂枯枝, 读懂绿叶, 我们就一定不会纠结我们是谁、谁会重视我们、我们重视谁。

　　一把素琴于陶渊明是有万千情思和音乐, 于今生于此刻于过往于未来, 我们何不陶渊明呢?

遥望千年之后的雄安

　　我们先不急着来说雄安，而是先来说说和雄安无关的那些城和历史。人们说：历史是过去，也是未来，你能看得见多深的历史，你就会拥有多远的未来。所以现在大力弘扬中华民族优秀的传统文化，因为这些优秀的传统文化，是我们的民族之根，而能否开出今日之繁花，结出甜美之硕果，则是对能否真的继承的一个实实在在的验证。

　　看看这些在网络上曾经引发热议的地名之争议，这些争议看似玩笑，而这些玩笑读来还挺沉重的。真的是一个名"毁"掉一座城。本来这些城市的名字承载着记忆与历史，飘荡着乡韵与乡情，回肠荡气，九曲千转。徽州改名黄山，改名的初衷是想借着黄山之名带动旅游业的发展，而一张"黄山牌"直接打败了"一生痴绝处，无梦到徽州"。现在是直接有梦无处安放了。徽州是中国徽文化的发源地，徽商、徽菜、徽雕、徽派建筑，这些寄寓于何处安放呢？安徽之名正是源于安庆和徽州，如若于此的话，可将安庆改为天柱山市，而安徽可简称为天黄省。莫名悲哀呀。庐州改合肥。曾经在诗词里婀娜多姿、令人神往的庐州，包拯、李鸿章、刘铭传的故乡，也是著名诗人姜夔在赤栏桥畔为大红、小红流连忘返的地方，如今庐州才子化身合肥才子，"庐州月光洒心上"变为"合肥月光洒心上"，更被俗称为两个胖子睡一头，这味道如何？常州/正定/石门，改为石家庄，被俗称为世界最大的村庄，虽然没有更多的诗情画意，但确实现今之名既读不出历史，又看不到应该如何定位，令人扼腕。而长安改为西安真的让人断肠了。"长安陌上无穷树，唯有垂柳道离别""长安一片月，万户捣衣声""同心一人去，坐觉长安空"。今天，不论在中国，还是世界，大家的唐朝诗意，一定是从长安读来的。而今天吃着西安的泡馍，这滋味好像回不到唐朝了。

　　改名可能是时间留给历史的一个问号吧？也许时间又会还给历史一个本来的面目。雄安是中国面向新的世界的一个千年大计。千年之后谁在呢？人不在，但当初的记忆在，因为历史就是这些记忆的痕迹。我们来看看世界上的千年古城吧。耶路撒冷，世界上最重要的圣地。目前常住人口达到80万，而朝圣者无数。耶路撒冷城建于4000年前，今天它依然在。并且成为世界各地犹太人灵魂上的家园。希腊的雅典，西方文明的摇篮。现人口约300万，其人类居住史超过7000年。奥斯曼人、拜占庭人和罗马人依次在此留下过各自文明的标记。许多著名的哲学家、作家、戏剧家和艺术家在这里诞生。而现代雅典作为一个国际都市，依然是希腊的文化、媒体、教育、政治和工业中心。今天的卫城还在。今天的比雷埃斯港还在。中国的洛阳，是亚洲人类史上居住时间最长的城市，是中国文化与历史的滥觞之地。4000年已经过去，目前依然有约700万人口在这里生活。洛阳悠久的历史底蕴保留下了无数历史遗迹。龙门石窟、白马寺至今游人不绝。纵观世界千年古城，无不是文化荟萃、名人辈出，无不是贯古通今、连接未来。它们之所以能完好地保留下来，可资借鉴的意义是巨大的。对于今天，它们就是活的历史；而对于未来，它们就是代代相传。而优秀的传统文化一定是一个国家、一个民族必须要代代相传的血脉。

　　其实，该说的一句没说，确实不知该怎么说。但读懂了历史，未来自然就在手中。千年之后的人来读今天的雄安，应该是崇敬、感动、骄傲、自豪，也希望千年之后的人能读懂当初先辈的梦想。

每一个春天都很重要

　　小黄车成为我所在城市这个春天穿行在合肥最扎眼的一个交通工具，最有特色的一个颜色。小黄车等各种共享单车，解决人们一公里内出行需求，科技、环保、便捷、无障碍、无拥堵，外加健身和好心情，小黄车，骑的是车，而行动的却是和时代共振，感受的是无处不在的生活创意，提升的是无处不在的创业中的创新。唯创新才有春天。

　　这个春天的小黄车穿行在合肥的街道和中国的街道。

　　这个城市的小黄车穿行在春天。

　　春天，很重要。其实每一个春天都很重要。如果你错过了上一个播种的春天，你真的不用伤心、气馁，你完全可以再去修整好土地，挑选好种子，除去病虫害，选择好播种的方向；因为春天还会再来。但春天来的时候，你不能在卧榻之上高枕无忧，静待时光之流逝；你不能在诗意中徘徊，而忘记了唯有劳作才能带来收获；你更不能忘了播种，因为没有播种，秋天的收获将与你无关，如果你准备好了足够的泪水与悲伤来坐等秋天，谁也无法拯救你。我忽然想明白了汪峰的这首歌《春天里》：在这阳光明媚的春天里/我的眼泪忍不住流淌/也许有一天我老无所依/请把我留在那时光里/如果有一天我悄然离去/请把我埋在这春天里。为何要埋在春天里？即使悄然离去，要求的只是埋在春天里，即使所有的过去已经过去，而埋在春天里可能就成为一粒种子，希望还在，生命还会发芽。春天，不朽的春天。

我们人类真的该向春天学习，向四季学习，向大自然学习。人类经常在后悔和悔恨中度过，把这种状态带到自己的生活中、自己的人生中，而不能自拔。不断地后悔，耽误了人生。而大自然却以如此伟大的力量设计了一年中的四季，每一季都有自身的定位，你在每一个季节都可活出自己，活得精彩。大自然还利用轮回的机制，为自己创造出纠错的机制，因而自然之伟大就在于不断地发展、成长。你错过了一个春天，还有下一个春天等着你；下一个春天的春天还将到来，你在哪里，你愿意努力，春天就在哪里。一个摇滚歌手听起来总有几分声嘶力竭，因为他们在呐喊着生命。生命，埋在春天，你就不朽；因为，春天随时会发芽。

春天马上就要过去，如果已经播种了的，就好好忙碌吧。

春天马上就要过去，如果尚未播种的，就好好准备吧。

　　小黄车可能会越来越多地穿行在各地的街头，重要的不是小黄车，是一种无处不在的创新。创新让自行车变成了小黄车，创新让小黄车变成了ofo。

　　每一个春天都很重要。假如你错过了上一个春天。

三个一

中国人大抵是喜欢欢呼的民族，每有什么发现必定会自娱自乐地自我欢呼一番，然后云淡风轻，什么事也没有，仿佛这些事情压根不曾发生过。其实，并不是这样，而是又有新的发现值得去欢呼了。怪不得吴冠中先生说：中国多几个少几个美术家没什么，而少了鲁迅，就少了一种精神。这种精神是我们民族的脊梁，堪当脊梁者少也，想当脊梁者多也，能当脊梁者在哪里呢？扯得远了。谈这欢呼是关于工匠精神的欢呼，此欢呼好呀。只是这种工匠及其精神并非过去没有，过去就有很多洋洋大观的传世作品，佐证着一个时代，一份匠心。只是到了功利主义、浮躁之风泛滥的现当代，我们太需要去继承、弘扬和发展了。凡欢呼的人皆是拥护者，但在当下我们更需要一批践行者。我且从以下三个维度来思考一下这个问题，三个不搭调的方位，却指向一个方向，且无须欢呼。人们考证说工匠精神应该包含四个方面：敬业、精益、专注、创新。每人的心中可能还会有不同的解读，我的思考是这样的。

一颗钻石。有一句广告语很厉害：钻石恒久远，一颗永留传。自从印度人发现了钻石，巴西发现了钻石，南非发现了钻石，钻石的爱恨情仇就开始了，它可能是起于爱情，源于高贵，但不得不陷于阴谋，沦于血泪。有多少传奇，就有多少泪水，当然这不是我们今天探讨的主题。一颗钻石从工匠角度来衡量，而非文学和故事角度来判断，主要有三个方面：一是克拉，一颗钻石的重量既可以看到它的前世，更可以判断它的未来，一颗钻石的大小对于它的价值可能是致命的；二是成色，一颗钻石，成色如何必然会影响其价值，晶莹剔透，通体发光，绝无杂质，浑然天成，这就成就了它的绝佳品质；三是工艺，有了前面的两项，这工艺仿佛可有可无，仿佛仅只是锦上添花；这些思考绝对是错了。如果没有好的工艺，再大的、成色再好的钻石，可能只是一块原石，所谓不雕不成器，而且会毁了这上帝的礼物。因此，工匠是发现它之美，呈现它之美，挖掘它之美，而一个好的工匠必然会还世界一个惊奇。

一个人。世界是由一个又一个不同的人组成的，对，一定是不同的人，因为不同的人，有的人可能就是用来改造世界的。明朝有个伟大的思想家、军事家、心学集大成者，他的本名叫王守仁，因其在宁波余姚会稽山阳明洞筑室，自号阳明子，学者称之为阳明先生，大家反倒是忘了他的本名，可见一个人完全可以成为穿越历史的一张名片。好羡慕这张名片。从明至今，阳明先生对世界的影响是巨大的，不仅仅在中国。王阳明最重要的思想，或者说思想行动的基础就是四个字: 知行合一。这四个字可谓悟天地之大道, 这世界所有的好方法都可以归结为知行合一。知不是简单的知道, 而是遵循内心的良知, 达到宁静于内, 无敌于外的境界。一切的力量莫过于行动的力量。一个好工匠的巨大的能力, 是不趋炎附势, 不阿腴奉迎, 不违背良知, 不见利忘义, 才能静下心来, 才能抱朴守拙。一个好产品才能诞生。

　　一种精神。什么是徽骆驼的精神? 敢于向未知挑战, 敢于向困难应战, 敢于向未来作战。挑战自我, 永不止步。安徽的文房四宝, 笔、墨、纸、砚, 没有一件不体现着工匠的精神, 尽善尽美, 砥砺时光, 没有一件不千锤百炼, 历久弥新, 为什么? 这其中就贯彻了一种精神, 而我们真正要传承和光大的恰恰是这种精神。安徽的四雕, 砖雕、石雕、木雕、竹雕, 哪样不是智慧与心血的结晶, 几百年来和徽州一起守候着这里的日月光辉, 哪一样不是艺术之精品, 呕心沥血之佳作? 还有那些被时光与岁月淘汰了的。做一个工匠很简单, 敲敲打打而已。而拥有了一种精神, 这精神就可烛照他人与后世, 这精神就可彪炳与启迪世界。

　　世界是从一开始的。

　　而世界绝不会从一结束。

　　一元复始, 万象更新。

与巴顿将军无关

　　写作的好处就是于喧闹处，总还有几分钟或更长的时间思考一些有关痛痒或无关痛痒的事。写作有的时候在外人的眼里就是思考者的瞎操心。而一个时代总会有一些瞎操心的人存在，这时光就会多了一些秩序、明媚和良知。我们常常义愤于太阳下的罪恶，而宽容于夜色下的阴毒，可能阴毒之于阳光不易被大多数人发现吧。

　　老祖宗告诉我们，勤劳致富，智慧致富，创造致富；但凡生活中相信了祖宗的，鲜有不成功的，成功并且踏实，因为谁家祖宗会骗人呢？而现实生活中流行的却是一招制胜，一夜暴富，一鸣惊人，一哄而上，这是人性的弱点，还是现实的土壤太过垃圾了呢？有垃圾我们可以将它变为沃土，而将良田变为垃圾真的是我们人类的不古了吧？！我们一方面知道勤劳致富的古训，一方面又做着天上掉馅饼的美梦。是美梦就该醒醒呀。只要你坚信没有不劳而获的好事，谁能骗得了你呢？

不久前读到一篇很有意思的文章，这篇文章应该是我们这个时代的一个侧影，一个真实的写照：我们鄙视"拼爹"，却又"恨爹不成刚"；我们讥讽一夜暴富，但私下里又喜欢买彩票；我们恨贪官，却又想"当官发财"；我们看不起"富二代"，但结婚时又想着"傍大款"；我们讥讽不正之风，自己办起事来却忙着找关系；我们痛恨收礼的，却盼着别人收下自己的礼；我们痛骂"炒房团"，可一回头又四处找寻炒卖机会；我们鄙视崇洋媚外，却又总是偏爱国外品牌；我们痛恨"潜规则"，却又希望自己是"潜规则"的受益者；我们抨击不良的价值观，但又不是价值观的实践者。我们真的生在一个矛盾的时代呀。矛与盾是两个不同的方面，既是对立，又是统一，矛盾让社会进步。关键是谁让不正常的变得正常了，而正常的却寸步难行了呢？种粮的人不吃自己种的粮，养鸡的人不喝自己家的鸡汤，开发商不住自己开发的房，这些本来是近水楼台先得月的好事，这些人为什么舍近求远呢？因为他们知道自己的勾当。我们无力改变时代，但我们可以守护好自己的良知，每个人不缺失的良知，就应该成为这个时代分量最重的良心，谁还珍视这些良心呢？

但我就不信该管的事真的管不了。

人人都说要敬畏生命，但多数人却只敬爱自己的生命，对别人过得怎样却并不会在意的。他们只会在需要时和我们一起来说说这样的敬畏。真的要是敬畏生命，就不会有那么多人死于非命了。稍有历史感和英雄观的人，一定会知道：世界战争史上有一个著名的巴顿将军，巴顿将军指挥的载入史册的胜仗无数。而有个管理方法，却成为巴顿将军最伟大的管理学经典案例。二战时期，巴顿通过一份报告了解到牺牲的盟军战士中竟有一半是在跳伞时摔死的，他十分震怒，马上赶到降落伞厂家从生产线上抓起一个伞包，让负责人现场带伞包从高空跳下；然后，将军还说要不定期抽流水线上的伞包让他跳，从此战士们再没有因为跳伞而阵亡的。

　　当别人的生命与你的生命捆绑在一起时，你还会随便地跳吗？这个道理懂的人不少，但做的人不多，为什么呢？

四个中国老头和一个外国老头

庄子说："夏虫不可语冰。"

庄子又说："人生天地之间，若白驹过隙，忽然而已。"

很难翻译这两句话，因为它很容易理解，因此它确实很难翻译，或者说无须翻译。

可是现代人却很难读懂，或者故意不愿读其中的语焉不详吧。

孔子名气很大。

可是老子的名气更大。

如果此事放到今天，这两大名人可能是老死不相往来，必将争个江湖高低。

公元前523年的一天，孔子对弟子南宫敬叔说：听说有位叫老子的，他博古通今，知礼乐之源，明道德之要，我们一起去拜访他吧。

几天的学习和交往、沟通之后，宾主双方都十分愉悦，老子甚至都引荐孔子专门走访大夫苌弘，苌弘善乐，孔子又学到了乐律、乐理。数日后，孔子要返回鲁国了，老子以礼相送。临别时，老子说：我非富贵之人，也没有财物送给你，就送给你几句话吧。于是乎，老子一边送别，一边送话。真是惺惺相惜，情投意合。当行至黄河岸边，见浊浪排空，势若万马奔腾，声若虎啸雷鸣，孔子说："逝者如斯夫，不舍昼夜！黄河之水奔腾不息，人之年华流逝不止，河水不知何处去，人生不知何处归？"老子告诉孔子，不用烦恼，不用焦躁，万事万物有自己的规律，有什么可以悲叹的呢？如果不任其自然，不顺其自然，有太多的功利之心、欲望之名，当然会徒生烦忧。老子又说："天地无人推而自行，日月无人燃而自明，星辰无人列而自序，禽兽无人造而自生，此乃自然为之也，何劳人为乎？人之所以生、所以无、所以荣、所以辱，皆有自然之理、自然之道也。"道，贯穿了老子的一生，而着了道的是无为，无为之道恰是道的妙境。

然后老子对孔子说："汝何不学水之大德欤？"

然后老子对孔子说了一番关于水的绝妙见解。

然后孔子说："先生的话令我茅塞顿开。"

然后孔子说："众人处上，水独处下；众人处易，水独处险；众人处洁，水独处秽。所处尽人之所恶，夫谁与之争乎？此所以为上善也。"

老子点头说："汝可教也！"

镜头转至希腊的德谟克利特，他生于公元前460年，卒于公元前370年。他是古希腊伟大的唯物主义哲学家，原子唯物论学说的创始人之一。他涉猎广泛，著述丰富。他有着无尽求知的渴望。为了出去游学，他和兄弟划分了祖上的财产，各拿一份。德谟克利特分到最少的100塔仑特现金。他拿着这笔钱游历世界，广交朋友。当他回到家乡时，等待他的却是一场名为"挥霍财产罪"的官司，他在法庭上这样为自己辩护说："在我的同辈人当中，我漫游了地球的绝大部分，我探索了最遥远的东西；在我的同辈人当中，我看见了最多的土地和国家，我听见了最多的有学问的人的讲演；在我的同辈人当中，勾画几何图形并加以证明，没人能超越我，就是为埃及丈量土地的人也未必能超得过我……"在庭上，他还朗读了他的名著《宇宙大系统》。法庭不仅判他无罪，还当庭决定以5倍于所谓挥霍掉的财产——500塔仑特奖励他不朽的著作，他征服了希腊。

他做了什么呢？做了他喜欢做的，看了他想看的，走了他想走的，写了他想写的；唯一不同的是，他没有去做某些人希望他做的。在生前，他被称为微笑的哲学家，他的城市把他当成伟人，在世时就给他建了铜像，哲学家不装酷就不得了，他居然还会笑。

庄子说："浮生若梦，若梦非梦，浮生何如？如梦之梦。"

庄子说："子非鱼，安知鱼之乐？"

因为孔孟之道的孟子也是其中之一，孟子也该亮亮相了。

孟子说："鱼，我所欲也，熊掌，亦我所欲也；二者不可得兼，舍鱼而取熊掌者也。"

我的天啊

　　"我的天啊"，最早听到这句话，大约可以追溯到我的童年时代。记得仿佛是发生了什么令我的外婆很惊诧的事，她站在屋里，手足无措地望着外面的枣树园和四下逃去的孩子们冒出一句："我的天啊！"记得那场景好像是孩子们用石子砸枣树，希望是砸下些枣子来，结果落下的石子落到哪个小朋友的头上，头被打破流血了。面对这个情景，我外婆的"我的天啊"启开了我人生中的天。

　　天，来自甲骨文和金文中的"天"，是一个脑袋被着重画出的小人，本义为头，后引申为"天"。因为两者都是至高无上的意思，其中"天"的意思很早就消失了，但我们今天依旧能从一个词中找到它的影子，那便是"刑天"，他的名字就是被砍掉的头的意思。天，是中华文化信仰体系的一个价值核心，狭义仅指与地相对的天；广泛意义上的天，即道、太一、大自然、天然宇宙。天有神格化、人格化的概念，指最高之神，称为皇天、昊天、天皇大帝、皇天上帝、昊天上帝等，即道教和民间信仰的玉皇大帝；又称苍天、上天、上苍、老天、老天爷等，如"天意""苍天在上""老天有眼""奉天承运""天谴""天生我材必有用""天啦"中的"天"。《毛诗传》："元气昊大，则称昊天。远视苍苍，则称苍天。此则天以苍昊为体，不入星辰之列。"昊天上帝和天相比，具有一定的人格化的意味。郑玄曰："上帝者，天之别名也。"另一方面，有时又作了区分，如《汉书》记载："四年春，郊祀高祖以配天，宗祀孝文皇帝以配上帝"，其中又将天和上帝区分开来，上帝地位低于天。春秋战国之时，思想进步，人文理性精神勃发，季梁曰："夫民，神之主也，是以圣王先成民，而后致力于神。"神为人创，民为神主，则上古神秘观念渐消，"皇天上帝"之概念渐由自然之"天"取代，天为道德民意之化身，这构成了后世中国文化信仰的一个基础，而"敬天祭祖"是中国文化中最基本的信仰要素的基石。

掉了半天的书袋，无外乎是告诉人们这"天"字从何而来，这"天"可以覆盖世界和人生，这天可不是无缘无故地从"天"上掉下来的。天有的时候很平淡，它就伴随在我们身边，这是天气；天有的时候澄澈高远，抬高我们的境界和视野，这是天空；天有的时候很匆匆，我们的人生和脚步迈得很快，这就是时间流逝的一天一天；但天有的时候就是法律，就是道德，就是规范，就是敬畏，老天在上，老天有眼，我们如何能造次人生呢？是啊，因为缺乏敬畏之心，我们才会道德缺失，信仰滑坡，人生昏暗，情感无着。君不见,一个小小的郭美美让曾经是中国爱的良心、道德的楷模、善行的天使的红十字会跌下神坛,被世间诟病;一个小小的郭美美以干爹为掩护,以自己为武器,以人间为市场,收购了一批毫无敬畏之心的灵魂;君不见,荧屏上给我们塑造了一批批光鲜靓丽形象的影视明星们,一次吸毒又吸毒,二次赌博再赌博,三次人生跑偏复跑偏,其塑造的形象和自身之间真是天大的差距;君不见,曾经在主席台上正襟危坐的高尚的人物、正确的思想,一旦没有位置和乌纱帽支撑,因为其行为和道德品行的不堪,当天行其道,其形象便瞬间垮塌。

这里我又想到了很多与天相关的词语:天崩地裂、天不绝人、天不怕地不怕、天不转地转、天差地远、天长地久、天赐之福、天从人愿、天地良心、天翻地覆、天方夜谭、天高地厚、天高气爽、天高皇帝远、天各一方、天公地道。最著名的一句是孙中山先生的治国理念:天下为公。

对真理、对灵魂、对人生、对爱情、对美好、对幸福、对财富、对天地万物,应有仁爱之心,更应有敬畏之心,心中常想想:"我的天啊!"

外婆的一句惊叹,让我感悟到现在,你说呢?

行走的力量

伟大的诗人泰戈尔说：孩子的力量，就是成长的力量。

细细地想想这人世间的一切，和自然界的一切，它的力量就是来自成长。一个孩子不管是在穷人家，还是富人家；有个富爸爸，还是穷爸爸；是头顶茅草棚，还是脚踏羊毛地毯，该成长的还是要长大。时间和岁月也挡不住这成长的脚步。

而这成长的脚步是干吗的呢？自然是用来行走的。用行走来丈量天下，用行走来丈量雄心，用行走来丈量生命的一次又一次跋涉，一次又一次远征。

从古至今，无数人的行走见证了一个真理：行走的力量，就是生命的力量。

伟大的孔圣人，在那个道德、文化和知识相对发达的时代，用并不发达的交通来丈量列国和文化之间的距离，马车的嗒嗒声响仿佛一定要倔强地穿越时空来到今天的耳畔, 证明给我们看: 知识和教育的伟大。因此, 孔子周游列国图, 就成了中国教育最早的风景画, 被一代又一代的人反复瞻仰, 不断揣摩学习。

伟大的航海家郑和, 在波浪上写下船儿划过的声响, 大海也为他击掌欢呼。虽然这里不用脚步丈量世界, 但招展的风帆更像是郑和展开的翅膀, 大风呼呼激荡着他的豪情。中国的陶瓷、丝绸、中国的文明、中国的气度与他一起航行在世界上。

伟大的旅行家徐霞客, 他脚下的鞋子识得路途的艰辛, 他脚下的鞋子懂得攀登的快乐, 他脚下的鞋子一次又一次地被"会当凌绝顶, 一览众山小"的天地情怀, 带上一座又一座新的高峰。好一个无限风光在险峰呀。真的无法想象, 我们今天在登攀名山大川时, 如果没有徐霞客的点评, 这山水是否会失色许多。我们在风景名胜游历的时候, 有一个导游始终陪伴着我们, 这个导游的影响至今依然无人能与之比肩, 记住他的名字吧: 徐霞客。

行走的力量是因为内心的方向和世界的召唤。如果没有正确的目标, 这力量就会消失, 因为用功越多苦难越深。有一个农家子弟, 出身贫寒, 家境艰辛。但他期待奇迹的出现能改变他的命运。他相信菩萨会保佑他好运降临, 他相信佛能帮助他过上好日子。某一天, 他只身一人离开了父母, 离开了家, 甚至没有告诉自己的父母。他十分虔诚地跪拜古刹名寺, 希望能找到他信赖的活菩萨给他带来转运。他经年游历, 寻找一座又一座深山。终于在第七年, 经人指点找到了一家名寺的住持, 他说出自己的心愿之后, 住持告诉他: 真正能够爱你、帮助你、一生都不舍弃你的人, 就是那个在半夜会光着脚，来不及点灯就来为你开门的人。于是，他又踏上了寻找之旅。在他寻找的过程中，有为他开门的，有给他水喝的，也有愿意收留他住宿的，但就是没有为他光脚开门的。有一天夜里，他又冷又饿，感觉快坚持不住的时候，他敲了一户人家的门，这时候有一个人匆匆开门，借着门外透进来的月光，他看到那人光着一双脚，再抬眼仔细一看：那人正是日思夜想着他的母亲。

行走的力量，表明我们的内心和双脚都是一致的，表明我们的目标和方向都是一致的。

留住一些记忆

总有一些深刻的记忆是微言大义的，抑或真的是没有什么意义的，但人生的意义不是为了什么意义活着，而是活着活着就有了很多意义，或者是在某一个时间之窗，回忆回忆就显现出意义了。

记得最初让我形成旅游记忆的是这样的两件事，虽然有了些时间，但却在模糊中日渐清晰。那时我们全家随我的干部父亲下放在皖南的郎溪县。我在这里度过了我人生中最美好的少儿时代，少年的光景里享受了很多很多的美好，这些美好支撑着今天我对人生的很多信念。几年前我来到我曾经读书的小学，甚至还依稀看到某一张课桌上我留下的痕迹，真是时光留痕。说到旅游，其实就是在上个世纪60年代，我们学校的军训拉练，拉练的目的地就是位于皖、苏、浙三省交界的一座大山，名叫伍牙山。伍牙山不是什么名山，但却崇山峻秀，叠嶂飞泉，更是因为与吴越时期的一位历史名人伍子胥有关，而留下很多传奇的故事。老人们说得最多的是伍子胥为了逃过敌方的追杀，倒牵一匹白马骗过敌人，以为他下山了，实际他已上了伍牙山顶。故事中蕴藏着他的力量和智慧。拉练几乎都在每一年中固定的时间进行，有时会因下雨调整时间，我们会懊丧不已。当队伍逶迤而去，天上的白云一朵朵，地下的少年一队队，及至今日想起依旧甜美。当经过十几里的跋涉已经有些疲倦，但每每愈接近目标，小小的心脏愈是盛满狂喜。顶着烈日，在风的呼唤中，在绿林的伴随下，在顶峰的吸引下，继续狂奔。记得山顶附近有一口不涸的山泉井，井中有当地名产娃娃鱼，每次登顶都以见到娃娃鱼在清澈的水中自由地穿梭为准。大家都扒在井边，任自己红扑扑的小脸倒映在晃动的泉水中，开心的笑声飞得老高。当登上最高峰，极目处是自己居住的村社，那些诗意油然而生。小小的胸怀被一些东西塞满了。那些对土地的认识和情绪至今如块垒在胸，难以消化，或者说也不想消化了。军训拉练给童年带来的快乐真的难以想象，一次够回味一年，然后期待来年，而这样的一次今天又流淌到我的笔尖。

而另一件与旅游相关的记忆则是我们全家回到合肥之后。在上个世纪的70年代我就读于合肥市第二中学。每年春天到来的时候，学校都会组织我们到合肥市大蜀山去为那里安息的先烈们扫墓。这也几乎成为我们学校每年必备的项目。春天来的时候，我们就踏着歌步行去合肥市的制高点大蜀山。每次都是早上出发，下午回来。来回都是步行的。去时是排好队唱着歌前行的，而回来时却是各显神通，平安归来就好。这大蜀山显然也没什么景致，山顶上有一座广播电视的发射台，还有一座气象塔。但那些年轻的心都被自己的想象装满。最美丽的情景该是爬到山顶，看那山下黄的油菜花、绿的麦苗，一垄一垄地错落展开去，内心觉得山呼海啸，远远的都是一些诗情画意。

　　现在伍牙山、大蜀山都在，我的记忆还在。只是记忆跨过了岁月，那个青葱少年已不再青葱。让青葱的岁月不光保留在记忆中吧；人生因为青葱而美好，人生因为美好总保留着青葱。

词语

　　写下"词语"这两个字的时候，我忽然很诡异和奇妙地想到了中医的号脉。一位白须冉冉、仙风道骨、面色红润、底气十足的中医，微笑着请你伸出手臂，他轻轻地用手指一搭，根据脉搏的跳动，就知晓了病人的病症之所在，洞晓了病人体内运行的经络之异常。把脉是中医对一位病人病情探究之手段。而自从有文明、有文字以来，出现了大量的新词语，这些随时代不断更迭和涌现的新词语，往往会帮助一个号脉者把握时代的脉搏，而词语的变化也在不断呈现出这个时代的变迁。意思挺深奥的，但玩味起来确实有点意思。

　　比如说有一个小镇全世界都知道它的名字，它就是距比利时首都布鲁塞尔以南大约二十公里的滑铁卢。1815年6月18日，在比利时滑铁卢，拿破仑率领法军和英国、普鲁士联军展开激战, 法军惨败。随后, 拿破仑以退位结束了自己的政治生涯。滑铁卢从此以后就被世界各国都用作惨痛失败的代名词。我们经由滑铁卢这个词了解拿破仑, 了解18世纪的法国和欧洲。如今拿破仑的雕像还竖立在滑铁卢小镇的路口, 成为一个时代的注解; 同时, 又注解了什么叫从成功迈向失败。一场大雨。一个叫滑铁卢的小镇。一个叫拿破仑的历史巨人。

比如说我们读到李白和杜甫的诗歌, 我们就会进入盛唐这样一个伟大的时代, 那些诗歌犹如铺向今天的道路, 让我们在读着这些诗句时, 不小心就走进"茅屋为秋风所破"的地方, 就走进了"飞流直下三千尺"的风景, 就步入"随风潜入夜, 润物细无声"。李白和杜甫两个关键词组, 直抵唐朝的心脏, 让我们可以打开一个朝代。还有白居易在河边与老妇的对话呢? 还有李贺的"黑云压城城欲摧"呢? 词语真是锋利, 它可以随时直抵历史的心脏, 听着它怦怦作响。

好, 说得有些远。说些近的。当我们正在击掌欢呼迎来了一个伟大的互联网时代, 却迎头遇上了一个叫"互联网+"的新时代。互联网时代技术的高度发达, 信息的高速传递, 新媒体的高度融合, 正在如暴风骤雨般席卷着世界, 思维模式、盈利模式、传播模式, 风雨涤荡, 大潮汹涌, 人们正在努力适应和追赶着互联网, 当互联网这个词开始改变世界的认知时, 一个新的词语立即自己提着自己的头发, 让自己离开了地面, 这就是"互联网+"。别小看这个+, 正是这个+, 在颠覆和改变着这个世界, 也在引领着这个世界。什么是"互联网+"？可以这样来解释，"互联网+传统集市"有了淘宝，"互联网+传统百货商店"有了京东，"互联网+传统银行"有了支付宝，"互联网+传统红娘"有了世纪佳缘，"互联网+传统交通"有了快的打车和滴滴打车。互联网当然还可以无限地+下去，但为什么有的+活了，有的+死了呢？这就是创新互联网，一旦+了，就已经改变了原有的盈利和运作模式。但你也要知道："互联网+"绝不是万能的。

当18世纪的法国以为拿破仑是无坚不摧、无所不能的伟大将军时，仅仅是一场大雨就改变了拿破仑，改变了历史。面对"互联网+"，我们需要做的就是更多地了解世界，更好地创新世界。一个词语背后的世界已经改变。

民族的底色

　　底色可能最早来自绘画，先在一张素色的白纸上泼下一些墨，作为底色，然后在其上笔走龙蛇，色彩缤纷，因为底色的衬托、渲染，画作又有了不同的意境和韵味。后来受此启发，女性在化妆时会先着上一层底色，遮掩一些瑕疵和不足，让自己变得更加美丽，光彩夺人。一张脸有它的底色，一幅画有它的底色，一个人有他的底色，一个民族自然也会有它的底色。

　　前段时间在读书时又遇到这样两个老故事，这样的故事小时候就读过看过，并且留下了深刻而鲜活的印象，在脑海中难以抹去。一个故事发生在安徽的桐城，另一个故事则发生在我刚刚去过的河北邯郸，这座几千年来行不更名、坐不改姓的地方；我的一只脚依偎在安徽的故土，另一脚却踏入了燕赵大地；我的一半思绪激荡在风云变幻的春秋战国时代，另一半思绪却回荡在大清的风卷残云中。两个故事：一个是"将相和"，主人公是廉颇、蔺相如；另一个故事是"六尺巷"，主人公是张英、张廷玉父子，以及六尺巷的邻居们。

先从战国年代说起吧，那时候群雄逐鹿，刀光剑影，一时多少英雄豪杰，赵国蔺相如因为帮助赵国和赵王守住了领土，保住了尊严和气节，通过完璧归赵、渑池之会得到赵王的重视和赏识，成为国家的栋梁之材，一时间风云际会，大气磅礴。而作为权倾一时、战功赫赫的老将，廉颇根本就没有把蔺相如放在眼里，心想你不就动动嘴皮，耍耍笔杆，对国家有多大贡献也不及我廉颇，因此处处与蔺相如过不去。而蔺相如并不计较，常常抚须微笑，主动退让。很久以后，当廉颇知道了蔺相如惊天地泣鬼神的壮举，为保国土宁愿粉身碎骨，必保完璧归赵，为保赵王作为一国之君的尊严，宁以头击柱才有了渑池相会。廉颇感佩蔺相如为赵国做的贡献，恨自己当初的鲁莽，这才有了负荆请罪。这才有了将相和。这一和，和出了新的天地，和出了人性的光辉。廉颇知错就改，诚挚感人。蔺相如胸怀宽广，无私爱国，危机时置个人生死于不顾，勇敢智慧，深思熟虑。他们成为国之栋梁，国之脊梁。将相和，正是我们这个民族能历风雨而久弥香的底色。

六尺巷如今静卧在桐城派的故乡桐城的闹市，它不断提醒着世人，如何做事，如何做人。清朝的张英在朝中做了一品大员，但是他的家人并没有鸡犬升天，相反却因为自家的宅基地与邻居起了纠纷。家人无奈，修书一封给张英，希望他能用自己的权势来帮助家人解决这个问题，一个皇亲国戚之家居然受平头百姓的欺负，实在说不过去。张英在了解事情的原委后，给家人写来一首诗，正是这首名垂千古的诗，创造了一个佳话，更书写了一段历史。诗这样写："一纸书来只为墙，让他三尺又何妨？长城万里今犹在，不见当年秦始皇。"家人接到这封信之后，心境豁然开朗，主动朝后退让三尺，邻居也心受感动，也主动往后退了三尺。六尺巷由此得名，名满天下。这何止六尺，这是比天空更大的胸怀。谦虚、礼让、文明、和谐。六尺让出了一片中国人的海阔天空，六尺让出了中华民族的凝聚、礼让、和谐。六尺巷，是我们民族能历磨难挫折而不坠青云之志的民族底色。

底色，底气。

底气，底色。

这回我们该知道如何为自己着色了吧？！

从善如流

有一句成语叫从善如流。这句成语不断地听人说起，也不断地看到有人在用，它确实是东方智慧和东方思想的一大体现。它出自左丘明《左传·成公八年》："君子曰：从善如流，宜哉。"从：听从；善：好的，正确的；如流：像流水一样，比喻迅速。形容听取正确的意见及接受善意的规劝像流水那样快而自然。

《周易·系辞》就市场的起源写道："神农日中为市，致天下之民，聚天下之货，交易而退，各得其所。"我国古代社会进入农业时期，社会生产力有了一定发展后，先民们就开始有了少量剩余产品可以交换，因而产生了原始市场。原始市场名为市井。"市"在古代也称作"市井"。这是因为最初的交易都是在井边进行的。《史记·正义》写道："古者相聚汲水，有物便卖，因成市，故曰'市井'。"古时在尚未修建正式市场之前，常是"因井为市"

的。这样做有两点好处，一是解决商人、牲畜用水之便，二是可以洗涤商品。古时，市场是人类对于固定时段或地点进行交易的场所的称呼，指买卖双方进行交易的场所。发展到现在，市场具备了两种意义，一个意义是交易场所，如传统市场、股票市场、期货市场等等，另一个意义为交易行为的总称。即市场一词不仅仅指交易场所，还包括了在此场所进行交易的行为。故当谈论到市场大小时，并不仅仅指场所的大小，还包括了消费行为是否活跃。

著名经济学家亚当·斯密以"个人满足私欲的活动将促进社会福利"为逻辑起点，推演出市场就是"自由放任"秩序。政府完全不能干预个人追求财富的活动，也完全不用担心这种自由放任将制造混乱，"一只看不见的手"将把自由放任的个人经济活动安排得井井有条。《国富论》也花相当的篇幅去抨击干预个人经济活动，限制个人经济权力（产权）的重商主义政策。以后的古典经济学家也一直坚持自由放任的观点。但上世纪二三十年代的经济"大萧条"迫使西方的经济理论家们开始反思古典理论对市场的定义。最后的答案是，完全的自由放任是不行的，看不见的手有时并不存在，市场会失灵，政府应该对经济活动在"总量"上进行干预，于是"宏观经济学"就诞生了。美国时任总统罗斯福也接纳了著名经济学家凯恩斯的建议，实施政府干预经济的"新政"。现在已经形成了在全世界基本达成共识的政府干预经济手段：财政政策、货币政策等等。

党的十八届三中全会公报将过去的市场在资源配置中起"基础性作用"改为"决定性作用"，虽只两字之变，却完全提升了市场在资源配置中的地位。中央明确市场在资源配置中起决定性作用，意在理清市场经济条件下市场和政府的关系，深化改革，在坚持市场化过程中完成政府职能转变，打造服务型政府；解决以往存在的政府职能"错位""越位"和"缺位"现象，进一步放权给市场，积极提升市场的效率，充分发挥市场调节资源配置的作用。

回顾改革开放三十五年的伟大历程，虽然我们的经济总量已跻身世界第二，但如何更好地科学发展，一直是共产党人在寻找的方向。在改革开放初期的很长一段时间内，讲的是"计划经济为主，市场经济为辅"。党的十四大提出"建立社会主义市场经济体制"。党的十四届三中全会指出，"要使市场在国家宏观调控下对资源配置起基础性作用"。党的十八届三中全会则历史性地提出，"使市场在资源配置中起决定性作用和更好发挥政府作用"。

从"基础性"到"决定性"，意味着"市场之手"与"政府之手"的作用更加分明。过去在"基础性"的框架下，政府仍然可以在某些领域代替市场来主导资源的配置。而在"决定性"的框架下，更好发挥政府作用，影响和引导资源配置，但决定者只能是市场。从"基础性"到"决定性"，意味着"市场之手"与"政府之手"的界限更需分明。事实上，中国新一届政府把政府职能转变和机构改革作为开门的第一件大事，既作为全面深化改革的"马前卒"，又作为宏观调控的"当头炮"，不该管的坚决不管，该管的要坚定不移地管好、管出水平、管出境界，管出更多世界级的企业和企业家。

　　一步一步地寻找，使我们更接近规律；一步一步地探索，使我们更接近真理。我们的精神动力来自对规律和真理的探索，我们的发展力量来自我们对规律和真理的运用。对于世界上的万事万物，人类总是在不断摸索、寻找、发现其规律，遵循其规律，应用其规律。人类的智慧、领导者的智慧不仅仅是在管理，更是在顺应和理清事物内在的规律。当我们和规律及真理融为一体时，我们才是真的从善如流，才真的是世界上最有力量的人。

尺短

人生苦短，及时行乐。

人生苦短，对酒当歌。

人生苦短，珍惜当下。

人生苦短，若虚度年华，则短暂的人生就显得太长了。

最近看新东方教育的董事长俞敏洪的一段话，深有启发。他说：人生来就是苦的，你如果从苦中间能找到乐和幸福，你就是幸运的；如果人生来就认为自己应该是幸福的，那你一辈子会更加苦，因为你总能碰到各种烦恼；如果你认为人生下来就是为迎接痛苦和烦恼的，那么你做任何事情有痛苦烦恼，你都会心安理得，因为你知道你做这件事情有痛苦和烦恼，不做这件事情，另外的痛苦和烦恼也是一样的。人生的苦难肯定是没有尽头的，人要做的是在苦难中间，你奋发起来，做自己能够做的应该做的事情。

其实, 道理大家都懂; 不懂的是人心, 谁能读懂读透人心呢? 包括自己的, 更遑论他人。所以, 人生如果用好了一把尺子, 少一些攀比之心, 世界可能要开阔一些, 胸怀可能会包容一些, 心境可能会淡然一些。

人生怎么去攀比呢? 反正就是盲目的利己, 盲目的竞争。我们用姚明和梅西两个人比较一下你就会看出荒唐之处, 姚明身高2米以上, 梅西1.7米不足的身高; 梅西要不断在足球场上向前, 向着球门冲击, 姚明要在场上不断举起双手寻找篮筐; 一个篮球场的标准尺寸是宽15米, 长28米, 正规足球场长度为105米, 宽度为68米, 篮球的胜利是投篮命中, 足球的胜利是射门攻破; 姚明是世界篮坛的名人, 梅西是世界足坛的巨星。如果把他们掉个个儿, 姚明估计只能在场地上行走, 因为他的身高和体重, 不能支撑他飞速地奔跑; 以梅西的身高在长人如林的篮球场估计也很难摸到球。如果他俩要开始攀比, 当篮球明星的还要当足球明星, 而当足球巨星的还要当篮球巨星, 你说这可能吗? 人类的智慧是从竞争开始的, 而人类的愚蠢肯定是从不切实际的攀比开始的。

你已经是一座会当凌绝顶的高峰了, 观八方云卷云舒, 品火热初升的太阳, 赏幽静宁静的月亮; 一阵轻风就能拂动松涛阵阵, 一阵细雨就能轻笼浪漫朦胧。但你还不知足, 你还想成为山脚下的一湾溪水, 你说溪水能走向远方, 而你只能静默地待在一个地方等待老去; 你说你天天待在一个地方, 熟悉的地方都没有风景了, 你说溪水一路欢歌笑语可以仗剑走天涯。而溪水说, 我从来都没有到过那么高的地方, 看得那么远, 我只能委屈地在山脚下默默无闻地流淌，看山峰插进云层。谁都委屈，谁都无奈，谁都不甘，只是你站在自己的地方还巴望占着别人的好，不能够呀。攀在高峰，比在流水。而攀比既失去了高度，也失去了遥远。

其实，这世界上还有另外一样好东西，叫尺寸。

尺寸有大小、长短、比较、数量、定位等等之妙用。一把尺子的妙用则在于这样一句话：尺有所短，寸有所长。明明是尺比寸要长，偏偏说寸有所长，这就是尺的胸怀。一个有胸怀的尺，看寸是非常顺眼的，因为一寸一寸的累积才有尺，尺不是凭空掉下来的，尺是兄弟们一砖一瓦铺垫出来的，有尺的地方，都是"寸"出来的；一个有肚量的尺是乐见寸做大的，一寸加一寸，再加一寸，未及尺也是能独立完成很多大事的；在有肚量的尺内，寸可长可短，任意挥洒，绝不妄加干涉，绝不妒贤嫉能，寸更加依赖信任尺，没有尺，寸干不了大事；一个有智慧的尺，始终在做寸有所长的工作，尺的本领再大，若寸们都闲着，尺也只能寂寞地孤旅天涯；尺让每一寸都精彩、闪光，让寸土寸金，积累起来就是一部大时代的杰作，收获时就是一个沉甸甸的金秋。

攀，登上无限的高峰，比，流向无尽的大海；攀，可以代表流水登上山顶，比，一定是装着山峰奔向远方；彼此都在帮助对方达成自己不可能实现的梦想，成为彼此生命里的他。

尺，是一寸寸的累积；寸，一大家子一起感谢尺的收留。尺寸是彼此成就。尺的心里装着寸，寸的心里都是尺。

现在，不要去攀比，用这把比较过的尺寸，再去量量人生的苦与短、长与乐吧。

感恩失败

　　有一个体育项目，就是最著名的成功者的失败项目，项目的名称叫跳高；其实准确地说，是看你能够跳多高。每年举行的各类跳高比赛不胜枚举，人们也从最初的跨越式、剪式、滚式、俯卧式到背越式。从杆上跳越过去的人少之又少，在杆下躺着的人却是多之又多，但这并没有限制人们不断去跳出新高度，并没有限制人们去不断挑战新高度的激情和探索；这项运动的金牌授予的是当横杆升到一定高度，最后一个将横杆碰掉的人。虽然他最后一个碰落横杆，虽然与前面的选手相比他获胜了，但与一个新的高度相比，他也是一个失败者，一个成功的失败者。

　　在通向失败的道路上挤满了失败者，在通向成功的道路上也同样挤满了失败者；但不是去挑战成功，而是去挑战失败，应该说，跳高绝对是一个挑战失败的永恒经典的项目。

这个世界的失败真的是形形色色,五花八门。有做生意失败的,有做科研失败的,有研究哥德巴赫猜想失败的,有做项目失败的,有管理国家失败的;所以,有一句"治大国若烹小鲜",真是道尽成功之路上的种种绝妙。失败应该是一次不成功的经验,失败应该是一次不成功的教训。感恩失败,其实就是感谢失败者,在他们失败之后,依然愿意将失败的经验和教训拿出来与他人分享。成功者未必是失败最少的人,也可能恰恰是失败最多的人;但成功者一定是在失败之后没有放弃的人。感恩失败,绝不是成功者的一句豪言,而是留给后来者的诤言;不是带着骄傲,而是带着幸运;因为失败终于让失败者有机会接近成功了。有一句写给成功者的话很好:淡看人生,是淡看,不是笑看。万事万物,要看淡,风轻才云淡,天高才气爽。太看重真怕你担不住,烈日你嫌太炙热,大风你嫌太烦躁,豪雨你嫌太恣意;带着一股韧劲,淡淡去追求,就没有暂时求而不得的心烦气躁,就没有一时失意的悲观叹气;就会找到一种距离感,就会找到一种节奏感;就不会失去了方向,就不会乱了阵脚。淡,让我们拥有了世界上最好的心情和心态,这时候你才会有可能说:感恩失败。感恩失败,是成功者对自己的激励;感恩失败,是成功者对先行者的致敬。

什么是失败呢?

被后世尊为诗仙的李白,刘禹锡说"山不在高,有仙则名",李白因诗歌上的成就都成了仙,可见其在中国文坛上的地位何等之高。而现实生活中,李白却不是什么仙,而是一个人,一个失败的人。李白少年时代,怀有崇高的理想与远大的政治抱负,但他恃才傲物，因此得罪了不少人，导致他的理想与政治抱负始终被压抑而无法实现，虽然后来终于谋得了翰林待诏这么个六品小官，仅两年又被迫辞职。后来又做过永王的幕僚，永王触怒唐肃宗被杀后，李白也获罪入狱。不久以后，他被流放到夜郎；在流放途中遇赦，此时他已经五十九岁。李白的仕途就此终结。终其一生，李白都未曾停顿为自己的仕途奔走呼号，并非像人们常说的那样不近权贵，在学而优则仕的时代，李白只能是一个失败者。

李白失败了，但是李白并没有被击倒，在不停地求职与失败的煎熬下，他的诗歌却更加炉火纯青。仕途上的失意，使得李白寄情于山水，写下了"长风破浪会有时，直挂云帆济沧海""人生得意须尽欢，莫使金樽空对月。天生我材必有用，千金散尽还复来""人生在世不称意，明朝散发弄扁舟""安能摧眉折腰事权贵，使我不得开心颜""大鹏一日同风起，扶摇直上九万里"等不朽的传世诗篇。这些都表达了他内心的高贵与神圣，他是在追求一种与天地的对话，这也是后人尊崇李白的根本原因。

也许，未来我们世界的语汇更丰富了，表达更精确了，世界更完美了，人性更包容了，也许我们可以取消"失败"这样的词语。一件事没做好，对于一件事是失败，但对于人生却未必如此，如果我们过于消极地去定义，或者过于放大这一件事的失败，可能就误了一生。一个项目的研究探索受到挫折，如果在一次失败的试验之后倒下了，那成功就变得不可能，就永远关上了成功之门。一切有益的正向的探索都是一种成功，这是心态的成功；一切阶段性探索的进取都是成功，这是努力不放弃的成功；一切感恩失败的美好情感都是成功，这是对前行者致敬获得动力的成功。

科学要较真，人生不要较劲；奋斗要较真，成功不要较劲。

在他人眼中的失败，可能恰恰是我眼中的成功。努力往上跳，不是要和地球引力较劲，不是要和高度较劲，是不习惯自己坠落下去，是渴望每一天都遇到一个更好的自己。

时间之河, 淘走了什么?

孔子距今2572年。

但他奔波在传道授业漫漫征程上不倦的身影, 和身后被马蹄踏起的滚滚红尘, 其实并没有远去; 他甚至比今天很多人在我们心目中的形象更加清晰, 更加亲切, 可能我们某地的某一个课堂正在说着孔子的名字; 那孜孜不倦的形象, 那匍匐大地的真情, 那带领弟子周游列国绝不放弃的执着, 依然光芒万丈于今世, 一部《论语》依然在有意无意地贯彻和影响我们今天的生活。

子在川上曰: 逝者如斯夫。

孔子在河岸上说: 时光像河水一样流去。

但跨过2572年的年轮之河, 孔子依然在这里, 和我们在一起。河水可以带走时光, 而时光却带不走孔子。

屈原距今2299年。

汨罗江写不尽你的传奇，一个投江而去的伟大诗人和一个不朽的节日，以及端午节每个中国人都要吃的粽子，和每到端午整个祖国弥漫的粽叶和艾草的香味。

屈原创造了楚辞，楚辞成就了屈原。

是《离骚》尽天下之阔大胸怀，"路漫漫其修远兮，吾将上下而求索"，"亦余心之所善兮，虽九死其犹未悔"，是《九章》穷楚国之山水浩荡。

每年的端午，每剥开一个粽子，粽叶里包的是楚辞，粽叶里包的是屈原；顺着汨罗江逆流而上，楚辞把楚国介绍给我们，屈原捻须乘舟越过2299年的江水，纵歌而来。不只是吃粽子时我们想念你，你在每一个端午又带我们温习一遍你的楚辞和你的家国情怀。

李白距今1320年。

我怎么就觉得你是我今晚酒桌上的一位酒友："举杯邀明月，对影成三人。"

我怎么又会认为你是我朋友汪伦的好朋友："桃花潭水深千尺，不及汪伦送我情。"

太浪漫了："飞流直下三千尺，疑是银河落九天。"

太澎湃了："人生得意须尽欢，莫使金樽空对月。"

太煽情了："举头望明月，低头思故乡。"

那些激流，那些美酒，那些明月，那些朋友，怎么样都会觉得你是我们的多年老友。现在，你可能是外出游山玩水去了吧？况且你又是那么喜欢流连在青山绿水之间，这次居留的时间长一点也不奇怪，可能你正遇上了："相看两不厌，只有敬亭山。"你正端坐一端，与敬亭山对话呢。

喊你从1320年前回来，今晚在合肥，古庐州，在离敬亭山不远的地方，离秋浦河也不远的地方，有你的几个诗友在此把酒言欢，你快快泛舟而来，等你喝酒。

苏轼距今920年。

我们很有幸。

我们读过李白，我们还读过苏轼；但李白却未曾遇见过苏轼，苏轼是认识李白的。一句"腹有诗书气自华"，颠倒了多少读书人的颜值和气质。其实你并没有那么如意，常被放逐革职；但你尽情地纵游天下，写遍人间。你曾与人登山、吹笛、饮酒之后说："李太白死，世无此乐三百年矣！"苏轼以诗为词，可能就是为了致敬李白吧。

"大江东去，浪淘尽，千古风流人物。故垒西边，人道是，三国周郎赤壁。乱石穿空，惊涛拍岸，卷起千堆雪。"

读这样的词句，其中恣意出的豪情，谁能想象到东坡先生曾经遭遇被贬流放无数次，却依然秋高气爽，艳阳高照，春风拂面，笑傲冰霜。

920年算什么，不过是"一蓑烟雨任平生"，不过是"人生如逆旅，我亦是行人"，不过是"何日功成名遂了，还乡，醉笑陪公三万场"。你是"宁可食无肉，不可居无竹"的苏东坡呀。

何时来巢湖喝一场，我们这里也有的是豪情：端起巢湖当水瓢，哪里干旱哪里浇。

你最好邀着孔子、屈原、李白一起来，你来邀约，我来搭台。

至于对后人，不知道今天的我们留给未来的，能有什么？

麻将里的"百搭"和掼蛋中的"红牌"

麻将一直活跃在我们的生活中，成为我们生活中的东南西北、春夏秋冬、梅兰竹菊，成为我们生活中的万、生活中的条、生活中的筒；而且各地的打法又依据文化背景、生活习俗、分布区域有传承亦有创新，但一定是符合本土文化和地方性格的。麻将中的主牌很多，唱大戏和主角的一定是主牌，它们上蹿下跳，它们左勾右连，它们铺陈叙事，它们听候佳音，这些正牌大角算是尽得麻将场上的风流。但也有一种时候，听牌很久了，期待中的拍桌而起始终没有出现，这时候百搭的作用就显示出来了，它绝不是语不惊人死不休，它绝不是飞流直下三千尺，也绝不是至今思项羽，不肯过江东；它绝对是随风潜入夜，润牌细无声，一张百搭，其实就是一只白板，当一只老手滑过的时候，它绝对是不动声色地反复在牌面上摩擦几个来回，然后气定神闲地放下百搭，把牌推倒、展开，推向桌中间，口吐莲花：和了。白板光秃秃地躺在一堆牌中，有点坦诚，也有点扎眼，甚至有点怯生生，因为这一回它当了主角，没有抢任何戏地当了主角。它是白板，但它是百搭，它有机会的时候是绝对不会计较自己的身价和地位，它不会去争抢别人的戏份，但它始终没有放弃揣摩自己的角色，直到烂熟于心，直到潜伏成功，成为一手听牌中最后决定开牌的王炸。它成全了别人，也成全了自己。之后又归于平淡，归于白板，归于百搭。

当下流行在江南诸省，有蔓延到全国之势的"掼蛋"，成为饭后茶余的"钩心斗角"的重要娱乐项目，据说已经被国家体育总局列为体育项目。掼得好的一方必精诚团结，心有默契，博闻强记，善抓时机，果断出手，出其不意；掼得被动的一方必瞻前顾后，丢卒丢车，眼中无物，错失良机，缺少合作，相互埋怨。一场牌下来，要么快意恩仇，击掌相庆，要么唉声叹气，心有不甘。把打牌叫"掼蛋"据说是江苏淮安人的一大发明。在淮安人的口中，"掼"字是丰收时农民高举麦捆子轧出麦粒的乡土动词，而"蛋"则是战争时期炸弹的"弹"字的创造性用法。在掼蛋中也有类似麻将中百搭的白板的"红"牌，这个"红"牌是随着升级的级数而变化的，而"红"牌的使命和作用是不变的。它是可以配除大、小王之外的所有的牌，缺对配双，三缺一配炸，五连顺配同花顺，红牌的灵活运用显示着高超的水平，配成王炸当然好，但在缺斤短两的一副牌中承上启下，拾遗补阙，勾缝描金，有时候比凑成一个超级炸更重要；但有时候阴云密布，形势复杂，竞争激烈，难分高下的情况下，一张红牌的加入相当于引入了巨无霸的核武器，随时可以对对手的排兵布阵给以致命一击，尤其是对流行在江淮一带的"拖3"牌始终是个致命威胁，因为一张红牌的加入会改变整个牌局的起势。"红"牌是对它颜色的选择，配牌才是它的使命。

回头一想，不管是麻将里的百搭，还是掼蛋中的红牌，从确定规矩开始，就决定了它们的一生是配牌，是配角；它们也始终不曾渴望在所有的表演中去抢戏，主角们始终排在它们前面呢。主角都还没有发挥作用，主角的戏都没演出来，配角还轮不到戏，连抢戏的资格都没有，这规定定的就是主角悉数出场，待无牌可用之时，待无角可选之机，百搭和红牌才能出场，而它们只要有机会出场，定会惊艳满桌，不绝叫好的声音一定是献给它们的。关键是要有这份耐心，这耐心就会帮你成就一手好牌，和掉一局大牌。

有个好朋友爱跟我唠叨，爱跟你唠叨的人一定是最信任你的人。不然说孤独是一种美丽，孤独也是一种操守呢。他唠叨的无数话我都忘记了，但他唠叨的一句话我记住了，他说：生活里没有边角废料。这话太值得思考了，有谁会在生活中把自己当成边角废料呢？即使真的是谁又愿意成为边角和废料呢？大家都想做房梁，做主柱，做大门，做钢筋混凝土。做不了这些以为自己就是失败者，如果以此而论，又有几个成功者呢？边角小料总是关键的时候发挥作用。车的发动机还好，油还有，但汽车硬是开不了，原来是电瓶没电了,在汽车高速奔驰的时候,在汽车载满了欢声笑语的时候,谁也不会想到在最不显眼处的电瓶。

能这样说会更好:生活中有边角,但绝没有废料。而当你不愿当边角的时候,可能大多数时候你真的只能是废料了。记住,一副麻将的牌再多也少不了"百搭",一副牌再多也绝对不会多出一张"红"牌。

若是自己成为一张百搭,等着在一部大戏最精彩的地方闪一次光,也是挺好的。

第六辑

活出一棵树的沉香

活出一棵树的沉香

在芸芸众生之中，虽然有人能遍览群书，虽然有人能博古通今，虽然有人能引经据典，虽然有人能妙思奇想，虽然有人能指点江山，但当我们沉静深思下来，当我们开始关注动物、植物、山川、河流，关注人之外的自然，关注思想之外的自然现象，我们常常会哀叹自己，活得还没有一片树叶的舒展和自由，好歹它敢赤身裸体地拥抱清风与明月，它敢用展开的筋络当成书写给太阳的诗句，它可以无欲无求地垂挂在无数个自己喜欢的日子里，直到有一天落入秋的怀抱也带着满心欢喜，依然保留着一片叶子的形状，它是一片叶子，它就活成一片叶子的样子。

好憋屈的人类呀，隐蔽自己的思想，还低头假装思考；好脆弱的人类呀，那么多人稍经挫折就心灰意冷，潦倒于江湖；好现实的人类，常常自己被自己的颜值所误，大自然中的参天大树是栋梁之材，大自然中的树根，是根雕是艺术之材，大自然中盘根错结的树就是爱情之材了，自然是什么样的材就有什么样的用，我们还没有一个古人明白：天生我材必有用；我们还没有一棵树活得明白：且不要说是沉香树了。

最近，一位我尊敬的老兄约我们去看沉香博物馆，这一看不打紧，直接为我打开了一个沉香的世界。沉香的价值与价格直接被我忽略了。甚至沉香的医用功效也并未完全打动我，而沉香成长的生命的故事却敲击着我，令我醍醐灌顶，恍然明白人世间的一些道理，我们不明白，而沉香明白。沉香，集天地之灵气，汇日月之精华，蕴岁月之积淀，它被誉为植物中的钻石，极品沉香的价值是黄金价格的二百倍，可谓是沉得惊世，香得骇俗。不是沉香树自然是结不出沉香的，可是沉香树也不一定就会结出沉香，沉香的形成是一个充满了偶然和神奇的过程。按沉香结成的情况，沉香主要分为六类：土沉、水沉、倒架、蚁沉、活沉、白木。沉香木倒地后埋进土中，受微生物分解腐朽，也是浸透着大地的精华，剩余未朽部分，为"土沉"；倒伏后陷于沼泽，经生物分解，从水流吸收养分，又从沼泽中捞出者为"水沉"；经年累月，风吹雨淋，阴阳更替，雷电劈打，所余之材为"倒架"；沉香树为活体时经人工砍伐，置地后经白蚁蛀食，其所余者为"蚁沉"；活树砍伐直接取得沉香者为"活沉"；树龄十年以下者，稍具香气为"白木"。土沉味厚醇，倒架味清醇，水沉味温醇，蚁沉味清扬，活沉味高亢，白木味清香。顺着这样的脉络，我们再来细细地探索一下水沉的故事吧，水沉以结香不同又分四种：一、"熟结"：树木死后，树根树干倒伏地面或沉入泥土，风吹雨打，在岁月中分解收缩而最终留下的以油脂成分为主的凝聚物；二、"生结"：树木在活着的时候形成的香结，被刀斧所砍、蛇虫动物啃蚀等外力引起较深的伤口后，沉香树会渗出树脂来自我防护，从而在伤口附近结香；三、"脱落"：枝干朽落之后又结出的香；四、"虫漏"：由于树虫、细菌等对树木的蛀蚀而形成的香。

自然是什么样的人就会有什么样的人生，而无言无语尽被人类索取的大自然又给我们带来什么样的启示呢？就说沉香吧，它被雷劈、被刀砍、被虫咬、被雨淋、被土埋，不管是活着，还是死去，只要它爱着，它就会为人类捧出沉香。如果是爱，它是清纯的，它是无私的，它是奉献的，它是深沉的，它是至真至善至美的，不管是活着还是死去，只把沉香捧着。

还有什么好计较的？

还有什么需要算计的？

还有什么值得去争名夺利的？

还有什么阴谋诡计自鸣得意的？

还有什么瞻前顾后的？

还有什么？还有什么？还有什么？

我们能活出一棵树的沉香吗？

五柳先生和海德格尔

　　孤独有某种特殊的原始魔力，不是孤立我们，而是将我们整个存在抛入所有到场事物本质而确凿的近处。——海德格尔说。

　　我的一位邻居，不久前毫无征兆地搬走了，真的是毫无征兆，因为不久前我还去了他的家，装修得非常好，而且搬进来时间也不长，从他的家中可以看到城市新区美丽的公园和天际线的高楼，确实是一个非常理想的居住之地。可他还是搬走了。

　　后来，他告诉我：住在20多层的高楼上，经常整晚睡不着觉，原因是什么呢？原因是离地太远，不接地气，因为不接地气，所以睡不着觉。地气，一个多么乡土的名字。你在乡间，撸起裤脚，你的脚面会被露珠打湿；你在乡间，早起薄薄的淡淡的雾中，有一点呛人的炊烟随着院后的那一棵老树一起缓缓升起；你在乡间，一早就有早起串门的邻居相互用方言打着招呼："起这么早，吃了吗？"吃了吗？是中国乡土里最大的地气。还有，在乡间你可能在溪水的上游冲洗马桶，而下游的人没准正在用同一条溪水在淘米、洗菜。也常听人夸人，你真的好接地气呀。地气可能就是真实走心吧。

虽然我常常想起我的邻居，但我更是会常常想起接不接地气。

不久前，我到省城的乡间去探访我的一位挚友。说是挚友，是因为我们相处了近30年，但彼此依然都没有厌烦，还常常洗心革面似的聊天；他在自己的领域在全国已经有了非常大的影响力，虽已从一线退下来，但一所大学又请他去组建一个新的学院，已经开始搞得风生水起了。20多年前，我只有一间不足20平方米的蜗居，但一帮文朋诗友偏爱来这蜗居，经常来搞得人仰马翻，常常是杯盘狼藉。最开心的是我这好友，常会自己拎着一瓶酒来到我家，就我俩人，推杯换盏，你来我去，面红耳赤，口吐莲花。一瓶酒下肚，有的时候也会热泪盈眶，桌上飞来飞去的全是现实与梦想。

在城里他当然是有住房，但显然很不过瘾，王志文说不是要过把瘾吗。他先是在黄山脚下购置了一套民房，因为他的镜头几乎覆盖了这里的山山水水，他的脚步几乎丈量过这里的每寸土地，他给这里留下了很多或黑白或彩色的名篇佳作。但毕竟离省会还是远了些，来去不便，地气和人气都有，就是隔着的乡愁太远。于是他卖了黄山的房子，又在离省城不远的近郊购置了一处住宅。这下地气和乡愁全都有了。那一天，几位好友在他乡野的居所，尽情大快朵颐，呼来喊去，而他又在高喊着，又来一个秘制牛肉, 果然是味道了得, 超越我们过去对红烧牛肉的认知, 然后又是一顿觥筹交错。身居客厅, 透过落地的玻璃门, 你就能看到院里的绿树和杂草, 而越过墙头是更高的树和更高的知了的叫声。酒后的茶叶涨上来又落下去, 而这乡居的美好好像一直涨在喉咙处, 咽不下去, 吐不出来, 这就是美好的东西好像始终会卡在你生命的最紧要处。

其实, 这就是一批土人。心猿意马, 放牛南山。有一位五柳先生, 他放弃城里的高官, 也可能还有厚禄, 偏偏要跑到乡下, 乡下还不够, 还要跑到偏远的乡下, 养一群散养的土鸡, 养一批能飞的土鸭。这位先生名头大得吓人, "隐逸诗人之宗""田园诗派之鼻祖"。他的作品汗牛充栋, 而一句 "采菊东篱下, 悠然见南山" 就冠绝了天下关于江湖隐士的文字, 空灵、放达、净化、悠远。陶渊明, 没有人不知道他的名字, 而五柳先生内心最深的渊薮, 后人真的明白吗? !

还有一位德国哲学史中响当当的人物海德格尔, 他在一篇《我为什么住在乡下》中这样写道: "让我们抛开这些屈尊俯就的熟悉和假冒的对'乡人'的关心, 学会严肃地对待那里的原始单纯的生存吧! 唯其如此, 那种原始单纯的生存才能重新向我们言说自己。" 是的, 严肃。严肃性可能是我们当下最应该自省和面对的。

我们该严肃地对待生活, 或者生活中最高雅的一种存在方式: 孤独。

或许这是一种思想或思考存在的方式。

参照物

　　这个世界的发展进步，在于比较；因为比较才知道差距与不足，因为比较才看到别人的优点与长处；比较产生了压力，比较也产生了动力。动力大了能改变世界，压力大了能够转化成更大的动力。

　　而这个世界可能产生的糟糕的结局，可能也是产生于比较。我们一比较，同在一个学校一个班读书，他考上大学了，而我没有考上，我心理不平衡；而其他还有人考上名牌大学了，他心里又不平衡。我们同在一个单位上班，没几年他被提拔重用了，我却原地踏步，心里自然不爽，为什么被提拔的是他不是我，不爽的内心自然是被不良的情绪扭曲了。我们一起做生意，他成了亿万富翁，我只能小富有余，为什么别人能挣大钱，我却不能，我自然因为内心不甘而闷闷不乐。

　　比较是一个汉语词，意思是指对比几种同类事物的高下。鲁迅《准风月谈·喝茶》篇中写道："我们试将享清福抱秋心的雅人，和破衣粗食的粗人一比较，就明白究竟是谁活得下去。"

　　世界是要比较的，不比较就没有进步；人生是要比较的，不比较就不知道自己生活得有多么幸福。比较不是为了高下，比较是让我们更加懂得珍惜。比较的意义，不是比难过，而应该是比好过。

　　而设定什么样的参照物，就确定了我们把握自己和自己人生的幸福。大地上长出的小草，孕育于大地，如果没有土地，小草就没有依存；而没有任何一片土地，会高于生于大地的小草。如果泥土心生嫉妒把小草覆盖了会怎么样？小草还会钻出泥土，绿绿地生长；而大地就这样托举着一片又一片的绿。大地伟大，因为它的胸怀，小草伟大，因为它的倔强。而生长于小草之上的大树，不仅长得高大，令小草仰视，并且还占据了绝大多数的阳光、雨露、清风，小草倚傍在大树的周围，并没有心胸狭隘地诅咒，而是与大树一起和谐生长；如果小草与大树比高，它永远也高不过大树，它永远只能仰望着大树悲叹，但小草知道自己的位置，它与泥土在一起，它紧紧贴着泥土生长。大树的希望是在天空，小草的梦想是在大地。再高的大树，也高不过天空，天空对大树就是神一样的存在，大树永远不可能戳破天空，大树永远也不可能企及天空；如果大树的理想就是要长到刺破苍穹，那它一定是个孤勇的失败者，因为它选定了永远无法达成的目标，它长得华冠如伞，枝叶繁茂，也只能望天空而兴叹；而如果大树愿意接受天空的拥抱，给它风的抚慰，给它雨的滋润，给它光的照耀，它就是一棵幸福的树，哪怕是暴雨、狂风、大雪，这也可能看作是天空对它爱的磨炼和考验。

　　参照物可以让我们幸福，参照物也可以让我们痛苦。让我们幸福是因为生活告诉我们，还有很多很多人在为温饱和自由挣扎，还有很多很多人还在战场上牺牲，可能一颗流弹就会带走他活着时候的所有，从肉体到梦想，从爱情到三叶草；让我们痛苦是因为比较，原来还有人比我们生活得好，比我们富有，他们在游艇上看爱情和浪花一样激荡，他们的豪宅可以坐拥最美丽的海景，夜晚抬头就会看到满天的星斗。不比较没事，一比较开始不快乐了，并且开始郁郁寡欢了，并且开始愁眉不展了，并且开始怀疑夜空中一闪一闪的星星也是不怀好意地在嘲笑他失败的人生，并且开始怀疑给他光明和温暖的阳光，照得他太刺眼。

　　比较是一种人生境界和智慧，而选择好自己的参照物更是一种自信与务实。好的参照物，能让人看到差距和不足，能让人感到自足与珍惜；刚练100米，你的参照物就是博尔特，你只能越练越失望，因为差距太大，你应该把他当成人生的目标和理想；刚做生意，你就想当比尔·盖茨，参照物过于遥远，反而让自己越做越灰心，因为这中间隔着数不清的小目标呢。

　　参照物是具体的，又是抽象的；具体的应该是真实可攀而不是遥不可及，是自身定位而不是盲目攀比；抽象的参照物就是你的心。心正了，参照物就容易找；心歪了，参照物就找不准了。

　　我们最大的参照物，就是我们能够感受幸福的心。

时间线

有一句话是这样说的。

有一天，辉煌了，一定要有个好身体，才能享受人生；有一天，落魄了，还得有个好身体，才能东山再起。这到底是健康观，还是生命观呢？

如果一切都是正常推进的话，人生的时间线应该是这样的：两个相爱的人相遇了，因为爱成为一家人，因为更爱，经过十月怀胎，生下了孩子，性别暂且不论。然后三岁开始上幼儿园，六岁开始上小学，十二岁进入初中，十五岁进入高中，十八岁考上大学，二十二岁读研究生，二十四岁读博士，二十八岁博士毕业，恰巧又遇到一个中意的人，恰巧又有一份满意的工作，三十岁结婚生子，然后又有了孙子，又有重孙，时间线就这样分割成求学、工作、结婚、生子。

　　然而，生活并不是这样完美的近乎黄金分割线的。假如你生在农村，假如你是一个女孩，又假如你遇到的是重男轻女的家庭，又假如你的家乡是一个贫困地区，又假如你的家庭贫困得比洗过的脸还干净，你的命运可能就会发生变化，你的生命中只有枯燥嘀嗒的时间，而没有展现人生美好的时刻。你只能很小就开始承担家务，你只能用瘦弱的肩头扛起生活的重担，你只能听说有黑板和琅琅的书声，你只能摸着别人的书本却不认识上面的字；而且，你极端可能还要早早地出去打工挣钱，供弟弟读书，因为弟弟是男孩，是未来家庭的栋梁，他是要云游四海、建功立业的；你的岁月里，只有时间，只有年龄，而没有少年的快乐与浪漫，没有青春的梦想与追求。生命的时间线在你这儿走偏了，你只能收获走偏的人生，你还以为这是必然的。因此，你绝不知道去纠正这样的时间线，你只能在时间里木然地走过一生。

　　当然，打断时间线的方式有很多。有天生的缺陷，有后天的际遇，有环境的历练，有自己的追求。有一个著名的天才，他和我生活在同一个时代，甚至生活在同一个城市，甚至差一点就认识，因为他和我的一个高中同学常常一起下围棋，但我还是无缘与他相遇，他就是首届科大少年班的天才宁铂。宁铂几乎是那个年代学霸与天才的代名词。他上通天文，下晓地理；他一目十行，过目不忘。他喜爱天文，但中国科学技术大学并没有这样的专业，他只能选择与此相近的物理；这可能就埋下了另一条改变他一生的时间线。经过若干年的学习，他并没有找到感觉，虽然后来留校当了助教，但他渐渐对神秘主义的星象学有了极大的兴趣，把时间用于哲学和宗教，又开始痴迷于宗教和气功，及至三十八岁时出家。如果这一切都是正常的时间，他应该遨游在物理学的海洋，成为比肩爱因斯坦的大科学家；他应该也有机会搭乘墨子号、悟空号了解更深邃的宇宙，可他离开了自己的时间线，又没有在另一个时间线里找到真正的自己，他的时间线就是一团乱麻，他自己理不清，别人也没办法帮助他理清。

　　而在2011年9月19日，以《一句顶一万句》而获得第八届茅盾文学奖的刘震云的人生却展开了另一条时间线。十五岁那年，刘震云穿上了军装，在新兵连时，他就遇上了一位喜爱写作的战友。这位冯姓战友某一天对刘震云说："你也写点东西吧，你人聪明，而且表达能力强，能把事情说清楚，字也写得好。"刘震云听从了战友的建议，一脚踏进了文学的大门，而这大门也很幸运地真的朝他敞开着。其中有他自己的刻苦努力，但另一条他母亲的时间线也在改变着他，冯战友是一条明线，刘母是一条暗线。刘母问：你现在也写东西，这工作不难吧？刘答：挺难的。刘母问：鲁迅在你们写东西的人里边算一个大个儿的吗？刘答：好多人把他当祖师爷。刘母说：那写作这东西就太容易了。我看过他写的：我们门前有两棵树，一棵是枣树，另一棵也是枣树。我也能写出来，我卖酱油，一个是酱油缸，另一个也是酱油缸。刘后来就成了享誉中国的大作家，冯战友给了他启发，老妈给了他幽默的基因，他自己找到故事的源点：幽默产生于悲剧。一个精彩的时间线，切割开他更加精彩的作品。

时间线，到底是生命观，还是价值观？当人辉煌时，当人落魄时，身体支撑起我们的时间，用时间来对抗命运；我们唯愿有一个正常的时间线，不被迷惘牵着走，不被命运随意切割。

只要人生的时间线是自己勾画出来，其中缀满的珍珠是你的，其中挂着的遗憾和叹息也是你的；唯愿我们有公平选择的机会，而不被命运早早错杀。

时间线不被别人牵着，时间线只被自己握着。

真诚不需要防备

真诚是一个人对他人和世界不需要防备的信任。

很显然, 信任是真诚的基石。与人相处, 与世界对话, 你可以用怀疑的精神去对待; 但一个真的人和真的灵魂, 一定应以真诚的态度与他人和世界相处。

真诚的意义, 就在于你没有理解, 或者没有被理解, 但真诚的意义就在那里, 就像冬夜火盆里的炭火, 即使没有在熊熊燃烧, 却一直在默默地给你温暖, 只是在你拨弄的时候, 才以闪烁的暗红的火焰告诉你: 我在这里。

狗是人类最忠诚的朋友, 人们很羡慕主人与狗狗之间的忠义, 甚至是常常讴歌狗的忠诚。狗狗其实是非常脆弱、敏感而又需要关怀的朋友, 相处久了, 狗狗也把人类当成自己的好朋友, 它会在睡觉时把背对着自己的主人, 它其实是以这种方式把自己对这个世界的信任交给自己的主人了，因为后背是它最薄弱、最需要警惕被攻击的地方，而一旦建立起了这种信任，它会毫无保留地把自己交给主人。

其实我们在很多战争片和武打片以及类似的故事里看到，两个相处过命的战友在面对共同的敌人时，他们会毫不犹豫地将自己的后背交给对方，背靠背地共同应对迎面而来的敌人和对手。背靠背，靠的是忠诚，靠的是信任，靠的是生死；靠过背的兄弟，没有语言，只有行动，此刻的一靠，靠出的是比金山和银山更有价值的靠山，是无坚不摧的忠诚和信任之山；只有背靠过背的人才知道这山之高、之强、之大、之坚。面对强敌，兄弟说：来，靠着我的背。

在现实生活中，我们很多时候不知道如何表达我们的真诚，这是因为我们还没有建立起一种彼此信任的文化。在我们的生活中常常有这样的怪圈和怪论：谁个人前不说人，谁个背后不被人说。而喜欢背后议论别人的人，喜欢人前说人的人，常常是一种功利的短视文化左右他肤浅的心；他无法淡定下来，他无法坦然自信地面对生活，而不自觉地参与到议论别人，或者背后说人的过程中，实现自己内心一些阴暗的目的；而这些阴暗的目的可能是阻止一朵正在美丽绽放的花朵，可能是掩盖一个无法说出口的阴谋；他们不敢正面交锋，他们更不敢去公正地看待，在人们都认为太阳给我们带来光明和温暖的时候，有人偏说阳光刺了他的眼，温度让他很燥热。真诚就是一颗心永远在第三颗纽扣的后面，它摆放得很正, 不会因为一些诱惑、一些构陷、一些既得利益、一些阴暗需求而改变位置。真诚的位置真好, 因为心就在后面跳动。

　　在最近很火的电视剧《觉醒年代》中扮演陈独秀的于和伟, 其实他火了不少年了。但你感觉他的戏虽然火了一些年了, 但他的人始终淡淡的。犹如深谷之兰草花的香味, 它并不是为了让人知道它的幽香才开放的; 而是因为它有自己独特的香味, 哪怕在幽深的山谷, 依然会被人发现和喜爱。于和伟在一个访谈中的几句话打动我了。他说他的母亲不认识字, 但常常告诫他一句话: 自大一点念个臭。自大多出一点就是个臭字, 一个不认字的可敬的母亲, 却懂得人间的正理。只有正的理方能引导做正的人。伟大的真理都很朴素, 饱满的种子都来自泥土。而真诚是信任的土壤, 而信任才会真诚地表达。

　　真诚是自己的一种处世态度, 与他人无关, 即使是面对三六九等不同的人也会表现出同样的真诚。真诚并非为了从别人那里得到什么, 真诚应该是让自己活得更开心, 更坦然。一个无法以真诚面对自己, 让自己开心的人, 你能指望他带给你什么呢?

　　米兰·昆德拉在他的《不能承受的生命之轻》中写道: "令她反感的, 远不是世界的丑陋, 而是这个世界所戴的漂亮的面具。"

质地

有人说，我们生活在一个没有细节的时代。

想想也是。

记得小时候在乡间，每天清晨都有一些声音打破宁静。先是在村头高高低低的、长长短短的公鸡打鸣声，然后是家家户户吱吱呀呀、大大小小的开门声，那些个宽宽窄窄的木板门，大多都因为年头较久，在打开的一瞬间，吱吱呀呀的响声显出村庄的古老，待各家各户的门完全打开之际，太阳便一股脑儿涌进了家家户户；然后，能听到一些沙沙沙沙的响声，这是爱洁净的乡亲在清扫自家门前的空地，沙沙的声音远远近近，起起落落；再然后，有急促的、强烈的劲道，开始劈柴，啪啪炸开的粗短的木材是用来烧锅的；然后，炊烟升起了，好温暖的家家户户，即使有些难挨的时日，但围拢飘浮在村庄和村庄上空的炊烟，总能让好多无言的苦难渐渐化开。

想想，这些乡间晨起的交响，是一些多么美好的回忆，是击打在生活上最绵长的回响，是一些烙入灵魂的印证，是一些文在时间之身的细节。敲敲打打的日子，又做实了这些纹理，这些纹理好像乡间兄长的大手，布满茧花，质地很棒。

上个世纪的70、80年代初期，流行一种布料，叫的确良，做成的衣服穿起来很挺括，形状很周正有型，当时非常风靡。于我当时的理解，这种面料是一种质地不错的东西，和纯棉的粗布相比，它既好清洗、晒干，又便于打理，有型。以至于很多年间，我一直固执地以为的确良是质地最好的面料。但因为那时候年龄小，家里人还没有舍得给我置办一身这样的高级货。直到后来真正穿上的确良之后，才发现这样的好东西，其实也一般。夏天最热的时候穿，它闷热而不透气；冬天最冷的时候穿，它不贴身又不保暖。过去的好质地的印象，在真正地穿过之后，便坍塌了。其实，少年心间总不愿意相信坍塌这样的事，因为他总相信，时间还多，大大小小的东西都有时光来打捞，这些细节组合而成的质地，是要经得起打磨的；经不住岁月打磨的，自然不可能有质地，譬如某些直立的动物。

质地有两重意思：一、某种材料结构，如质地坚韧、质地精美。二、指人的品质或资质。我终于更加理解人是大自然的一部分了。你看，质地本来就是指材料的结构，却偏偏又影映到人的身上。看看这些精彩的段子，都有自己的硬核，因为它有质地。驴说：人蠢却说蠢驴。牛说：人说大话却叫吹牛。猫说：人搞诡计却叫猫腻。狼说：人合伙干坏事却说狼狈为奸。老鼠说：人没远见却说鼠目寸光。老虎说：人装模作样却说狐假虎威。狗勃然怒道：最可气的是，骂人用狗娘养的。历史没有真相，我们永远只能设法逼近真相。某些真相是这些事物不论好坏，只能为人所用，为能掌握它命运的人所用。

质地可能是黄钟大吕，掷地有声；质地可能是溪水潺潺，清澈透亮；质地可能是一双有力的大手，在你困难时拍打你的双肩；质地可能是一个眼神，传递着温暖和信任；质是坚强可靠，地是直抵人心。

这就叫质地。

有所谓

　　古希腊有一个水仙之神叫纳西索斯，在他出生时就被预言：若他看到了自己的脸，就无法长寿。纳西索斯的父亲请教他的老师如何才能阻止他儿子的死亡。老师告诉他，他只要将家中所有的镜子都毁掉，不让儿子看见自己，他就可以长命百岁。父亲就按照老师指点的方法让孩子在这样的环境中长大，尽管纳西索斯长大后变成全希腊最俊美的男子，但他从来不知道自己长什么样子，直到有一天他来到河边，对着水中的倒影，他问"他"：你是谁？这样的逼问一直困惑着这位美少年，直到有一天他投入河中追寻自己的倒影而去。这似乎与屈原的投江没什么关联，一个是为寻找自己的脸而去，一个是为求索国家、民族前途而去。一个成了神话故事里的水仙之神，一个成了历史上伟大的爱国者。

　　如果与水仙之神纳西索斯是朋友的话，一定可以感受到他的悲凉与心伤，他知道自己是谁，又不知道自己是谁，虽然他的容貌可以倾倒天下，但他自己却全然不知；我们现在有身份证证实自己的身份和存在，如果你的身份证丢失了，你的大数据消失了，你的指纹、你的DNA都没有了，你如何证明你自己就是你自己？你一定也会非常惶恐，这时候你就会理解纳西索斯的痛苦，明明你知道自己是谁，却无法证明自己是谁，你就会有与水仙之神一样的疑问：我是谁？人生在世，最讲究的就是"人活一张脸，树活一张皮"，而活着找不到脸，不认识自己的脸，你能感受到这彻骨的寒意吗？一切真的都无所谓了。

前些年一首沧桑而语意复杂的歌开始流行。

这首歌的名字叫《无所谓》。

《无所谓》像穿过街道的风，一阵又一阵刮过，那个沙哑的嗓子是在叙述无奈、悲伤、找寻、破灭、轮回、希望。你在某一个歌厅，你在某一个公共场所，甚至你在街头排着队的当口，或者忽然从你身边骑车而过的一个少年，都会猛然没头没脑地飘过一句，或吼出一嗓子：无所谓。《无所谓》是由杨坤自己填词作曲，它创作于1997年，但迫于生计杨坤不得不将这首歌卖给别人，并且合同规定：杨坤自己在几年的时间里不能用这首歌。这首歌被卖了五六次，直到2002年，杨坤才有唱这首歌的机会，而你可能不知道的是，这首歌最早的录音竟是在洗手间完成的。知道《无所谓》的背景，你百无聊赖、没心没肺的一嗓子"无所谓"，其实真的是有所谓的。

与无所谓相反的就是有所谓。

人这一辈子最累的不是有所谓，恰恰是无所谓。太阳给你光明和温暖，你无所谓；朗月给你清澈与宁静，你无所谓；春天给你缤纷与烂漫，你无所谓；农人给你五谷与稻香，你无所谓；他人给你帮助与提携，你无所谓；父母给了你生命，而且这生命只有一回，如果你真的无所谓，请他们收回可以吗？你回答：无所谓。

有所谓。

不仅是在乎与在意。你不在乎的阳光是刺眼的烤人的，你在乎的太阳是温暖的热烈的；你不在意的溪水是孤独的弱小的，因为它只是那么一点涓涓细流，你在意的溪流是勇敢的充满力量的，不管是在深山密林，还是在荒郊野外，总在寻找着大江、大河、大海。

它应该还有一些探究之心，有些好坏之分，有些细节的计较。是月白风清之时，有所谓的会有诗情画意涌上心头；是他人的滴水之恩，雪中送炭，千里送鹅毛，有所谓即知饮水思源，恰到好处，礼轻情意重；是盲人夜行时的掌灯，是下雨时路人的雨伞，有所谓的会把心里的明镜擦得更亮，有所谓的会知道伞外的雨花更美。

有所谓不会与他人计较功劳大小。你是参天大树很好，我仰视，我钦佩，我学习；但我愿意做你枝上的绿叶，让你的伟岸不孤单，让你的梦想有地方栖息。

有所谓的人，明知自己发不出黄钟大吕之声，但也愿意做一个吹哨人，可能声音不够壮阔、辽远，但他是用生命在吹。其实，吹哨人还有自己的孩子、妻子、家庭，有自己的父母、亲人、朋友、同事，还有自己的爱情和爱好。

　　做一个吹哨人，真痛惜他是在用自己的生命。

　　做一个有所谓的人，脸面和尊严的重量是一样的。有所谓可能就是凡事多一点在意与在乎吧。

谁是配角

曾经读过一篇文章，是介绍著名演员陈佩斯的，说的是陈佩斯从事演员职业后很久也没有上台演出的机会，一次机会终于来了，剧团排了一出戏，让他出任匪兵甲、乙、丙、丁的丁，可就这小小的丁的角色，也让他毫无保留地抓住了这稍纵即逝的机会。当他随着甲、乙、丙在舞台蛇形穿过，有着强烈表演欲望的他，却故意放慢脚步，并且又回身一圈，左右张望，才又鬼鬼祟祟地随队而去。就这一回身，让观众记住了他，以至于忘记了主角是谁。

究竟谁是主角，谁是配角，谁是大演员，谁是小角色呢？在一部戏中，编剧会创造出若干不同的角色，这些角色会根据戏中的要求、不同的人物命运走向，塑造不同的人物形象。这些形象会有主次之分，会有镜头远近之分，会有出场时间长短之分，但对一个饰演角色的演员来说却绝对没有主次之分，哪怕一个镜头也要完美呈现；戏中是配角，表演的人生却是主角。记得当年有一出戏，叫《红色娘子军》，其中南霸天一角的扮演者正是陈佩斯的父亲陈强，由于他演得太逼真到位，以至于他一出现在街头就会人人喊打，以至于人们早已忘记主角洪常青的扮演者是谁，而一个头号大反派的扮演者却深入记忆。演不好配角，自然是当不了主角，缺少主角意识的配角，自然更当不了人生的主角。

著名戏剧流派，又被称为国剧的京剧，就有五大行当，这五大行当分司不同的角色，而每一个角色在舞台呈现出来的都是不一样的情绪，不一样的剧情。生、旦、净、末、丑五大行当，缺一不可。因为它们相互辉映，熠熠发光。这似乎也暗合了中国古代哲学中的金、木、水、火、土之五行。这五行相互依存，彼此衬托。各有定位，共同发展。天若无土，就无法覆盖着大地；地若无土，就难以承受地上万物，五谷也无处生长；人若无土，就不能自然繁衍而五常不立。因此天地人不可无土。木若无土，何以栽培；火若无土，难以照四方；金若无土，难施锋锐之气；水若无土，就不能借地势流溢四方。土若无水无木，不能生养万物；无火无金，不能繁衍生息。这就是五行不可或缺的道理。五行由此构建而成。戏中有不同的角色，自然有不同的构成，而人生只有一个定位：自己一定要是自己的主角。

美国好莱坞有一个全世界著名的奖项：奥斯卡奖，这个电影界最有影响力的奖项的人物奖有最佳男主角、最佳女主角、最佳男配角、最佳女配角。这些奖项的小金人长得都是一样的。试想，如果剧中的配角拼命去演主角的戏, 他自己会成为主角吗? 最佳配角一定操的是主角的心, 演好配角的戏, 得到的自然是最佳。大家一定要知道, 这个世界上只有一个比尔·盖茨, 一个巴菲特, 一个李嘉诚, 一个马云, 除此你就不算成功了吗? 错了, 做最好的自己, 即使不在最闪亮的地方, 也一定会自己照亮自己。

谁是配角? 只有自甘消沉、自甘放弃、自甘逐流的人。演不了一出精彩的大戏, 依然可以在自己的星空闪闪发光, 谁都会为你鼓掌。

有小角色, 没有小演员。

有有主角的戏, 没有做配角的人生。

谁敢把人生再过一遍

美国作家海明威曾经创作过一部长篇小说《太阳照常升起》，主人公巴恩斯历经生活之挫折和磨难，一次次地书写着斗牛士的气质，一次次书写着打不垮的人生。而《太阳照在桑干河上》则是中国本土女作家丁玲的名著，丁玲于延安文艺座谈会后遵照毛泽东同志的指示，沿着文艺为工农兵服务的方向深入生活。从1946年到1948年，她多次深入华北农村，这部小说艺术地再现了中国农村从未有过的巨大改革，塑造了一系列新型农民形象。

两个不同国度、不同性别、不同写作背景的伟大作家，都选择了太阳作为自己作品贯彻的意象，这个意象本身巨大的创造性意境，为整个人生和作品的走向给予了有力的引导。对于大自然来说，太阳起落是一种规律，如果光升起不落下，倒可能要给大自然带来灾难。而太阳作为人生寄托的精神图腾, 完全被寄予了新的价值和含义。人生可能遭遇不顺和打击, 可能经受挫折和磨难, 但正如风雨之后见彩虹一样, 太阳照常升起。这样的人生际遇和胸怀, 一下子阔大起来。对于一个有抱负有理想的人来说, 太阳每天都是新的; 而对于一个消极悲观、无所事事的人来说, 昨天的太阳和今天的太阳没有区别。人生总得有一个突破口, 有一个支柱, 有一个方向, 有一个梦想, 有一种牵挂, 有一种力量, 有一种不懈的追求。有了这些, 你就有勇气把生活过下去; 没有这些, 生活确实就很难过下去。

我曾经听过一只鹰重生的故事。这故事带给我的震撼是巨大的。人生有的时候, 非常需要从其他动物身上寻找自己发展向上的力量。鹰是鸟类中寿命最长的, 它可以奇迹般地活到70岁。然而, 有一部分鹰却会在40岁死去, 只有大约三成可以活到70岁。当一只鹰活到40岁左右, 它的喙就会变得弯曲、脆弱, 双翅的羽毛也会粗大沉重, 无法继续自由飞翔。这个时候, 鹰有两种选择: 一是回到巢穴静静等死, 一是通过150天的漫长煎熬, 获得新生。如果一只鹰选择了新生, 它必须飞到山崖的顶端筑巢, 然后开始忍受饥饿和疼痛, 在岩石上日复一日地敲打它的喙, 直至脱落。等新喙长出来之后, 鹰必须更为决绝地用新喙将磨钝的趾甲一个个拔去, 直到长出新的锋利的趾甲。鹰还要把粗壮而沉重的羽毛从翅膀上一根根拔掉, 好让新的羽毛长出来。当这150天痛苦的历程过去, 鹰将重获30年的新生, 再次翱翔在天空。

有时, 我们还不如一只鹰。一只苍鹰。一只雄鹰。一只老鹰。

当人生遇到如此选择时，我们有壮士断腕、刮骨疗伤的勇气吗？我们有破釜沉舟、视死如归的雄心吗？鹰也是生命，鹰也会思考，面对蓝天，它有不尽的眷恋；面对大地，它有不尽的神往；面对70年，它敢于奋力一搏，痛苦地一搏，带来30年的新生。纷纭变幻的世界，潮起潮落的时代。看看我们身边的大数据、粉丝经济、生态系统、O2O、IP、跨界、投资人、垂直、专车、用户体验这些互联网热词，我们常常会感叹自己被挤压得喘不过气来，感觉快活不下去了。

　　看看鹰吧，我们就会有勇气将人生再过一遍。

面相

　　每个人都是有自己的表情的, 这个表情会因时事心情而变化, 它会跌宕起伏, 反复无常, 有时是哈哈大笑, 有时是低吟浅笑; 有时双眉紧锁, 有时又是云开雾散。表情只记录一段时间的经历和心情, 只是一段时间情绪的流露与表达。表情与面相有关, 有关又无关。如果一个人表情长期固化, 长期如斯, 就会积累成他的面相。俗话说: 人三十岁以后要对自己的长相负责。面相也是长时间心情状态的呈现。而一个国家也是有自己的表情和面相的。比如我们过去的基本面相记忆就是, 悠久灿烂的文明历史, 传承不断的东方古国, 文人辈出的伟大国度, 思想与哲学影响世界的泱泱大国。但国家的面相常常会被纷争与战乱打断, 春秋大战, 安史之乱, 外夷入侵, 贞观之治, 康乾盛世, 昭君出塞, 民族融合, 李白、杜甫、白居易, 鸦片战争, 抗日战争, 等等, 都只是一个国家阶段性的表情。这些表情，是一个伟大光荣国度面向历史记忆中的一些褶皱，一些眼泪，或者一些欢笑。丰富的表情，痛苦的表情，向往的表情，追忆的表情，愉悦的表情，表情的重复与沉淀、回忆与再生，形成了一个人的面相，形成了一个国家的面相；这些面相才是被时间定格的真正的历史。当然，表情可以算作历史的瞬间吧。

最近，有一些表情，表现了这个时代当下的一些焦虑与挣扎，茫然与思考，期待与突破。前一段时间，由一个草根演员王宝强离婚案引发全民参与的时代表情，人们分析、愤恨、调侃、选边、站队。每个人都从自己的角度演绎着自己的人生表情，可能这些都已经与所谓的"王马案"无关了。但大家从这儿找到了宣泄口。很快大家又话锋一转，关注到从业仅十多年的王宝强财产惊人，不仅在中国有几处房，居然在美国还有房，还有众多的奢侈品。于是乎，大家结合当下发出"一个教授的收入还不如一个戏子"之类的感慨与感叹。当下的中国肯定有如此情况，而有些人如何鄙视演员曰戏子，本身就是一个不公平的表情。要知道，演员与教授都是劳动者，都有自己的追求与抱负。至于当下教授还不如一个演员的收入的现状难道怪演员自身吗？包括我们个人在失衡的追星过程中是否也助长了社会表情的夸张？这样错愕的表情绝对不要记入国家面相，希望一夜之后，清晨将它一洗了之。

最近还有一个可以上升到国家表情，期待可以成为国家面相之一部分的事件，它不仅影响了中国，也正在影响着世界，全球的媒体都在研读她们的表情，研读这背后，一个国家的表情。而这个可以记入历史，沉淀成国家面相的事件却是由一批女性创造的，她们靠自己的双手、智慧、汗水、青春，甚而是美丽，铸造出一种精神，这种精神似乎无坚不摧，勇往直前；这种精神似乎是一种神话，一个传奇；它跨越时代，它影响中国。从上个世纪80年代开始，由"铁榔头"郎平等一批女排英雄，一次又一次征服了对手，也征服了世界，中国人甚至将她们与国运联系到了一起，这是一个国家最典型的面相表情。一场比赛，可以是最振兴中华的伟大感召与伟大缩影。起起伏伏，上上下下，她们承受的是一种国家命运，她们承受的是一种民族精神。而胜了欢呼，败了辱骂，这绝对不是国家表情，它只是一些人的表情；这些人的表情绝不能成为一个国家的表情，否则它是狰狞的、可怕的、可耻的，也是可笑的。我们可以享受胜利，但我们应更能够包容失败。正像郎平所说：并不是胜利了就有"女排精神"，而是"女排精神"一直都在。"女排精神"总是在最需要的时候绽放成一个国家最美的表情，这些表情应该和一段历史成为一个国家的面相。

　　谁人不期待自己有个好面相？但在每天的生活中，你关注过自己的表情吗？而一个国家的面相自然是我们千千万万个众生相组成的，你期待国家有什么样的面相？

会好好说话不

网上有一句话简直令人叫绝：父母教会了我们说话，而我们却要用一生去学会闭嘴。你看看这话说的，说话是为了闭嘴，如果可以用一句直白的语言翻译过来，应该是：说该说的话。哪些话该说呢？你总不能在别人的餐桌上大谈厕所文化，你总不能在别人的葬礼上大谈喜剧的魅力，你总不能在别人相聚时大骂别人的父母。我们自称是礼仪之邦；对一些做得不好的事会说寡廉鲜耻；教育孩子们说：仁义礼智信。多么好的中国人呀，可现在我们常常打着言论自由、学术自由、出版自由的幌子，连话都不会好好说了。

这就有了一位著名导演和他的一部著名电影《有话好好说》。作为导演的张艺谋本身也是不善言辞的，他在1997年就发现这个社会正在丧失有话好好说的能力，他通过这部电影让我们沉思，开始反思，开始深思，我们到底怎么啦？会好好说话不？电影《有话好好说》讲述的是一个无赖与一个知识分子在当今快节奏的焦躁的城市中因一件小事纠缠在一起发生的一系列啼笑皆非的故事，影片汇集了姜文、李保田、瞿颖、葛优等诸多明星大腕，主题曲由臧天朔演唱，可谓是众星云集。其中导演张艺谋本人也在影片中扮演了一个收废品的民工角色。电影的主题是很好的：《有话好好说》主要通过人物性格来表现城市人的焦躁之感。语言是一个人物性格的主要表现方式，本片以诙谐的语言简单又不失幽默地表现出人物的性格特点。社会是人际关系的总和，人在社会上难免有些矛盾冲突，和为贵，冲突总会带来伤害，"有话好好说"不仅是有效解决冲突的良好准则，也是共建和谐社会、和谐生活的良方。

　　好好说话不仅是一种能力，更应该成为一种美德。民间早有这样的话：一句话让人笑，一句话让人跳。我们一起来看看这段镌刻在墓碑上的碑文，它树立在闻名世界的威斯敏斯特大教堂地下室的墓碑林中。这个墓碑的周围有牛顿、达尔文、狄更斯，但它却没有姓名，没有生辰年月，只有一段令所有见过碑文的人都深深动容的话：当我年轻的时候，我的想象力从没有受到过限制，我梦想改变这个世界。当我成熟以后，我发现我不能改变这个世界，我将目光缩短了一些，决定只改变我的国家。当我进入暮年后，我发现我不能改变我的国家，我的最后愿望仅仅是改变一下我的家庭。但是，这也不可能。当我躺在床上，行将就木时，我突然意识到："如果一开始我仅仅去改变我自己，然后作为一个榜样，我可能改变我的家庭；在家人的帮助和鼓励下，我可能为国家做一些事情。然后谁知道呢？我甚至可能改变这个世界。"有人说这是一篇人生的教义，有人说这是灵魂的一种自省。当年轻的曼德拉看到这篇碑文时，顿然有醍醐灌顶之感，声称自己从中找到了改变南非甚至整个世界的金钥匙。回到南非后，这个志向远大、原本赞同以暴制暴填平种族歧视鸿沟的黑人青年，一下子改变了自己的思想和处世风格，他从改变自己、改变自己的家庭和亲朋好友着手，经历了几十年，终于改变了他的国家。这段刻在碑上的话真好，先改变自己吧。

你看，这就是好好说话的典范和力量，即使离开人世，也留下自己的文字和灵魂。当我们在热闹喧嚣的世界，当我们在鲜花掌声的舞台，当我们在金钱美色的怀抱，当我们在一切可能象征成功的厚爱中，摸着心说：我们都是别人的儿女，我们也是别人的父母。我会好好说话不？

让我们从今天开始，好好说话。

不能错过

　　中国有句老话: 走过, 路过, 不要错过。这句话的内涵太过
丰富, 而字面太过简单, 以至于我们有时会轻描淡写地忽视这
话中的哲学意蕴和人生况味。你看看, 你可能是一个常常从这
儿走过的人, 你可能是恰巧从这儿路过的人, 你对眼前的景象可
能麻木不仁, 可能熟视无睹, 可能习以为常; 但如果你心有感悟
了, 心有触动了, 心弦被拨动了, 你就千万不要错过了; 因为这可
能是千载难逢的良机, 这可能是旷世难觅的缘分, 错过了将后悔
终生。人生中如此错过的经历和故事比比皆是, 常令人扼腕叹
息。假如张爱玲错过了汉奸胡兰成, 张爱玲的人生可能又是一
种解法, 而她真的错过了桑弧, 她的人生倒是无解。而不久前刚
刚去世的《美丽心灵》主人公原型约翰·纳什, 这位伟大的诺贝
尔经济学奖得主曾经长时间患精神分裂症, 但他的妻子一辈子

不离不弃，伴随左右，终于让纳什成为一位伟大的数学家、经济学家。假如纳什错过他的妻子，这个世界可能多了一个疯子，少了一位数学家。生活确实如此。

假如孔子不与春秋战国相遇，假如李白不与大唐盛世相遇，假如笔墨纸砚不与中国画相遇；这些假如让我们可能错过一些伟大的人物，可能错过一个伟大的时代。今天的中国和中国人面对的正是这样一个不能错过的历史际遇，中国从过去的一穷二白发展成世界第二大经济体，中国从过去一盘散沙正凝聚成为万里长城，中国从过去的五千年历史文化正传承创新走向更有激情和活力的伟大时代。生活在这个时代的每一个中国人都不要错过这样一个不平凡的时代，更不能错过如此美好的自己。

我们生活在"互联网+"的时代，我们应该有更多的创新和创造，假如互联网是腾飞的翅膀，"+"就是永不枯竭的动力。面对过去我们可能还有一些眷念，那个时候我们挖座山、动锹土就能挣钱，那个时候烟囱多冒些烟，道路上多飞扬一些尘土就能挣钱，那个时候资源稀缺，批批条子、动动嘴巴就能挣钱；那个时候躺着就能挣钱。把眷念留给过去吧，望得见绿水青山，看得见乡愁，做得起中国梦，就不能让你这么挣钱。不要错过"互联网+"的时代，它为你的事业提供一千种可能，它为你的生活提供了一万种选择，在这样的时代，我们应该紧紧拥抱，你对生活的态度，决定了你的未来。忽然想到普希金的一首名诗《假如生活欺骗了你》，如果诗人没有这样伟大的境界和高度，他就不可能提出这样的假如，而假如普希金错过了他生活的时代：动荡、理想、追求、抗争、自由、幸福的时代主旋律，他还能成为俄罗斯文学的一座山峰吗？

太阳每天都会升起，一个不肯错过的人，一定会拥有一个不一样的人生。走过，路过，不能错过。

有梦。有碧水蓝天

小时候抬头看天，天很蓝很蓝，云很淡很淡，风很轻很轻，而这一切对于过去都是那么习以为常，仿佛这是应该的、自然的，早已成为一种习惯。而今天这种习惯不小心成为一种奢侈，而雾霾却让我们不经意间养成了另一种习惯。遇到难得的好天气，我们不禁深呼吸。

难道发展就一定会收获爆表的PM2.5吗？难道幸福就一定要飘过一些乌云吗？难道过去的蓝天一定就要成为回忆吗？最近，参加一个质量文化工作的座谈会勾起了我对质量的一些思考，我们一定不能丢弃生活的质量来获得所谓超常规发展的速度，没有质量的幸福不可能是真的生活。而在我们的生活中质量缺失、缺位、缺乏的状况屡有发生。

质量来自文化。中国传统的文化中，大的讲究天地人和，小的讲究仁、义、礼、智、信。对于生产和创造的文化，绝对是以想象力为追求对象。我们的徽州四绝，石雕、砖雕、木雕、竹雕，不同人雕出的梅、兰、竹、菊就是不同的风采，因为他们心中自有自己的梅、兰、竹、菊；不同的人造出的文房四宝，就有不同的神韵，博大精深的中国文化中更多讲究传承的文化，讲究师傅的文化，而少有标准的文化。一支中等狼毫笔制作需多少根毛、多么长、多么重、什么颜色，一定只有一个大约数。所以，我们要创造更好的产品质量，还要革新我们的质量文化。

质量来自标准。高的标准才会有高的质量，高的质量才会有好的产品。我们知道中国菜与法式大餐、意大利菜都享誉全球，而中国菜鲜有标准，甚至不同的地方菜系，不同的师傅传授的都不可能一样。美国某个小镇上的上海菜馆和中国上海的本帮菜已经大相径庭。同样一个师傅在不同心情下烧制的菜也会有不同的味道。这就是中国菜虽风靡世界，却无法复制的原因，这背后隐含的就是不同的标准文化。反观肯德基、麦当劳这些全球连锁餐饮企业，他们对每一道菜的火候、时间、外观、用料都有纤丝入毫的标准，他们只需带着一套标准就可以打遍全世界了。

质量来自细节。中国很多的质监机构的设备都是世界一流的，但为什么还是没能挡住频发的质量事故呢？从苏丹红到三聚氰胺，从童车到电梯。就在我开座谈会的现场，有一套非常高级的音响，却不时发出刺耳的嘶叫，或是拍打后才发出声音。为什么？因为安装时没有考虑到物理学、声学，没有考虑到大小功率的契合和匹配。高的质量更要有完美的细节。

质量来自意识。中国人的质量意识不可谓不强，国家对质量不可谓不重视。但长期以来的质量意识的偏差，导致我们并没有树立正确的质量意识。只有当我们成为某个残次产品的受害者时，我们才会痛恨造假造次者。我们是今天的受害者，我们也有可能成为明天的加害者。有这样一个小故事，最早进口中国的奥迪车都是整车进口国内组装，某天德国工程师发现有台发动机表面有裂纹，就将之作为残次品置于一旁，有个中国工程师发现后，将它悄悄组装，次品利用，保证国家不受损失；当德国工程师发现这一情况后，面对发动机，他痛哭不已，追悔他们生产了不合格产品。看吧，这就是不同的质量意识。

质量来自教育。我们目前的教育中，对质量教育的不够重视甚至缺失，是显而易见的。我们应该用教育将质量意识融入孩子和民族的血液之中。孩子的第一节课应该是质量课：假如孩子步行上学，不合格的窨井盖可能致命；假如骑自行车上学，不合格的零部件可能让人摔倒；假如乘公交上学，一个车胎的质量不合格，可能导致一车人晚点；假如坐在课堂上，不合格的天花板坠落，结果可想而知。让身边的质量故事成为教育我们质量人生的课堂。

如果我们每一个人都去认真践行，那么，有一天我们抬头一定又会看到清澈的星空，又会看到飘着白云的蓝天，又会看到唐诗宋词里美丽的山河。

靠近

列宁说："有人认为，只有诗人需要幻想，这是没有理由的，这是愚蠢的偏见！甚至在数学上也是需要幻想的，甚至没有它就不可能发明微积分。"习近平总书记在2014年6月9日召开的全国两院院士大会上的讲话，以创新为主题，站在时代和历史的高度，站在改革和进步的高度，站在人类幸福和社会发展的高度，打开了创新的历史画卷。其中有一段这样说道："进入21世纪以来，新一轮科技革命和产业变革正在孕育兴起，全球科技创新呈现出新的发展态势和特征。学科交叉融合加速，新兴学科不断涌现，前沿领域不断延伸，物质结构、宇宙演化、生命起源、意识本质等基础科学领域正在或有望取得重大突破性进展。信息技术、生物技术、新材料技术、新能源技术广泛渗透，带动几乎所有领域发生了以绿色、智能、泛在为特征的群体性技术革命。传统意义上的基础研究、应用研究、技术开发和产业化的边界日趋模糊，科技创新链条更加灵巧，技术更新和成果转化更加快捷，产业更新换代不断加快。科技创新活动不断突破地域、组织、技术的界限，演化为创新体系的竞争，创新战略竞争在综合国力竞争中的地位日益重要。科技创新，就像撬动地球的杠杆，总能创造令人意想不到的奇迹。"

　　我在反复琢磨和回味讲话中传递出的一些深意。不禁想到了这样一个历史故事：长期以来，古希腊天文学家托勒密的"地心体系"理论统治着人们的头脑。托勒密认为地球居于中央不动，日、月、行星和恒星都环绕地球运行。哥白尼在《天体运行论》中推翻了托勒密的理论，阐明了"日心说"：太阳是宇宙的中心，地球围绕太阳运转。而后，布鲁诺接受并发展了哥白尼的"日心说"，认为宇宙是无限的，太阳系只是无限宇宙中的一个天体系统。伽利略通过望远镜观测天体发现：月球表面凹凸不平，木星有四个卫星，太阳有黑子，银河由无数恒星组成，金星、水星都有盈亏现象等。不久，开普勒分析第谷·布拉赫的观察资料，发现行星沿椭圆轨道运行，并提出行星三大运动定律，为牛顿发现万有引力定律打下了基础。因此可以这样说：科学是不断发现的过程，真理是不断创新的过程。同样的一个道理，牛顿又从反面证明了它的正确。牛顿是世界上最伟大的科学家之一，他对科学的贡献是史无前例的。他的一生有许多重大的发现：力学三定律、万有引力定律、冷却定律以及微积分等。然而到了晚年，他的研究陷入了亚里士多德和柏拉图学说的范畴而不能自拔。他花了十年的时间研究上帝的存在,结果自然毫无所得。由此看来,即使一个伟大的学者,一旦落入陈旧的范畴,也谈不上有丝毫的成就。而创新让人们不断靠近真理。

前一段时间在一些读书会上大家都在探讨读书学习的重要性,认为眼下满眼的足浴房、KTV等充斥着我们的城乡,而启迪人类灵魂的书屋却少之又少,被逼到了城市和灵魂的角落。我忧虑而赞同。一个创新的民族,也一定是一个酷爱学习的民族;只有学习能让我们不断找到创新的方向,拥有创新的能力;而只有不断地创新,才能让我们越来越靠近真理,靠近幸福,靠近大地和天空。曾经的故步自封、因循守旧,让我们的民族一次次坠入苦难和挨打的深渊。创新,让我们和祖国一起找到了跨越世界的支点。

面对世界,让我们以创新,不断靠近真理。

化梦

　　大家都认为梦的世界是虚无缥缈、难以捉摸的，人们常以黄粱一梦来指代梦的无稽与荒唐。不久前遇到一位佛家弟子，他本是凡间一画家，有一天老天托梦，让他遁入佛门，他就接受了梦的指引，在佛家的世界里开阔了眼界，净化了灵魂，让思想在莲花之上洗濯一新。令人羡慕的一梦。

　　梦和人生真的有密切的关系，日有所思，夜有所梦。梦可能是人在睡眠状态下的一种思考形式，它很大的一个特点是形象化。历史上伟大的思考和难题的解决，新哲学的诞生，都常常是从梦中的某一个形象得来的。

　　美国技术员伊莱亚斯·豪从梦中得到启迪，进而发明了缝纫机，享誉世界。他想造一台机器来缝制衣服，但在试制过程中，由于穿在针眼里的线总是断掉，试验一直没有成功。有一天，他做了个噩梦：他被捆绑在一根木桩上，一群非洲人手拿长矛围着他又唱又跳，时而还将矛尖指向他。此时，他发现每个长矛尖上都有个小洞。当梦醒来后，他把梦中所见与断线联系起来思考，顿时茅塞顿开，原来针眼的位置应该放在针尖上，难题便迎刃而解，缝纫机宣告成功诞生。

匈牙利作家拉斯扎罗·约瑟夫·皮罗用钢笔写作时，经常弄得到处是墨水痕迹，他为此很恼火。1938年的一个夜里，他做了一个梦：他正在工作室里写作，窗外传来人群的喧闹声，打断了他的思路，愤怒之下，他用他的钢笔向窗外的人群喷洒墨水，人们嘲笑他，他更生气，拿起枪就打，谁知从枪里飞出来的不是子弹，而是一大点墨水，人们见此笑得更厉害，皮罗气不过，顺手拿起写字台上的珠状纸塞到枪管里，然后又向人群开枪，但看见从枪管里只流出稀少的墨水。第二天起床后，皮罗马上坐到写字台旁画出了圆珠笔的图样，这样圆珠笔问世了。

19世纪俄国化学家迪米特里·门捷列夫花费巨大精力试图发现某种秩序原理，使之成为构成物质世界的基本化学元素之间的显然不规则关系的基础。一天下午，他在椅子上打瞌睡，他的家人在隔壁演奏音乐。突然，他在梦中悟到基本元素如同音乐中的主题和短句一样互相关联。醒来后，他拿起一张纸，写下了现代化学元素周期表。

阿尔伯特·爱因斯坦年轻时做的一个梦也是对科学历史极为重要的梦。他梦见他用雪橇沿着陡峭的山坡滑下，越滑越快，当接近光速时，他意识到头上的星星把光折射成他从未见过的色谱。

这一景象给他留下了永生难忘的印象，他认为自己的整个科学成就就是对那个梦沉思的结果。此梦为他的成就提供了"思想实验"的基础，他通过这个梦创造了相对论。

为什么伟大人物的梦想常常会实现，而普通人物的梦想却难以实现呢？这应该去问做梦的人了。但我的观察是：普通人的梦想，只是一种梦想，并没有真的全力以赴地去努力，执着地不放弃地去奋斗，常常是浅尝辄止的白日梦；而一个伟大人物的梦想，是和他的生命联系在一起的，不达"梦"的，绝不止步。梦已经成为他生命的一部分，梦升华了他的思考，点化了他的灵魂，梦的瞬间照亮了他自己不懈奋斗的人生。世界上有一个最传奇的化梦的故事，叫庄周梦蝶。庄周梦见自己变成蝴蝶，很生动逼真的一只蝴蝶，感到十分惬意。他不知道自己原来是庄周。突然间醒来，不知庄周梦中变成蝴蝶呢，还是蝴蝶梦见自己变成庄周呢？

人生有梦，化梦的人生才精彩。

有经验的人生和无经历的生活

著名哲学家黑格尔曾经说过这样一句名言: 人类从历史中学到的唯一教训, 就是没有从历史中吸取到任何教训。我相信这一点, 不仅说得非常深刻, 而且这常常令自以为是的智慧人类非常尴尬。

如果说几千年前人类各宗族、各民族、各国家之间的战争是因为愚昧, 因为无知, 因为狭隘, 因为没有一个完善的道德标准, 因为缺乏国际观和人类观; 那么, 历史走到了21世纪的今天, 科技充分发达, 信息充分共享, 人类平等意识和思想更加深入人心, 为何还有战争和杀戮? 为何还有欺凌和霸权? 世界至今死于战争的人, 还是远远多于死于衰老和疾病的人, 我们真的无法洞悉某些人类的想法和动机, 一些人和另一些人轻易地就会剥夺一些人和另一些人的生命。悲剧从几千年前到现在还在不断发生, 我们原以为文明社会的到来，并没有真正造福所有的人类，只是一部分人更加为所欲为，这难道不是人类的悲哀吗？

面对生命，面对厄运，面对茫然无措的未来，每个人都有自己的态度。有永不言败者，有悲观叹息者，有意志消沉者，有放浪形骸者，有自甘堕落者。每一种形态都是一种形态，这就是世界，这就是生活。常被后人念及的先贤文人苏东坡，就属于是真名士自风流。他曾名动京师，前途不可限量，也曾被贬塞外边陲，几度归位，又几度放逐；相当于一块生铁几次被投入火中燃烧，又从火中取出不断锤打，正要成形时，又被扔入水中，回到炉膛。燃烧和不断回炉的岁月，让一个文豪、名士、大儒不断淬炼人生。在后世不断惊叹和感叹的时候，活在宋词中的他到底是如何感受，谁又能真正知晓呢？如鱼饮水，冷暖自知。如果有可能让苏轼再过一生，他有可能重蹈覆辙吗？可能会，因为有的人会说性格即是命运，而人的性格是如何形成的，除了遗传之外，社会的挤压才是让一个人真正定型的决定性因素；而我认为大概率不会，因为即使同一条河流，不同时间的流动，浪花也是不一样的，也许以他潇洒的做派，肯定是不落俗套吧。

后来的苏轼们从苏轼的人生中吸取什么样的经验教训了呢？

人类不断地摔跤，人生不断地摔跤；人类常常会在同样的地方跌倒，人生常常会上演同样的剧情。就像我们常常在夏季感叹同一件事：每年都有在城市的湖泊中溺水的人，后一天的溺水者，可能就看过前一天溺水者的新闻。在他下水的地方，他带着放衣服的报纸上可能就刊登着一则这样的新闻，而他自己也无法再游向岸边了。悲剧的无情就在于它常常会打乱平静的生活，而平静的生活常常被一些无常包围着。现在如果翻出一百年前的某张报纸，对比今天报纸的新闻，一定会有很多仅只改换了时间的同样的新闻，新闻的主角和新闻的撰写者，都不会关注一百年前同样的新闻。

　　人类自从创造了文字，就在不断地记录着历史。有诗歌中甜蜜的爱情，但也会有梁山伯与祝英台，爱情有多美好，分离就有多痛苦；有少年维特的烦恼，因为每个少年都会怀春；有罗密欧与朱丽叶的爱情咏叹调，不惜以生命抗争对爱情的追求。一个在中国发生的故事，一段在意大利产生的爱情；人物何其相似，故事何其相似，有谁会因此放弃追求而聪明起来？至今没有，为爱献身的故事今天依然一幕又一幕地上演，不管是在中国，还是在外国。

　　人生自然是有经验的，而对于经历者来说，经验都是别人的；把别人的经验当成自己的教训实在是太难了，因为那无关他的痛痒。经验被不断总结，而同样的错误也在不断发生，这可能就是人类在不断挣扎着才能前进的原因吧。经验是可靠的，因为是在别处发生过；而记忆常常会出现偏差，因为人类常常会选择性记忆。

　　无经历的生活要想过得顺畅一些，还是应该借鉴有经验的人生。

　　可这很难，因为人生只有这一辈子。

洗澡

　　洗澡本来就是一件和卫生有关的事，但细考起来绝不仅仅和卫生相关。钱钟书先生的夫人，同样是文学大家的杨绛先生曾经写过一部长篇小说《洗澡》。《洗澡》不是由一个主角连贯全篇的小说，而是借一个政治运动作背景，写那个时期形形色色的知识分子。它只是那个时代的一个横断面，既没有史诗性的结构，也没有主角。本书第一部写新中国不拘一格降人才，人物一一出现。第二部写这些人物确实需要"洗澡"。第三部写运动中这群人各自不同的表现。"洗澡"没有得到预期的效果，原因是谁都没有自觉自愿。假如说，人是有灵性、有良知的动物，那么，人生一世，无非是认识自己，洗练自己，自觉自愿地改造自己。杨绛先生的高寿与她的从容淡定有关，她是一个从身体到灵魂都懂得并享受洗澡的高人。

　　记得小时候曾经有过的几年乡间生活，其间至今未能忘记的一件事就是洗澡。乡间的澡堂是一个大的屋子，这样的屋子一个村庄可能就一两个。在上个世纪70年代，洗澡是一件享受又享受的事情，大屋子里几乎没有灯火，整个屋子被热气笼罩，那种热气似乎随时可以掀翻屋顶，因为这儿不光有热气，还有滚滚而来的人气。那是一口大铁锅，铁锅下不断燃烧着稻草，人们试着水的温度，慢慢地滑向锅底，彼此往身上撩着水，看不见彼此。大家仅凭声音判断对方，却绝无差错，开始漫无目标地聊天。待浑身大汗淋漓，酣畅不已，起身走人，疲倦和隔阂也随之而去。我看着大人们毫不知烫地滑向锅底，小小的内心有些敬畏，没觉得他们皮厚，倒觉得他们勇敢。乃至几年后，我才敢下锅。后来，洗了无数的澡，和无数地方的澡，甚至洗澡已经不叫洗澡，而叫桑拿，我依然没有忘记那口大锅，那些热气腾腾的感觉好像还弥漫在过去的岁月中。

　　洗澡两个字是很有意思的，都是水字旁。没有水的桑拿、干蒸似乎不应叫洗澡。而澡和躁是挨着先后脚的。不仅要洗去污垢，还需洗去浮躁。将自己浸泡在水中，我们就会冷静下来，我们就会思考我们从哪里来，孕育我们的母亲的子宫就是充满着羊水的；所以，人类离开了水的滋养就无法存活，离开了水的浸润就会变得心浮气躁。健康学家们说，洗澡时最宜唱歌，说是有助于健康；但多数时候会被人当成精神病。倒是让水流顺着头发，流过肩膀，流向全身，你觉得自己的另一个生命被激活了。水是生命之源，人自然应该是和水最亲近的了。

　　我的一个亲戚是最得洗澡之奥妙的了，尤其是退休后有大把的时间。他生活在江南的一个小镇上，小镇的澡堂至今依然叫澡堂，依然带着小镇的纯朴和热气。每天下午固定的时候，他会去固定的澡堂，找固定的搓背师傅，洗一次固定的澡。红光满面地走出澡堂之后，他会让浑身热乎乎的感觉再延长一会儿，他会找一家固定的老茶馆依窗而坐，南方的茶馆都有说书的唱戏的，他不要茶，他会沽一壶老酒，要两碟小菜，在咿咿呀呀的琴声中迎来夜晚，之后，他会踏着月色踩着腾腾的热气回家。

　　洗澡是什么？仿佛是一种生活，一种中国味道的生活。其中，有自我的解脱，也有自我的升华；有卫生的需要，更像是灵魂的寄托。不过，要记住：没有人能离得开水，当然，这不仅是洗澡。洗澡，也像是一次身体和心灵的旅行。

毛笔

中国人用"毛"字组成的词语，大多并非褒义。你看看这些：挑毛拣刺，雁过拔毛，一毛不拔，火烧眉毛，毛骨悚然，茹毛饮血，九牛一毛。真是数不胜数。而唯对毛笔情有独钟，毛笔该软就软，欲硬则刚，笔笔见锋，落笔有刃，入木三分，笔底风云。一支毛笔贯穿中国人的一生。

你看，你用的笔可以是自己的胎毛制成。胎毛笔不仅有极高的收藏纪念价值，更有着非常好的书写效果。你想想，当你笔下有龙有凤，当你笔下使用的是自己的胎毛，你浑身上下都会被这支笔牵着，从头至尾投身到中国的历史中，自己融入了历史，写着写着历史重现了自己。你的一根根胎毛，横也精彩，竖也精彩；横竖写的都是中国人的故事。

小时候最期待的一件事就是上大字课。毛手毛脚的孩子，要在方框内去描红，照着原来的样子一点一点不能走样。但常常我们小手握着的大笔会跑出格子，很不太听话地把胳膊和腿伸到人家的田地里。笨手笨脚的我们常常会把墨水弄得一手一脸，甚至经常会打翻墨水瓶。每当墨水瓶被打翻在地，便有一种特别的墨香扑鼻而来，虽然会不知所措，但这墨香中我们小小的心灵在渐渐长大，描红也会规矩很多。这时候我们就会期待着老师用他红色的毛笔在我们写的字上画上红圈，红圈越多表明大字写得越好，所以大字课上数红圈成为一段最美的回忆，所以小时候觉得最好的大字不是描红的样本，而是老师的红圈圈。

而要成为一个好的书法家，临摹就是不可缺少的功课了。他们遍寻天下名碑名帖，认真揣摩和玩味其中的每一个细节，不论是圆润还是枯涩，不论是雄风万丈的大碑，还是蝇头细书的小字，都走近去，又踱回来。想想这些书法诞生时的白天夜晚，想想这些书法落笔如风挂动的思绪，甚至想想这些书法会在这些大家的胸怀中块垒了多少年，终于被一杆老笔裹挟着吞云吐雾倾泻而出。临摹临摹，你就像了别人；临摹临摹，你就丢了自己；临摹临摹，你就将大家们的作品逐一移开，你在大家落笔之处开始寻找自己。把自己写进去，写进自己的故事、自己的历史、自己的风景、自己的春花秋月、自己的东风吹雪，你找到了自己，你终于释然了，你终于成为另外一个大家。

毛笔，是古代汉族与西方民族用羽毛书写风采迥异的独特的书写、绘画工具。据传毛笔为蒙恬所创，所以至今被誉为毛笔之乡的河北衡水侯店和浙江湖州善琏每逢农历三月初三, 如同过年, 家家包饺子, 饮酒庆贺, 纪念蒙恬创毛笔。

　　从古至今, 一支毛笔横贯在历史之间, 横贯在中国人之间。而毛笔饱蘸着墨汁创造的书法神话, 更是浸润在中国人的血脉之中。所以, "我以我血写春秋" 其实是真的。

最深情的日子

我认为这个世界上最深情的一个节日就是清明节。人们在凭吊，人们在祭扫，人们在淡淡的春天的气息中，深深地吮吸着故人的味道，这味道和血脉相关，这味道和情感相关，这味道和历史相关，这味道和亲人相关，这味道和自己相关。他们只是逝去，他们并未离开。人世间的生离死别，早已被时间，融合着家族的血脉写在无数的回忆之中，一旦定格即成永恒。

小时候在乡间度过童年，是很有点害怕这样的节日的。过去荒芜的坟墓，又被培上新土，垂柳和彩条在风中的坟头翻飞舞动，好像那些逝者的思念又从昨天的岁月中挣扎着坐起来，期盼着与亲人的对话。穿行在这时候的乡间，内心有些惶恐、胆怯、好奇、探寻，内心又如春天，有很多东西疯长出来。随着年龄渐长，内心不再有惶恐，多了一些祈祷和神圣，对逝去的长者，对离开的亲人，及至现在，又多了几份淡然，几份牵挂，几份思念；清明，好像又成了我们生者生活中不可割去的一部分，正像我们自己的血肉。而清明节的来历确确实实和血肉有关。这个深情的故事任多少岁月也无法令之风化，任多少朝代我们的内心也无法消化，深情得太深情。

相传春秋时期，晋公子重耳为逃避迫害而流亡国外。流亡途中，吃用皆尽，终于在一处人烟渺无的地方饿得再也无力站起。正在大家焦急万分、手足无措之时，随臣介子推走到僻静之处，从自己的大腿上割下一块肉，煮了一碗肉汤让公子喝了，重耳渐渐恢复了精神，当重耳发现肉是介子推自己腿上割下的，忍不住泪水纵横。十九年后，重耳做了国君，也就是历史上的晋文公。当晋文公一一重赏与之流亡的众臣时，介子推打点好行装，悄然去绵山隐居去了。晋文公听后，羞愧难当，亲自带人去请介子推。然而介子推已隐入茫茫绵山之中，有人献计，从三面火烧绵山，逼出介子推。然而大火烧遍绵山，却没见介子推身影。火熄后，人们才发现背着老母亲的介子推已坐在一棵老柳树下死了。晋文公见状，恸哭不已。装殓时，从树洞里发现一血书，上写道："割肉奉君尽丹心，但愿主公常清明。"为纪念介子推，晋文公下令将这一天定为寒食节。第二年晋文公率众臣登山祭奠，发现老柳树死而复活。便赐老柳树为"清明柳"，并诏谕天下，把寒食节的后一天定为清明节。读过这样的故事，我们能想到什么呢？只能想到要好好地活着，好好地生活。面对恩情似海的介子推，面对君心似山的晋文公，面对死而复生的老柳树，唯有好好地活着才是对他们最好的缅怀。

现在人们沿袭了清明节一些古老习俗：禁火、扫墓、踏青、荡秋千、蹴鞠、打马球、插柳，又不断加进新的内容。清明节纪念、缅怀、凭吊的是过去的人，而清明节的价值却在于提醒活着、奋斗着、爱着、努力着的人们：用情地记住逝者的点滴，这也是我们生命上下游的一部分，有了这些，我们的生命才丰富；用情地生活在当下，善待身边的亲人、爱人，因为他们是陪伴一生的人。

　　一个好深情的节日，要用我们一生为这深度去探究这节日的深情。

我们为什么和动漫过不去

人来到这个世上，是需要快乐的，而动漫恰恰是可以让我们快乐的一种艺术形式。随着近年来动漫产业的巨大发展，动漫实际上已经演变成一种快乐经济。

我国的动漫从1941年推出亚洲第一部动画片《铁扇公主》，到上世纪五六十年代制作的《大闹天宫》《三个和尚》《牧童》《小蝌蚪找妈妈》《狼来了》等好作品，独创性和民族性非常鲜明，原创能力令人瞩目。如《小蝌蚪找妈妈》是水墨动画，《狼来了》是木偶动画，在当时的国际上具有领先地位。但令人遗憾的是80年代以后我们就有些落伍了。我国动漫创作只注意到作为动画形象的首次原创，在后续产业链的拓展和再次创造的环节上明显不足，这被称作二次原创的先天不足，成为制约我国动漫产业延伸发展的瓶颈。而美国的迪士尼是一个"品牌乘数型企业"，即用迪士尼的品牌做乘数，在后面乘上各种经营手段以获得最大的利润。迪士尼在快乐文化背后附加上完整的商业文化，将艺术彻头彻尾地商业化，迪士尼不断推出一部部制作精美的卡通片，每一部影片推出后都要大力宣传去打票房，通过发行拷贝和录像带，赚进第一轮。然后是后续产品的开发：主题公园是其一，每放一部卡通片就在主题公园中增加一个新的人物，在电影和公园共同营造的氛围中，让游客高高兴兴地去参观主题公园，迪士尼由此赚进第二轮。接着是品牌产品，迪士尼在美国本土和全球各地建立了大量的迪士尼商店，通过销售品牌产品，迪士尼赚进第三轮。两相比较，明白差距在哪儿了吧！

让我们来看一组动漫产业的大数字：英国数字娱乐业年产值占GDP的7.9%，成为该国第一大产业；美国网络游戏业已连续4年超过好莱坞电影业，成为全美最大娱乐产业；日本动画业年产值在国民经济中列第6位，动画产品出口值已远远高于钢铁出口值；韩国动漫业的产值仅次于美国、日本，正成为韩国国民经济的6大支柱产业之一；中国的动漫产业刚刚兴起，市场容量至少有1000亿人民币，3.67亿未成年人，都将是动漫产业潜在的消费群体。动漫的世界不可谓不大呀！这还仅仅是从经济角度，要再从文化的输入和影响来看就更大了。

有人说中国没有迪士尼，也缺少宫崎骏，只有一个孤独的孙悟空。迪士尼在美国，中国自然没有；而宫崎骏一人就推动了日本动漫电影的发展，这种大师级的人才，一两个就能推动整个国家产业和文化的进步；而在刚刚结束的一项调查中显示，中国青少年最喜爱的20个动漫形象中, 19个来自海外, 本土动漫形象只有一个"孙悟空"。中国怎么了?动漫怎么了? 中国的文学星空中曾经诞生了一批又一批璀璨的巨星, 他们留下了无数鲜活的人物形象, 有些至今还活跃在我们的身边; 中华民族的历史发展过程中从来都不缺乏神话和想象, 后羿、女娲、玉兔, 不胜枚举; 中国有着如此广大的市场, 众多需要快乐的人口; 中国注定需要动漫, 中国注定会成为动漫大国、强国, 但我们需要扎扎实实地培养人才, 我们需要认真学习创意, 我们需要打破常规研究运营, 我们需要不拘一格寻找大师。

当中国的《西游记》《三国演义》《白蛇传》中的一批人物形象成为别国动漫原料的时候, 当中国成为他国动漫产品的消费大国的时候, 我们真的不能让动漫和我们过去, 否则, 可以影响中国未来的快乐文化、快乐经济的动漫确实要和我们过不去了!

思想的力量

　　法国著名雕塑家罗丹有一尊跨越时光和历史的雕塑作品，这个作品的名字正像穿越岁月的作品本身一样：《思想者》。那肌肉的膨胀，那蓬勃的力量，那贯连古今的皱纹，和支撑起思考的臂膀一起从昨天走到今天，也必将迈向未来。汉字中的"思"字确实很有意思，除了思想、思考、思念、思绪之外，大家再深入地了解研究会发现更加全面的含义：思，从隶定字形解字释义，指会意。字从田，从心。"田"指农田，引申指谷物、粮食。"心"指牵挂、考虑。"田"与"心"联合起来表示记挂谷物收成、考虑吃饭问题。本义：考虑吃饭问题。引申义：考虑。说明：1."思"中的"田"与"胃"中的"田"一样，都指谷物、粮食。2.人吃饭的时候，腮帮子就会鼓起来。这个"腮"字从肉从思，说明"思"确实与粮食有关。从思到思想者，从思到考虑收成和吃饭，这个问题是多么高大上，又是多么地接地气、冒热气、有生气、带灵气。

　　由此我联想到最近学习习近平总书记在党的新闻舆论工作座谈会上的重要讲话，联系实际，高瞻远瞩，春风化雨，润物无声。如何切实提高党的新闻舆论传播力、引导力、影响力、公信力，这确实值得我们深入研究，认真思考，努力践行。这使得我也在思考，如何讲好中国故事，讲好行进中的中国人的故事，我们身边的故事。从"思"出发，从土地出发，从灵魂出发，我们的作品中不仅应有跳动的钢花，也应有清脆的露珠；不仅应有高速公路的奔驰畅想，也应有深山白云的缭绕；不仅应有时代楷模的高大和伟岸，也应有小人物的低吟和浅唱。这是一个多元而美好的时代，我们可以有独唱，但我们更需要合唱；我们可以喜爱美好的独奏，但我们更应注重多声部的协奏。它可以是来自田间，它也可以是来自山岭；它可以是来自都市，它也可以是来自乡村；它可以是来自凡间，它也可以是来自天籁。从城市到乡间，从人间到天堂，回荡的都是幸福的和谐之音。

　　如何让思想产生力量，我进行了这样的思考：一、善思考。善思考使我们的作品不仅有了温度，还有了深度。没有温度就无法融合，没有温度就缺少亲切感，缺少动人的感染力，就像冰块没有温度永远是冷漠的、冰冷的，温度让我们彼此融合，而仅有温度、没有深度却是无法影响人、改造人，没有深度的树栽不出生命，没有深度的大厦会倾塌，作品的深度是钉入心灵的一枚钉子，它和心融为一体。二、懂思辨。懂思辨使我们的作品不仅有了厚度，还有了广度。没有厚度经不起推敲，没有厚度就缺乏底气，缺少力量，但厚度不能仅仅是向下向上的纵深，而同时应该是自己人生的学养，对社会生活的态度和认识；而广度是胸怀，是观照，是芸芸众生，是大千世界，是微观，是宏观，没有广度我们就会陷入孤芳自赏，没有广度我们就会变成孤家寡人，而思辨同时给了我们厚度和广度。三、强思想。思想强使我们的作品不仅有了精度，还有了维度。精度是我们的准确，没有精度就会差之毫厘，谬以千里，没有精度就不能思想一致，行动协调；没有精度我们就会五音不全，唱歌跑调，强思想首要解决精度，而仅有精度还不行，还要心中有祖国，有人民，有大地，精度是保障维度的，维度是体现精度的，维度是幸福的绽放，精度是催生的太阳，强思想让我们在精度和维度上都能收放自如，游刃有余。

思想的力量常常是看不见的。而影响思想的力量就在我们的身边，我们的手中，我们的心中。

寻找一米和节奏感的关系

他很感慨地说："一条道路一百公里的畅通，需要每一米都畅通；而让它不畅通，只要挖断其中的一米。"

前几天和家乡的一位企业家电话聊天，虽然是隔着电话和时空，我也能感受到他的无奈和无解，感到他的无力与无助。他一直在运作一个项目，希望通过他和更多人的努力，更是时代赋予他和家乡的发展机遇，将周边省份的诸多资源和项目打通，整合成一个有利三地经济、有利多方发展、有利百姓福祉的项目。虽是好事但进展得并非如人所愿，原因当然是复杂的，虽然对家乡发展有利，对百姓有利，然而从有关层面的层层评估、层层分析，到不同任期的领导对项目不同的看法和态度，奔跑周旋于各类公章和门脸之间，饱受冷暖也就罢了，偏还有很多想致富发财的人认为这是个大好机会，他们不是融入、加入、合入，而是另找一个发力点来埋地雷，敲竹杠。"你把我搞倒了，你也不能致富；你就是让我破产了，你也不会因此就获得了财富。"他说。是啊，很多人进行的都是零和博弈，而没想着共利共赢，相向而行。一个有名的徽商企业家告诉我他的市场经验：先行一步是烈士，因为所有的市场环境尚不成熟，你先迈进去了，虽然可能有机遇，但所有的风险都要你扛，扛不住的就牺牲了；而先行半步，往往会获得成功，因为很多的氛围呼之欲出，很多熬过三厘米的竹笋，即将破土而出，这时候的先机就不会成为先烈了。

在发展的道路上，这一米只是百公里当中最普通的一米，每天会有无数的车辆、期盼和光阴从上面驰过，它连通了物资的交流，也连通了情感，连通了村庄，连通了世界，打开村头的一扇门，道路就会把你带向世界；而这小小的一米被挖坏、阻断的时候，一百公里与一米相比都显得如此困顿和无力。可怕的一米，可爱的一米，可能的一米，可贵的一米。我能想到他黝黑的脸可能更黑了，没有心情修理的胡子估计更凌乱了。生活中的一百公里有的时候就无法说服这一米，受困于这一米；但有人就看着这一米，就守着这一米，可你能否想到，如果你的这一米实在无法畅通，无法沟通，别人要改道通行你将怎么办呢？那这一米不就成了笑话吗？就像眼下美国总统特朗普一意孤行地非要强征关税，提高关税。这个可笑又可爱的美国总统不知道，太阳依然会每天从东方升起，西边落下；人往高处走，水往低处流；日子还要过下去，办法总比困难多。但他总该知道美国著名作家海明威说过影响世界的两句话: 太阳每天都是新的。一个人并不是生来就要被打败的。一个国家、一个人, 如果把自己手中暂时的优势用到了极致, 甚至过分应用, 这优势一定会变成劣势, 甚至成为套上自己手脚的枷锁。特朗普真该到中国来走一走, 看看我们老祖宗的智慧, 任何一样都够他消化八辈子的。

这世界就是这么巧。

在我为家乡企业家的际遇不断纠结、思考的过程中, 一位全国著名的某国际学校的董事长邀请我去参加他在本地投资兴办的一所国际学校五周年活动。不管是董事长的发言, 还是其他中外人士的讲话, 真的让我脑洞大大打开。"自由之思想, 独立之人格"在这里如此芬芳。特别是这里培养出的一位去加拿大留学的学生代表, 她给大家分享的主题: 寻找学习中的"节奏感"。学习中的节奏感? 听起来都是新鲜的, 就是如何把握知与学、课堂内与外、自己学习的节与奏, 大家都听得津津有味。其实, 悟道的人一定是最接近成功的人, 万事万物, 一定都有道, 这道可能藏于书卷之中, 可能藏于黑夜之中, 可能藏于滚滚红尘之中, 可能藏于自己的内心之中, 但失去了节奏, 你就不会找到道。而找到了道也就拥有了自己的节奏。

一米可能是个节奏, 所以一米很重要, 非常重要。

而节奏只是旋律的一个起承转合, 只是一首完整歌曲的最小段落。一首歌呢?

寻找一米和节奏感的关系, 就像寻找一首完美的歌。

水的造境

如果这个世界上，有人说自己能离得开水，那他一定是在撒谎。因为他在挑战人类的常识，但现在挑战常识的人，却越来越多。有些人连常识也不知道，有些人却故意无视常识。

而水仿佛不仅是来给生命滋养的，也是来以自己点化和警示人类的。

我不知道还有什么能如水一般，呈现出千姿百态、千娇百媚、千流万河、千帆竞渡。水可以是液态的，也可以是固态的，也能是气态的。水可以是冰的，也可以是凉的；水可以是热的，也可以是沸的；水可以是流动的，也可以是静止的；水可以是茶叶的良伴，也可以是咖啡的密友；当然，要遇上爱干啃面条的人，一碗水煮的鸡蛋紫菜汤会很满足一下胃。

水是小溪时，不紧不慢，徐徐而来，显得淡定而从容；不论是穿行在山间，还是逶迤于村庄，总能渲染出一些见过大世面的平静，若有一些小鱼小虾穿梭其间，当如一些诗句点亮了生活。

水也可以是浩渺无垠的，似乎永远地远到无岸。这时候你会心生一些敬畏，甚而恐惧。这当然是对的，因为你天天面对着云淡风轻的小溪流，你一下子很难消化得了如此浩瀚的大海。你老以为它只有曼妙身姿的时候，却不知震怒的海水是可以掀翻巨轮的。

溪流是水，大海也是水。

水大多数时候是生的，是凉的。它没有华丽的外衣，只是在你长途跋涉的路上任你洗洗脸，濯濯足。在多浅的地方都可以盛着水，在多深的时间之下都藏着水。需要的时候它会在你面前，不需要的时候，它可以待在一万年的寂寞之中，但水绝不会轻易将我们抛弃，只因为它是水。

且不要以为水都是凉凉的，冷冷的。给它把火试试，烧而又烧，再把锅烧红，把干柴烧响，把空气烧热。水炽热的感情自会从地底、从天空沸腾起来。它会让茶叶在它的怀抱中尽情翻滚、舒展、升腾、降落；它会让咖啡在美好的约会时荡漾着芬芳和一些冲动；它会让疲劳的双足和身体在它的温度下，慢慢消除疲劳，慢慢进入梦乡。水是这个世界上最深的深情，它蕴含着绝不轻易表达，它沸腾时可以化得开这全世界的艰难困苦。

对。它也是固体的，在岁月的深处，在最寒冷的季节。它把自己的百转千回，它把自己的万千仪容，它把自己大大小小的水滴，和小小大大的溪流都集合起来，一起沉到零度以下，沉到一个无色无味、澄澈透明的世界，越冷它们就抱得越紧，它们不是害怕寒冷，因为即使它们千变万化，即使它们出自天空、地面、山涧，它们都出自一个分子式，而这个永远不会改变的分子式，让它们天荒地老，抱得很紧，越抱越紧。此刻，它们是冰，它们不想说话，它们不想表达；不论是几百度的沸腾，还是零下几十度的极寒，它们的初心没有改变，它们还是同一个分子式：H_2O。世界再没有什么能够做到，只有水，只有水。

有的时候，水只有一阵白雾，带着些许的热气，在水壶或者什么其他器皿上盘坐着，它一边坐着，一边吹着热气玩着，看起来像是水在抽烟，而它抽的烟不仅无害，而且有益，润湿着空气；水还在盘算着，加温吧，加温吧，我会飞得更高，飞得更高。因为它的怀中从不装着什么闲杂的心事，纯净得像秋空一样高。

造境，这是古代的文学艺术家在与自己的对话中，找到的一个合适的渡口，把自己渡过去，又把只可意会，无法言传的境接过来。这需要的可不是一般的功力和造化。而所谓造境之人和造境之作，都成了大师和大作。而水似乎没有这么麻烦，你把它装在紫砂壶中，它就是神秘的；你把它放在玻璃杯中，它就是透亮的；你把它装在碗中，它就是圆的；你把它倒在方杯子中，它又可以是方的。打开它是一滴水，融入它是一片汪洋。

一滴水，是水。

一片水，依然是水。

水，可以万变，而万变不离其宗。诗人说：酒，水的外形，火的性格。我说：酒只有火的性格，而水可以无比燃烧，也可以冰冷刺骨。

寻找一种流淌的感觉

很多人对作家十分敬仰。

这种敬仰是一种高山仰止, 因为是山, 必然要去攀登, 而攀登就会困难一些, 翻山越岭, 高峰还在云深不知处。确实有些令人生畏。中国古代画里也有一些人, 这些人要么是行一叶扁舟, 在激流最深处, 倏忽而过; 要么是在茂林修竹之间的一个亭子里, 挥手探月, 几乎不易察觉他们的存在。融入自然的人其实就是很渺小的, 认识到渺小, 才有机会高大起来。这是中国古人的视角。而在西方的绘画、雕塑等艺术创作中, 人永远是视觉的中心和主角, 不管是骑士, 还是贵妇, 他们的造型逼窄了整个空间。他们是自我的视角。

记得几年前有一个中国的老婆婆, 没有什么教育背景, 更没有受过专业的绘画训练。有一天躺在树下晒太阳, 晒得身子暖了, 晒得心也暖了，她忽然就喜欢画画了，她一画就画出大师范儿来了。她画身边的老树，居住的老屋，村口的老井，可能还有村里的老头，朴拙中见神奇，平淡中见真实，那些场面的力度和劲道，仿佛是来自她平时在自家晒场掰玉米，一粒一粒，渐渐堆满一个筛子，渐渐装满一个麻袋，她笔下的一切就是如此丰满。使劲扬一扬，升起的都是太阳；轻轻地拍一拍，撒落的都是月光。人们都惊奇地称她为中国版的梵高。梵高她自然不认识，更不可能见过，不会沟通绘画之类的事。梵高作品那么真实，简单，还有些藏在细节中的笨拙，他追求的从来都不是美，而是生活；生活再现在他的作品中，那么动人，甚至令人动容，我们仿佛从中窥见了生活，有些忙乱，而又那么美好；有些遥远，但又在天天经历；有些迷惘，但每天太阳照样升起。一个中国老妇和一个欧洲世界著名的大画家，他们之间一定是产生了量子纠缠，彼此附体，才有了如此的神似。其实，神似的是生活本身。中国老妇和梵高，他们追求的都是自己心中的生活的再现，一朵云或胖或瘦，或大或小，或高或低，它是天上的云，更是心中的云。他们把世界印在心中，再画给世界看；世界也才有了自己的样子。

一位大师说过：最高的技巧就是没有技巧。

我相信大师的话。

大师这里说的已经不是写作了，直接就是人生。很多人在追求和学习做人的秘诀，寻找成功学。做人的最高境界就是不去学做人。人之初，性本善。真和善是这个世界无道之道。一个八面玲珑的人如何? 一个满脸堆笑的人如何? 一个善于逢迎的人如何? 这些都是属于技巧类的做派, 不如就做一个真真切切的自己, 有点脾气, 语言粗糙, 内心明亮; 透着善意的眼神, 偶然出现的温暖。去除了一些技巧, 那么踏实起来。就像小草, 就那么长在地上, 被人夸着绿也不骄傲, 被人踩着走也挺享受。自然又自信。

其实, 流水就是这样。不管是几千里浩浩荡荡奔涌而来的长江, 还是蜿蜒在中国大地上九曲十八弯的黄河, 更有叫不出名字的一些河流, 更多的是一些没有名字的沟沟渠渠; 它们流淌着, 昼夜不舍, 没有什么谋篇布局, 没有什么起承转合, 更不会去藏着掖着, 大自然已经把所有的精灵和精彩赋予了它们, 它们就这样流淌着, 默默地展现着一种力量。层层叠叠的高山不仅挡住了你的去路, 更像是胸中无法炸开的块垒。而流水不是这样, 上善若水。

让心流淌起来, 灵魂的小舟就会顺势而下, 到达它想去的任何地方。写作就是在不断寻找一种流淌的感觉, 轻松、清澈, 流向远方, 不曾背负任何东西, 不断放下所有的东西。

做人也需要流淌起来。

可以乘除，不过加减

我小时候数学就不好，导致到现在数学也不好。常常对数字没有什么感觉，甚至常常算错账。也常常对数字的等量单位搞得含糊不清。数学给我印象最深、影响最大的是两个人两件事，一个是大数学家陈景润和他的"哥德巴赫猜想"，他倾注一生的精力破解这个猜想，让他成为摘到这个皇冠上明珠的人。在这个猜想的背后我关注到了一种数学精神：逻辑严密，层层递进，绝不放弃，勇攀高峰，在数字的王国找到哲学、找到诗歌、找到幸福、找到真理，甚至是找到爱情。正是陈景润的执着钻研，让一位不平凡的女性为他敞开心扉。另一位是华罗庚先生，他是大数学家，我了解他也并不是我热爱数学，而完全是他数学之外的巨大社会影响力，他曾经倡导的数学统筹法，让我感受到数学的温度和光芒。他说统筹法的运用就在平常生活中，一个家庭主妇就可以运用得很好。一个主妇可以先打开洗衣机洗衣服，同时在炉子上烧上一壶水，并且在打毛衣之余，把米淘好，把菜洗好，好温馨诗意的画面，这居然就是数学了。

虽然我数学不行，但也并不讨厌数学；反而因为这两位大师对数学有了无限的亲切感。加减乘除自然是数学的一个基本功，基本功不行，可以预见的自然就是数学武功的基础不牢，很难有什么数学前途了。比起加减的相对简单，我真的只是可以乘除了。乘除需要运用到的计算要烦琐和复杂得多，而我又是一个无法在抽象世界里建构起数学想象和思维的人，对于数学我的思维可能是更适合"锄禾日当午，汗滴禾下土。谁知盘中餐，粒粒皆辛苦"的简单扼要；而无法拥有"日照香炉生紫烟，遥看瀑布挂前川。飞流直下三千尺，疑是银河落九天"的情思与浪漫。其实，数学家也特别需要形象思维，需要抽丝剥茧，从纷繁复杂的数字和运算中，直接让明灯在黑夜的最深处亮起来。

但对于人生的加和减，我倒是常常在思考。加和减对于人生来说都是付出，都是努力，都是挣扎。作为一名学生，要努力获得优异的成绩，必须在时间上加倍努力，在思考中不断付出，而在娱乐上只能不断减少，自己玩耍的岁月只能不断减少。而因为你的付出和努力，你的考分增加了，你的学业更好了，你考上了心仪的大学。这样的加减大家都知道取舍，因为这道理很明白浅显。当你的人生飞黄腾达，仕途一飞冲天，万众仰慕、万水归源的时候，你可能就很难去减了。你有了权力，这等同于真理；因此有很多人把你打扮成真理的样子,以追随真理的样子追随你。你要春风顺便都帮你化雨了,你要春华顺带来的自然就是秋实了。你拥有的越来越多,不断加上来,加上来,加到比喜马拉雅山还高的时候,你迈步走上来,一览天下小,世界不过尔尔。

大自然的创造真是智慧呀,创造亚当,又创造了夏娃;创造太阳,又创造了月亮;让世界既有男人的阳刚,又有女性的温柔;让大地既有阳光的火热,又有月亮的清凉。最令人深思的是还创造了加和减。让我们的人生懂得加和减的魅力。我们要不断增加我们的能力,我们的知识,我们的付出;我们要不断增加我们对真理的追求,对美好的付出;而我们要不断减少我们的欲望、我们的私心,我们要不断减少我们的索取,减少我们自己对未来盲目的奢望。我们要知道水满则溢,月满则亏,花满则谢。人生真的不外是加加减减,别无他途。

当然,有时也可以乘除。把自己的责任和担当多乘一乘,把自己的人生格局和胸怀多乘一乘;把自己的雄心壮志多乘一乘,把人生的美好多乘一乘。在偌大的时代和偌大的世界把自己除得小小的,你要明白人只是宇宙中的一粒尘埃,先除好了自己的定位和心态,这世界自然就由你选择加或者减了。

加加减减,对了就是美满一生。

减减加加,错了就是一生糊涂。

假如河流不会弯曲

　　这个世界上的事就没有假如，假如只是自己放过自己的一种方式，但如果这个世界真的没有假如，生活将无法继续。

　　河流如果是直的，所有弯曲的美丽、柔美与富饶，所有回旋的智慧和动荡，所有的涡流与滋养，所有的含蓄与收敛，所有的剑光与碰撞，所有的罕至与到达，所有的细流与通畅，所有的奔赴与直爽，都会改变。

　　如果长江是直的，它会直抵哪里？

　　如果黄河是直的，它会冲刷哪里？

　　长江是直的，长江孕育的文明将会被河水带走，富裕的村庄、唐诗宋词将失去依凭；那些考古发现，那些古代文明的遗址，就不可能存在。

　　黄河是直的，闻名世界的九曲十八弯的河流，只会有泥沙，不会有秦腔，不会有兵马俑，不会有大雁塔，不会有长安，不会有李白，不会有"白日依山尽，黄河入海流"，不会有黄河大合唱，不会有陕北的高粱、延安的窑洞。

如果世界上的河流都是直的，会不会因为到达大海的速度太快，而抬高人类生存的水平线？

如果河流都是直的，这世界上可能就会少了老子，因为老子就生活在长江的支流淮河流域，还是淮河的一条支流涡河流域。我不知道老子是通过长江进入淮河后转入涡河的，还是从涡河摸到淮河找到长江的，但他的一句话震惊天下：上善若水。河流如果是直的，这句闯荡世界的至理名言就不复存在了。

上善若水，世界上最大的、最美的、最好的爱的样子应该像水，涓涓细流，滋润万物，滋养心田，润物无声。人类应该向水学习，懂得包容，懂得放低身段，懂得彼此欣赏，懂得不邀功不请赏，一切都是寻常而自然。水也有自己的爱若涓涓细流，水也有自己的壮怀激烈若大江东去，水也有自己的奋勇献身若瀑布纵身一跃，成为别人眼里的风景。

最不能同意的是，水利万物而不争。水是柔软的，唯其柔软而有力量。如若不争，涓涓细流如何跋涉千山万水，翻越万岭千山汇入大海？如若不争，高高山顶的细流为什么会舍身一跃，去寻找河流母亲？如若不争，一滴水就渴死在某个夏天。水不争名利，不争大小，不争高低，而去争世界。水就是世界，世界就是水。你温柔以待，它就是细流软语；你出言不逊，它就是惊涛骇浪；你配合默契，它就会滴答情深。

我始终不明白的是, 水能给人类以启示, 水能给人类以智慧, 水能给人类以忠告, 水应该是人类的老师, 而人应该是水的学生。你能知道水有多少种形态吗? 水没有形态, 只有分子式, 而每一种分子式都可以拥抱世界。水不会因为任何人而改变的, 虽然你可以将它装入不同的容器, 虽然你可以无数次去定义它。

我终于明白的是, 人从自然中总结的智慧, 会被人类自己一次又一次地践踏, 因为人类常常只会相信自己。

听过这样一句话, 很值得玩味: 力气是浮财, 用了会再来。

这其实就是对人劳动和奉献的另一种思考, 有的人惜财、惜命、惜力, 其实命是有天数的, 财花了会再来的, 力用过还会回到我们身上, 你今天惜的, 一定是明天想花都花不掉的。

假如河流生下来就是直的, 这个世界就会改写, 人类历史就会改写; 因为没有这个假如, 人们有了花前月下, 生活有了诗词歌赋, 世界有了历史和记忆, 大地有了绿草和鲜花, 而跳龙门的鲤鱼可能是人类对水的最幸福友好的挣扎的一个寓言。

可能我们都活在某个寓言之中。

读雨

雨下了多久，我真不知道。

而自从有了文字表达以来，雨至少在各种诗词歌赋中下了几千年了，一年四季的雨各有各的下法，各有各的妙处；不论是磅礴大雨，还是和风细雨；不论是久旱逢甘露的好雨知时节，还是绵绵不绝到水涝遍野的狂雨；不论是似有若无的丝丝细雨，还是信马由缰的一阵又一阵的大雨，似乎它的性格是令人捉摸不定的，似乎它的思想是我们一时无法领悟猜透的。有时它是浪漫的，下下停停；有时它是娇羞的，在叶片晃动着不愿下来；有时它又是暴躁的，雷霆万钧，带着闪电呼啸而至，扫荡大地；有时它是一个有情有义的汉子，春风送雨，润物无声；有时它是一个无情无义的泼妇，炸开嗓子嘶吼着，打落一树夏花的灿烂。

其实，雨天最适宜睡觉、喝茶、打牌、发呆。因为雨总会制造出一种氛围。你想要什么样的氛围，它都不会让你失望。雨仿佛就是掌握着人类的心情和情绪的使者，雨是导演，布置好大自然的万物，开始找到自己的表情和角色，明明是一个人没有带雨具被大雨淋透了，却偏偏说这个人是个落汤鸡；明明是被雨从头到脚淋透了，却还要说自己是酣畅淋漓。自然真是我们最好的老师，医生无法治愈的疾病，大自然却可以让你恢复生命的活力和健康，中医应该就是连接自然与人之间最高明的哲学家，仿佛是雨过天晴。

　　读雨，自然还要读进文字之中，看古往今来的文人墨客是如何写雨的。这些雨在他们的笔下，有的充满喜悦，有的充满思念，有的壮怀激烈，有的辗转缠绵，有的山崩玉碎，有的石破天惊，有的声声有情，有的细细无声。打开一个雨字，看到了人间万象；走近了一个雨字，爱遍了人间真情；行走在雨中，你就触摸到了古人的绵绵情思、厚厚情谊、深深情怀。

　　最有家国情怀、最有男儿血性、最有民族气节的雨是这样的："怒发冲冠，凭栏处，潇潇雨歇。"

　　最孤独无奈、最心事浩荡、最曲折坎坷、最悲伤痛苦的雨是这样的："山河破碎风飘絮，身世浮沉雨打萍。"

　　最托付思念、最寄寓情思、最牵动亲情、最挂念故人的雨是这样的："清明时节雨纷纷，路上行人欲断魂。"

　　最值得期待、最令人神往、最夜不能寐、最沉默如金的雨是这样的："何当共剪西窗烛，却话巴山夜雨时。"

　　最有音乐的节奏、最懂弹奏者的心事、最会通过语意转换借喻的雨是这样的:"大弦嘈嘈如急雨,小弦切切如私语。"

最懂得人心、最恰如其时、最不事张扬、最理解人间疾苦的雨是这样的:"好雨知时节,当春乃发生。"

打开一首首诗,抚过一篇篇词,吟过一段段文,我们仿佛又经历了一番雨的洗礼,从头到脚浸润在雨中,从思想到灵魂被雨淋个通透。

穿过长长的雨巷。

穿过长长的雨思。

穿过长长的雨季。

我忽然觉得,雨是从天上下来的,而成就雨的全都住在地上。我们在读雨,雨也在读人间。

花好何须月圆

苏轼的《水调歌头·明月几时有》下半阕似乎更有深意，每每把盏抚谈，每每都读出人生的况味和意境，读出对人生美好的无限向往和追求，又读到对人生和现实的无奈与挣扎。"不应有恨，何事长向别时圆？人有悲欢离合，月有阴晴圆缺，此事古难全。但愿人长久，千里共婵娟。"是对人生透彻的领悟，是感慨，是劝慰，是祝福。一位艺术大家说，虽然从科学技术角度讲，我们更接近自然的真相，但从艺术表现的角度和能力来说，我们还远远不及古人。面对自然的艺术表现，古人更加纯粹，更加接近自然中的艺术本身，因为他们的内心没有那么多的羁绊；没有羁绊的灵魂当然更接近生活和艺术本身，其实就是接近生命本身，这个生命包含自然中所有的生灵。

人类拥有数万年的成长史，几千年的文明史，又迎来了几百年的科技创新史，又九天揽月，又五洋捉鳖，但人类恰恰对自己从来都是缺乏认知，缺乏自我认知的人类恰恰又超级自信，认为自己是万事万物的主宰，可以统领一切。而纳兰性德却这样认为："山一程，水一程，身向榆关那畔行，夜深千帐灯。风一更，雪一更，聒碎乡心梦不成，故园无此声。"淡看人间三千事，闲来轻笑两三声。当然，只要你愿意，自然是可以多笑几声的，这笑须配合你的心情，纵深处其实还是人生的感悟呀。

又是苏轼："人生如逆旅，我亦是行人。"如果以这种心态对待人生，人生真的会是豁然开朗，清澈到底，丢掉烦恼。每个人都是天地间的过客，其实更可能是匆匆的过客。悲欢也罢，成功也罢，失意也罢，富有也罢，生命留不住，而时间会带走一切。人类该手足无措了吗？人类该失去追求了吗？显然不是。

我记得我读过的小学课本中的几位人物，这些人物真的是普通得不能再普通了，但唯其普通才值得景仰和效仿。唯其普通其精神才愈显得高贵和无瑕。邱少云的名字大家都不陌生，在抗美援朝的一次战斗中，他所在的部队执行潜伏任务，邱少云在距敌阵地六十多米的草丛中潜伏时，敌人突然向潜伏处逼近，为了掩护潜伏部队，指挥所命令炮兵对敌进行打击，遭到打击的敌军施放了侦察燃烧弹，一颗燃烧弹正好落在邱少云身边，飞进的火星溅落在他的左腿上，烧着他的棉衣、头发和皮肉。他身旁就是水沟，只要往水沟里一滚，就可以把火扑灭。但为了不暴露潜伏部队，他咬紧牙关，双手深深插进泥土中，以惊人的毅力忍受着无法想象的剧痛，一声不吭，一动不动，直至融为泥土也没有暴露，年仅二十六岁。黄继光以血肉之躯在朝鲜战场的上甘岭战役中舍身堵枪眼的事迹真是惊天地泣鬼神。空前激烈的上甘岭战役，在当时创造了世界战争史上火力密度的最高纪录。就在部队发起冲锋时，美军火力点内残存的机枪又吼叫起来，部队的攻击再次受阻。这时黄继光从伤痛中醒来，他忍着剧痛，一步一步地爬到敌人地堡的射孔，毅然跃起张开双臂，用胸膛堵住敌人喷射着子弹的枪口，以自己年轻的生命，为部队打开通向胜利的通道。战友们冲上零号阵地时发现，黄继光的身体仍然压在敌人的射击孔上。人们看到，黄继光的腿已被打断，身上有七处重伤，他的身后有一道长长的血印。年仅二十一岁的黄继光就这样一跃而起定格在人类的战争史上，英雄的史诗中。

　　我无法去洞见这些英雄的内心，因为我太过渺小；我无法懂得这些英雄的行为，因为他们纯净的灵魂可以永远地烛照生命。一个二十六岁，一个二十一岁，甚至青春才刚刚绽放，甚至还没有接触到爱情的芬芳，甚至还来不及去设想一下自己未来的家里女主人的模样，甚至无法向自己的亲人告别。而这些恰恰照见了他们的伟大，他们本可以选择安稳的家庭生活，哪怕做一个农夫或花匠，去侍弄一些稻谷或花朵，可以妻儿绕膝尽享欢乐。可保家卫国让他们义无反顾地上了前线，交出了自己生命的答卷。他们的青春虽然还没有绽放，他们的爱情虽然还没有绽放，但他们的生命却提前绽放了，但他们的爱却提前绽放了。因为有了他们的绽放，我们才闻到了今天生活的花香。

中国是一个讲究花好月圆、十全十美的国度；我们渴望生活的圆满，我们渴望生命的圆满。而圆满只是我们渴望的渴望吧。当一个二十一岁的生命昂然跃起，当一个二十六岁的生命在烈火中燃烧沉默如金，我们真该好好体会一下生命，体会一下自己。

花好何须月圆。

三个认知

对于大自然来说，人真是个非常独特的存在。有时你在散步的途中，忽然一阵花香袭来，你不由自主地循着花香走去，你抬起头去寻找花瓣，你尽情地吮吸着花香，犹如儿童扑在母亲的怀抱。这时候，你自己感动得想哭、想流泪；这时候，你才知道自己是如此容易被感动。其实，要是从哲学的角度看，你不是被动地被感动了，而是你与自然融为一体，你就是花，花就是你，只是各自在对方的世界里闻到了彼此的芬芳。

每个人身上都有太阳，主要是让它如何发光。这是大哲学家苏格拉底说的。人为什么要发光？这涉及生命的价值与追求，生命的意义本质上是如何利他，如何奉献与付出自己，为他人与社会创造价值；所以如何让生命发光，就是在探讨生命中的哲学，这个哲学意义上的生命把人的价值用发光区别开来。我们热爱太阳,因为它带给我们温暖和光明;我们热爱一个会发光的人,因为他带给我们知识智慧和浪漫的诗思,比如孔子,比如庄子,比如李白。

一个好的社会形态应该是可持续发展的、和谐共生的、共建共享的;而一个好的生命形态也应该是经得起人生的快乐与繁华;也经得住人生的挫折和磨难的。我们要解决三个认知。

第一,正确认知生命。生命体是这个世界上最古老的一种存在,而人的生命的进化在于它既伴随着我们对美好生活的不断追求,又伴随着人类的不断自我认知。即便到了科技如此发达的今天,即使我们生活在拥有5000年文明的中国,我们对于生命的认知也还是非常浅薄、非常有限的。因此我们一直在不断地打量人类自身,总在不断寻找和定位对生命的见解和认知。

即使再长寿的人类,对于时间和岁月来说,依然是白驹过隙;即使再短暂的生命,它依然可以生如夏花之绚烂。所以每个人的生命不在于时间的长短,而在于对生命价值的追求和挖掘,而在于对生命方向的选择。好的生命价值取向不仅仅丰富了自己,更在于贡献给了他人;不仅仅让自己的生命记忆当中感恩先人带给我们巨大荣耀和光芒,更是让我们认识到作为一个生命的个体,我们应该在每天为谁而创造、努力、奉献?

如果我们拥有一个正确的对生命的认知,我们可能就会在一定程度上消灭或淡化对生命将要逝去的恐惧。因为正确地认识生命,才知道生命生生不息的观念。今天有生命逝去,明天将会有新的生命诞生；所以生生不息的生命观、价值观、发展观都应该伴随着我们的生命认知。

第二，正确认知健康。健康应该包括身体、心理和灵魂。一个人灵魂的高低贵贱不取决于他的出身，而是取决于人的作为。我们可以看到很多外表高贵优雅之人也常会做一些龌龊之事。因此，我们要树立正确的认知健康观，也许在健康体现方面我们不能做到每日都很完善，但我们一定要有一个健康的心理。一个健康的心理，会让我们能够感受到每一天的阳光都是非常灿烂的，感受到春天的花香和美好。

我们也需要有一个有趣的灵魂。一个有趣的灵魂会让你找到很多伴侣和同行者，因为有趣的灵魂，它散发着的不仅是生命的灿烂，更散发着对生命美好的追求。"我和企业家朋友经常在一起喝酒吃肉，但我们不是酒肉朋友，而是能够彼此促进的朋友。"这是俞敏洪说的。一个好的朋友，一定会有一个健康有趣的灵魂，这样才能激励彼此的成长和成功。

第三，正确认知疾病。在人一生的成长当中，不论年轻还是年迈，都如同我们看到的植物一般。当春天它们开始萌芽的时候，当夏天它们开始灿烂的时候，当秋天它们开始金黄但也开始掉落枝叶的时候，当它们在寒冬冰雪来临的时候；我们都看到的是一个生命的从容和淡定，人生何不也是每一程有每一程的精彩，每一程有每一程的记忆。所以正确地对待疾病，就相当于在人生的四季当中，我们能够客观地认识生命正在流逝的一些东西，更应该全力以赴去追求一些东西。

在人生的四季当中，我们与大自然同呼吸共命运，同频共振。当我们感受到人生季节变换的时候，我们应该有欢喜，欢喜自然是越多越好；我们也会有忧伤，感伤也是一种生命的流淌；因为有感伤我们才会懂得珍惜，因为有逝去我们才会懂得珍藏；当我们能够让悲观的情绪尽快流走，让美好的情绪常驻心中，我们也就能够开始正确地认知生命、健康和疾病了。

人的神奇有时还在于，面对巨大的灾难和痛苦时，生命反而会变得特别坚强。比石头坚硬，比流水情深。这就是人，最会感伤，又最坚强。坚强是因为有感伤的释放，感伤是因为有坚强的支撑。

一半是海水一半是火焰。

一半是花香一半是沉醉。